DIE FRAU
AUS ALEXANDRIA

ANNE PERRY

DIE FRAU AUS ALEXANDRIA

Roman

Aus dem Englischen
von K. Schatzhauser

HEYNE

Die Originalausgabe erschien unter dem Titel
Seven Dials
bei Headline Book Publishing

Umwelthinweis:
Dieses Buch wurde auf chlor- und
säurefreiem Papier gedruckt.

Dieses Werk wurde vermittelt durch die
Literarische Agentur Thomas Schlück GmbH, 30827 Garbsen
Redaktion: Uta Dahnke
Gesetzt aus der 10,5/13 Punkt Adobe Garamond
bei C. Schaber Datentechnik, Wels
Druck und Bindung: GGP Media GmbH, Pößneck
Printed in Germany
ISBN 3-453-00021-8

www.heyne.de

Für Doriss Platt

In freundschaftlicher Verbundenheit

KAPITEL 1

Pitt öffnete die Augen, aber das hämmernde Geräusch hörte nicht auf. Das erste Grau des frühen Septembermorgens drang durch die Vorhänge. Es war noch nicht einmal sechs Uhr, und doch stand da jemand an der Haustür.

Charlotte, die neben ihm schlief, bewegte sich unruhig. Das Klopfen konnte sie jeden Augenblick wecken.

Rasch glitt er aus dem Bett und eilte aus dem Schlafzimmer. Barfuß lief er die Treppe hinunter, nahm hastig seinen Mantel vom Haken in der Diele, fuhr mit einem Arm hinein und entriegelte die Haustür.

»Guten Morgen, Sir«, sagte Wachtmeister Jesmond entschuldigend. Seine Hand war erhoben, offensichtlich hatte er gerade noch einmal anklopfen wollen. Er war Mitte zwanzig, und er hielt es für eine bedeutsame Beförderung, dass man ihn von einer der Londoner Polizeiwachen zum Sicherheitsdienst abgeordnet hatte. »Tut mir Leid, Sir«, fuhr er fort. »Aber Mr Narraway möchte umgehend mit Ihnen sprechen.«

Pitt sah die vor dem Haus wartende Droschke. Der Atem des Pferdes, das ein wenig mit den Hufen scharrte, hing wie Dampf in der Luft. »Wenn es sein muss«, sagte Pitt verärgert. Der Fall, an dem er gerade arbeitete, war nicht weiter aufregend, stand aber kurz vor der Lösung. Nur noch die eine oder andere Kleinigkeit fehlte – da konnte er keine Störung brauchen.

»Kommen Sie rein.« Er wies hinter sich in Richtung Küchentür. »Wenn Sie wissen, wie man das macht, können Sie das Feuer im Herd in Gang bringen und den Wasserkessel aufsetzen.«

»Entschuldigung, Sir, aber dafür ist keine Zeit«, wandte Jesmond in entschiedenem Ton ein. »Ich kann Ihnen nicht sagen, worum es geht, aber Mr Narraway hat angeordnet, dass Sie sofort kommen sollen.« Er stand wie angewurzelt auf dem Steinpflaster vor dem Haus, als könne er Pitt dadurch veranlassen, schneller mitzukommen.

Seufzend trat Pitt wieder ins Haus und schloss die Tür, um die feuchte Luft nicht hineinzulassen. Auf dem Weg nach oben zog er den Mantel aus. Als er am Waschtisch Wasser aus der Kanne in die Schüssel gießen wollte, sah er, dass sich Charlotte im Bett aufgesetzt hatte und sich die Haare aus der Stirn strich.

»Was gibt es?«, fragte sie. Als ob sie sich das nicht denken könnte! Immerhin war sie seit über zehn Jahren mit ihm verheiratet und wusste, worum es bei seiner Arbeit ging. Nach gut neun Jahren bei der Polizei war er jetzt seit einem halben Jahr im Sicherheitsdienst tätig. Sie traf Anstalten aufzustehen.

»Bleib ruhig liegen«, sagte er rasch. »Es hat keinen Sinn.«

Mit den Worten: »Lass mich dir wenigstens eine Tasse Tee machen«, setzte sie die Füße auf den Bettvorleger. »Außerdem brauchst du heißes Wasser zum Rasieren. Es dauert höchstens zwanzig Minuten.«

Er stellte die Wasserkanne zurück auf den Waschtisch, ging zu ihr und streichelte sie liebevoll. »Leider reicht die Zeit dafür nicht, sonst hätte ich das Wachtmeister Jesmond machen lassen. Leg dich also ruhig wieder schlafen … Zumindest hast du es im Bett schön warm.« Er legte die Arme um sie, drückte sie fest an sich, gab ihr einen Kuss und dann noch einen. Danach kehrte er zum Waschtisch zurück, wusch sich kalt und zog sich an. Kurz darauf war er bereit, sich auf den Weg zu Victor Narraway zu machen, dem Mann an der Spitze des englischen Sicherheitsdienstes. Pitt kannte in Königin Viktorias ausgedehntem Reich niemanden, der auf dem Gebiet geheimdienstlicher Tätigkeit einen höheren Rang bekleidete als er.

Auf den Straßen herrschte noch kaum Leben. Für Köchinnen und Stubenmädchen war es zu früh, doch man sah Hausknechte und Diener Kohlen ins Haus tragen. Hausmägde nahmen die Lieferungen der Fisch- und Geflügelhändler sowie der Obst- und Gemüseverkäufer entgegen. Im allmählich heller werdenden Licht des frühen Morgens fiel der Blick durch offen stehende Lieferanteneingänge in hell erleuchtete Spülküchen.

Bis Pitt das kurze Stück von der Keppel Street im nicht besonders wohlhabenden, aber durchaus achtbaren Teil des Stadtviertels Bloomsbury, wo er lebte, zu dem unauffälligen Haus zurückgelegt hatte, in dem Narraway zur Zeit sein Standquartier hatte, war es vollständig hell geworden. Er ging nach oben, während Jesmond, der seine Schuldigkeit getan hatte, unten wartete.

Narraway saß in dem riesigen Sessel, den er von einem Haus zum anderen mitzunehmen schien, wenn er von Zeit zu Zeit sein Standquartier wechselte. Er war schlank, drahtig und nahezu eine Handbreit kleiner als Pitt. Graue Fäden durchzogen sein dichtes dunkles Haar an den Schläfen, und seine Augen waren so dunkel, dass sie fast schwarz wirkten. Mit keinem Wort entschuldigte er sich bei Pitt dafür, dass er ihn aus dem Schlaf gerissen hatte. Der stellvertretende Polizeipräsident Cornwallis, Pitts früherer Vorgesetzter, hätte das getan.

»Auf einem Anwesen am Connaught Square hat es einen Mordfall gegeben«, sagte er gelassen. Er sprach leise und überaus deutlich. »Normalerweise würde uns das nichts angehen, aber der Tote ist im diplomatischen Dienst tätig. Zwar ist seine Position ziemlich unbedeutend, aber in dem Haus, in dessen Garten man ihn erschossen hat, lebt die ägyptische Geliebte von Mr Saville Ryerson, einem unserer Kabinettsmitglieder. Unglücklicherweise hat es den Anschein, dass der Minister sich zur Tatzeit dort aufgehalten hat.« Narraway sah Pitt unverwandt an.

Pitt holte tief Luft.

»Wer hat ihn erschossen?«, fragte er.

Ohne den Blick von ihm zu wenden, sagte Narraway: »Das festzustellen ist Ihre Aufgabe. Leider sieht es im Augenblick ganz danach aus, dass Mr Ryerson in die Sache verwickelt sein könnte, da die Polizei auf dem Grundstück sonst niemanden angetroffen hat – außer den Hausangestellten. Die aber lagen im Bett und schliefen. Verschlimmert wird die Sache noch dadurch, dass die Frau beim Eintreffen der Polizei die Leiche gerade fortschaffen wollte.«

»Ausgesprochen peinlich«, gab ihm Pitt trocken Recht. »Aber mir ist nicht klar, was wir da tun können. Falls die Ägypterin geschossen hat, fällt das ja wohl nicht unter diplomatische Immunität – oder gilt die auch für Mord? So oder so können wir die Sache wohl kaum beeinflussen.«

Er hätte gern hinzugefügt, dass es weder sein Wunsch noch seine Absicht war, die Anwesenheit eines Mitglieds des englischen Kabinetts am Tatort zu vertuschen, doch fürchtete er, dass Narraway genau das von ihm verlangen würde, um die Regierung nicht in Bedrängnis zu bringen oder diplomatische Verwicklungen zu vermeiden. Manches an der Arbeit im Sicherheitsdienst war ihm herzlich zuwider, aber seit dem Fall von Whitechapel blieb ihm keine rechte Wahl. Man hatte ihn als Leiter der Polizeiwache in der Bow Street abgesetzt, und er hatte seiner Abordnung zum Sicherheitsdienst zugestimmt, weil er dort vor den Nachstellungen des Inneren Kreises sicher war, dessen Machtstruktur und verbrecherische Machenschaften er ans Tageslicht gebracht hatte. Hinzu kam, dass ihm die neue Tätigkeit die einzige Möglichkeit bot, seine Fähigkeiten zu nutzen, um seinen Lebensunterhalt und den seiner Familie zu sichern.

Mit der Andeutung eines spöttischen Lächelns fuhr Narraway fort: »Sehen Sie zu, dass Sie Genaueres in Erfahrung bringen. Man hat die Frau auf die Wache in der Edgware Road gebracht. Das fragliche Haus heißt Eden Lodge. Irgendjemand scheint ziemlich viel Geld dafür aufzuwenden.«

Pitt presste die Zähne aufeinander. »Ich nehme an, Mr Ryerson. Vermutlich sagen Sie das ja nicht einfach so dahin, dass sie seine Geliebte ist.«

Narraway seufzte. »Sehen Sie zu, was Sie ermitteln können, Pitt. Solange wir die Wahrheit nicht wissen, sind uns die Hände gebunden. Hören Sie mit Ihren Erwägungen und Bedenken auf, und tun Sie Ihre Pflicht.«

»Ja, Sir«, sagte Pitt ein wenig bissig, nahm einen Augenblick lang stramme Haltung an, wandte sich dann auf dem Absatz um und ging hinaus. Dabei stieß er die Hände tief in die Taschen seines Jacketts, das durch diese Angewohnheit schon jede Form verloren hatte.

Er wandte sich nach Westen. Die Edgware Road lag ganz in der Nähe des Hyde Parks. Dorthin war es so weit, dass er beschloss, eine Droschke zu nehmen.

Inzwischen waren schon mehr Menschen unterwegs, und auch der Fahrzeugverkehr auf den Straßen hatte zugenommen. Ein Zeitungsjunge rief mit lauter Stimme die neuesten Nachrichten aus. Dabei ging es in erster Linie um die Möglichkeit eines Streiks in den Baumwollwebereien von Manchester, der schon ziemlich lange drohend in der Luft lag. Es sah keineswegs danach aus, dass sich die Situation von selbst bessern würde. Die Baumwollindustrie war im westlichen Teil Mittelenglands der bedeutendste Wirtschaftszweig, und Zehntausende verdienten mehr recht und schlecht ihren Lebensunterhalt damit, dass sie die aus Ägypten eingeführte Rohbaumwolle spannen, webten, färbten und weiterverarbeiteten. Da die Fertigerzeugnisse auf der ganzen Welt abgesetzt wurden, musste ein solcher Streik tiefgreifende und weitreichende Folgen haben und unabsehbaren volkswirtschaftlichen Schaden anrichten.

Nur hier und da zogen Wolkenfetzen über den klaren Himmel, doch war es noch ziemlich kühl. Pitt sah, dass eine Frau an einer Straßenecke becherweise Kaffee verkaufte – eine willkommene Möglichkeit, etwas Warmes in den Leib zu bekommen. Er musste damit rechnen, dass er keine Zeit zum Frühstücken haben würde. Er blieb stehen.

»Morg'n, Sir«, sagte die Frau munter. Als sie lächelte, zeigte sich, dass ihr zwei Schneidezähne fehlten. »Herrlicher Tag, nur 'n bisschen frisch, was? Wie wär's mit 'm Schluck heißen Kaffee?«

»Gern.«

»Zwei Pence, Sir.« Sie streckte eine knotige Hand nach dem Geld aus. Dabei sah er, dass ihre Finger von den Kaffeebohnen dunkel gefleckt waren.

Während er, auf dem Gehweg stehend, den dampfenden Kaffee in kleinen Schlucken aus dem Becher trank, überlegte er, wie er auf der Wache in der Edgware Road auftreten sollte. Bestimmt würden die Beamten sein Erscheinen dort sogar dann als Einmischung in ihre Angelegenheiten auffassen, wenn sich die Sache als so übel herausstellen sollte, dass sie eigentlich froh über die Möglichkeit sein müssten, einem anderen den Schwarzen Peter zuzuschieben. Er konnte sich gut erinnern, wie es ihm als Leiter der Wache in der Bow Street gegangen war. Jeden Fall, und wenn er noch so unangenehm war, hatte er selbst bearbeiten wollen, und es hatte ihn zutiefst verstimmt, wenn ein Vorgesetzter, der mit den Zusammenhängen und der Beweislage weniger vertraut war als er, ihm einen Fall aus der Hand genommen hatte. Mitunter waren diese Leute nicht einmal mit den Menschen zusammengetroffen, um die es ging, hatten nicht gesehen, wo sie lebten, wem ihre Fürsorge galt, wen sie fürchteten, liebten oder hassten, ganz davon zu schweigen, dass sie selbst sie verhört hätten.

Bei den Fällen, mit denen er im Sicherheitsdienst bisher zu tun gehabt hatte, war es in erster Linie um Vorbeugung gegangen. Er hatte Männer aufspüren müssen, die im Verdacht standen, dass sie zur Gewalttat aufriefen oder die frierenden und hungernden Massen der Armen zum Aufruhr anstifteten. Gelegentlich hatte er sich auch an der Suche nach Anarchisten oder möglichen Bombenlegern beteiligt. Ins Leben gerufen worden war der Sicherheitsdienst ursprünglich im Zusammenhang mit der irischen Frage, und er hatte, zumindest was die Bekämpfung der Gewalttätigkeit anging, durchaus gewisse Erfolge aufzuweisen. Mittlerweile bekämpfte er jede Bedrohung der Sicherheit des Landes, und unter diese Rubrik mochte es auch fallen, wenn ein führendes Regierungsmitglied in eine zwielichtige Affäre verwickelt war.

Er trank den Kaffee aus, gab den Becher zurück, dankte der Frau und ging weiter. Als er sah, dass an der Kreuzung eine freie

Droschke anhielt, fiel er in Laufschritt und rief dem Kutscher zu, er möge auf ihn warten.

In der Wache an der Edgware Road stellte er sich dem für den Fall zuständigen Inspektor Talbot vor und hielt ihm seine Karte hin. Dieser, mittelgroß und dürr wie ein Windhund, empfing ihn mit kaum verhohlener Ablehnung in seinem Dienstzimmer und bot ihm mit einer widerwilligen Handbewegung einen der Holzstühle an. Er selbst blieb hinter seinem Schreibtisch stehen, auf dem ein Stapel in sauberer Handschrift abgefasster Berichte lag. Ohne darauf zu warten, was sein ungebetener Besucher zu sagen hatte, erklärte er mit ausdrucksloser Stimme: »Der Fall ist sonnenklar. Die Beweislage lässt sich kaum falsch einschätzen. Da man uns sofort benachrichtigt hat, konnten wir die Frau in flagranti ertappen. Als meine Männer eintrafen, war sie gerade dabei, das Opfer auf einer Schubkarre wegzuschaffen. Die Tatwaffe, eine Pistole, lag neben ihr am Boden. Es ist ihre eigene.« Herausfordernd sah er Pitt an.

»Und wer hat den Mord gemeldet?«, fragte Pitt. Noch während er das sagte, spürte er, wie ihn eine gewisse Hoffnungslosigkeit erfasste. Es sah tatsächlich ganz nach einem klaren, einfachen und hässlichen Fall aus. Wie der Mann gesagt hatte, führte an dieser Erkenntnis wohl kein Weg vorbei.

»Das wissen wir nicht«, gab Talbot zurück. »Jemand hat sich bei uns gemeldet, weil geschossen worden war.«

»Und auf welche Weise?«, hakte Pitt nach. In ihm war eine gewisse Neugier erwacht.

»Telefonisch«, erklärte Talbot, der sofort begriffen hatte, worauf Pitt hinauswollte. »Das engt den Kreis derer, die infrage kommen, doch wohl ziemlich ein, was? Wie gesagt, wir wissen nicht, wer es war. Der Anrufer hat keinen Namen genannt und außerdem mit heiserer Stimme gesprochen, wahrscheinlich vor Aufregung. Die Telefonistin konnte nicht einmal mit Sicherheit sagen, ob es sich um einen Mann oder eine Frau handelte.«

»Die betreffende Person war also nahe genug am Tatort, um zweifelsfrei sagen zu können, dass es sich um Schüsse und nicht um irgendwelche anderen Geräusche handelte«, schloss Pitt sogleich. »Wie viele Häuser im Umkreis von hundert Metern um Eden Lodge haben Telefon?«

Talbot verzog den Mund. »Ziemlich viele. Im Umkreis von hundertfünfzig Metern dürften es fünfzehn oder zwanzig sein. In der Gegend wohnen eine ganze Reihe betuchter Leute. Natürlich werden wir herumfragen, aber dass der Anrufer keinen Namen genannt hat, lässt auf die Absicht schließen, nicht in die Sache verwickelt zu werden.« Er zuckte die Achseln. »Wirklich schade. Vielleicht hat er ja etwas beobachtet, aber ich nehme an, eher nicht. Der Tote war im Garten ziemlich gut von Gesträuch verdeckt. Da stehen lauter immergrüne Pflanzen, Lorbeerbüsche und dergleichen.«

»Aber Ihre Leute haben ihn sofort gefunden«, nahm Pitt den Faden wieder auf.

»Das ließ sich kaum vermeiden«, sagte Talbot mit trübseliger Miene. »Die Frau stand in einem langen weißen Kleid da, die Leiche auf einer Schubkarre vor sich, als hätte sie die Griffe in dem Augenblick losgelassen, als sie meine Männer kommen hörte.«

Pitt versuchte sich das Bild vorzustellen: die undurchdringliche Schwärze des Gartens mitten in der Nacht, das Blättergewirr, die feuchte Erde, eine Frau im Abendkleid mit einer Leiche auf einer Schubkarre.

»Wie Sie sehen, gibt es hier für Sie nichts zu tun«, unterbrach Talbot seine Gedanken.

»Möglich.« Pitt war nicht bereit, sich ohne weiteres fortschicken zu lassen. »Sagten Sie nicht, dass da eine Pistole lag?«

»Ja. Schönes Stück, mit ziselierten Griffschalen. Der Lauf war noch warm und roch deutlich nach Pulver. Zweifellos ist er damit getötet worden. Vernünftigerweise hat die Frau erst gar nicht abzustreiten versucht, dass die Waffe ihr gehört.«

»Und ein Unfall ist ausgeschlossen?«, fragte Pitt, ohne selbst so recht an eine solche Möglichkeit zu glauben.

Talbot gab ein leises Knurren von sich. »Bei einem Abstand von zwanzig Schritt wäre das unter Umständen möglich – aber es waren nur drei oder vier. Außerdem läuft so eine Frau nachts um drei ja wohl nicht ohne Grund mit einer Pistole im Garten herum.«

»Hat man ihn denn draußen erschossen?«, fragte Pitt rasch. Fabrizierte der Inspektor da womöglich Hypothesen, die nicht mit der Wirklichkeit übereinstimmten?

Talbot lächelte kaum wahrnehmbar. Es war lediglich ein leichtes Zucken der Lippen. »Entweder das, oder er hat eine Weile draußen gelegen, denn man hat auf dem Erdboden Blutspuren gefunden – im Haus übrigens keine.« Sein Gesichtsausdruck verhärtete sich, seine blassen Augen leuchteten. »Da gibt es doch eine Menge zu erklären, oder nicht?«

Pitt schwieg. Was erwartete Narraway eigentlich von ihm? Wenn Ryersons Geliebte diesen Mann erschossen hatte, gab es für den Sicherheitsdienst nicht den geringsten Grund, sie zu decken oder gar zu ihrem Schutz die Wahrheit zu verdrehen.

»Wer ist der Tote?«, fragte er.

Talbot lehnte sich an die Wand. »Auf diese Frage warte ich schon die ganze Zeit. Edwin Lovat, ehemaliger Offizier, nach seiner Entlassung aus dem Heer in untergeordneter Position im diplomatischen Dienst tätig. Er kommt aus einem erstklassigen Stall und hatte, soweit wir bisher feststellen konnten, weder Feinde noch Schulden. Alles deutet auf eine untadelige Vergangenheit hin, und bis heute Nacht sah auch seine Zukunft vielversprechend aus.« Er hielt inne. Offenkundig wartete er auf die nächste Frage.

Pitt ließ sich seine Verärgerung nicht anmerken. »Und welchen Grund hatte die Frau, ihn zu erschießen, ganz gleich, ob drinnen oder draußen? Ich nehme an, dass er nicht versucht hat, bei ihr einzubrechen?«

Talbot zog die Brauen hoch, sodass sich seine Stirn in Falten legte. »Warum zum Kuckuck hätte er das tun sollen?«

»Was weiß ich?«, gab Pitt knapp zurück. »Und warum sollte sie mit einer Pistole im Garten herumspazieren? Nichts von all dem ergibt einen Sinn.«

»O doch!«, gab Talbot zurück, beugte sich eifrig vor und stützte die Ellbogen auf den Schreibtisch. »Dieser Lovat war in seiner aktiven Zeit in Ägypten stationiert. Genau gesagt in Alexandria, woher die Frau stammt. Wer weiß schon, wie es im Kopf der Weiber von da unten aussieht? Die sind nicht wie unsere Frauen, müssen Sie wissen. Aber immerhin hat sie es ganz schön weit gebracht. Es ist allgemein bekannt, dass sie die Geliebte von Mr Ryerson ist, einem Minister, der einen Wahlkreis in Manchester vertritt, wo die Regierung im Augenblick eine Menge Ärger wegen der Baumwollindustrie hat. Nein, nein, so eine Frau gibt sich nicht mit einem abgehalfterten Offizier ab, der den Fuß erst auf die unterste Sprosse der diplomatischen Leiter gesetzt hat. Ich würde sagen, der junge Mann war nicht bereit, sich mit ihrem Nein zufrieden zu geben, und sie wollte verhindern, dass er sich in ihre neue Affäre drängt und Mr Ryerson mit Geschichten aus ihrer Vergangenheit gegen sie aufbringt.«

»Haben Sie Beweise dafür?«, fragte Pitt. Er war wütend und wollte zeigen, dass Talbot unsauber gearbeitet hatte und von Vorurteilen ausging. Dennoch gelang es ihm nicht, Widerwillen gegen den Mann zu empfinden. Seine Aufgabe war heikel und undankbar. Pitt überlegte, was er wohl unter diesen Umständen getan hätte. Er wusste es beim besten Willen nicht. Auch er wäre zutiefst verärgert gewesen und hätte auf der Suche nach einer Lösung womöglich die Tatsachen außer Acht gelassen.

»Natürlich nicht!«, gab Talbot hitzig zurück. »Aber ich gehe jede Wette ein, dass ich in einem oder zwei Tagen welche habe, wenn mir nicht der Sicherheitsdienst oder sonst jemand dazwischenfuhrwerkt und mich in meiner Arbeit behindert. Immerhin liegt die Tat erst vier Stunden zurück.«

Es war Pitt bewusst, dass er den Mann ungerecht behandelte.

»Wie haben Sie den Toten identifiziert?«, fragte er.

»Er hatte Visitenkarten in der Tasche«, sagte Talbot und setzte sich wieder aufrecht hin. »Die Frau hatte sich nicht einmal die Mühe gemacht, sie ihm abzunehmen. Sie konnte wohl an nichts anderes denken als daran, dass sie ihn aus dem Weg schaffen musste.«

»Hat sie das gesagt?«

»Herrgott noch mal!«, brach es aus Talbot heraus. »Meine Leute haben sie mit der Leiche quer über einer Schubkarre im Garten hinter ihrem Haus angetroffen. Was könnte sie sonst mit ihm vorgehabt haben? Bestimmt wollte sie ihn nicht zum Arzt bringen. Er war schon tot. Statt die Polizei zu rufen, wie das ein schuldloser Mensch wohl getan hätte, hat sie die Schubkarre aus dem Schuppen im Garten geholt und den Mann draufgepackt, um ihn wegzufahren.«

»Wohin?«, fragte Pitt und versuchte sich vorzustellen, wie es in ihrem Kopf ausgesehen haben mochte.

Talbot sah leicht unbehaglich drein. »Sie weigert sich, darüber zu sprechen.«

Pitt hob die Brauen. »Und was ist mit Mr Ryerson?«

»Den habe ich nicht gefragt!«, blaffte ihn Talbot an. »Ich habe auch nicht die Absicht, es zu tun. Er war nicht da, als meine Leute am Tatort eintrafen, sondern ist erst kurz darauf gekommen.«

»Wie bitte?«, fragte Pitt ungläubig.

Talbot wurde rot. »Er ist erst kurz darauf gekommen«, wiederholte er stur.

»Wollen Sie mir etwa weismachen, dass er zufällig nachts um drei dort vorbeigekommen ist, gesehen hat, wie ein Wachtmeister mit seiner Lampe eine Frau anleuchtet, vor der eine Schubkarre mit einer Leiche steht, und sich erkundigt hat, ob er behilflich sein kann?«, fragte Pitt mit vor Sarkasmus triefender Stimme. »Er ist wohl mit der Kutsche vorgefahren und von der Straße aus in den Garten gegangen? Ist er nicht zufällig aus dem Haus gekommen – im Nachthemd?«

»Nein!«, gab Talbot scharf zurück, wobei glühende Röte sein schmales Gesicht übergoss. »Er ist vollständig angekleidet von der Straße her gekommen.«

»Wo zweifellos seine Kutsche stand?«

»Er hat gesagt, er habe eine Droschke genommen.«

»Um der Dame einen Besuch abzustatten, die darauf sichtlich nicht vorbereitet war«, sagte Pitt mit beißendem Spott. »Und das nehmen Sie ihm ab?«

»Was bleibt mir anderes übrig?« Talbot erhob zum ersten Mal die Stimme. Man hörte einen Anflug von Verzweiflung in seinen Worten. Offenbar stand er kurz davor, seine bis dahin mühsam bewahrte Fassung zu verlieren. »Ich weiß selbst, dass das idiotisch klingt! Natürlich war er schon vorher da. Er ist aus der Richtung des Pferdestalls gekommen. Vermutlich wollte er ein Pferd anschirren, um die Leiche mit dem Einspänner oder was die Frau hat, wegschaffen zu können. Das Haus liegt nur einen Steinwurf vom Hyde Park entfernt. Weiter hätten sie ihn nicht zu bringen brauchen. Natürlich wäre er da ziemlich bald gefunden worden, aber niemandem wäre es möglich gewesen, einen von beiden mit der Sache in Verbindung zu bringen. Wir haben sie einfach deshalb nicht zusammen gesehen, weil wir so früh aufgetaucht sind. Aus der Frau ist kein Wort herauszubringen …«

»… und ihn fragen Sie nicht, weil Sie es nicht so genau wissen wollen«, beendete Pitt den Satz für ihn.

»So in der Art«, gab Talbot zu. Er sah elend drein. »Falls der Sicherheitsdienst diese Aufgabe übernehmen will, nur zu! Meinen Segen haben Sie. Ryerson wohnt am Paulton Square in Chelsea. Die Hausnummer weiß ich nicht, aber Sie können sich ja erkundigen. Viele Minister gibt es da sicher nicht.«

»Zuerst möchte ich mit der Frau reden. Wie heißt sie überhaupt?«

»Ayesha Sachari«, gab Talbot zur Antwort. »Aber ich darf Sie nicht zu ihr lassen, Sicherheitsdienst hin oder her. Die Anweisung kommt von ganz oben. Da sie Mr Ryerson nicht belastet hat, hat der Sicherheitsdienst nichts mit dem Fall zu tun. Sofern sich die ägyptische Botschaft dazu äußert, muss sich das Auswärtige Amt, der Lordkanzler oder was weiß ich wer noch damit beschäftigen. Davon aber war bisher nicht die Rede. Noch ist sie einfach eine Frau, die wir wegen Mordes an einem früheren Liebhaber festgenommen haben, und es gibt keinen vernünftigen Grund anzunehmen, dass sie es nicht getan hat. So liegen die Dinge, Sir – und was mich betrifft, bleibt das auch so. Hier kommen Sie nicht zum Zug, und wenn Sie damit nicht zufrieden sind, müssen Sie es woanders probieren.«

Pitt steckte die Hände in die Hosentaschen. In der einen hatte er ein Stück Bindfaden, ein halbes Dutzend Münzen, ein eingewickeltes Pfefferminzbonbon, zwei Stückchen Siegelwachs, ein Federmesser und drei Sicherheitsnadeln, in der anderen ein Notizbuch, einen Bleistiftstummel und zwei Taschentücher. Flüchtig kam ihm der Gedanke, dass das zu viel war.

Talbot sah ihn aufmerksam an. Zum ersten Mal merkte Pitt, dass der Mann Angst hatte. Dazu gab es allerdings auch reichlich Grund. Wenn er sich irrte, ganz gleich, ob zu Ryersons Gunsten oder Ungunsten, würde es ihm das Genick brechen. Hier ging es nicht um Fakten, sondern um die Einschätzung der Lage. Er würde die Schuld auch dann auf sich nehmen müssen, wenn andere einen Fehler gemacht hatten, Männer, die mehr Macht besaßen und mehr zu verlieren hatten als er.

»Mr Ryerson ist also zu Hause?«, fragte Pitt.

»Soweit ich weiß, ja«, sagte Talbot. »Hier ist er jedenfalls nicht. Wir haben ihn gefragt, ob er uns bei den Ermittlungen behilflich sein könnte, und er hat verneint. Er hat gesagt, dass er Miss Sachari für unschuldig hält. Er könne sich nicht vorstellen, dass sie einen Menschen töten würde, es sei denn, dieser habe ihr nach dem Leben getrachtet. In dem Fall aber könne von einem Verbrechen keine Rede sein.« Er zuckte die Achseln. »Ich hätte das alles ohne ihn zu fragen hinschreiben können – schließlich hat er das Einzige gesagt, was ihm möglich war, um ihren Ruf zu wahren: dass er nichts weiß und gerade erst angekommen war und so weiter. Kein Ehrenmann würde eine Dame eine Hure nennen, nicht einmal dann, wenn sie eine ist und alle Welt es weiß. Und natürlich war nicht zu erwarten, dass er zugeben würde, dass sie es getan hat, oder? Schließlich würde es wie Verrat aussehen – ihre Beziehung ist allgemein bekannt. Aber wie gesagt, sie hat nicht bestritten, dass ihr die Pistole gehört. Wir haben ihren Diener gefragt, und er hat die Waffe erkannt. Es war seine Aufgabe, sie zu putzen, zu ölen und so weiter.«

»Und warum hatte sie eine?«

Talbot spreizte die Hände. »Was weiß ich! Es kommt einzig und allein darauf an, dass es ihre Waffe ist. Überlegen Sie doch nur:

Wachtmeister Cotter hat sie im Garten mit der Leiche eines verflossenen Liebhabers gefunden, die quer über einer Schubkarre lag. Was erwarten Sie noch von uns?«

»Nichts«, räumte Pitt ein. »Danke für Ihre Geduld, Inspektor. Falls sich etwas Neues ergeben sollte, melde ich mich wieder.« Er zögerte einen Augenblick und sagte dann mit einem Lächeln: »Viel Glück.«

Talbot verdrehte die Augen, doch sein Ausdruck entspannte sich flüchtig. »Danke«, sagte er mit einem Anflug von Sarkasmus. »Ich wollte, ich könnte mich so einfach aus der Sache davonstehlen wie Sie.«

Mit breitem Lächeln und einem unleugbaren Gefühl der Erleichterung ging Pitt zur Tür. Von ihm aus konnte der arme Talbot den Fall gern bearbeiten, der letzten Endes nahezu mit Sicherheit nichts weiter war als eine private Tragödie, auch wenn ein Minister in sie verwickelt war.

Trotzdem beschloss er, sich den Tatort anzusehen, bevor er Narraway Bericht erstattete. Es war ein schöner Vormittag, und bis zum Connaught Square dauerte es zu Fuß höchstens zehn Minuten. Die Straßen waren unterdessen deutlich belebter, und fröhlich hallte das Klappern von Pferdehufen durch die Morgenluft. Auf dem Vorplatz eines großen Hauses klopfte ein Dienstmädchen von etwa vierzehn Jahren einen rot-blauen Teppich so kräftig, dass dichter Staub im Sonnenlicht tanzte. Flüchtig ging Pitt die Frage durch den Kopf, ob ihr lustvolles Zuschlagen auf Lebensfreude zurückging oder der Teppich die Stelle eines Menschen vertrat, den sie nicht ausstehen konnte.

Er überquerte die Straße, deren Pflastersteine noch vom Tau glänzten, und warf einem der kleinen Jungen, die auf der Straße Pferdeäpfel zusammenkehrten, einen Penny zu. Noch hatte der Junge nicht viel zu tun, und so stand er auf seinen Besen gestützt da. Die einige Nummern zu große Schirmmütze saß ihm auf den Ohren.

»Danke, Chef!«, rief er Pitt mit breitem Lächeln zu.

Eden Lodge war ein eindrucksvolles Anwesen. Pitt hätte gern gewusst, ob Miss Sachari Eigentümerin des Hauses war oder zur

Miete darin wohnte und von wem sie es gemietet hatte. Natürlich war es denkbar, dass die beiden nicht besonders diskret gewesen waren und das Haus Ryerson gehörte. Wichtiger aber als diese Frage war jetzt, dass sich Pitt den Garten ansah, in dem man die Frau mit der Leiche angetroffen hatte. Dazu musste er ans Ende der Häuserzeile und um die Gebäude herumgehen.

Am Pferdestall, hinter dem sich der Sankt-Georgs-Friedhof erstreckte, hielt ein Polizeibeamter Wache, und so musste sich Pitt ausweisen, bevor er das Grundstück betreten konnte. Er blieb auf dem Weg, obwohl kein Grund zu der Annahme bestand, dass er irgendwelche Spuren zerstören konnte. Die hölzerne Schubkarre stand noch an Ort und Stelle. Auf ihren Bodenbrettern war eine Lache aus geronnenem Blut zu erkennen. Ganz offensichtlich hatte der Tote quer darüber gelegen, mit dem Kopf auf der einen und den Beinen auf der anderen Seite. Dort, wo den Aussagen Inspektor Talbots nach Miss Sachari gestanden hatte, fand Pitt Blutspuren am Boden.

Er bückte sich und untersuchte aufmerksam die nähere Umgebung. Das Rad der Schubkarre hatte eine knapp einen Meter lange Vertiefung im Boden erzeugt und war um eine gute Daumenbreite ins Erdreich eingesunken, was einen Rückschluss auf das Gewicht der Last zuließ. Außerdem sah er Spuren aus der Richtung, von wo sie leer herbeigebracht, herumgedreht und beladen worden war. Er richtete sich auf und ging einige Schritte weiter. Herabgefallene Ästchen, Laub und kleine Steine am Boden bewirkten, dass die Fußspuren ziemlich undeutlich waren, doch erkannte er, wo jemand gestanden und sich umgedreht hatte. Allerdings ließ sich unmöglich sagen, ob es sich dabei um eine einzelne Person oder mehrere gehandelt hatte, und schon gar nicht, ob die Fußabdrücke von einem Mann, einer Frau oder von beiden stammten.

Bei genauerem Hinsehen erkannte Pitt zwischen Lorbeer- und Rhododendronbüschen etwa fünf Schritt von der Gartenmauer entfernt, die den Weg zum Dienstboteneingang mit der Spülküche begrenzte, deutlich rostrotes eingetrocknetes Blut. Dort also musste das Opfer zu Boden gestürzt sein.

Die Büsche standen im Schatten von Birken, die hoch über sie hinausragten. Vom Pferdestall aus konnte man diese Stelle mit Sicherheit nicht sehen, und das Wohnhaus schützte sie vor Blicken von der Straße her. Hinter einer von Blumenrabatten eingefassten Rasenfläche sah Pitt eine Terrassentür, die in den Wohntrakt des Hauses führte.

Was zum Henker mochte Edwin Lovat mitten in der Nacht dort getrieben haben? Pitt konnte sich nicht recht vorstellen, dass er durch den Pferdestall gekommen war und auf diese Weise ins Haus gehen wollte, es sei denn, er hätte sich mit der Bewohnerin verabredet und diese ihn hinter der Terrassentür erwartet. Falls sie ihn nicht empfangen wollte, wäre nichts einfacher gewesen, als ihn abzuweisen, denn sie brauchte lediglich ihren Dienstboten die nötige Anweisung zu geben. Im schlimmsten Fall hätte sie Anweisung geben können, den ungebetenen Besucher an die frische Luft zu setzen.

Falls Lovat in der Tat gerade erst angekommen war, sah es verdächtig danach aus, als hätte ihm die Ägypterin mit der Absicht dort aufgelauert, ihn umzubringen. Warum sonst hätte sie sich mit einer geladenen Schusswaffe im Garten aufhalten sollen?

Eine andere Möglichkeit bestand darin, dass Lovat nach einem Streit gerade hatte gehen wollen und sie ihm mit der Waffe gefolgt war.

Wann Ryerson wohl tatsächlich eingetroffen war? Bevor geschossen wurde – oder danach? Hatte die Frau den Toten eigenhändig auf die Schubkarre gehoben? Man müsste feststellen, wie groß und schwer sie und Lovat waren. Sofern sie den Toten hochgehoben hatte, müsste man an ihrem weißen Kleid Blutspuren und vielleicht auch Erde finden. Danach konnte er Talbot fragen oder besser noch den Beamten, der als Erster am Tatort gewesen war.

Er machte kehrt und ging durch das Tor zum Pferdestall zurück. Dort sah er den Wachtmeister, der vor Langeweile von einem Fuß auf den anderen trat. Er wandte sich um, als er hörte, wie das Tor geschlossen wurde.

»Hatten Sie heute Nacht hier Dienst?«, fragte Pitt. Der Mann sah so müde aus, als wäre er schon seit vielen Stunden auf.

»Ja, Sir.«

»Waren Sie bei der Festnahme von Miss Sachari anwesend?«

»Ja, Sir.« Seine Stimme hob sich ein wenig, klang interessierter.

»Können Sie mir die Frau beschreiben?«

Einen Augenblick sah der Beamte verwundert drein, dann überlegte er, wobei sich sein Gesicht vor Anstrengung verzog. »Ziemlich groß, Sir, und sehr schlank. Dass sie Ausländerin is, is auf 'n ersten Blick zu erkennen – se sieht richtig fremdländisch aus. Auf mich hat se … na ja, 'n sehr damenhaften Eindruck gemacht, jedenfalls mehr wie unsre Damen meistens – ich mein, die sind …«

»Nur zu«, ermunterte ihn Pitt. »Ich will offene Antworten, Sie brauchen also keine Rücksichten zu nehmen. Was ist mit dem Toten? Wie groß war er?«

»Größer wie der Durchschnitt, Sir, und breitschultrig. Was Genaueres kann ich schwer sagen – ich hab 'n ja nie stehen sehen. Aber ich denk, 'n bisschen größer wie ich un nich ganz so groß wie Sie.«

»Hat man ihn ins Leichenschauhaus gebracht?«

»Ja, Sir.«

»Wie viele Männer haben ihn aufgehoben?«

»Zwei, Sir.« Der Ausdruck von Verstehen trat auf seine Züge. »Sie meinen wohl, dass se 'n nich alleine auf die Schubkarre gekriegt hat?«

»Ja.« Pitt presste die Lippen zusammen. »Aber es dürfte besser sein, zu niemandem darüber zu sprechen, jedenfalls fürs Erste. Man hat mir gesagt, dass die Frau ein weißes Kleid trug. Stimmt das?«

»Ja, Sir. Es hat ganz eng angelegen, nich so wie sonst bei den Damen, soweit ich welche gesehen hab. Sehr schön …« Er errötete leicht, wohl weil er der Ansicht war, dass es sich nicht mit seiner Tätigkeit vertrug, eine Mörderin schön zu finden, noch dazu eine fremdländische. Dennoch fuhr er fort: »Irgendwie natürlicher. Ich mein …« Er fuhr sich mit einer Hand über die Schulter. »Keine Puffärmel, mehr so, wie Frauen von Natur aus aussehen.«

Pitt unterdrückte ein Lächeln. »Ich verstehe. Und gab es auf diesem weißen Kleid Erd- oder Blutflecken?«

»'n bisschen Erde, aber das war wohl eher Blätterdreck«, sagte der Beamte.

»Wo?«

»So auf Kniehöhe. Als hätt se am Boden gekniet.«

»Aber kein Blut?«

»Nein, Sir, jedenfalls hab ich keins gesehen.« Er riss die Augen weit auf. »Sie mein', se hat 'n nich auf die Schubkarre gelegt?«

»Nein, ich glaube, das haben Sie gesagt, Wachtmeister. Übrigens wäre es mir sehr recht, wenn Sie das nicht wiederholten, es sei denn, man fordert Sie in einer Situation dazu auf, in der es eine Lüge wäre, etwas anderes zu sagen. Lügen sollen Sie auf keinen Fall.«

»Nein, Sir! Hoffentlich fragt mich keiner.«

»Ja, das wäre auf jeden Fall das Beste«, stimmte Pitt mit Nachdruck zu. »Danke, Wachtmeister. Wie heißen Sie?«

»Cotter, Sir.«

»Ist der Diener noch im Hause?«

»Ja, Sir. Niemand is da rausgekommen, seit man se weggebracht hat.«

»Dann werde ich hineingehen und mit ihm sprechen. Wissen Sie, wie er heißt?«

»Nein, Sir. Er sieht aber aus wie 'n Ausländer.«

Pitt dankte ihm erneut und ging zum Dienstboteneingang. Er klopfte und musste mehrere Minuten warten, bis ein dunkelhäutiger schlanker Mann in blassen steinfarbenen Gewändern öffnete. Den größten Teil seines Kopfes bedeckte ein Turban. Seine Augen waren nahezu schwarz.

»Ja, Sir?«, sagte er zurückhaltend.

»Guten Morgen«, begrüßte ihn Pitt. »Sind Sie Miss Sacharis Diener?«

»Ja, Sir. Aber Miss Sachari ist nicht anwesend.« Er sagte das mit solcher Endgültigkeit, als wäre damit jede mögliche Diskussion abgeschnitten, und traf Anstalten, die Tür zu schließen.

»Das ist mir bekannt!«, gab Pitt scharf zurück. »Wie heißen Sie?«

»Tariq El Abd, Sir.«

Pitt nahm eine Karte heraus und hielt sie ihm hin. Immerhin war es möglich, dass der Mann Englisch lesen konnte. »Ich komme vom Sicherheitsdienst. Vermutlich hat die Polizei bereits mit Ihnen gesprochen, aber ich muss Ihnen noch einige weitergehende Fragen stellen.«

»Ich verstehe.« Der Diener öffnete die Tür etwas weiter und ließ ihn widerstrebend eintreten. Eine Stufe höher als die Spülküche lag die warme Küche, aus der exotische Düfte drangen. Niemand befand sich darin. Pitt nahm an, dass El Abd auch als Koch fungierte und das übrige Personal jeweils nur tagsüber ins Haus kam.

»Möchten Sie Kaffee, Sir?«, erkundigte sich der Diener, als wäre er der Hausherr. Er sprach leise und nahezu akzentfrei.

»Danke«, nahm Pitt das Angebot mehr aus Höflichkeit an als aus dem Wunsch, eine weitere Tasse Kaffee zu trinken. In der Küche roch es nach Gewürzen und sonderbar geformten Brotlaiben, die auf einem Gestell nahe dem gegenüberliegenden Fenster abkühlten. In einer Schale auf dem Tisch lagen Früchte, die Pitt nicht kannte.

Schon nach wenigen Augenblicken brachte El Abd ein winziges Tässchen; offenbar hatte er den Kaffee aufgewärmt. Er bot Pitt einen Stuhl an und erkundigte sich, ob er bequem sitze. Er bewegte sich mit einer unauffälligen Anmut, die es schwierig machte, sein Alter zu schätzen, doch die vom Wetter gegerbte Haut seiner Hände und der schon deutlich ins Graue spielende schwarze Vollbart ließen Pitt annehmen, dass er sicher über vierzig war, wenn nicht gar schon nahe fünfzig.

Pitt nahm den Kaffee dankend entgegen und trank einen kleinen Schluck. Das Getränk war fast so dick wie Sirup und sagte ihm nicht sonderlich zu. Ohne sich das anmerken zu lassen, fragte er höflich: »Was ist heute Nacht hier vorgefallen?«

Da der Diener stehen geblieben war, musste Pitt den Blick zu ihm heben.

»Das weiß ich nicht, Sir«, antwortete er. »Ich bin wach geworden, vermutlich von einem Geräusch, und aufgestanden, um zu sehen, ob Miss Sachari gerufen hatte, konnte sie aber im ganzen Haus nicht finden.« Er zögerte.

»Und?«, half Pitt nach.

Der Mann sah zu Boden. »Ich bin ans Fenster zur Straßenseite gegangen und dann, weil dort nichts zu sehen war, nach hinten. Zwischen den Büschen, denen mit den glatten, glänzenden Blättern, habe ich eine Bewegung gesehen. Ich habe eine Weile gewartet, aber nichts weiter gehört. Da ich keinen Grund hatte anzunehmen, dass etwas nicht in Ordnung sein könnte, bin ich zu dem Ergebnis gekommen, dass mich wohl eine schlagende Tür geweckt hatte.«

»Was haben Sie dann getan?«

Er hob die Schultern ein wenig. »Ich habe mich wieder ins Bett gelegt, weil man mich offensichtlich nicht brauchte, Sir. Ich weiß nicht, wie lange es gedauert hat, bis ich dann Leute sprechen hörte und die Polizei mich nach unten rief.«

»Hat man Ihnen eine Schusswaffe gezeigt?«

»Ja, Sir.«

»Und Sie gefragt, wer ihr Eigentümer ist?«

»Ja, Sir. Ich habe gesagt, dass sie Miss Sachari gehört.« Er sah zu Boden. »Da wusste ich noch nicht, wozu sie gedient hatte. Aber ich putze und öle sie, da kenne ich sie natürlich gut.«

»Wozu besitzt Miss Sachari eine Schusswaffe?«

»Ich habe kein Recht, ihr solche Fragen zu stellen, Sir.«

»Und Sie kennen auch den Grund nicht?«

»Nein, Sir.«

»Aha. Aber da Sie die Waffe reinigen, wissen Sie auch, ob Ihre Herrin sie je benutzt hat.«

»Das kann ich verneinen, Sir.«

»Danke. Haben Sie Lovat … den Toten gekannt?«

»Ich glaube nicht, dass er früher schon einmal hier war.«

Danach hatte Pitt nicht gefragt. Der Mann wich ihm aus. Tat er das absichtlich, oder hing es damit zusammen, dass Englisch nicht seine Muttersprache war?

»Haben Sie ihn früher schon einmal gesehen?«

Der Diener senkte den Blick. »Noch nie, Sir. Wenn ich richtig verstanden habe, hat der Polizeibeamte an seiner Kleidung und den Gegenständen in seinen Taschen erkannt, um wen es sich handelte.«

Die Polizei hatte El Abd also nicht gefragt, ob er Lovat schon einmal gesehen hatte. Das war eine Unterlassung, auf die es allerdings wohl nicht besonders ankam. Als Miss Sacharis Diener würde er jetzt, da er wusste, dass man sie des Mordes an Lovat verdächtigte, vermutlich auf jeden Fall bestreiten, dass er ihn kannte.

Pitt trank seinen Kaffee aus und stand auf. »Danke«, sagte er, bemüht, die letzten Reste der süßen, klebrigen Flüssigkeit hinunterzuschlucken. Er hoffte, dass es nicht zu lange dauern würde, bis er den Geschmack wieder losbekam.

»Sir.« Der Diener neigte zum Abschied leicht den Kopf. Es war kaum mehr als die Andeutung einer Verbeugung.

Pitt verließ das Haus durch den Hinterausgang, dankte Wachtmeister Cotter und kehrte am Pferdestall vorüber und um die Ecke auf den Connaught Square zurück, wo er nach einer Droschke Ausschau hielt, die ihn zu Narraway bringen sollte.

»Nun?« Narraway sah leicht verkniffen von seiner Zeitung auf. Sein Blick wirkte besorgt.

»Die Polizei hat die Ägypterin, Ayesha Sachari mit Namen, festgenommen und tut so, als hätte Ryerson mit der Sache nichts zu tun«, teilte ihm Pitt mit. »Die Leute stecken den Kopf in den Sand, statt der Sache auf den Grund zu gehen, weil sie nicht wissen wollen, wie es wirklich war.« Er tat einige Schritte durch den Raum und setzte sich Narraway gegenüber.

Dieser holte tief Luft und stieß sie langsam wieder aus. »Und wie war es wirklich?«, fragte er leise und gelassen. Er saß völlig reglos, als wolle er sich nicht durch die geringste Kleinigkeit ablenken lassen.

Statt lässig ein Bein über das andere zu schlagen, ahmte Pitt unbewusst die Haltung seines Vorgesetzten nach.

»Ryerson hat ihr Beihilfe geleistet, zumindest als es darum ging, die Leiche beiseite zu schaffen«, gab er zur Antwort.

»So, so ...« Wieder stieß Narraway langsam den Atem aus, ohne dass sich seine Anspannung minderte. »Und welche Beweise haben Sie dafür?«

»Die Frau ist sehr schlank und trug zur Tatzeit ein weißes Kleid«, gab Pitt zur Antwort. »Der Tote war ziemlich groß und schwer. Zwei Männer mussten ihn von der Schubkarre in den Wagen heben, der ihn zum Leichenschauhaus gebracht hat. Natürlich haben sie ihn unter Umständen rücksichtsvoller behandelt als jemand, der ihn möglichst schnell aus dem Weg haben wollte.«

Narraway nickte mit fest zusammengekniffenen Lippen.

»Aber auf ihrem weißen Kleid war weder Erde noch Blut zu sehen«, fuhr Pitt fort. »Lediglich Reste von vermoderten Blättern, weil sie am Boden gekniet hatte, möglicherweise neben dem Toten.«

»Aha«, sagte Narraway mit angespannt klingender Stimme. »Und was ist mit Ryerson?«

»Danach habe ich nicht gefragt«, erklärte Pitt. »Der Beamte am Tatort hat durchaus begriffen, warum ich diese Dinge wissen wollte, und die richtigen Folgerungen daraus gezogen. Soll ich noch einmal hin und ihn fragen? Das ließe sich ohne weiteres einrichten, nur würde dann ...«

»Das weiß ich selbst!«, fuhr ihn Narraway an. »Nein, lassen Sie es gut sein ... jedenfalls vorerst.« Flüchtig flackerte Unruhe in seinem Blick, dann aber sah er zur gegenüberliegenden Wand hin. »Wir wollen abwarten, wie sich der Fall entwickelt.«

Pitt blieb ruhig sitzen. Die Atmosphäre im Raum wirkte sonderbar auf ihn, als lägen wichtige Ereignisse in der Luft, die sich jedem Zugriff entzogen. Narraway hatte bestimmte Punkte nicht ausgesprochen. War das von Bedeutung? Oder war das, was er empfand, eher ein Unbehagen, das auf die gesammelten Erfahrungen vieler Jahre zurückging?

Auch Narraway zögerte, ließ aber den Augenblick verstreichen und sah Pitt erneut an. »Also weiter«, sagte er etwas weniger schroff. »Sie haben mir gesagt, was Sie gesehen haben und was Ihnen der Beamte am Tatort mitgeteilt hat. Wir werden uns bemühen, Ryerson nach Möglichkeit aus der Sache herauszuhalten. Einstweilen soll sich die Polizei damit beschäftigen. Gehen Sie nach Hause und essen Sie etwas. Vielleicht brauche ich Sie später noch.«

Pitt erhob sich, ohne den Blick von Narraway zu wenden, der ihn seinerseits ansah. In seinen glänzenden Augen lag eine kaum erkennbare Empfindung. Dass er sie absichtlich verborgen hielt, spürte Pitt ebenso deutlich wie die gespannte Atmosphäre im Raum, die etwa so war wie an einem gewittrigen Tag.

»Ja, Sir«, sagte er ruhig und ging hinaus. Gedankenvoll sah ihm Narraway nach.

Erst am späten Vormittag kehrte Pitt in sein Haus an der Keppel Street zurück. Um diese Tageszeit waren die Kinder in der Schule. Als er die Haustür aufschloss, hörte er Charlotte und das Dienstmädchen Gracie in der Küche lachen. Während er sich die Schuhe auszog, musste er unwillkürlich lächeln. Die Geräusche hüllten ihn wohltuend ein: Frauenstimmen, das Klappern von Kochtöpfen, das schrille Pfeifen eines Wasserkessels. Die vom Küchenherd ausstrahlende Wärme erfüllte das Haus, und in der Luft hing der Geruch nach dem Brot im Backofen, nach frisch gewaschener und noch nicht vollständig trockener Wäsche sowie nach Holz – wohl vom gründlich geschrubbten Dielenboden.

Ein rötlich getigerter Kater kam aus der Küche, streckte sich lustvoll und näherte sich ihm dann, den Schwanz wie ein Fragezeichen emporgereckt.

»Hallo, Archie«, sagte Pitt leise und streichelte das Tier, das sich unter seiner Berührung drehte und schnurrend an sein Bein drängte. »Wahrscheinlich willst du die Hälfte von meinem Frühstück abhaben?«, fuhr er fort. »Na, dann komm.« Er richtete sich auf und ging, von dem Kater gefolgt, auf leisen Sohlen zur Küchentür.

Charlotte stürzte gerade ein Brot aus seiner Form auf das Gitter, auf dem es abkühlen sollte, während Gracie frisch abgewaschenes blau-weißes Porzellan einräumte. Auch mit über zwanzig war sie noch schmal und so klein, dass sie kaum die oberen Fächer des Geschirrschranks erreichte.

Charlotte, die seine Anwesenheit gespürt haben mochte, wandte sich um und sah ihn fragend an.

»Frühstück«, sagte er mit einem Lächeln.

Gracie stellte keine Fragen. Bei anderen Gelegenheiten allerdings stand ihr Mundwerk, wenn sie das für richtig hielt, keinen Augenblick still. Sie empfand das nicht als vorlaut; es hing mit ihrem Wunsch zusammen, Pitt zu helfen und sich um ihn zu kümmern. Damit hatte sie schon früh angefangen, kaum dass Charlotte und er sie mit dreizehn Jahren in ihr Haus geholt hatten, eine halb verhungerte Waise mit straff nach hinten gekämmten Haaren, deren Kleider viel zu groß für sie waren. Ein blitzgescheites aufgewecktes Kind, auch wenn sie damals weder lesen noch schreiben konnte.

In der Zwischenzeit war sie sehr viel reifer geworden. Ihrer festen Überzeugung nach arbeitete sie für den klügsten Kriminalbeamten, den es in England oder sonstwo gab, und sie wäre auf keinen Fall bereit gewesen, diese Stellung, in der sie ihm ihrer Ansicht nach unschätzbare Dienste leistete, gegen eine noch so verlockende einzutauschen, und wäre es am Hof der Königin.

»Es ist doch nicht etwa wieder der Innere Kreis?«, erkundigte sich Charlotte mit einem Anflug von Furcht in der Stimme.

Bei diesen Worten blieb Gracie mitten in der Bewegung wie erstarrt stehen. Sie schien vergessen zu haben, dass sie Teller einräumen wollte. Ihnen allen stand die Erinnerung an die entsetzliche Geheimorganisation deutlich vor Augen, die Pitt nicht nur die Anstellung bei der Polizei der Hauptstadt gekostet hatte, sondern um ein Haar auch das Leben.

»Nein«, sagte er sogleich mit fester Stimme, »ein einfacher Mord.« Charlotte sah ihn ungläubig an. »Höchstwahrscheinlich hat die Täterin ein Verhältnis mit einem hohen Regierungsmitglied«, fügte er hinzu. »Ebenso wahrscheinlich hat er sich selbst ebenfalls an Ort und Stelle befunden, wenn nicht zur Tatzeit, dann auf jeden Fall unmittelbar danach, und hat ihr geholfen, als sie die Leiche beiseite schaffen wollte.«

»Aha«, sagte sie. Sie hatte die Situation vollständig erfasst. »Aber das ist ihnen nicht gelungen?«

»Nein.« Er setzte sich auf einen der Stühle und streckte die Beine aus. »Jemand hat Schüsse gehört und die Polizei gerufen. Sie ist gerade in dem Augenblick eingetroffen, als die Frau den Toten mit einer Schubkarre aus ihrem Garten fortschaffen wollte.«

Einen Augenblick lang sah sie ihn ungläubig an, merkte aber an seinem Gesichtsausdruck, dass er nicht scherzte.

»Dieser Regierungsheini muss ja 'n ausgewachsener Hornochse sein!«, sagte Gracie unverblümt. »Hoffentlich hat der keine wichtige Aufgabe, sonst geht's uns allen noch ganz schön dreckig.«

»Gut möglich«, gab ihr Pitt aus vollem Herzen Recht. Archie sprang ihm auf die Knie, und er streichelte ihn geistesabwesend. »Man kann nicht ausschließen, dass es so kommt.«

Seufzend ging Gracie daran, ihm Tee zu machen und das Frühstücksgeschirr auf den Tisch zu stellen. Charlotte wandte sich wieder dem Herd zu, um das Mittagessen vorzubereiten. Ihrem Gesicht war deutlich anzusehen, dass sie Ärger voraussah.

KAPITEL 2

Die Abendzeitungen hatten nur kurz über die Entdeckung von Edwin Lovats Leiche auf dem Anwesen Eden Lodge berichtet, doch am Tag darauf brachten die Morgenblätter Einzelheiten über den Fall.

»Da ha'm Se's!«, sagte Gracie zu Pitt, der allein beim Frühstück saß, und wies auf die *Times* sowie die *London Illustrated News.* »Jetz fall'n se alle über die Ausländerin her. Da steht, dass sie 's getan hat un der Tote 'n achtbarer Herr war un so weiter.«

Charlotte hatte ihr Lesen beigebracht. Gracie war ungeheuer stolz auf diese neu erworbene Fähigkeit, die ihr eine Tür zu neuen Welten aufgestoßen hatte, an die sie früher nicht einmal im Traum gedacht hätte. Wichtiger aber noch war ihr, dass sie jetzt allen Menschen auf geistiger, wenn schon nicht auf gesellschaftlicher Ebene von gleich zu gleich gegenübertreten konnte. Was sie nicht wusste, würde sie herausbekommen. Sie konnte lesen, war also imstande zu lernen. »Über den Minister steht da nix!«, fügte sie hinzu.

Pitt nahm beide Zeitungen an sich und schlug sie auf, sodass sie den halben Tisch bedeckten, während er selbst nachsah. Jemima kam herein, den Schulkittel bereits über das Kleid gezogen. Mit ihren Zöpfen sah sie deutlich älter aus als ihre zehn Jahre, zumal sie, zumindest nach außen hin, nicht nur ausgesprochen beherrscht wirkte, sondern auch schon ziemlich groß war. Zu diesem Eindruck trugen auch die halbhohen Absätze ihrer Knöpfstiefel bei.

»Guten Morgen, Papa«, sagte sie und wartete artig auf seinen Gegengruß.

Er hob den Blick von der Zeitung, denn ihm war bewusst, dass sie seit dem nicht besonders lange zurückliegenden Abenteuer in Dartmoor mehr denn je auf seine Zuwendung angewiesen war. Es hatte ihn bedrückt, dass es ihm zum ersten Mal nicht möglich gewesen war, seine Angehörigen selbst zu schützen, die in höchster Lebensgefahr schwebten. Zum Glück hatte sein einstiger Untergebener Tellman diese Aufgabe glänzend gelöst und dabei seine eigene berufliche Zukunft aufs Spiel gesetzt. Er arbeitete nach wie vor in der Wache an der Bow Street. Ihr neuer Leiter, Pitts Nachfolger Oberinspektor Wetron, war nicht nur ein kalter Ehrgeizling, man vermutete auch, dass er zu den führenden Köpfen des Inneren Kreises gehörte und möglicherweise sogar auf dessen alleinige Führung hinarbeitete.

»Guten Morgen«, gab er gemessen zur Antwort und sah seine Tochter an.

»Steht da was Wichtiges drin?«, fragte Jemima mit einem Blick auf die Zeitung.

Er zögerte kaum wahrnehmbar. Stets war ihm darum zu tun, die Kinder vor Widrigkeiten zu bewahren, ganz besonders Jemima, vielleicht, weil sie ein Mädchen war. Charlotte hatte ihm allerdings erklärt, dass Geheimnistuerei und ausweichende Antworten den Menschen mehr Angst machen als selbst die entsetzlichsten Tatsachen und dass es schmerzt, wenn man von etwas ausgeschlossen wird, und seien die Gründe dafür noch so ehrenwert. Daniel, zwei Jahre jünger als Jemima, war selbstgenügsamer und weniger von seinem Vater abhängig. Zwar sah und hörte auch er aufmerksam zu, beschäftigte sich aber im Unterschied zu seiner Schwester in erster Linie mit seinen eigenen Angelegenheiten.

»Ich glaube nicht«, sagte er wahrheitsgemäß.

»Arbeitest du an dem Fall?«, fasste sie nach und sah ihn angespannt an.

»Er ist nicht gefährlich«, beruhigte er sie und lächelte dabei. »Es sieht so aus, als ob eine Frau jemanden erschossen hat und ein wichtiger Mann zu diesem Zeitpunkt ebenfalls am Tatort war. Wir müssen tun, was wir können, damit er keine Schwierigkeiten bekommt.«

»Warum?«, wollte sie wissen.

»Eine berechtigte Frage. Weil er dem Kabinett angehört und das Ganze für die Regierung unseres Landes äußerst peinlich wäre.«

»Hätte er denn woanders sein sollen?«, fragte sie. Offenbar hatte sie sofort begriffen, worum es ging.

»Unbedingt – und zwar zu Hause im Bett, denn es war mitten in der Nacht.«

»Warum hat die Frau den anderen erschossen? Hatte sie Angst vor ihm?« Das war für sie der nächstliegende Gedanke. Erst vor wenigen Monaten hatte sie erlebt, wie es war, Angst um sein Leben zu haben. Sie hatten am Rande des Heidelandes mitten in der Nacht aufstehen, eilig alle Habe zusammenraffen und in der Dunkelheit mit einem Pferdefuhrwerk fliehen müssen.

»Ich weiß nicht, mein Schätzchen«, sagte er und legte ihr eine Hand auf die glatte Wange. »Wir müssen das noch herausbekommen. Die Frau hat bisher nichts gesagt. Es ist genau wie früher meine Arbeit bei der Polizei und überhaupt nicht gefährlich.«

Konzentriert und aufmerksam sah sie ihn an. Offensichtlich überlegte sie, ob er ihr die Wahrheit sagte. Sie kam wohl zu dem Ergebnis, dass es sich so verhielt, denn mit befriedigtem Lächeln sagte sie »gut« und setzte sich an den Frühstückstisch. Gracie stellte den Haferbrei vor sie hin, der mit Milch und Zucker angerichtet war, und sie begann zu essen.

Pitt wandte sich erneut den Zeitungen zu. Der Artikel in der *Times* war ausgesprochen einseitig. Er pries in einem hymnischen Nachruf Edwin Lovat als glänzenden Offizier, den eine heimtückische Krankheit gezwungen hatte, den aktiven Heeresdienst zu quittieren, woraufhin er seine Fähigkeiten und die im Nahen Osten gewonnenen Erfahrungen in nutzbringender Weise als Diplomat eingesetzt habe. Eine glänzende Zukunft habe vor ihm gelegen, bis ihn eine ehrgeizige und skrupellose Frau, die seiner Aufmerksamkeiten überdrüssig geworden war und sich nach einem wohlhabenderen und einflussreicheren Gönner umsah, kaltblütig umgebracht hatte.

Der Name Saville Ryerson wurde nicht genannt. Nicht einmal eine Anspielung darauf fand sich. Man überließ es der Vorstellungskraft der Leser, sich auszumalen, um welche Art von Gönner es sich handeln mochte. Mit unmissverständlicher Deutlichkeit wurde hervorgehoben, dass die Frau der Tat fraglos schuldig war, dafür vor ein Gericht gehörte und ohne große Umschweife möglichst bald gehängt werden sollte.

Die leichtfertigen Annahmen, von denen der Artikel strotzte, behagten Pitt in keiner Weise. Immerhin wusste er weit mehr über den Fall als der Verfasser. Zugleich aber war ihm klar, dass der Gedanke, jemand könne den Tatvorwurf bestreiten, geradezu widersinnig anmuten musste. Schließlich gehörte die Mordwaffe nachweislich Miss Sachari, und außerdem hatte man sie bei dem Versuch ertappt, sich der Leiche zu entledigen. Sie hatte den Toten gekannt und keine Erklärung für den Vorfall abgegeben – weder eine plausible noch eine an den Haaren herbeigezogene.

Am meisten aber ärgerte es Pitt, dass der Verfasser, der sich erkennbar in keiner Weise mit dem Fall vertraut gemacht hatte, nicht nur Ryersons Namen nicht erwähnte, sondern auch voreilige Schlüsse zog, statt sich auf eine Darstellung der Fakten zu beschränken.

Mit ernster Miene sah Jemima zu ihrem Vater hin. Er lächelte ihr zu und sah, wie die Anspannung ihrer Schultern nachließ und sie sein Lächeln erwiderte.

Gerade als er sich vom Frühstückstisch erhob, kam Charlotte mit Daniel in die Küche. Damit wandte sich das Gespräch anderen Dingen zu – der Schule, der Frage, was zum Abendessen auf den Tisch kommen sollte und ob sie am Samstag ins Freilufttheater gehen oder sich lieber alle miteinander ein Kricketspiel anschauen sollten – immer vorausgesetzt, es regnete nicht. Auch wurden gründlich allerlei Möglichkeiten erörtert, einen regnerischen Nachmittag zu verbringen, bis sich die Kinder schließlich auf den Schulweg machten und Pitt ebenfalls das Haus verließ.

Pitt fand das Büro seines Vorgesetzten verschlossen, doch Wachtmeister Jesmond, der auf dem Gehweg wartete, teilte ihm mit, Narraway werde im Laufe der nächsten Stunde zurückkehren und sicherlich ungehalten sein, wenn er dann nicht auf ihn wartete.

Pitt verbarg seinen Unmut über die Zeitverschwendung. Er zweifelte nicht daran, dass er in dieser Stunde mühelos den Fall hätte abschließen können, an dem er gearbeitet hatte, bevor diese Tragödie dazwischengekommen war, die, soweit er sehen konnte, mit der Aufgabe des Sicherheitsdienstes nicht das Geringste zu tun hatte. Während er in dem kleinen Vorraum unruhig am Fuß der Treppe auf und ab ging, grübelte er über die Umstände von Lovats Tod nach, ohne zu einem Ergebnis zu kommen.

Narraway traf eine Dreiviertelstunde später ein. Zu einem erstklassig nach der letzten Mode geschnittenen hellgrauen Anzug mit hoch angesetzten Jackettaufschlägen trug er eine grauseidene Weste.

»Kommen Sie rein«, sagte er, schloss die Tür seines Büros auf und ging Pitt voraus. Mit finsterer Miene setzte er sich an den Schreibtisch, ohne auch nur einen Blick auf die Zeitungen zu werfen. Er hatte sie wohl bereits gelesen. Vermutlich war er früh gekommen und hatte dann das Büro in einer wichtigen Angelegenheit verlassen, für die er sich unübersehbar entsprechend gekleidet hatte. Ganz offenkundig handelte es sich bei seinem Gesprächspartner um eine hochstehende Persönlichkeit. Machte man sich in Regierungskreisen tatsächlich Gedanken über den Mord an Edwin Lovat und die Frage, ob man Miss Sachari unter Anklage stellen sollte oder nicht? Oder ging die Sache in eine ganz andere Richtung?

Pitt nahm ihm gegenüber Platz.

Narraways Züge waren angespannt, und in seinen Augen lag Misstrauen, als könne sogar in diesem Raum etwas lauern, wovor er auf der Hut sein musste.

»Der ägyptische Botschafter hat gestern am späten Abend im Auswärtigen Amt vorgesprochen«, begann er in gesetzten Worten. »Die Zuständigen dort haben Verbindung mit dem Büro des Premierministers aufgenommen, woraufhin ich heute Morgen zum Bericht in Whitehall antreten musste.«

Schweigend wartete Pitt. Langsam stieg in ihm ein Gefühl der Kälte hoch.

»Von dem Mord in Eden Lodge hatte man dort bereits gestern Nachmittag Kenntnis«, fuhr Narraway fort. »Aber da ihn die Nachmittagszeitungen breitgetreten haben, kannte halb London ihn ebenfalls.« Erneut hielt er inne. Es fiel Pitt auf, dass Narraways Hände reglos auf dem Tisch lagen, seine schlanken Finger wie erstarrt.

»Miss Sacharis Festnahme war in der ägyptischen Botschaft wohl bekannt?«, mutmaßte Pitt. »Da sie Bürgerin des Landes ist, scheint es mir natürlich, dass man sich nach ihrem Wohlergehen erkundigt und Sorge dafür trägt, dass sie in angemessener Weise vertreten wird. Falls man mich im Ausland festnähme, würde ich von der britischen Botschaft nichts anderes erwarten.«

Narraway verzog den Mund ein wenig. »Sie meinen also, der britische Botschafter würde Ihretwegen den Premierminister des jeweiligen Landes bemühen? Da überschätzen Sie Ihre Bedeutung aber gewaltig, Pitt. Wenn Sie Glück haben, besorgt Ihnen ein untergeordneter Mitarbeiter einen Anwalt – mehr dürfen Sie auf keinen Fall erwarten.«

Es war nicht der richtige Zeitpunkt, verärgert oder peinlich berührt zu sein. Offensichtlich war etwas geschehen, was Narraway zutiefst beunruhigte.

»Spielt Miss Sachari irgendeine wichtige Rolle, die uns bisher unbekannt war?«, fragte Pitt.

»Ich wüsste nicht«, gab Narraway zur Antwort. »Allerdings muss man sich die Frage stellen.« Der besorgte Ausdruck auf seinem Gesicht vertiefte sich. Er öffnete und schloss die Hände, als wolle er sich vergewissern, dass er seine Finger noch spüren konnte. »Der Vorwurf der Ungleichbehandlung wurde erhoben.« Er holte tief Luft, als falle es ihm sogar Pitt gegenüber schwer, das zu sagen. »Es war dem Botschafter bekannt, dass sich Saville Ryerson am Tatort aufgehalten hat, als die Polizei Miss Sachari mit der Leiche entdeckte, und jetzt fragt man an, warum er nicht ebenfalls festgenommen wurde.«

Das war, fand Pitt, eine durchaus berechtigte Frage – aber nicht dieser Gedanke fuhr ihm wie Feuer durch den Leib. »Woher wissen die Leute das?«, fragte er. »Bestimmt hat doch niemand der Frau gestattet, Kontakt mit ihrer Botschaft aufzunehmen, sodass sie keine Möglichkeit hatte, das zu sagen? Hat sie nicht außerdem der Polizei gegenüber behauptet, dass niemand bei ihr war?«

Narraways Mund verzog sich zu einem bitteren Lächeln, und ein harter Ausdruck trat in seine Augen. »Damit legen Sie den Finger auf die Wunde, Pitt. Genau genommen ist das die entscheidende Frage. Nur kenne ich die Antwort nicht. Ich weiß lediglich, dass weder die Polizei noch ein Anwalt der Ägypterin diese Information weitergetragen hat. Inspektor Talbot hat mir versichert, er habe weder Fragen zu diesem Fall beantwortet noch irgendjemandem gegenüber den Namen Ryerson in den Mund genommen, und die Frau hat bisher keinen Anwalt verlangt.«

»Und was ist mit dem Wachtmeister, der zuerst da war ... Cotter?«

»Sie dürfen sicher sein, dass sich Talbot Wachtmeister Cotter mindestens zweimal gründlich vorgenommen hat. Der Mann schwört Stein und Bein, dass er außerhalb der Wache mit keiner Seele gesprochen hat – lediglich mit Ihnen.« In seiner Stimme lag weder ein Vorwurf noch eine Spur von Zweifel.

»Also bleibt nur noch unser namenloser Informant, der die Schüsse gehört und die Polizei angerufen hat«, folgerte Pitt. »Offensichtlich ist er – oder sie – in der Nähe geblieben, um zu beobachten, wie es weiterging. Vermutlich hat er Ryerson dabei gesehen und ihn erkannt.«

Narraway runzelte die Stirn. Wieder lagen seine Finger steif auf der Tischplatte. »Aber damit erheben sich weitere Fragen. Zum Beispiel: Warum ruft der Betreffende die ägyptische Botschaft und nicht die Zeitungen an, die ihn höchstwahrscheinlich für alles bezahlen würden, was er zu berichten hat?«

Pitt schwieg.

Narraway sah ihn gespannt an. »Oder Ryerson«, fuhr er fort. »Mit Erpressung ließe sich ordentlich verdienen, und man könnte das Spielchen immer wiederholen.«

»Würde der Minister denn zahlen?«, erkundigte sich Pitt.

Ein sonderbarer Ausdruck trat auf Narraways Züge. Er wirkte unsicher und betrübt. Es sah ganz so aus, als schmerze ihn etwas. Es kostete ihn sichtlich große Mühe, sich wieder zu fassen und auf seine Antwort zu konzentrieren. »Ehrlich gesagt bezweifle ich das allein schon deshalb, weil er als Lügner dastehen würde, wenn die Sache vor Gericht käme. Schließlich hat sich Miss Sachari entschieden, seine Anwesenheit zu bestreiten, während die Polizei weiß, dass er am Tatort war. Immerhin ist er jemand, den man auf den ersten Blick erkennt.«

»Ach ja?« Pitt versuchte sich ein Bild des Mannes in Erinnerung zu rufen, doch da war nichts. »Ich glaube, ich habe ihn noch nie gesehen.«

»Er ist groß und kräftig«, sagte Narraway mit belegter Stimme. »Mindestens eins fünfundachtzig, breitschultrig und mit einem mächtigen Brustkasten. In jungen Jahren war er ein guter Sportsmann.« Trotz der darin liegenden Anerkennung klangen diese Worte, als müsse er sich zwingen, Ryerson Gerechtigkeit widerfahren zu lassen. Aus irgendeinem Grund schien ihm das nicht recht zu sein.

»Kennen Sie ihn, Sir?«, fragte Pitt und wünschte sogleich, er hätte die Frage, so berechtigt sie war, nicht gestellt. Irgendetwas an Narraways Gesicht zeigte, dass er eine Grenze überschritten hatte.

»Ich kenne jeden«, gab dieser zur Antwort. »Das gehört zu meinem Beruf und übrigens auch zu Ihrem. Man hat mich wissen lassen, dass der Premierminister wünscht, Mr Ryersons Namen aus dem Fall herauszuhalten, soweit das menschenmöglich ist. Er hat keine Anweisungen gegeben, auf welche Weise das geschehen soll, und ich nehme an, er möchte es auch gar nicht so genau wissen.«

Pitt konnte seinen Zorn über die Ungerechtigkeit nicht für sich behalten, die unausgesprochen darin lag, und der Gedanke, man könnte annehmen, er werde so etwas als selbstverständlich hinnehmen, war ihm in tiefster Seele zuwider. »Wunderbar«, gab er zurück. »Wenn wir ihm dann mitteilen müssen, dass es nicht menschenmöglich war, besitzt er auch keine Informationen, die es ihm erlauben würden, uns zu widersprechen.«

Auf Narraways Züge trat nicht einmal ein Anflug von Belustigung; selbst der übliche spöttische Ausdruck seiner Augen war verschwunden. Es war, als berühre diese Angelegenheit bei ihm eine noch nicht vollständig vernarbte Wunde. »Ich werde Mr Gladstone die Antworten übermitteln, nicht Sie, und ich denke nicht daran, ihm mitzuteilen, dass es uns nicht gelungen ist, seinen Auftrag zu erfüllen – es sei denn, ich könnte beweisen, dass es bereits unmöglich war, bevor wir angefangen hatten. Gehen Sie zu Ryerson. Wenn wir ihn retten sollen, können wir es uns nicht leisten, im Dunkeln zu tappen. Ich muss die Wahrheit wissen, und zwar sofort, nicht erst, nachdem die Polizei sie Stück für Stück zusammengeklaubt hat – oder gar, Gott bewahre, der ägyptische Botschafter!«

Pitt war verwirrt. »Sie haben gesagt, dass Sie mit Mr Ryerson bekannt sind. Wäre es da nicht weit besser, wenn Sie selbst mit ihm sprächen? Gewiss würde Ihre hohe Stellung nicht ohne Eindruck blei…«

Narraway sah mit zornigem Blick auf. Die Knöchel seiner schmalen Hand auf der Tischplatte waren weiß. »Auf Sie jedenfalls scheint meine hohe Stellung keinerlei Eindruck zu machen, sonst würden Sie ohne Widerrede tun, was man Ihnen sagt. Ich habe Ihnen keinen Vorschlag gemacht, Pitt, sondern eine dienstliche Anweisung erteilt, und ich denke nicht daran, nähere Erläuterungen dazu abzugeben. Ich muss dem Premierminister Rechenschaft ablegen, ganz gleich, ob ich Erfolg habe oder versage – und Sie mir.« Mit rauer Stimme fügte er hinzu: »Suchen Sie Ryerson auf. Ich will alles über seine Beziehung zu dieser Frau wissen sowie Einzelheiten über die Vorfälle der fraglichen Nacht. Melden Sie sich, sobald Sie etwas zu berichten haben – am besten gleich morgen früh.«

»Sehr wohl, Sir. Wissen Sie, wo ich ihn um diese Tageszeit antreffe? Oder soll ich mich umhören?«

»Das kommt überhaupt nicht infrage!«, fuhr ihn Narraway mit hochroten Wangen an. »Außer ihm persönlich werden Sie keinem Menschen sagen, wer Sie sind und was Sie von ihm wollen. Fangen Sie in seinem Haus am Paulton Square an. Ich glaube, es hat die Nummer sieben.«

»Ja, Sir, danke.« Pitt bemühte sich, seine Empfindungen aus seiner Stimme herauszuhalten. Er machte auf dem Absatz kehrt und verließ den Raum. So unlieb ihm der Auftrag war, so sehr überraschte er ihn. Es wunderte ihn, dass Narraway in einer Angelegenheit, die so bedeutend war, dass der Premierminister höchstpersönlich eingriff, nicht selbst mit Ryerson sprach. Der Grund dafür konnte kaum sein, dass er befürchtete, erkannt zu werden, denn ganz davon abgesehen, dass sich um diese Tageszeit keine Zeitungsreporter am Paulton Square aufhalten würden, gehörte Narraway nicht zu den jedermann bekannten Persönlichkeiten des öffentlichen Lebens.

Es musste etwas geben, was er Pitt vorenthielt. Dieser Gedanke verursachte ihm Unbehagen, zumal dieser Punkt möglicherweise wichtig war.

Er hielt eine Droschke an und ließ sich zur Danvers Street in unmittelbarer Nähe des Paulton Square fahren. Das letzte Stück des Weges ging er zu Fuß. Zwar behagte ihm diese Geheimnistuerei nicht, doch begriff er ihren Sinn. Es war eine reine Vorsichtsmaßnahme. Er hatte im Laufe seiner Arbeit für den Sicherheitsdienst gelernt, bestimmte Vorkehrungen für den Fall zu treffen, dass er beschattet wurde.

Bis er die Treppe, die zum Haus Nummer sieben emporführte, erreicht hatte, war er zu einem Ergebnis gekommen, wie er die Sache angehen würde.

»Guten Morgen, Sir«, begrüßte ihn ein auffällig blonder, livrierter Lakai mit teilnahmsloser Stimme. »Was kann ich für Sie tun?«

Pitt erwiderte den Gruß, richtete sich zu voller Größe auf und gab den offenen Blick des Mannes zurück. »Würden Sie bitte Mr

Ryerson mitteilen, dass Mr Victor Narraway bedauert, nicht selbst kommen zu können, und mich an seiner Stelle geschickt hat? Ich heiße Thomas Pitt.« Mit diesen Worten legte er eine Karte, auf der lediglich sein Name stand, auf das Silbertablett in der Hand des Lakaien.

»Gewiss, Sir«, sagte der Mann, ohne einen Blick darauf zu werfen. »Ich werde Mr Ryerson fragen, ob er bereit ist, mit Ihnen zu sprechen. Wenn Sie bis dahin im Empfangszimmer warten wollen?«

Pitt lächelte über diese unverblümte Formulierung, die von der bei Dienstboten sonst üblichen Behauptung abwich, sie müssten nachsehen, ob die Herrschaft zu Hause sei.

Der Mann führte ihn durch ein prächtiges Vestibül, dessen terrakottafarbene Wände im italienischen Stil geschmückt waren. Man sah ausgesucht schöne Marmor- und Bronzebüsten auf Sockeln, und an den Wänden hingen Gemälde mit Szenen der Kanäle Venedigs, von denen eins sogar von der Hand Canalettos stammen mochte.

Auch das Empfangszimmer war in warmen Farbtönen gehalten. Ein exquisiter Gobelin an einer der Wände zeigte eine Jagdszene bis in die feinsten Einzelheiten. Das Gras im Vordergrund war mit einer Vielzahl winziger Blumen übersät. Ganz offensichtlich war es das Haus eines wohlhabenden Mannes, der einen erlesenen Geschmack besaß.

Während der zehn Minuten, die er warten musste, malte sich Pitt immer wieder unruhig die Begegnung mit dem mächtigen Mann aus. Immerhin sollte er ihn über einen Teil seines Privatlebens befragen, in dem er sich möglicherweise an einem Verbrechen beteiligt hatte. Kabinettsmitglied hin oder her – Pitt war gekommen, um die Wahrheit zu erfahren, und er konnte sich ein Scheitern nicht leisten. Schließlich hatte er auch schon früher bedeutende Menschen nach den näheren Umständen ihres Lebens befragt, vorsichtig sondiert, welche schwachen Punkte sie zu einem Mord getrieben haben mochten. Es war seine besondere Gabe, das mit großem Geschick zu tun, und er hatte dabei weit mehr Erfolge errungen als Niederlagen erlitten. Es gab keinen Grund, jetzt an sich zu zweifeln.

Er warf einen Blick auf die Bücher in einem der Schränke. Shakespeare, Browning, Marlowe, aber auch Henry Rider Haggard, Charles Kingsley und zwei Bände William M. Thackeray.

Dann öffnete sich eine Tür hinter ihm, und er drehte sich um.

Ryerson sah genauso aus, wie ihn Narraway beschrieben hatte. Er war hoch gewachsen und breitschultrig, hatte markante Züge, dichtes graues Haar, strahlte die angeborene Zuversicht eines Menschen aus, dem sein Körper in jeder Hinsicht gehorcht, und bewegte sich mit einer Geschmeidigkeit, die darauf schließen ließ, dass er regelmäßig Sport trieb und sich dabei wohlfühlte. Er mochte Ende fünfzig sein und wirkte in keiner Weise verfettet. Offenbar war er nicht der Typ, der sich einem Leben voller Genüsse hingab. Jetzt schien er zwar unruhig, vielleicht ein wenig müde, doch erweckte er in keiner Weise den Eindruck, nicht Herr seiner Empfindungen zu sein.

»Mein Lakai hat gesagt, dass Sie in Victor Narraways Auftrag kommen.« Er sprach den Namen mit solcher Teilnahmslosigkeit aus, dass sich Pitt unwillkürlich fragte, ob das Absicht war. »Darf ich fragen, worum es geht?«

»Gewiss, Sir.« Pitt hatte bereits beschlossen, dass er sein Ziel, wenn überhaupt, nur mit völliger Offenheit erreichen konnte. Ein Winkelzug, den der Mann durchschaute, oder ein fehlgeschlagener Täuschungsversuch würde jedes Vertrauen zerstören. »Bei der ägyptischen Botschaft ist bekannt, dass Sie sich in Eden Lodge aufgehalten haben, als Mr Edwin Lovat erschossen wurde, und man verlangt, Sie wegen Ihrer Beteiligung an dem Vorfall zur Rechenschaft zu ziehen.«

Pitt rechnete damit, dass Ryerson erst alles abstreiten und schließlich ausfallend würde, wenn die Angst überhand nahm. Am schlimmsten wäre Selbstmitleid und das Flehen, ihn von den Peinlichkeiten einer Liebesgeschichte zu erlösen, derer er überdrüssig war. Ein solches Verhalten war ekelhaft und schändlich. Schon bei der bloßen Vorstellung überlief es ihn kalt. War das der Grund, warum Narraway nicht selbst hatte kommen wollen? Wollte er nicht mit ansehen müssen, dass sich ein alter Freund vor ihm erniedrigte, und hielt er es für besser, es gar nicht dazu kommen zu lassen? In dem Fall konnte er wenigstens so tun, als wisse er nichts davon.

Aber Ryerson reagierte nicht im Entferntesten so, wie Pitt befürchtet hatte. Zwar lag auf seinem Gesicht der Ausdruck von Verwirrung und Besorgnis, doch gab es weder Anzeichen von Wut noch einen Hinweis darauf, dass er ausfallend werden könnte.

»Ich bin erst kurz nach der Tat dort eingetroffen«, korrigierte er, »und kann mir schlechterdings nicht vorstellen, wie die ägyptische Botschaft davon erfahren haben soll, es sei denn durch Miss Sachari selbst.«

Pitt sah ihn aufmerksam an. Nichts an der Stimme oder dem Gesichtsausdruck des Mannes ließ den Schluss zu, dass er es als Verrat empfinden würde, falls es sich so verhielt. Doch soweit Pitt von Narraway wusste, hatte die Frau den Namen Ryerson nicht erwähnt und dazu auch keine Gelegenheit gehabt, denn abgesehen von den Polizeibeamten, die sie befragt hatten, war sie mit niemandem in Berührung gekommen.

»Nein, Sir, sie war es nicht«, gab er daher zur Antwort. »Seit ihrer Festnahme hat sie mit niemandem gesprochen.«

»Die Botschaft sollte sich lieber darum kümmern, dass sie jemanden bekommt, der ihre Interessen vertritt«, sagte Ryerson sofort. »Das würde weniger Aufsehen erregen, als wenn ich es täte. Sofern es aber erforderlich ist, werde ich das Nötige veranlassen.«

»Meiner Ansicht nach wäre es besser, das nicht zu tun«, gab Pitt zurück, von diesem Vorschlag Ryersons aus dem Konzept gebracht. »Es würde mit Sicherheit mehr schaden als nützen«, fügte er hinzu. »Würden Sie mir bitte sagen, Sir, was in jener Nacht geschehen ist – soweit Sie die Vorfälle kennen?«

Ryerson bat Pitt, in einem der großen Ledersessel Platz zu nehmen, und setzte sich dann ihm gegenüber. Unbehaglich beugte er sich ein wenig vor, so konzentriert, dass sein Gesicht fast wie eine Maske wirkte. Er bot ihm keine Erfrischung an, vermutlich nicht aus Unhöflichkeit, sondern weil ihm der Gedanke einfach nicht gekommen war. Sein ganzes Denken schien um die Frage zu kreisen, mit der ihn Pitt konfrontiert hatte. Er unternahm nicht den geringsten Versuch, das zu verheimlichen.

»An jenem Abend hatten sich die Sitzungen bis weit in die Nacht gezogen. Ursprünglich wollte ich spätestens um zwei bei Miss Sachari sein, aber es ist dann später geworden, wohl eher drei.«

»Wie sind Sie dort hingefahren, Sir?«, unterbrach ihn Pitt.

»Mit einer Droschke. Ich habe sie an der Edgware Road halten lassen und bin einige Nebenstraßen weit zu Fuß gegangen.«

»Haben Sie gesehen, dass jemand zu Fuß oder in einem Fahrzeug den Connaught Square verlassen hat?«

»Ich kann mich an niemanden erinnern. Allerdings habe ich auch nicht darauf geachtet. Außerdem hätte sich eine solche Person in jede beliebige andere Richtung entfernen können.«

»Durch welchen Eingang haben Sie das Anwesen Eden Lodge betreten?«, fuhr Pitt fort.

Ryerson errötete kaum wahrnehmbar. »Von der Seite, wo der Pferdestall liegt. Ich habe einen Schlüssel zur Hintertür.«

Pitt bemühte sich, seine Gedanken nicht zu zeigen. Moralische Erwägungen würden ihn nicht weiterbringen, ganz davon abgesehen, dass er wohl kaum das Recht hatte, über den Mann zu urteilen. Sonderbarerweise empfand er auch gar nicht das Bedürfnis dazu. Auf Ryerson passte keine der Vorstellungen, die er sich vor dem Zusammentreffen mit ihm gemacht hatte, und so sah er sich genötigt, von vorn zu beginnen und sich durch seine widerstreitenden Empfindungen voranzutasten.

»Und dann sind Sie durch die Spülküche ins Haus gegangen?«, fuhr er fort.

»Ja.« Die Erinnerung verdüsterte Ryersons Augen. »Ich stand gerade in der Küche, als ich im Garten ein Geräusch hörte, und bin deshalb wieder hinausgegangen. Fast im selben Augenblick bin ich auf Miss Sachari gestoßen, die völlig aufgelöst war.« Er atmete langsam ein und aus. »Sie sagte mir, ein Mann sei erschossen worden und liege im Garten. Ich fragte sie, ob sie wisse, um wen es sich handele, und ob ihr die näheren Umstände bekannt seien. Sie sagte, es sei Leutnant Lovat, den sie vor einigen Jahren in Alexandria flüchtig gekannt habe. Damals hatte er vermutlich zu ihren Bewunderern gehört …« Er zögerte kurz, überlegte wohl, ob er das richtige Wort gewählt hatte. Dann aber fuhr er fort, vermutlich in der Annahme, dass sich Pitt sein Teil denken würde: »Er wollte die Freundschaft wieder aufleben lassen, wozu sie aber nicht bereit war. Mit dieser Antwort hatte er sich nicht zufrieden gegeben.«

»Ich verstehe. Was haben Sie als Nächstes getan?«, erkundigte sich Pitt mit neutraler Stimme.

»Ich habe sie gebeten, mich an die Stelle zu führen, und bin ihr dorthin gefolgt, wo der Mann halb unter den Lorbeerbüschen am Boden lag. Ich hatte angenommen, er sei vielleicht noch am Leben, gehofft, sie habe einen übereilten Schluss gezogen und er sei lediglich bewusstlos gewesen, als sie ihn fand. Doch gleich, als ich mich neben ihm niederkniete, um ihn mir näher anzusehen, zeigte sich, dass sie Recht hatte. Der Schuss war aus ziemlich geringer Entfernung abgefeuert worden und durch die Brust gegangen. Der Mann war ohne jeden Zweifel tot.«

»Haben Sie die Waffe gesehen?«

Es schien Ryerson große Anstrengung zu kosten, Pitt weiterhin in die Augen zu sehen.

»Ja. Die Pistole lag am Boden neben ihm. Es war ihre eigene. Das ist mir sofort aufgefallen, weil ich sie schon früher gesehen hatte. Ich wusste, dass sie zu ihrem Schutz eine solche Waffe besaß.«

»Zum Schutz gegen wen?«

»Das entzieht sich meiner Kenntnis. Ich hatte sie gefragt, aber sie war nicht bereit, es mir zu sagen.«

»Ist es denkbar, dass es dieser Leutnant Lovat war? Hatte er sie bedroht?«

Ryersons Gesicht wirkte angespannt und sein Blick gequält. Er zögerte, sagte aber schließlich: »Ich glaube nicht.«

»Haben Sie sie gefragt, was geschehen war?«

»Natürlich! Sie hat mir erklärt, sie wisse es nicht. Sie habe den Schuss oben vom Salon aus gehört, wo sie auf mich wartete, und gemerkt, dass er ganz in der Nähe gefallen sein musste. Da sie vollständig angekleidet war, sei sie nach unten gegangen, um nachzusehen, was geschehen war und ob womöglich jemand verletzt sei. Dabei habe sie Lovat im Garten am Boden liegend gefunden, die Waffe neben sich.«

Eigentlich erschien Pitt diese ganze sonderbare Geschichte unfasslich. Doch als er den Mann ansah, war er sicher, dass dieser sie glaubte – oder er war der glänzendste Schauspieler, mit dem er je zu tun gehabt hatte. Ryerson hatte seinen Bericht ruhig, geordnet, ohne jede Übertreibung und mit einer Offenheit vorgetragen, die für den Fall, dass er sie vorspiegelte, geradezu genial war. Pitt war verwirrt und fühlte sich unsicher. Er wusste nicht, was er von all dem halten sollte.

»Sie haben also den Toten gesehen«, sagte er, »und Miss Sachari hat Ihnen gesagt, wer er war. Wusste sie, was er dort wollte oder wer ihn erschossen hatte?«

»Nein«, gab Ryerson ohne zu zögern Auskunft. »Sie hatte vermutet, dass er gekommen war, um mit ihr zu sprechen. Eine andere Erklärung konnte es für seine Anwesenheit um diese Stunde gar nicht geben. Meine Frage, ob sie wisse, was im Einzelnen geschehen war, hat sie verneint.« Er sagte das mit einer Endgültigkeit und einer Überzeugung, für die sich Pitt keinen Grund denken konnte.

»Sie hatte ihn also nicht gebeten zu kommen oder ihm Grund zu der Annahme gegeben, dass er willkommen sei?«, fasste Pitt nach, nicht ganz sicher, welcher Ton dieser absurden Situation angemessen war. Es ärgerte ihn, vor dem Mann Kratzfüße machen zu müssen, aber er neigte dazu, ihm zu glauben, und empfand sogar ein gewisses Mitgefühl.

Ryerson presste die Lippen zusammen. »Die Dame ist außergewöhnlich klug, Mr Pitt. Dazu passt die Annahme, sie habe ihn aufgefordert, gerade dann zu kommen, wenn sie mich erwartete, in keiner Weise.«

Es war nicht der richtige Zeitpunkt, lange um den heißen Brei herumzureden. »Es sind Fälle bekannt, in denen Frauen ihren Liebhaber bewusst zur Eifersucht angestachelt haben, Mr Ryerson«, sagte Pitt und sah, wie der Mann zusammenzuckte. »Das ist eine uralte Strategie, die ihren Zweck durchaus erfüllen kann«, fuhr er fort. »Selbstverständlich würde sie das Ihnen gegenüber jederzeit bestreiten.«

»Möglich«, sagte Ryerson trocken. Seine Stimme klang nicht zornig, sondern eher geduldig. »Wer sie näher kennt, würde wohl nie auf einen solchen Gedanken verfallen. Die Vorstellung ist widersinnig. Zum einen passt ein solches Verhalten nicht zu ihrem Wesen, zum anderen aber stellt sich die Frage, warum in drei Teufels Namen sie ihn hätte erschießen sollen, wenn sie die Absicht verfolgt hätte, auf die Sie anspielen.«

Pitt musste einräumen, dass das nicht einmal dann einen Sinn ergeben würde, wenn sich die Frau von ihrem Temperament oder ihrer Empörung hätte hinreißen lassen. Wer imstande war, solche Dinge von langer Hand zu planen, würde sich anschließend nie und nimmer so tölpelhaft aufführen.

»Könnte es sein, dass Lovat sie auf die eine oder andere Weise bedroht hat?«, fragte er.

»Sie hat ihn nicht ins Haus gelassen, Mr Pitt«, gab Ryerson zur Antwort. »Ich weiß nicht, ob es eine Möglichkeit gibt, das zu beweisen, aber er war nicht im Haus.«

»Aber sie war doch draußen«, gab Pitt zu bedenken. »Im Garten hatte sie keine rechte Möglichkeit gehabt, sich gegen ihn zu wehren.«

»Offenbar setzen Sie voraus, dass sie die Pistole mit hinausgenommen hat.« Ein leichtes Lächeln umspielte Ryersons Lippen. »Damit hätte sie sich natürlich glänzend verteidigen können. Sollte sie ihn erschossen haben, weil er sie bedroht oder angegriffen hat, wäre das Notwehr und kein Mord.« Im nächsten Augenblick verschwand der spöttische Glanz aus seinen Augen. »Aber so war es nicht. Erst nachdem sie den Schuss gehört hat, ist sie hinausgegangen und hat ihn draußen tot aufgefunden.«

»Woher wollen Sie das so genau wissen?«, fragte Pitt schlicht.

Ryerson seufzte. Sein Gesicht verzog sich so minimal, dass sich keiner seiner Züge veränderte. Trotzdem sah es so aus, als wäre alle Lebenskraft in ihm erloschen. »Sie hat es mir gesagt«, gab er ruhig zur Antwort, »und ich kenne sie unendlich besser als Sie, Mr Pitt.« In diesen Worten lag so viel Trauer und eine so tiefe Empfindung, dass sich Pitt peinlich berührt fühlte. Obwohl er sich wie ein Eindringling vorkam, blieb ihm keine Wahl, er musste weitermachen. »Sie ist von einer Art Aufrichtigkeit, die sie von innen wie ein Licht erleuchtet«, fuhr Ryerson fort. »Nie würde sie sich dazu hergeben, jemanden zu täuschen, denn damit täte sie ihrer Natur Gewalt an.«

Pitt sah ihn aufmerksam an. Der Mann war sichtlich bekümmert. In seinen Augen flackerte eine Angst, die er mühsam beherrschte. Offensichtlich galt sie nicht ihm selbst, sondern der Ägypterin. Pitt hatte die Frau noch nie gesehen und stellte sich eine üppige Schönheit vor, die schmeicheln und tändeln konnte, nachgab, wenn es ihren Zwecken dienlich war, und sich darauf verstand, den Appetit eines übersättigten Lebemannes zu kitzeln – kurz, die ideale Geliebte für einen Mann mit Geld und Macht. Solche Männer heirateten, wenn überhaupt, dann ausschließlich zur Befriedigung ihres politischen Ehrgeizes oder zur Festigung ihrer Hausmacht, ohne einen Gedanken an Dinge wie Liebe oder Ehre zu verschwenden. Sie waren bereit, für ihr Vergnügen zu zahlen und ihre körperlichen Bedürfnisse außerhalb der Ehe zu stillen.

Verblüfft merkte Pitt, dass Ryerson diesem Bild möglicherweise nicht entsprach. Ob er sich in dem Mann geirrt hatte? War es denkbar, dass er die Ägypterin liebte und nicht einfach nur begehrte? Das war ein völlig neuer Gedanke, der Pitts Wahrnehmung des Mannes vollständig veränderte. Der Auftrag, den er von Narraway und damit vom Premierminister erhalten hatte, lautete, Ryerson aus dem Fall herauszuhalten, soweit das menschenmöglich war. Sofern dieser Mann aus Liebe und nicht im eigenen Interesse handelte, ließen sich seine Reaktionen weit schwieriger voraussehen und unmöglich steuern. Vor Pitts innerem Auge tat sich ein ganzer Ozean von Gefahren auf.

»Ja«, sagte er leise zur Bestätigung, dass er verstanden hatte. »Miss Sachari hat Ihnen also gesagt, dass sie Schüsse gehört hatte … Hat sie gesagt, wie viele es waren?«

»Es ist nur ein Schuss gefallen«, verbesserte ihn Ryerson. Pitt nickte. »Dann ist sie also hinausgegangen, um nachzusehen, und hat Lovat in der Nähe der Lorbeerbüsche tot am Boden gefunden. Was dann?«

»Ich habe sie gefragt, ob sie wisse, was geschehen ist«, wiederholte Ryerson. »Sie hat gesagt, dass sie nicht die geringste Ahnung habe. Lovat habe sie in Briefen gedrängt, eine alte Liebesgeschichte wieder aufleben zu lassen, was sie ziemlich schroff abgelehnt habe. Er sei nicht bereit gewesen, sich damit zufrieden zu geben, und vermutlich deshalb gekommen.«

»Um drei Uhr nachts?«, fragte Pitt ungläubig. Er nannte keine Gründe, warum ihm das schwer vorstellbar erschien.

Zum ersten Mal merkte er Ryerson dessen Ärger an. »Ich weiß es nicht, Mr Pitt! Sie haben Recht, es klingt aberwitzig – aber er war unbestreitbar da! Und da er tot ist und wir niemanden kennen, der mit ihm gesprochen hat, kann ich mir nicht vorstellen, auf welche Weise sich feststellen ließe, was er damit zu erreichen hoffte.«

Mit einem Mal spürte Pitt, welche Macht von diesem Mann ausging. Seine geistige Kraft und sein Wille hatten ihn in sein hohes Amt gebracht und es ihm ermöglicht, sich dort nahezu zwei Jahrzehnte lang zu halten. Seine Verletzlichkeit in Bezug auf Ayesha Sachari und seine Verwicklung in diesen Mordfall, die ihn gefährdete, hatten Pitt das für eine Weile vergessen lassen. Als er wieder das Wort an ihn richtete, geschah das völlig unabsichtlich mit mehr Respekt. »Und was haben Sie dann getan, Sir?«

Ryerson stieg die Röte ins Gesicht. »Als mir klar war, dass er mit ihrer Pistole erschossen worden war, habe ich gesagt, dass wir die Leiche wegschaffen müssten.«

»Wollen Sie damit sagen, dass es Ihr Einfall war?«

Ryersons Gesicht verhärtete sich ein wenig. »Ja.«

Pitt fragte sich, ob er mit dieser Aussage die Frau zu decken versuchte, hatte aber nicht den geringsten Zweifel, dass er von ihr auch dann auf keinen Fall abrücken würde, wenn sie nicht der Wahrheit entsprach. Er hatte sich festgelegt, und es passte nicht zu seinem Wesen, einen Rückzieher zu machen, ganz gleich, ob der Grund dafür Stolz, Ehrgefühl oder einfach die Wahrheit war.

»Ich verstehe. Haben Sie oder Miss Sachari die Schubkarre geholt?«

Ryerson zögerte einen Augenblick. »Sie. Sie wusste, wo sie stand.«

»Und sie hat sie dort hingebracht, wo der Tote lag?«

»Ja, er und die Pistole. Ich habe ihr geholfen, ihn auf die Schubkarre zu legen. Er war schwer, und wir hätten es fast nicht geschafft. Der Körper war ganz schlaff und ist uns immer wieder entglitten.«

»Haben Sie oben oder unten angefasst?« Pitt kannte die Antwort und wollte sehen, ob der Mann die Wahrheit sagte.

»Natürlich oben«, sagte Ryerson ein wenig aggressiv. »Der Oberkörper ist schwerer. Der Einschuss befand sich in der Brust, sodass er dort blutete. Das war Ihnen doch sicherlich klar?«

Es ärgerte Pitt, dass ihm die Situation peinlich war, und er wünschte, er hätte die Frage nicht gestellt. »Warum haben Sie ihn auf die Schubkarre gelegt? Was hatten Sie mit ihm vor?«, fuhr er fort.

»Wir wollten ihn zum Hyde Park bringen. Bis dorthin sind es keine hundert Schritt.«

»Mit der Schubkarre?«, entfuhr es Pitt überrascht.

Zornesröte trat auf Ryersons Gesicht. »Natürlich nicht! Man kann ja wohl kaum eine Leiche auf einer Schubkarre durch die Straßen fahren, nicht einmal um drei Uhr nachts! Ich bin zum Stall gegangen, um das Pferd anzuschirren. Miss Sachari wollte ihn dorthin bringen. In dem Augenblick kam die Polizei. Ich bin zurückgekommen, als ich die Stimmen hörte. Auf meinem dunklen Anzug konnte man Lovats Blut nicht sehen, und der Beamte hat offenbar angenommen, ich sei gerade erst eingetroffen. Um mich zu decken, hat ihn Miss Sachari sofort in dieser Annahme bestärkt. Ich wollte ihr schon widersprechen, doch dann habe ich mir gesagt, dass es besser wäre, wenn ich in Freiheit bliebe, um mich für sie einsetzen zu können.«

Wieder war Pitt verwundert. Eine solche Aussage hätte er bei jedem anderen bezweifelt, aber diesem Mann glaubte er sie. Er hatte an keiner Stelle versucht, seine Anwesenheit oder seine Beteiligung zu beschönigen, obwohl ihm sicherlich bewusst war, dass der Versuch, eine Leiche vom Tatort zu entfernen, strafbar war.

»Und auf welche Weise wollen Sie sich für sie einsetzen?«, fragte Pitt und sah ihn fest an.

Plötzlich trat Verzweiflung in Ryersons Augen. Einen flüchtigen Augenblick lang schien ihn unbeherrschbare Angst zu übermannen. »Ich versuche mir darüber klar zu werden, was da eigentlich passiert ist«, stieß er mit rauer Stimme hervor. »Wer ihn umgebracht haben könnte und warum. Wieso mitten in der Nacht und wieso in Eden Lodge?« Er spreizte die schlanken, kräftigen Finger ein wenig. »Was hat er überhaupt da gewollt? Ist ihm jemand gefolgt? Hatte er eine Verabredung mit jemandem? Und wozu? Auch das ergibt keinen Sinn. Man verabredet sich nicht mitten in der Nacht im Garten fremder Menschen, um einen Streit auszutragen.«

Er sah Pitt unverwandt an, wollte offensichtlich, dass dieser ihm Glauben schenkte. »Sie hätte ihm auf keinen Fall geöffnet. Hatte er die Absicht einzubrechen? Oder wollte er ihr eine Szene machen und die Nachbarn aus dem Schlaf reißen?« Sein Gesicht war jetzt aschfahl. »Ich weiß, dass sie ihn nie und nimmer umgebracht hätte, kann mir aber keinerlei plausible Erklärung für das Vorgefallene denken.« Er gab sich keine Mühe, seine Gefühle zu verbergen.

Narraway hatte Pitt klar gemacht, dass Ryerson aus der Sache herausgehalten werden musste, soweit das menschenmöglich war. Angesichts von dessen Empfindungen gab es dazu unter Umständen nur einen Weg: die Wahrheit ermitteln, in der Hoffnung, dass Miss Sachari dann weniger schuldig dastand, als es jetzt aussah.

»Ich werde versuchen, die Antworten auf diese Fragen zu finden, Sir«, sagte Pitt. »Aber dazu brauche ich eine gewisse Mithilfe von Ihnen.«

»Gern, soweit ich dazu imstande bin«, gab Ryerson zurück. Er war nicht so sehr in die Ecke getrieben, dass er eine feste Zusage gemacht hätte. In gewisser Weise tröstete das Pitt, lag darin doch ein Hinweis darauf, dass der Mann über Urteilskraft und Standhaftigkeit verfügte. »Ich werde nicht zulassen, dass sie für mein Handeln geradestehen muss, und auch keinen Meineid leisten, um meinen Ruf zu verteidigen. Denn das würde mir keinesfalls nützen, wie auch Mr Gladstone weiß. Wer bereit ist, um seiner Ziele willen die Wahrheit zu verdrehen, lügt irgendwann aus jedem beliebigen Grund.«

»Gewiss, Sir«, gab ihm Pitt Recht. »Es war nicht meine Absicht, Sie zu einer Lüge anzustiften. Ganz im Gegenteil wollte ich Sie bitten, mir die ganze Wahrheit zu sagen, soweit sie Ihnen bekannt ist. Allerdings sollten Sie über Ihre Anwesenheit in Eden Lodge Stillschweigen bewahren, es sei denn, die Polizei würde Sie befragen. Aber ich denke, sie wird nichts dergleichen tun, solange sich das vermeiden lässt.«

Ryerson lächelte bittersüß. »Vermutlich haben Sie Recht«, sagte er. »Was erwartet Mr Narraway von Ihnen?« In seinem Ausdruck war eine so winzige Veränderung eingetreten, dass Pitt sie nicht hätte beschreiben können, doch war ihm klar, dass sich dahinter ein rätselhaftes Geheimnis verbarg.

»Er will, dass ich die Wahrheit ermittle«, gab er mit schiefem Lächeln zurück. Er wusste, dass das eine schwere, wenn nicht gar unmögliche Aufgabe war und dass die Wahrheit, vorausgesetzt, es gelang ihm, sie aufzudecken, höchstwahrscheinlich alles andere als nach seinem Geschmack sein würde. Außerdem musste man mit der Möglichkeit rechnen, dass sie sich nicht ohne noch mehr Qualen und Schmerzen verheimlichen ließ.

Wortlos erhob sich Ryerson, um ihn an dem wartenden Lakaien vorüber selbst zur Tür zu geleiten.

Es kostete Pitt den Rest des Vormittags und einen Teil des Nachmittags, bis er den Polizeiarzt McDade aufgespürt und ihn dazu gebracht hatte, ihm zuzuhören. Der Mann war massig, und sein Kinn, das wie ein Wasserfall aussah, fand seine Fortsetzung ohne erkennbaren Übergang im Hals. Ein Gummischurz umspannte seinen gewaltigen Bauch, und seine Hände leuchteten rosa. Vermutlich hatte er sie kräftig geschrubbt, um die sichtbaren Spuren seines Tagewerks zu tilgen, wenn er schon damit den Geruch nach Karbol und Essig nicht beseitigen konnte. Er begrüßte Pitt mit gespielter Brummigkeit.

»Ich dachte, ich wäre Sie losgeworden, als Sie aus der Bow Street verschwunden sind«, sagte er mit bemerkenswert wohlklingender Stimme. Abgesehen von seinem dichten gelockten Haar, das im Licht der Gaslampen schimmerte, schien das der einzige physische Vorzug zu sein, mit dem er aufwarten konnte. Seine Brauen hoben sich. »Was wollen Sie denn jetzt schon wieder? Ich kenne keine Bombenleger oder Anarchisten, und ich hoffe, das bleibt so, bis ich, auf einer Parkbank in der Sonne sitzend, friedlich an Altersschwäche sterbe. Ich kann Ihnen nicht helfen – aber wenn Sie unbedingt wollen, kann ich es ja mal probieren.«

»Leutnant Edwin Lovat«, sagte Pitt. Er mochte McDade und hatte nichts Besseres oder Nützlicheres zu tun, als ihm aus der Nase zu ziehen, was er wissen wollte.

»Der ist tot«, sagte McDade schlicht und sah sich in seinem Dienstzimmer um. »Schuss durch die Brust – genau gesagt durch das Herz. Kleinkalibrige Handfeuerwaffe aus kurzer Distanz. Saubere Arbeit.«

»Ist so etwas schwer?«, fragte Pitt.

»Auf eine solche Entfernung nur für einen Blinden, wenn sich das Ziel bewegt!« McDade warf Pitt einen Seitenblick zu. »Sie haben die Leiche wohl noch nicht gesehen!«

»Nein«, bestätigte Pitt. »Muss ich?«

McDade zuckte die breiten Schultern, wobei sein massiges Kinn ins Zittern geriet. »Nur, wenn Sie wissen wollen, wie er ausgesehen hat, nämlich so wie so ziemlich jeder andere gut gebaute junge Engländer aus besseren Kreisen, der behaglich lebt, viel und gut isst und sich in letzter Zeit zu wenig Bewegung verschafft hat. Noch zehn Jahre, und er wäre richtig dick geworden, weil dann die Muskeln erschlafft wären.« Sein Gesichtsausdruck wurde betrübt. »Er muss zu Lebzeiten gut ausgesehen haben. Angenehm geschnittenes Gesicht, volles Haar, und er hat noch alle Zähne – nicht schlecht für Anfang vierzig. Natürlich machen Intelligenz und Witz das Wesen eines Menschen aus, worüber sich nichts sagen lässt, wenn man ihn nur als Leiche gesehen hat.« Bei diesen Worten sah er beiseite, ohne auch nur eine Spur verlegen zu wirken. Entschuldigte er sich für seine eigene Massigkeit, bemühte er sich, kritische Gedanken abzuwehren, obwohl nicht das Geringste gesagt worden war?

»Da haben Sie Recht«, bestätigte Pitt. Sich selbst hatte er nie für gut aussehend gehalten. Mit einem Mal musste er lächeln.

McDade wurde rot. »Was wollen Sie noch?«, fragte er und wandte sich zu ihm um. »Man hat ihn erschossen! Durch das Herz, wie gesagt. Ich habe keine Ahnung, ob das ein Glückstreffer war oder das Werk eines Kunstschützen. Auf jeden Fall muss er augenblicklich tot gewesen sein.«

»Danke. Vermutlich können Sie mir nichts weiter sagen?«

»Was zum Beispiel?«, fragte McDade mit ungläubig erhobener Stimme. »Vielleicht, dass der Täter ein schielender und hinkender Linkshänder war? Nein, damit kann ich nicht dienen! Den Schuss hat jemand, der eine Waffe ruhig halten und sehen konnte, was er tat, aus wenigen Schritt Entfernung abgegeben. Nützt Ihnen das was?«

»Nicht das Geringste. Danke, dass Sie mir Ihre Zeit gewidmet haben. Darf ich ihn sehen?«

McDade wies mit seinem kurzen, dicken Arm auf die Tür. »Nur zu. Er liegt auf dem dritten Tisch. Es dürfte Ihnen nicht schwer fallen, ihn zu finden, denn die beiden anderen sind Frauen.«

Pitt verkniff sich eine Antwort und ging nach nebenan.

Er betrachtete Edwin Lovats Leichnam in der Hoffnung, dabei etwas darüber zu erfahren, wie der Mann im Leben gewesen war. Er sah sich das wächserne Gesicht an, das im Tode ein wenig eingesunken war, und versuchte sich vorzustellen, wie er gewesen sein mochte, als er redete, lachte und voller Gefühle war. Reglos, stumm, ohne die Gedanken und Leidenschaften, die ihn einzigartig gemacht hatten, teilte ihm Lovats Leichnam nicht mehr mit als das, was McDade bereits gesagt hatte. Auf keinen Fall hätte ihn eine zierliche Frau allein heben können. Wenn Lovat mit der Möglichkeit gerechnet hätte, dass der oder die Betreffende gewalttätig werden könnte, wäre er wohl kaum so nahe an die Person herangetreten, die ihn erschossen hatte. Also hatte er den Mörder entweder gut gekannt oder den Angreifer erst im letzten Augenblick gesehen. Beide Möglichkeiten passten gut zu den Tatsachen, nur ließ sich auf keinen Fall sagen, welche zutraf. Wahrscheinlich war es ohnehin unerheblich. Die Frau hatte ihn getötet. Pitts einzige Hoffnung, Ryerson zu retten, bestand darin, einen mildernden Umstand dafür zu finden.

Den Rest des Nachmittags brachte er damit zu, möglichst viel über Ryerson und dessen Wahlkreis in Manchester in Erfahrung zu bringen. Die zweitgrößte Stadt des Landes war das Herz der englischen Baumwollindustrie und zugleich die Heimat des Premierministers Gladstone. Bei seinen Nachforschungen stellte Pitt fest, dass sich Ryerson gegenwärtig in erster Linie um den Binnen- und Außenhandel des britischen Weltreichs kümmerte.

Er wurde rechtzeitig fertig, sodass er zum Abendessen wieder in der Keppel Street eintraf.

»Kannst du irgendetwas tun, um zu helfen?«, erkundigte sich Charlotte, als sie nach dem Essen beieinander im Salon saßen, und hob fragend den Blick von ihrer Flickarbeit.

»Wem?«, fragte Pitt zurück. »Ryerson?«

»Wem sonst?« Sie fuhr fort, die Nadel eifrig hin und her zu führen, wobei das Licht silbern darauf glänzte und die Spitze immer wieder leise gegen den Fingerhut stieß. Er mochte das Geräusch. Nicht nur stand es für alles Häusliche und Warmherzige, auch schien ihm darin eine unendliche Sicherheit zu liegen. Er hatte keine Vorstellung, was Charlotte da flickte, aber der Geruch frisch gewaschener Baumwolle stieg ihm angenehm in die Nase.

»Nun, kannst du?«, ließ sie nicht locker.

»Ich weiß nicht«, gab er zu und merkte, wie sich das Gewicht dieser Äußerung auf ihn legte, als wäre es im Zimmer plötzlich dunkel geworden. »Ich bin nicht sicher, ob er sich selbst helfen möchte.«

Verwirrt sah sie ihn an, die Nadel reglos in der Hand. »Was willst du damit sagen? Dass er schuldig ist?«

»Er sagt Nein. Und ich neige dazu, ihm zu glauben.« Er musste daran denken, wie der Mann die Ägypterin in Schutz genommen hatte, sah sein Gesicht vor sich und erinnerte sich daran, mit welcher Bewegtheit er sich für sie in die Schanze geschlagen hatte. »Er bestreitet nicht, dass er am Tatort war«, fügte er hinzu, »und ihr geholfen hat, den toten Lovat auf die Schubkarre zu legen, damit sie ihn in den Hyde Park bringen konnten.«

»Das ist aber doch Beihilfe!«, sagte sie verblüfft. »Auch wenn er an der Tat nicht beteiligt war, hat er damit zu dem Versuch beigetragen, sie zu verheimlichen.«

»Das ist mir klar.«

»Und der Auftrag des Premierministers lautet also, ihn aus der Sache herauszuhalten?«, fragte sie. Sie wusste nicht, was sie darüber denken sollte.

Er sah, dass sich Ungläubigkeit, Wut, Besorgnis und Bestürzung auf ihrem Gesicht spiegelten. Doch es gelang ihm nicht zu erkennen, welche dieser Empfindungen am stärksten ausgeprägt war.

»Ich bin nicht sicher, was das kleinere Übel wäre«, sagte er aufrichtig.

Verwirrt fragte sie: »Was soll das heißen? So kurz nach den Wahlen würde die Regierung doch bestimmt nicht über einen solchen Fall stolpern. Ryerson müsste eben zurücktreten, das ist alles. Falls er tatsächlich seiner Geliebten geholfen hat, einen früheren Liebhaber umzubringen, kann es gar keine andere Möglichkeit geben.«

»Die Baumwollarbeiter in Manchester drohen mit Streik«, gab er zu bedenken. »Dort liegt Ryersons Wahlkreis, und möglicherweise ist er der Einzige, der die Sache in den Griff bekommen kann, ohne dass dabei wer weiß wie viele Menschen zugrunde gerichtet werden. Es geht dabei nicht nur um die Fabrikbesitzer, sondern auch um die Arbeiter sowie um die kleinen Geschäftsinhaber und Handwerker in den umliegenden Ortschaften.«

»Ich verstehe«, sagte sie trocken. »Und was kannst du tun? Seine Mitwirkung vertuschen? Würdest du dich dazu hergeben?« Sie hatte ihre Arbeit beiseite gelegt und sah ihn mit umdüstertem Blick fragend an.

»Ich glaube nicht, dass es so weit kommt«, sagte er und hoffte in tiefster Seele, dass er mit dieser Annahme Recht behielt. »Man weiß in der ägyptischen Botschaft, dass er am Tatort war.«

Verblüfft hob sie die Brauen. »Und woher? Hat die Frau es den Leuten gesagt?«

»Eine ausgesprochen interessante Frage. Eigentlich kann sie es nicht gewesen sein, denn sie hatte seit ihrer Verhaftung keinerlei Gelegenheit dazu. Außerdem scheint es, dass sie ihn decken wollte. Sie hat sich der Polizei gegenüber erstaunt gezeigt, ihn am Tatort zu sehen, und so getan, als wäre er gerade erst gekommen. Dabei sagt er selbst, dass er mindestens schon seit einigen Minuten da war und den schwereren Teil des Körpers auf die Schubkarre gewuchtet hatte. Es war unübersehbar, dass ihr jemand dabei geholfen haben musste, denn Lovat war für sie allein nicht nur viel zu schwer, man hat an ihrem weißen Kleid auch nicht die geringste Spur von Blut gefunden.«

»Du musst noch weit mehr über Ryerson in Erfahrung bringen«, sagte sie, und ein besorgter Ausdruck trat in ihre Augen. »Damit meine ich nicht allgemein bekannte Dinge, sondern solche aus seinem Privatleben. Du musst unbedingt wissen, was du glauben darfst und was nicht. Hast du schon daran gedacht, Tante Vespasia zu fragen? Falls sie nicht persönlich mit ihm bekannt ist, weiß sie bestimmt jemanden, der ihn kennt.« Zwar war Lady Vespasia Cumming-Gould, eine angeheiratete Großtante ihrer Schwester Emily, nicht wirklich mit ihr verwandt, doch hatten sie und Pitt eine tiefe Zuneigung zu ihr gefasst und betrachteten sie mittlerweile als rechtmäßige Tante.

»Ich gehe zu ihr, sobald ich kann«, sagte er sofort. Er warf einen Blick auf die Kaminuhr. »Glaubst du, dass es zu spät ist, um sie anzurufen und zu fragen, ob es ihr morgen früh passt?« Er hatte sich schon halb erhoben.

Charlotte lächelte. »Wenn du ihr sagst, dass es um ein Verbrechen geht, das du aufklären sollst, und um einen möglichen Skandal in der Regierung, würde sie dich vermutlich sogar im Morgengrauen empfangen, wenn du ihr klar machst, dass es anders nicht geht«, gab sie zur Antwort.

* * *

Auch wenn diese Behauptung Charlottes kaum übertrieben war, frühstückte Pitt am nächsten Morgen erst und warf einen Blick in die Zeitungen, bevor er das Haus verließ. An diesem 16. September beschäftigten sich die Schlagzeilen mit Mr Gladstones Besuch in Wales, wo sich in der Frage der Trennung der dortigen Kirche vom Staat ein gewisses Einvernehmen abzuzeichnen schien. Außerdem wurde ausführlich über den Ausbruch der Cholera in Paris und Hamburg berichtet und gemeldet, dass die von Prinzessin Louise angefertigte und kürzlich vollendete Büste der Königin Viktoria bis zu ihrem Transport zu einer Ausstellung in Chicago in Osborne House bleiben würde, dem Anwesen auf der Isle of Wight, wo die Königin seit dem Tode ihres Gatten vorwiegend lebte.

Um neun Uhr befand sich Pitt in Vespasias hellem und luftigem Salon, aus dessen Fenstern der Blick in den Garten fiel. Die Schlichtheit des Raumes, fern jeder Überladenheit, die in den letzten Jahrzehnten Mode gewesen war, ließ ihn daran denken, dass Lady Vespasia in einem anderen Zeitalter zur Welt gekommen war und sich ihre Erinnerungen bis in die Jahre vor Königin Viktorias Thronbesteigung erstreckten. Als kleines Mädchen hatte sie sogar noch miterlebt, wie sich die Menschen vor einer Invasion Englands durch Napoleon fürchteten.

Jetzt saß sie in ihrem Lieblingssessel und sah ihn gespannt an. Sie war nach wie vor von bemerkenswerter Schönheit und hatte nichts von ihrem Witz und ihrer sehr persönlichen Art eingebüßt, mit der sie drei Generationen lang in der Londoner Gesellschaft geglänzt hatte. Sie trug ein taubengraues Kleid, und die Perlen ihrer mehrfach geschlungenen Lieblingskette schimmerten sanft auf ihrem Busen.

»Nun, Thomas«, sagte sie mit leicht gehobenen silbrigen Brauen, »wenn ich dir helfen soll, müsstest du mir schon sagen, was du wissen willst. Die unglückliche junge Ägypterin, die Leutnant Lovat erschossen haben soll, ist mir nicht bekannt, und ich muss auch sagen, dass ich das für eine unzivilisierte und untaugliche Art halte, sich eines missliebigen Verehrers zu entledigen. Gewöhnlich genügt dazu eine entschlossene Zurückweisung. Sollte die nicht den gewünschten Erfolg haben, lässt sich dasselbe Ziel mit weniger drastischen Mitteln erreichen. Eine kluge Frau versteht es, die Dinge so einzurichten, dass sich ihre Liebhaber gegenseitig aus dem Weg räumen, ohne dass sie selbst dabei gegen die Gesetze verstoßen muss.« Während sie ihn kühl und nüchtern ansah, blitzte der Schalk in ihren silbergrauen Augen auf, und einen Augenblick lang wagte er sich auszumalen, dass sie nicht nur theoretisierte, sondern aus eigener Erfahrung sprach.

»Und auf welche Weise sorgt sie dafür, dass ihr Liebhaber nicht gegen das Gesetz verstößt?«

»Ach, geht es darum?«, fragte sie. Offensichtlich hatte sie den springenden Punkt augenblicklich begriffen. »Wer ist denn dieser Liebhaber, der sich so unbeherrscht und tölpelhaft benommen hat? Vermutlich handelt es sich nicht um Notwehr?« Ein Anflug von Besorgnis trat auf ihre Züge. »Bist du etwa im Auftrag des Liebhabers hier?«

»Offen gestanden mehr oder weniger ja. Allerdings nicht in seinem Auftrag, sondern in seinem Interesse.«

»Aha. Sie war also nicht allein, und Victor Narraway macht sich Sorgen um den Mann. Wer ist es denn?«

»Saville Ryerson.«

Sie saß bewegungslos da und sah ihn mit sonderbar traurigem Blick an.

»Kennst du ihn?«

»Selbstverständlich«, gab sie zur Antwort. »Und zwar schon aus der Zeit, bevor seine Frau ums Leben gekommen ist … das ist mindestens zwanzig Jahre her. Ach, es dürften eher zwei- oder dreiundzwanzig sein.«

Er spürte eine innere Anspannung. Aufmerksam sah er sie an und versuchte, von ihren Zügen abzulesen, wie sehr es sie schmerzen würde, wenn Ryerson schuldig wäre. Was war ihr wohl wichtiger – dass er sich damit als Politiker unmöglich gemacht hatte oder sich durch eine beiläufige Affäre mit einer Frau, die einer anderen Rasse und Nation angehörte, zur Beihilfe zu einem Mord hatte hinreißen lassen? Nicht selten sieht man bei Menschen, die man schon seit vielen Jahren kennt, nur die Schauseite, die sie der Umwelt zu zeigen bereit sind, während unter der Oberfläche Stürme toben, von denen man sich nichts träumen lässt.

»Das tut mir Leid«, sagte er aufrichtig. Er hatte sie aufgesucht, weil er sie um ihre Hilfe bitten wollte, ohne zu überlegen, ob es für sie schmerzlich sein könnte, die näheren Umstände kennen zu lernen. Jetzt schämte er sich, dass er nicht an diese Möglichkeit gedacht hatte. »Ich muss mehr über ihn wissen, als in der Öffentlichkeit bekannt ist«, erklärte er.

»Unbedingt«, stimmte sie zu, wirkte aber distanziert. »Darf ich wissen, was du vermutest? Doch wohl nicht, dass er den Mord begangen hat?«

»Du meinst also, er würde nicht einmal töten, um seinen Ruf zu wahren?«

»Du weichst mir aus, Thomas«, sagte sie, wobei ihre Stimme leicht zitterte. »Willst du damit etwa durchblicken lassen, dass du ihn verdächtigst?«

»Nein«, sagte er rasch und ein wenig schuldbewusst. »Ich habe mit ihm gesprochen und muss gestehen, dass ich nicht recht weiß, was ich denken soll. Ich möchte ein klareres Bild von ihm haben, dich aber andererseits nicht unabsichtlich mit meinen Fragen beeinflussen, indem ich dir zu viel sage.«

»Ich bin kein Dienstmädchen, das sich Worte in den Mund legen lässt«, sagte sie mit unverhohlener Herablassung. Als sie aber sah, dass er errötete, lächelte sie. Dabei entfaltete sie allen Zauber, mit dem sie ihr Leben lang Männer und bisweilen auch Frauen betört hatte. »Ich würde keine Sekunde lang glauben, dass Saville Ryerson um seines Rufes willen jemanden umbringen könnte«, sagte sie mit tiefer Überzeugung. »Ich halte es aber nicht für unmöglich, dass er dazu fähig wäre, wenn es darum ginge, das Leben eines anderen Menschen oder sein eigenes zu verteidigen, vielleicht auch um eine Sache, die er für hinreichend wichtig hält. Allerdings bezweifle ich stark, dass dazu Dinge wie ein Streik der Baumwollarbeiter in Manchester gehören. Was könnte das deiner Meinung nach sein?«

»Ich wüsste nichts«, sagte er und spürte, wie seine Anspannung angesichts ihrer Wärme wich. »Allerdings kann ich mir auch nicht wirklich vorstellen, inwiefern Lovat für Miss Sachari eine Bedrohung hätte bedeuten können.«

»Ist es denkbar, dass er sie angegriffen oder einen Vorstoß unternommen hat, den sie zurückweisen wollte?«, fragte sie stirnrunzelnd.

»Um drei Uhr nachts, im Garten hinter dem Haus?«, gab er trocken zurück.

»Wohl kaum«, stimmte sie mit schiefem Lächeln zu. »Unter solchen Umständen treffen Menschen nur zusammen, wenn sie sich auf die eine oder andere Weise verabredet haben.« Dann wurde sie wieder ernst. »Und niemand nimmt in einem solchen Fall eine Schusswaffe mit, einfach so. Es war doch wohl ihre eigene, oder?« Die Hoffnung, er möge das bestreiten, flackerte kurz auf. »Ich muss zugeben, dass ich nur die Schlagzeilen gelesen habe. Die Sache erschien mir nicht wichtig.«

»Ja«, stimmte er zu. »Es war ihre Pistole, aber sie sagt, sie habe schon dort gelegen, als sie in den Garten hinausging. Sie habe einen Schuss gehört und habe nachsehen wollen, was war. Lovat sei bereits tot gewesen, als sie bei ihm eintraf.«

»Und was sagt Saville Ryerson?«, fragte sie.

»Dasselbe: dass Lovat tot war, als er dort eintraf«, gab er zur Antwort. »Angeblich hat er ihr geholfen, den Toten auf eine Schubkarre zu legen, weil sie ihn mit dem Einspänner in den Hyde Park bringen und dort abladen wollten. Irgendjemand – wir wissen nicht, wer – hat die Polizei angerufen, und die kam so rasch, dass man Miss Sachari mitsamt der Leiche am Tatort fand. Als die Männer dort eintrafen, schirrte Ryerson gerade im Stall ein Pferd an.«

Vespasia seufzte. In ihren Augen lag ein gequälter Blick. »Ach je, und vermutlich sind die Indizien eindeutig.«

»Bisher schon. Auf jeden Fall muss jemand anders als sie den Toten hochgehoben haben, weil der für sie viel zu schwer war.« Er sah sie unverwandt an. »Es bereitet dir offenbar keine Schwierigkeiten, das von ihm zu glauben?«

Sie sah beiseite. »Nein. Vielleicht ist es besser, wenn ich dir die ganze Geschichte von Anfang an erzähle.«

»Bitte.« Er lehnte sich ein wenig in seinem Sessel zurück, ohne den Blick von ihr zu wenden.

»Die Ryersons gehören zum niederen Landadel«, begann sie leise. Er hörte ihrer Stimme an, wie tief sie in ihre Erinnerungen hinabtauchte. »Sie hatten viel Geld, aber kaum Verbindung zum Hochadel. Wenn ich mich richtig erinnere, hatten sie zwei oder drei Töchter. Saville als der einzige Sohn bekam eine gute Ausbildung in Eton und Cambridge. Danach war er eine Weile beim Militär und hat sich dort auch ausgezeichnet, wollte aber auf keinen Fall diese Karriere einschlagen. Um das Jahr 1860 herum hat er für das Unterhaus kandidiert und den Sitz auf Anhieb gewonnen.« Ein kaum merkliches Bedauern schwang in ihrer Stimme mit. »Er hat in eine gute Familie eingeheiratet, eine schöne Frau«, fuhr sie fort. »Zwar glaube ich nicht, dass es eine Liebesehe war, aber die beiden haben sich gut verstanden, und mehr erwarten die meisten Leute ja wohl auch nicht.«

Vor dem Fenster hüpfte ein Vogel über den Rasen. Man sah späte Rosen in lebhaften Gelb- und Rottönen.

»Eines Tages ist sie umgekommen«, fuhr Vespasia so unvermittelt fort, dass Pitt einen Hustenanfall bekam.

Sie sah ihn mit leicht spöttischem Lächeln an. »Es war ein Unfall, Thomas, kein Mord. Wenn eine solche Sache heutzutage geschähe, würde man vermutlich dich hinschicken, um ihr auf den

Grund zu gehen, doch bezweifle ich, dass du mehr herausbekommen würdest als deine Kollegen damals.« Ganz ruhig fuhr sie fort: »Sie machte Ferien in Irland und geriet bei einer der Feindseligkeiten, wie sie dort immer wieder ausbrechen, ins Kreuzfeuer. Natürlich war es gesetzwidrig, dass die Leute aufeinander schossen. Es war ein Hinterhalt, den man politischen Gegnern gelegt hatte, und unglücklicherweise kam Libby Ryerson genau in dem Augenblick dort vorbei.«

Ein starkes Mitgefühl für Ryerson überkam Pitt. Es war tragisch, auf diese Weise einen Menschen zu verlieren. Hatte sich Ryerson Vorwürfe gemacht, dass er eine solche Möglichkeit nicht vorausgesehen und Maßnahmen ergriffen hatte, um das zu verhindern?

»Und wo hat er sich zu dem Zeitpunkt aufgehalten?«

»Hier in London.«

»Was wollte sie in Irland?«

»Sie hatte viele anglo-irische Freunde. Wie ich schon gesagt habe, war sie schön, und sie hungerte nach Erlebnissen – nach Abenteuern.«

Pitt war nicht sicher, was sie damit meinte, und er zögerte, sie zu fragen. Er fürchtete, damit eine Grenze zu überschreiten. Es ging nicht nur um die Erinnerung an die Tote, sondern auch um die Art und Weise, wie Vespasia sie sah. »Hatten sie Kinder?«, fragte er stattdessen.

»Nein«, sagte sie mit einem Anflug von Trauer in der Stimme. »Sie waren erst seit zwei oder drei Jahren verheiratet.«

»Hat er wieder geheiratet?«

»Nein.« Sie sah ihn offen an. »Und bevor du mich fragst – ich kann es dir nicht sagen. Bestimmt hatte er eine ganze Reihe von Liebschaften, und vermutlich hat es auch viele Frauen gegeben, die ihn gern geheiratet hätten.« Ihre Mundwinkel verzogen sich spöttisch. »Ich glaube nicht, dass du in seinem Privatleben auf ein dunkles Geheimnis stoßen wirst – jedenfalls nicht auf diesem Gebiet. Und ich weiß auch von keinem anderen Skandal, weder in Gelddingen noch in politischen Fragen.«

Er überlegte lange, bevor er die nächste Frage stellte. Noch während er sie in Gedanken formulierte, merkte er, dass sie hinter allem anderen stand und für ihn von größter Bedeutung war.

»Ist dir irgendeine Beziehung zwischen ihm und Victor Narraway bekannt, ganz gleich, ob auf privater oder beruflicher Ebene?«

Vespasias Augen weiteten sich ein wenig. »Nein. Glaubst du, dass es da etwas gibt?«

»Ich weiß nicht. Es kommt mir so vor.« Das entsprach nicht unbedingt der Wahrheit. Zwar gründete sich, was er empfand, nicht auf Fakten, aber er war absolut sicher, dass Narraway Ryerson gegenüber starke persönliche Gefühle hatte. Es musste einen Grund dafür geben, dass er ihn geschickt hatte, statt selbst zu gehen, und zwar einen so bedeutsamen, dass er alles hinwegfegte, was ihm sein Verstand und das gesunde Urteilsvermögen sagten. Pitt war überzeugt, dass Narraway für diese Entscheidung nachträglich und nicht etwa im Voraus Vernunftgründe gesucht hatte.

Vespasia beugte sich ein wenig zu ihm vor, ohne dabei ihre aufrechte Haltung aufzugeben. »Sei vorsichtig, Thomas. Saville Ryerson ist ein kluger Kopf und kann politische Situationen unglaublich gut einschätzen. Vor allem aber lebt er aus dem Gefühl. Er hat sich stets für seine Überzeugungen wie auch für die Menschen eingesetzt, die er vertritt, aber auch wiederholt zum Nutzen der Stadt Manchester und weiter Teile Nordenglands außer viel Zeit beträchtliche Mittel aus der eigenen Tasche aufgewendet, ohne dass ihn jemand dabei unterstützt oder es ihm gedankt hätte.« Sie hob die Schultern ein wenig. »So anhänglich die Menschen in der Grafschaft Lancashire sind, sie haben ihn nicht immer verstanden. Hinzu kommt, dass sie hitzköpfig sind und nicht besonders viel von Entscheidungen halten, die man in London am grünen Tisch trifft. Mit seinem meist weitblickenden Vorgehen konnte er nicht verhindern, dass ihm im Parlament Feinde erwachsen sind: ehrgeizige junge Männer, die an seinem Stuhl im Unterhaus sägen, weil sie ihn selbst einnehmen wollen. Einen Schuldvorwurf welcher Art auch immer solltest du unbedingt erst dann gegen ihn erheben, wenn du deiner Sache völlig sicher bist, denn so etwas würde ihn zugrunde richten. Die Rücknahme einer Anklage könnte das nicht ungeschehen machen.«

»Ich versuche ja bereits, ihn zu retten, Tante Vespasia!«, antwortete Pitt heftig. »Nur habe ich keine Vorstellung, wie ich dabei vorgehen soll!«

Sie wandte sich ab und sah zum goldgerahmten Spiegel an der gegenüberliegenden Wand hin. Er sah darin das Laub der Birken im Garten, deren Zweige in der leichten Brise hin und her schwankten.

»Du solltest dich mit dem Gedanken vertraut machen, dass das unter Umständen nicht möglich ist«, sagte sie. Ihre Stimme war so leise, dass er sie kaum hörte. »Vielleicht liebt er diese Ägypterin so sehr, dass er an ihrem Verbrechen mitgewirkt hat. Tu, was du tun musst, Thomas, nur geh dabei so feinfühlig vor, wie du kannst.«

»Das werde ich tun«, versprach er und fragte sich zugleich, wie er das bewerkstelligen sollte.

KAPITEL 3

Nachdem Gracie alle am frühen Morgen nötigen Arbeiten erledigt hatte, verließ sie das Haus, um Besorgungen zu machen. Es war ein heller, milder Spätsommertag. Kaum ein Lüftchen wehte, und sie schritt in ihren nagelneuen halbhohen Stiefeln munter aus. Sie waren einfach herrlich, hatten schwarze glänzende Knöpfe und richtige Absätze, die sie zum ersten Mal in ihrem Leben größer erscheinen ließen als ihre ein Meter dreiundfünfzig.

Sie eilte durch die Keppel Street und die Store Street zur Tottenham Court Road, wo sie beim Fischhändler einige äußerst appetitlich aussehende, fette Bücklinge von satter brauner Farbe aussuchte. Zwar gab es Lieferanten, die Fisch ins Haus brachten, doch dem Jungen, der sie mit einem Flachwagen ausfuhr, traute sie nicht recht, weil sie fand, dass er es mit der Frische seiner Ware nicht besonders genau nahm.

Gerade wollte sie zum Obststand gehen, um Pflaumen zu kaufen, als sie ihre Freundin Tilda Garvie entdeckte. Sie war ein hübsches junges Ding, eine knappe Handbreit größer als Gracie und dort, wo diese mager war, eher von verführerischer Fülle, trotzdem aber immer noch schlank. Da sie immer fröhlich und guter Dinge war, fühlte sich Gracie in ihrer Gesellschaft wohl. Heute aber ging Tilda entgegen ihrer sonstigen Gewohnheit sogar an der Blumenverkäuferin vorüber, ohne auch nur einen Blick auf deren Ware zu werfen. *Wie eine Nachtwandlerin*, musste Gracie unwillkürlich denken. Es kam ihr vor, als nähme Tilda nichts von dem wahr, was um sie herum vor sich ging. Ob sie Sorgen hatte?

Als Gracie ihren Namen rief, blieb sie stehen und drehte sich um. Beim Anblick der Freundin trat der Ausdruck großer Erleichterung auf ihr Gesicht. Fast hätte sie eine korpulente Frau angerempelt, die einen Einkaufskorb auf der Hüfte balancierte und mit der freien Hand ein widerstrebendes Kind weiterzerrte.

»Gracie!«, rief sie aus und konnte der Frau im letzten Augenblick ausweichen, die sie sonst wohl einfach umgerannt hätte. Ohne sich bei ihr zu entschuldigen, sagte sie: »Wie schön, dass ich dich seh!«

»Was has du denn?«, erkundigte sich Gracie, trat noch ein Stück weiter vom Straßenrand beiseite und zog Tilda mit sich. »Du siehs aus, wie wenn de was such'n würdest. Haste etwa dein Einkaufsgeld verlor'n?« Diese Vermutung war alles andere als abwegig. Gracie erinnerte sich noch voll Entsetzen, wie sie selbst einmal, als sie Einkäufe machen sollte, das ihr anvertraute Geld verloren und nicht wiedergefunden hatte. Nahezu sechs Shilling – das bedeutete eine ganze Wochenration Lebensmittel für die Familie.

Mit leichtem Kopfschütteln verneinte Tilda die Frage. »Has du 'n Augenblick Zeit für mich, Gracie? Ich mach mir so große Sorgen, dass ich nich weiterweiß. Ich hatte richtig gehofft, dass ich dich seh. Ehrlich gesagt bin ich überhaupt nur deshalb hier lang gekomm'.«

Sofort bestürmten Gracie Fantasien von allerlei häuslichem Missgeschick. Tilda war Dienstmädchen in einem herrschaftlichen Haus mit entsprechend zahlreichem Personal. Der nächstliegende Gedanke war, dass man sie eines Diebstahls bezichtigt oder einer der männlichen Dienstboten ihr einen unsittlichen Antrag gemacht hatte. Zwar brauchte Gracie nicht zu befürchten, dass ihr dergleichen widerfahren könnte, doch war ihr bewusst, dass so etwas immer wieder vorkam. Am schlimmsten war es, wenn der Hausherr einem Dienstmädchen nachstellte, denn in einem solchen Fall drohte ihr so oder so Gefahr, ganz gleich, wie sie sich verhielt. Ablehnung wie Willfährigkeit konnte dazu führen, dass man sie ohne Zeugnis entließ – und das war noch das Harmloseste, wenn man an die Möglichkeit einer Schwangerschaft oder daran dachte, dass ihr die Hausherrin alle möglichen sonstigen Verfehlungen anhängte.

Gemessen daran musste man fast froh sein, wenn man lediglich Streit mit anderen Dienstmädchen hatte, durch Unachtsamkeit im Hause irgendwelche unbedeutenden Schmuckstücke verloren gingen, man seine Arbeit schlecht tat, die Lieblings-Figurine der Hausherrin zerbrach oder beim Bügeln ein Kleid versengte.

»Was is denn passiert?«, fragte Gracie besorgt. »Komm, wir ha'm Zeit für 'ne Tasse Tee. Gleich um die Ecke kann man sich setzen, da erzählste mir alles.«

»Für so was hab ich kein Geld.« Tilda blieb reglos auf dem Gehweg stehen. »Außerdem glaub ich, dass ich mich nur dran verschluck'n würde.«

Gracie begriff, dass etwas außerordentlich Schwerwiegendes vorgefallen sein musste. »Kann ich dir helfen?«, erkundigte sie sich. »Mrs Pitt is hochanständig un wirklich klug.«

Tilda verzog das Gesicht. »Eigentlich ... hatte ich mehr an Mr Pitt gedacht ... Ich dachte ... wenn der...« Sie hielt inne. Alle Farbe war aus ihrem Gesicht gewichen, und in ihren Augen lag ein tiefes Flehen.

»Geht's denn um 'n Verbrechen?«, fragte Gracie begierig.

Tränen traten in Tildas Augen. »Ich weiß nich ... vielleicht noch nich ... jedenfalls ... ach, du lieber Gott, hoffentlich nich.«

Gracie zog sie am Arm beiseite, damit sie nicht den geschäftigen Frauen im Wege standen, die mit ihren Einkaufskörben fast wie mit Waffen in die Menge hineinstießen. »Du komms jetz mit, un wir trink'n 'ne Tasse Tee«, bestimmte sie. »Was Warmes tut dir bestimmt gut. Dabei kanns du mir dann genau sag'n, was los is. Hier ... pass auf, wo du hintritts, un stolper nich über die Pflastersteine.«

Tilda zwang sich zu einem Lächeln und ging schneller, um mit Gracie Schritt zu halten. In der Teestube gab Gracie ihre Bestellung auf und tat mit einer schroffen Handbewegung die Behauptung der Bedienung ab, dafür sei es zu früh am Tag.

»So«, sagte sie, als sie allein waren. »Was is?«

»Es geht um Martin«, sagte Tilda mit belegter Stimme. »Mein Bruder«, fügte sie hinzu, bevor Gracie falsche Schlüsse zog. »Er is weg. Einfach verschwund'n, ohne mir 'n Piep zu sag'n. Das würd der nie tun, denn wir war'n immer zusamm'. Mama un Papa sind an Cholera gestor'm, wie ich sechs un er acht war. Seitdem ha'm wir uns immer einer um'n andern gekümmert. Da haut man nich einfach mir nix dir nix ab.« Um nicht weinen zu müssen, zwinkerte sie rasch, doch es nützte nichts. Immer mehr Tränen liefen ihr über die Wangen, und sie wischte sie mechanisch mit dem Ärmel ab.

Gracie bemühte sich, klar zu denken. »Wann has du 'n denn zuletzt geseh'n?«

»Vorvorgestern. Da hatt'n wir beide 'n freien Tag. Wir ha'm bei dem Mann an der Ecke heiße Pastet'n gegess'n un sin dann im Park spazier'n gegang'n. Die Kapelle hat gespielt. Er hat gesagt, wir könnt'n nach Covent Garden geh'n, wo die Steinsäule mit den Sonnenuhr'n steht. Keine Ahnung, was er da wollte – einfach so.« Gracie fand das sonderbar, denn dieser als »Seven Dials« bekannte Ort hatte einen äußerst üblen Ruf, und jeder Londoner wusste, dass es sich nicht empfahl, ihn nach Einbruch der Dunkelheit aufzusuchen.

Die Bedienung kam mit einer Kanne Tee und warmen Scones zurück, Teegebäck mit Sahne. Als sie Tildas von Tränen überströmtes Gesicht sah, schien sie etwas sagen zu wollen, überlegte es sich dann aber wohl anders. Gracie dankte ihr, zahlte und legte einige Pennies als Trinkgeld dazu. Dann goss sie sich beiden ein und wartete, bis Tilda den ersten Schluck getrunken und von ihrem Gebäck abgebissen hatte. Sie versuchte, ihre Gedanken zu ordnen und sich möglichst genau so zu verhalten, wie es Pitt ihrer Vermutung nach tun würde.

»Mit wem has du da in dem Haus gesprochen, wo dein Bruder in Stellung is?«, begann sie. »Wo is das überhaupt?«

»Am Torrington Square, gleich hinter'm Gordon Square. Gar nich weit von hier«, sagte Tilda und legte ihr angebissenes Scone auf den Teller zurück. »Der gnä' Herr is Mr Garrick. Er hat keine Frau mehr.«

»Un mit wem has du da gesproch'n?«, ließ Gracie nicht locker.

»Mit Mr Simms. Das is der Butler.«

»Was hat der genau gesagt?«

»Dass Martin weg wär und er mir nich sagen könnte, wohin«, antwortete Tilda. Sie schien ihren Tee vergessen zu haben und sah Gracie unverwandt an. »Der hat wohl gemeint, wir geh'n zusamm'. Deshalb hab ich ihm gesagt, dass das mein Bruder is. Nur weil wir uns ähnlich seh'n, hat er mir am Ende wohl auch geglaubt, aber bis das so weit war, hat's 'ne halbe Ewigkeit gedauert.« Sie schüttelte den Kopf. »Trotzdem wollte er mir nich sag'n, wo er is. Er hat gesagt, bestimmt würd sich Martin melden, aber das hat er nich getan. Gestern war mein Geburtstag – den würd er nie vergess'n. Da hat er immer dran gedacht, schon wie ich ganz klein war. Bestimmt is ihm was ganz Schlimmes passiert.« Sie schluckte und zwinkerte erneut. Wieder liefen ihr die Tränen über die Wangen. »Jedes Jahr hat er mir was geschenkt, und wenn's nur 'ne Haarschleife war, 'n Taschentuch oder so was. Er hat immer gesagt, Geburtstag is wichtiger wie Weihnachten, weil der nur für einen selber is un Weihnachten für alle.«

Gracie empfand eine tiefe Besorgnis. Womöglich ging es hier um mehr als eine häusliche Intrige, so unangenehm derlei sein konnte. Ob sie Pitt von der Sache in Kenntnis setzen sollte? Allerdings war er nicht mehr bei der Polizei, und von den Aufgaben des Sicherheitsdienstes hatte sie keine rechte Vorstellung. Bisher hatte sie lediglich mitbekommen, dass alles geheim war, was Pitt tat, und sie deutlich weniger über seine Arbeit erfuhr als früher. Da war es um gewöhnliche Verbrechen gegangen, über die sogar die Zeitungen schrieben, sodass jeder die näheren Umstände nachlesen konnte.

Es sah ganz so aus, als ob es zumindest im Augenblick ihr überlassen bleiben würde, festzustellen, was es mit Tildas Bruder Martin auf sich hatte. Sie nahm einen Schluck aus ihrer Tasse, um in Ruhe nachdenken zu können.

»Has du außer mit dem Butler noch mit jemand gesproch'n?«, fragte sie nach einer Weile.

Tilda nickte. »Ja. Ich hab den Stiefelputzer gefragt. Die kriegen oft 'ne Menge mit, und viele von denen sin' so frech, dass se's auch weitersag'n. Kein Wunder – wer hört schon auf 'n Stiefelputzer? Da versuch'n se eben, auf ihre Kost'n zu komm'n, wenn se schon mal 'ne Gelegenheit dazu ha'm.« Der Anflug von Humor verschwand gleich wieder von ihrem Gesicht. »Aber der hat auch nur gesagt, dass Martin einfach von jetz auf gleich verschwund'n wär. Heute hier wie immer, un plötzlich nich mehr da.«

»Aber er wohnt doch im Haus, oder?«, fragte Gracie ganz erstaunt.

»Natürlich! Er is Kammerdiener von dem jungen Mr Garrick und tut alles für den. Mr Stephen hält große Stücke auf ihn.«

Gracie holte tief Luft. Dieser Fall war zu ernst, als dass sie aus lauter Seelengüte die Wirklichkeit hätte übertünchen dürfen, so hart die Umstände sein mochten. »Könnte es sein, dass dieser Mr Garrick 'nen Wutanfall gekriegt und 'n entlassen hat un Martin sich jetz so schämt, dass er sich ers bei dir meld'n will, wenn er 'ne neue Stelle hat?« Sie stellte die Frage äußerst ungern und sah an Tildas kläglichem Gesichtsausdruck, wie schmerzlich dieser eine solche Vorstellung war.

»Nie im Leben!« Entschieden schüttelte Tilda den Kopf. »Martin würd nie im Leben was tun, wesweg'n man 'n entlass'n könnte. Un Mr Stephen is auf 'n angewies'n. Ich mein, er braucht 'n wirklich. Nich nur dass er ihm 's Halstuch bindet un die Kleidung in Schuss hält.« Ihre Hände waren ineinander verkrampft, das Scone lag vergessen auf dem Teller. »Er kümmert sich um ihn, wenn er zu viel getrunk'n hat un es ihm nich gut geht oder wenn er was Verrücktes angestellt hat. Da kann er lange such'n, bis er wieder so jemand wie Martin findet. Der is … der is richtig … anhänglich.« Sie sah Gracie mit leuchtenden, zugleich aber auch furchtsamen Augen an. Unübersehbar hoffte sie, verstanden zu werden, fest überzeugt, dass etwas so Kostbares wie Anhänglichkeit und uneingeschränkte Treue unbedingt auf Gegenseitigkeit beruhen müsse. Gewiss verdiente ihr Bruder ein besseres Los, als dass ihn jemand verstieß, nur weil er die Macht dazu hatte!

Gracie hielt nicht so viel vom Anstand der Arbeitgeber wie Tilda anscheinend. Seit ihrem dreizehnten Lebensjahr als Dienstmädchen im Hause Pitt tätig, hatte sie zwar selbst keine schlechten Erfahrungen gemacht, aber von anderen Dienstboten so viele üble Geschichten gehört, dass sie Tildas treuherzige Einstellung nicht teilen konnte.

»Has du mit Mr Garrick selber gesproch'n?«, fragte sie.

Tilda war entsetzt. »Natürlich nich! Wie könnte ich? Du bis ja ganz schön dreist!« Sie war so verblüfft, dass sich ihre Stimme fast überschlug. »Es war schlimm genug, den Butler zu frag'n, un der hat mich angeseh'n, wie wenn ich kein Recht dazu hätt'. Eigentlich wollte er mich gleich wegschick'n, bis er endlich geglaubt hat, dass Martin mein Bruder is. Bei Verwandten gehört sich das auch so.«

»Mach dir keine Sorgen«, tröstete Gracie die Freundin. Sie wusste, was sie zu tun hatte. Wenn Pitt durch die Arbeit beim Sicherheitsdienst zu stark in Anspruch genommen wurde, gab es immer noch Tellman. Ihm würde sie den Fall vortragen. Unter Pitt in der Bow Street Wachtmeister, hatte man ihn – nach dessen ungerechtfertigter Entlassung aus dem Polizeidienst – zum Inspektor befördert, und so war er jetzt selbst Vorgesetzter. Er hatte schon seit einer ganzen Weile ein Auge auf Gracie geworfen, auch wenn er sich das selbst erst ganz allmählich und mit großem Zögern eingestanden hatte. Sicher konnte er die nötigen Nachforschungen anstellen und Tilda helfen. Gracie war fest überzeugt, dass dieser Fall die Polizei interessieren musste. »Ich lass das für dich erledig'n«, sagte sie und lächelte Tilda aufmunternd zu. »Ich kenn einen, der das kann. Der geht der Sache bestimmt auf'n Grund.«

Endlich wurde Tilda etwas ruhiger und erwiderte sogar Gracies Lächeln. »Meins du wirklich? Ich hatte mir gleich gedacht, wenn überhaupt einer was machen könnte, dann du. Ich weiß gar nich, was ich sag'n soll, nur dass ich dir schrecklich dankbar bin.«

Gracie fühlte sich von diesem Überschwang peinlich berührt. Hoffentlich hatte sie nicht zu viel versprochen. Zwar würde ihr Tellman diesen Wunsch selbstverständlich erfüllen, doch was war, wenn die Lösung so aussah, dass sich Tilda darüber nicht freuen konnte? »Noch hab ich nix gemacht!«, erwiderte sie, senkte den Blick und trank ihren Tee aus. »Aber wir krieg'n das schon hin. Jetz erzähl mal am besten alles über dein' Bruder – was er bei seiner Arbeit macht un so.« Zwar hatte sie weder Stift noch Papier bei sich, verfügte aber, da sie erst vor kurzer Zeit Lesen und Schreiben gelernt hatte, über ein geschultes Gedächtnis, denn bis dahin hatte sie sich alles auswendig merken müssen.

Tilda, die aus demselben Grund alle Einzelheiten genauestens wusste, begann ihre Schilderung. Als Gracie genug zu wissen glaubte, traten sie wieder auf die belebte Straße hinaus und verabschiedeten sich. Während sich Tilda, die den Kopf ein wenig höher trug als zuvor und nicht mehr ganz so zögerlich ging, daran machte, ihre Besorgungen zu erledigen, kehrte Gracie in die Keppel Street zurück, um Charlotte zu fragen, ob sie den Abend frei haben konnte. Sie wollte Tellman aufsuchen.

Die Bitte wurde ihr bereitwillig gewährt.

Zwar war Tellman nicht auf der Wache in der Bow Street, aber schon beim nächsten Versuch fand sie ihn zwei Nebenstraßen weiter in einer Gaststätte. Suchend sah sie sich vom Eingang aus um. Die Sägespäne unter ihren Füßen waren von den vielen Gästen breit getreten, in der Luft hing der Geruch nach Bier, und um sich herum hörte sie Gläserklirren und die Stimmen von Männern, die sich unterhielten.

Erst nach einer Weile entdeckte sie Tellman, der mit gesenktem Kopf in der hintersten Ecke saß und trübsinnig in sein Bierglas stierte. Ihm gegenüber saß ein Streifenbeamter, der ihn respektvoll ansah. Nach wie vor bereitete die neue Position Tellman Unbehagen, denn im Unterschied zu vielen anderen wusste er nicht nur, dass Pitt Opfer einer Intrige war, sondern auch, wer dahinter steckte. Doch nicht nur deshalb lehnte er Pitts Nachfolger Oberinspektor Wetron ab. Alles, was seit dessen Amtsantritt geschehen war, zeigte ihm, dass dem Mann weniger daran lag, Verbrechen aufzuklären, als daran, seinen persönlichen Ehrgeiz zu befriedigen. Und Tellman war nicht von der Überzeugung abzubringen, dass Wetron insgeheim danach strebte, sich an die Spitze der schrecklichen Geheimorganisation zu setzen, von der in der Öffentlichkeit außer dem Namen »Der Innere Kreis« nichts bekannt war. So war es nicht weiter verwunderlich, dass er seinem neuen Vorgesetzten zutiefst misstraute.

Gracie wusste, dass Pitt eine solche Entwicklung ebenso befürchtete wie Tellman, doch wagte sie nicht, mit einem der beiden offen darüber zu reden, da sie zu diesem Thema nur hier und da Gesprächsfetzen erhascht hatte. Während sie jetzt zu Tellmans Tisch hinübersah, fragte sie sich, wie sehr ihn diese Sache bedrücken mochte. Auch wenn er das nie zugegeben hätte, war an ihm nichts von der Selbstsicherheit zu erkennen, die er in der Zeit der Zusammenarbeit mit Pitt meist an den Tag gelegt hatte.

Auf ihrem Weg durch die volle Gaststube musste sie sich immer wieder mit den Ellbogen Platz schaffen. Da sie so klein war, schien niemand sie zu beachten. Kurz bevor sie Tellmans Tisch erreichte, hob er den Kopf und sah sie. Ein Ausdruck von Besorgnis trat auf seine Züge, als könne ihre Anwesenheit nur unangenehme Nachrichten bedeuten.

»Nanu, Gracie? Was gibt es?« Er stand automatisch auf, hielt es aber nicht für erforderlich, sie mit seinem jungen Begleiter bekannt zu machen.

Insgeheim hatte sie gehofft, er werde sich freuen, sie zu sehen, und sie könne unauffällig ansprechen, weshalb sie gekommen war. Sie musste sich eingestehen, dass sie ihn bisher unaufgefordert immer nur dann aufgesucht hatte, wenn sie seine Hilfe gebraucht hatte, während sie, wenn es um rein persönliche Angelegenheiten ging, stets gewartet hatte, bis er das Wort ergriff. Tatsächlich war sie anfangs ausgesprochen unwillig gewesen, ihm mehr als eine abweisende Art von Freundschaft zu gewähren. Nicht nur war er ein Dutzend Jahre älter als sie, er hatte auch überaus dogmatische

Vorstellungen, die obendrein den ihren für gewöhnlich zuwiderliefen. So äußerte er sich abfällig darüber, dass sie als Dienstmädchen tätig war, denn das widersprach seinen Grundsätzen von der Gleichheit aller Menschen in der Gesellschaft. Sie hingegen sah in dieser Arbeit nicht nur eine außerordentlich ehrenhafte Art, ihren Lebensunterhalt zu verdienen, sie ermöglichte ihr überdies ein so behagliches Leben, wie sie es zuvor nicht gekannt hatte. Sie sah darin nichts Erniedrigendes und warf ihm Überempfindlichkeit und maßlosen Stolz vor.

Diesmal zwang sie sich zu größerer Höflichkeit, als sie eigentlich für angemessen hielt. In Anwesenheit eines Untergebenen musste sie ihn achtungsvoll behandeln.

»Ich bin gekomm'n, weil ich 'n Rat brauch«, sagte sie in sanftmütigem Ton. »Ich hoff, dass Se 'ne halbe Stunde oder so für mich übrig ha'm.«

Erst verblüffte ihn ihre ungewohnte Zuvorkommenheit, dann aber begriff er, dass sie ihn vor dem Streifenbeamten nicht herabsetzen wollte. Sein hageres Gesicht nahm ein wenig weichere Züge an, und er sagte mit einer Spur Humor in der Stimme: »Das lässt sich bestimmt einrichten. Ist Mrs Pitt wohlauf?« Er fragte das nicht aus Höflichkeit, sondern in erster Linie, weil er Charlotte gut leiden konnte. Nur wenige Menschen standen ihm näher als Gracie und Pitts Frau. Seine hölzerne und stolze Art war der Grund dafür, dass er ziemlich einsam lebte und es ihm nicht leicht fiel, Freundschaft zu schließen. Anfangs hatte er Pitt gegenüber starke Vorbehalte gehabt, da die Position des Leiters einer Polizeiwache, noch dazu, wenn es um die berühmte Wache in der Bow Street ging, seiner festen Überzeugung nach ausschließlich Männern von Stand oder ehemaligen Offizieren aus Heer oder Marine zustand. Der Sohn eines Wildhüters verfügte in seinen Augen weder über die Fähigkeiten, die nötig waren, um andere Menschen zu führen, noch durfte er Anspruch darauf erheben, dass ihn Männer wie Tellman mit »Sir« anredeten. Aus diesem Grund war ihm seinem einstigen Vorgesetzten gegenüber jede Form der Ehrerbietung im Halse stecken geblieben, und Pitt hatte sich Tellmans Achtung

Schritt für Schritt erkämpfen müssen. Als er ihn aber erst einmal für sich gewonnen hatte, stand er so treu zu ihm, als wären sie durch Blutsbande miteinander verbunden.

»Das hier ist aber nicht der richtige Ort für Sie«, sagte er und sah Gracie mit leichtem Stirnrunzeln an. »Ich bringe Sie zum Pferdeomnibus. Unterwegs können Sie mir alles sagen.« Er wandte sich zu seinem Untergebenen um. »Bis morgen früh, Hotchkiss.«

Gehorsam erhob sich der Angesprochene. »Ja, Sir. Gute Nacht, Sir. Auch Ihnen eine Gute Nacht, Miss.«

Gracie verabschiedete sich ebenfalls und folgte dann Tellman zur Tür. Draußen sagte sie: »Es is wirklich wichtig, sons hätt ich Se nich belästigt.« Dann fügte sie hinzu: »Jemand is verschwunden.«

Er bot ihr den Arm. Sie nahm ihn widerwillig, merkte dann aber verwundert, dass ihr das angenehm war. Ihr fiel auf, dass er kürzere Schritte als sonst machte, damit sie nicht so schnell gehen musste. Sie lächelte, doch als sie sah, dass ihm das nicht entgangen war, machte sie gleich wieder ein abweisendes Gesicht. Auf keinen Fall sollte er etwas von ihren Empfindungen merken. »Es geht um meine Freundin Tilda Garvie«, sagte sie in geschäftsmäßigem Ton. »Ihr Bruder Martin is aus dem Haus, wo er arbeitet, verschwund'n, ohne ihr oder sons jemand was zu sag'n. Das is jetz drei Tage her.«

Tellman schürzte die Lippen und zog finster die Brauen zusammen. Beim Gehen hingen seine Schultern ein wenig herab, als seien seine Muskeln verkrampft. Es war ein lauer Abend, die Straßenlaternen brannten schon, und die von der Themse herüberstreichende leichte Brise brachte einen Geruch nach Feuchtigkeit mit sich. Auf der Straße war es still. In einiger Entfernung vor sich sahen sie eine Kutsche um die Ecke biegen, deren Geräusch leise zu ihnen herüberdrang. Auf der anderen Straßenseite unterhielten sich Männer lautstark miteinander.

»Das ist nichts Ungewöhnliches«, sagte Tellman in neutralem Ton. »Vermutlich hat man ihn auf die Straße gesetzt. Dafür kann es eine ganze Reihe von Gründen geben, und es muss nicht unbedingt seine Schuld sein.«

»So was hätt' er ihr auf jeden Fall gesagt«, wandte Gracie rasch ein. »Er hat ihr aber nich mal 'ne Karte oder Blumen oder sons was zum Geburtstag geschickt.«

»Dass Menschen Geburtstage vergessen, kommt laufend vor«, entgegnete er. »Daraus kann man nicht den Schluss ziehen, dass etwas nicht stimmt – schon gar nicht, wenn jemand weder Arbeit noch ein Dach über dem Kopf hat!«, fügte er brummig hinzu.

Ihr war klar, dass er sich über die Ungerechtigkeit ereiferte, die es seiner Überzeugung nach bedeutete, in so extremer Weise von anderen Menschen abhängig zu sein. Obwohl Gracie wusste, dass er diesmal nicht sie damit meinte, ärgerte es sie, vielleicht, weil sie nicht wollte, dass er Recht behielt. Außerdem empfand sie eine leise Furcht, und sie wollte nicht unbedingt hören, auf welche Möglichkeiten ein Polizeibeamter in diesem Fall verfiel.

»Er hat aber ihr'n Geburtstag noch nie vergess'n«, hielt sie dagegen. Inzwischen musste sie wieder schneller gehen, weil er unwillkürlich wieder auf die gewohnte Weise ausschritt. »Seit er acht Jahre alt war«, setzte sie hinzu.

»Vielleicht hat man ihm früher noch nie den Stuhl vor die Tür gesetzt«, gab er zu bedenken.

»Von mir aus tun wir mal so, als wenn das stimmen würde. Warum hat ihr der Butler das dann aber nich gesagt?«, parierte sie, ohne seinen Arm loszulassen.

»Vielleicht, weil ihn so etwas nichts angeht. Ein guter Butler spricht nicht mit Außenstehenden über unangenehme Vorfälle im Hause. Das müssten Sie eigentlich besser wissen als ich.« Mit leicht emporgezogenem Mundwinkel sah er zu ihr hin, als erwarte er eine Antwort. Sie hatten sich schon früher heftig darüber in den Haaren gelegen, dass Dienstboten ihrer Herrschaft auf Gedeih und Verderb ausgeliefert sind und jegliche Sicherheit in ihrem Leben von einem Augenblick auf den anderen dahin sein konnte: die regelmäßigen Mahlzeiten, das Dach über dem Kopf und die ganze übrige Behaglichkeit des Daseins.

»Ich weiß, worauf Se rauswoll'n«, sagte sie ärgerlich und entzog ihm den Arm. »Un ich bin's leid, Ihn'n immer wieder sag'n zu müss'n, dass das nich überall so is! Natürlich gibt's schlechte Häuser un böse Menschen, aber auch gute. Aber könn' Se sich vorstell'n, dass mich Mrs Pitt auf die Straße setz'n würde, wenn ich mal verschlafen hab oder vorlaut war un ihr Widerworte gege'm hab … oder aus 'nem ander'n Grund?« Herausfordernd fügte sie hinzu: »Wehe, Se sag'n ›Ja‹ – ich versprech Ihn'n, Se werd'n sich wünsch'n, dass Se 'n Mund nie aufgemacht hätt'n!«

»Selbstverständlich würde sie das nie tun!«, gab er zurück. Mit einem Ruck blieb er stehen und zog sie am Arm beiseite, damit sie den beiden Männern, die gerade auf sie zukamen, nicht den Weg versperrte. »Aber das ist etwas völlig anderes. Sollte sich dieser Martin nicht mehr im Haus seiner Herrschaft befinden, gibt es dafür einen Grund. Entweder wollte er sich verändern, oder man hat ihn entlassen. Im einen wie im anderen Fall hat die Polizei nichts damit zu tun, es sei denn, die Leute reichen eine Klage gegen ihn ein. Das aber wäre ja wohl das Letzte, was Ihre Freundin Tilda wünscht.«

»Was für 'ne Klage?«, brauste sie auf. »Er hat nix gemacht! Er is einfach von ei'm Tag auf'en ander'n verschwund'n – ha'm Se mir eigentlich zugehört? Kein Mensch weiß, wo er is.«

»Das stimmt nicht ganz«, verbesserte er. »Ihre Freundin Tilda weiß nicht, wo er ist.«

»Der Butler auch nich«, fauchte sie aufgebracht. »Nich mal der Stiefelputzer.«

»Der Butler hat es ihr lediglich nicht gesagt – und warum in aller Welt sollte der Stiefelputzer das wissen?«, knurrte er.

Allmählich wurde Gracie von einer Art Verzweiflung erfasst. Sie wollte nicht mit Tellman streiten, merkte aber, dass nicht viel fehlte und sie nichts dagegen unternehmen konnte. Inzwischen hatten sie die Ecke der Hauptstraße erreicht und wurden von dem Lärm eingehüllt, den Pferdehufe, Wagenräder und die Stimmen zahlreicher Menschen erzeugten. Passanten hasteten über den Gehweg, und ein Mann kam so nahe an ihr vorüber, dass er ihren Rücken streifte. Tildas Angst war auf sie übergesprungen, und sie merkte, wie ihr die Fähigkeit zum klaren Denken abhanden kam.

»Stiefelputzer krieg'n 'ne Menge mit!«, fuhr sie ihn an. »Ha'm Se eigentlich nix daraus gelernt, dass Se dauernd Leute verhör'n? Se war'n doch oft genug bei Verbrech'n in herrschaftlich'n Häusern un ha'm mitgekriegt, wie Mr Pitt das macht – oder? Hört der sich etwa nich an, was bestimmte Leute zu sag'n ha'm, bloß weil se Drecksarbeit mach'n? Auch die ha'm Aug'n und Ohr'n im Kopf und merk'n, was los is!«

Sogar im trüben Schein der Straßenlaternen konnte sie sehen, dass er sich große Mühe gab, die Geduld nicht zu verlieren. Ihr war bewusst, dass er das nur ihr zuliebe tat. Gerade das ärgerte sie noch mehr, weil er damit ihrer Ansicht nach eine Art moralischen Druck auf sie ausübte und sie verpflichtete, ihm beherrscht gegenüberzutreten, während alles in ihr tobte und sie ihn am liebsten angeschrien hätte.

»Das ist mir alles bekannt, Gracie«, sagte er ruhig. »Ich habe selbst so manchen Dienstboten befragt. Wenn der Stiefelputzer nichts über die Sache weiß, bedeutet das höchstwahrscheinlich, dass es damit seine Richtigkeit hat. Alles spricht dafür, dass man den Bruder Ihrer Freundin entlassen hat und er fortgegangen ist. Vielleicht wollte er nicht, dass sie etwas davon erfährt, bis er eine andere Anstellung gefunden hat.« Seine Worte klangen außerordentlich vernünftig. »Er will verhindern, dass sie sich Sorgen macht … Wer weiß, vielleicht schämt er sich auch. Falls man ihn wegen irgendeiner peinlichen Angelegenheit entlassen hat, weil er sich etwas zuschulden kommen lassen hat, wäre es doch verständlich, wenn er den Wunsch hätte, dass seine Angehörigen nichts davon erfahren.«

»Un warum hat er ihr dann nich wenigstens 'ne Karte oder 'n Brief zum Geburtstag geschickt?«, trumpfte sie auf. Sie trat einen Schritt von ihm fort und sah ihn offen an. »Das hat er nämlich nich gemacht, un genau deshalb sorgt se sich doppelt.«

»Sofern er seine Anstellung verloren hat«, gab Tellman mit unnatürlich gelassener Stimme zu bedenken, »und damit auch seine Bleibe, dürfte er wichtigere Dinge im Kopf haben, beispielsweise die Frage, wo er unterkriechen kann und wovon er leben soll!

Wahrscheinlich weiß er in einem solchen Fall nicht einmal, was für ein Wochentag es ist.«

»Wenn es ihm so schlecht geht, hat se aber doch erst recht Grund, sich zu sorg'n – oder etwa nich?«, schloss sie triumphierend.

Seufzend stieß er den Atem aus. »Das kann sie natürlich tun – doch ist das für die Polizei auf keinen Fall ein Grund, tätig zu werden.«

Die herabhängenden Hände zu Fäusten geballt, bemühte sich Gracie um Gelassenheit. »Das soll se ja auch gar nich! Tilda hat mir die Geschichte erzählt, un ich hab gefragt, ob Se mir helf'n könn'n. Für mich sin Se nich die Polizei, sondern 'n guter Bekannter. Jedenfalls hab ich das bis jetz geglaubt. Ich hab Se um Hilfe gebet'n und nich darum, 'nen Fall aufzuklär'n.«

»Und was soll ich Ihrer Ansicht nach tun?« Die Unvernunft, die sie seiner Auffassung nach an den Tag legte, veranlasste ihn, die Stimme zu heben.

Mit letzter Kraft schluckte sie die Antwort herunter, die ihr auf der Zunge lag, und zwang sich zu einem bezaubernden Lächeln. »Vielen Dank«, sagte sie betont herzlich. »Ich hab ja gleich gewusst, dass Sie mir helf'n würd'n, wenn Se ers ma verstand'n ha'm, worum 's geht. Se könnt'n zum Beispiel mal Mr Garrick fragen, wo sich Martin aufhält. Natürlich brauch'n Se dem kein' Grund dafür sag'n. Vielleicht war er ja sogar Zeuge.«

»Zeuge wessen?« Seine Brauen fuhren verwundert in die Höhe.

Sie achtete nicht darauf. »Was weiß ich. Lass'n Se sich einfach was einfall'n.«

»Ich habe nicht das Recht, mir nach Gutdünken die Autorität der Polizei anzumaßen und achtbare Bürger grundlos zu befragen!« Er sah so gekränkt drein, als hätte sie seine Rechtschaffenheit infrage gestellt.

»Sind Se doch nich so … so …« Sie wusste kaum noch, was sie sagen sollte. Sie konnte ihn trotz seiner hölzernen Art und seiner Schwerfälligkeit gut leiden, trotz seiner stetigen Bereitschaft, sich zu empören, wusste sie doch, dass sich hinter seinen Hinweisen auf

Richtlinien und herkömmliche Verfahrensweisen ein tiefes Mitgefühl verbarg. Mitunter aber erzürnte sie die Unbeugsamkeit, zu der man ihn erzogen hatte, über alle Maßen. Jetzt war es wieder einmal so weit. »Könn' Se denn nich weiter kuck'n wie Ihre Nasenspitze?«, fragte sie. »Manchmal glaub ich, Se ha'm Ihr'n Verstand im Buch mit 'n Dienstvorschrift'n eingesperrt. Merk'n Se nich, wann's um Le'm un Gefühle geht? Könn' Se nich erkenn', was in 'nem Mensch'n vor sich geht?« Sie holte tief Luft und fuhr fort: »Mensch'n besteh'n aus Fleisch und Blut … un se mach'n Fehler. Aber se ha'm auch Träume! Tilda muss unbedingt wiss'n, was mit ihr'm Bruder passiert is … so sieht das aus, un nich anders!«

Tellmans Züge verhärteten sich. Er hielt sich an das, was er begriff. »Wer gegen die Vorschriften verstößt, wird am Ende selbst verstoßen«, sagte er bockig.

Sie begriff, dass sie von ihm nichts weiter zu erwarten hatte. Unmöglich konnte er zurücknehmen, was er gerade gesagt hatte. Von seinem Standpunkt aus hatte er Recht damit, und sie verstand das besser, als sie eingestehen konnte. Sie war ihm gegenüber ungerecht gewesen, hatte nicht bedacht, dass er nicht mehr für Pitt arbeitete, sondern für Wetron, womit ihm keinerlei Freiraum blieb. Schon einmal hatte er seine Anstellung aufs Spiel gesetzt, als er, ohne an sich zu denken, Charlotte, die Kinder und sie selbst aus einer großen Gefahr gerettet hatte. Später, wenn sie nicht mehr so wütend war und es nicht wie eine Entschuldigung oder wie der Versuch aussehen würde, sich bei ihm einzuschmeicheln, würde sie ihm sagen, dass sie das zu würdigen wisse. Gegenwärtig aber kreiste ihr ganzes Denken um Tilda und das, was deren Bruder widerfahren sein mochte.

»Na schön, wenn Se ihr nich helf'n woll'n, muss ich das eben selber mach'n«, sagte sie schließlich und trat einen Schritt beiseite. Zu ihrem großen Bedauern fiel ihr keine abschließende beißende Bemerkung ein, und so blieb sie lediglich einen Augenblick lang stehen und sah ihn so durchdringend an, als wolle sie ihn in tiefster Seele treffen. Dann wandte sie sich aufseufzend zum Gehen.

»Das kommt überhaupt nicht infrage«, sagte er schroff.

Sie kehrte sich ihm erneut zu. »Sag'n Se mir nich auch noch, was ich zu tun hab und was nich, Samuel Tellman! Von Ihnen muss ich mir keine Vorschrift'n mach'n lass'n, un ich tu, was ich für richtig halt'!«, kreischte sie, insgeheim erleichtert, dass er sie nicht einfach ignorierte.

»Gracie!« Er tat einen langen Schritt auf sie zu, als wolle er ihren Arm ergreifen.

Sie zuckte übertrieben die Achseln, hüpfte ein wenig beiseite, um ihm auszuweichen, und ging dann, so rasch sie konnte, davon, ohne sich umzusehen. Im Stillen hoffte sie, dass er ihr nachsah, vielleicht sogar folgte.

Als sie in der Keppel Street durch den Hintereingang ins Haus trat, war sie zwar nach wie vor bemüht, die Flammen ihres Zorns zu schüren, fühlte sich aber so elend, dass ihr das kaum noch gelang. Ihr Versuch, Tellman für den Fall zu interessieren, war fehlgeschlagen. Es war ihr nicht gelungen, ihn zu überreden, dass er sich um Martin Garvies Verschwinden kümmerte. Sich zu weigern war sein gutes Recht, sie aber hätte sich zumindest so verhalten müssen, dass dieser Zwischenfall ihrer Freundschaft nicht abträglich war. Sie hatte keine Vorstellung, wie sie bei ihrer nächsten Begegnung offen mit ihm sprechen und das wieder einrenken konnte. Verwundert merkte sie, dass sie das in tiefster Seele schmerzte. Ihr war nicht bewusst gewesen, dass ihr das so wichtig war. Eines Tages würde sie nicht mehr umhin können, sich einzugestehen, wie sehr ihr an ihm lag.

Zum Glück war niemand in der Küche, und so konnte sie sich rasch das Gesicht waschen und dann so tun, als wäre alles in bester Ordnung. Sie hatte gerade den Wasserkessel aufgesetzt, als Charlotte hereinkam.

»Woll'n Se 'ne Tasse Tee?«, fragte Gracie beinahe munter.

»Gern«, sagte Charlotte, setzte sich an den Tisch und machte es sich gemütlich. »Stimmt etwas nicht?«, erkundigte sie sich in einem Ton, als erwarte sie eine Antwort.

Gracie zögerte und überlegte rasch. Sollte sie sagen, alles sei in bester Ordnung, oder war es besser, wenigstens den Teil der Geschichte preiszugeben, der mit Martin Garvie zu tun hatte? Es wunderte sie, dass Charlotte sie so mühelos durchschaute. Auch das schien ihr ein wenig beunruhigend. Andererseits würde bei ihrer langen und engen Bekanntschaft das Gegenteil die Vermutung zulassen, dass sie Charlotte gleichgültig war, und das wäre noch schlimmer.

»Ich hab heute Vormittag Tilda Garvie getroff'n«, sagte sie, wobei sie dem Tisch den Rücken zukehrte und die Teedose unnötig laut schloss. »Sie hat ihr'n Bruder Martin schon länger nich geseh'n und hat Angst, dass was Schlimmes passiert sein könnte.«

»Was könnte das zum Beispiel sein?«, erkundigte sich Charlotte.

Der Wasserkessel begann zu pfeifen, und Gracie nahm ihn vom Herd. Sie wärmte die Kanne mit heißem Wasser vor, das sie anschließend ausgoss, gab die Blätter hinein und goss den Tee auf. Jetzt gab es keinen Vorwand mehr, sich nicht hinzusetzen, und so nahm sie steif am Tisch Platz, wobei sie Charlottes forschendem Blick auswich.

»Er is nich mehr in dem Haus am Torrington Square, wo er in Stellung is«, erläuterte sie. »Un der Butler sagt nich, was mit ihm los is oder wo er hin is – kein Ton.« Mit einem Mal erwies sich ihre Verzweiflung über die Situation als stärker als ihr Stolz, und sie sah Charlotte offen an. »Wenn alles in Ordnung wär, hätt er sich bestimmt bei Tilda gemeldet, weil sich die beid'n sehr nahe steh'n«, fügte sie eilig hinzu. »Se ha'm nämlich sons niemand auf der Welt. Er hat sich nich mal zu ihr'm Geburtstag gemeldet, was noch nie vorgekomm'n is. Bestimmt hätt er ihr zumindest was gesagt, wenn das möglich gewesen wär.«

Charlotte runzelte die Stirn. »Welche Tätigkeit übt er denn dort aus?«

»Er is Kammerdiener beim jungen Mr Garrick«, gab ihr Gracie Auskunft. »Nich einfach Lakai oder so was. Un Tilda sagt, Mr Stephen kann ohne ihn nix mach'n. Ich weiß ja, dass Dienstbot'n manchmal ziemlich schnell rausflieg'n, wenn se was angestellt ha'm oder 's auch nur danach aussieht, aber warum sollte Martin in so 'nem Fall seiner Schwester nix sag'n? Einfach, damit se sich nich sorgt.«

»Ich weiß es nicht«, sagte Charlotte nachdenklich. Sie griff nach der Teekanne, goss beiden ein und stellte sie auf den Untersetzer zurück. »Das klingt fast so, als ob ihm etwas entsetzlich zu schaffen machte. Andernfalls hätte er ihr sicherlich mitgeteilt, dass er fortgeht und wohin. Es wäre doch denkbar, dass er eine bessere Stellung gefunden hat. Kann deine Freundin lesen?«

Verblüfft hob Gracie den Kopf.

»Na ja, falls nicht, würde es nicht viel nützen, ihr einen Brief zu schreiben«, erklärte Charlotte. »Andererseits könnte ihn ihr natürlich jemand vorlesen.«

Gracie spürte, wie das Gefühl der Verlorenheit zunahm, das sie empfand. Sie fühlte sich völlig ausgehöhlt. Sie hätte keinen Bissen heruntergebracht, und schon der Gedanke, etwas zu essen, war ihr widerwärtig. Auch der angenehm süße Tee, von dem sie einen kleinen Schluck getrunken hatte, änderte nichts an ihrem Zustand.

»Und weiter?«, fragte Charlotte freundlich.

Gracie zögerte. Zwar bedeutete es einen gewissen Trost, so gut verstanden zu werden, aber sie schämte sich nach wie vor, die Sache Tellman gegenüber so tölpelhaft angepackt zu haben. Das war umso schlimmer, weil sie sich ihm gegenüber bis dahin eigentlich immer ziemlich gewitzt verhalten hatte. Sicher wäre Charlotte von ihr enttäuscht, denn sie hätte vermutlich mehr von ihr erwartet. Bei einer Frau setzte man ein geschickteres Vorgehen voraus als das, was sie sich da geleistet hatte. Wieder nahm sie ein Schlückchen von ihrem Tee. Er war wirklich zu heiß. Sie hätte noch warten sollen.

»Hast du noch etwas in Erfahrung gebracht?«, wollte Charlotte wissen.

Die Antwort darauf fiel ihr nicht schwer. »Eigentlich nich. Obwohl sie dem Butler gesagt hat, dass sie Geschwister sind, hat der ihr nich gesagt, was los is oder wo Martin hin is.«

Charlotte hielt den Blick auf den Tisch gerichtet. »Wie du weißt, ist Mr Pitt nicht mehr bei der Polizei. Wir könnten aber

Mr Tellman fragen – vielleicht sieht er eine Möglichkeit, uns zu helfen.«

Gracies Wangen glühten heiß. Es gab keinen Ausweg mehr. »Das hab ich schon gemacht«, gestand sie kleinlaut, den Blick starr vor sich gerichtet. »Er sagt, er kann nix mach'n, weil Martin tun und lass'n darf, was er will, ohne seiner Schwester was sag'n zu müss'n. Das wär' nich strafbar, meint er.«

»Ich verstehe.« Eine Weile saß Charlotte schweigend da. Vorsichtig setzte sie die Tasse an die Lippen und trank. Der Tee war nicht mehr zu heiß. »Dann müssen wir eben selbst etwas unternehmen«, sagte sie schließlich. »Berichte mir alles, was du über die beiden Geschwister und über den Haushalt der Familie Garrick weißt.«

Gracie kam sich vor wie ein Seemann, der nach langer Irrfahrt endlich Land am Horizont sieht. Es gab etwas, was sie tun konnte! Eifrig teilte sie Charlotte in Einzelheiten mit, was sie wusste. Dabei versäumte sie nicht, die entscheidenden Punkte hervorzuheben: Tildas absolute Ehrlichkeit wie auch ihre Dickköpfigkeit, die Kindheitserinnerungen, von denen sie gesprochen hatte, ihren Traum, eines Tages Mann und Kinder zu haben, und alles, was sie in den Jahren, in denen sie und ihr Bruder einsam herangewachsen waren, gemeinsam mit ihm unternommen hatte.

Charlotte hörte ihr zu, ohne sie zu unterbrechen. Schließlich nickte sie. »Ich glaube, es gibt durchaus Grund, sich Sorgen zu machen«, sagte sie. »Wir müssen in Erfahrung bringen, wo sich der junge Mann aufhält und wie es ihm geht. Sofern er keine Stellung hat und es ihm zu peinlich ist, das seiner Schwester zu gestehen, sollten wir dafür sorgen, dass sie die Situation richtig versteht, und zusehen, ob wir ihm helfen können, etwas zu finden. Du weißt wohl nicht, ob er unter Umständen eine Dummheit begangen hat?«

»Keine Ahnung«, erwiderte Gracie. »Tilda würd so was nie im Leben mach'n, aber das muss nix heiß'n. Sicher würd se von ihm dasselbe sag'n – aber se is ja auch seine Schwester.«

»Ja, oft fällt es schwer, Böses über die eigenen Angehörigen zu denken«, bestätigte Charlotte.

Mit großen Augen sah Gracie sie an. »Un wie soll 's jetz weitergeh'n?«

»Du sagst deiner Freundin, dass wir ihr helfen werden. Als Erstes versuche ich etwas über die Familie Garrick in Erfahrung zu bringen. Zumindest der Hausherr, Mr Stephen Garrick, dürfte wissen, was vorgefallen ist, auch wenn er möglicherweise nicht sagen kann, wo sich Martin Garvie zurzeit aufhält.«

»Danke«, sagte Gracie sehr ernst. »Vielen, vielen Dank.«

Vier Tage nach der Entdeckung des Mordes an Edwin Lovat forderte ein Zeitungsartikel unverhüllt Saville Ryersons Festnahme, auf jeden Fall aber seine Vernehmung durch die Polizei. Man wisse, erklärte der Verfasser, dass er sich zur fraglichen Zeit am Tatort aufgehalten habe, und indem er die Frage stellte, was er dort zu suchen hatte, legte er dem Leser die Antwort nahe.

Mit bleichem Gesicht und fest zusammengepressten Lippen saß Pitt am Frühstückstisch. Es wurde immer schwieriger, dem Verlangen des Premierministers nachzukommen, man möge Ryerson aus der Sache heraushalten. Charlotte unterbrach seine quälenden Gedanken weder mit Worten noch auf andere Weise.

Unauffällig sah sie zu ihm hinüber. So gern sie ihn getröstet hätte, so fest war sie von Ryersons Schuld überzeugt. Gewiss, er hatte wohl die Tat nicht begangen, doch war er nachweislich am Versuch beteiligt gewesen, sie zu vertuschen. Wäre nicht die Polizei gerufen worden, hätten die beiden die Leiche fortgeschafft und alles in ihren Kräften Stehende getan, um die Spuren zu verwischen. Das war eindeutig ein Verbrechen, und selbst die Fähigkeit, die Probleme der nordenglischen Baumwollindustrie zu lösen, konnte ein solches Verhalten nicht rechtfertigen. Bei Licht betrachtet, bestand zwischen diesen Dingen und einer Geliebten in Eden Lodge nicht die geringste Beziehung. Ryerson hatte einer privaten Schwäche nachgegeben und musste jetzt einen – zugegebenermaßen hohen – Preis dafür zahlen.

Beim Anblick der quälenden Sorge auf Pitts Gesicht stieg unvermittelt ein großer Zorn in ihr auf. Wieso bürdete man ihrem

Mann die Verantwortung dafür auf, diesen hochrangigen Politiker vor den Folgen seiner eigenen Unvernunft zu bewahren? Womöglich musste er sich dann auch noch Vorwürfe anhören, weil er sich außerstande gesehen hatte zu tun, wovon jedem Dummkopf im Voraus klar sein musste, dass es unmöglich war. Er wurde gezwungen, eine Wahrheit zu unterdrücken, die an den Tag zu bringen seine Berufspflicht war. Nachdem man über Jahre hinweg von ihm erwartet hatte, dass er genau das tat, drängte man ihn jetzt in eine Lage, in der er eben die Werte verleugnen sollte, die ihn vorher als Ehrenmann ausgezeichnet hatten. War den Leuten eigentlich nicht klar, dass das Bestreben, Verfehlungen zu enthüllen, auf seine tief verwurzelten moralischen Vorstellungen zurückging?

Er merkte, dass sie ihn ansah, und hob rasch den Blick.

»Was hast du?«, fragte er.

Sie lächelte. »Nichts. Ich gehe nachher zu Emily. Großmutter wird dort sein«, erklärte sie. »Seit Mama erfahren hat … was sie durchgemacht hat, ist es mir noch nicht gelungen, unbefangen mit ihr zu reden. Es wird wirklich allerhöchste Zeit, dass ich es versuche.« Sie hatte ihrer Schwester den Besuch am Vorabend nach dem Gespräch mit Gracie telefonisch angekündigt. In Pitts Haus gab es seit mehreren Jahren ein Telefon, weil das für seinen Beruf unerlässlich war, und Emily hatte eines, weil sie sich so gut wie alles leisten konnte, wonach ihr der Sinn stand.

Ein flüchtiges Lächeln trat auf Pitts Züge. Er kannte Charlottes Großmutter schon lange und war mit ihrer Wesensart bestens vertraut.

Sie ging nicht weiter auf dies Thema ein, denn selbst ihm gegenüber fiel es ihr nach wie vor schwer, über die anstößigen Vorfälle aus der fernen Vergangenheit zu sprechen. Als er das Haus verließ, ohne ihr mitzuteilen, was er an diesem Tag zu ermitteln oder zu finden hoffte, ging sie nach oben, um ihr bestes Vormittags-Ausgehkleid anzuziehen. Sie folgte nicht der Mode; das ließen ihre Geldmittel bei weitem nicht zu, erst recht nicht, seit man Pitt die Leitung der Wache in der Bow Street aus der Hand genommen und ihn zum Sicherheitsdienst versetzt hatte – aber ein gut geschneidertes Kleid in einer Farbe, die ihr schmeichelte, strahlte eine Würde aus, die ihr niemand nehmen konnte. Sie entschied sich für einen warmen Herbstton, der zu ihrem leicht rötlichen Haar und ihrem hellen, aber nicht blassen Teint passte. Zwar hatte das Kleid nicht die hoch angesetzten Ärmel, die gegenwärtig Mode waren, dafür aber eine nur angedeutete Turnüre, und das war genau richtig. Allerdings konnte sie in einem solchen Kleid unmöglich mit dem Pferdeomnibus fahren, und so nahm sie das Geld für die Droschke aus der Haushaltskasse. Um Viertel nach zehn traf sie vor Emilys hochherrschaftlichem Haus ein. Da das Hausmädchen, das ihr öffnete, sie gut kannte, wurde sie sogleich in den so genannten kleinen Salon geführt, wo die Damen der Gesellschaft enge Freundinnen empfingen.

Emily erwartete sie schon ganz aufgeregt. Ihre Augen blitzten vor Spannung und Ungeduld. Wie immer trug sie ein hochelegantes Kleid in ihrer Lieblingsfarbe Blassgrün, das vorzüglich zu ihrem hellen Haar passte. Sie begrüßte die Schwester mit einem flüchtigen Kuss und trat einen Schritt zurück. »Was ist denn passiert?«, fragte sie. »Du hast gesagt, dass es wichtig ist. Sicher klingt es schrecklich herzlos, wenn ich sage, wie sehr es mich ärgert, dass mittlerweile alle Fälle, an denen Thomas arbeitet, in höchstem Grade geheim sind, ganz gleich, worum es geht. Als er noch in der Bow Street war, konnte man wenigstens ab und zu mitfiebern. Aber natürlich ist es viel schlimmer, dass man ihn da einfach abgesetzt hat. Das ist maßlos ungerecht und war sicher ein fürchterlicher Schlag für ihn.« Mit einer Handbewegung forderte sie Charlotte auf, in einem der Sessel mit großem Blumenmuster Platz zu nehmen. »Die feine Gesellschaft ödet mich an, und sogar die Politik scheint im Augenblick ausgesprochen langweilig zu sein«, fuhr sie fort, raffte ihre Röcke und setzte sich ebenfalls. »Nicht einmal einen ordentlichen Skandal gibt es, von dem um die Ägypterin einmal abgesehen.« Sie beugte sich lebhaft vor. »Wusstest du schon, dass die Presse auch Saville Ryersons Festnahme verlangt? Ist das nicht widersinnig?« Ihre Augen suchten in Charlottes Gesicht nach Bestätigung. »Wenn Thomas noch bei der Polizei wäre, hätte man den Fall vermutlich ihm übergeben. Wer weiß, vielleicht ist es ja auch gut so, dass er diese Geschichte nicht zu entwirren braucht. Ich stelle mir das unglaublich schwierig vor.«

»Bedauerlicherweise ist das Problem, mit dem ich zu dir komme, ganz und gar alltäglich«, sagte Charlotte und bemühte sich um eine möglichst ausdruckslose Miene. Auf keinen Fall durfte sie zulassen, dass ein Skandal, und sei er noch so aufsehenerregend, die Schwester daran hinderte, ihr zuzuhören. Sie lehnte sich zurück und sah sich rasch um. Der Raum war in Gold- und Grüntönen gehalten, und auf dem Tisch standen in einer dunkelgrünen Vase herb duftende Chrysanthemen und späte gelbe Rosen. Einen Augenblick lang fühlte sie sich in das Haus ihrer Kindheit zurückversetzt, in dessen großbürgerlicher Behaglichkeit sie aufgewachsen war, ohne etwas von all der Armut und den Schattenseiten zu ahnen, die draußen in der weiten Welt an der Tagesordnung waren.

Dann war der Augenblick vorüber.

»Worum geht es denn?«, fragte Emily. Sie setzte sich zurecht und sah Charlotte, die Hände im Schoß gefaltet, aufmerksam an. »Hoffentlich ist es etwas, was meinen Geist herausfordert. Das ewige Wiederkäuen von Banalitäten langweilt mich zu Tode.« Sie lächelte ein wenig, als verspotte sie sich selbst. »Ich habe das Gefühl, dass sich die Phase meiner gesellschaftlichen Seichtheit ihrem Ende nähert. Ist das nicht beunruhigend? Ich kann keine Freude mehr daran finden, dem Vergnügen nachzujagen. Das ist so, wie wenn man zu viel Schokoladensoufflé gegessen hat. Noch vor ein paar Jahren hätte ich gesagt, dass das völlig unmöglich ist.«

»Dann lass mich dir Alltagskost vorsetzen«, erwiderte Charlotte.

Gerade als sie mit ihrer Schilderung angefangen hatte, ertönte ein so kräftiges Klopfen an der Tür, als habe jemand mit dem Knauf eines Spazierstocks dagegengeschlagen. Im nächsten Augenblick flog sie auf, und eine kleine alte Frau in einem mit Schwarz abgesetzten pflaumenblauen Kleid stand auf der Schwelle. Ihr Gesicht zeigte unverhohlene Empörung, doch schien sie nicht so recht zu wissen, ob sie sich damit an Emily oder an Charlotte wenden sollte.

Vielleicht hatte es so kommen müssen. Charlotte stand auf und zwang sich mit großer Anstrengung zu einem Lächeln. »Guten Morgen, Großmutter«, sagte sie und trat zu der alten Dame. »Man sieht, dass es Ihnen gut geht.«

»Wie kannst du Aussagen darüber machen, wie es mir geht?«, fuhr die alte Dame sie mit flammendem Blick an. »Woher willst du das überhaupt wissen, wenn du mich seit Monaten nicht besucht hast? Du bist roh und gefühllos und kennst deine Pflichten nicht. Seit du mit diesem Polizisten verheiratet bist, hast du jedes Gefühl für Anstand verloren.«

Mit einem Schlag schwand Charlottes Entschluss dahin, ihr höflich gegenüberzutreten. »Sie haben es sich also anders überlegt!«, gab sie zurück.

Die alte Dame verstand nicht, was sie damit meinte, und das steigerte ihren Zorn noch. »Ich habe keinen Schimmer, wovon du redest. Warum kannst du dich nicht deutlich ausdrücken? Früher warst du doch dazu fähig. Es muss mit den Kreisen zusammenhängen, in denen du inzwischen verkehrst.« Sie funkelte ihre andere Enkelin an. »Willst du mir keine Sitzgelegenheit anbieten, Emily? Oder weißt auch du nicht mehr, was sich gehört?«

»Bei mir dürfen Sie sich immer gern setzen, Großmutter«, sagte Emily bemüht geduldig. »Das ist Ihnen doch sicher bekannt?«

Die alte Dame ließ sich schwer in den dritten Sessel sinken und stellte den Stock vor sich auf den Boden. Dann wandte sie sich an Charlotte: »Was soll das heißen, dass ich es mir anders überlegt hätte? Ich überlege es mir nicht anders!«

»Sie haben gerade gesagt, ich hätte jedes Gefühl für Anstand verloren«, sagte Charlotte.

»Das stimmt auch!«, gab die alte Dame rechthaberisch zurück. »Da hat sich nichts geändert!«

Charlotte lächelte sie an. »Doch. Früher haben Sie immer behauptet, ich hätte gar keins.«

»Willst du etwa zulassen, dass man mich in deinem Hause kränkt?«, fragte die alte Dame Emily.

»Ich glaube eher, dass Charlotte die Gekränkte ist«, korrigierte Emily. Ein Lächeln umspielte ihre Lippen, und sie musste sich große Mühe geben, es zu unterdrücken.

Die alte Dame knurrte: »Nun, in dem Fall hätte sie sich das selbst zuzuschreiben. Wer hat sie denn gekränkt? Sie verkehrt in den niedersten Kreisen, und ich nehme an, das ist alles, wozu sie fähig ist. Das kommt davon, wenn man unter seinem Stand heiratet. Ich habe gleich gesagt, dass aus dieser Mesalliance nichts Gutes werden kann – aber wolltest du auf mich hören? Natürlich nicht. Siehst du jetzt, was dabei herauskommt? Allerdings kann ich mir schlechterdings nicht vorstellen, was Emily deiner Ansicht nach daran ändern könnte.«

Charlotte platzte vor Lachen heraus, und nach kurzem Zögern stimmte Emily mit ein.

Zwar begriff die alte Dame nicht, warum die beiden lachten, doch war sie keinesfalls bereit, das zuzugeben. Nach kurzem Überlegen kam sie zu dem Ergebnis, dass sie am wenigsten zu verlieren hatte, wenn sie mitlachte, und so stimmte sie mit einem sonderbar krächzenden Geräusch ein, das Emily seit Jahren nicht gehört hatte, obwohl die Großmutter bei ihr im Hause lebte.

Sie blieb noch etwa zehn Minuten, dann erhob sie sich und humpelte hinaus, obwohl sie in Wahrheit vor Neugier verging, den Grund für Charlottes Besuch zu erfahren. Offensichtlich war aber keine der beiden Enkelinnen bereit, ihr den von sich aus mitzuteilen, und danach zu fragen hielt sie für unter ihrer Würde.

Kaum hatte sich die Tür hinter ihr geschlossen, als sich Emily eifrig vorbeugte. »Nun«, fragte sie, »was ist mit der Alltagskost, die dich so beschäftigt?«

»Gracie hat eine Freundin namens Tilda Garvie«, begann Charlotte, »deren Bruder Martin Kammerdiener beim jungen Garrick ist. Wie man mir gesagt hat, lebt die Familie am Torrington Square. Die beiden Geschwister stehen einander sehr nahe, seit sie mit sechs beziehungsweise acht Jahren Vollwaisen geworden sind.«

»Und?«, fragte Emily mit verständnislos geweiteten Augen.

»Man hat Martin Garvie zum letzten Mal vor vier Tagen gesehen. Garricks Butler hat Tilda, die sich nach ihrem Bruder erkundigte, zwar mitgeteilt, dass er sich nicht mehr im Hause befindet, war aber weder bereit, etwas über seinen Verbleib zu sagen, noch einen Grund für sein Verschwinden zu nennen.«

»Ein Kammerdiener wird vermisst?« Nichts in Emilys Stimme verriet, was sie empfand.

»Ein Bruder«, verbesserte Charlotte sie. »Wichtiger aber als seine bloße Abwesenheit dürfte sein, dass er sich nicht einmal zu Tildas Geburtstag gemeldet hat. Den aber hat er, wie sie sagt, noch nie zuvor vergessen. Sie ist überzeugt, dass er auf jeden Fall eine Möglichkeit gefunden hätte, ihr seinen Aufenthaltsort mitzuteilen – sogar dann, wenn er seine Anstellung und damit seine Unterkunft eingebüßt hätte oder die Umstände, unter denen er das Haus verlassen musste, beschämend oder ehrenrührig waren.«

»Und was vermutest du also?« Emily runzelte die Stirn. Dann fügte sie hinzu: »Haben die Garricks Vermisstenanzeige erstattet?«

»Das weiß ich nicht«, gab Charlotte ungeduldig zur Antwort. »Ich kann ja nicht gut zur nächsten Polizeiwache gehen und fragen. Sollte das aber der Fall sein: Warum hat man das Tilda nicht einfach gesagt, damit das arme Mädchen Bescheid weiß und sich nicht grämen muss?«

»So würden sich vernünftige Mensch verhalten«, stimmte Emily zu. »Aber nicht alle Leute sind so vernünftig, wie man annimmt. Es überrascht mich immer wieder zu sehen, wie Menschen den gewöhnlichsten Alltagsverstand vermissen lassen. Mal sehen, wie viele weitere Möglichkeiten es gibt.« Sie hielt die Finger hoch, um abzuzählen. »Könnte man ihn wegen Unehrlichkeit entlassen haben? Ist er mit einer Tochter aus gutem Hause durchgebrannt oder, schlimmer noch, mit der Gattin eines anderen? Mit einem Dienstmädchen oder einer Straßendirne?« Sie nahm die andere Hand zu Hilfe. »Hat er womöglich Schulden und muss sich vor seinen Gläubigern verstecken? Oder, die schlimmste aller Möglichkeiten: Hatte er einen Unfall, ist er überfallen worden und liegt jetzt irgendwo tot, ohne dass jemand weiß, wer er ist?«

Auch Charlotte hatte die meisten dieser Möglichkeiten bereits erwogen, vor allem die letzte. »Du hast ja Recht«, sagte sie ruhig. »Aber um der armen Tilda willen wüsste ich gern, was wirklich geschehen ist … und auch um Gracies willen. Ich glaube, sie hat sich wegen dieser Angelegenheit mit Inspektor Tellman zerstritten, weil er gesagt hat, er könne der Sache nicht nachgehen, da kein Verbrechen vorliege.«

»Tellman ist Inspektor? Ach … ja.« Emilys Interesse war wieder geweckt. »Wie steht es eigentlich um diese Romanze? Was meinst du: Wird Gracie nachgeben und ihn heiraten? Und was wirst du in dem Fall ohne sie tun? Dich nach einer guten, erfahrenen Kraft umsehen oder wieder ein halbes Kind ins Haus nehmen und von vorn anfangen? Das kannst du ja wohl unmöglich tun, oder?«

»Ich weiß nicht, ob sie ihn nimmt oder nicht«, sagte Charlotte betrübt. »Ich glaube schon … Ich hoffe es sogar für sie, denn sie ist sehr in ihn verliebt und merkt das allmählich auch selbst. Aber das braucht seine Zeit. Ich habe keine Ahnung, was ich ohne sie anfangen soll, und möchte noch nicht einmal daran denken. In meinem Leben hat es in letzter Zeit schon mehr Veränderungen gegeben, als mir lieb ist.«

Mit aufrichtigem Mitgefühl sagte Emily: »Das kann ich dir nachfühlen. Bitte entschuldige. Früher hat es einfach viel mehr Spaß gemacht, als wir Thomas bei seinen – unseren – Fällen helfen konnten. Das stimmt doch, oder?«

Charlotte biss sich auf die Lippe, teils, um ein Lächeln zu unterdrücken, teils, um sich an den Zweck ihres Besuchs zu mahnen. »Ich bin entschlossen, so viel wie möglich über den jungen Garrick herauszubekommen«, sagte sie. »Sofern genügt, was ich aus eigener Kraft in Erfahrung bringen kann, gut – falls es aber nicht anders geht, frage ich ihn einfach selbst, denn ich will unbedingt wissen, was mit Martin Garvie ist.«

»Ich helfe dir dabei«, sagte Emily, ohne zu zögern. »Was weißt du über die Familie Garrick?«

»Nichts, außer wo sie wohnt, und auch das nur ungefähr.«

Emily erhob sich. »Dann müssen wir anfangen, uns zu erkundigen.« Sie musterte Charlotte mehr oder weniger billigend von Kopf bis Fuß. »Du bist ja bereits für einen Besuch gekleidet. Allerdings finde ich, dass du einen modischeren Hut aufsetzen solltest. Ich geb dir einen von meinen. In einer Viertelstunde bin ich auch so weit ...« Nach kurzem Zögern fügte sie hinzu: »Es kann auch eine halbe dauern.«

Tatsächlich machten sich die Schwestern erst nahezu eine Stunde später in Emilys Kutsche auf den Weg. Als Erste befragten sie eine Dame, mit der Emily so gut befreundet war, dass sie sich nicht lange bei der Vorrede aufzuhalten brauchte.

»Nein, verheiratet ist er nicht«, sagte Mrs Edsel, eine angenehme, nicht besonders hübsche Frau, die sich lediglich durch einen lebhaften Gesichtsausdruck und einen bedauerlichen Geschmack in Bezug auf Ohrringe auszeichnete. »Hat ihn jemand aus Ihrer näheren Bekanntschaft ins Auge gefasst?«

»Ich glaube schon«, log Emily, die alle gesellschaftlichen Künste mit der in ihren Kreisen üblichen Geläufigkeit beherrschte. »Gibt es etwa Gründe, die dagegen sprechen?«

»Nun, soweit mir bekannt ist, sind die Garricks nicht unvermögend.« Eifrig beugte sich Mrs Edsel vor. Zwar war Klatsch für sie ein Lebenselement, das ihr so viel bedeutete wie anderen Menschen Essen und Trinken, doch war ihr auch aufrichtige Hilfsbereitschaft nicht fremd. »Eine tadellose Familie. Der Einfluss des Vaters, Ferdinand Garrick, reicht bis in die höchsten Kreise. Er hat eine glänzende militärische Laufbahn hinter sich, sagt mein Mann.«

»Und warum sollte sein Sohn dann keine gute Partie sein?«, fragte Emily betont unschuldig.

»Für die richtige Frau wäre er das wohl schon.« Mrs Edsel schien eingefallen zu sein, was sie ihrer Stellung schuldig war, denn sie wurde etwas zurückhaltender.

»Und für die falsche?«, platzte Charlotte heraus.

Mrs Edsel warf ihr einen misstrauischen Blick zu. Zwar waren Emily und sie gut miteinander bekannt, aber da sie Charlotte noch nie begegnet war, wusste sie nicht, ob diese ihr später nützlich sein oder schaden konnte.

Emily sah ihre Schwester mahnend an.

Da es keine Möglichkeit gab, die Worte ungesagt zu machen, zwang sich Charlotte zu einem Lächeln. Es sah ein wenig so aus, als zeige sie der anderen die Zähne. »Es geht um eine Freundin, um die ich mir Sorgen mache«, sagte sie, ohne dafür von der Wahrheit abweichen zu müssen. Trotz ihrer unterschiedlichen gesellschaftlichen Stellung konnte man Gracie ohne weiteres als eine Freundin ansehen, wie es nur wenige gab.

Mrs Edsel entspannte sich ein wenig. »Ist sie jung?«, wollte sie wissen.

»Ja.« Charlotte vermutete, dass das die richtige Antwort war.

»In dem Fall dürfte es klüger sein, sich anderweitig umzusehen – es sei denn, sie wäre sehr unansehnlich.«

Diesmal hielt Charlotte den Mund.

»Was stimmt denn mit ihm nicht?«, fragte Emily mit ungewöhnlicher Kühnheit. »Hat er Freunde, die er nicht vorzeigen kann? Wer weiß etwas über ihn?«

»Nun ja …« Mrs Edsel schwankte zwischen ihrer brennenden Neugierde und der Besorgnis, eine nicht wieder gutzumachende Indiskretion zu begehen. »Soweit mir bekannt ist, gehört er den üblichen Klubs an.« Diese Aussage konnte sie riskieren, ohne etwas falsch zu machen.

»Tatsächlich?« Emily riss ihre blauen Augen weit auf. »Ich kann mich gar nicht erinnern, dass mein Mann seinen Namen genannt hätte. Vielleicht habe ich ihn auch einfach überhört.«

»Auf jeden Fall ist er Mitglied im White's Club«, versicherte ihr Mrs Edsel. »Und das ist ja wohl einer der besten.«

»Unbedingt«, stimmte ihr Emily zu.

»Die Spitzen der Gesellschaft …«, murmelte Charlotte anzüglich.

Mrs Edsel gab ein leises Kichern von sich, das sie rasch unterdrückte. Dann sprudelte sie hervor: »Ich weiß natürlich nicht, ob etwas daran ist, aber mein Mann sagt, er trinkt mehr, als ihm gut tut – und das ziemlich oft. Ich weiß, das gilt bei einem Mann im Allgemeinen nicht als schlimmer Charakterfehler, aber mir sagt das nicht unbedingt zu. Außerdem soll er recht temperamentvoll sein. Ich könnte nichts damit anfangen. Mir ist ein Mann von ruhigem Wesen lieber.«

»Mir auch«, nickte Emily. Sie vermied es, dabei Charlotte anzusehen, die natürlich wusste, dass das eine faustdicke Lüge war. Ein solcher Mensch konnte nur ein ausgesprochener Langweiler sein.

»Absolut!«, bekräftigte Charlotte, als Mrs Edsel, Billigung heischend, zu ihr hersah. »Wenn man längere Zeit mit einem Menschen zusammen sein möchte, ist das unerlässlich. Es ist auf die Dauer nicht auszuhalten, wenn man nie weiß, womit man als Nächstes rechnen muss.«

»Da haben Sie Recht«, sagte Mrs Edsel mit feinem Lächeln. »Ich hoffe, Sie halten mich nicht für vorwitzig, aber ich würde Ihrer Freundin unbedingt raten, noch einige Monate zu warten. Ist es ihre erste Londoner Saison?«

Charlotte und Emily antworteten wie aus einem Mund – die eine mit Ja, die andere mit Nein, aber Mrs Edsel sah zu Charlotte hin.

Während der nächsten halben Stunde unterhielten sie sich in aller Ausführlichkeit über die Schwierigkeiten bei der Suche nach einem passenden Ehepartner und teilten einander mit, wie froh sie alle miteinander waren, dass sie für sich selbst die richtige Wahl getroffen hatten und noch nicht vor der Notwendigkeit standen, einen passenden Mann für ihre Töchter zu suchen. Es fiel Charlotte schwer, das Richtige zu sagen, denn sie war dabei weitgehend auf ihre Erinnerungen angewiesen. Ein besonderer Balanceakt, der eines Zirkuskünstlers würdig gewesen wäre, war nötig, um Pitts gesellschaftlich völlig indiskutable Beschäftigung nicht preisgeben zu müssen. Auch wenn »Sicherheitsdienst« zweifellos besser klang als »Polizei«, durfte sie auf keinen Fall darüber sprechen. Es kränkte ihren Stolz, in diesem aufgeklärten Zeitalter so tun zu müssen, als wisse sie nicht so recht, welcher Tätigkeit ihr Mann nachging, zumal sich selbst Mrs Edsel zu wundern schien, was für ein unbedarftes Geschöpf sie da vor sich hatte.

Kaum saßen sie wieder in der Kutsche, als Emily in so prustendes Lachen ausbrach, dass sie einen Schluckauf bekam. Charlotte wusste nicht, ob sie mitlachen oder vor Wut platzen sollte.

»Nun lach schon!«, forderte Emily sie auf, als der Kutscher die Pferde antrieb, dem nächsten Ziel entgegen. »Du warst hinreißend, einfach unbezahlbar! Wenn Thomas das wüsste, würde er dafür sorgen, dass du das nie vergisst.«

»Nun, er weiß es nicht!«, sagte Charlotte mahnend.

Mit einem Lächeln lehnte sich Emily behaglich gegen die gepolsterte Rückenlehne. »Ich finde, du solltest es ihm unbedingt erzählen … aber wahrscheinlich würdest du es nicht so gut hinbekommen. Sicher ist es besser, du überlässt das mir.«

»Emily!«

»Lass mich doch!« Das war weniger eine Bitte als ein Protest. »Bestimmt weiß er den Spaß zu schätzen – und das ist ja nun wirklich einer.«

»Aber dann musst du den Augenblick dafür gut wählen. Er arbeitet zurzeit an einem äußerst unangenehmen Fall.«

»Können wir dabei helfen?«, erkundigte sich Emily prompt. Sie war mit einem Schlag wieder ernst geworden.

»Nein!«, gab Charlotte entschieden zurück. »Zumindest noch nicht. Ohnehin müssen wir Martin Garvie aufspüren.«

»Das werden wir auch«, versicherte ihr Emily voll Zuversicht. »Der junge Mann, mit dem wir zu Mittag verabredet sind, ist genau der Richtige dafür. Ich habe die Sache eingefädelt, während ich mich umgezogen habe.«

Der Genannte, ein ehrgeiziger und selbstsicherer junger Mann namens Jamieson, erwies sich als Schützling von Emilys Gatten, dem Unterhausabgeordneten Jack Radley. Er war entzückt, mit der Gemahlin seines Mentors essen zu dürfen. Da außerdem ihre Schwester anwesend war, ließ sich vom Standpunkt der Schicklichkeit nichts daran aussetzen.

Anfangs sprach man über allerlei Themen von allgemeinem Interesse. Als sie auf die durch die Baumwollarbeiter in Manchester hervorgerufene schwierige Lage zu sprechen kamen, wandten sich die Gedanken aller wegen der Verbindung zu Ryerson auf ganz natürliche Weise dem Mord an Edwin Lovat zu, auch wenn keiner von ihnen diesen Punkt ansprach.

Der Kellner brachte den ersten Gang der exquisiten Mahlzeit – eine vorzügliche belgische Fleischpastete für Mr Jamieson und eine klare Suppe für Charlotte und Emily.

Im Bewusstsein dessen, dass sie die Zeit ihres Gastes nicht unbegrenzt in Anspruch nehmen konnte, da dieser bald wieder zu seinen Pflichten zurückkehren musste, kam Emily ohne lange Einleitung zur Sache.

»Es geht um eine äußerst geheime Untersuchung im Auftrag einer Regierungsabteilung«, log sie schamlos, nicht ohne zuvor Charlotte unter dem Tisch auf den Fuß getreten zu haben, damit sie keine Überraschung zeigte oder gar widersprach. »Meine Schwester«, sie sah zu ihr hinüber, »hat mir eine Möglichkeit aufgezeigt, auf welche Weise ich dabei mitwirken kann. Das Ganze ist streng vertraulich, Sie verstehen?«

»Gewiss, Mrs Radley«, sagte er.

»Das Leben eines jungen Mannes könnte davon abhängen«, erläuterte Emily und schob ihre Suppe beiseite. »Zwar ist es denkbar, dass er schon nicht mehr am Leben ist, aber wir hoffen aus tiefem Herzen, dass es nicht so ist.« Ohne auf seinen beunruhigten Blick zu achten, fuhr sie fort: »Von Mr Radley habe ich gehört, dass Sie Mitglied im White's Club sind. Ist das richtig?«

»Ja, das stimmt. Es hat ja wohl nichts …«

»Natürlich nicht«, beeilte sie sich, ihm zu versichern. »Der Klub ist in keiner Weise in die Sache verwickelt.«

Mit dem Ausdruck tiefster Konzentration beugte sie sich leicht vor und sagte in verschwörerischem Ton: »Ich denke, ich sollte am besten ganz offen sprechen, Mr Jamieson …«

Auch er beugte sich vor und sah sie fragend an. »Ich verspreche Ihnen, Mrs Radley, dass nichts über meine Lippen kommen wird … zu niemandem.«

»Danke.«

Der Kellner brachte den nächsten Gang – gedünsteten Fisch für die Schwestern, Roastbeef für Jamieson. Kaum hatte er sich mit dem abgetragenen Geschirr entfernt, holte Charlotte Luft. Sogleich spürte sie Emilys Schuh an ihrem Knöchel. Sie zuckte leicht zusammen.

»Wir haben Grund zu vermuten, dass uns ein gewisser Stephen Garrick wichtige Hinweise geben könnte«, sagte sie.

Jamieson runzelte die Brauen, schien aber weniger erstaunt, als sie erwartet hatte. »Es ist ein wahrer Jammer«, sagte er ruhig. »Wir haben uns alle schon gedacht, dass bei ihm nicht alles mit rechten Dingen zugeht.«

»Inwiefern?«, fragte Charlotte und bemühte sich, ihre Stimme neutral klingen zu lassen und den Anflug von Angst zu unterdrücken, der sich bei ihr meldete.

Er sah sie mit seinen großen, leuchtend blauen Augen offen an. »Er trinkt viel mehr, als gut für ihn ist«, gab er zur Antwort. »Man könnte glauben, dass er damit etwas in sich zu ertränken versucht.« In seinem Ausdruck lag Mitgefühl. »Zuerst dachte ich, er lässt sich voll laufen, um sich bei den anderen nicht zu blamieren. Sie werden einsehen, dass eine solche Vermutung nahe liegt. Dann aber ist mir allmählich aufgegangen, dass etwas anderes dahinter stecken muss. Er hat nicht einmal aufgehört, als die Sache anfing, seiner Gesundheit ernsthaft zu schaden. Außerdem trinkt er nicht nur in Gesellschaft, sondern auch, wenn er allein ist.«

»Ich verstehe«, sagte Emily. »Offensichtlich macht ihm etwas sehr zu schaffen. Da Sie den Grund nicht ansprechen, nehme ich an, dass Sie nicht wissen, worum es geht?«

»Nein.« Er zuckte leicht die Achseln. »Ehrlich gesagt wüsste ich auch nicht, wie sich das feststellen ließe. Ich habe ihn schon mehrere Tage nicht gesehen. Beim vorigen Mal war er auf keinen Fall in einem Zustand, in dem er eine vernünftige Antwort hätte geben können. Es … es tut mir Leid.« Es blieb offen, was er damit meinte: die Unmöglichkeit, den Damen weiterzuhelfen, oder dass er ihnen gegenüber ein solch widerwärtiges Thema angesprochen hatte.

»Aber Sie kennen ihn?«, fasste Charlotte nach. »Und er kennt Sie?«

Jamieson sah zweifelnd drein, als ob er sich die nächste Frage denken könnte. »Na ja«, gab er zögernd zu. »Offen gestanden … nicht besonders gut. Ich gehöre nicht zu seinem …« Er verstummte.

»Ja?«, fragte Emily.

Jamieson erwiderte ihren Blick. Sie saß aufrecht da, ganz wie Großtante Vespasia, hatte den Kopf anmutig geneigt und lächelte ihm erwartungsvoll zu.

»… zu seinem engeren Freundeskreis«, erklärte Jamieson. Er wirkte unglücklich.

»Aber fragen könnten Sie ihn?«, sagte Emily.

»Gewiss«, gab er zögernd zurück. »Natürlich.«

»Gut.« Sie ließ nicht locker. »Es besteht große Gefahr. Schon eine kurze Verzögerung kann bedeuten, dass es zu spät ist. Wäre es Ihnen möglich, ihn gleich heute Abend aufzusuchen?«

»Ist es wirklich … so …?« Jamieson schien selbst nicht zu wissen, ob er interessiert oder beunruhigt sein sollte.

»Leider ja«, bestätigte Emily.

Er führte seine Gabel mit einem Stück Fleisch zum Mund. »Nun denn. Auf welche Weise soll ich Sie informieren, falls ich etwas in Erfahrung bringe?«

»Telefonisch«, sagte Emily sofort. Sie holte ein kleines graviertes Silberetui aus ihrem Ridikül und entnahm ihm eine Karte. »Hier ist meine Nummer. Bitte sprechen Sie außer mit mir mit keinem Menschen darüber … wirklich mit niemandem. Das können Sie doch sicher verstehen.«

»Selbstverständlich, Mrs Radley. Sie dürfen sich voll und ganz auf mich verlassen.«

Charlotte dankte ihrer Schwester aufrichtig und nahm gern ihr Angebot an, sie mit der Kutsche nach Hause zu fahren. Um halb neun, sie saß gerade mit Pitt im Wohnzimmer, klingelte das Telefon. Pitt nahm ab.

»Es ist Emily – für dich«, sagte er von der Tür.

Charlotte ging in die Diele und nahm den Hörer. »Ja?«

»Stephen Garrick ist nicht zu Hause.« Emilys Stimme klang durch die Leitung fremd und ein wenig blechern. »Der junge Jamieson sagt, dass ihn seit mehreren Tagen niemand gesehen hat. Der Butler im Hause Garrick habe ihm erklärt, er wisse nicht, wann der junge Herr zurückerwartet wird. Man könnte glauben, er wäre gleichfalls verschwunden. Was sollen wir jetzt tun?«

»Ich weiß es nicht.« Charlottes Hand zitterte. »Lass mich nachdenken …«

»Aber wir werden doch etwas unternehmen, oder nicht?«, fragte Emily nach einer Weile. »Ich finde, die Sache sieht ernst aus. Glaubst du nicht auch? Ich meine … ernster, als wenn ein Kammerdiener seine Stellung verliert.«

»Ja«, sagte Charlotte mit leicht belegter Stimme. »Das muss man annehmen.«

KAPITEL 4

An eben dem Tag, als Charlotte versuchte, Gracie und damit Tilda zu helfen, sah Pitt durch die angelehnte Tür zum Büro, wie Narraway unruhig auf und ab ging: fünf Schritte hin, fünf zurück, immer und immer wieder. Er fuhr herum, als Pitt eintrat. Sein Gesicht wirkte gequält und matt. Mit unnatürlich glänzenden Augen sah er Pitt fragend an, als dieser die Tür hinter sich schloss und dann stehen blieb.

»Es stimmt, dass Ryerson am Tatort war«, sagte er ohne Einleitung. »Er bestreitet das in keiner Weise. Nicht nur hat er nichts unternommen, um die Polizei zu verständigen, er hat der Frau sogar bei dem Versuch geholfen, die Leiche wegzuschaffen. Sie hat dazu keine Aussage gemacht, aber er wird es bestätigen, wenn ihn die Polizei befragt. Unverkennbar deckt er sie, und das kann ihn teuer zu stehen kommen.«

Narraway sagte nichts, doch sein Körper schien sich noch mehr anzuspannen. Es war, als schwängen in Pitts Worten Bedeutungsschichten mit, die tiefer reichten als die bekannten Tatsachen.

»Die Aussage der Frau ergibt keinen Sinn«, fuhr Pitt fort. Insgeheim hoffte er, dass Narraway etwas sagen und ihm damit das Weitersprechen erleichtern würde. Doch dieser schien so tief in seine Empfindungen versunken zu sein, dass er, wie es aussah, keine Möglichkeit fand, seinen scharfen analytischen Verstand zu nutzen. Ganz offenkundig erwartete er, dass Pitt die Gesprächsführung übernahm.

»Welchen Grund hätte es für sie gegeben, die Leiche wegzuschaffen, wenn sie mit dem Mord nichts zu tun hatte?«, fuhr Pitt fort. »Warum hat sie nicht die Polizei gerufen, wie das jeder normale Mensch tun würde?«

Narraway sah ihn düster an und sagte mit rauer Stimme: »Weil es sich um eine gestellte Situation handelt und sie gefasst werden wollte. Möglicherweise hat sie selbst die Polizei gerufen. Ist Ihnen dieser Gedanke schon einmal gekommen?«

»Warum sollte sie sich selbst belasten?«, fragte Pitt fassungslos.

Narraways Gesicht war voll Bitterkeit. »Warten Sie ab, was sie in der Verhandlung sagt. Noch sind wir nicht so weit. Falls man Talbots Angaben trauen kann, hat sie dazu bisher kein Wort gesagt. Was aber ist, wenn sie aus lauter Verzweiflung eine Kehrtwendung macht und zögernd zugibt, dass Ryerson in einem Anfall von wilder Eifersucht den Nebenbuhler Lovat erschossen hat?« Mit beißendem Spott verfiel er in den kläglichen Tonfall, in dem sie seiner Annahme nach sprechen würde. »Sie habe versucht, die Sache unter der Decke zu halten – erstens aus Liebe zu ihm und zweitens wohl aus schlechtem Gewissen, weil sie ihn provoziert hatte und ihr sein aufbrausendes Wesen bekannt war. Jetzt aber könne sie keine Rücksicht mehr auf ihn nehmen, da sie die Sache nicht so weit treiben wolle, sich für ihn hängen zu lassen.« Sein Blick forderte Pitt auf, ihm zu beweisen, dass seine Vermutung falsch war.

Pitt war wie vor den Kopf geschlagen. »Aber warum denn nur?«, fragte er. Kaum aber hatte er das gesagt, als sich entsetzliche Möglichkeiten vor seinem inneren Auge abzeichneten – persönliche, politische, gewalttätige.

Narraway warf ihm einen vernichtenden Blick zu. »Sie kommt aus Ägypten. Da fällt einem doch als Allerserstes Baumwolle ein. In Manchester hat es wegen der Preise bereits großen Ärger gegeben. England will niedrigere, Ägypten höhere. Als uns wegen des Bürgerkriegs in Amerika die Lieferungen aus den Südstaaten fehlten und wir auf die Ägypter angewiesen waren, hat sich das Marktgleichgewicht verschoben. Inzwischen hat die Baumwollindustrie auf dem europäischen Kontinent aufgeholt, und wir brauchen unsere Kolonien nicht nur als Lieferanten, sondern sind auf sie auch als Märkte angewiesen.«

Pitt runzelte die Stirn. »Kaufen wir nicht sowieso schon den größten Teil der ägyptischen Baumwolle?«

»So ist es!«, sagte Narraway ungeduldig. »Aber ein Geschäft, bei dem eine Seite nicht auf ihre Kosten kommt, nützt letzten Endes keiner von beiden, weil daraus keine dauerhafte Handelsbeziehung entstehen kann. Ryerson ist einer der wenigen, die nicht nur die nächsten Jahre sehen, sondern den Blick etwas weiter in die Zukunft richten und zugleich fähig sind, eine Abmachung zu erzielen, bei der sowohl Ägypten als Baumwollerzeuger als auch die britische weiterverarbeitende Industrie den Eindruck haben, gut abgeschnitten zu haben.« Seine Züge waren jetzt angespannt. »Davon abgesehen, darf man den ägyptischen Nationalismus nicht aus den Augen verlieren. Es ist keine zwanzig Jahre her, dass wir anno 82 Alexandria zusammengeschossen haben – da wollen wir doch um Gottes willen nicht schon wieder Kanonenboote dahin in Bewegung setzen müssen!« Pitt zuckte zusammen, doch Narraway, der davon nichts zu merken schien, fuhr fort: »Außerdem ist auch die Frage der religiösen Eiferer zu bedenken. Ich muss Sie ja wohl kaum an den Aufstand im Sudan erinnern?«

Pitt sagte nichts darauf. Schließlich war es allgemein bekannt, dass 1883 Khartoum belagert und General Gordon ermordet worden war.

»Und natürlich Motive wie persönliches Gewinnstreben oder Hass auf Mitmenschen oder das andere Geschlecht«, ergänzte Narraway.

»Wir müssen also unbedingt die Wahrheit erfahren, bevor es zur Verhandlung kommt«, schloss Pitt. »Auch wenn ich nicht weiß, ob das helfen würde.«

»Es ist Ihre Sache, dafür zu sorgen!«, stieß Narraway mit belegter Stimme zwischen den Zähnen hervor. Unübersehbar bewegten ihn ganz eigene Empfindungen. »Sollte es zu einem Schuldspruch gegen Ryerson kommen, müsste ihn die Regierung entweder durch Howlett oder durch Maberley ersetzen. Howlett würde den englischen Fabrikarbeitern nachgeben und die Preise für Rohbaumwolle so weit drücken, dass es den Ägyptern die Luft abschnürt. Zwar gäbe es dann bei uns ein paar Jahre des Wohlstandes, am Ende aber würden eine Katastrophe und eine allgemeine Verarmung stehen. Ägypten hätte keine Baumwolle mehr zu verkaufen und auch kein Geld mehr, uns welche Industrieerzeugnisse auch immer abzunehmen. Möglicherweise würde es sogar zu einem Volksaufstand kommen. Maberley seinerseits würde den Ägyptern nachgeben. Das würde in ganz Mittelengland zu einem Aufruhr führen, den die Polizei gewaltsam unterdrücken müsste, wenn es nicht sogar nötig wäre, das Militär zu Hilfe zu holen.« Er setzte an, um noch mehr zu sagen, überlegte es sich dann aber anders und wandte sich von Pitt ab.

»Zur Stunde weist alles darauf hin, dass die Ägypterin die Tat begangen und Ryerson ihr bereitwillig dabei geholfen hat, sie zu vertuschen.« Er stach mit einem Finger in die Luft. »Eine andere Lösung muss her. Versuchen Sie, mehr über diesen Lovat in Erfahrung zu bringen. Was für ein Mensch war er? Wie hat seine Beziehung zu der Frau ausgesehen? Da wird sich doch hoffentlich ein Grund dafür finden lassen, dass sie ihn umgebracht hat. Ansonsten wäre zu untersuchen, wer sonst noch als Täter infrage kommt.« Obwohl bei diesen Worten nicht die geringste Zuversicht in Narraways Stimme lag, hatte Pitt das unabweisbare Gefühl, dass er sich trotz aller Verbitterung an die schwache Hoffnung klammerte, es werde sich eine bessere Erklärung für den Mord an Lovat ergeben.

»Sie kennen Ryerson, Sir«, begann Pitt. »Wird er sich wirklich mit in den Fall verwickeln lassen, falls die Frau unter Anklage gestellt wird? Würde er, sofern er das Bewusstsein einer Schuld oder Mitschuld hat, zurücktreten, um dann wenigstens nicht mehr dem Kabinett anzugehören?«

Narraway kehrte ihm weiterhin den Rücken zu, sodass Pitt sein Gesicht nicht sehen konnte.

»Ich denke schon«, erwiderte er. »Aber solange nicht ohne den geringsten Zweifel feststeht, dass ihn eine Schuld an Lovats Tod trifft, bin ich nicht bereit, ihm einen solchen Schritt nahezulegen.«

Damit wollte Narraway offensichtlich das Gespräch abschließen. Im Licht, das durch das schmale Fenster hereinfiel, sah Pitt, wie angespannt er dastand. »Berichten Sie mir morgen«, sagte er endlich. Als Pitt die Tür erreicht hatte, rief ihn Narraway noch einmal zurück.

»Ja, Sir?«

»Ich habe Sie in mein Ressort übernommen, weil mir Cornwallis versichert hat, Sie seien nicht nur sein bester Kriminalbeamter mit Zugang zur besseren Gesellschaft, sondern vor allem auch ein Mann, der es versteht, mit Umsicht und Feingefühl vorzugehen und dabei die Wahrheit ans Licht zu fördern.« In seinen Worten schwang eine Frage und zugleich eine Bitte mit. Einen Augenblick hatte Pitt den Eindruck, Narraway erwarte von ihm Hilfe in einer Sache, die er weder genau benennen noch erklären konnte.

Dann schwand der Moment.

»Machen Sie weiter«, sagte Narraway.

»Ja, Sir«, wiederholte Pitt, ging hinaus und schloss die Tür hinter sich.

Er suchte auf kürzestem Weg Lovats Dienststelle in Whitehall auf. Nicht nur hatte die Polizei selbstverständlich schon dort nachgefragt, sondern das Amt war sogar in Lovats Nachruf genannt worden, sodass jeder über die Art seiner Tätigkeit informiert war. Als Pitt eintraf, empfing ihn Ragnall, ein Beamter von Anfang vierzig, mit lustloser Schicksalsergebenheit. Vermutlich hatte er bereits alle in diesem Zusammenhang denkbaren Fragen beantwortet. Sie standen in dem unauffällig eingerichteten stillen Büro, von dem aus der Blick auf die königlichen Gardisten fiel, die hoch zu Ross Wache hielten. Ragnall sah Pitt zwar geduldig, aber mit nur mäßigem Interesse an.

Mit den Worten: »Ich wüsste nicht, was ich Ihnen groß mitteilen könnte«, bedeutete er dem Besucher, im Sessel gegenüber seinem Schreibtisch Platz zu nehmen. »Ich kann Ihnen lediglich sagen, was Sie sich bestimmt selbst denken können: Er hat der Frau so lange zugesetzt, bis sie ihn in ihrer Verzweiflung erschossen hat … entweder, weil sie glaubte, in Notwehr zu handeln, oder, wahrscheinlicher, weil er damit gedroht hat, ihre gegenwärtige Beziehung zu zerstören.« Ein leichter Ausdruck von Widerwillen trat auf sein Gesicht. »Bevor Sie mich fragen – ich habe keine Ahnung, welcher Art diese Beziehung sein könnte.«

Pitt hatte sich zwar von Anfang an nicht viel von dem Gespräch versprochen, hätte aber nicht gewusst, wo er sonst beginnen sollte. Er lehnte sich bequem zurück und sah Mr Ragnall an.

»Sie meinen, er könnte Miss Sachari so sehr zugesetzt haben, dass sie angenommen hat, ihm nicht mit einer einfachen Zurückweisung seine Grenzen aufzeigen zu können?«, vergewisserte er sich.

Ganz offensichtlich überrascht, entgegnete Ragnall: »So sieht es doch aus. Oder meinen Sie etwa, dass sie ihn aus irgendeinem Grund erst in seinen Bemühungen ermuntert und dann umgebracht hat? Warum um Gottes willen hätte sie das tun sollen?« Er runzelte die Stirn. »Sie sagen, Sie kommen im Auftrag des Sicherheitsdienstes …«

»Der hatte vor Mr Lovats Tod keine Kenntnis von Miss Sacharis Existenz«, beantwortete Pitt die unausgesprochene Frage, die darin mitschwang. »Ich wollte einfach wissen, wie Sie Mr Lovat einschätzen. Gehörte er Ihrer Ansicht nach zu den Männern, die auch dann nicht aufhören, eine Frau zu behelligen, wenn sie klar und deutlich zu verstehen gegeben hat, dass ihre Bemühungen unerwünscht sind?«

Ragnall sah ein wenig unbehaglich drein. Eine kaum wahrnehmbare Röte stieg ihm in das gut aussehende glatte Gesicht.

»Ja, so etwa habe ich das wohl gemeint.« Er ließ es wie eine Entschuldigung klingen. »Wie man hört, soll die Dame außerordentlich schön sein. Empfindungen von der Art, um die es hier geht, können sich … bis zur Besessenheit steigern.« Er schürzte die Lippen und schien kurz nach den treffenden Worten zu suchen, um sicherzustellen, dass Pitt ihn richtig verstand. »Sie ist Ägypterin. Frauen wie sie dürfte es hier in London nicht viele geben. Das heißt, sie ist weder alltäglich noch leicht ersetzbar. Manche Männer fühlen sich zum Exotischen hingezogen.«

»Sie hatten regelmäßig mit Mr Lovat zu tun.« Pitt tastete sich langsam voran. »Würden Sie sagen, dass es sich bei ihm um diese Art ›Besessenheit‹ handelte, von der Sie gerade gesprochen haben?«

»Nun …« Ragnall holte tief Luft und stieß sie dann wieder aus.

»Wenn Sie seinen Ruf zu schützen versuchen, könnten Sie einen anderen Menschen damit in Gefahr bringen«, sagte Pitt mit finsterer Miene.

Ragnall sah ihn fragend an. »Einen anderen?« Dann löste sich seine Verwirrung. »Ach so. Ich nehme an, dass der ganze Unfug, den die Zeitungen über Ryerson verbreiten, nichts als …« In einer hilflosen Gebärde spreizte er die Hände, um zu verdeutlichen, was er davon hielt.

»Das hoffe ich«, schloss sich Pitt seiner Meinung an. »War Lovat von ihr besessen?«

»Ich … ich weiß es wirklich nicht.« Ragnall fühlte sich offensichtlich unbehaglich. »Ich kann mich nicht erinnern, dass er in Bezug auf eine Frau je seriöse Absichten hatte … Wenn es aber doch zu einer etwas ernsthafteren Verbindung kam, war die nie von langer Dauer. Er …« Jetzt war die Färbung seines Gesichts unverkennbar. »Es schien ihm ziemlich leicht zu fallen, Frauen für sich zu gewinnen und … fallen zu lassen.«

»Hatte er viele Liebesbeziehungen?«, hakte Pitt nach.

»Ja … leider. Auch wenn er dabei selbstverständlich meist recht diskret vorging, hat man dies und jenes mitbekommen.« Es war Ragnall schmerzlich bewusst, dass er mit einem Mann, der gesellschaftlich unter ihm rangierte, über ein intimes Thema sprach. Pitt hatte ihn dazu gebracht, seine eigene Schicht oder seine ethischen Grundsätze zu verraten. Beides kränkte sein Selbstwertgefühl.

»Was für Frauen waren das?«, erkundigte sich Pitt, nach wie vor höflich und im Gesprächston.

Ragnall öffnete die Augen weit.

Pitt löste den Blick nicht von ihm. »Man hat Mr Lovat ermordet, Sir«, erinnerte er ihn. »Bedauerlicherweise liegen die Gründe für ein solches Verbrechen nur selten so offen zutage, wie wir das gern hätten, und häufig sind sie schändlich. Ich muss unbedingt mehr über ihn und die Menschen wissen, mit denen er in näherer Berührung stand.«

»Aber hat ihn nicht diese Ägypterin umgebracht?«, fragte Ragnall, der seine Fassung wiedergewonnen zu haben schien. »Schon möglich, dass es unklug von ihm war, sie weiter zu bedrängen, nachdem sie anscheinend nichts mehr von ihm wissen wollte, aber das ist doch kein Grund, einen anderen mit in die Sache hineinzuziehen?« Er unternahm keinen Versuch, den angewiderten Ausdruck auf seinem Gesicht zu unterdrücken.

»Auf den ersten Blick könnte man das annehmen«, räumte Pitt ein. »Allerdings bestreitet sie die Tat, und wie Sie selbst gesagt haben, scheint es eine unnötig gewalttätige Art zu sein, sich einen unerwünschten Kavalier vom Halse zu schaffen. Nach allem, was ich bisher über Miss Sachari gehört habe, ist sie eine Dame von Welt, die wohl auch früher schon mit missliebigen Verehrern fertig werden musste. Es fragt sich also, inwiefern sich Lovat von diesen unterschied.«

Ragnalls Züge verfinsterten sich. Erneut trat eine dunkle Röte auf seine Wangen. Steif sagte er: »Sie haben Recht.« Es kostete ihn sichtlich Überwindung. »Sofern die Frau ihren Lebensunterhalt auf diese Weise verdient, und das war meine Annahme, dürften ihr weit geeignetere Mittel zu Gebote gestanden haben, sich früherer Liebhaber zu entledigen, wenn es darum ging, ihre Lage zu verbessern.«

»Sie sagen es«, stimmte ihm Pitt aus vollem Herzen zu. Das war der erste Punkt, der zugunsten von Miss Sachari sprach. Er war erstaunt, wie sehr ihn das freute. »Was für ein Mensch war Lovat? Ich erwarte von Ihnen keinen schönfärberischen Nachruf. Nur die Wahrheit kann allen helfen.«

Ragnall überlegte eine Weile. »Wenn ich ehrlich sein soll, muss ich sagen, dass er ein Schürzenjäger war«, sagte er zögernd.

Pitt versuchte, die genaue Bedeutung von Ragnalls Äußerung auszuloten. »Heißt dass, er hatte viele Liebschaften? Hat er die Frauen benutzt oder ausgenutzt? Könnte er sich damit Feinde gemacht haben?«

Ragnall fühlte sich sichtlich unbehaglich. »Ich … ich weiß es wirklich nicht.«

»Sie müssen aber doch Ihre Annahme, dass er ein Schürzenjäger war, auf etwas stützen, Sir«, erwiderte Pitt. »Bekanntlich streicht so mancher Mann seine Eroberungen übertrieben heraus, um andere zu beeindrucken. Wenn sich jemand mit solchen Erfolgen brüstet, hat das nicht unbedingt etwas zu bedeuten.«

Ärger trat auf Ragnalls Gesicht. »Lovat hat sich nicht mit Erfolgen gebrüstet, Mr Pitt. Jedenfalls ist mir in dieser Hinsicht nichts aufgefallen. Was ich gesagt habe, gründet sich auf meine eigenen Beobachtungen und die von Kollegen.«

»Welche Art Frauen waren das?«, wollte Pitt wissen. »Solche wie Ayesha Sachari?«

Ragnall schien nicht recht zu wissen, was er darauf antworten sollte. »Meinen Sie Ausländerinnen? Oder …« Er wollte offenbar das Wort *Hure* vermeiden, denn es sagte nicht nur etwas über diese Frauen aus, sondern auch über die Männer, die sich ihrer bedienten. »Ich weiß es wirklich nicht«, schloss er abrupt.

»Ich meine Frauen, die nicht verheiratet sind oder hier in London keine Angehörigen haben«, stellte Pitt klar. »Frauen, die über das übliche Heiratsalter hinaus sind und sich ihren Lebensunterhalt möglicherweise als Geliebte sichern.«

Ragnall holte tief Luft, als treffe er eine schwere Entscheidung.

Pitt wartete. Vielleicht war er endlich auf etwas gestoßen, das Ryerson nicht in die Sache hineinzog.

»Nein«, sagte Ragnall schließlich. »Ich hatte lediglich den Eindruck, als bedeuteten sie ihm nicht unbedingt etwas, und er … und er hätte nicht die Mittel aufbringen können, eine Mätresse so auszuhalten, wie man sich das ganz allgemein vorstellt.« Er hielt inne, nach wie vor unsicher, ob er sich weiter vorwagen sollte.

Pitt sah ihn an. »Waren das verheiratete Frauen? Töchter aus achtbaren Familien?«

Ragnall räusperte sich. »Ja … mitunter.«

»Mit wem hat er verkehrt?«, fragte Pitt. »Welchen Klubs hat er angehört? Was waren seine Interessen, welchen Sport hat er getrieben? Hat er sich am Spieltisch aufgehalten, ist er ins Theater gegangen? Was hat er überhaupt in seiner Freizeit getan?«

Ragnall zögerte.

»Sagen Sie bloß nicht, dass Sie es nicht wissen«, mahnte Pitt. »Der Mann stand im diplomatischen Dienst. Sie hätten es sich gar nicht leisten können, seine Gewohnheiten nicht zu kennen, denn das wäre gleichbedeutend mit Unfähigkeit. Also muss Ihnen bekannt sein, mit wem er verkehrt hat, welche Schwierigkeiten er hatte, wie seine finanzielle Lage war.«

Ragnall hielt den Blick auf seine Hände gerichtet, die auf der Tischplatte lagen. Nach einer Weile sah er erneut zu Pitt auf. »Der Mann ist tot«, sagte er ruhig. »Ich ahne nicht, ob das auf ein bloßes Missgeschick zurückgeht oder er mehr oder weniger selbst dazu beigetragen hat. Seine Arbeit hat er einwandfrei getan. Ich wüsste nicht, dass er anderen Menschen Geld geschuldet hätte oder ihnen auf andere Weise verpflichtet gewesen wäre. Er stammte aus guter Familie und war ein Ehrenmann. Während seiner Dienstzeit im Heer hat er sich tadellos geführt und es zu keiner Zeit an Mut oder Einsatzbereitschaft fehlen lassen. Ich habe ihn nie bei einer Lüge ertappt und kenne auch niemanden, dem er die Unwahrheit gesagt hätte. Er stand jederzeit treu zu seinen Freunden, wusste, wie man sich als Herr benimmt, besaß einen gewissen Charme, und jede Art von niedriger Gesinnung war ihm fremd.«

Pitt fühlte sich von der Welle des Bedauerns erfasst, die ihn jedes Mal überrollte, wenn er einen Mordfall aufzuklären hatte. Seinem Empfinden nach waren der Verlust eines Lebens, die Leidenschaft, die Verletzlichkeit, die Tugenden und die Eigenheiten des Opfers weit wichtiger als die Suche nach den Einzelheiten, aus denen man die Wahrheit zusammenklauben musste. Hier war ein Leben zu Ende gegangen, und zwar nicht auf natürliche Weise durch Altersschwäche, sondern ohne Vorankündigung, ein unerfülltes Leben. Mit einem Mal wirkten die Schwächen oder Missetaten des Toten so unbedeutend, dass man sie hätte vergessen können.

Ihm war klar, dass die analytische Schärfe seines Verstandes leiden würde, wenn er sich seinen Gefühlen hingab. Seine Aufgabe war es, die Wahrheit zu finden, ganz gleich, wie schmerzlich sie sein mochte, und es war auch unerheblich, ob das leicht oder schwer war, einfach oder kompliziert.

»Ich brauche die Namen derer, die zu seinem näheren Bekanntenkreis gehörten«, sagte er. »Natürlich ist es denkbar, dass sich seine völlige Schuldlosigkeit herausstellt, Mr Ragnall, aber ich darf sie nicht von vornherein als gegeben voraussetzen. Wenn Miss Sachari oder sonst jemand für diesen Mord gehängt wird, dann einzig und allein deshalb, weil wir mit Sicherheit ermittelt haben, was geschehen ist und warum.«

»Natürlich.« Ragnall zog ein Blatt Papier zu sich heran, nahm eine Feder zur Hand, tauchte sie in das Tintenfass und begann zu schreiben. Dann trocknete er die Tinte und schob Pitt das Blatt hin.

Pitt nahm es und warf einen Blick darauf. Es waren Namen von Männern und von Klubs, in denen man sie finden konnte. Er dankte Ragnall und verabschiedete sich.

Pitt suchte einige der auf Ragnalls Liste verzeichneten Männer auf, erfuhr aber von ihnen kaum etwas. Sie waren offenkundig nicht bereit, etwas über einen Kollegen zu sagen, der sich nicht wehren konnte, weil er tot war. Das hatte weniger mit Freundestreue zu tun als damit, dass sie zu ihren eigenen Idealen standen. Vielleicht befürchteten sie auch, dass jemand, der auf diese Art Verrat beging, seinerseits damit rechnen musste, verraten zu werden, wenn seine eigenen Schwächen zur Diskussion gestellt wurden.

Um die Mitte des Nachmittags hatte Pitt jede Hoffnung aufgegeben, auf diesem Weg etwas Nützliches zu entdecken. So beschloss er, als Nächstes seinen Schwager Jack Radley aufzusuchen, der sich in seiner Eigenschaft als Unterhausabgeordneter seit längerem vor allem mit der Außenpolitik beschäftigte. Zwar traf er ihn im Parlament nicht an, stieß aber kurz nach vier auf ihn, wie er im Sonnenschein quer durch den St. James's Park spazierte. Eine leichte Brise trieb einige Blätter, die sich früh verfärbt hatten, über den Rasen.

Als Pitt Jacks Namen rief, blieb dieser stehen und wandte sich um. Offenbar war er angenehm überrascht, ihn zu sehen.

»Arbeitest du etwa am Fall Eden Lodge?«, fragte er knapp, während sie nebeneinander hergingen.

»Bedauerlicherweise ja«, erwiderte Pitt. Sie kamen gut miteinander aus, sahen sich aber nur selten, da sie nicht nur unterschiedlichen Gesellschaftskreisen angehörten, sondern auch beide durch ihren Beruf stark in Anspruch genommen waren. Jack, der selbst nicht vermögend war, hatte es immer verstanden, so gut zu leben, wie es seiner Herkunft entsprach. Während er sich dabei anfangs seinen unleugbaren Charme zunutze gemacht hatte, stand ihm seit der Eheschließung mit Emily das Vermögen zur Verfügung, das diese von ihrem ersten Mann geerbt hatte.

In den ersten ein, zwei Jahren hatte er sich damit begnügt, sich wie zuvor einfach in der Gesellschaft zu amüsieren. Dann jedoch hatte er sich der Politik zugewandt, möglicherweise von Emily ein wenig in diese Richtung gedrängt. Zum Teil aber eiferte er wohl auch Pitts Beispiel nach, zumal unübersehbar war, wie viel Hochachtung seine Frau und ihre Schwester Menschen entgegenbrachten, die etwas leisteten.

»Ich kenne Ryerson nicht persönlich«, sagte Jack. »Er sitzt für Leute wie mich ein paar Etagen zu hoch … Noch.« Als er Pitts Gesichtsausdruck sah, fügte er rasch hinzu: »Das soll nicht heißen, dass ich aufzusteigen hoffe. Komm also bitte erst gar nicht auf den Gedanken, ich spekulierte auf seinen Sturz. Muss man etwas in der Art befürchten?«, fragte er mit besorgter Miene.

»Das lässt sich noch nicht sagen«, gab Pitt zur Antwort. »Glaub nicht, dass ich das aus Diskretion sage – ich weiß es wirklich nicht.« Er schob die Hände in die Taschen, was Jack nie im Leben getan hätte. Eine solche Misshandlung von Kleidungsstücken war ihm in tiefster Seele zuwider. Schon in ganz jungen Jahren war er betont elegant aufgetreten und achtete beinahe stutzerhaft auf sein Äußeres.

»Ich wollte, ich könnte dir helfen«, sagte Jack, als müsse er sich entschuldigen. »Nach allem, was ich gehört habe, ist doch lachhaft, was man ihm zur Last legt.«

Ein schwarz-weißes Hündchen jagte herum und wedelte aufgeregt mit dem Schwanz. Es schien weder zu dem Liebespärchen zu gehören, das nahe einer Baumgruppe turtelte, noch zu dem Kindermädchen in gestärkter Schwesterntracht, das einen Kinderwagen über den Parkweg schob. Die Sonnenstrahlen spielten auf den blonden Haaren, die sich unter ihrem weißen Häubchen hervorstahlen.

Pitt bückte sich, nahm ein Stück Holz auf und schleuderte es fort, so weit er konnte. Wild bellend jagte ihm der Hund nach.

»Warst du mit Lovat bekannt?«, fragte er.

Jack warf ihm einen Seitenblick zu und sagte mit unglücklicher Miene: »Nicht besonders gut.«

Pitt konnte es sich nicht leisten, ihn so leicht davonkommen zu lassen. »Man hat den Mann ermordet, Jack. Ich würde dich nicht fragen, wenn es nicht wichtig wäre.«

Jack sah ihn verblüfft an. »Wieso interessiert sich der Sicherheitsdienst überhaupt dafür?«, fragte er misstrauisch. »Ist an den Spekulationen über Ryerson etwa doch was dran? Ich dachte, die Zeitungsfritzen hätten sich das alles aus den Fingern gesogen.«

»Ob etwas daran ist, weiß ich nicht«, gab Pitt zurück. »Ich versuche, es in Erfahrung zu bringen, und das möglichst, bevor diese Burschen dahinterkommen. Also – warst du mit Lovat bekannt? Bitte ohne das übliche ›über Tote nur Gutes‹.«

Jacks Mundwinkel strafften sich, und er richtete den Blick in die Ferne.

Der Hund kam hechelnd zurückgerannt, ließ das Stück Holz vor Pitts Füße fallen und sprang vor ihm auf und ab, ohne ihn aus den Augen zu lassen.

Pitt bückte sich noch einmal, hob es auf und warf es erneut weit fort. Mit fliegenden Ohren und abstehender Rute hetzte der Hund ihm nach.

»Mit ihm war das so eine Sache«, sagte Jack schließlich. »In gewisser Hinsicht könnte man sagen, dass er der ideale Kandidat dafür war, ermordet zu werden. Tut mir trotzdem verdammt Leid, dass es dahin gekommen ist.« Er wandte sich wieder Pitt zu. »Bitte geh in der Sache mit größter Zurückhaltung vor, Thomas. Sie könnte einer ganzen Reihe von Leuten schaden, die das nicht verdient haben. In Bezug auf Frauen war Lovat ein Dreckskerl. Wenn er sich mit Gattinnen von der Art begnügt hätte, die ihrem Mann Kinder geboren haben und sich danach ein bisschen amüsieren wollen, hätte das wohl niemanden groß gestört. Aber er hat sich an junge Frauen herangemacht und ihnen vorgegaukelt, sie aufrichtig zu lieben – solche, die heiraten wollten und für die das auch gut gewesen wäre. Kaum hatte er sie rumgekriegt, hat er sie fallen lassen. Natürlich hat daraufhin alle Welt angenommen, dass sie dabei ihre Tugend verloren hatten, sodass niemand mehr etwas von ihnen wissen wollte.« Er brauchte das Bild nicht weiter auszumalen. Beiden war klar, welches Schicksal eine Frau erwartete, die keinen Ehemann fand.

»Aber warum nur?«, fragte Pitt. »Wozu einer tugendhaften jungen Frau den Hof machen, wenn man sie nicht heiraten will? Es ist ein grausames Spiel … und gefährlich. Ich würde …« Er hielt inne. Einen flüchtigen Augenblick lang wandten sich seine Gedanken der kleinen Jemima zu, die so vertrauensvoll und so empfindsam war. Hätte ein Mann ihr das angetan, Pitt hätte sicherlich den Impuls gehabt, ihn umzubringen. Allerdings nicht, indem er ihn einfach mitten in der Nacht im Garten eines anderen erschoss. Er hätte das Bedürfnis gehabt, ihn zu Brei zu schlagen, das Krachen der Knochen zu spüren, den Aufprall seiner Faust auf das nachgiebige Fleisch, er hätte sehen wollen, dass der Mann litt und begriff, warum ihm das geschah. Wahrscheinlich war das primitiv, und es würde Jemima nicht im Geringsten helfen – sie wüsste dann lediglich, dass sie jemandem unendlich viel bedeutete und mit ihrer Qual nicht allein war. Auf jeden Fall aber würde er damit bewirken, dass dieser Mann sehr viel weniger Lust hätte, derlei noch einmal zu versuchen.

Er warf rasch einen Blick zu Jack hinüber und erkannte seine eigene Wut auf dessen Zügen gespiegelt. Vielleicht dachte auch er an sein kaum dem Säuglingsalter entwachsenes Töchterchen.

»Weißt du das genau?«, fragte Pitt leise.

»Ja. Ich nehme an, du willst Namen wissen?«

»Nein, will ich nicht, aber ich muss«, gab Pitt zur Antwort. »Glaub mir, nichts wäre mir lieber, als wenn die armen Geschöpfe ihren Kummer für sich behalten könnten. Aber wenn wir den Täter nicht überführen, wird der falsche Mann gehängt ... oder die falsche Frau.«

»Sicher hast du Recht.« Jack nannte vier Namen und erklärte Pitt, wo man die Frauen unter Umständen finden konnte.

Pitt brauchte sie nicht aufzuschreiben. Ohnehin wäre es ihm weit lieber gewesen, er hätte sie erst gar nicht hören und die Frauen nicht befragen müssen. Er konnte sich gut ausmalen, was sie empfanden. Vorstellungskraft war bei seiner Arbeit nützlich, zugleich aber auch ein Fluch.

Aufgeregt und begeistert kam der Hund zurück, ließ das Stück Holz vor Pitts Füßen fallen und tänzelte herum, während er darauf wartete, dass Pitt es erneut warf. Es kam wohl nicht oft vor, dass jemand bereit war, mit ihm zu spielen, der das Spiel verstand.

Pitt tat ihm den Gefallen, und wieder jagte das Tier davon. Schon lange hätte er liebend gern einen Hund gehabt. Er würde Charlotte einfach sagen, dass sich die beiden Kater damit abfinden müssten.

»Du könntest Emily fragen«, sagte Jack unvermittelt mit einem Blick auf Pitt und biss sich verlegen auf die Lippe. »Ihr fällt so manches an anderen Menschen auf ...« Er ließ den Satz unvollendet. Beide erinnerten sich an frühere Fälle, an denen Charlotte und Emily mitgewirkt hatten. Zwar war es dabei mitunter zu gefährlichen Situationen gekommen, doch hatte die Fähigkeit der Schwestern, Dinge diskret zu behandeln und Zwischentöne herauszuhören, die anderen Menschen entgingen, so manches Mal den Schlüssel zur Lösung geliefert.

»Du hast Recht«, erwiderte Pitt, überrascht, dass er nicht selbst darauf gekommen war. »Das werde ich tun. Meinst du, sie ist zu Hause?«

Mit einem Mal musste Jack lächeln. »Keine Ahnung.«

Es dauerte zwei Stunden, bis Pitt Emily fand. Ihr Butler hatte ihm mitgeteilt, sie besuche gerade eine jüngst eröffnete Kunstausstellung und werde anschließend lediglich nach Hause kommen, um sich für eine Abendgesellschaft im Hause Lady Mansfields in Belgravia umzukleiden.

Pitt hatte ihm gedankt, sich den Weg zur Ausstellung beschreiben lassen und sich sofort dorthin aufgemacht.

Die Gemäldegalerie war voller prächtig herausgeputzter Damen. Einige wurden von Herren begleitet, mit denen sie tändelten, wenn sie nicht gerade wortreiche und bedeutungsschwere Kommentare über die ausgestellten Bilder von sich gaben.

Pitt warf einen kurzen Blick auf die Exponate, was er sogleich bedauerte, weil er keine Zeit hatte, sich näher mit ihnen zu beschäftigen. Er fand sie nicht nur sehr schön, sondern auch ausgesprochen fesselnd. Sie waren auf eine Weise impressionistisch gemalt, die er noch nie zuvor gesehen hatte. Obwohl alles undeutlich und verschwommen war, hatte man den Eindruck, das Licht förmlich zu sehen, und das gefiel ihm außerordentlich.

Aber er war nicht gekommen, um seinem Kunstinteresse nachzugehen, sondern um Emily zu finden, bevor sie wieder ging. Das kostete nicht nur Konzentration, sondern auch beträchtliche Energie, weil er sich, immer wieder um Entschuldigung bittend, zwischen Gruppen plaudernder Menschen hindurchdrängen musste. Dabei versperrten ihm die weiten, sich raschelnd aneinander reibenden Röcke der Damen den Weg in jede Richtung. Es konnte nicht ausbleiben, dass er sich immer wieder unfreundliche, teils sogar erzürnte Blicke einhandelte und hier und da ein gemurmeltes »Ich muss schon sagen!« zu hören bekam, doch konnte er es sich unmöglich leisten zu warten, bis sie weitergingen und ihm auf diese Weise Platz machten.

Er fand Emily im dritten Saal, wo sie sich mit einer jungen Frau unterhielt. Der Hut, den diese zu einem kornblumenblauen Kleid trug, stand ihr, wie er fand, blendend. Er erzeugte eine optische Spannung, die sie ohne ihn sicher nicht hätte hervorrufen können.

Während er noch überlegte, wie er Emilys Aufmerksamkeit auf sich lenken konnte, ohne unhöflich zu sein, entdeckte sie ihn. Das mochte daran liegen, dass er völlig fehl am Platz wirkte und in keiner Weise zu den Menschen um ihn herum passte. Sogleich trat ein besorgter Ausdruck auf ihre Züge, sie entschuldigte sich rasch bei der Dame in Blau und trat zu ihm.

»Es ist alles in Ordnung«, beruhigte er sie.

»Ich hatte auch nichts anderes angenommen«, sagte sie, ohne ihren Gesichtsausdruck im Geringsten zu verändern. »Ich habe nur befürchtet, vor Langeweile einzuschlafen und umzufallen. Schließlich gibt es hier weit und breit nichts, worauf man sich stützen könnte.«

»Gefallen dir die Bilder denn nicht?«, fragte er.

»Thomas, sei nicht albern. Niemand kommt wegen der Bilder hierher. Alle werfen nur einen flüchtigen Blick darauf, um etwas darüber zu sagen, was sie für tiefschürfend halten, und hoffen, dass ihnen andere das nachplappern. Was willst du überhaupt hier? Die Gemälde sind doch nicht etwa gestohlen, oder?«

»Nein.« Wider Willen musste er lächeln. »Jack meint, du könntest mir vielleicht helfen.«

Ihr Gesicht leuchtete vor Interesse auf. »Gern und jederzeit!«, sagte sie eifrig. »Was kann ich tun?«

»Ich brauche ein paar Angaben und vielleicht auch dein Urteil.«

»Über wen?« Sie hängte sich bei ihm ein und wandte sich einem der Bilder zu, als wolle sie es gründlich studieren.

Die Galerie war nicht unbedingt die ideale Umgebung für eine diskrete Unterhaltung über intime Dinge, doch wenn er leise sprach, würde er keinerlei Aufmerksamkeit erregen, und vermutlich konnte dann auch niemand mithören.

»Leutnant Edwin Lovat«, sagte er, ebenfalls den Blick fest auf das Bild gerichtet.

Sie erstarrte ein wenig, hatte aber ihre Züge vollständig in der Gewalt. »Ach, beschäftigst du dich mit dem Fall?« In ihrer Stimme schwang Erregung. Sie nahm das Wort Sicherheitsdienst nicht in den Mund, weil ihr bewusst war, wie gefährlich die geringste unbedachte Äußerung sein konnte, doch war ihm klar, dass ihr die verschiedensten Vorstellungen durch den Kopf jagten.

»Ja«, sagte er im Flüsterton. »Sag mir, was du über ihn weißt oder gehört hast ... Du solltest aber bitte deutlich zwischen beidem trennen.«

Sie sah weiter scheinbar konzentriert das Bild an, auf dem Licht durch Bäume auf eine Wasserfläche fiel. Es strahlte eine ruhige Schönheit aus, wirkte wie die Einsamkeit eines windstillen Sommertags. Man erwartete, jeden Augenblick den Schimmer von Libellenflügeln über dem Wasser zu sehen.

»Mir ist bekannt, dass er in gefährlicher Weise unglücklich war«, vertraute sie ihm an. »Er hat in mehreren Fällen den Anschein erweckt, als hätte er sich mehr oder weniger in eine Frau verliebt, ist dann aber davongelaufen, kaum dass er ihre Zuneigung gewonnen hatte – fast so, als hätte er Angst, dass sie ihn näher kennen lernen könnte. Damit hat er großen Schaden angerichtet, was ihm aber, wie es aussieht, nie so Leid getan hat, dass er es nicht bald darauf wieder genauso gemacht hätte. Sollte ihn die Ägypterin nicht umgebracht haben, gibt es eine ganze Reihe anderer Kandidatinnen, bei denen du dich erkundigen könntest.«

»In gefährlicher Weise unglücklich?«, wiederholte er.

»Nun, so wie er verhält sich doch nur jemand, der von irgendetwas getrieben wird, oder?«, gab sie zurück, nach wie vor ohne ihn anzusehen. »Wer selbstsüchtig oder habgierig ist, heiratet von mir aus wegen der Schönheit, weil es ihm um das Geld oder ein Adelsprädikat geht. Aber so, wie er vorgegangen ist, konnte er sich nur Feinde machen. Ganz offensichtlich war er nicht so dumm, dass er das nicht gewusst hätte, und trotzdem hat er sich so verhalten.«

Schweigend dachte Pitt eine Weile über Emilys Theorie nach. So hatte er die Dinge noch nicht gesehen.

Sie wartete.

»Glaubst du, dass seine Gedanken in diese Richtung gegangen sind?«, fragte er schließlich.

»Du hast nicht gesagt, dass du von mir logische Folgerungen hören willst, sondern mich gefragt, was ich von Leutnant Lovat halte.«

»Stimmt. Danke. Kannst du mir sagen, um wen es sich bei den betroffenen Damen handelt?«

»Selbstverständlich«, sagte sie und hob ihre Hand, als wolle sie ihm die Lichtführung auf dem Bild verdeutlichen. Dann zählte sie ein halbes Dutzend Namen auf. Er schrieb sie nieder, zusammen mit der jeweiligen Adresse und knappen Kommentaren zu den gesellschaftlichen Aktivitäten, mit denen sie sich die Zeit vertrieben. Es war Pitt bewusst, dass es Frauen waren, die sich in ihren Hoffnungen getäuscht sahen, von Lovat gedemütigt und beschämenden Situationen ausgesetzt worden waren, Menschen, deren Gefühle er verletzt hatte – im einen oder anderen Fall unter Umständen nicht besonders tief, in anderen dafür umso mehr.

Pitt dankte seiner Schwägerin und verließ die Galerie.

An jenem Abend, wie an allen folgenden, erkundigte sich Pitt unauffällig danach, wo sich die von Emily genannten Damen zur Tatzeit aufgehalten hatten. Jede hatte ein einwandfreies Alibi. Ohnehin lag die seelische Verletzung in einigen Fällen so lange zurück oder war so beschaffen, dass eine Rache an Lovat der Betreffenden mehr Schmerzen zugefügt hätte als ihm. Pitt konnte die Sache drehen und wenden, wie er wollte: Alles wies auf eine Täterschaft Miss Sacharis hin, womit sich auch Ryerson schuldig gemacht hätte.

Am folgenden Tag fuhr er zum Militärarchiv, um Einblick in Lovats Personalakte zu nehmen. In erster Linie ging es ihm um dessen Dienstzeit in Ägypten. Möglicherweise stieß er dabei auf etwas, das ein neues Licht auf den Charakter des Mannes oder dessen Beziehungen zu seinen Kameraden warf. Vielleicht gab es sogar Hinweise auf eine andere Fährte, die sich zu Miss Sachari zurückverfolgen ließ. Er wollte unbedingt etwas entdecken, was es ihm ermöglichte, im Vorfall von Eden Lodge einen Sinn zu erkennen. Staunend merkte er, dass er am liebsten eine Rechtfertigung für das entdeckt hätte, was er ohnehin anzunehmen genötigt war: dass die Ägypterin Lovat erschossen hatte. Da Ryerson so eng mit ihr verbunden war, hatte er sich dazu hergegeben, ihr bei der Vertuschung des Verbrechens zu helfen.

Doch aus den Unterlagen im Militärarchiv ergab sich nichts Neues. Lovat schien seinen Aufgaben mehr als gewachsen gewesen zu sein, er hatte eine natürliche Begabung für den Umgang mit Menschen gehabt und gewusst, wie man sich in der Gesellschaft bewegt.

In seiner militärischen Laufbahn gab es keinen dunklen Punkt, und man hatte ihn ehrenhaft als dienstunfähig entlassen, weil ein Fieber, das während seiner Stationierung in Alexandria bei ihm ausgebrochen war, seine Gesundheit zerrüttet hatte. Es gab nicht den geringsten Hinweis auf Feigheit oder Pflichtverletzung. Lovat war nicht nur ein guter Soldat gewesen, sondern auch allgemein beliebt.

Ob diese Darstellung den Tatsachen entsprach? Oder hatte jemand sorgfältig alle Hinweise getilgt, die einer späteren Karriere schaden konnten? Nicht zum ersten Mal wäre Pitt auf die Spur einer stillschweigenden Übereinkunft gestoßen, der Freundestreue den Vorrang vor der Wahrheit einzuräumen, um in erster Linie den Ehrenschild der Einheit blank zu halten, in der man diente.

In der Akte ließ sich keine Antwort auf diese Fragen finden, und von den Beamten, die er dort antraf, war nichts zu erfahren. Erstens wussten sie keine Einzelheiten, vor allem aber hatte man ihnen eingetrichtert, dass sie nicht spekulieren sollten. So bekam er als einzige Antwort auf seine Fragen nichts sagende und ausdruckslose Blicke.

Damit blieb nur die Annahme, dass sich Lovat im Privatleben Feinde gemacht hatte. Der Beschreibung der Menschen nach, die ihn gekannt hatten, war er ein athletisch gebauter, anziehender junger Mann gewesen, der zwar nicht im landläufigen Sinne gut aussah, dafür aber einen verführerischen Charme besaß. Er war ein guter Tänzer gewesen, hatte die Kunst der gepflegten Konversation beherrscht und die Musik geliebt. Er war ein begeisterter und guter Sänger gewesen, der stets die Texte der jeweils beliebtesten Lieder gekannt hatte.

»Keine Ahnung, was mit ihm nicht gestimmt hat«, sagte ein älterer Oberst, dem Pitt an jenem Spätnachmittag im *Army and Navy Club* in Pall Mall gegenübersaß. Vor ihm auf dem Tisch stand ein Glas alter Cognac, und obwohl die Hitze seine Stiefelsohlen versengte, nahm er die Füße nicht von der metallenen Kaminumrandung. Betrübt den Kopf schüttelnd, fuhr er fort: »So viele reizende junge Mädchen, die eine glänzende Ehefrau abgegeben hätten. Aber kaum sah es danach aus, als könnte er eine kriegen, hat er das Interesse an ihr verloren, war mit ihr nicht mehr zufrieden, was weiß ich … Ich nehme an, er hat Angst vor der eigenen Courage bekommen und sich dann an die Nächste rangemacht.« Er schob die Unterlippe vor. »Dabei war er nicht mal besonders wählerisch. Hatte eine ausgesprochen laxe Moralauffassung. Tut mir Leid, das sagen zu müssen.«

Pitt schob sich ein wenig vom Kamin fort. Das Feuer gab weit mehr Hitze ab, als an diesem milden Septembertag nötig gewesen wäre. Oberst Woodside allerdings schien weder etwas von der Hitze noch von dem brandigen Geruch zu merken, der von seinen Stiefeln aufstieg.

»Haben Sie die Ägypterin gekannt, diese Miss Sachari?«, erkundigte sich Pitt. Er war nicht sicher, ob sein Gegenüber das als Frage betrachtete, die man einem Herrn nicht stellte.

»Natürlich nicht!«, sagte Woodside gereizt. »Und wenn doch, würde ich das einem wie Ihnen bestimmt nicht eingestehen! Aber gesehen hab ich sie. Herrliches Geschöpf, das muss ihr der Neid lassen. Hab noch nie eine Engländerin so anmutig gehen sehen. Wie eine Wasserpflanze … mit so … fließenden Bewegungen.« Er hob die Hand, als wolle er die Bewegung nachahmen, hielt dann unvermittelt inne und funkelte Pitt an. »Falls Sie von mir erwarten, dass ich sage, Lovat hätte sie belästigt … das kann ich nicht!

Ich weiß nichts darüber. So etwas tut ein Herr nicht in der Öffentlichkeit.«

Pitt schlug eine andere Richtung ein. »Waren Mr Lovat und Mr Ryerson miteinander bekannt?«

»Was weiß ich? Glaub ich aber nicht. Verdammt!« Er riss die Füße von der Kaminumrandung, stellte sie auf den Boden und hob sie noch rascher wieder hoch, wobei er sich bemühte, seine Schmerzen nicht zu zeigen.

Mit Mühe gelang es Pitt, seine Gesichtszüge zu beherrschen.

»Die beiden dürften wohl kaum an denselben Orten verkehrt haben«, fügte Woodside hinzu, während er vorsichtig die Füße in Knöchelhöhe übereinander schlug, um die Stiefel nicht wieder auf den Boden setzen zu müssen. »Nicht nur lag eine ganze Generation zwischen ihnen, sie hatten auch eine völlig unterschiedliche gesellschaftliche Stellung, ganz zu schweigen von Geld und Geschmack. Und die Frau? Großer Gott, Mann! Sicher, schön ist sie, aber verrottet bis ins Mark. Geheiratet hätte sie keiner von den beiden. Natürlich hat sie sich für Ryerson entschieden.« Stirnrunzelnd sah er zu Pitt hinüber. »Er hat Vermögen, gilt etwas in der Gesellschaft, ist kultiviert und charmant – und zwar weit mehr als der junge Lovat. Weiß der Kuckuck, warum der alte Knabe nach dem Tod seiner Frau nicht wieder geheiratet hat … schlimme Geschichte, das … Bestimmt tut er es jetzt auch nicht mehr.«

»Sie glauben also nicht, dass Ryerson eine Heirat mit ihr erwägen würde?«, fragte Pitt, um zu sehen, wie Woodside reagierte, obwohl er sich die Antwort denken konnte. Im Grunde signalisierte die Frage vor allem sein Mitgefühl für Miss Sachari. Ihre Rolle war es, Freude zu spenden; sie wurde benutzt, aber nicht als ein Mensch angesehen, der zu einem anderen gehörte. Es machte ihn wütend, auch wenn er wusste, dass es Millionen erging wie ihr, aus allen möglichen Gründen, an denen sich nichts ändern ließ: Geburt, Geld, Aussehen. Er wusste, wie es war, wenn man von anderen ausgeschlossen wurde, auch wenn ihm das selbst nicht besonders häufig widerfahren war.

Der Oberst hielt den Blick wieder auf seine Füße gerichtet. »Ryerson hat den Tod seiner Frau nie verwunden. Keine Ahnung, warum ihn das so mitgenommen hat. Ich hätte nie gedacht, dass er zu den Männern gehört, die so reagieren. Ich hatte nicht den Eindruck, dass sich die beiden besonders nahe gestanden hätten, aber vermutlich kann man so etwas nicht sehen. Hübsches Ding, aber immer auf dem Sprung, auf der Suche nach etwas Neuem. Mir hat sie nicht zugesagt. Von mir aus muss eine Frau nicht besonders intelligent sein – das macht das Leben manchmal einfacher –, aber mit einem Kindskopf wie ihr hätte ich nichts anfangen können. Wer hat schon die Zeit, so eine Frau ständig im Auge zu behalten? Ziemlich anstrengend. Sie verstehen, was ich meine?«

Pitt war verblüfft. Er wäre nicht auf den Gedanken gekommen, dass sich Saville Ryerson in eine ausgesprochen unintelligente Frau verlieben könnte. Er versuchte sie sich vorzustellen. Sie musste sehr schön gewesen sein oder eine besondere Ausstrahlung besessen haben, wenn es ihr gelungen war, ihn so sehr an sich zu binden, dass ihn die Trauer über ihren Tod noch ein Vierteljahrhundert später hinderte, wieder zu heiraten.

»War sie so …«, setzte Pitt an, merkte aber gleich, dass er nicht wusste, wie er den Satz beenden sollte.

»Was weiß ich«, sagte Woodside knapp. »Hab den Mann nie verstanden. Zeitweise brillant, aber in jungen Jahren verdammt aufbrausend. Nur ein Dummkopf wäre dem freiwillig in die Quere gekommen, das kann ich Ihnen sagen!«

Wieder wunderte sich Pitt. Das war nicht der Mann, der vor wenigen Tagen gefasst und voll Selbstbeherrschung keine andere Sorge gekannt hatte, als die Frau zu beschützen.

»Natürlich hat er sich geändert«, fuhr Woodside nachdenklich fort, unverwandt den Blick auf seine Füße gerichtet, als wolle er sich vergewissern, dass das Leder nicht angesengt war. »Wer wie er über Jahre hinweg ein Regierungsamt ausfüllt, den kann das weiß Gott mitnehmen. So etwas macht ziemlich einsam, und die Kollegen in der Politik sind heimtückisch, wenn Sie mich fragen.« Mit einem Mal hob er den Blick. »Tut mir Leid, dass ich Ihnen nicht weiterhelfen kann. Keine Ahnung, wer Lovat erschossen haben könnte oder warum.«

Pitt begriff, dass er damit verabschiedet war, und erhob sich. »Danke, dass Sie mir Ihre Zeit geopfert haben, Sir. Ich bin Ihnen sehr verbunden.«

Der Oberst machte eine wegwerfende Handbewegung und drehte seine Füße wieder in Richtung Kamin.

Pitt suchte Ryersons Büro in Westminster auf und bat um die Möglichkeit, einige Minuten mit ihm zu sprechen. Nach einer knappen halben Stunde führte ihn ein Sekretär, der ein schwarzes Jackett, eine gestreifte Hose und Vatermörder trug, ins Arbeitszimmer des Ministers. Pitt war überrascht, dass es so schnell ging.

Ryerson empfing ihn in einem ziemlich dunklen und geradezu hochherrschaftlich eingerichteten Raum. In Bücherschränken, deren Holz so auf Hochglanz poliert war, dass es wie Seide schimmerte, standen in Marocain-Leder gebundene Folianten, deren Rücken in Goldbuchstaben beschriftet waren. Aus den Fenstern fiel der Blick auf das sich langsam verfärbende Laub einer Linde, auf deren borkiger Rinde das Sonnenlicht in der leichten Brise tanzte.

Der Minister wirkte müde. Er hatte dunkle Ringe unter den Augen, und seine Hände spielten unaufhörlich mit einer kalten Zigarre.

»Was haben Sie herausbekommen?«, fragte er, kaum dass Pitt die Tür hinter sich geschlossen hatte und noch bevor er in dem Ledersessel Platz genommen hatte, den ihm Ryerson mit einer Handbewegung anbot. Er selbst blieb stehen.

»Lediglich, dass Lovat allem Anschein nach Beziehungen zu vielen Frauen hatte und sich für keine entscheiden konnte«, gab er zur Antwort. »Es sieht ganz so aus, als habe er vielen Menschen Schmerzen zugefügt, worunter manche sehr gelitten haben. Man kann sagen, dass er eine Spur des Unglücks hinter sich gelassen hat.« Er sah Ryerson offen an, erkannte aber auf dessen Zügen weder Zorn noch Überraschung. Man hätte glauben können, Lovat gehe ihn nicht das Geringste an.

»Betrüblich, aber leider kein Einzelfall«, sagte er stirnrunzelnd. »Wie sehen Sie die Sache – könnte ihn ein betrogener Ehemann erschossen haben?« Er biss sich auf die Lippe, als wolle er sich daran hindern, ein bitteres Lachen auszustoßen. »Ich muss gestehen, dass die Vorstellung absurd ist. So gern ich das glauben würde – aber was sollte so ein gehörnter Ehemann um drei Uhr nachts in Eden Lodge wollen? Von welcher Art waren die Frauen überhaupt, mit denen sich der Mensch abgegeben hat? Damen der Gesellschaft? Hausmädchen? Straßendirnen?«

»Soweit ich gehört habe, waren es unverheiratete junge Damen«, gab Pitt zurück. Er erkannte den Abscheu auf Ryersons Gesicht. »Frauen, die ein Skandal zugrunde richten würde«, fügte er überflüssigerweise hinzu, von seiner Empörung mitgerissen.

Schließlich warf Ryerson seine Zigarre ungeraucht in den Kamin. Sie prallte mit einem dumpfen Geräusch an das Messinggitter und fiel von dort auf die verkohlten Reste der Scheite, die kaum noch Wärme abgaben. Er achtete nicht weiter darauf. »Wollen Sie etwa sagen, der Vater einer dieser Frauen habe Lovat die ganze Nacht verfolgt, ihm schließlich im Gebüsch von Eden Lodge aufgelauert und ihn dann erschossen? Zwar haben Sie schon früher Mordfälle untersucht, bei denen die Spur schließlich in die Gemächer des einen oder anderen Aristokraten führte – aber eine solche Geschichte werden Sie mir doch nicht auftischen wollen.« Er sah Pitt aufmerksam an, als wolle er ergründen, was diesen zu einer so widersinnigen Annahme bewegen könnte. In seinem Blick lag nicht Verachtung, wohl aber Verwirrung, und dahinter kaum verborgen eine tiefe und wirkliche Angst.

In diesem Augenblick ging Pitt etwas auf. Zuerst überraschte es ihn, dann aber sagte er sich, dass er damit hätte rechnen müssen.

»Sie haben Erkundigungen über mich eingezogen.«

Ryerson zuckte kaum wahrnehmbar die Achseln. »Das ist doch selbstverständlich. Ich kann es mir nicht leisten, dass sich jemand mit der Aufklärung der Sache beschäftigt, der dieser Aufgabe nicht gewachsen ist. Cornwallis hat mir gesagt, dass Sie der Beste sind.« Obwohl das nicht als Frage formuliert war, hob er die Stimme ein wenig, als wolle er Pitt zu einer Bestätigung auffordern. Man hätte glauben können, er erwarte, dass ihm Pitt versicherte, er habe alles getan, was in seinen Kräften stand.

Zu seinem Ärger merkte Pitt, dass er verlegen wurde. Er grollte dem Stellvertretenden Polizeipräsidenten, obwohl ihm klar war, dass er offen und geradeheraus gesprochen hatte. Cornwallis gehörte zu den Menschen, die keiner Lüge fähig sind. Seine leichte Durchschaubarkeit zeichnete ihn ebenso aus wie sein Mut und seine einwandfreie moralische Haltung, doch war sie im von politischen Interessen bestimmten Gewirr der Polizeiverwaltung zugleich auch sein größter Nachteil.

In dieser Hinsicht war sein früherer Vorgesetzter das genaue Gegenteil von Victor Narraway, der die Fähigkeit, andere zu täuschen, ohne rundheraus zu lügen, zu einer wahren Kunst entwickelt hatte. Er war ein gerissener Fuchs, der stets für sich behielt, was er dachte. Sofern es bei ihm eine schwache Stelle gab, hatte Pitt sie noch nicht entdeckt. Ihm war nicht bekannt, ob es in den geheimen Winkeln von Narraways Herzen unerfüllte Träume gab, unverheilte Wunden oder Ängste, die ihn nachts in einsamen Augenblicken quälten, und er hätte nicht einmal andeutungsweise sagen können, was er empfand – oder ob er überhaupt etwas empfand. Dabei brachte er durchaus Verständnis für die Empfindungen anderer Menschen auf.

Ryerson sah Pitt aufmerksam an. Offensichtlich wartete er auf eine Antwort.

»Ja, ich habe meine Nachforschungen an vielen Orten betrieben«, sagte Pitt, »und dabei erkannt, dass manches genauso einfach ist, wie es aussieht, anderes hingegen nicht. Es hat den Anschein, als hätte sich Miss Sachari aus irgendeinem Grund mit Mr Lovat verabredet. Welchen Anlass sollte sie sonst gehabt haben, zu ihm hinauszugehen, und warum hätte sie die Pistole mitgenommen? Falls sie den Verdacht hatte, ein Eindringling befinde sich auf dem Grundstück, wäre sie nicht selbst nach draußen gegangen, sondern hätte ihren Diener geschickt.«

»Was Sie da sagen, hat Hand und Fuß«, sagte Ryerson knapp. »Möglicherweise ist ihm jemand gefolgt und hat ihn dort ermordet, damit ein anderer verdächtigt wird – was ja auch ganz offensichtlich gelungen ist.«

Pitt sagte nichts. Er dachte daran, dass Lovat mit Ayesha Sacharis Pistole getötet worden war und diese Waffe in der Dunkelheit neben ihm auf dem feuchten Boden gelegen hatte. Er sah zu Ryerson auf und merkte, dass dieser im selben Augenblick genau diesen Gedanken gehabt hatte. Eine leichte Röte trat auf die Wangen des Ministers, und er senkte den Blick.

»Haben Sie Lovat gekannt?«, fragte Pitt.

Ryerson trat ans Fenster und sah auf das vom Wind gepeitschte Laub, wobei er Pitt den Rücken zukehrte. »Nein. Meines Wissens bin ich ihm nie begegnet und habe ihn zum ersten Mal gesehen, als er im Garten von Eden Lodge am Boden lag.«

»Hat Miss Sachari je von ihm gesprochen?«

»Ja, aber ohne seinen Namen zu nennen. Sie hat sich eines Nachmittags ziemlich aufgebracht darüber geäußert, dass ein früherer Bekannter sie belästigte. Das könnte Lovat gewesen sein, aber natürlich auch jemand anders.« Schultern und Hals wirkten starr, während sich seine Hände unaufhörlich bewegten. »Sehen Sie zu, dass Sie die Wahrheit herausbekommen«, sagte er so leise, als spräche er mit sich selbst. Doch der Nachdruck in seiner Stimme verriet deutlich, dass er damit eine Bitte an Pitt richtete, auch wenn er dies Wort nicht benutzte.

»Gewiss, Sir. Sofern ich das vermag.« Pitt stand auf. Es gab noch vieles, was er gern gewusst hätte, aber alles war so ungreifbar, dass es sich nicht in Worte fassen ließ – Gedanken, Empfindungen, Dinge, die er noch nicht benennen konnte. Außerdem musste er unbedingt mit Narraway sprechen.

»Danke«, sagte Ryerson. Pitt zögerte einen Augenblick und überlegte, ob er verpflichtet war, ihm mitzuteilen, dass die Wahrheit unter Umständen keineswegs so aussah, wie er sich jetzt zu glauben bemühte, und durchaus schmerzlich sein konnte. Doch das hatte keinen Sinn. Dafür war immer noch Zeit, wenn es sich nicht mehr vermeiden ließ, und so ging er einfach hinaus.

»Was bringen Sie?« Narraway hob den Blick von den Papieren, an denen er arbeitete, und sah Pitt herausfordernd an. Auch er wirkte müde, seine Augen waren rot gerändert und seine Wangen ein wenig eingesunken.

Ohne eine Aufforderung abzuwarten, setzte sich Pitt. Er versuchte sich zu entspannen, doch gelang ihm das nicht. Er war innerlich so angespannt, dass ihn der Rücken schmerzte und die Hände sich steif anfühlten.

»Nichts, was die Hoffnung auf eine befriedigendere Antwort zuließe«, gab er zurück. Er drückte sich mit voller Absicht so schroff aus, ungeachtet dessen, dass ihn schmerzte, was er zu sagen hatte, und es Narraway vermutlich ebenfalls schmerzen würde. »Lovat war ein Herzensbrecher, der sich an unverheiratete achtbare junge Frauen herangemacht hat. Kaum hatte er eine durch die Beziehung zu ihm in eine unmögliche Lage gebracht, hat er sie fallen lassen und ist zur nächsten weitergezogen, während sich alle Welt insgeheim fragte, bei welcher unverzeihlichen Sünde er die vorige ertappt haben mochte.«

Mit schmalen Lippen sagte Narraway angewidert: »Reden Sie doch nicht so um den heißen Brei herum, Pitt. Sie wissen so gut wie ich, welche Sünde die feine Gesellschaft den jungen Damen unterstellt hat, ob zu Recht oder Unrecht. Solchen Leuten ist nicht wichtig, wer oder was man ist, sondern lediglich das, was andere von einem halten. Die Unbeflecktheit einer Frau ist ihnen wichtiger als moralischer Mut, menschliche Wärme, Mitgefühl, die Fähigkeit zu lachen oder Aufrichtigkeit. Ihre Keuschheit bedeutet, dass sie Besitz des Mannes ist, zu dem sie gehört. Es ist alles eine Frage von Eigentum.« Die Bitterkeit, mit der er das sagte, ging nicht nur auf seinen Zynismus zurück – Pitt hätte geschworen, dass auch Schmerz in seiner Stimme mitschwang.

Dann überlegte er, was er selbst empfinden würde, wenn sich Charlotte von einem anderen in vertrauter Weise berühren ließe, ganz davon zu schweigen, dass sie dessen Leidenschaft erwiderte. Diese Vorstellung ließ alle in Narraways Worten enthaltenen Vernunftgründe dahinschwinden.

»Es ist aber wichtig«, sagte er mit solchem Nachdruck, dass jeder seine Entschlossenheit merken musste, sich auf keine Diskussion darüber einzulassen.

Narraway lächelte, sah ihn aber nicht an. »Sprechen Sie ganz allgemein, oder kennen Sie die Namen einiger dieser jungen Frauen? Wichtiger noch wären die ihrer Väter, Brüder oder weiterer Liebhaber, denen unter Umständen daran liegen konnte, Lovat quer durch ganz London zu folgen, um ihn zu erschießen.«

»Selbstverständlich«, gab Pitt zurück. Zwar war er froh, dass er jetzt festeren Boden unter den Füßen hatte, doch kam es ihm ganz so vor, als hätte er etwas Wichtiges noch nicht gesagt. Lag das ausschließlich daran, dass seine Gefühle zu überwältigend waren, als dass sie sich in wenigen, einfachen Worten ausdrücken ließen, oder gab es da etwas Wichtiges, das ihm im Augenblick noch nicht klar war?

»Ihrem Gesichtsausdruck nach zu urteilen, hat Sie das alles nicht weitergebracht«, sagte Narraway.

»Uns«, korrigierte ihn Pitt bissig. »Nein, nichts davon.«

Er war erstaunt zu sehen, wie die Hoffnung in Narraways Augen erlosch. Es schmerzte ihn ein wenig.

Als er Pitts Blick auf sich gerichtet fühlte, wandte sich Narraway halb ab, als wolle er etwas in seinem Inneren verbergen. »Sie haben also nichts erfahren, außer dass sich Lovat die Katastrophe selbst zuzuschreiben hat?«

Zwar hätte man das weniger verletzend sagen können, aber es entsprach im Wesentlichen den Tatsachen. »Ja.«

Narraway holte Luft, als wolle er etwas sagen, schwieg dann aber.

»Ich war bei Ryerson«, begann Pitt von sich aus. »Er ist nach wie vor von Miss Sacharis Unschuld überzeugt.«

Narraway sah ihn mit gehobenen Brauen an.

»Wollen Sie damit durchblicken lassen, dass er nicht daran denkt, zurückzutreten und zu erklären, dass Lovat bei seinem Eintreffen bereits tot war?«, fragte Narraway. »Er würde sich damit einen großen Gefallen tun.«

»Ich weiß nicht, was er sagen wird. Die Polizei weiß, dass er am Tatort war, also kann er das nicht bestreiten.«

»Dazu wäre es ohnehin zu spät«, entgegnete Narraway mit plötzlicher Bitterkeit. »In der ägyptischen Botschaft weiß man das bekanntlich ebenfalls. Zwar habe ich alle Hebel in Bewegung gesetzt, um festzustellen, woher die Leute diese Information haben, dabei aber lediglich erfahren, dass sie nicht im Traum daran denken, mir das zu sagen.«

Ganz langsam setzte sich Pitt aufrechter hin. Er hatte keinen Gedanken daran verschwendet, was Narraway unterdessen getan haben mochte, doch plötzlich durchfuhr ihn wie ein Blitz die Erkenntnis, wie wichtig das war, was er da gesagt hatte.

Mit schiefem Lächeln bestätigte Narraway: »So ist es. Ryerson macht sich zum Narren, und irgendjemand unterstützt ihn unauffällig, aber sehr nachdrücklich dabei. Ich bin noch nicht sicher, welche Rolle Miss Sachari in dieser Schachpartie spielt, und ich weiß auch nicht, ob sie das Spiel durchschaut. Ist sie die Dame oder lediglich ein Bauer?«

»Was könnte dahinter stehen?«, wollte Pitt wissen und beugte sich vor. »Geht es etwa um Baumwolle?«

»Dieser Gedanke kommt einem unwillkürlich, weil er der nächstliegende ist«, sagte Narraway. »Aber er muss nicht unbedingt stimmen.«

Pitt sah ihn wartend an.

Narraway lehnte sich in seinen Sessel zurück, doch wirkte das eher resigniert als behaglich. »Gehen Sie nach Hause und schlafen Sie aus«, sagte er. »Morgen früh melden Sie sich wieder.«

»Ist das alles?«

»Was wollen Sie denn noch?«, blaffte ihn Narraway an. »Nutzen Sie die günstige Gelegenheit! Das wird bestimmt nicht immer so bleiben.«

KAPITEL 5

Charlotte dachte oft an Martin Garvie und überlegte, was ihm zugestoßen sein mochte. Ihr war bekannt, dass Dienstboten nicht selten ein unangenehmes oder gar tragisches Schicksal erlitten, aber auch, dass so mancher sein Missgeschick selbst über sich brachte. Dass Tilda große Stücke auf ihren Bruder hielt, ging zum Teil auf ihre Geschwisterliebe und zum Teil darauf zurück, dass eine junge Frau, die so wenig Lebenserfahrung hatte wie sie, der Welt mitunter recht treuherzig gegenüberstand. Um ihrer selbst willen hätte ihr Charlotte auch gar nichts anderes gewünscht. Obwohl sie etwa in Gracies Alter sein musste, hatte sie nichts von deren Lebhaftigkeit oder Wissbegierde an sich. Womöglich war ihr die bittere Erfahrung des Lebens auf der Straße erspart geblieben, das Gracie in früher Jugend geprägt hatte. Ob Martin sie davor bewahrt hatte?

Charlotte saß mit Gracie in der Küche. Pitt hatte das Haus vor weniger als einer Stunde verlassen.

»Was soll'n wir nur mach'n?«, fragte Gracie beklommen mit einer Mischung aus Respekt und Entschlossenheit. Zwar war sie gewillt, sich durch nichts von ihrem Vorhaben abbringen zu lassen, doch war ihr klar, dass sie dabei auf Charlottes Unterstützung angewiesen war. Sie schämte sich, Tellman vor den Kopf gestoßen zu haben, war verwirrt und empfand zum ersten Mal leise Furcht vor ihren Gefühlen.

Charlotte bemühte sich eifrig, einen Fettfleck aus Pitts Jackett zu entfernen. Dazu hatte sie bereits ein feines Pulver aus zermahlenen Schafsfüßen hergestellt. Davon, wie auch von anderen Bestandteilen, aus denen sich Reinigungsmittel machen ließen, hatte sie gewöhnlich einen gewissen Vorrat im Haus: Kerzenstümpfe, Kalk, den Saft von Sauerampfer, Zitronen und Zwiebeln sowie – saubere – Hornspäne von Pferdehufen. Sie konzentrierte sich auf ihre Arbeit und betupfte den Fleck mit einem mit Terpentin getränkten Lappen. Während sie sprach, sah sie Gracie nicht an, um ihren Worten die Schwere zu nehmen.

»Vermutlich sollten wir als Erstes noch einmal mit deiner Freundin Tilda sprechen«, sagte sie und nahm das Pulver, das ihr Gracie reichte. Sie schüttete ein wenig davon auf den feuchten Fleck und beäugte ihn kritisch. »Es wäre hilfreich, wenn sie uns ihren Bruder beschreiben könnte.«

»Wir suchen also nach Martin?«, fragte Gracie überrascht. »Wo fangen wir an? Er könnte sonstwo sein, weit weg … vielleicht sogar …« Sie hielt inne.

Charlotte wusste, dass sie hatte sagen wollen, er könne tot sein. Auch sie hatte schon an diese Möglichkeit gedacht. »Es ist nicht einfach, sich nach jemandem zu erkundigen, von dem man nicht weiß, wie er aussieht«, sagte sie und entfernte das Pulver mittels einer kleinen harten Bürste. Jetzt sah die Stelle schon besser aus. Noch ein Durchgang, und das Jackett wäre wieder sauber. »Außerdem würden die Leute dann annehmen, dass wir ihn nicht kennen«, fügte sie mit leichtem Lächeln hinzu. »Das stimmt zwar, aber die Wahrheit wirkt nicht immer besonders überzeugend.«

»Ich kann Tilda holen, damit sie's uns sagt«, erbot sich Gracie rasch. »Sie macht ihre Besorgungen meistens um dieselbe Zeit.« Dann verzog sie schmerzlich das Gesicht. »Aber bestimmt will se nich herkomm'n, damit se ihre Stellung nich verliert. Wer rausfliegt un selber schuld is, findet so leicht nix. Un falls Martin was passiert is …«

»Ich komme mit«, unterbrach Charlotte sie.

Gracie machte große Augen. Offensichtlich war es Charlotte ernst mit ihrer Bereitschaft zu helfen, sonst würde sie nicht mit ihr durch die Straßen ziehen und warten, bis ein fremdes Dienstmädchen vorbeikam. Das war nicht nur ein außerordentlicher Freundschaftsbeweis, es zeigte auch deutlich, dass Charlotte überzeugt war, Martin Garvie könne in großer Gefahr schweben.

»Um welche Zeit ist Tilda denn unterwegs?«

»So um diese Zeit«, sagte Gracie.

»Dann gieß bitte noch etwas Wasser in den Topf mit der Gemüsebrühe, und rück ihn auf die Seite, damit er nicht durchbrennt. Danach können wir gehen.«

Mit einem Blick auf Pitts Jackett sah Gracie Charlotte fragend an.

»Das mache ich fertig, wenn wir zurück sind«, sagte sie, wischte sich die Hände an der Schürze ab und hängte sie an die Tür. »Hol deinen Mantel.«

Es dauerte fast eine Stunde, bis Tilda endlich kam. Erst als Gracie sie zweimal angesprochen hatte, fiel ihr auf, dass jemand das Wort an sie gerichtet hatte, so sehr war sie in ihre Gedanken vertieft.

»Ach, du bist das!«, sagte sie erleichtert, und die Sorgenfalten schwanden aus ihrem Gesicht. »Ich bin ja so froh, dich zu seh'n! Hast du schon was rausgekriegt? Nein? Na klar, is wohl noch zu früh. War dumm von mir zu frag'n. Ich hab auch noch kein Wort gehört.« Wieder bildeten sich die Falten, und Tränen traten ihr in die Augen. Es kostete sie offensichtlich alle Willenskraft, Haltung zu bewahren.

»Komm mit«, forderte Gracie sie auf, nahm sie beim Arm und führte sie einige Schritte beiseite, aus dem Strom der Fußgänger heraus. »Ich hab Mrs Pitt mitgebracht. Se muss dich Verschiedenes frag'n, weil se dir helfen will.«

Mit großen ängstlichen Augen sah Tilda zu Charlotte hin, die jetzt neben die beiden getreten war.

»Guten Morgen, Tilda. Können Sie eine halbe Stunde erübrigen, ohne dass Ihre Herrschaft ungehalten wird? Ich wüsste gern ein wenig mehr über Ihren Bruder, damit wir besser nach ihm suchen können.«

Einen Augenblick lang wusste Tilda nicht, was sie sagen sollte, dann aber zeigte sich, dass ihre Angst stärker war als ihre Schüchternheit. »Ja, Ma'am. Ich bin sicher, es is nich so schlimm, wenn ich sag, dass es mit Martin zu tun hat. Ich hab denen schon gesagt, dass er verschwund'n is.«

»Gut«, sagte Charlotte. »Das dürfte angesichts der Umstände das Klügste sein.« Sie hob den Blick zum mit Wolken verhangenen grauen Himmel. »Ich denke, es spricht sich besser bei einer Tasse heißem Tee.« Ohne auf eine Antwort zu warten, wandte sie sich um und ging in einen kleinen Bäckerladen voraus, der auch Erfrischungen feilbot. Als sie sich zu Tildas Erstaunen an einen Tisch gesetzt hatten, bestellte sie Tee und warmes Gebäck dazu.

»Wie alt ist Ihr Bruder?«, fragte sie.

»Dreiundzwanzig«, antwortete Tilda.

Charlotte war beeindruckt. Für einen Kammerdiener war das bemerkenswert jung. Immerhin handelte es sich dabei um eine Vertrauensstellung, für die man außerdem gewisse Kenntnisse brauchte. In diesem Alter war ein junger Diener normalerweise höchstens Lakai. Entweder stand er schon seit früher Kindheit im Dienst, oder er besaß eine ungewöhnlich gute Auffassungsgabe.

»Wie lange ist er schon im Hause Garrick?«, fragte sie weiter.

»Da is er mit siebzehn hingekomm'n«, sagte Tilda. »Vorher war er Stiefelputzer bei den Furnivals. Weil die keine zwei Lakaien brauchen konnt'n, hat er sich 'ne and're Stellung gesucht un sich dabei sogar verbessert. Angefangen hat er bei den Garricks als Lakai, aber Mr Stephen is gleich gut mit ihm zurechtgekomm'n.« Stolz lag in ihrer Stimme. Unwillkürlich setzte sie sich bei diesen Worten ein wenig aufrechter hin und straffte die schmalen Schultern.

»Dann muss er seine Arbeit wohl sehr gut tun«, sagte Charlotte und sah, wie Tilda dankbar lächelte. »Wissen Sie, ob er dort glücklich war?«

Tilda beugte sich ein wenig vor. »Aber ja! Das is es ja grade … Er hat nie gesagt, dass jemand mit 'm unzufried'n wär. Das hätt ich gewusst. Wir ha'm uns immer alles gesagt.«

Zwar war Charlotte davon überzeugt, dass das für Tilda galt, die Jüngere und bei weitem Abhängigere der beiden, während es ohne weiteres möglich war, dass ihr Bruder manches für sich behielt. Doch würde es zu nichts führen, der jungen Frau gegenüber solche Erwägungen anzustellen. Stattdessen fragte sie: »Wie sieht er aus?«

»So ungefähr wie ich«, gab sie zur Antwort. »Natürlich größer un breiter, aber Augen un Haare sind wie bei mir un die Nase auch.« Sie wies auf ihr hübsches Gesichtchen.

»Aha. Das hilft uns sicher weiter. Können Sie uns noch etwas über ihn mitteilen, was für uns wichtig sein könnte?«, fragte Charlotte. »Gibt es eine junge Dame, die er bewundert – oder vielleicht eine, die ihn bewundert?«

»Sie meinen, eine hätt 'n Auge auf ihn geworfen un verrückt gespielt, wie er se nich wollte?«, fragte Tilda. Ein Schauer überlief sie.

Die Bedienung brachte den Tee und das Gebäck. Charlotte goss den Tee ein und forderte die beiden jungen Frauen auf zuzulangen. Als die Bedienung gegangen war, sagte sie: »Möglich wäre das. Wir müssen sehr viel mehr in Erfahrung bringen. Da man im Hause Garrick offensichtlich nicht bereit ist, uns Auskunft zu geben, müssen wir auf eigene Faust festzustellen versuchen, was geschehen ist, und das so bald wie möglich. Da Sie dort nach einer Erklärung gefragt haben, kennt man Sie dort bereits. Am besten dürfte es sein, nicht wieder hinzugehen, jedenfalls nicht in nächster Zeit. Ich kenne die Garricks nicht – aber das ließe sich möglicherweise ändern. Gracie, es sieht ganz so aus, als ob du den Anfang machen müsstest.«

»Wie soll ich das anstell'n?«, fragte Gracie, die gerade von ihrem Gebäck abbeißen wollte. In ihrer Stimme mischten sich Entschlossenheit und Furcht. Sie bemühte sich, nicht zu Tilda hinzusehen.

Trotz allen Kopfzerbrechens war Charlotte noch kein Einfall gekommen. »Darüber reden wir zu Hause«, sagte sie. Falls Gracie gemerkt hatte, dass sie selbst noch nicht wusste, wie sie vorgehen sollten, würde sie das vor Tilda auf keinen Fall zeigen. »Noch etwas Tee?«, fragte sie.

Sie aßen das Gebäck auf, und Charlotte bezahlte. Kaum waren sie draußen, als Tilda, der wohl zu Bewusstsein kam, wie lange sie fort gewesen war, beiden eilig dankte und sich verabschiedete. So viel Zeit, wie sie da im Gespräch verbracht hatte, ließ sich mit keinem noch so langen Schlangestehen bei ihren Besorgungen erklären.

»Wie soll ich denn in das Haus kommen und die Leute fragen?«, wollte Gracie wissen, als sie mit Charlotte allein war. An der Art, wie sie fast um Verzeihung für ihre Frage bat, als sei ihr klar, dass sie Charlotte damit unabsichtlich Ungelegenheiten bereitete, ließ sich erkennen, dass auch ihr noch nichts eingefallen war.

»Nun, mit der Wahrheit kommen wir unter keinen Umständen zum Ziel«, erklärte Charlotte und hielt den Blick starr geradeaus gerichtet, während sie weiter der Keppel Street entgegenstrebten. »Das ist wirklich schade, denn die kann man sich am leichtesten merken. Wir werden uns also etwas ausdenken müssen.« Sie vermied das Wort ›lügen‹. Da sie im Dienst einer höheren Wahrheit handelten, konnte ihrer Ansicht nach von einer wirklichen Täuschung keine Rede sein.

»Ich hab nix dageg'n, denen was aufzutisch'n«, formulierte Gracie ihre eigene Haltung, »aber wie soll ich nur da reinkomm'n? Ich hab schon hin un her überlegt, aber mir fällt nix ein. Wenn mir Tellman doch nur glau'm würde, dass hier tatsächlich was faul is! Ich weiß, er is 'n Dickkopf, aber das is ja schlimmer wie wenn man 'n Maultier rückwärts vor 'n Wag'n treibt, um 's anzuschirr'n! Mein Opa hat Kohl'n ausgefahr'n, der hatte so'n Maultier. So'n störrisches Vieh wie das hat die Welt noch nich geseh'n. Man hätte glau'm könn', dass dem die Hufe am Bod'n festgeklebt war'n.«

Charlotte musste über den Vergleich lächeln, doch auch ihr fiel nichts ein. Als sie auf der Francis Street um die Ecke bogen, wehte ihnen mit einem Mal der Wind ins Gesicht. Hastig griff ein Zeitungsjunge nach seiner Reklametafel, die bedenklich schwankte und auf ihn zu fallen drohte. Gracie eilte hin und half ihm.

»Danke, Frollein«, sagte er zu Gracie und bemühte sich, die Tafel wieder gerade hinzustellen. Charlotte warf einen kurzen Blick auf die Zeitung, die Gracie davor bewahrt hatte, davongeweht zu werden.

»Da steht nix Gutes drin, gnä' Frau«, sagte der Junge und verzog angewidert das Gesicht. »Die Cholera is jetz auch in Wien. Der Franzmann kämpft in Mada-irgendwas und behauptet, schuld da dran wär'n uns're Missionare, also wir Engländer.«

»Madagaskar?«, riet Charlotte.

»Ja … könnte sein«, sagte er. »Zwanzig Tote bei 'nem Zugunglück in Frankreich, un das grade jetz, wo se 'ne neue Eisenbahn von Jaffa – keine Ahnung wo das liegt – nach Jerusalem eröffnet ha'm. De Russ'n ha'm Kanadier verhaftet, die Robb'n geklaut ha'm soll'n oder so. Woll'n Se eine?«, fragte er mit hoffnungsvoller Stimme.

Lächelnd hielt ihm Charlotte eine Münze hin und nahm das oberste Exemplar vom Stapel, das beträchtlich zerknittert war.

»Recht hat er«, sagte Gracie finster. »Da steht nix Gutes drin.« Sie wies auf die Zeitung in Charlottes Hand. »Immer nur Krieg un so'n Unsinn!«

»Offenbar betrachten wir nur solche Dinge als Nachrichten«, gab ihr Charlotte Recht. »Das Gute ist, wie es scheint, nicht berichtenswert.« Sie hatte unterwegs immer wieder über die Frage nachgedacht, wie man Gracie Zutritt zum Haus der Familie Garrick verschaffen könnte. Allmählich zeichnete sich ein Plan ab. »Gracie …«, sagte sie zögernd. »Wenn Tilda krank wäre und du nicht wüsstest, dass Martin nicht mehr dort ist, wäre es da nicht das Natürlichste, dass du hingingest, um ihm zu berichten, wie es seiner Schwester geht? Vielleicht ist sie so krank, dass sie nicht schreiben kann – wenn sie es überhaupt kann.«

Gracies Augen leuchteten auf, und ein leichtes Lächeln kräuselte ihre Lippen. »Ja! Das würd 'ne Freundin wohl mach'n, nich wahr? Tilda is plötzlich schwer krank geword'n, un ich soll das dem armen Martin sag'n, damit er se besuch'n kommt. Weil wir beide gute Freundinnen sind – das stimmt ja auch –, weiß ich, wo er arbeitet. Am besten geh ich so bald wie möglich hin, was? Ich hab das gehört, meine Herrschaft gefragt, ob ich mal schnell weg darf, un weil die Gnädige Verständnis hat, sagt sie, ich soll das gleich mach'n!« Mit einem Mal erhellte ein breites Lächeln ihr schmales Gesicht und ließ sie erstaunlich unternehmungslustig wirken.

»Ja«, stimmte Charlotte zu, die unwillkürlich den Schritt beschleunigt hatte. Wieder ging es um eine Straßenecke, wo der Wind sie erfasste, sodass ihre Röcke wehten und die Blätter der Zeitung unter ihrem Arm hin und her gezerrt wurden. »Je eher du gehst, desto besser. Die Hausarbeit kann warten.«

Sicher war es das Beste, sofort etwas zu unternehmen, denn die Dinge würden durch Abwarten bestimmt nicht besser. Sie hatte die Pflicht, diese Aufgabe für Tilda zu erledigen – und natürlich für Martin. Wenn es nur nicht schon zu spät war! Eine halbe Stunde darauf machte sich Gracie auf den Weg, durch eine weitere Tasse Tee gestärkt. Sie war außerordentlich nervös und fürchtete so sehr, etwas falsch zu machen, dass ihr flau im Magen wurde. Ganz bewusst langsam ein- und ausatmend, übte sie, ihre auswendig gelernten Sätze sorgfältig auszusprechen, um nicht über die Wörter zu stolpern. Sie zog den Mantel noch einmal gerade, schluckte kräftig und klopfte dann am Dienstboteneingang des Hauses am Torrington Square.

Sie hatte sich genau zurechtgelegt, was sie sagen wollte, sobald sich die Tür öffnete. Doch sie musste noch einmal klopfen, lauter als beim vorigen Mal. Als die Tür endlich aufging, wäre sie fast ins Haus gefallen. Mit Mühe gelang es ihr, das Gleichgewicht zu halten. Lediglich zwei Handbreit vor ihr stand die Spülmagd, eine hellhäutige junge Frau, einen halben Kopf größer als sie, deren Haar sich aus den Nadeln gelöst hatte.

Sie setzte zum Sprechen an und schüttelte dabei den Kopf. »Wir ha'm nix …«

»Guten Tag«, sagte Gracie im selben Augenblick und sprach weiter, als die andere innehielt. Auf keinen Fall durfte sie sich abweisen lassen. »Ich hab 'ne wichtige Mitteilung. Tut mir Leid, dass ich so kurz vor Mittag stör. Ich weiß, dass da schrecklich viel zu tun is, aber ich muss es unbedingt sag'n.« Sie brauchte keine Besorgtheit vorzuspiegeln. Die Tiefe ihrer Empfindung war wohl in jedem ihrer Züge zu erkennen, denn sogleich zeigten sich Wohlwollen und Mitgefühl auf dem Gesicht der anderen.

»Komm doch rein«, forderte sie Gracie auf und trat beiseite.

Gracie wusste die Großzügigkeit dieser Geste zu schätzen und bedankte sich artig. Das war ein guter Anfang, genau gesagt die einzige Möglichkeit, wenn es überhaupt weitergehen sollte. Sie lächelte die andere schüchtern an. »Ich heiß' Gracie Phipps. Ich komm' aus der Keppel Street, gleich um die Ecke. Damit hat das aber nix zu tun. Es geht um was ganz anderes.« Sie sah sich in der gut gefüllten Vorratskammer um: Zwiebelzöpfe hingen von der Decke, Säcke mit Kartoffeln standen am Boden, und feste Weißkohlköpfe sowie verschiedene Wurzelgemüse lagen ordentlich auf Lattengestellen. Haken an den Wänden trugen an ihren Henkeln aufgehängte große Kochgefäße, und am Boden standen in einer Ecke Krüge, die verschiedene Arten von Essig, Öl und möglicherweise Kochwein enthalten mochten.

»Ich heiß' Dorothy«, erklärte die andere. »Meine Mama hat mich Dora gerufen, aber hier sag'n alle Dottie. Das stört mich aber nich weiter. Zu wem willst du denn?«

Gracie öffnete und schloss die Augen, als müsse sie gegen ihre Tränen kämpfen. Sie konnte unmöglich sofort den Namen Martin Garvic nennen, sonst würde man ihr rundheraus mitteilen, er sei nicht da, und sie fortschicken. Das brächte sie keinen Schritt weiter. Vielleicht war hier ein wenig Schauspielerei am Platze. »Es geht um meine Freundin Tilda«, sagte sie. »Die is schwer krank un hat sons kein' Mensch'n. Von ihrer ganz'n Verwandtschaft lebt nur noch der Bruder, un dem muss ich das sag'n, bevor …« Sie hielt inne. Sie wollte nicht so weit gehen zu behaupten, dass Tilda im Sterben liege, solange es nicht unerlässlich war, aber sie hatte nichts dagegen, wenn man ihre Worte so auslegte. Wo es keine andere Möglichkeit gab, waren alle Mittel erlaubt!

Im Stillen hoffte sie, Tilda möge, als sie sich dort nach Martin erkundigt hatte, so elend ausgesehen haben, dass ihre schwere Krankheit glaubwürdig war.

»Ach je«, sagte Dottie voll Mitgefühl. »Wie schrecklich!«

»Ich muss es ihm unbedingt sag'n«, wiederholte Gracie. »Die beid'n haben nur noch sich. Bestimmt nimmt 'n das schrecklich mit …« Sie überließ es der Vorstellungskraft der anderen, sich das Bild auszumalen.

»Is ja klar«, gab ihr Dottie Recht und ging die Stufen zur Küche empor, von wo aus Wärme und angenehme Gerüche zu ihnen herübergeweht waren. »Komm mit und trink 'n Schluck Tee. Du siehs ja ganz mitgenommen aus.«

»Danke«, nahm Gracie die Einladung an. »Herzlichen Dank.« Zwar fror sie nicht – der Tag war herrlich, und sie war kräftig ausgeschritten –, aber die Angst, die in ihr aufgestiegen war, ließ sie wohl so verkrampft aussehen, als wenn ihr kalt wäre. Sie hatte ins Haus gelangen wollen, um sich ein Bild machen zu können, und der erste Schritt dazu war getan. Sie folgte Dottie die hölzernen Stufen empor in eine große Küche. Ein Trockengestell war hoch an die Decke gezogen, an dem zur Zeit lediglich Geschirrtücher und mehrere Büschel getrockneter Kräuter hingen. Schimmerndes Kupfergeschirr an den Wänden verbreitete einen warmen Glanz.

Die rundliche Köchin, die wohl gern probierte, was sie zubereitete, brummte etwas vor sich hin, während sie in einer außen braun und innen weiß glasierten Steingutschüssel einen Teig rührte. Sie hob den Blick, als Gracie ängstlich eintrat.

»Was ha'm wir denn da?«, fragte sie und sah sie mit ihren Knopfaugen an. »Wir brauchen keine Haushaltshilfe, un wenn aber doch, kümmern wir uns da selber drum. Du siehs ja aus wie 'n Strich in der Landschaft. Kriegst du eigentlich nix zu ess'n?«

Rasch schluckte Gracie die schlagfertige freche Erwiderung herunter, die ihr schon auf der Zunge lag – für diesen Akt der Selbstverleugnung würde Tilda ihr noch etwas schulden!

»Ich such keine Arbeit, Ma'am«, sagte sie respektvoll. »Ich hab 'ne gute Stellung als Dienstmädchen bei Herrschaft'n in der Keppel Street und kümmer mich da um das and're Personal un zwei Kinder.« Zwar übertrieb sie damit, denn lediglich der Frau, die zum Putzen ins Haus kam, durfte sie Anweisungen erteilen, doch empfand sie das nicht als wirkliche Lüge. Befriedigt sah sie, wie der

Ausdruck von Ungläubigkeit auf das Mondgesicht der Köchin trat. »Ich bring nur 'ne Nachricht«, sagte sie rasch.

»'ne Freundin von ihr liegt im Sterben, Mrs Culpepper«, fügte Dottie hilfsbereit hinzu. »Gracie will das dem Bruder sagen.«

»Im Sterben?«, entfuhr es der Köchin. Man konnte deutlich sehen, dass sie nicht von ferne an dergleichen gedacht hatte und es auch nicht wirklich glaubte. »Was hat se denn?«

Auf diese Frage war Gracie vorbereitet. »Rheumatisches Fieber«, sagte sie, ohne zu zögern. »Es geht ihr entsetzlich schlecht.« Es fiel ihr nicht schwer, die wirkliche Angst um Martin, die tief in ihr nagte, zu zeigen, sodass sie ganz gequält wirkte.

Diesen Ausdruck musste die Köchin erkannt haben. »Wie schrecklich«, sagte sie, und es kam Gracie so vor, als liege echtes Mitgefühl auf ihren Zügen. »Was willste dann hier? Steh nich rum, Dottie! Hol der Kleinen 'ne Tasse Tee!« Dann sah sie wieder zu Gracie hin. »Setz dich.« Sie wies auf einen Stuhl auf der anderen Seite des Tisches.

Dottie ging zum Herd und schob den Wasserkessel in die Mitte der Herdplatte. Schon bald darauf begann er zu pfeifen.

Ohne die kreisförmigen Bewegungen ihres Holzlöffels ein einziges Mal zu unterbrechen, fuhr Mrs Culpepper fort: »Na, kleines Fräulein …« Sie hatte Gracies Namen bereits vergessen. »Für wen is denn die Mitteilung bestimmt?«

Jetzt halfen keine Ausflüchte mehr. Aufmerksam sah Gracie zu der Köchin hin. Ihr Gesichtsausdruck konnte unter Umständen mehr verraten als Worte. »Martin Garvie«, sagte sie. »Das is ihr Bruder. Sie hat sons kein' Mensch mehr. Die Eltern von den beid'n sind schon lange tot.«

Das Gesicht der Köchin ließ außer der leichten Trauer, die von vornherein darauf gelegen hatte, nichts erkennen, und sie rührte den Teig so geschäftig wie zuvor, ohne dass ihre Hand auch nur einen Augenblick stockte.

»Jammerschade«, sagte sie, ohne den Blick zu heben. »Der junge Mann is nich mehr hier, un ich kann auch nich sag'n, wo er sein könnte.«

Gracie war sicher, dass das nicht der Wahrheit entsprach, doch merkte sie auch, dass sich die Frau eher unglücklich als schuldbewusst fühlte. Mit einem Mal empfand sie eine Angst, die sie förmlich schüttelte, und die angenehm warme, duftende Küche mit den heißen Feuerstellen und dampfenden Töpfen begann sich um sie zu drehen. Sie schloss die Augen, damit die Bewegung zum Stillstand kam.

Als sie sie wieder öffnete, stand Dottie mit einer Tasse Tee in der Hand auf der anderen Seite des Tisches.

»Kopf zwischen die Knie«, empfahl die Köchin.

»Ich fall schon nich in Ohnmacht!«, sagte Gracie trotzig, war sich aber nicht sicher, ob das der Wahrheit entsprach. Zwar hatte sie keinerlei Grund zu bocken, behandelten diese Menschen sie doch sehr freundlich, aber sie wusste nicht, wohin mit ihren Empfindungen.

»Wenn er nich hier is, wo is er dann?«

»Das wiss'n wir nich«, sagte Dottie, bevor Mrs Culpepper mit ihrer Überlegung, was sie antworten sollte, zu Ende gekommen war. Sie warf dem Küchenmädchen einen tadelnden Blick zu, von dem Gracie nicht hätte sagen können, ob er sie aufforderte, ein Geheimnis zu bewahren oder niemandem unnötig Schmerzen zu bereiten.

»Un warum solltes du das auch wiss'n?« Mrs Culpepper hatte die Sprache wiedergefunden. »Es geht dich doch nix an, wohin der gnä' Herr seine Leute schickt, oder?«

Dottie stellte den Tee vor Gracie hin. »Trink das«, sagte sie. »Natürlich nich, Mrs Culpepper«, fügte sie sich der Köchin. »Aber man könnte doch glau'm, dass Bella was weiß.« Zu Gracie gewandt erklärte sie: »Das is unser Hausmädchen. Se konnte Martin gut leiden. Ich fand 'n auch nett … aber nich so, wie du jetz denks«, fügte sie rasch hinzu.

»Du has 'ne lose Zunge«, bemerkte Mrs Culpepper kritisch. »Falls Bella wirklich was weiß, muss sie dir nix davon sag'n, oder?«

Dottie zuckte die Achseln. »Schon gut«, sagte sie ergeben. Dann umwölkte sich ihr Gesicht. »Aber ich möcht doch gerne wissen, was mit Martin is.«

»Komm mir bloß nich so, du dummes Kind!«, brach es mit plötzlichem Groll aus Mrs Culpepper heraus, deren Gesicht mit einem Mal hochrot war. Sie stellte die Schüssel mit Nachdruck auf den Tisch. »Man sollte meinen, dass er tot oder sonstwas mit ihm los is. Nix is ihm passiert! Er is nich hier, weiter nix. Halt den Rand und tu was. Steh nich rum wie dein eigenes Denkmal! Geh un reib die alt'n Kartoffeln – man hat nie genug Stärke im Haus.«

Achselzuckend strich sich Dottie das Haar aus der Stirn und trat den Weg nach unten in den Wirtschaftsraum an.

»Da bin ich aber froh, dass 'm nix fehlt«, sagte Gracie mit der gebotenen Zurückhaltung. »Aber ich muss 'm doch trotzdem das mit seiner Schwester sag'n.« Ihr war klar, dass sie damit viel riskierte, aber ihr blieb keine Wahl. Bisher hatte sie nicht mehr als das erfahren, was sie bereits von Tilda wusste. »Irgendjemand muss doch wissen, wo er is, oder?«

»Na klar doch«, erwiderte Mrs Culpepper und griff nach einer Backform sowie einem Stück Käseleinen, auf dem etwas Butter lag. Mit einer einzigen gekonnten Bewegung fettete sie die Form ein. »Aber ich bin das nich.«

Gracie nahm einen Schluck aus ihrer Tasse. »Tilda hat gesagt, dass er bei Mr Stephen Kammerdiener is. Hat der jetz 'nen neuen?«

Mrs Culpepper hob abrupt den Kopf. »Nein. Aber fang bloß nich ...« Dann wurden ihre Züge weicher. »Sieh mal, Kleine, ich begreif ja, dass du durcheinander bis, un es is auch schlimm, wenn's ei'm so dreckig geht un man nix mach'n kann. Man sollte kein' Hund alleine ster'm lass'n, aber Gott is mein Zeuge, ich weiß nich, wo der Martin is. Das is die reine Wahrheit. Er is 'n or'ntlicher Junge, un ich glaub nich, dass er je mal 'nem Menschen Ärger gemacht hat.«

Der Gedanke an Tilda und die Angst in ihr trieben Gracie die Tränen in die Augen. Immerhin vermisste die Schwester ihn schon seit mehreren Tagen. Warum war weder ein Brief noch eine sonstige Nachricht gekommen? »Was für 'n Mensch is dieser Mr Stephen? Würd der jemand wegschick'n, wenn der nix angestellt hat?«

Mrs Culpepper wischte sich die Hände an der Schürze ab, ließ Teig und Backform stehen und goss sich eine Tasse Tee ein. »Gütiger Gott«, sagte sie und schüttelte den Kopf. »Mal so, mal so, der Arme. Aber so 'nen schlimmen Tag könnt der gar nich ha'm, dass er den Martin weggeschickt hätt. Immerhin is er der Einzige, der mit 'm zurechtkommt, wenn's 'm nich gut geht.«

Trotz aller Bemühung, sich nichts anmerken zu lassen, zuckte es in Gracies Gesicht. Was sie da hörte, war ihr zwar nicht völlig neu, aber es beunruhigte sie, weil sie nicht verstand, worum es dabei ging. Sie hob den Blick zu Mrs Culpepper und zwinkerte einige Male, um sich nicht durch ihren Gesichtsausdruck zu verraten. »Sie meinen, wenn er krank is?«

Die Köchin fuhr kurz auf, sagte aber nichts.

Zwar fürchtete Gracie, einen schweren Fehler begangen zu haben, unternahm aber klugerweise keinen Versuch, ihn auszuwetzen. Stattdessen wartete sie wortlos, dass die Köchin weitersprach.

»So kann man das sag'n«, erklärte diese schließlich und hob die Tasse, die sie die ganze Zeit in der Luft gehalten hatte, an die Lippen. »Un ich sag es auch nich anders!« Das war eine unüberhörbare Warnung.

Gracie begriff sogleich. Das Wort »krank« war eine Beschönigung für etwas weit Schlimmeres. Vielleicht Volltrunkenheit? Manche Männer sanken, wenn sie zu viel getrunken hatten, einfach in sich zusammen, oder es war ihnen entsetzlich schlecht, andere aber wurden in diesem Zustand streitsüchtig, begannen sich zu prügeln, rissen Leuten die Kleider vom Leibe oder belästigten sie auf andere Weise. Was Gracie da gehört hatte, klang so, als gehöre Stephen Garrick zu dieser Sorte.

»Natürlich nich«, sagte Gracie und gab sich schüchtern. »Niemand tut das. Das gehört sich für unsereins nich.«

»Es is nich so, wie wenn ich es nich manchmal am liebsten tun würde!«, fügte Mrs Culpepper kampflustig hinzu, sagte aber nichts weiter, weil gerade das Hausmädchen in die Küche kam. Gracie fand sie außerordentlich hübsch, und das nicht nur wegen ihrer frisch gewaschenen und gestärkten weißen Schürze, die mit Spitzen besetzt war. »Se woll'n doch wohl nich schon das Mittagessen?«, fragte die Köchin erstaunt. »Mein Gott, wo is bloß die Zeit geblie'm? Ich bin noch lange nich fertig.«

»Aber nein«, beruhigte Bella sie. »Sie haben genug Zeit.« Sie warf Gracie einen neugierigen Blick zu. Vermutlich hatte sie die letzten Worte der Unterhaltung mitbekommen. »Ich hätte auch nichts gegen eine Tasse Tee, wenn er schön heiß ist«, fügte sie hinzu.

»Das is Gracie.« Mrs Culpepper schien der Name plötzlich wieder eingefallen zu sein. »Sie is hier, weil die Schwester vom Martin 'ne Freundin von ihr is. Die Ärmste hat rheuma'sches Fieber und liegt im Ster'm. Gracie is gekomm'n, weil se dem Martin Bescheid sag'n will.«

Betrübt schüttelte Bella den Kopf. »Wir würden Ihnen gern helfen, wissen aber nicht, wo er sich aufhält«, sagte sie offen heraus. »Normalerweise geht Mr Stephen im Laufe des Vormittags aus, und jeder im Haus weiß das schon Tage im Voraus. Aber diesmal war es anders. Er ist … er ist einfach nicht da!«

Gracie war nicht bereit, sich geschlagen zu geben, bevor sie alle Mittel versucht hatte. »Mrs Culpepper war sehr freundlich«, sagte sie voll Wärme. »Sie hat mir gesagt, dass der junge Mr Garrick richtig auf Martin angewies'n is un er 'n deshalb auch nich weg'n 'ner Laune weggeschickt hätt.«

Bellas Gesicht verzog sich vor Zorn. »Manchmal war es mit ihm wirklich schlimm. Meine Mutter hätte mir mit dem Pantoffel das Hinterteil versohlt, wenn ich mich so hätte gehen lassen. Er hat um sich getreten, Leute angeschrien und –«

»Bella!«, mahnte Mrs Culpepper mit scharfer Stimme.

»Wenn es aber doch wahr ist! Manchmal führt er sich auf wie ein Dreijähriger!«, begehrte das Hausmädchen mit geröteten Wangen auf. »Und der arme Martin lässt sich das alles ohne ein Wort der Klage gefallen, räumt hinter ihm auf, hört sich an, wie er über alles Mögliche jammert und flennt oder einfach dasitzt wie ein Häufchen Elend. Am besten –«

»Am besten sollten Sie den Mund halt'n, sonst sitz'n Se selber bald da wie 'n Häufchen Elend!«, fuhr Mrs Culpepper sie an. »Schon möglich, dass Se gut ausseh'n und red'n wie 'ne feine Dame, aber wenn der Gnä'ge hört, was Se zu Fremd'n über Mr Stephen sag'n, steh'n Se in null Komma nix mit Ihr'm Koffer auf der Straße, un zwar ohne Zeugnis, so wahr ich hier sitz!« In ihrer Stimme lag eine unüberhörbare Dringlichkeit, und ihre schwarzen Augen blitzten. Gracie war sicher, dass sie weder aus Wut noch aus Abneigung so sprach, sondern ganz im Gegenteil freundschaftliche Gefühle für Bella hegte.

Mit wehenden Röcken setzte sich das Hausmädchen auf den anderen Küchenstuhl. »So etwas gehört sich einfach nicht!«, sagte sie aufgebracht. »Martin hat sich mehr gefallen lassen, als ein Mensch ertragen kann! Und wenn man ihn auf die Straße gesetzt hat ...«

»Stimmt doch gar nich. Was verzapf'n Se dummes Stück da für 'n Unsinn?« Ein junger Lakai mit einer kecken Haartolle über der Stirn trat ein. Gracie sah, dass seine Hose ziemlich lose an ihm herunterhing, und vermutete, dass er erst vor kurzem vom Stiefelputzer in seine neue Position aufgestiegen war.

»Und woher haben Sie diese Weisheit, Clarence Smith?«, fuhr Bella ihn an.

»Ich krieg Sach'n mit, die keiner von euch sieht!«, gab er zurück. »Wenn der mal richtig in Fahrt is, wird außer Martin keiner mit 'm fertig, und wenn er seine verrückt'n fünf Minut'n kriegt, geh'n alle in Deckung. Ich jed'nfalls würd 'm da um nix auf der Welt inne Quere komm'n woll'n! Sogar Mr Lyman hat dann Schiss vor ihm ... un Mrs Somerton. Un die hat sons' so schnell vor nix Bange! Im Kampf geg'n den Drach'n hätt ich nie auf'n heilig'n Georg gesetzt, aber hundertprozentig auf sie!«

»Kümmer dich um deine eig'nen Angeleg'nheit'n, Clarence, wenn du nich wills, dass ich Mr Lyman sag, was für Frechheit'n du dir rausnimms!«, sagte Mrs Culpepper drohend. »Wenn der dir auf die Schliche kommt, kanns du heute Abend in der Spülküche ess'n und darfs froh sein, wenn du 'n Schmalzbrot kriegs!«

»Stimmt aber doch!«, beharrte Clarence empört.

»Das hat gar nix damit zu tun, Dummkopf!«, wies sie ihn in die Schranken. »Man könnte meinen, du würdest von Tag zu Tag dümmer! Los, an die Arbeit, trag Bella die Kohl'n rein!«

»Ja, Mrs Culpepper«, sagte er gehorsam. Vielleicht hatte er gemerkt, dass in ihrer Stimme eher Besorgnis als Tadel lag.

Einen Augenblick lang überlegte Gracie, dass es schön sein müsste, ein, zwei Wochen in einem großen Haus zu arbeiten. Natürlich waren die zu erledigenden Aufgaben nicht annähernd so wichtig wie das, was sie im Hause Pitt tat. Sie sah zu, wie Clarence den Raum verließ, um zu tun, was man ihm aufgetragen hatte. Sie nahm ihre Teetasse und trank sie aus.

»Tut mir Leid, Kleine, aber wir könn'n dir nich helf'n«, sagte Mrs Culpepper kopfschüttelnd und füllte endlich den Teig in die Backform. »Ich muss mich jetz um das Teegebäck für heut Nachmittag kümmern. Man weiß nie, wer kommt, un da muss auf jed'n Fall was auf'm Tisch steh'n. Dottie! Komm und putz das Gemüse.«

Gracie erhob sich, um zu gehen, trug aber vorher noch ihre leere Tasse zum Abstellbrett neben dem Waschbecken. »Vielen Dank«, sagte sie aufrichtig. »Ich muss einfach zuseh'n, dass ich 'n find, auch wenn ich nich weiß, wo.«

Dottie kam aus dem Wirtschaftsraum zurück und wischte sich die Hände an einem Schürzenzipfel ab. »Er war mal bei 'nem Mr Sandeman irgendwo im East End«, sagte sie. »Vielleicht weiß der was?«

Gracie setzte die Tasse sorgfältig nieder, weil sie merkte, dass ihre Hände zitterten. »Sandeman?«, wiederholte sie. »Wer is das?«

Niedergeschlagen musste Dottie gestehen: »Keine Ahnung. Tut mir Leid.«

Gracie schluckte ihre Enttäuschung herunter. »Macht nix, vielleicht weiß es jemand anders. Danke, Mrs Culpepper.«

Die Köchin schüttelte den Kopf. »Tut mir wirklich Leid, armes Ding. Vielleicht kommt se ja wieder auf die Beine, man weiß nie.«

»Ja«, bekräftigte Gracie. »Man darf nie die Hoffnung aufge'm.«

Das war von ihrem Standpunkt aus nicht gelogen, da sie an Martin und nicht an Tilda dachte.

Dottie brachte sie wieder zur Tür der Spülküche. Kaum war sie auf der Straße, als sie nach Hause eilte, so schnell die Füße sie trugen.

Selbstverständlich schilderte sie Charlotte ihren Besuch in allen Einzelheiten, sobald sie wieder in der Keppel Street war. Weit schwerer würde es sein, Tellman zu berichten, was sie am Torrington Square erfahren hatte. Dazu musste sie ihn erst einmal finden. Die einzigen Orte, an denen sie suchen konnte, waren die Polizeiwache in der Bow Street und das Haus, in dem er zur Miete wohnte. Es war ohne weiteres möglich, dass er nach Feierabend sogleich dorthin zurückkehrte, doch hatte sie keine Vorstellung, um wieviel Uhr das war, denn die Polizei hatte keine geregelten Arbeitszeiten. Andererseits wollte sie ihn auch nicht dadurch in Verlegenheit bringen, dass sie in seiner Dienststelle auftauchte, wo man auch dann wissen würde, wer sie war, wenn sie den Dienst habenden Beamten nicht nach Inspektor Tellman fragte. Wichtiger aber war noch eine andere Erwägung. Da den Leute bekannt war, dass sie im Hause Pitt arbeitete, würden sie annehmen, sie suche ihn im Auftrag ihres Dienstherrn auf. Ein solches Missverständnis könnte ihm das Leben unter seinem neuen Vorgesetzten, Oberinspektor Wetron, in höchstem Grade erschweren.

Schließlich stellte sie sich am frühen Abend vor dem Haus, in dem er wohnte, auf den Gehweg und sah zu den Fenstern seines Zimmers im zweiten Stock empor. Alles war dunkel. Wäre er zu Hause gewesen, wäre ein leichter Lichtschimmer durch die Vorhänge gefallen.

Unsicher blieb sie einige Minuten stehen. Dann fiel ihr ein, dass es ohne weiteres noch über eine Stunde dauern konnte, bis er kam, und sofern er an einem schwierigen Fall arbeitete, sogar noch länger. Sie kannte eine angenehme Teestube einige hundert Schritt weiter. Dort würde sie eine Weile warten und später noch einmal nachsehen, ob er inzwischen gekommen war.

Sie war gerade fünfzig Meter weit gegangen, als ihr der Gedanke kam, dass es unter Umständen ein halbes Dutzend Mal nötig sein konnte, zurückzugehen, bis sie ihn antraf, und sie andererseits möglicherweise unnötig lange wartete, falls er doch bald nach Hause kam. Sie machte auf dem Absatz kehrt, ging zurück, klopfte an die Haustür und teilte der Vermieterin äußerst höflich mit, sie habe wichtige Mitteilungen für Inspektor Tellman, und ob sie ihm ausrichten könne, dass er in die Teestube kommen solle, wo sie auf ihn warte.

Die Frau sah zwar ein wenig zweifelnd drein, versprach aber, ihm die Nachricht auszurichten. Zufrieden ging Gracie davon.

Eine knappe Stunde später trat Tellman müde und durchgefroren in die Teestube. Nach einem anstrengenden Tag hatte er sich darauf gefreut, rasch etwas zu essen und dann früh schlafen zu gehen. An seinem Gesicht wie an seiner Körperhaltung erkannte sie gleich, dass er ihren Streit noch nicht vergessen hatte und nicht so recht wusste, wie er mit ihr sprechen sollte. Ihr war klar, dass sie die Dinge womöglich verschlimmerte, weil sie gekommen war, um die Sache noch einmal aufzurühren, doch sie sah keinen anderen Ausweg. Immerhin stand Martin Garvies Leben unter Umständen auf dem Spiel. Was nützte Zuneigung oder Wohlwollen eines anderen Menschen, wenn dies Gefühl in einer widrigen Situation oder bei einer Meinungsverschiedenheit sogleich in sich zusammenfiel und dahinschwand?

»Samuel«, begann sie, als er ihr gegenüber Platz genommen und seine Bestellung aufgegeben hatte.

»Ja?«, fragte er zurückhaltend. Er schien noch etwas hinzufügen zu wollen, schluckte es aber herunter.

Ihr blieb nichts anderes übrig, als offen heraus zu sagen, worum es ging. Je länger zwischen ihnen Schweigen herrschte oder sie eine gekünstelte Unterhaltung führten, bei der jeder etwas anderes meinte, als er sagte, umso schlimmer würde es. »Ich war in dem Haus, wo Martin Garvie arbeitet«, sagte sie und sah ihn über den Tisch hinweg an. Sie merkte, dass sich seine Haltung noch mehr versteifte, die Finger seiner verschränkt auf dem Tisch liegenden

Hände wurden weiß. »Ich bin einfach in die Küche gegang'n«, fuhr sie rasch fort, »un hab der Köchin un der Spülmagd gesagt, dass Tilda krank is und außer Martin niemand mehr auf der Welt hat.«

»Ist sie denn krank?«, fragte er rasch.

»Vor Kummer«, gab sie aufrichtig Antwort. »Aber ich hab gesagt, dass sie 'n schlimmes Fieber hat.« Das damit verbundene Eingeständnis, gelogen zu haben, machte sie verlegen, denn sie wusste, dass ihm jede Unwahrheit zuwider war. Wenn sie es aber nicht zugab, wäre sie ihm gegenüber unaufrichtig, und das wollte sie auf gar keinen Fall. Rasch sprach sie weiter. »Ich hab gesagt, ich wollte das ihr'm Bruder sagen. Die Leute wiss'n nich, wo er is, Samuel, wirklich nich! Se mach'n sich selber Sorg'n.« Sie beugte sich über den Tisch näher zu ihm vor. »Die ha'm gesagt, Mr Stephen trinkt viel zu viel. Dann kriegt er fürchterliche Tobsuchtsanfälle, oder das heulende Elend packt 'n. Das muss grauenhaft sein. Dann kann ihm nur Martin helf'n, und deshalb würd er 'n auch nie wegschick'n.« Sie sah ihn flehend an und merkte, dass in seinen Augen Ungläubigkeit und Besorgnis miteinander im Widerstreit lagen.

»Sind Sie sicher, dass Ihnen die Leute all das gesagt haben?«, fragte er stirnrunzelnd. »Falls Mr Garrick das wüsste, würde er sie alle miteinander ohne Zeugnis zum Teufel jagen! Ich habe noch nie gehört, dass Dienstboten etwas über den Haushalt sagen, in dem sie arbeiten, außer wenn man sie ohnehin schon entlassen hatte und sie sich rächen wollten.«

»So Wort für Wort ha'm die das natürlich nich gesagt!«, erklärte sie geduldig. »Ich hab in der Küche gesess'n, und die ha'm mir 'ne Tasse Tee gege'm, während ich ihn'n die Sache mit Tilda erzählt hab. Dabei is dann rausgekomm'n, was für 'n feiner Kerl Martin is und wie wichtig für sein' Herrn.«

Ein leichtes Lächeln zuckte um Tellmans Mundwinkel. Es mochte Bewunderung bedeuten, vielleicht aber war es nur Belustigung.

Gracie merkte, dass sie errötete. Das kam bei ihr gewöhnlich nicht vor, und es ärgerte sie, weil es ihre Empfindungen zeigte. Auf keinen Fall wollte sie, dass sich dieser Samuel Tellman einbildete, sie habe etwas für ihn übrig.

»Ich kann Leute gut ausfrag'n«, sagte sie hitzig. »Schließlich arbeit' ich schon lange für Mr Pitt – länger wie Sie.«

Mit einem halben Lächeln sog er die Luft scharf ein und stieß sie wieder aus, ohne zu sagen, welche Gedanken ihm durch den Kopf gingen. »Die Leute sind also sicher, dass Garrick den jungen Mann unter keinen Umständen hätte gehen lassen? Ist es denkbar, dass er Garricks Launen satt hatte und aus freien Stücken gegangen ist?«

»Ohne Tilda oder sons jemand was zu sag'n?«, fragte Gracie ungläubig. »Das is ja wohl nich Ihr Ernst. Man kündigt, wie sich das gehört, un haut nich einfach ab.« Sie sah den Anflug von Verachtung auf seinem Gesicht, ein Hinweis auf seine Ansichten zum Thema Dienstboten. »Komm'n Se mir ja nich wieder damit!«, mahnte sie ihn. »Hier is wirklich einer in Gefahr, un die Sache könnte schlimm werd'n. Wir ha'm keine Zeit, uns darüber zu streit'n, wie man leb'n sollte un wie nich.« Sie sah ihn beherrscht an, und ein Gefühl der Erregung und Vertrautheit überkam sie, als sie merkte, wie er ihren Blick erwiderte. Sie spürte die Hitze auf ihren Wangen und stellte fest, dass die Dinge anfingen, vor ihren Augen zu verschwimmen. »Wir müss'n unbedingt was tun, um 'm zu helf'n.« Das ›wir‹ betonte sie mit voller Absicht. »Ohne Sie komm ich nich weit, Samuel, un ich will's nich allein probier'n müss'n.« Sie war das Wagnis eingegangen, das zwischen ihnen bestehende Vertrauensverhältnis in die Waagschale zu legen. Das erstaunte sie selbst, denn zwar war dies Verhältnis zerbrechlich, doch merkte sie verblüfft, dass es ihr weit mehr bedeutete, als sie bis dahin angenommen hatte. »Irgendwas muss mit 'm passiert sein«, fügte sie ruhig hinzu. »Vielleicht is dieser Mr Stephen tatsächlich verrückt, wie die Leute sag'n. Wenn er nun Martin umgebracht hat un die Familie das vertusch'n will? Dann is das 'n Verbrechen, auch wenn keiner was dageg'n tut, weil außer denen keiner was weiß.«

Er dankte der Bedienung, die sein Essen und eine weitere Kanne Tee brachte. Seine Entscheidung war bereits gefallen, doch hielt er

Gracie hin, indem er so tat, als müsse er noch überlegen. Das war eine Frage der Selbstachtung, doch wussten beide, dass die Würfel gefallen waren.

»Ich sehe mir die Sache einmal an«, sagte er schließlich. »Da kein Verbrechen gemeldet worden ist, muss ich aber sehr vorsichtig sein. Ich werde Ihnen sagen, was ich herausbekomme.«

»Danke, Samuel«, sagte sie. Womöglich hatte er gemerkt, dass die Sanftmut in ihren Worten aufrichtig gemeint war, denn mit einem Mal lächelte er ihr auf eine Art zu, die ihr ungewohnt zärtlich erschien. Was sie dabei empfand, hätte sie zu niemandem gesagt, aber es kam ihr in diesem Augenblick so vor, als ob auf seinem Gesicht geradezu eine Art Schönheit läge.

Nachdem Pitt jedem Namen auf der Spur des Leidens nachgegangen war, die Edwin Lovat mit seinen Affären hinterlassen hatte, ohne dabei etwas anderes als Unglück und hilflosen Zorn zu entdecken, gab er die Fährte auf, da sie offenkundig zu keinem Ergebnis führte.

Beim Versuch, den Fall unter einem völlig anderen Blickwinkel zu betrachten, kam ihm ein verrückter Einfall. Mitunter lohnte es sich, sogar die nächstliegenden Annahmen zu verwerfen und so zu tun, als könnten sie auf keinen Fall die Lösung liefern. Lovat war mitten in der Nacht im Garten von Eden Lodge erschossen worden. Es schien ihm keinen Sinn zu ergeben, dass Miss Sachari hinausgegangen war, um nachzusehen, wer im Gebüsch lauern mochte, und dabei ihre Pistole mitgenommen hatte, denn das hätte ohne weiteres ihr Diener tun können. Ganz davon abgesehen, hatte sie ein Telefon im Hause, mit dem sie Hilfe herbeirufen konnte, ohne sich selbst zu gefährden.

Ursprünglich hatte Pitt vermutet, sie habe von Lovats Anwesenheit im Garten gewusst, doch konnte er sich keinen nachvollziehbaren Grund denken, warum sie den Mann hätte töten sollen. Wenn sie nicht mit ihm sprechen wollte, brauchte sie nur im Hause zu bleiben, und sofern sie nicht wusste, wer sich da mitten in der Nacht draußen herumtrieb, wäre das erst recht sinnvoll gewesen.

Was aber, wenn sie einen anderen hinter dem Haus vermutet und Lovat erst erkannt hatte, als er tot war? Im Garten war es dunkel, und die fragliche Stelle hätte auch dann noch im Schatten gelegen, wenn alle Erdgeschossräume hell erleuchtet gewesen wären, was um drei Uhr morgens so gut wie ausgeschlossen war.

Bestand die Lösung des Rätsels möglicherweise darin, dass sie Lovat mit einem anderen verwechselt hatte? Aber mit wem?

Als Erstes suchte er das Haus noch einmal auf. An diesem frischen Herbstmorgen, an dem das Licht in langen goldenen Strahlen quer über die stille Straße fiel, wirkte alles sonderbar leer. Völlige Windstille herrschte, nicht einmal das Birkenlaub rührte sich. Er konnte in der Ferne Hufschlag hören. Irgendwo über ihm sang ein Vogel. Eine kleine schwarze Katze schlich durch die verblühten Lilien, die zurückgeschnitten werden mussten.

Der Diener öffnete ihm.

»Guten Morgen, Sir«, sagte er höflich, aber mit ausdruckslosem Gesicht. »Was kann ich für Sie tun?«

»Guten Morgen«, gab Pitt zurück. »Sie können mir dabei helfen, einige Dinge zu klären.«

El Abd bat ihn einzutreten und führte ihn ins Empfangszimmer. Es schien ihm nicht recht zu sein, dass sich ein Polizeibeamter in diesem Teil des Hauses aufhielt. Immerhin gehörten Pitt und seine Herrin gesellschaftlich gesehen zwei völlig verschiedenen Welten an. Andererseits waren die Hauswirtschaftsräume sein Reich, dort wollte er keinen Außenstehenden haben. Vermutlich um Pitt die Situation zu verdeutlichen, unterließ er es, ihm eine Erfrischung anzubieten.

»Was kann ich für Sie tun, Sir?«, fragte er und blieb stehen, ein Zeichen für den Besucher, dass auch er sich nicht setzen sollte.

Pitt blieb nicht viel Zeit, sich in dem Raum umzusehen, doch fiel ihm auf, dass er in dezenten Farben gehalten und hell war. Alles war schlichter und weniger voll gestellt, als er es aus anderen Empfangszimmern kannte. Auf einem Tischchen sah er eine etwa einen halben Meter lange Plastik eines liegenden Tieres mit großen Ohren, das aussah wie ein Jagdhund. Es war eine herrliche Arbeit.

Es musste El Abd aufgefallen sein, dass sein Blick daran hängen geblieben war.

»Das ist Anubis, Sir«, sagte er. »Einer der alten Götter unseres Landes. Natürlich leben die Menschen, die an ihn glaubten, schon lange nicht mehr.«

»Das ändert nichts an der Schönheit dieses Kunstwerks«, erwiderte Pitt.

»Gewiss, Sir. Was wollen Sie von mir wissen?« Das Gesicht des Dieners wirkte nach wie vor undurchdringlich.

»Brannte in diesem Raum Licht, als Mr Lovat erschossen wurde?«

»Wie bitte, Sir? Ich verstehe nicht. Mr Lovat wurde im Garten erschossen ... Draußen. Er hat das Haus nicht betreten.«

»Sie waren also wach?«, fragte Pitt überrascht.

Einen Augenblick lang schien der Mann die Fassung zu verlieren, dann aber war sein Gesicht wieder so ausdruckslos wie zuvor. »Nein, mich hat der Schuss geweckt, danach bin ich aufgestanden. Da Miss Sachari gesagt hat, dass der Mann nicht hier im Haus war, gibt es für mich keinen Grund, an ihren Worten zu zweifeln. In diesem Raum hier befand sich niemand, also brannte kein Licht.«

»Und was ist mit den anderen Räumen?«

»Im ganzen Erdgeschoss hat kein Licht gebrannt, Sir, außer im Vestibül. Die Lampen dort werden nie gelöscht.«

»Ich verstehe. Und oben?«

»Ich weiß nicht, worauf Sie hinauswollen, Sir. In Miss Sacharis Schlafzimmer war das Licht an, wie auch im oberen Salon. Außerdem, wie immer, auf dem Treppenabsatz.«

»Gehen die Räume nach vorn oder nach hinten?«

»Nach vorn.« Das war eigentlich selbstverständlich. Die Schlafräume der Herrschaften lagen gewöhnlich in dieser Richtung.

»Das heißt, aus dem Haus ist kein Licht auf den Garten gefallen, dorthin, wo Mr Lovat erschossen wurde«, fasste Pitt zusammen.

Der Diener zögerte, als wittere er irgendeine Falle. »Nein, Sir ...«

»Ist es denkbar, dass Miss Sachari nicht gewusst hat, wer der Mann war? Könnte sie ihn mit einem anderen verwechselt haben?«

Auf diese Frage reagierte der Diener nicht etwa verblüfft, sondern so, als befinde er sich in höchster Gefahr. Im nächsten Augenblick aber sah er Pitt wieder fest in die Augen, wobei er nur leicht zwinkerte. »An eine solche Möglichkeit habe ich noch gar nicht gedacht, Sir. Das kann ich nicht sagen. Falls … falls sie ihn für einen Einbrecher gehalten hat, hätte sie doch wohl mich gerufen. Sie weiß, dass ich sie schützen würde. Das ist meine Pflicht.«

»Gewiss«, antwortete Pitt. »Ich dachte auch weniger an einen Einbrecher als an jemanden, den sie kannte und von dem sie sich auf die eine oder andere Weise bedroht gefühlt haben könnte.«

El Abd, der sein inneres Gleichgewicht nun wiedergefunden hatte, klang selbstsicher. »Von einem solchen Menschen ist mir nichts bekannt, Sir. Sofern es sich so verhielte, hätte sie doch vermutlich der Polizei gesagt, dass es sich um einen Unfall handelte? Einen Irrtum … in Notwehr? Darf man in England in Notwehr schießen?«

»Ja, sofern man keine andere Möglichkeit hat, sich zu schützen«, sagte Pitt. »Ich dachte an einen Menschen, den sie kannte und der ihr Feind war. Der ihr nicht nach dem Leben trachtete, der ihr aber auf andere Weise schaden konnte, zum Beispiel, indem er ihren Ruf zugrunde richtete.«

»Ich verstehe nicht, worauf Sie hinauswollen, Sir.« Wieder lag auf El Abds Gesicht die undurchdringliche glatte Maske des geschulten Dieners.

»Ihre Ergebenheit Ihrer Herrin gegenüber in allen Ehren«, sagte Pitt, bemüht, das nicht sarkastisch klingen zu lassen, »aber in diesem Zusammenhang führt sie zu nichts. Sollte man sie des Mordes an Mr Lovat für schuldig befinden, wird man sie dafür hängen. Sofern sie ihn aber mit einem Mann verwechselt hat, von dem ihr möglicherweise Gefahr drohte, kann sie gegebenenfalls mildernde Umstände erwarten.«

Es war bewundernswert, wie es dem Diener gelang, Verachtung anstelle seiner bisherigen Zuvorkommenheit zu zeigen, ohne seinen Gesichtsausdruck merklich zu ändern. »Ich denke, Sir, Sie sollten sich an Mr Ryerson wenden. Sofern ihm bekannt ist, warum

Miss Sachari den Mann getötet hat, ganz gleich, für wen sie ihn gehalten hat, müsste er Ihnen die Wahrheit sagen und damit neben seiner eigenen auch ihre Verhaltensweise rechtfertigen. Falls er aber in dieser Richtung nichts weiß, ist er mitschuldig, ganz gleich, was Miss Sachari vermutet hat, denn als er am Tatort eintraf, hat er Mr Lovat tot vorgefunden. Habe ich Recht?«

»Ja«, sagte Pitt unbehaglich. »Sie haben Recht. Aber es ist denkbar, dass uns Miss Sachari nicht sagen will, was sie vermutet hat, weil ihr lieber ist, dass wir annehmen, sie habe Mr Lovat aus keinem erkennbaren Grund erschossen.«

Der Diener neigte mit dem Anflug eines Lächelns den Kopf. »In dem Fall verlangt die Ergebenheit meiner Herrin gegenüber, dass ich mich ihrer Entscheidung anschließe, Sir. Kann ich sonst noch etwas für Sie tun?«

»Aber ja. Stellen Sie mir eine Liste aller Personen zusammen, die Miss Sachari seit ihrem Einzug hier besucht haben.«

»Wir haben ein Besucherbuch, Sir. Würde Ihnen das helfen?«

»Das bezweifle ich zwar, doch ist es ein Anfang. Allerdings brauche ich auch die Namen der anderen.«

»Sehr wohl, Sir«, sagte El Abd und zog sich vollkommen geräuschlos zurück. Nicht einmal auf dem polierten Holzboden des Vestibüls waren seine Schritte zu hören.

Eine Viertelstunde später brachte er Pitt ein in weißes Leder gebundenes Buch und ein Blatt Papier.

Pitt nahm beides dankend an sich und verabschiedete sich. Das Buch war durchaus aufschlussreich. Da es mehr Namen enthielt, als er angenommen hatte, würde er eine ganze Weile brauchen, um festzustellen, um wen es sich jeweils handelte. Von dem Blatt mit den Namen nahm er an, dass es für ihn nicht den geringsten Wert haben würde.

Er verbrachte den Rest des Tages damit, die im Buch vermerkten Besucher zu identifizieren. Tageszeiten waren nicht angegeben, lediglich Daten. Eine ganze Anzahl der Männer hatte auf die eine oder andere Weise mit dem Baumwollhandel zu tun, doch gab es auch Maler, Dichter, Musiker und Geisteswissenschaftler. Gern hätte er gewusst, aus welchem Anlass sie Miss Sachari aufgesucht hatten, was Saville Ryerson von diesen Besuchen hielt und ob er von ihnen wusste.

Am nächsten Morgen wurde Pitt beim Frühstück die Mitteilung überbracht, er solle sich binnen einer Stunde bei Narraway einfinden. Er legte Messer und Gabel beiseite. Mit einem Mal schmeckten ihm seine Bücklinge nicht mehr.

Es war ihm noch nicht bei allen Namen gelungen festzustellen, um wen es sich handelte, und es ärgerte ihn, dass er zum Rapport befohlen wurde, solange er nichts Rechtes vorzutragen hatte.

Eine halbe Stunde später berichtete er Narraway von seinem Besuch in Eden Lodge und den Namen, die er teils im Besucherbuch, teils auf der vom Diener der Ägypterin zusammengestellten Liste gefunden hatte.

Nachdenklich saß Narraway da. Wenn man sein Gesicht mit den unübersehbaren Spuren der Übermüdung sah, hätte man annehmen können, er habe die ganze Nacht kein Auge zugetan. Einen Moment lang trat eine Art Hoffnungsschimmer auf seine Züge, doch er bemühte sich sogleich, ihn zu unterdrücken.

»Und Sie glauben, dass sie Lovat für einen von denen gehalten hat?«, fragte er zweifelnd, lehnte sich in seinem Sessel zurück und betrachtete Pitt mit halb geschlossenen Lidern.

»Das scheint mir mehr Sinn zu ergeben als die Annahme, sie habe gewusst, dass es Lovat war, und ihn erschossen«, gab Pitt zur Antwort.

»Aber nein«, sagte Narraway bitter. »Nehmen wir einmal an, Lovat hätte sie erpresst und auf Zahlung bestanden. In dem Fall konnte sie die Gelegenheit nutzen, ihn zu erschießen und der Sache damit ein Ende zu bereiten. Das klingt absolut plausibel, und so werden die Geschworenen das wohl auch sehen.«

»Womit könnte er sie erpresst haben?«, fragte Pitt.

»Lieber Gott! Benutzen Sie Ihren Verstand! Diese Frau, über deren Hintergrund niemand etwas weiß, ist jung und schön. Ryerson ist zwanzig Jahre älter, wegen seiner hohen Position in der

Öffentlichkeit bekannt und verletzlich …« Das letzte Wort sagte er so bedrückt, als spräche er von seiner eigenen Seelenqual. Lautlos holte er Luft. »Möglicherweise ist ihm bewusst, dass sie andere Liebhaber hat – wenn er etwas anderes annähme, wäre er sogar ein ausgemachter Dummkopf. Das heißt aber nicht unbedingt, dass er alles über diese Männer wissen will, schon gar nicht in Einzelheiten.«

Pitt versuchte sich in Ryersons Lage zu versetzen, doch gelang es ihm nicht. Wer sich wegen ihrer körperlichen Vorzüge, ihres exotischen Hintergrundes und ihrer Bereitschaft, Geliebte statt Gattin zu sein, für eine Frau entschied, nahm doch sicherlich in Kauf, dass er weder der Erste war, noch der Letzte sein würde. Eine solche Beziehung hatte so lange Bestand, wie beide Seiten einen Vorteil daraus zogen.

Doch als er jetzt Narraway ansah, wies nichts darauf hin, dass dieser die Situation so betrachtete. Er erkannte lediglich den Ausdruck einer tief wurzelnden Empfindung, zu der er die Außenwelt nicht zuließ, und er hatte den Eindruck, wenn er Narraway jetzt provozierte, würde das zu einer Missstimmung zwischen ihnen führen, die sich nicht ohne weiteres ausräumen ließe. Er konnte sich nicht vorstellen, warum ihm die Sache so nahe gehen sollte, doch war das unübersehbar der Fall.

»Und Sie glauben also, dass Lovat sie erpresst haben könnte, damit sie Stillschweigen über etwas bewahrte, das in Ägypten vorgefallen ist?«, fragte er.

»Jedenfalls wird der Vertreter der Anklage das annehmen«, sagte Narraway. »Würden Sie das an seiner Stelle nicht auch tun?«

»Ja, sofern es keine anderen Hinweise gäbe«, erwiderte Pitt. »Aber das müsste bewiesen werden.«

Narraway schoss mit dem Oberkörper vor wie ein Boxer beim Angriff. »Ach was«, stieß er zwischen den Zähnen hervor. »Solange wir nichts Besseres anbieten, geht das automatisch durch. Überlegen Sie doch, Pitt! Ein mittelloser einstiger Liebhaber, ein gesellschaftlicher Niemand, wird um drei Uhr nachts tot im Garten dieser Frau aufgefunden. Sie steht da mit der Leiche auf der Schubkarre, und ihre Pistole liegt daneben im Gras. Was soll man da sonst denken?«

Pitt spürte fast körperlich, wie ihn die Dinge mit ihrem Gewicht zu erdrücken schienen. »Wollen Sie damit sagen, dass wir nur so tun, als suchten wir nach einer möglichen Verteidigung?«, fragte er ganz ruhig. »Warum? Damit Ryerson glaubt, man habe ihn nicht im Stich gelassen? Ist denn das so wichtig?«

Narraway wich seinem Blick aus. »Unser Auftrag kommt von Männern, die eine andere Sicht der Dinge haben als wir«, sagte er. »Ihnen liegt nicht das Geringste an Miss Sachari, aber sie brauchen Ryerson und wollen unbedingt, dass er heil aus der Geschichte herauskommt. Er hat seinem Land lange und gut gedient. Sein Verdienst ist es, dass die Baumwollindustrie mit ihren Zehntausenden von Arbeitsplätzen in und um Manchester herum gedeiht. Sofern es nicht zu einer Einigung über die Rohstoffpreise kommt, wird es mit hoher Wahrscheinlichkeit einen Streik geben. Haben Sie eine Ahnung von den Auswirkungen? Er würde nicht nur die Arbeiter in den Webereien treffen, sondern all die Menschen, deren Einkommen von ihnen abhängt – Exporteure, Händler, kleine Geschäftsinhaber und am Ende mehr oder weniger jeden, angefangen von den Immobilienmaklern bis hinunter zu den Männern, die auf der Straße den Pferdemist zusammenkehren, weil sie hoffen, dass ihnen jemand dafür ein paar Halfpennies zuwirft.«

»Für die Regierung wäre es ausgesprochen peinlich, wenn sich herausstellen sollte, dass Ryerson der Frau Beihilfe geleistet hat«, entgegnete Pitt, »aber falls es sich so verhält, muss man eben einen anderen ernennen, der sich um den Ägyptenhandel kümmert. Wenn ich überlege, wie sich Ryerson im Mordfall Lovat bisher verhalten hat, wäre es mir ehrlich gesagt lieber, mich bei einer nationalen Krise nicht auf ihn verlassen zu müssen.«

Narraway stieg die Röte in die bleichen Wangen, und seine Hand umklammerte die Schreibtischplatte, aber er unterdrückte seinen Zorn. »Sie wissen ja nicht, wovon Sie reden!«, stieß er zwischen den Zähnen hervor.

Pitt beugte sich zu ihm vor. »Dann sagen Sie es mir!«, verlangte er. »Bis jetzt habe ich nichts weiter gesehen als einen Mann, der eine Affäre mit einer äußerst unpassenden Frau kultiviert und entschlossen ist, ihr sogar dann beizustehen, wenn sie einen Mord auf sich geladen haben sollte. Er kann ihr nicht helfen, denn seine Aussage macht die Sache nicht besser, sondern schlimmer. Entweder ist ihm das nicht klar, oder er ist von so unglaublicher Hochnäsigkeit, dass er annimmt, seine Mitwirkung an der Sache werde die Frau auf jeden Fall retten – oder ihm ist einfach alles völlig gleichgültig.«

Narraway drehte sich im Sessel beiseite. »Seien Sie nicht töricht, Pitt! Natürlich sind ihm die Konsequenzen klar. Die Sache wird ihn zugrunde richten. Wenn wir keinen anderen Hergang der Tat beweisen können, ist es sogar möglich, dass er ebenfalls gehängt wird.« Er sah Pitt wieder an und fuhr mit zitternder Stimme fort: »Stellen Sie also fest, wer sonst noch mit der Frau zu tun hatte oder Lovat so sehr hasste, dass er Grund hatte, ihn umzubringen. Und liefern Sie mir Beweise. Haben Sie verstanden? Kein Wort zu wem auch immer. Seien Sie diskret, besser gesagt – gehen Sie so vor, dass niemand etwas merkt. Stellen Sie Ihre Fragen mit Umsicht und dem Feingefühl, für das Sie, wie mir Cornwallis versichert hat, berühmt sind. Bringen Sie alles in Erfahrung, reden Sie aber mit keiner Menschenseele über die Sache.« Er sah Pitt an, als könne er jeden einzelnen seiner Gedanken lesen. »Wenn Sie bei diesem Fall versagen, kann ich Sie nicht brauchen. Denken Sie daran! Ich will wissen, wie es wirklich war, und ich will der Einzige sein, der das erfährt.«

Ein kalter Schauer überlief Pitt. Er war wütend, zugleich aber hätte er auch gern gewusst, warum die Angelegenheit seinem Vorgesetzten so nahe ging. Es war unübersehbar, dass er ebenso viel Wissenswertes zurückhielt, wie er Pitt mitteilte, wenn nicht sogar mehr. Trotzdem verlangte er absolute Loyalität. Wen deckte er, und warum? Wollte er sich selbst oder gar Pitt vor einer Gefahr bewahren, die dieser nicht erkannte, weil er noch nicht lange beim Sicherheitsdienst tätig war? Oder ging es um Ryerson? Schuldete ihm Narraway aus irgendeinem Pitt unbekannten Grund dies Übermaß an Ergebenheit? Gern hätte er das Vertrauen seines Vorgesetzten gehabt – nicht nur, weil das seine Erfolgsaussichten gesteigert hätte, sondern auch, weil er sich in dem Fall selbst besser schützen konnte, wenn er auf Beweismittel stieß, die möglichen Gegnern gefährlich zu werden drohten. Aber es hatte keinen Sinn, ihn darum zu bitten. Narraway vertraute niemandem mehr, als unbedingt nötig war. Vielleicht hatte er auf diese Weise die Arbeit im Sicherheitsdienst überlebt, bei der man es mit einer Unzahl von Geheimnissen zu tun hatte und auf hunderterlei Arten verraten werden konnte.

»Das kann ich nicht versprechen«, sagte Pitt kühl. »Und bestimmt werden Sie nicht der Einzige sein, der es erfährt!« Er sah, wie Narraway erstarrte, und empfand dabei eine gewisse Genugtuung, die dahinschwand, als er sich klar machte, wie wenig er wusste. »Ich bezweifle, dass ich mehr als einzelne Bruchstücke erfahren werde. Wer auch immer Lovat getötet hat, kennt die Wahrheit und wird in einem solchen Fall wissen, dass ich sie erfahren habe, vorausgesetzt, es handelt sich um einen ausgeklügelten Plan und nicht um die unbedachte Handlungsweise eines Menschen, der seine Gefühle nicht beherrscht, ob Mann oder Frau.«

»Aus genau diesem Grund habe ich Sie auf den Fall angesetzt, Pitt, und keinen meiner Spezialisten für die Jagd nach Anarchisten und Saboteuren«, sagte Narraway trocken. »Bei Ihnen darf man ein bisschen Takt und Fingerspitzengefühl voraussetzen. Zwar können Sie eine Bombe nicht von einer Obsttorte unterscheiden, aber man hat mir gesagt, dass Sie in Mordfällen ein fähiger Ermittler sind, vor allem bei Verbrechen, die aus Leidenschaft und nicht aus politischen Gründen begangen worden sind. Also machen Sie sich an die Arbeit! Spüren Sie die auf Ihrer Liste noch fehlenden Männer auf. Aber rasch! Es kann nicht mehr lange dauern, bis sich der Premierminister gezwungen sieht, Ryerson fallen zu lassen.«

Pitt stand auf. »Ja, Sir. Vermutlich können Sie mir sonst nichts sagen, was mir weiterhelfen würde?« Er gab sich keine Mühe zu verbergen, dass er Narraways Heimlichtuerei durchschaut hatte, wenn er auch nicht wusste, was ihm vorenthalten wurde.

Narraway zog die Brauen zusammen. »Cornwallis vertraut Ihnen, und ich werde das künftig vielleicht auch tun. Noch aber ist es nicht so weit. Dafür müssten Sie mir eigentlich dankbar sein. Es kann Ihnen nur nützen, wenn Ihnen manches von dem verborgen bleibt, was ich weiß. Unter Umständen werden Sie dies Vorrecht im Laufe der Zeit verlieren und sich dann möglicherweise nach dem Stand der Unschuld zurücksehnen.« Er beugte sich ein wenig über den Schreibtisch vor. »Aber glauben Sie mir, Pitt, ich möchte, dass Ryerson gerettet wird, wenn das irgendwie möglich ist. Falls es etwas gäbe, was ich Ihnen sagen könnte, um Ihnen dabei zu helfen, würde ich das tun, ganz gleich, um welchen Preis. Sollte sich allerdings herausstellen, dass es sich um nichts weiter als einen einfachen Mord handelt und er mit dem Weibsstück gemeinsame Sache gemacht hat, um Lovat umzubringen oder auch nur um zu vertuschen, dass sie es getan hat, werde ich ihn ohne das geringste Zögern opfern. Es geht um bedeutendere Dinge, als Sie ahnen. Die darf man nicht aufgeben, um einen einzelnen Menschen zu retten … unabhängig davon, wer das ist.«

»Ein Streik der Baumwollarbeiter in Manchester?«, fragte Pitt gedehnt.

Narraway gab keine Antwort. »Gehen Sie an die Arbeit«, sagte er stattdessen. »Stehen Sie nicht herum und vergeuden Sie keine Zeit mit der Bitte um Hilfe, die ich Ihnen nicht gewähren kann.«

Pitt trat hinaus auf die Straße. Nach zwanzig Schritten kam er an einem Zeitungsjungen vorbei. Er sah, dass sich die Schlagzeilen geändert hatten, seit er aus der Gegenrichtung gekommen war, um Narraways Büro aufzusuchen.

Der Junge bemerkte sein Zögern. »Zeitung, Sir?«, fragte er eifrig. »Jetzt heißt es, man soll auch Mr Ryerson verhaften und zusammen mit der Ausländerin aufhängen! Woll'n Se alles darüber lesen, Sir?« Hoffnungsvoll hielt er ihm eine Zeitung hin.

Pitt musste sich sehr zusammennehmen, um den Jungen nicht barsch anzufahren. Er nahm das Blatt, zahlte und setzte seinen

Weg rasch fort. Er wollte die Zeitung irgendwo in Ruhe lesen, wo ihn niemand dabei beobachten konnte. Überrascht merkte er, dass er keinem Menschen seine Empfindungen zeigen wollte, damit niemand sah, wie nah ihm diese Sache ging.

Er nahm einen Pferdeomnibus und stieg in der Nähe eines der zahlreichen begrünten kleinen Plätze aus. Er setzte sich auf eine leere Bank und schlug die Zeitung auf. Es war genauso, wie man es sich hätte denken können: Ein Abgeordneter der Oppositionspartei hatte im Unterhaus die Frage gestellt, warum man Miss Sachari wegen der Ermordung Lovats, eines ehrenwerten Offiziers ohne jeden Makel, inhaftiert hatte, während die Polizei Ryerson, für dessen Anwesenheit in ihrem Haus um drei Uhr nachts niemand eine Erklärung wusste – und wofür es wohl auch keine gab, die sich mit den Vorstellungen der Gesellschaft von Sitte und Anstand vereinbaren ließe –, in diesem Zusammenhang nicht einmal vernommen hatte. Dann hatte er den Premierminister »im Namen der Gerechtigkeit« aufgefordert, dem Parlament und der Öffentlichkeit eine Begründung dafür zu nennen und zugleich zu erklären, wie lange dieser Zustand noch andauern sollte.

Am Spätnachmittag hatte sich die Regierung gezwungen gesehen, dem Druck nachzugeben. Als die hereinbrechende Abenddämmerung den Horizont noch kaum verdunkelte und das Sonnenlicht noch auf den Blättern der Bäume tanzte, teilte der Innenminister dem Unterhaus mit, Mr Ryerson werde selbstverständlich alle Fragen der Polizei vollständig und in zufrieden stellender Weise beantworten.

Nur wenig später – die ersten Laternenanzünder machten sich gerade daran, ihre Runde zu gehen – befand sich Mr Ryerson in Haft.

Pitt kehrte in Narraways Büro zurück, ohne dass dieser nach ihm geschickt hatte. Er hatte keine weiteren Erkenntnisse von irgendwelchem Wert und war kaum bereit, das wenige zu berichten, was er wusste. Bis auf ein rundes halbes Dutzend, über die er noch nichts in Erfahrung gebracht hatte, waren die Männer, deren Namen im Besucherbuch standen, frei von jedem Verdacht einer Beteiligung an der Tat.

Er stand vor Narraways Tisch und wartete darauf, dass dieser etwas sagte.

»Ja … ich weiß«, begann Narraway mit angespannten Kiefermuskeln, den Blick auf die polierte Tischplatte gerichtet, auf der sich Papiere türmten, die mit der beschriebenen Seite nach unten lagen. »Ich glaube nicht, dass er der Polizei etwas sagen wird, was er Ihnen nicht bereits gesagt hat.«

»Er kennt mich nicht«, erwiderte Pitt. Dabei hatte er den unerklärlichen Eindruck, seinerseits Ryerson durchaus zu kennen. Er konnte sich genau an dessen Gesicht erinnern, an jede Linie, jeden Schatten, an die Eindringlichkeit seiner Stimme und die Gefühle, die darin mitgeschwungen hatten, an sein eigenes Gefühl der Anteilnahme, als der Mann seine Handlungsweise zu erklären versucht und ihm mitgeteilt hatte, was er tun würde, falls man die Ägypterin vor Gericht stellte. »Er hatte keinen Grund, mir mehr zu vertrauen, als die Situation verlangte«, fuhr er fort. »Ihnen würde er vielleicht mehr sagen.« Er fügte nicht hinzu, dass die beiden denselben kulturellen Hintergrund hatten, derselben gesellschaftlichen Schicht angehörten und die Dinge in ähnlicher Weise sahen – das verstand sich von selbst.

Ohne darauf einzugehen, öffnete Narraway die Schublade seines Schreibtischs und nahm eine kleine Metallkassette heraus. Einen Schlüssel schien es nicht zu geben; er klappte einfach den Deckel hoch und entnahm ihr eine Hand voll Schatzwechsel, die bestimmt mindestens hundert Pfund wert waren. »Überlassen Sie mir Ihre Notizen. Ich werde mich um die Spuren hier in London kümmern«, sagte er, nach wie vor ohne Pitt anzusehen. »Sie fahren nach Alexandria, um so viel wie möglich über die Frau in Erfahrung zu bringen, aber auch über Lovat. Schließlich hat er sich jahrelang da unten aufgehalten …«

Verblüfft sog Pitt den Atem ein. Es dauerte einen Augenblick, bis er sprechen konnte.

Narraway hatte allem Anschein nach den Betrag vorher abgezählt, denn er legte die Wechsel einfach auf den Tisch.

»Aber ich weiß doch nichts über Ägypten!«, begehrte Pitt auf. »Ich kann die Sprache nicht, die man da spricht! Ich …«

»Sie werden mit Englisch bestens zurechtkommen«, schnitt ihm Narraway das Wort ab. »Ich habe keinen Spezialisten für Ägypten. Sie sind ein guter Ermittler. Versuchen Sie, möglichst viel darüber herauszufinden, was Lovat dort getrieben hat. Vor allem aber bringen Sie so viel wie möglich über die Frau in Erfahrung: wen sie dort kennt, und an wem sie hängt. Versuchen Sie festzustellen, ob es etwas gibt, womit Lovat sie hätte erpressen können.« Deutlicher Abscheu trat auf seine Züge. »Was will sie überhaupt hier in England? Wer sind ihre Angehörigen? Hat sie in Ägypten Vermögen oder Liebhaber, hängt sie irgendwelchen religiösen oder politischen Überzeugungen an, schuldet sie jemandem Ergebenheit?«

Pitt sah ihn fassungslos an, während ihm nach und nach aufging, welch unglaubliche Aufgabe ihm da aufgebürdet wurde. Er hatte keine Vorstellung, wo er anfangen sollte, ganz davon zu schweigen, wie er Schlussfolgerungen bewerten sollte. Abgesehen von Wissensbrocken, die er in Unterhaltungen und bei der Zeitungslektüre aufgeschnappt hatte, war er nicht im Geringsten über Ägypten informiert. Seit neuestem besaß er gewisse Kenntnisse über den dortigen Baumwollanbau, hätte jedoch nicht sagen können, ob sie sich mit den Tatsachen deckten. Ganz davon abgesehen, kannte er Alexandria nicht. Er war überzeugt, dort unterzugehen. Bestimmt war alles völlig anders als in London: das Klima, die Art der Ernährung, die Kleidung und die Bräuche.

Doch im selben Augenblick, da ihn die Furcht erfasste, spürte er eine Art Erregung, die mit jeder Sekunde wuchs, und so hatte er zugestimmt, bevor ihm klar war, auf welche Weise er seinen Auftrag würde erfüllen können.

»Ich bin einverstanden, Sir. Wie stelle ich das am besten an … Thomas Cook?«

Ein flüchtiges Lächeln trat auf Narraways Lippen. »Das war ein dienstlicher Befehl, Pitt, kein Vorschlag. Ihre einzige Alternative wäre Ihre Kündigung gewesen. Aber es freut mich, dass ich Ihnen das nicht vorbuchstabieren musste.« Dann wurde er ein wenig zugänglicher. »Seien Sie vorsichtig. Im Augenblick ist Ägypten ein schwieriges Pflaster, und die Fragen, denen Sie dort nachgehen müssen, sind heikel. Zwar will ich die Informationen, aber ich will Sie auch lebend wiedersehen. Ihr Tod in irgendeinem finsteren Gässchen würde meinem Ruf in der Branche sehr schaden.« Zusammen mit den Schatzwechseln nahm er einen neutralen Umschlag aus dem Schreibtisch. »Hier, Ihre Fahrkarten und Ihr Geld. Ich denke, es müsste genügen. Am besten suchen Sie Mr Trenchard im britischen Konsulat auf. Möglicherweise kann er Ihnen helfen.«

Pitt nahm beides entgegen. »Danke.«

»Ihr Schiff läuft morgen mit der Abendflut in Southampton aus«, fügte Narraway hinzu.

Pitt wandte sich zum Gehen. Er wollte so schnell wie möglich nach Hause, denn viel Zeit blieb ihm nicht, seine Vorbereitungen zu treffen und zu packen. Der Gedanke, dass ihm die Kleidungsstücke, die er besaß, dort kaum von Nutzen sein dürften, war ihm noch gar nicht gekommen.

»Pitt!«, meldete sich Narraway mit schneidender Stimme.

Er wandte sich ihm zu. »Ja?«

»Wie gesagt, seien Sie vorsichtig. Bei diesem Fall geht es vermutlich um das, wonach es aussieht: einen Mann mit mehr Gefühlen als Verstand. Sollte sich aber herausstellen, dass die Sache doch eine politische Dimension besitzt, mit Baumwolle oder … oder ich weiß nicht was zu tun hat, hören Sie mehr zu, als Sie selbst sagen. Gewöhnen Sie sich an zu beobachten, ohne Fragen zu stellen. Sie sind nicht als Polizeibeamter in Alexandria.« Mit einem Mal wirkte Narraway ermattet, und die Spuren schrecklicher Ereignisse, die noch gar nicht eingetreten waren, schienen auf seinem Gesicht zu liegen. Vielleicht aber waren es auch Erinnerungen an frühere Vorfälle. »Niemand kann Sie da unten schützen. Dass Sie Weißer sind, ist Ihnen dort ebenso sehr von Nutzen, wie es Ihnen schaden kann. Passen Sie also um Gottes willen ein bisschen auf sich auf!« Er sagte das in so ärgerlichem Ton, als wäre es Pitts Gewohnheit, sich Hals über Kopf in Abenteuer zu stürzen. Dabei hatte er sein Leben nur selten aufs Spiel gesetzt, wenn überhaupt – außer vielleicht in Whitechapel, beim ersten Auftrag, den er für Narraway zu erledigen hatte. Er hatte sich immer auf die mit seiner Position verbundene Sicherheit verlassen, für die es nicht unbedingt einer Uniform bedurfte. Eine kalte Furcht kroch in ihm empor.

Er merkte, dass sein Mund wie ausgedörrt war, als er »Ja, Sir« sagte. Aus Sorge, seine Gefühle zu zeigen, ging er rasch hinaus, bevor Narraway noch etwas sagen konnte.

KAPITEL 6

»Ägypten!«, entfuhr es Charlotte ungläubig, als Pitt geendet hatte. Er war spät nach Hause gekommen, und das Abendessen stand bereits auf dem Tisch.

»Ich weiß, wo Ägypten ist«, meldete sich Daniel zu Wort. »Ganz oben in Afrika.« Er sagte es mit vollem Mund, aber Charlotte war wie betäubt, sodass er ohne Verweis davonkam. »Da muss man mit einem Schiff hin«, fügte er als helfenden Hinweis hinzu.

»Findest du nicht, dass das …«, setzte Charlotte an, fuhr aber beim Anblick von Jemimas bestürzter Miene ein wenig unbeholfen fort: »… äußerst fesselnd ist? Vermutlich ist es da heiß. Was wirst du nur anziehen?«

»Ich muss mir etwas kaufen, wenn ich da bin«, erklärte er. Es gab so vieles, was er ihr gern gesagt hätte, doch war ihm klar, wie besorgt sie war. Immerhin hatten sie und Jemima noch sehr genaue Erinnerungen daran, wie Tellman sie alle miteinander vor nicht allzu langer Zeit aus großer Gefahr gerettet hatte. Er war eines Tages mitten in der Nacht in ihrem Ferienquartier angekommen, sie hatten in kürzester Zeit ihre gesamte Habe auf ein Pferdefuhrwerk laden und im Stockdunkeln zum nächstgelegenen Bahnhof fahren müssen. Mit großer Mühe war es ihm gelungen, einen Mann zu überwältigen, der ihnen auf dem Weg dorthin aufgelauert hatte. Pitt lächelte seiner kleinen Tochter zu. »Ich bring dir etwas Hübsches mit«, versprach er. »Euch allen«, fügte er rasch hinzu, als er sah, dass Daniel zum Sprechen ansetzte.

Später, als er mit Charlotte allein war, ließ sie sich nicht so einfach ablenken.

»Was kannst du denn in Ägypten schon ausrichten?«, fragte sie. »Ist das nicht britisches Schutzgebiet oder etwas in der Art? Bestimmt haben die da unten Polizei. Da müsste es doch möglich sein, einen Brief hinzuschicken oder einen Kurier, falls sie ihrer Post nicht trauen.«

»Die Polizei dort weiß nicht, wonach sie zu suchen hätte. Sie würden es nicht erkennen, wenn sie darauf stießen«, gab er zur Antwort. Auf dem Heimweg in die Keppel Street war ihm, während ihn der strömende Regen durchnässte, aufgegangen, dass er sich eigentlich auf das Abenteuer freute, das es bedeutete, eine immer sonnige und schon in der Antike bekannte Stadt am Rande Afrikas kennen lernen zu dürfen. Dort würde ihm weder wie jetzt der Wind den Regen ins Gesicht peitschen, noch würden ihn vorüberkommende Fahrzeuge mit Wasserfontänen bespritzen. Dass er die Sprache nicht verstand, nicht wusste, was man dort aß, weder die Währung noch die Bräuche des Landes kannte, schien ihm nicht weiter wichtig. Er würde lernen, was er brauchte, und sein Bestes tun, um etwas über Miss Sachari in Erfahrung zu bringen. Sicher waren das Dinge, die er lieber nicht gewusst hätte, aber zumindest würde er den Versuch unternehmen, zweifelsfrei festzustellen, dass diese Angaben der Wahrheit entsprachen. Vielleicht ließe sich so das Vorgefallene erklären.

Jetzt aber, in der Behaglichkeit des eigenen Heims, schien ihm dies Unternehmen das Letzte zu sein, was er zu tun wünschte. Hier war der Mittelpunkt seines Lebens, hier genoss er schlichte Freuden wie den eigenen Sessel und das eigene Bett. Er wusste, wo jedes Ding war, aß zum Frühstück selbst gebackenes Brot mit bitterer Orangen-Marmelade und trank dazu heißen Tee. Vor allem aber lebten hier die Menschen, die seinem Herzen nahe waren. Sie würden ihm schon nach wenigen Tagen fehlen, von Wochen ganz zu schweigen. All das gab er Charlotte immer wieder zu verstehen, mit Worten, mit Berührungen und durch sein Schweigen.

* * *

Pitt stand auf dem Deck des Dampfers und blickte über das blaue Wasser zu einem Horizont hin, der als schimmernde Trennlinie zwischen See und Himmel lag. Man sah nicht den kleinsten Hinweis auf Land. Er war froh, der Enge seiner Kabine entronnen zu sein, die nur zur Hälfte ihm gehörte, da er genötigt war, sie mit einem unglücklich wirkenden hageren Mann aus Lancashire zu teilen, der die Strecke regelmäßig aus geschäftlichen Gründen befuhr. Er sagte finstere Zeiten vorher und schien eine gewisse Befriedigung darin zu finden, seine Schwarzseherei bei jeder Gelegenheit zu wiederholen. Der einzige Vorzug, den er in Pitts Augen besaß, war, dass ihn andere Menschen nicht im Geringsten interessierten. Kein einziges Mal hatte er ihn nach seinem Beruf, nach seinem Woher oder dem Grund gefragt, warum er nach Ägypten reiste.

Narraway hatte ihm keinerlei Anweisungen gegeben und es ihm überlassen, sich eine passende Tarnung auszudenken. Er war überzeugt, dass eine selbst erdachte Geschichte nicht nur glaubwürdiger wäre, sondern dass man in einem solchen Fall auch weniger Fehler machte, die einen verraten konnten. Auf der zweistündigen Bahnfahrt von London nach Southampton hatte sich Pitt den Kopf über eine passende Geschichte zerbrochen, für die er keine speziellen Kenntnisse auf Gebieten brauchte, von denen er nichts verstand. Auf keinen Fall hätte er als Geschäftsmann auf welchem Gebiet auch immer auftreten können, denn schon nach fünf Minuten würde jeder merken, dass er vom Handel nichts verstand. Aus demselben Grund war es auch unmöglich, sich als Gelehrter auszugeben, schon gar nicht als Fachmann auf dem Gebiet der Geschichte oder Altertümer Ägyptens, für die sich gegenwärtig alle Welt immer mehr begeisterte. Schon die erste Frage würde seine Unwissenheit offenbar werden lassen.

Wer aber reist allein in ein fremdes Land, über das er nicht nur nichts weiß, sondern wo er auch weder Bekannte noch Verwandte hat? Auf keinen Fall ein verheirateter Mann. Pitt hatte beschlossen, so wenig wie möglich von der Wahrheit abzuweichen. Das schien ihm einerseits sicherer und praktischer, zum anderen steigerte es seine Glaubwürdigkeit. Wenn er aber nicht angab, zum Vergnügen zu reisen, musste er irgendeinen anderen nachvollziehbaren Grund nennen können.

Also erfand er einen Bruder, der geschäftlich in Ägypten zu tun hatte und von dem die Familie seit über zwei Monaten ohne Nachrichten war. Das lieferte ihm nicht nur einen plausiblen Grund, sondern rechtfertigte zugleich, dass er Fragen stellte, und erklärte seine Unwissenheit auf nahezu allen Gebieten, die mit Ägypten zu tun hatten. Er hatte den Eindruck, dass er bisher alle Fragen zu jedermanns Zufriedenheit beantwortet hatte. Sein Kabinennachbar hatte lediglich angemerkt, wenn sein Bruder mit Baumwolle handele, gehe er dem sicheren Ruin entgegen und Pitt tue gut daran, in verschwiegenen Gässchen oder gar im Nil nach seinen Überresten Ausschau zu halten. Er hatte nichts darauf gesagt.

Jetzt hielt er den Blick auf das blaue Wasser des Mittelmeers gerichtet und spürte die Wärme der Brise auf der Haut. Er freute sich auf all das Neue, das ihm ein Ort bieten würde, der völlig anders war als alles, was er sich je vorgestellt, geschweige denn gesehen hatte.

Nach der Landung am späten Nachmittag holte er, sobald die mit der Einreise verbundenen Formalitäten erledigt waren, sogleich sein Gepäck. Dann stand er, den Koffer in der Hand, inmitten der sich drängenden Menge am Anleger. In dem Stimmengewirr ertönte ein Dutzend verschiedene Sprachen, von denen er keine einzige verstand. Dennoch kam es ihm vor, als hätten Hafenanlagen auf der ganzen Welt etwas gemeinsam. Allerdings trug der Wind in London empfindliche Kälte vom Wasser herüber, während ihn hier die Hitze erdrückend einhüllte wie ein feuchtes Tuch. Manche Gerüche – Teer, Salz, Fisch – erkannte er sogleich, andere waren ihm unvertraut: Gewürze, Staub und noch etwas anderes, das warm und süßlich roch.

Ein Teil der Männer, die dort arbeiteten, war bis zur Hüfte nackt. Andere trugen lange Gewänder und Turbane, sprachen miteinander, nahmen hier eine Kiste und dort einen Ballen näher in Augenschein.

Der Kapitän hatte Pitt einen Teil seines Geldes in Piaster gewechselt. Vermutlich hatte er ihm einen sehr ungünstigen Kurs berechnet, doch war ihm die damit verbundene Bequemlichkeit das wert.

Jetzt musste er unbedingt eine Unterkunft finden, bevor es dunkel wurde, und so machte er sich daran, der geschäftigen Straße am Hafen entgegenzugehen. Ob er jemanden traf, der Englisch zumindest verstand, wenn er es vielleicht auch nicht sprach? Welche öffentlichen Verkehrsmittel mochte es geben?

Er sah ein Pferd vor einem offenen Wagen neben dem Gehweg stehen und nahm an, es handele sich um die in Alexandria übliche Art von Droschke. Gerade wollte er hingehen und den Kutscher bitten, ihn zum britischen Konsulat zu fahren, als ein anderer westlich gekleideter Mann mit großen Schritten an ihm vorübereilte, hineinsprang, sich in den Sitz fallen ließ und dem Kutscher auf Englisch etwas zurief. Pitt beschloss, beim nächsten Mal etwas flinker zu sein.

Erst nach zwanzig Minuten entdeckte er eine freie Droschke, und es kostete ihn fünf weitere, bis er den Kutscher so weit hatte, dass er ihn zu einem Preis, der ihm angemessen schien, zum englischen Konsulat brachte. Da er sich nicht auskannte, hätte er selbstverständlich nicht sagen können, ob der Mann auch wirklich dorthin fuhr – er hätte ihn ohne weiteres in der Wüste abladen können. So sehr fesselte ihn das bunte Treiben in den schmalen, schattigen Gassen wie auch auf den im Sonnenschein liegenden breiten Durchgangsstraßen, dass er sich während der holprigen Fahrt fortwährend neugierig umsah.

Die vorherrschenden Farben waren warme Erd- und dunkle Terrakotta-Töne, in die sich das anders getönte Braun der hölzernen Erker und Fensterrahmen mischte. Von der Sonne ausgebleichte Markisen hingen regungslos. Überall sah und hörte man Hühner und Tauben. Esel schleppten schwere Lasten, und vereinzelt sah Pitt Kamele, die mit der Anmut sich gegen die Flut stemmender Schiffe schaukelnd vorüberzogen.

Die Menschen trugen durchweg helle Gewänder. Die Männer hatten Turbane auf dem Kopf, die Frauen Tücher, mit denen sie zugleich die untere Hälfte ihres Gesichts verdeckten. Hin und wieder sah er einen roten oder blaugrünen Farbklecks.

Es schien von lästigen Insekten zu wimmeln. Immer wieder spürte Pitt, wie ihn Mücken stachen, doch war er nicht schnell genug, um sie zu treffen, wenn er nach ihnen schlug.

Die Luft um ihn herum erfüllte der Duft von Gewürzen und heißen Speisen; er hörte Stimmen, Gelächter und von Zeit zu Zeit den sonderbar hohlen Klang metallener Glöckchen.

Im selben Augenblick, in dem mit einem Schlag die Dunkelheit hereinbrach, wobei das leuchtende Blau des Himmels zu einem schimmernden Türkis wurde, stiegen Laute empor, die ihm einen Schauer über den Rücken jagten. Noch nie zuvor hatte er einen solchen Gesang gehört. Er schien aus großer Höhe herabzukommen, stieg zum Himmel und senkte sich zur Erde, durchdrang den Abend, bis ihn die Türme und Mauern aller Gebäude zurückwarfen.

Niemand zeigte sich verwundert. Alle schienen ihn genau in dem Augenblick erwartet zu haben.

Die Droschke hielt vor einem prachtvollen Gebäude an, auf dessen glatter Marmorfassade helle und dunkle Töne miteinander abwechselten, was sie lebhaft und gegliedert erscheinen ließ. Pitt dankte dem Kutscher und gab ihm den vereinbarten Betrag. Als er den Fuß auf den kochend heißen Gehweg setzte, hüllte ihn die Luft um ihn herum mit einer solchen Hitze ein, dass es ihm vorkam, als befände er sich in einem Raum, dessen Fenster zur Sonne ging. Dabei wurde es so rasch dunkel, dass er in der Schwärze der Schatten kaum noch über die Straße sehen konnte. Eine Dämmerung hatte es nicht gegeben – die Sonne war einfach verschwunden, und an ihre Stelle war die Nacht getreten. Schon füllten sich die Gehwege mit lachenden und plaudernden Menschen.

Da er noch nicht wusste, wo er die Nacht verbringen sollte, war es erst einmal wichtiger, eine Unterkunft zu finden, als die Atmosphäre der Stadt zu genießen. Er ging die Stufen empor und trat in das Gebäude. Ein in eine erdfarbene Dschellaba gekleideter junger Ägypter erkundigte sich in makellosem Englisch nach seinen Wünschen. Pitt erklärte, dass er einen Rat brauche, und nannte den Namen Trenchards, an den ihn Narraway verwiesen hatte.

Fünf Minuten später stand er in Trenchards Büro, einem Raum von verblüffend schlichter Schönheit, den Öllampen mit weichem, gedämpftem Licht erfüllten. An einer der Wände zeigte ein Gemälde von geradezu überirdischer Schönheit den Sonnenuntergang am Nil. Auf einem Tischchen stand neben einer Papyrusrolle und einem goldenen Schmuckstück, das aus dem Sarg eines Pharaos stammen mochte, eine kleine griechische Skulptur.

»Sie gefällt Ihnen wohl?«, fragte Trenchard lächelnd, womit er Pitt schlagartig in die Gegenwart zurückholte.

»Ja. Tut mir Leid«, sagte er entschuldigend. Er war wohl zu müde und von all den neuen Eindrücken zu sehr überwältigt, als dass er noch vernünftig hätte denken können.

»Macht überhaupt nichts«, versicherte ihm Trenchard mit liebenswürdigem Lächeln und einer so wohltönenden Stimme, als läse er sich zum eigenen Vergnügen Gedichte vor. »Sie können Ägyptens Glanz und Geheimnis unmöglich mehr lieben als ich. Schon gar, wenn es um Alexandria geht! Hier stoßen die Enden der Welt zusammen und verschmelzen zu einer Lebenskraft, die Sie sonst nirgendwo finden werden. Rom, Griechenland, Byzanz und Ägypten!« Er sagte die Namen, als wohne ihnen ein beeindruckender Zauber inne.

Er war von durchschnittlicher Größe, doch ließ ihn seine Schlankheit größer erscheinen. Mit ungewöhnlicher Anmut kam er um seinen Schreibtisch herum, um Pitt die Hand zu schütteln. Seinen Zügen nach hätte er aus einer römischen Patrizierfamilie stammen können. Er hatte eine kräftige Adlernase, und sein dunkles Haar war ein wenig übertrieben gewellt. Pitt vermutete, dass Trenchard einer von denen war, die ihren Posten nicht unbedingt deshalb bekleideten, weil sie über besondere Fähigkeiten verfügten, sondern weil es den Erwartungen ihrer Familie so am ehesten entsprach. Sicher hatte er geisteswissenschaftliche Studien getrieben und möglicherweise sogar ein wenig in Ägyptologie dilettiert. Der Mann machte ihm ganz den Eindruck eines Menschen, dem seine Neigungen wichtiger sind als seine Arbeit.

»Was können wir für Sie tun?«, fragte er. »Jackson hat gesagt, dass Sie zu mir wollten?« Hinter dieser scheinbaren Frage verbarg sich in Wahrheit die höfliche Aufforderung, sich näher zu erklären.

»Mr Narraway hat mir gesagt, dass Sie mir vielleicht den einen oder anderen Rat erteilten könnten«, sagte Pitt.

Verstehen leuchtete in Trenchards Augen auf. »Gewiss«, entgegnete er. »Nehmen Sie doch Platz. Sind Sie gerade erst angekommen?«

»Mit dem Schiff, das vor einer Stunde angelegt hat«, bestätigte Pitt und setzte sich dankbar. Zwar hatte er keinen weiten Weg zurückgelegt, wohl aber ziemlich lange an Deck gestanden, weil er es vor Vorfreude unten in der Kabine nicht mehr ausgehalten hatte.

»Haben Sie schon eine Unterkunft?«, erkundigte sich Trenchard mit einem Ausdruck, der zu verstehen gab, dass er das Gegenteil annahm. »Ich empfehle Ihnen das Casino San Stefano, ein sehr gutes Hotel. Es verfügt über hundert Zimmer, sodass es nicht schwer fallen dürfte, dort unterzukommen. Jedes kostet fünfundzwanzig Piaster pro Nacht. Übrigens isst man dort ausgezeichnet. Für den Fall, dass Sie sich nichts aus ägyptischer Küche machen, können Sie auch französisch essen. Am einfachsten kommen Sie über die Strada Rossa hin – mit der Droschke oder, falls es etwas anspruchsloser und nicht so teuer sein soll, mit der Straßenbahn. Sie ist ausgezeichnet und verkehrt vierundzwanzig Stunden am Tag. Zwei Linien fahren direkt bis zur Endhaltestelle San Stefano.«

»Danke«, sagte Pitt aufrichtig. Es war ein guter Anfang, dennoch bedrückten ihn seine Unwissenheit und das Bewusstsein, sich in einer Stadt aufzuhalten, in der ihm sogar die Gerüche in der Luft unbekannt waren. Noch nie war er sich so hilflos oder allein vorgekommen. Alles, was ihm vertraut war, lag tausend Meilen entfernt.

Erwartungsvoll sah ihn Trenchard an. Offensichtlich nahm er an, Pitt werde noch mehr berichten. Eine Hotelempfehlung hätte er schließlich von jedem Beliebigen bekommen können. So machte sich Pitt daran, zumindest einen Teil dessen offen zu legen, was ihn nach Alexandria geführt hatte. Er begann mit dem, was jedenfalls in London alle Welt wusste, und teilte Trenchard die nackten Tatsachen des Mordes an Lovat und Ayesha Sacharis Verhaftung mit.

Auf das Gesicht des Konsulatsbeamten trat lebhaftes Interesse. »Ayesha Sachari!«, wiederholte er den Namen mit sonderbarem Unterton.

»Kennen Sie ihre Angehörigen?«, fragte Pitt rasch. Vielleicht erwies sich die Sache doch als einfach.

»Das nicht – aber der Name weist darauf hin, dass es sich bei der Familie nicht um Moslems, sondern um Kopten handelt.« Als er sah, dass Pitt nicht verstand, fügte er hinzu: »Das sind ägyptische Christen.«

Pitt war verblüfft. Er hatte nicht im Entferntesten an die Frage der Religion gedacht, jetzt aber ging ihm auf, dass sie von Bedeutung sein konnte.

Den Mund zu einem leicht ironischen Lächeln verzogen, sprach Trenchard weiter und sah Pitt dabei unverwandt an: »Nach dem, was Sie sagen, dürfte es sich um eine bessere Prostituierte handeln, möglicherweise eine Art exklusive Kurtisane. Niemand hier im Lande würde mit einer Muslimin etwas zu tun haben wollen, die sich, wie diskret auch immer, mit andersgläubigen Männern einlässt. Als Christin hingegen kann sie den Anschein von Achtbarkeit wahren, vorausgesetzt, sie geht mit äußerster Zurückhaltung zu Werke.«

»Von Kurtisane kann kaum die Rede sein!«, gab Pitt ziemlich patzig zurück. Als er den Spott in den Augen des anderen aufblitzen sah, ärgerte er sich sofort über seinen Mangel an professioneller Distanz.

Trenchard ging nicht weiter darauf ein, doch seine herablassende Art war die eines Mannes von Welt, der es mit einem verblüffend einfältigen Menschen zu tun hat. Es überlief Pitt heiß vor Scham. Immerhin wusste er als erfahrener Polizeibeamter weit mehr von den finsteren Abgründen der Menschennatur als dieser

Diplomat aus vornehmer Familie. Er beherrschte seinen Zorn nur mit Mühe.

»Außer Lovat ist Saville Ryerson bisher der einzige Mensch, von dem wir wissen, dass er in Verbindung mit ihr steht«, sagte er kälter, als er beabsichtigt hatte. »Offensichtlich hat Lovat sie glühend verehrt, als er vor fünfzehn Jahren hier in Alexandria stationiert war. Ob die Beziehung je darüber hinausging, wissen wir nicht.«

Trenchard faltete seelenruhig die Hände. »Und das wollen Sie in Erfahrung bringen?«

»Das und anderes, ja.«

»Vermutlich lautet Ihr Auftrag, Ryerson von jedem Verdacht reinzuwaschen?«

Trenchard klar zu machen, dass ihn das nichts anging, wäre sinnlos gewesen; dann hätte er Pitt womöglich für einen noch größeren Dummkopf gehalten.

»Möglichst«, bestätigte Pitt.

Sein kaum wahrnehmbares Zögern entging Trenchard nicht, was sich in seinem Gesichtsausdruck spiegelte.

»Wir müssen unbedingt feststellen, wie sich die Sache in Wirklichkeit abgespielt hat«, fuhr Pitt rasch fort. »Welchen Grund hätte die Frau haben können, Lovat zu töten? Was wollte sie überhaupt in London? Hat sie Ryerson durch Zufall kennen gelernt oder gezielt ausgewählt?« Noch während er das sagte, fiel ihm auf, wie unwahrscheinlich es war, dass sich eine schöne Ägypterin zufällig ausgerechnet in den Minister verliebte, der für die Baumwollausfuhr seines Landes zuständig war. Andererseits kannte die Geschichte Belege für eine Fülle von unwahrscheinlich wirkenden Zufallsbegegnungen, die ihren Verlauf unwiderruflich verändert hatten.

»Aha ...«, sagte Trenchard mit vorgeschobener Unterlippe. »Damit bekommt die Sache schon ein anderes Gesicht. Warum vermutet man überhaupt, dass sie diesen Lovat erschossen hat?« Seine Augen weiteten sich ein wenig. »Und wer ist das?«

»Ein unbedeutendes Rädchen im Getriebe des diplomatischen Dienstes«, sagte Pitt. Er beschloss, die Möglichkeit einer Erpressung erst einmal mit Stillschweigen zu übergehen. »Ryerson tut alles, um sie vor einer Mordanklage zu bewahren, und scheint nicht einmal vor der Gefahr zurückzuschrecken, dass er damit seinen eigenen Ruf aufs Spiel setzt. Allem Anschein nach geht seine Liebe zu dieser Frau so weit, dass sie nicht einmal dann zu befürchten brauchte, er könnte ihr seine Gunst entziehen, wenn dieser Lovat ihr früherer Geliebter gewesen wäre und sie deshalb belästigt hätte.«

»Ich verstehe«, sagte Trenchard leise. »Sieht ganz so aus, als ob etwas nicht so ist, wie es auf den ersten Blick aussieht. Ganz offensichtlich gibt es da viele Möglichkeiten. Sehr vernünftig von Ihnen, herzukommen, um sich an Ort und Stelle ein Bild zu machen. Offen gestanden habe ich mich anfangs gefragt, warum Narraway nicht einfach jemanden vom Konsulat gebeten hat, sich der Sache anzunehmen; ich begreife jetzt aber, dass hier ein Kriminalbeamter vonnöten ist. Die Lösung könnte komplex sein, und vielleicht möchte der eine oder andere verhindern, dass sie ans Tageslicht kommt.« Er lächelte liebenswürdig und offen. »Kennen Sie Ägypten, Mr Pitt?«

Hinter dem ungezwungenen Ton, den er anschlug, hörte Pitt einen Anflug der Leidenschaft, von der ihm Trenchard bereits eine Kostprobe geliefert hatte, als er von der Schönheit des alten Ägypten und dem Glanz seiner Kultur sprach, der vor allem in Alexandria spürbar war, der Stadt, in deren Nähe der Nil ins Mittelmeer mündete und in gewissem Sinne Afrika und Europa aufeinander trafen.

»Am besten setzen Sie voraus, dass ich nichts weiß«, sagte er bescheiden. »Das wenige, das ich mir angelesen habe, ist bedeutungslos.«

Trenchard nickte zustimmend. »Die schriftlich überlieferte Geschichte Ägyptens reicht bis nahezu fünftausend Jahre vor Christi Geburt zurück.« Er sagte das leichthin, doch klang es Pitt bedeutungsschwer, und er spürte die Ehrfurcht Trenchards. »Für Ihre Zwecke allerdings können Sie all das vernachlässigen. Das gilt sogar noch für die Eroberung des Landes unter Napoleon mit der kurzen Besetzung durch die Franzosen vor einem knappen Jahrhundert. Sicher ist Ihnen die Schlacht von Abukir ein Begriff, bei der Lord Nelson die französische Mittelmeerflotte vernichtet hat.« Auf Pitts Nicken hin sagte er befriedigt: »Das dachte ich mir.« Während dieses kurzen Vortrags schwang in seiner Stimme eine Bewegtheit mit, die Pitt nicht recht deuten konnte. »Zwar untersteht Ägypten heute dem Namen nach der Hohen Pforte, ist also Bestandteil des Osmanischen Reiches«, fuhr Trenchard fort, »doch in der Praxis gehört es seit etwa fünfzehn Jahren uns. Allerdings wäre es äußerst unklug, das zu sagen.« Er zuckte elegant die Achseln. »Ebenso wenig empfiehlt es sich, darüber zu sprechen, dass wir auf Mr Gladstones Geheiß vor zehn Jahren Alexandria beschossen haben.«

Pitt zuckte zusammen, doch nur ein winziges Aufflackern in Trenchards Augen zeigte, dass er es gemerkt hatte.

»Der Khedive, der ägyptische Vizekönig, muss Tribut an den türkischen Sultan zahlen, der Kalif und damit zugleich geistiges wie weltliches Oberhaupt der gläubigen Muslims ist«, fuhr er fort. »Das Land hat einen Premierminister und ein Parlament, außerdem ein Heer und eine eigene Flagge. Die Wirtschaftsangelegenheiten Ägyptens interessieren Sie vermutlich nicht besonders, möglicherweise abgesehen von der Baumwolle. Sie ist das einzige landwirtschaftliche Erzeugnis, das ausgeführt wird. Großbritannien kauft die alles andere als unbedeutende Ernte vollständig auf, womit Ägypten ein Großteil seiner Wirtschaftskraft entzogen wird.«

»Das war mir bekannt«, sagte Pitt finster. »Im Übrigen denke ich, dass wirtschaftliche Fragen den Kern der ganzen Angelegenheit bilden, derentwegen ich hier bin. Aber eigentlich brauche ich im Augenblick keine näheren Angaben darüber«, fügte er eilig hinzu. »Wie sieht es mit der Polizei aus?«

Trenchard setzte sich bequemer hin. »Ich an Ihrer Stelle würde mir alles aus dem Kopf schlagen, was mit dem Gerichtswesen und mit Gesetzen zu tun hat«, sagte er trocken. »Die Jurisdiktion des Landes über Ausländer ist auf eine ganze Reihe verschiedener

Gerichte verteilt, und die labyrinthischen Abläufe darin würden sogar einen Theseus aus dem Konzept bringen, der einen Wollfaden hinter sich herzieht.« Mit eleganter Gebärde spreizte er die Finger. »Wir Briten bestimmen, was hier im Lande geschieht, aber unauffällig und hinter den Kulissen. Wir sind mehrere hundert, die alle dem Generalkonsul Lord Cromer unterstehen, kurz ›der Lord‹ genannt. Ich nehme an, Sie wissen, was man über ihn sagt?«

»Ich habe keine Ahnung«, gestand Pitt.

Mit einem Lächeln hob Trenchard die Brauen kaum wahrnehmbar. »Wenn sich Lord Cromer gegen jemanden stellt, nützt es dem Betreffenden nichts, das Recht auf seiner Seite zu wissen«, erläuterte er. »Es wäre folglich in diesem Fall das Beste, wenn der Lord von der Existenz Ihrer Person nichts weiß.«

»Ich werde mich danach richten«, versprach Pitt. »Aber ich muss mehr über diese Frau wissen. Welche Rolle hat sie gespielt, bevor sie nach England gegangen ist? Ist sie wirklich so impulsiv und so …«

»… dumm«, ergänzte Trenchard mit amüsiertem Blick. »Ja, ich verstehe, dass das nötig ist. Wir werden uns morgen einmal näher mit den Kopten beschäftigen. Ich zeichne Ihnen auf einem Stadtplan die Gebiete ein, die am ehesten in Frage kommen. Meiner Vermutung nach dürfte sie aus einer wohlhabenden Familie stammen, da sie Englisch spricht und offensichtlich auch über die Mittel zu reisen verfügt.«

»Danke.« Pitt stand auf. Er merkte, dass er ganz steif war, und musste sich große Mühe geben, ein Gähnen zu unterdrücken. Er war sehr viel müder, als er angenommen hatte. Nach wie vor war es ungewöhnlich warm, und seine Kleider klebten ihm am Leibe. »Wo ist die nächste Haltestelle der Straßenbahn zum Hotel?«

»Haben Sie Piaster?«

»Ja … danke.«

Auch Trenchard erhob sich. »Halten Sie sich einfach rechts. Nach ungefähr hundert Metern ist links von Ihnen auf der gegenüberliegenden Straßenseite die Haltestelle. Ich würde allerdings vorschlagen, dass Sie um diese Tageszeit lieber eine Droschke nehmen, solange Sie die Stadt noch nicht kennen. Das dürfte höchstens acht oder neun Piaster kosten, und mit einem schweren Koffer könnte sich das lohnen. Viel Glück, Pitt.« Er hielt ihm die Hand hin. »Melden Sie sich, wenn ich Ihnen von Nutzen sein kann. Falls ich etwas erfahre, wovon ich annehme, dass es Ihnen weiterhelfen könnte, schicke ich Ihnen eine Mitteilung ins San Stefano.«

Pitt ergriff Trenchards Hand, dankte ihm erneut und befolgte seinen Rat, eine Droschke zu nehmen.

Die Fahrt dauerte nicht lange, aber nach wie vor lag brütende Hitze über den Straßen, und wieder wurde Pitt von zahlreichen Mücken gestochen. Als er endlich am Hotel ankam, war er nicht nur erschöpft, es juckte ihn auch am ganzen Leibe.

Das Hotel war in der Tat überragend, und ganz wie Trenchard gesagt hatte, bekam er für fünfundzwanzig Piaster pro Nacht ein Zimmer. Von den angebotenen reichlichen und köstlichen Speisen im Restaurant nahm er nur frisches Brot und Obst und zog sich nach dem kargen Mahl auf sein Zimmer zurück. Kaum hatte er die Tür hinter sich geschlossen, zog er die Schuhe aus, trat ans Fenster und sah zum glänzend schwarzen Firmament voller schimmernder Sterne empor. Im Wind, der vom Meer herüberwehte, lagen Hitze und Salz. Er atmete tief ein und stieß die Luft in einem langen Seufzer wieder aus. Alexandria zu erleben war wunderschön, aufregend und erhebend. An sein Ohr drangen das Rauschen des Meeres, gelegentliches Lachen und ein unaufhörliches Hintergrundgeräusch, das wie das Zirpen von Grillen im Gras klang. Es erinnerte ihn an die Sommer seiner Kindheit auf dem Lande, doch war er zu müde, es auf sich wirken zu lassen. Wäre doch Charlotte da! Wie gern hätte er sie aufgefordert, auf die fernen Stimmen zu achten, die sich in den verschiedensten Sprachen unterhielten, auf das Gelächter und die fremdartigen Düfte der Nacht.

Er wandte sich wieder dem unvertrauten Zimmer zu, zog sich aus und wusch sich den Reisestaub ab. Dann schlüpfte er unter das weich fallende Moskitonetz, das er achtsam hinter sich schloss. Er schlief nahezu sogleich ein. Einmal erwachte er in der Dunkelheit und wusste einen Augenblick lang nicht, wo er war. Er vermisste das vertraute Wiegen des Schiffs, dessen Abwesenheit ihm einen sonderbaren Schwindel verursachte. Dann fiel ihm ein, wo er sich befand, er drehte sich um und versank wieder in den Tiefen des Schlafes. Er erwachte erst am späten Vormittag.

Die beiden ersten Tage seines Aufenthalts nutzte er dazu, möglichst viel über die Stadt in Erfahrung zu bringen. Als Erstes kaufte er Kleidung, die sich für Nachttemperaturen von fünfundzwanzig und Tagestemperaturen um die dreißig Grad eignete. Rasch war er mit dem erstklassigen Netz aus frisch lackierten Straßenbahnen und in England gebauten Zügen vertraut, die ihm sogar im blendenden Licht der Sonne, gegen die er immer wieder die Augen zukneifen musste, anheimelnd erschienen. Mitunter zog er einfach durch die Straßen, um die Stimmen des sonderbaren Völkergemischs mit seiner Sprachenfülle in sich aufzunehmen und die Gesichter der Menschen zu beobachten. Neben Ägyptern fanden sich Griechen, Armenier, Juden, Levantiner, Araber, vereinzelt Franzosen und immer wieder Engländer. Er sah Soldaten in Tropenuniform und Zivilisten, die sich, wie es aussah, trotz der Hitze, des Lärms und des Feilschens auf den Märkten und des grellen Lichts beinahe wie zu Hause zu fühlen schienen. Außerdem gab es Touristen mit bleichen Gesichtern, die müde und zugleich erregt darauf brannten, alles zu sehen, was es zu sehen gab. Bevor sie an Bord eines der zahlreichen Dampfer gingen, die nilaufwärts nach Karnak und weiter fuhren, hörte er, wie sie sich darüber unterhielten, dass Kairo ihr nächstes Ziel war.

Voll Begeisterung äußerte sich ein älterer Geistlicher, dessen weißer Schnurrbart scharf von seiner gebräunten Haut abstach, über seine jüngste Reise. Er beschrieb, wie er beim Frühstück über den zeitlosen Nil geblickt habe, als befinde er sich in der Ewigkeit; auf dem Tisch neben der aufgeschlagenen *Egyptian Gazette* habe frischer Toast mit original Dundee-Orangenmarmelade gestanden, während sein Blick auf die aus dem Sandmeer am Horizont aufragenden Begräbnispyramiden der Pharaonen geschweift sei.

»Einfach unübertrefflich«, sagte er mit einer Stimme, die in keinem Londoner Herrenklub fehl am Platz gewesen wäre.

Das erinnerte Pitt schmerzlich an die Dringlichkeit seines Auftrags, und so begann er, sich nach der koptischen Familie Sachari zu erkundigen. Alles andere musste warten – die jahrtausendealte Geschichte der Pharaonen, die Jahrhunderte griechischer und römischer Herrschaft, Kleopatras Romanze mit Cäsar, die Herrschaft der Araber, Türken, Mamelucken, die Eroberung durch Napoleon, Admiral Nelson. Jetzt herrschten die Briten, ganz gleich, was der Sultan in Istanbul sagen mochte, und Schiffe der ganzen Welt fuhren durch den Suezkanal nach Indien und weiter gen Osten. Ägyptens Baumwollernte wurde nach England verkauft und dort in Webereien verarbeitet, die in Manchester, Brunley, Salford und Blackburn standen, Städten, über denen an einem sich früh verdunkelnden Winterhimmel dichter Rauch hing. Aus England kehrten die Fertigerzeugnisse nach Ägypten zurück, aber nur, um durch den Suezkanal ostwärts weitertransportiert zu werden.

Auf den heißen Straßen voller Unrat und Fliegen sah Pitt viel Armut, Hunger und Krankheiten. Bettler saßen vor Mauern, die in der Sonnenhitze förmlich glühten, zogen mit dem kargen Schatten weiter, den sie warfen, und baten in Allahs Namen um milde Gaben. Während die einen noch ihre gesunden Glieder zu haben schienen, waren andere mit Wunden bedeckt, wenn sie nicht sogar verkrüppelt, blind oder verstümmelt waren. Pockennarben oder Lepra entstellten viele Gesichter, und bei so manchem hätte Pitt am liebsten beiseite gesehen.

Mehrfach wurde er angespien, und einmal traf ihn ein von hinten geschleuderter Stein am Ellbogen. Er sah aber niemanden, als er sich rasch umwandte.

Auch in England gab es Armut, dort jedoch war es kalt und nass, die Rinnsteine liefen über, und die Menschen litten an Krankheiten einer anderen Klimazone, dem abgehackten Husten der Tuberkulose. Hier wie dort erlagen sie der Cholera und dem Typhus. Es schien ihm unmöglich, eins gegen das andere abzuwägen.

Er ging zurück zu dem großen Vorort, in dem die Kopten wohnten. Dort setzte er sich in ein kleines Kaffeehaus und begann Fragen zu stellen. Der Kaffee war so dick und süß, dass er ihn nicht herunterbrachte. Der Vorwand, dessen er sich bediente, um seine Fragen zu rechtfertigen, war nahe der Wahrheit: Eine Ägypterin namens Ayesha Sachari sei in London in Schwierigkeiten geraten, und er sei auf der Suche nach Angehörigen, Freunden oder Bekannten, die ihr gegebenenfalls helfen könnten. Zumindest müsse man, erklärte er, diese Menschen von der schwierigen Situation in Kenntnis setzen, in der sie sich befand.

Es kostete ihn beinahe zwei weitere Tage, bis sich aus Gerüchten und Vermutungen etwas herausschälte. Nach längerem Hin und Her hieß es, ein Mann, dessen Schwester mit Ayesha Sachari befreundet gewesen war, sei bereit, mit ihm zusammenzutreffen. Pitt schlug das Restaurant des Hotels San Stefano vor.

Während er wartend dasaß, mischte sich der angenehme Speisengeruch mit den Düften, die eine Brise durch die offenen Türen vom Meer herüberwehte. Nach einer Weile blieb ein Ägypter von etwa fünfunddreißig Jahren am Eingang stehen und sah sich suchend um. Seine traditionelle Dschellaba, die in warmen Erdtönen gehalten war, war unübersehbar aus erlesenem Material gearbeitet. Nachdem er Pitt, den man ihm beschrieben hatte, unter den anderen Europäern erkannt zu haben glaubte, trat er zwischen den Tischen auf ihn zu und stellte sich mit einer Verbeugung förmlich vor. »Guten Abend, Effendi. Ich heiße Makarios Jakub. Sie sind Mr Pitt, nehme ich an. Ja?«

Pitt erhob sich und neigte den Kopf ein wenig. »Guten Abend, Mr Jakub. Ja, ich bin Thomas Pitt. Danke, dass Sie gekommen sind.« Er wies mit einer einladenden Handbewegung auf einen der anderen Stühle. »Darf ich Sie zum Abendessen einladen? Man isst hier hervorragend. Ich nehme an, dass Sie das bereits wissen.«

»Werden Sie selbst auch essen?«, fragte der Besucher und nahm Platz.

Schon in den wenigen Tagen seines Aufenthalts hatte Pitt gelernt, dass es landesüblich war, nur auf Umwegen auf Dinge zu sprechen zu kommen, die einem wichtig waren. Drängen oder offenbare Eile trug einem nichts als Verachtung ein. »Gewiss. Dabei wäre mir Ihre Gesellschaft angenehm«, gab er zur Antwort.

»Dann gern«, nickte Jakub. »Es ist sehr freundlich von Ihnen.«

Pitt plauderte ein wenig über sein Interesse an Alexandria, äußerte sich über die Schönheit dessen, was er gesehen hatte. Vor allem der Damm zwischen dem alten Leuchtturm und der Stadt hatte es ihm angetan.

»Es kam mir vor, als ob ich, wenn ich die Augen zumachte und plötzlich wieder öffnete, den Koloss von Pharos sehen würde, den Leuchtturm, der zu den Sieben Weltwundern der Antike gehörte«, sagte er.

Zwar war es ihm gleich darauf peinlich, eine solche fantastische Vorstellung geäußert zu haben, doch merkte er, dass ihn sein Gast verstand. Nicht nur entspannte sich Jakub ein wenig, auf seine Züge trat auch ein wohlwollender Ausdruck. Er hörte es offenbar gern, wenn jemand seine Stadt pries.

»Der von Dinokrates unter Alexander dem Großen errichtete Damm trägt den Namen Heptastadion«, erklärte er. »Im Mittelalter lag östlich davon der alte Hafen. Es gibt aber noch vieles andere, was Sie sehen müssen. Da Sie sich für die Vergangenheit unseres Landes zu interessieren scheinen, empfehle ich Ihnen Alexanders Grab. Manche behaupten, dass es unter der Moschee Nabi Daniel liegt, andere sagen, es befinde sich in der nahe gelegenen Nekropole.« Er lächelte entschuldigend. »Verzeihen Sie, wenn ich zu viel rede. Ich möchte meine Stadt mit jedem teilen, der sie mit freundschaftlichen Augen betrachtet. Sie müssen unbedingt die Gärten des Antoniades am Mahmudije-Kanal aufsuchen. Dort finden sich in jeder Hand voll Erde Spuren der Geschichte. Zum Beispiel hat der Dichter Kallimachos dort gelebt und gelehrt.« Er zuckte leicht mit den Achseln. »Außerdem gibt es dort ein römisches Grab«, endete er mit einem Lächeln, als der Kellner an den Tisch trat.

»Sind Sie mit unseren Speisen vertraut?«, fragte Jakub.

»Nur wenig«, gab Pitt zu. Er war gern bereit, sich helfen zu lassen, denn zum einen war es praktisch, und zum anderen erfüllte er damit ein Gebot der Höflichkeit.

»In dem Fall schlage ich Muluchis vor«, sagte Jakub. »Das ist eine köstliche grüne Suppe, die Ihnen sicher schmecken wird. Danach Haman Maschi, gefüllte Täubchen.« Er sah Pitt fragend an.

»Wunderbar, gern«, stimmte dieser zu.

Bis das Essen kam, stellte Pitt noch einige Fragen über die Stadt. Als sie bei der wirklich köstlichen Suppe waren, kam Jakub schließlich auf den Grund ihres Zusammentreffens zu sprechen.

»Sie haben gesagt, dass sich Ayesha Sachari in Schwierigkeiten befindet«, sagte er, legte den Löffel einen Augenblick beiseite und sah Pitt aufmerksam an. Seine Stimme klang ungezwungen, als spräche er nach wie vor über die Schönheiten der Stadt, aber seinen Augen war die Anspannung anzusehen.

Da Alexandria über ein erstklassiges Telefonnetz verfügte, das bisweilen zuverlässiger funktionierte als das von London, hielt Pitt es für durchaus möglich, dass Jakub bereits von ihrer Festnahme und dem Tatvorwurf gegen sie gehört hatte. Er würde sehr vorsichtig sein müssen, denn keinesfalls durfte er sich bei einer Verdrehung der Tatsachen ertappen lassen und schon gar nicht bei einer offenen Lüge.

»Ich fürchte, ihre Lage ist ernst«, gab er zu. »Ich weiß nicht, ob sie Gelegenheit hatte, ihre Angehörigen zu verständigen oder ihnen möglicherweise Sorgen ersparen wollte. Doch wenn sie meine Tochter oder Schwester wäre, wüsste ich gern möglichst genau, worum es geht, damit ich überlegen könnte, wie sich ihr helfen lässt.«

Sofern Jakub etwas wusste, war das seinem Gesicht nicht anzusehen. »Gewiss«, murmelte er. Pitt hatte angenommen, er werde sich überrascht, wenn nicht gar beunruhigt darüber zeigen, dass sich Ayesha Sachari in Gefahr oder Schwierigkeiten befand, doch das war nicht der Fall. War Jakub bereits auf anderem Wege über ihre Verhaftung im Bilde, oder hatte er aufgrund seiner Kenntnis ihrer Person mit einer solchen Möglichkeit gerechnet? Unwillkürlich musste er an Narraways Warnung denken, wobei ihn sogar in der erdrückenden Hitze des Restaurants ein kalter Schauer überlief. Jakub trat ihm so liebenswürdig und umgänglich gegenüber, dass er ohne weiteres hätte vergessen können, wie sehr dessen Interessen unter Umständen von seinen eigenen oder denen der britischen Regierung abwichen.

»Kennen Sie Miss Sacharis Angehörige?«, fragte Pitt.

Jakub hob in einer eleganten Bewegung, die alles Mögliche bedeuten konnte, ganz leicht eine Schulter. »Ihre Mutter lebt schon lange nicht mehr, und ihr Vater ist vor drei oder vier Jahren gestorben«, gab er zur Antwort.

Überrascht stellte Pitt fest, dass er Mitgefühl empfand. »Und gibt es sonst jemanden? Geschwister?«

»Nein, sie hat niemanden«, gab Jakub zurück. »Sie war das einzige Kind. Vielleicht hat ihr Vater deshalb so sorgfältig darauf geachtet, dass sie eine gute Ausbildung bekam. Sie war seine liebste Gefährtin. Neben ihrer Muttersprache Arabisch spricht sie Französisch, Griechisch, Italienisch und natürlich auch Englisch. Wahrhaft geglänzt hat sie auf den Gebieten Philosophie und Geistesgeschichte.« Er spürte Pitts Erstaunen und sagte: »Ich weiß, dass man beim Anblick einer schönen Frau gewöhnlich denkt, sie habe nichts im Sinn, als anderen zu gefallen.«

Pitt öffnete den Mund, um das zu bestreiten, musste sich aber eingestehen, dass der Mann Recht hatte. Er merkte, wie er errötete, und schwieg.

»Anderen zu gefallen war ihr nicht besonders wichtig«, fuhr Jakub mit einem leichten Lächeln fort, das mehr in seinen Augen als auf den Lippen lag, und aß weiter, wobei er das Brot mit den Fingern brach. »Vielleicht war sie nicht darauf angewiesen, sich darum zu bemühen.«

»Wollte ihr Vater denn nicht, dass sie heiratete?« Es war Pitt klar, dass diese Frage ziemlich ungehörig war, doch er brauchte weit mehr Informationen, als er bisher bekommen hatte. Wenn es keine Angehörigen mehr gab, musste er eben gute Bekannte fragen.

Jakub erwiderte seinen Blick. »Möglich. Aber Ayesha hatte ihren eigenen Kopf, und ihr Vater liebte sie zu sehr, als dass er sie bedrängt hätte, wenn sie etwas nicht wollte.« Er löffelte weiter und fuhr dann fort: »Sie ist eine Frau, die sich über Konventionen hinwegsetzt, und dank ihrer finanziellen Mittel war sie nicht auf eine Eheschließung angewiesen.«

»Und was ist mit Liebe?«, wagte Pitt zu fragen.

Wieder machte Jakub die leichte Bewegung, die alles und nichts bedeuten konnte. »Ich glaube, sie hat viele Male geliebt, doch weiß ich nicht, wie tief die Gefühle dabei gegangen sind.«

War das eine beschönigende Umschreibung? Pitt hatte den Eindruck, sich in einer Kultur zu verheddern, die sich in jeder Hinsicht von der seinen unterschied. Nach wie vor wusste er kaum, was für eine Frau Ayesha Sachari war. Mit Sicherheit wusste er lediglich, dass sie anders war als alle anderen, die er kannte. Hätte er doch Charlotte fragen können! Sie wäre vielleicht imstande gewesen, die Wirklichkeit hinter dem Vorhang aus Worten zu erkennen.

»Was für Menschen hat sie geliebt?«, fragte er.

Jakub aß seine Suppe auf, der Kellner trug die Teller ab und kehrte mit den Täubchen zurück.

Den Blick auf einen Punkt weit in der Ferne gerichtet, sagte Jakub: »Ich selbst kenne nur einen von ihnen.« Dann sah er Pitt mit einem Mal an. »Welchen Sinn hätte es für Sie, wenn Sie etwas über Ramses Ghali wüssten? Er ist nicht in England und kann nichts mit Ayeshas gegenwärtigen Schwierigkeiten zu tun haben.«

»Sind Sie da sicher?«

Ohne das geringste Zögern antwortet Jakub: »Ganz und gar.«

Pitt war nicht überzeugt. »Wer ist dieser Mann?«

Jakubs Augen wirkten sanft, und sein Gesichtsausdruck war ein undurchdringliches Gemisch von Zorn und Kummer. »Er ist tot«, sagte er leise. »Schon seit über zehn Jahren.«

»Oh ...« Wieder Tod. Hatte sie diesen Mann aufrichtig geliebt? Könnte in dieser Beziehung der Schlüssel zu ihrem gegenwärtigen Verhalten liegen? Pitt klammerte sich an Strohhalme, da ihm nichts anderes übrig blieb. »Hätte sie ihn vielleicht geheiratet, wenn er nicht gestorben wäre?«

Jakub lächelte. »Nein.« Wieder schien er seiner Sache völlig sicher zu sein.

»Aber Sie haben doch gesagt, dass sie ihn geliebt hat ...«

Mit großer Geduld, wie bei einem Kind, das endlose und immer genauere Erklärungen braucht, sagte Jakub: »Sie haben einander wie Freunde geliebt, Mr Pitt. Ramses Ghali hat ebenso leidenschaftlich an Ägypten geglaubt wie sein Vater.« Ein Schatten legte sich auf sein Gesicht, und eine Empfindung wurde darauf sichtbar, die Pitt nicht deuten konnte. Er vermutete aber, dass darin etwas Finsteres lag, vielleicht eine Spur von Zorn.

Es lag zehn Jahre zurück, dass die Engländer Alexandria beschossen hatten. Bestand da ein Zusammenhang? Oder ging die ganze Sache noch tiefer, bezog sie sich auf die Geschichte mit General Gordon und der Belagerung der weiter südlich im Sudan gelegenen Stadt Khartoum? Britische Streitkräfte hatten 1882 bei Tal-al-Kebir den Nationalistenführer Achmed Orabi Pascha besiegt, und der Mahdi hatte im Sudan sechstausend Ägypter abgeschlachtet. Ein Jahr später war eine noch größere ägyptische Armee auf ähnliche Weise vernichtet worden. Als 1884 das gleiche Schicksal ein weiteres Heer ereilt hatte, war der als ›China-Gordon‹ bekannte General Gordon auf der Bildfläche erschienen. Im Januar darauf war er umgekommen, und kein halbes Jahr später war auch der Mahdi tot. Es war aber nicht gelungen, Khartoum wieder einzunehmen.

Mit einem Mal fühlte sich Pitt sehr weit von zu Hause fort. Trotz der europäischen Einrichtung des Restaurants und des italienischen Namens, den das Hotel trug, war ihm der uralte und gänzlich andere Hintergrund des Mannes, der ihm da gegenübersaß, schmerzlich bewusst. Die afrikanischen Düfte und die Hitze der Luft steigerten diesen Eindruck noch. Er musste sich zwingen, wieder klar zu denken.

»Sie haben gesagt, dass auch Miss Sachari glühend an Ägypten geglaubt hat«, sagte er und machte sich über seine Taube her. Eher nebenbei fiel ihm auf, dass er noch nie eine so gute gegessen hatte. »Gehört sie zu den Menschen, die nach ihren Grundsätzen handeln und andere zu einer Sache zu bekehren versuchen, für die sie sich einsetzen?«

Jakub lachte erstickt und hörte sogleich wieder auf. »Sollte sie sich so sehr verändert haben? Oder wissen Sie einfach nichts über sie, Mr Pitt?« Er kniff die Augen zusammen und erklärte, ohne auf seine Taube zu achten: »Ich habe die Zeitungen gelesen, und ich denke, dass die britische Regierung um jeden Preis versuchen wird, ihren Minister aus der Sache herauszuhalten, während man Ayesha hängen wird.« In seiner Stimme lag unendliche Bitterkeit, und sein olivfarbenes glattes Gesicht war so verzerrt, dass es fast hässlich wirkte. Wer wusste schon, wie viel Wut und Schmerz in ihm toben mochten? »Was ist das Ziel Ihrer Reise hierher? Suchen Sie einen Zeugen, der Ihnen sagt, dass sie eine gefährliche Fanatikerin ist, die jeden umbringt, der sich ihr in den Weg stellt? Dass dieser Leutnant Lovat möglicherweise etwas über sie wusste, was ihrem Luxusleben in England schaden konnte, und er gedroht hat, das publik zu machen?«

»Nein«, erwiderte Pitt sogleich. Er hoffte, dass es ihm durch den Nachdruck, mit dem er das sagte, gelang, glaubwürdig zu wirken.

Langsam stieß Jakub den Atem aus. Es schien, als sei er bereit zuzuhören, was Pitt zu sagen hatte.

»Nein«, wiederholte Pitt. »Ich möchte die Wahrheit wissen. Ich kann mir keinen Grund denken, warum sie ihn getötet haben sollte. Sie brauchte ihn lediglich nicht zu beachten, dann hätte er ablassen müssen, weil er sonst Gefahr gelaufen wäre, dass man ihn wegen Belästigung belangte. Das hätte für ihn unter Umständen unangenehm werden können.« Er sah den Unglauben auf Jakubs Gesicht. »Der Mann war Karrierediplomat«, erklärte er. »Wie weit würde er da wohl kommen, wenn er sich die Feindschaft eines Kabinettmitglieds vom Kaliber Saville Ryersons zugezogen hätte?«

»Würde dieser Ryerson seinen Einfluss nutzen, um sie zu retten?«, erkundigte sich Jakub unsicher.

»Unbedingt! Er hat ihr in der Angelegenheit Lovat bereits unter die Arme gegriffen, auf die Gefahr hin, dass man ihn ebenfalls vor Gericht stellt! Ein solcher Mann würde keinesfalls davor zurückschrecken, einen jungen Mann, dessen Aufmerksamkeiten unerwünscht sind, in die Schranken zu weisen. Ein einziges Wort zu Lovats Vorgesetzten im diplomatischen Dienst hätte genügt, und Lovat wäre erledigt gewesen.«

Jakub sah nach wie vor zweifelnd drein.

Im Restaurant um sie herum schwoll das Summen der Gespräche an und ab. Eine attraktive Blondine mit porzellanweißer Haut warf lachend den Kopf in den Nacken, wobei sich das Licht in ihren Haaren brach. Ihr Begleiter sah sie entzückt an. Pitt überlegte, ob zwischen den beiden eine Beziehung bestand, die sie in ihrer Heimat nicht einzugehen wagen würden. Nahm Jakub an, dass in der englischen Gesellschaft größere Freiheit herrschte als in seiner Heimat? Wie hätte Pitt ihm erklären können, dass es nicht an dem war?

Jakub sah auf seinen Teller. »Sie verstehen nicht«, sagte er leise. »Sie wissen wirklich nichts über sie.«

»Dann sagen Sie es mir!«, bat Pitt. Fast hätte er noch etwas hinzugefügt, schluckte es aber hinunter. Er sah, wie Jakub mit sich kämpfte. Dem Bewusstsein, dass er sich für die Gerechtigkeit einsetzen und dafür sorgen musste, dass die Wahrheit ans Licht kam, wo zur Zeit noch Unwissenheit herrschte, stand das tief empfundene Bedürfnis eines Menschen entgegen, die Leidenschaften oder Schmerzen eines anderen weder bloßzulegen noch zu verraten.

Abermals überlegte Pitt, was er sagen könnte, um ihn auf seine Seite zu ziehen, und abermals schwieg er.

Jakub schob den Teller zurück und griff nach seinem Glas. Er nippte daran, stellte es dann hin und sah Pitt an. »Ramses' Vater gehörte zu den Anführern derer, die sich für ein unabhängiges Ägypten einsetzten, als der Schuldenberg unter dem Khediven Ismail ins Unermessliche wuchs. Dann haben die Briten Ismail abgesetzt, das Amt seinem Sohn übergeben und die Verwaltung der gesamten Wirtschaftsangelegenheiten des Landes selbst in die

Hand genommen. Ramses war ein brillanter Kopf, ein Gelehrter und ein Philosoph. Er sprach Griechisch und Türkisch ebenso fließend wie Arabisch und verfasste in allen drei Sprachen Gedichte. Er war mit unserer Kultur und Geschichte seit der Zeit der Pharaonen vertraut, in der die Pyramiden von Giseh entstanden sind, durch alle Dynastien bis hin zu Kleopatra, der griechisch-römischen Epoche, dem Vordringen der Araber, die nicht nur Mohammeds Gesetz mit sich gebracht haben, sondern auch Kunst und Medizin, Astronomie und Architektur. Er war ein starker Charakter, und er verstand es, Menschen in seinen Bann zu schlagen.«

Pitt unterbrach ihn nicht. Er wusste nicht, ob all dies im Zusammenhang mit dem Mord an Edwin Lovat etwas zu bedeuten hatte oder ob Narraway auch nur einen Bruchteil davon würde verwenden können, aber es fesselte ihn, weil es Bestandteil der Geschichte dieser außergewöhnlichen Stadt war.

»Er besaß die Fähigkeit, Menschen die Augen für den Zauber des Mondscheins auf tausendjährigen Marmortrümmern zu öffnen«, fuhr Jakub fort und drehte sein Glas in den Fingern. »Er verstand es, das Leben und das Gelächter der Vergangenheit heraufzubeschwören, als wäre diese Zeit nie vorübergegangen, sondern einfach von Menschen, die nicht empfänglich dafür sind, eine Weile übersehen worden. Wer mit ihm sprach, sah die bunte Vielfalt der Welt und hörte die Musik in der Stimme des Windes, der über den Sand streicht. Der Geruch nach Schmutz und Abwässern, die Fliegen auf den Straßen und die Stechmücken waren nichts als der Atem des Lebens.«

»Und Miss Sachari?«, fragte Pitt. Er fürchtete sich vor der Antwort.

»Sie hat ihn geliebt«, sagte Jakub mit leicht herabgezogenem Mundwinkel. »Sie war jung, und Ehre bedeutete ihr alles. Sie liebte auch ihr Land, seine Geschichte, seine Ideen ebenso wie seine Menschen, und sie hasste die Armut, die der Grund dafür war, dass sie unwissend blieben und keine Möglichkeit hatten, Lesen und Schreiben zu lernen, dass sie krank waren, wo sie hätten gesund sein können.«

Pitt wartete. Die unterdrückte Empfindung in Jakubs Gesicht, der Schleier über seinen Augen sagten ihm, dass er mit seinem Bericht noch lange nicht am Ende war.

Jakub nahm den Faden wieder auf. Er hatte nur innegehalten, um seiner Bewegung Herr zu werden, die er nicht so offen auf seinem Gesicht zeigen wollte.

»Er war ein Mann von nahezu unendlichen Möglichkeiten«, sagte er sehr leise, »der zweifellos imstande gewesen wäre, dem Land seine Unabhängigkeit und finanzielle Selbstständigkeit zurückzugeben. Aber er hatte eine Schwäche – er war unfähig, seinen Angehörigen Nein zu sagen. Er hat seinen Söhnen und Brüdern Macht gegeben, und diese nutzten sie, um ihre Habgier zu befriedigen. Wer führen will, muss bereit sein, notfalls allein zu gehen. Das aber war er nicht.«

Er holte tief Luft und fuhr fort, das Glas in der Hand zu drehen. Dann hielt er inne, als wolle er daraus trinken, doch ließ er es stehen. Sein Gesicht wirkte angespannt, als liege darin ein unverheilter alter Schmerz. »Ayesha hat ihn geliebt, er aber hat sie und sein Volk verraten. Ich weiß nicht, ob sie sich danach je wieder rückhaltlos einem Mann geöffnet hat – möglicherweise diesem Ryerson?« Er hob die Augen und sah Pitt fragend an. »Wird auch er sie verraten?«

Pitt fragte sich, warum sie der Polizei nichts von all dem gesagt hatte. War sie innerlich abgestumpft, rechnete sie damit, dass sich die Geschichte wiederholte?

»Auf welche Weise?«, fragte er. »Indem er sie oder sein eigenes Volk verrät?«

Verstehen blitzte in Jakubs Augen auf. »Sie denken an die Baumwolle? Glauben Sie, sie ist nach London gegangen, um ihn zu überreden, dass er uns die Rohbaumwolle überlässt, damit wir selbst Gewebe herstellen können, statt sie nach Manchester zu verschiffen, wo englische Arbeitskräfte den Mehrwert erzeugen, sodass statt unser England reich wird? Möglich. Es würde mich freuen, wenn es so wäre.«

»In dem Fall hätte sie ihn aufgefordert, sich zwischen England und Ägypten zu entscheiden«, entgegnete Pitt, »womit er auf jeden Fall eine Seite verraten musste.«

»Sie haben Recht.« Jakub presste die Lippen aufeinander. »Ich weiß nicht, ob sie ihm das verzeihen könnte.« Er nahm sein Glas wieder zur Hand. »Mehr kann ich Ihnen nicht sagen. Sie können nachforschen, so sehr Sie wollen – Sie werden feststellen, dass ich die Wahrheit gesagt habe.«

»Und was ist mit Leutnant Lovat?«

Jakub machte eine wegwerfende Handbewegung. »Nichts von Bedeutung. Er hat sich in sie verliebt. Vielleicht war sie damals so sehr verletzt, dass sie seine Aufmerksamkeit als lindernd empfunden hat. Die Sache hat nur wenige Monate gedauert. Dann wurde er nach England zurückbeordert. Ich nehme an, dass sie Erleichterung darüber empfunden hat – und er womöglich auch. Er hatte nicht die Absicht, eine Frau zu heiraten, die nicht seiner Gesellschaftsschicht angehörte.«

»Wissen Sie etwas über ihn?«

»Nein. Aber vielleicht können Sie von den britischen Soldaten etwas erfahren. Es sind genug davon im Lande.«

Pitt, dem die Anwesenheit der Briten in Ägypten schmerzlich bewusst war, sagte nichts darauf. Neben der ungeheuren Zahl von Soldaten gab es noch die Zivilisten in der Verwaltung. Obwohl das Land keine Kolonie war, erweckte vieles im Alltagsleben den Anschein, als sei es eine. Sofern es Miss Sacharis Wunsch gewesen war, ihr Land von der Fremdherrschaft zu befreien, konnte er das sehr gut verstehen.

War sie deshalb nach London gegangen? War es nicht ihre Absicht gewesen, dort ihre eigene Zukunft zu suchen, sondern ihrem Volk zu helfen? In dem Fall hatte sie vermutlich Ryerson bewusst als jemanden ausgewählt, der die Macht hätte, ihr zu helfen, sofern sie ihn dazu bringen konnte.

Aber wie hätte das in der Praxis aussehen sollen? Ganz gleich, was Ryerson für sie empfinden mochte, er würde kaum ihr zuliebe die Ziele der englischen Regierung revidieren. Und so, wie Jakub ihr Wesen geschildert hatte, würde sie ihn für ein solches Verhalten verachtet haben.

Sofern sie ihn aber nicht wahrhaft liebte, dürfte das für sie unerheblich sein. Hatte sie sich womöglich wider Erwarten in ihn verliebt, und ging es mit einem Mal nicht mehr nur noch um das, was sie sich zur Rettung des Vaterlandes vorgenommen hatte?

Oder hatte sie ihn erpressen wollen, und der Mord an Lovat gehörte zu diesem Plan, der auf irgendeine noch nicht aufgeklärte Weise fehlgeschlagen war, mit dem Ergebnis, dass sie sich mit einem Mal im Gefängnis befand und vermutlich inzwischen schon unter Anklage gestellt war? Wie hatte ihr Plan ausgesehen? Hatte sie Druck auf Ryerson ausüben wollen, um ein größeres Maß an Selbstbestimmung für Ägypten zu erreichen? Oder hatte sie Ryerson mit voller Absicht in diese Situation getrieben, damit ein willfährigerer Minister an seine Stelle trat – einer, der bereit war, den von den Ägyptern gewünschten Preis zu zahlen?

Doch all das ergab keinen rechten Sinn. Kein Handelsminister hätte sich dazu bereit gefunden, zuzulassen, dass die Ägypter die Baumwolle für sich behielten, wenn ihn nicht Umstände dazu zwangen, die weit mächtiger waren als Liebe oder die Aussicht, zugrunde gerichtet zu werden. Jedem musste klar sein, dass man einen solchen Mann einfach im Laufe der Zeit durch einen anderen ersetzen würde, der charakterfester und weniger angreifbar war.

Pitt leerte sein Weinglas und dankte Jakub. Weitere Fragen fielen ihm nicht ein, und so unterhielten sie sich inmitten des Stimmengewirrs und Gelächters erneut über die reiche und verwickelte Geschichte der Stadt Alexandria.

Am nächsten Morgen brachte ein Bote Pitt eine Mitteilung Trenchards an den Frühstückstisch, in der sich dieser erkundigte, ob alles in Ordnung sei und er weitere Unterstützung brauche. Sofern er Lust habe, hieß es weiter, mit ihm zu Mittag zu essen, werde er ihm anschließend gern einige der weniger bekannten Sehenswürdigkeiten Alexandrias zeigen.

Pitt ließ sich Schreibzeug bringen, da ihm die Möglichkeit, mit Trenchard zu sprechen, gelegen kam. Als der Bote mit der Antwort gegangen war, wandte er sich wieder dem herrlichen frischen Brot, Obst und Fisch zu. Er gewöhnte sich sehr rasch an die exotische Nahrung und genoss sie geradezu.

Einen Teil des Vormittags verbrachte er in einer englischen Bibliothek, um nachzulesen, was sich dort über den Aufstand Orabi Paschas fand. Zugleich bemühte er sich festzustellen, ob es Hinweise auf Männer namens Ghali gab, die in der Politik der damaligen Zeit eine Rolle gespielt hatten. So sehr fesselten ihn die Verwicklungen aus Leidenschaft und durch Verrat, dass er zum Mittagessen mit Trenchard fast zu spät gekommen wäre.

Ohne es zu kommentieren, dass sein Gast erst kurz nach zwölf eingetroffen war, erhob sich Trenchard mit einem Lächeln und bat ihn herein.

»Wirklich schön, dass Sie kommen konnten«, sagte er mit aufrichtig klingender Stimme. Aufmerksam musterte er Pitts helle Baumwollhose und das leichte Hemd, von dem das bereits recht kräftige Braun auf Gesicht und Armen deutlich abstach. »Sieht ganz so aus, als ob Sie sich schon eingelebt hätten – abgesehen von ein paar Mückenstichen«, merkte er an.

»Stimmt«, antwortete Pitt. »Man könnte ein ganzes Jahr damit zubringen, diese Stadt zu erkunden, ohne dabei mehr als die Oberfläche anzukratzen.«

Eine Art Anspannung in Trenchards Zügen löste sich. Die Linien um seinen Mund wurden weicher, und der herzliche Blick seiner Augen wirkte aufrichtiger. »Das Land hat Sie wohl in seinen Bann geschlagen, wie?«, fragte er mit unüberhörbarem Vergnügen. »Dabei waren Sie noch nicht einmal in der Nähe von Kairo, ganz zu schweigen vom Oberlauf des Nils. Ich würde Ihnen wünschen, dass Ihre Aufgabe Sie nach Heliopolis führt, zu den Kalifengräbern oder den versteinerten Wäldern. Wenn Sie schon einmal so weit wären, müssten Sie unbedingt zu den Pyramiden von Giseh hinausreiten und natürlich auch zur Sphinx und sich dann zumindest auch noch die Pyramiden bei Abusir und Sachra sowie die Ruinen von Memphis ansehen.« Er schüttelte leicht den Kopf, als müsse er über einen Scherz lachen, den nur er begriff. »Danach könnte Sie nichts auf Erden mehr daran hindern, weiterzureisen zu den bedeutendsten und ältesten aller Ruinen, bis Theben und dem Tempel von Karnak. Was es dort zu sehen gibt, entzieht sich jeder Vorstellungskraft.« Bei diesen Worten sah er Pitt aufmerksam an. »Glauben Sie mir, kein heutiger Mensch des Westens kann sich die Großartigkeit dieser Anlagen ausmalen – sie sind einfach unüberbietbar!« Wie er da in der Mitte seines Büros stand, schien er den modernen Möbeln und den zahlreichen Konsulatsakten entrückt zu sein. Man hatte den Eindruck, als richte sich sein Blick auf den zeitlosen Sand der Wüste.

Pitt sagte nichts; ihm war klar, dass eine Antwort weder nötig war noch erwartet wurde.

»Dann südwärts nach Luxor«, fuhr Trenchard fort. »Den Nil müssen Sie im Morgengrauen überqueren. In Ihrem ganzen Leben haben Sie bestimmt noch nichts gesehen, was dem Anblick vergleichbar wäre, der sich bietet, wenn sich das über der Wüste aufgehende erste Licht auf die Wasseroberfläche legt. Von dort sind es nur noch etwa sechs Kilometer bis zum Tal der Könige.

Mit einem schnellen Kamel können Sie zum Sonnenaufgang bei den Gräbern der Pharaonen sein, deren Vorgänger viertausend Jahre vor Christi Geburt über Ägypten herrschten. Als der Erzvater Abraham aus Ur in Chaldäa in dies Land kam, waren sie schon eine alte Dynastie. Haben Sie eine Vorstellung, was das bedeutet?« Seine Augen blitzten herausfordernd. »Daran gemessen ist das britische Reich, das gegenwärtig die Erde umspannt, erst in den letzten fünf Minuten auf der Uhr der Geschichte entstanden.« Auf einmal verstummte er und holte dann tief Luft. »Aber leider werden Sie für all das keine Zeit haben, und sicherlich ist Narraway auch nicht bereit, dafür zu zahlen. Entschuldigen Sie bitte. Zweifellos sind Sie so pflichtbewusst, dass Sie Ihren Auftrag unbedingt so rasch wie möglich erfüllen wollen.«

Pitt lächelte. »Das Pflichtbewusstsein verbietet mir nicht, etwas über Ägyptens Geschichte zu erfahren oder zu wünschen, dass es nötig sein möge, Miss Sacharis Hintergrund mindestens bis Kairo zu erforschen! Bisher habe ich keinen Vorwand dafür gefunden, aber ich habe die Suche danach noch nicht aufgegeben.«

Lachend ging ihm Trenchard voraus auf die belebte Straße und diese ein kurzes Stück entlang in eine Richtung, in die Pitt noch nicht gegangen war. Bewundernd betrachtete er die herrlichen Gebäude mit ihrem ausgetüftelten Fassadenschmuck und den zum Schutz gegen die Hitze überdachten Balkonen. Auf einem von ihnen saßen zwischen den Säulen einige ältere Männer auf üppigen türkis- und goldfarbenen Kissen, die sich ernsthaft miteinander zu unterhalten schienen, während sie Brot, Datteln und anderes Obst aßen. Auf einem Tischchen stand eine schmale, hohe Vase mit rosa Rosen. Der kurze Blick, den die Männer auf die beiden Engländer warfen, war voll Verachtung und Ablehnung, doch im nächsten Augenblick verschwand dieser Ausdruck wie hinter einer Maske. Tauben umschwirrten die Männer, und hinter ihnen stand ein kräftiger Diener in Pumphosen, dessen Haut fast ebenso schwarz war wie sein Bart, um auf ihren Wink zu warten.

Unwillkürlich kam Pitt der Gedanke, dass diese Szene vor tausend Jahren ganz genauso hätte aussehen können.

Sie traten in das von Trenchard ausgewählte Lokal, und er bestellte für beide, ohne Pitt nach seinen Wünschen zu fragen. Als das Essen kam, griff er unter Missachtung aller europäischen Etikette mit den Fingern zu, und Pitt folgte seinem Beispiel. Die Mahlzeit war köstlich. Alles passte aufs Schönste zueinander: Farben, Geruch und Zusammenstellung.

»Auch ich habe mich unauffällig ein wenig nach Ayesha Sachari umgehört, habe Bekannte hier am Ort gefragt«, sagte Trenchard nach einer Weile.

Pitt hielt mitten in der Bewegung inne. »Und?«

»Ganz wie ich es vermutet hatte, ist sie koptische Christin. Beim Orabi-Aufstand vor zehn Jahren, also kurz vor der Beschießung Alexandrias, scheint sie in enger Verbindung zu einem der ägyptischen Nationalistenführer gestanden zu haben. Tut mir Leid, Pitt.« Er machte ein betrübtes Gesicht. »Aber es sieht ganz so aus, als wäre sie in der Absicht nach London gegangen, Ryerson einzuwickeln, weil sie es sich in den Kopf gesetzt hat, mit seiner Hilfe dafür zu sorgen, dass die Wirtschaftsbeziehungen zwischen den beiden Ländern auf eine andere Grundlage gestellt werden. Dabei geht es auf jeden Fall um Baumwolle, unter Umständen aber auch um mehr. Dieser Plan ist ebenso töricht wie undurchführbar, aber sie ist nun einmal eine Idealistin und wollte schon immer mit dem Kopf durch die Wand. Sie hatte sich in einen gewissen Ramses Ghali verliebt. Als er von den Zielen der Nationalisten abgefallen ist, war sie eine der Letzten, die sich der Erkenntnis stellten, dass er ein Verräter war.« Auf Trenchards Züge trat ein Gemisch aus Mitgefühl und tief empfundener Verachtung. Die bloße Erwähnung der Umstände schien ihm unbehaglich zu sein und dafür zu sorgen, dass seine Bewegungen ungewohnt schwerfällig wirkten.

Auch Pitt empfand ein Gefühl der Leere. »Solche Enttäuschungen sind äußerst bitter«, sagte er leise. »Die meisten von uns bemühen sich wohl, sie so lange wie möglich nicht zur Kenntnis zu nehmen.«

Trenchard hob rasch den Blick. »Tut mir wirklich Leid, Pitt. Ich fürchte, Sie werden feststellen, dass Miss Sachari impulsiv und romantisch ist, eine Frau, die erleben musste, dass man ihre Ideale verraten hat, und die jetzt, von ihrem Schmerz getrieben, versucht, die alten Träume zu verwirklichen, ganz gleich, wie unrealistisch die Mittel sein mögen, die ihr dazu verhelfen sollen.«

Pitt sah auf den Bissen, den er in den Fingern hielt. Er hatte allen exotischen Zauber verloren, der noch vor wenigen Minuten von ihm ausgegangen war. Er versuchte sich klar zu machen, dass seine Haltung einfach grotesk war. Er hatte die Frau, die zugelassen hatte, dass persönliche Kränkungen ihren gesunden Verstand trübten, weil sie ihre politischen Ziele nicht erreicht hatte, noch kein einziges Mal gesehen. Sie hatte ihn ausschließlich aus beruflichen Gründen zu interessieren. Mit einem Mal fühlte er sich lustlos und matt, als wäre auch ihm ein Traum zerstört worden.

»Ich will sehen, was ich noch über Lovat ermitteln kann«, sagte er.

Trenchard sah ihn an. Bedauern lag auf seinem Gesicht. »Tut mir wirklich Leid«, sagte er erneut. »Mir ist klar, dass Ihnen eine andere Erklärung sehr viel lieber gewesen wäre. Halten Sie es für möglich, dass sich Lovat in England Feinde gemacht hat?«

»Man hat ihn um drei Uhr nachts im Garten von Miss Sacharis Haus erschossen!«, sagte Pitt mit einem Anflug von Bitterkeit in der Stimme. »Mit ihrer Pistole.«

Trenchard machte eine resignierte Bewegung, die anmutig und traurig zugleich wirkte und deren Eleganz den Eindruck erweckte, als habe er sich etwas von der tiefen Würde der Kultur angeeignet, die er so sehr bewunderte.

Sie beendeten ihre Mahlzeit. Trenchard dankte dem Besitzer des Lokals in fließendem Arabisch und bestand darauf, die Rechnung zu begleichen. Anschließend begleitete er Pitt zum Basar, wo er ihn beim Feilschen um einen Armreif mit einem Karneol für Charlotte, eine für Daniel vorgesehene kleine Schnitzerei, die ein Flusspferd darstellte, einige Seidenbänder in kräftigen Farben für Jemima und ein rotes Kopftuch für Gracie unterstützte.

So war es für Pitt ein ertragreicher Nachmittag gewesen: Auf der einen Seite verdankte er ihm die Erkenntnis, dass Jakubs Angaben offensichtlich auf Wahrheit beruhten, und auf der anderen hatte er jetzt herrliche Mitbringsel, für die er sehr viel weniger hatte zahlen müssen, als wenn er sie allein gekauft hätte.

Er dankte Trenchard und kehrte mit der Straßenbahn in sein Hotel zurück, entschlossen, die Kaserne aufzusuchen, in der Lovat gedient hatte. Er wollte die ihm in Alexandria verbleibende Zeit dazu nutzen, möglichst viel über das dienstliche und private Verhalten dieses Mannes herauszufinden. Irgendwann mussten sich seine und Ayesha Sacharis Wege gekreuzt haben, und mit Sicherheit gab es mehr darüber zu erfahren.

KAPITEL 7

Es fiel Charlotte ausgesprochen schwer, sich auf irgendetwas zu konzentrieren, solange sich Pitt in Ägypten befand – allein in einem Land, über das er nichts wusste. Gefährlicher als diese mangelnde Vertrautheit mit den Lebensumständen war, dass er sich dort nach einer Frau erkundigen musste, die möglicherweise gegen die britische Schutzherrschaft über Ägypten kämpfte. Charlotte bemühte sich nach Kräften, an etwas anderes zu denken, sich um die Dinge ihres Alltags zu kümmern, doch sobald sie die letzte der Gaslampen im Erdgeschoss löschte und allein nach oben ins Schlafzimmer ging, flohen all diese Gedanken und ließen sie mit der ungeheuerlichen Tatsache seiner Abwesenheit allein, und während sie im Dunkeln dalag, malte sie sich die wildesten Möglichkeiten aus.

So war sie froh, als Tellman am dritten Abend nach Pitts Abreise auftauchte. Er war an die Hintertür gekommen, und Gracie hatte ihn eingelassen. Er sah müde und durchgefroren aus, was bei dem kalten Wind weiter kein Wunder war. In der Spülküche schüttelte er sich ein wenig, denn es hatte kurz zuvor geregnet, dann zog er den Mantel aus.

»Guten Abend, Mrs Pitt«, sagte er und sah sie aus alter Gewohnheit besorgt an, als sei es nach wie vor seine Aufgabe, sich in Pitts Abwesenheit um sie zu kümmern. Schon längst tat er nicht mehr so, als wäre ihm derlei gleichgültig.

»Guten Abend, Inspektor«, sagte sie. In ihr Lächeln mischte sich eine gewisse Belustigung, aber zugleich auch ihre Freude, ihn zu sehen. Mit voller Absicht redete sie ihn mit seinem dienstlichen Titel an. Seinen Vornamen hatte sie noch nie verwendet, und sie war nicht einmal sicher, ob Gracie das außer bei wenigen besonderen Gelegenheiten getan hatte, bei denen Förmlichkeit nicht am Platze gewesen wäre. »Es scheint Ihnen kalt zu sein. Setzen Sie sich und trinken Sie eine Tasse Tee«, forderte sie ihn auf. »Haben Sie schon zu Abend gegessen?«

»Nein«, sagte er, zog sich einen Stuhl herbei und nahm Platz.

»Ich mach Ihnen was«, erbot sich Gracie rasch und schob schon den Wasserkessel auf die heiße Mitte des Herdes. »Wir ha'm aber nur noch kalt'n Hammel un gekocht'n Kohl mit Kartoffeln – woll'n Se was davon?«

»Sehr gern, danke«, sagte Tellman und warf einen Blick zu Charlotte hinüber, um sich zu vergewissern, dass auch die Hausherrin einverstanden war.

»Nur zu«, sagte sie rasch. »Haben Sie schon etwas über Martin Garvie erfahren?«

Er ließ den Blick von ihr zu Gracie wandern. Auf seinem hageren Gesicht mit den hohen Wangenknochen lagen tiefes Mitgefühl und eine Freundlichkeit, die vom weichen Licht der Gaslampe verstärkt wurde.

»Nein«, erwiderte er. »Ich habe wirklich alles getan, was mir ohne offiziellen polizeilichen Auftrag möglich war.« Dagegen konnten die Frauen nichts sagen. Sie kannten seine schwierige Situation auf der Polizeiwache in der Bow Street.

»Was ha'm Se denn rausgekriegt?«, fragte Gracie, stellte eine Bratpfanne auf den Herd und bückte sich, um das Feuer zu schüren, damit es wieder richtig in Gang kam. Sie tat das mehr oder weniger automatisch und sah dabei hauptsächlich zu Tellman hin.

»Es steht fest, dass Martin Garvie verschwunden ist«, gab er unglücklich zu. »Seit zwei Wochen hat ihn niemand gesehen, aber auch von Stephen Garrick weiß niemand etwas, nicht einmal die Dienstboten im Hause. Zuerst hatten sie vermutet, dass er sich in seinen Zimmern aufhielt und einen seiner Anfälle hätte …«

»Aber doch nicht zwei Wochen lang. Das müsste doch zumindest die Köchin wissen«, fiel ihm Charlotte ins Wort. »Ganz gleich, wie krank er wäre, würde er doch auf jeden Fall wollen, dass ihm jemand zu essen bringt. Außerdem hätte die Familie in einem so langen Zeitraum bestimmt längst den Arzt gerufen.«

»Soweit ich feststellen konnte, war kein Arzt im Hause«, sagte Tellman und schüttelte dabei den Kopf ein wenig. »Und auch sonst haben keine Besucher nach ihm gefragt.« Sein Gesicht spannte sich an, seine Augen wurden dunkel. »Er ist nicht zu Hause – und auch sein Kammerdiener nicht.«

Gracie holte die kalten Kartoffeln aus der Speisekammer. Sie entschuldigte sich und begann Zwiebeln zu schälen und zu schneiden, wobei sie nach einem Taschentuch griff. »Kohl mit Kartoffeln ohne Zwiebeln is nix«, sagte sie erklärend. Allmählich wurde die Pfanne heiß.

»Ist denn auch keine Post gekommen?«, erkundigte sich Charlotte. »Und was ist mit Einladungen? Die kann er ja nicht gut unbeantwortet lassen; man müsste sie ihm zumindest nachschicken.«

Tellman biss sich auf die Lippe. »Auch wenn ich natürlich nicht offen heraus fragen konnte, habe ich mich doch in Bezug auf den jungen Mr Garrick ein wenig umgehört. Es sieht ganz so aus, als hätte er nicht besonders viele Freunde. Soweit ich feststellen konnte, scheint er kein sehr geselliger Mensch zu sein.«

Gracie betupfte sich die tränenden Augen mit dem Taschentuch. Als sie die Zwiebelstückchen in das heiße Fett gab, gingen ihre Worte in dessen Aufzischen unter. »Mit irgendjemand muss er aber doch bekannt sein«, wiederholte sie nach einer Weile. »Er is nich zu Haus, geht nich arbeit'n – wo is er dann? Vermisst 'n denn keiner?«

»Meinen Erkundigungen nach scheint es niemanden zu geben, dem seine Abwesenheit auffallen würde, weil er nur selten mit anderen Menschen zusammentrifft«, antwortete ihr Tellman. Dann wandte er sich an Charlotte: »Er führt wohl nicht das gleiche Leben wie die meisten Männer seines Alters und Standes. Da er keinen Klub regelmäßig aufsucht, findet niemand es befremdlich, dass man ihn selten oder nie sieht. Nirgendwo kennt man ihn, er spricht mit keinem, geht mit keinem zum Rennen, treibt mit niemandem Sport. Außerdem tut er nichts, um … seinen Lebensunterhalt zu verdienen!« Er räusperte sich. »Ich komme fast täglich mit denselben Menschen zusammen. Wenn ich einmal nicht da wäre, würde das bald auffallen, und die Leute würden Fragen stellen.«

Charlotte verzog nachdenklich das Gesicht. Zwar beunruhigte sie, was er sagte, aber etwas Bestimmtes ließ sich noch nicht daraus herleiten. Was ihr durch den Kopf ging, hätte sie in feiner Gesellschaft nicht sagen dürfen, doch die Sache war zu ernst, als dass sie auf so etwas Rücksicht nehmen konnte. Andererseits war ihr klar, dass sie Tellman nicht offen darauf ansprechen durfte, schon gar nicht in Gracies Anwesenheit. »Er ist nicht verheiratet«, sagte sie vorsichtig. »Und soweit wir wissen, trägt er sich auch keiner Frau gegenüber mit solchen Absichten. Hat er womöglich …« Sie wusste nicht so recht, wie sie fortfahren sollte.

»Ich habe nichts dergleichen feststellen können«, gab ihr Tellman rasch zur Antwort. »Alles deutet darauf hin, dass er ein ziemlich unglücklicher Mensch ist.« Er sah zu Gracie hin. »Ungefähr so, wie sie gesagt hat. Trinkt viel und macht dann Ärger. Auf diese Weise hat er in letzter Zeit viele Freunde verloren. Niemand scheint ihn mehr aufzusuchen. Natürlich hatte ich keine Gelegenheit, der Sache besonders tief auf den Grund zu gehen, aber es ist sicher, dass ihn niemand gesehen hat und er wohl auch nicht die Absicht hatte, irgendwohin zu reisen. Das aber heißt, ganz gleich, wo er sich aufhält: die Entscheidung, diesen Ort aufzusuchen, ist ohne längere Planung gefallen.«

»Un dabei hat er Martin Garvie mitgenomm?«, fragte Gracie, die in den Zwiebeln rührte, ohne ihn anzusehen. »Wieso hat dann die Köchin nix darüber gewusst? Un Bella? Die hätt'n doch sicher davon gehört? Bestimmt is er nich ohne Gepäck aus'm Haus. Das machen feine Herren nich.«

»Da hat sie Recht«, stimmte Charlotte zu. »Und zu den Briefen haben Sie auch noch nichts gesagt. Werden sie ihm nachgeschickt?

Einladungen an ihn kann jemand anders ablehnen, aber seine Post will er doch sicher selbst haben.«

»Sein Vater?«, sagte Tellman.

»Vermutlich«, stimmte Charlotte zu. »Aber die bringt er doch wohl kaum selbst zum Briefkasten. Warum sollte er? Leute wie er haben dafür Lakaien. Befindet er sich an einem so geheimen Ort, dass das Personal nichts davon wissen darf? Und warum hat Martin seiner Schwester Tilda keine Mitteilung geschickt oder hinterlassen?«

»Dafür war wohl keine Zeit«, sagte Tellman. »Entweder ist er einer plötzlichen Einladung gefolgt, oder er hat sich von einem Augenblick auf den anderen zur Abreise entschlossen.«

»An einen Ort, von wo aus Martin keine Möglichkeit hatte, einen Brief zu schicken – wenn schon nicht an Tilda, dann zumindest an jemanden, der sie hätte informieren können?«, fragte Charlotte zweifelnd.

Inzwischen gab Gracie die Kartoffeln und den Kohl in die Pfanne, verrührte sie mit den Zwiebeln und wartete, dass das Ganze schön braun wurde. »Da stimmt was nich«, sagte sie leise. »Das is unnatürlich. Ich würd sagen, da is was faul.«

»Ich auch.« Charlotte sah Tellman offen an.

Er gab ihren Blick zurück. »Ich weiß nicht, auf welche Weise ich der Angelegenheit weiter nachgehen könnte, Mrs Pitt. Die Polizei hat keinen Grund, in diesem Zusammenhang jemanden zu befragen. Man hat mich ohnehin schon mehr als einmal ziemlich schroff abgewiesen und mir mitgeteilt, ich solle mich um meine eigenen Angelegenheiten kümmern. Ich musste so tun, als hätten meine Fragen mit einem Diebstahl zu tun, dessen Zeuge Mr Garrick möglicherweise geworden ist.« Sein gequälter Gesichtsausdruck zeigte deutlich, wie sehr er es verabscheute, sich zu einer Lüge hergegeben zu haben. Charlotte fragte sich, ob Gracie wusste, wie hoch der Preis war, den er ihr zuliebe gezahlt hatte. Die junge Frau arbeitete konzentriert am Herd, sodass sie den beiden den Rücken zukehrte. Nach einer Weile hob sie sorgfältig den Inhalt der Pfanne heraus, um die braune Kruste nicht zu beschädigen, und legte ihn auf den Teller zu dem kalten Hammelfleisch. Möglicherweise war es ihr durchaus klar.

»Danke.« Tellman nahm ihr den Teller ab und begann nach einem kaum wahrnehmbaren Zögern zu essen, sobald Charlotte genickt hatte, um anzuzeigen, dass er nicht warten solle.

»Un was mach'n wir jetz?«, fragte Gracie, zog das Feuer im Herd auseinander und füllte die Teekanne. »Er kann nich einfach verschwunden sein. Jedenfalls könn' wir nich die Hände in 'n Schoß legen! Wenn was passiert is, is das 'n Verbrechen, egal ob es um beide geht oder nur um Martin.« Sie sah zu Charlotte hin. »Mein' Se, Mr Garrick könnte Martin in ei'm von sein' Tobsuchtsanfällen richtig fest geschlag'n ha'm, un jetz is er tot? Un die Familie vertuscht das, weil se 'n deck'n woll'n? Ha'm 'n vielleicht aufs Land geschickt oder so was?«

Gerade als Charlotte den Mund auftun und sagen wollte, eine solche Vermutung sei selbstverständlich Unsinn, merkte sie, dass sie das nicht ausschließen konnte.

Tellman holte Luft, um etwas zu sagen, aber sein Mund war voll.

»Ich denke, wir müssen noch weit mehr über die Familie Garrick in Erfahrung bringen«, äußerte Charlotte, bemüht, ihre Worte sorgfältig zu wählen.

Voll Spannung und Hoffnung sagte Gracie: »Woll'n Se Lady Vespasia fragen?« Sie hatte nicht nur von der Mitwirkung der alten Dame bei einigen Fällen erfahren, sondern sie sogar kennen gelernt und war bei Besuchen in der Keppel Street mehr als einmal von ihr angesprochen worden. Wenn sie Königin Viktoria in höchsteigener Person gewesen wäre, hätte Gracie nicht beeindruckter sein können. Immerhin war die Königin klein und eher rundlich, während Vespasia so herrschaftlich und schön aussah, wie sich das für eine Königin gehörte. Wichtiger aber noch: Sie war bereit, von ganzem Herzen bei der Aufklärung von Verbrechen mitzuhelfen. Obwohl sie eine richtige feine Dame mit all dem unvorstellbaren Glanz war, der dazu gehörte, half sie ihnen bei ihren Fällen, und eine höhere Auszeichnung konnte es in Gracies Augen nicht geben. »Die weiß das bestimmt«, fügte sie eifrig hinzu.

Charlotte ließ den Blick von Gracie zu Tellman wandern, dem Aristokraten ebenso zuwider waren wie Amateure, die sich in Angelegenheiten der Polizei einmischten, und ganz besonders, wenn es sich um Frauen handelte. Sie zögerte, als wolle sie seine Ansicht einholen, doch als er stumm blieb, nickte sie.

»Etwas Besseres fällt mir auch nicht ein. Wie gesagt, das ist kein Fall für die Polizei, aber man muss wohl annehmen, dass etwas ganz und gar nicht in Ordnung ist«, räumte Tellman ein. »Wir sollten es versuchen.«

Der Abend war viel zu weit fortgeschritten, als dass sich Charlotte bei Tante Vespasia hätte melden können, doch gleich am nächsten Vormittag zog sie ihr bestes Ausgehkleid an. Gewiss, es war nach der Mode des vorigen Jahres geschnitten, doch hatte sie weder einen Grund gesehen noch Lust verspürt, es zu ändern. Seit Pitt seines Postens als Leiter der Wache in der Bow Street enthoben und zum Sicherheitsdienst versetzt worden war, hatte es für sie weder einen Anlass noch eine Möglichkeit gegeben, an auch nur mäßig wichtigen gesellschaftlichen Ereignissen teilzunehmen. Erst jetzt, als sie den ihr nur allzu vertrauten Inhalt ihres Kleiderschranks musterte, kam ihr zu Bewusstsein, dass sie modisch nicht ganz auf der Höhe der Zeit war.

Doch für solchen überflüssigen Luxus konnte die Familie Pitt kein Geld erübrigen. Was Charlotte an Kleidern besaß, wärmte, stand ihr gut und genügte den üblichen Ansprüchen vollständig. Es war noch nicht lange her, dass sich Pitt und sie darum gesorgt hatten, woher sie das Geld für Lebensmittel und Brennmaterial nehmen sollten.

Sie nahm ihr pflaumenfarbenes Vormittagskleid aus dem Schrank und zog es an, zufrieden, dass es wenigstens nirgends zwickte oder spannte. Einen dazu passenden Hut zu finden war weniger einfach, und schließlich entschied sie sich für einen schwarzen mit rosaroter Garnitur. So richtig zufrieden war sie damit nicht, aber sie konnte einen solchen Besuch unmöglich ohne Kopfbedeckung machen. Noch wichtiger als ihre eigenen Empfindungen war, dass sie auf keinen Fall Tante Vespasia in Verlegenheit bringen wollte. Immerhin bestand die Möglichkeit, dass jemand bei ihr war. Niemand ist auf das Auftauchen mittelloser ferner Verwandter erpicht, zumal dann nicht, wenn sie zu allem Überfluss bei ihrer Kleidung jeden Geschmack vermissen lassen.

Gracie verabschiedete sie begeistert und gab ihr in letzter Minute noch einige Ratschläge und Hinweise mit auf den Weg. Wenn sie es sich vorher überlegt hätte, wäre sie wohl nicht so naseweis gewesen, aber ihr Eifer ließ ihr Gefühl für das, was sich gehörte, in den Hintergrund treten.

»Wir müss'n unbedingt wiss'n, was mit den Leut'n da los is«, sagte sie stirnrunzelnd. »Bestimmt ha'm se dem was getan. Wir müss'n rauskrieg'n, was se gemacht ha'm und warum.«

»Ich werde Tante Vespasia die Lage schildern, wie sie ist«, sagte Charlotte, während sie, auf den Stufen vor der Haustür stehend, zum Himmel emporsah. Es war ein schöner Vormittag, sonnig, aber ziemlich frisch.

»Regnet bestimmt nicht«, sagte Gracie mit Nachdruck.

»Sieht ganz so aus«, bestätigte Charlotte. »Mir ist nur gerade durch den Kopf gegangen, dass an einem solchen Tag vermutlich alle Welt Besuche macht. Ich werde von Glück sagen können, wenn ich sie allein antreffe. Bei dem, was ich ihr zu sagen habe, möchte ich wirklich nicht unterbrochen werden.«

Sie machte sich entschlossen auf den Weg und hielt Ausschau nach einer Droschke. Zwar war die Fahrt mit dem Pferdeomnibus billiger, aber das Umsteigen würde sie viel Zeit kosten, und außerdem würde sie in gewisser Entfernung von Tante Vespasias Haus aussteigen müssen, denn für Besucher von Lady Cumming-Gould schickte es sich einfach nicht, sozusagen mit dem Pferdeomnibus vorzufahren.

Als sie dort ankam, erfuhr sie von der Zofe, die sie gut kannte, dass die Gnädige angesichts des schönen Wetters beschlossen hatte, auszufahren und ein wenig im Park spazieren zu gehen.

Überrascht merkte Charlotte, wie enttäuscht sie war. Zwar gab es in London eine große Zahl von Parks, doch wenn Angehörige der Oberschicht ›der Park‹ sagten, war damit immer der Hyde Park gemeint. So blieb ihr nichts anderes übrig, als erneut eine Droschke zu nehmen und hinzufahren.

Während der Saison hätte sie damit rechnen müssen, im Hyde Park oder in seiner Nähe an die hundert Kutschen zu sehen, sodass es Zeitverschwendung gewesen wäre, Ausschau nach einer bestimmten zu halten, doch jetzt, Ende September, zu einer Zeit, da zwar die Sonne schien, es aber durchaus recht kühl war, wartete am der Stadt zugekehrten Ende von Rotten Row höchstens ein Dutzend Kutschen und vielleicht noch einmal die gleiche Anzahl am anderen Ende. Die Pferde standen ruhig da, das Messing ihres Zaumzeugs glänzte in der Sonne. Gelegentlich hörte man das leise Klirren eines Pferdegeschirrs. Kutscher und Lakaien sprachen im Schatten der Bäume miteinander und achteten wie die Luchse darauf, nicht von ihrer zurückkehrenden Herrschaft dabei ertappt zu werden.

Charlotte war entschlossen, Vespasia zu finden und sie anzusprechen, ganz gleich, mit wem sie sich gerade unterhalten mochte – außer wenn es die Gattin des Prinzen von Wales war, seit vielen Jahren Vespasias vertraute Freundin. Da diese aber so gut wie taub war, dürfte sie sich kaum mit ihr unterhalten. Sofern Vespasia indes ins Gespräch mit einer Herzogin oder Gräfin vertieft war, würde Charlotte höchstwahrscheinlich gar nicht merken, wen sie vor sich hatte. Schlagartig kam ihr zu Bewusstsein, dass sich äußerste Zurückhaltung empfahl, auch wenn sich später herausstellen sollte, dass die betreffende Dame in der Gesellschaft keine Rolle spielte. Es war Vespasia durchaus zuzutrauen, dass sie sich mit einer Schauspielerin oder Kurtisane unterhielt, sofern diese sie interessierte.

Fast eine halbe Stunde lang eilte Charlotte suchend von einem Grüppchen zum anderen durch den Park, bis sie schließlich atemlos und mit einer schmerzenden Blase an der linken Ferse auf Vespasia stieß, die mit hoch erhobenem Kopf allein über einen der

Wege lustwandelte. Ihren stahlgrauen Hut mit der schwungvollen Krempe zierte eine wunderschöne silberne Straußenfeder. Das Kleid war von etwas hellerem Grau als der Hut, und so kunstvoll war sein weißer Spitzeneinsatz geklöppelt, dass er im Sonnenschein wie ein sich brechender Wogenkamm aussah.

Sie wandte sich um, als sie Schritte hinter sich hörte. »Du bist ja ganz außer Atem, meine Liebe«, tadelte sie Charlotte mit gehobenen Brauen. »Wenn du es so eilig hast, muss das, was dich herführt, ja von äußerster Bedeutung sein.« Sie warf einen Blick auf Charlottes Kleid, dessen Saum von Staub bedeckt war. Dabei fiel ihr auf, dass Charlotte ein wenig schief stand, um den schmerzenden Fuß zu entlasten. »Möchtest du dich nicht einen Augenblick setzen?« Ihr war sofort klar gewesen, dass es nicht um eine persönliche Katastrophe ging.

»Danke«, nahm Charlotte an. Sie spürte die Blase noch schmerzhafter als zuvor, gab sich aber größte Mühe, möglichst aufrecht bis zur nächsten Bank zu gehen, auf die sie sich dankbar sinken ließ. Auf jeden Fall würde sie gleich einmal ihren Stiefel aufknöpfen, um zu sehen, was sich machen ließ.

Vespasia sah sie leicht belustigt an. »Ich vergehe vor Neugier«, sagte sie lächelnd. »Was führt dich ohne Begleitung und offensichtlich auch nicht ohne Schwierigkeiten an einen so ungewohnten Ort?«

»Die Notwendigkeit, etwas Bestimmtes zu erfahren«, sagte Charlotte und zuckte zusammen, als sie den Fuß versuchsweise bewegte. Sie strich sich den Rock glatt und setzte sich ein wenig aufrechter hin. Ihr war bewusst, dass Vorüberkommende unauffällig zu ihnen hersahen und sich vermutlich fragten, wer diese Frau neben der stadtbekannten Aristokratin sein mochte. Sofern Vespasia eifersüchtig auf ihren Ruf geachtet hätte, wäre ihr das möglicherweise peinlich gewesen, aber derlei ließ sie völlig kalt. Von ihr aus mochten die Leute reden und denken, was sie wollten.

»Etwa weitere Angaben über Saville Ryerson?«, erkundigte sich Vespasia ruhig. »Gern würde ich damit dienen, aber ich bin nicht sicher, dass ich dazu imstande wäre.«

»Nein, diesmal geht es nicht um Mr Ryerson, sondern um Mr Garrick«, teilte ihr Charlotte mit.

Vespasias Augen weiteten sich. »Etwa Ferdinand Garrick? Sag mir nur nicht, dass er in die Eden-Lodge-Geschichte verwickelt ist. Das wäre so absurd, dass man es nicht als Tragödie ansehen könnte, sondern als Farce bezeichnen müsste.«

Charlotte sah sie verwirrt an. Sie war nicht sicher, wie ernst Vespasia das meinte. Sie hatte einen ganz eigenen Humor, der vor niemandem Halt machte.

»Inwiefern?«, fragte sie.

Der Ausdruck, der jetzt auf Vespasias Gesicht trat, war eine Mischung aus Betrübnis und leichtem Widerwillen. »Ferdinand Garrick ist Witwer und führt sich auf, als wäre er das Urbild eines Musterchristen, meine Liebe«, sagte sie. »Nicht nur ist er von überspannter Tugendhaftigkeit – er posaunt sie auch demonstrativ vor aller Welt hinaus«, fuhr sie fort. »Er legt großen Wert auf das, was er als gesunde Lebensweise ansieht, verschafft sich viel zu viel Bewegung, friert mit Begeisterung und erwartet von allen Bewohnern seines Haushalts ein ebenso asketisches Leben. Er ist überzeugt, Gott damit näher zu kommen, dass er nicht nur sich kasteit, sondern das auch von allen anderen verlangt. Ich würde sagen, damit verhält es sich wie mit Lebertran – er mag gelegentlich Recht damit haben, aber es fallt ungeheuer schwer, es zu mögen.« Der Ausdruck, mit dem sich Charlotte ein Lächeln verbiss, zeigte Vespasia, dass sie verstanden worden war.

»Wie gesagt, es hat mit Mr Ryerson überhaupt nichts zu tun«, wiederholte Charlotte. »Thomas ist gegenwärtig wegen der Mordgeschichte in Alexandria. Er hofft dort mehr über Miss Sachari herauszubekommen«, erläuterte sie.

Vespasia saß reglos da. Zwei vorüberschlendernde Herren zogen den Hut. Sie schien sie nicht einmal gesehen zu haben.

»Grundgütiger, wieso Alexandria?«, murmelte sie vor sich hin. »Entschuldige bitte, das war eine törichte Frage. Ich nehme an, dass ihn Victor Narraway dort hingeschickt hat, sonst wäre er wohl kaum dort.« Sie atmete betont langsam aus. »Er geht also jeder Fährte nach. Das höre ich gern. Wann ist er abgereist?«

»Vor vier Tagen«, gab Charlotte zurück und merkte überrascht, dass ihr die Zeit sehr viel länger vorgekommen war. Zwar war er auch sonst nicht ständig zu Hause, kehrte aber abends zurück. Die Nächte ohne ihn schienen ihr fürchterlich unbehaglich, so als hätte sie vergessen, im Kamin der einzelnen Zimmer Feuer zu machen. Die Wärme des Herzens war fort. Fehlte sie ihm bei den wenigen Gelegenheiten, da sie nicht zu Hause war, ebenso sehr? Sie hoffte es von ganzem Herzen. »Inzwischen müsste er dort sein«, fügte sie hinzu.

»Das denke ich auch«, gab ihr Vespasia Recht. »Alles dort wird ihm außerordentlich fesselnd erscheinen. Vermutlich hat sich nicht viel geändert, seit ich da war, jedenfalls nichts Wesentliches.« Sie verzog ein wenig den Mund. »Allerdings war das, bevor Mr Gladstone die Stadt hat beschießen lassen. Weiß der Kuckuck, warum ihm das angebracht erschien. Das wird die Zuneigung, die ihre Bewohner uns Briten entgegenbringen, nicht gesteigert haben, doch lassen wir uns von so etwas normalerweise nicht sonderlich beeindrucken. Diese Stadt ist nicht nachtragend. Sie nimmt einfach alles in sich auf, ungefähr so, wie der menschliche Körper die Nahrung, und verwandelt es in einen Bestandteil ihrer selbst. So war es, als die Araber kamen, die Griechen, die Römer, die Armenier, die Kinder Israels und die Franzosen – warum sollte es bei uns Briten anders sein? Wir haben etwas anzubieten, und sie nimmt alles an. Diese Stadt hat einen allumfassenden Geschmack – darin liegt ihre Genialität.«

Auch wenn Charlotte sie gern dies und jenes gefragt und ihr am liebsten den ganzen Tag zugehört hätte, bemühte sie sich, Vespasias Aufmerksamkeit auf die Angelegenheit zu lenken, derentwegen sie gekommen war.

»Ich muss etwas über Ferdinand Garrick wissen, weil der Bruder einer Freundin von Gracie verschwunden ist«, erklärte sie.

»Dein Dienstmädchen?«, fragte Vespasia mit neu erwachter Aufmerksamkeit. »Die Kleine, deren Temperament gut und gern für zwei reicht, die doppelt so groß sind wie sie? Wo wird der junge

Mann vermisst, und wieso hat das ausgerechnet mit Ferdinand Garrick zu tun? Sofern er einen Dienstboten entlässt, wird er überzeugt sein, dass er dafür einen triftigen Grund hatte, und man wird keinesfalls mit ihm darüber reden können. Er hat unverrückbare Vorstellungen von Tugendhaftigkeit – und in seinen Augen ist Gerechtigkeit ein weit höheres Gut als Gnade.«

»Soweit wir wissen, hat er ihn nicht entlassen«, gab Charlotte zurück. Zugleich lief es ihr kalt über den Rücken, als sie die Besorgnis in Vespasias Augen sah, die nach wie vor in munterem Ton sprach. Es war Charlotte klar, dass sie ihre Worte ganz bewusst wählte, insbesondere, was den Hinweis auf Gnade betraf. »Genau genommen, hat Martin für Garricks Sohn Stephen gearbeitet. Er war sein Kammerdiener.« Ungehalten über sich selbst fügte sie hinzu: »Ich weiß gar nicht, warum ich ›war‹ gesagt habe. Soweit wir wissen, ist er es immer noch. Nur hat er sich eben seit nahezu drei Wochen nicht bei seiner Schwester Tilda gemeldet, der einzigen Verwandten, die er noch hat, und das ist noch nie zuvor geschehen. Gracie hat sich unauffällig im Hause Garrick umgehört und den Eindruck gewonnen, dass das Personal nicht weiß, wo sich Martin aufhält. Auch Stephen Garrick scheint nicht mehr dort zu sein. Anfangs hatten die Leute wohl angenommen, er habe sich in sein Zimmer zurückgezogen, was von Zeit zu Zeit vorzukommen scheint. Aber weder wurde Essen hingeschickt, noch kam Wäsche zum Waschen herunter.«

»Gracie war in dem Haus?«, fragte Vespasia mit einem Unterton von Bewunderung. »Das hätte ich gern gesehen! Was hat sie noch erfahren, außer dass sich weder Herr noch Diener im Hause befindet und das Personal nichts über ihren Verbleib weiß beziehungsweise nicht bereit ist, etwas darüber zu sagen?«

»Dass Stephen Garrick ein unglücklicher Mensch ist, der zu viel trinkt und zu Tobsuchtsanfällen neigt. In solchen Augenblicken wird offenbar außer Martin Garvie niemand mit ihm fertig«, fasste Charlotte zusammen. »Es wäre also ausgesprochen unvernünftig, den jungen Mann zu entlassen, da es alles andere als leicht fallen dürfte, für ihn Ersatz zu finden.«

Vespasia saß eine Weile still da, als wäre sie in die Betrachtung derer versunken, die da vorüberflanierten: Damen in ihren herrlichsten Gewändern am Arm von Herren im dunklen Cut oder in leuchtend bunter Uniform.

»Es sei denn, er hatte das Unglück, Zeuge eines besonders unangenehmen Zwischenfalls zu werden«, sagte sie schließlich leise und betrübt, »und die Stirn, für sein Schweigen Geld zu verlangen. In dem Fall hat man ihn unter Umständen für zu teuer gehalten und ohne Zeugnis entlassen.«

»Wäre das nicht in hohem Maße unvernünftig?«, hielt Charlotte dagegen. »Falls ich Angestellte hätte, die meine Familiengeheimnisse kennen, läge es doch in meinem ureigensten Interesse, dafür zu sorgen, dass sie sich ständig in meiner Nähe aufhalten und nicht mit einem – noch dazu gerechtfertigten – Groll auf mich woanders Arbeit suchen.«

Vespasia schüttelte kaum wahrnehmbar den Kopf. »Meine Liebe, ein Mann wie Ferdinand Garrick lässt sich nicht zu Auskünften herab, und wer Personal einstellen möchte, fragt frühere Arbeitgeber nicht nach den Gründen ihres Handelns. Falls aber doch, würde sich jeder mit der Erklärung zufrieden geben, dass der Dienstbote gedroht habe, Tratsch über die Familie Garrick zu verbreiten. Taktlosigkeit ist die schlimmste Sünde, die sich Hauspersonal zuschulden kommen lassen kann. Mit dem Familiensilber zu verschwinden ist nicht so schlimm, wie dem Ruf der Familie zu schaden. Silber kann man nachkaufen oder, wenn es gar nicht anders geht, auch darauf verzichten. Ohne seinen guten Ruf aber kann niemand leben.«

Charlotte wusste, dass sie Recht hatte. »Trotzdem muss ich wissen, was mit Martin geschehen ist. Nehmen wir an, er wäre entlassen worden: Warum hat er Tilda nichts davon gesagt? Vor allem, wenn die Entlassung ungerechtfertigt war!«

»Das weiß ich nicht«, gab Vespasia zu und nickte huldvoll einem Bekannten zu, der sie gesehen und den Hut gelüftet hatte. Dann sah sie rasch wieder Charlotte an, damit der Mann die Erwiderung seines Grußes nicht als Einladung auffasste, zu ihnen zu treten. »Ich glaube, du hast allen Grund, dir Sorgen zu machen.«

»Was für ein Mensch ist dieser Ferdinand Garrick, von seiner Frömmelei abgesehen?« Charlotte setzte den Fuß probehalber auf, um zu sehen, ob die Blase weniger drückte. Das war nicht der Fall.

»Um Gottes willen, Kind, zieh doch einfach den Schuh aus«, riet ihr Vespasia.

»Hier?«, fragte Charlotte verblüfft.

Vespasia lächelte. »Mit nur einem Schuh fällst du weniger auf, als wenn du die ganze Rotten Row entlang bis zu meiner Kutsche humpelst. Die Leute würden glauben, dass du betrunken bist! Ich kenne den Mann nicht besonders gut und verspüre auch nicht den Wunsch, ihn näher kennen zu lernen. Leute seines Schlages sagen mir nicht zu. Er ist völlig humorlos, und ich bin nun einmal im Laufe meines Lebens zu der Ansicht gekommen, dass Humor so etwas wie die Fähigkeit ist, die Dinge im richtigen Verhältnis zueinander zu sehen. Sicherlich hat das mit dem gesunden Menschenverstand zu tun.« Begeistert sah sie einem herumtollenden Welpen zu, der mit den Hinterläufen Steinchen emporschleuderte. »Was uns zum Lachen reizt, ist die Unverhältnismäßigkeit von Dingen. Es ist nun einmal sehr amüsant, mit anzusehen, wie einem aufgeblasenen Menschen die Luft abgelassen wird. Wenn alles auf der Welt so wäre, wie es sich angeblich gehört, wäre das Leben von unerträglicher Langeweile. Wo es nichts zu lachen gibt, fehlt ihm etwas«, sagte sie leise und lächelte. Im nächsten Augenblick aber trat ihr tiefe Bekümmernis in die Augen.

Sie hob das Kinn. »Trotz allem werde ich Ferdinand Garrick aufsuchen und sehen, was ich feststellen kann. Ich habe sonst nichts Interessantes zu tun, und auf keinen Fall etwas, das wichtiger wäre. Vielleicht liegt darin der größte Widersinn?« Der Welpe war über den Rasen verschwunden. Vespasia richtete den Blick auf ein nach der neuesten Mode gekleidetes Paar, das in der Mitte des Weges entlangschritt. Gelegentlich nickten die beiden, die Mitte fünfzig sein mochten, gnädig, wenn ihnen jemand begegnete. Bald zeigte sich, dass dahinter ein System steckte. Den Gruß mancher erwiderten sie, andere hingegen übersahen sie. Von Zeit zu Zeit zögerten sie einen Augenblick und sahen einander an, wohl um zu entscheiden, wie sie sich zu verhalten hatten.

»Man füllt seine Zeit mit Gesellschaftsspielen«, führte Vespasia das Gespräch fort, »und bildet sich ein, das sei von Bedeutung, weil einem entweder nichts Wichtigeres einfällt oder weil man keine Lust hat, es zu tun.«

»Tante Vespasia«, sagte Charlotte mit leicht unsicherer Stimme.

Sie wandte sich ihr mit fragendem Blick zu.

»Ich weiß, dass dir die Vorstellung nicht zusagt, Mr Ryerson könnte Lovat getötet haben«, sagte Charlotte, »oder Miss Sachari mit voller Absicht geholfen haben, damit niemand eine Möglichkeit hatte, ihr den Mord nachzuweisen. Aber überleg bitte einmal, wie es wirklich gewesen sein könnte. Was glaubst du?« Sie sah Vespasia lächeln. »Wir können uns nur dann vor dem Schlimmsten schützen, wenn wir es an uns heranlassen«, sagte Charlotte, der klar war, in welche Richtung Vespasias Sympathie ging. »Was für ein Mann ist er? Ich will nicht wissen, was die Polizei sowieso herausbekommt, sondern Dinge, die dir bekannt sind.«

Vespasia schwieg so lange, dass Charlotte schon annahm, sie werde keine Antwort bekommen. Während sie wartete, beugte sie sich vor, um ihren Stiefel vollständig aufzuknöpfen. Es schmerzte, als sie ihn vom Fuß zog. Sie entdeckte ein Loch in der Ferse ihres Strumpfs – das also war es! Noch hatte sich die Blase nicht geöffnet.

Sie spürte eine Berührung an ihrem Arm und hob den Blick. Vespasia hielt ihr ein seidenes Tuch und eine winzige Nagelschere hin.

»Schneid den Strumpf ab und binde das Tuch um den Fuß«, sagte sie, »dann schaffst du es bis nach Hause, ohne dass es schlimmer wird.«

Charlotte dankte ihr und malte sich aus, welches Bild sie bieten würde, wenn beim Gehen das bunte Tuch unter dem schwingenden Rock aus dem halbhohen Stiefel hervorsah.

»Einfach lächeln«, riet ihr Vespasia. »Es ist besser, du fällst den Leuten durch eine exzentrische Fußbekleidung auf als durch eine saure Miene. Außerdem wirst du wohl kaum einem der Menschen, die dich hier sehen, noch einmal begegnen. Im Übrigen nehme ich an, dass du dir nicht das Geringste aus dem machst, was sie über dich denken?«

»Das stimmt«, bestätigte Charlotte mit einem Lächeln, das vermutlich sehr viel breiter ausfiel, als Lady Vespasia erwartet hatte.

»Du stellst mir da ausgesprochen zartfühlende Fragen, meine Liebe«, fuhr Vespasia fort, den Blick auf die Bäume in der Ferne gerichtet, deren Laub noch kaum die warmen Farben des Herbstes zeigte. »Aber du hast Recht. Saville Ryerson ist tiefer Empfindungen fähig. Darüber hinaus ist er impulsiv und … und er kann durchaus rabiat werden.« Sie biss sich ein wenig auf die Lippe. »Er hat im Jahre einundsiebzig bei einem schrecklichen Unglück seine Frau verloren. Aber das ist es nicht allein, es war auch Untreue im Spiel. Allerdings weiß ich keine Einzelheiten darüber, und schon gar nicht, um wen es dabei ging.« Ihre Stimme wurde noch leiser. »Er war fuchsteufelswild. Sie hatten sich fürchterlich gestritten, und vermutlich war es für ihn gerade deshalb umso schwerer zu ertragen, dass sie gleich darauf ums Leben kam. Ebenso sehr wie über ihren Tod grämte er sich darüber, dass er sie nicht zu retten vermocht hatte. Verstärkt wurde das alles durch das Bewusstsein, dass er eine Schuld auf sich geladen hatte und das Gesagte nie wieder zurücknehmen konnte. Dabei spielt es keine Rolle, dass er von der Richtigkeit seiner Anschuldigungen überzeugt war.«

Charlotte knöpfte ihren Stiefel wieder zu. »Das muss sehr schlimm für ihn gewesen sein. Aber kann Lovat damit etwas zu tun gehabt haben? Wie du sagst, liegt die Sache über zwanzig Jahre zurück.«

»Nein, nicht das Geringste«, stimmte ihr Vespasia zu. »Ich habe dir das nur erzählt, damit du dir ein besseres Bild von ihm machen kannst. Seither ist er allein, hat seiner Partei und seinen Wählern gedient. Beide waren strenge Zuchtmeister, unbeständig und fordernd. Von ihnen hat er kaum etwas zurückbekommen – bisweilen haben sie nicht einmal zu ihm gestanden. Manche allerdings, die besten, haben ihn geliebt, und das war ihm bewusst. Doch hat ihn dieser Dienst, den er völlig auf sich allein gestellt geleistet hat, ausgehöhlt.« Sie machte eine leicht wegwerfende Bewegung mit ihrer behandschuhten Hand. »Damit soll nicht gesagt sein, dass er sich die Befriedigung seiner Bedürfnisse versagt hat, doch ist er dabei stets mit der gebotenen Diskretion vorgegangen, und seine Gefühle waren daran überhaupt nicht oder nur wenig beteiligt.«

»Bis Miss Sachari auf der Bildfläche …«

»Genau. Und wenn sich ein leidenschaftlicher Mann verliebt, der über zwanzig Jahre lang Gefühle weder geschenkt noch empfangen hat, tut er das Hals über Kopf. Er brennt gleichsam lichterloh und wird damit zutiefst verletzbar.« Sie sagte das so gefühlvoll, als habe auch sie so etwas erlebt.

»Ja …«, sagte Charlotte nachdenklich. Sie versuchte sich das vorzustellen: das Warten, die Einsamkeit der Jahre und dann die verheerende Gewalt, mit der das Gefühl über einen Menschen hereinbrach.

»Allerdings verstehe ich nicht«, fügte Vespasia nachdenklich hinzu, mit einem Mal wieder ganz praktischer Verstand, »warum die Frau Lovat erschossen hat. Vorausgesetzt, er war kein besonders angenehmer Zeitgenosse und er hat sie belästigt – warum konnte sie ihn dann nicht einfach ignorieren oder die Polizei rufen, falls er wirklich unerträglich geworden sein sollte?«

Ein grässlicher Verdacht meldete sich bei Charlotte. »Könnte es sein, dass er sie erpresst hat, möglicherweise im Zusammenhang mit Vorfällen in Alexandria? Wenn er nun gedroht hätte, Ryerson davon zu berichten? Das wäre doch eine Erklärung dafür, warum sie ihm nicht die Wahrheit sagen konnte.«

Vespasia richtete den Blick auf das Gras zu ihren Füßen. »Möglich wäre es«, räumte sie zögernd ein. »Aber ich hoffe aus tiefster Seele, dass es nicht zutrifft. Auch sollte man annehmen, dass sie so etwas nicht ausgerechnet in einer Nacht tun würde, in der sie Ryerson erwartete. Aber vielleicht haben ihr die Umstände keine Wahl gelassen.«

»Das wäre auch ein Grund dafür, warum sie nach wie vor niemandem vertraut«, fügte Charlotte hinzu. Sie verabscheute ihre eigenen Gedanken, aber es war sicher besser, all das jetzt zu sagen, als sie immer heftiger und ohne Antwort in ihrem Kopf kreisen zu lassen. »Ich kann mir allerdings nicht vorstellen, womit er sie erpresst haben sollte – es sei denn, es war etwas, was Ryerson kompromittieren konnte … etwas, was mit seiner Stellung in der Regierung zu tun hatte.«

»Hältst du den Mann für einen Spion?«, fragte Vespasia. »Oder, besser gesagt, für einen *agent provocateur*? Dann wäre der arme Saville wieder einmal Opfer eines Vertrauensbruchs.« Sie holte tief Luft und stieß sie langsam wieder aus. Es klang wie ein Seufzen. »Wie verwundbar wir sind.« Sie stand auf. »Wie unendlich verletzlich.«

Rasch erhob sich Charlotte und bot ihr den Arm.

»Danke«, sagte Vespasia trocken. »Zwar weine ich innerlich wegen der Qualen eines Mannes, den ich immer gut leiden konnte, doch bin ich durchaus noch imstande, aus eigener Kraft aufzustehen, zumal ich keine Blase am Fuß habe. Vielleicht willst du dich lieber bis zu meiner Kutsche auf meinen Arm stützen? Ich bringe dich gern nach Hause, falls du dorthin willst.«

Charlotte konnte das Lächeln, das ihr unwillkürlich auf die Lippen trat, kaum verbergen. Mit den Worten: »Das ist sehr freundlich«, nahm sie den angebotenen Arm, ohne sich darauf zu stützen. »Ja, ich möchte in die Keppel Street. Darf ich dir dort vielleicht eine Tasse Tee anbieten?«

»Danke, gern«, nahm Vespasia mit einem kaum wahrnehmbaren belustigten Schimmer in ihren grauen Augen an. »Sicherlich wird uns den die wunderbare Gracie machen und mir dabei mehr über diesen verschwundenen Kammerdiener berichten?«

Vespasia bestand darauf, den Tee in der Küche zu trinken, einem Raum, den sie in ihrem eigenen Hause allein schon deshalb nie aufsuchte, weil ihre Köchin, wenn sie sich erst einmal von ihrer Verblüffung erholt hätte, gekränkt gewesen wäre. Sie suchte die

Hausherrin jeden Morgen in ihrem Boudoir auf, um sich deren Vorstellungen von dem anzuhören, was auf den Tisch kommen sollte, und gegebenenfalls Gegenvorschläge zu machen, bis sie sich schließlich auf einen Kompromiss einigten. Die im gegenseitigen Einverständnis getroffene stillschweigende Übereinkunft lautete, dass sie nie einen Fuß in den Salon setzte und Vespasia nicht in die Küche eindrang.

Im Hause Pitt hingegen war die Küche der Mittelpunkt des Familienlebens. Alle Mahlzeiten wurden dort nicht nur zubereitet, sondern auch eingenommen. Das Licht der Gaslampen brach sich im polierten Kupfer der Töpfe, vom zur Decke emporgezogenen Trockengestell verbreitete sich der Geruch frischer Wäsche, und der Holztisch wie auch die Bodendielen blitzten vor Sauberkeit, da sie täglich gescheuert wurden.

Ganz im Gegensatz zu ihrer sonstigen Gesprächigkeit war Gracie anfangs still, so sehr beeindruckte sie die Anwesenheit einer richtigen Angehörigen des Hochadels in ihrer Küche, die noch dazu ganz wie ein gewöhnlicher Mensch an ihrem Tisch saß. Auch jetzt war sie mit ihrem silbrig glänzenden Haar, den überschatteten Augen, den zerbrechlich wirkenden hohen Wangenknochen und der porzellanfarbenen Haut die schönste Frau, die Gracie je gesehen hatte.

Allmählich aber gewann ihr Drang zu sagen, was ihr am Herzen lag, die Oberhand, und so begann sie Vespasia ihre Vermutungen und Befürchtungen haarklein auseinander zu setzen, sodass diese bei ihrem Aufbruch ebenso viel über die Sache wusste wie Gracie selbst und Charlotte.

Das war der Auslöser dafür, dass Vespasia an jenem Abend kurz nach halb acht in ihrem lavendelfarbenen Seidenkleid wartend im Foyer des Königlichen Opernhauses mit seinen Rosa- und Goldtönen stand.

Die Diamanten ihrer Tiara blitzten bei jeder noch so kleinen Bewegung, während sie die an ihr vorüberdefilierende Menschenmenge musterte, in der Hoffnung, den ihr flüchtig bekannten Ferdinand Garrick zu entdecken. Es hatte sie den größten Teil des

Nachmittags gekostet, mit äußerster Diskretion festzustellen, wo er den Abend zu verbringen gedachte, und dann einen guten Bekannten, der ihr einen Gefallen schuldete, dazu zu überreden, dass er ihr die eigenen Karten für den Abend überließ.

Als Letztes hatte sie den Richter Theloneus Quade angerufen und ihn gebeten, sie zu begleiten. Sie hatte dabei ein schlechtes Gewissen gehabt, denn ihr war klar, dass er ihr nie im Leben einen Korb geben würde. Sie wusste, was er für sie empfand, und nach Mario Corenas Rückkehr war es ein Gebot des Anstands gewesen, niemanden in die Irre zu führen und auch nicht den Anschein zu erwecken, dass sie die ihr durchaus bekannten Gefühle anderer ausnutzte. Mit ihm war die leidenschaftliche Liebe ihrer prägendsten Jahre zurückgekommen, und sie war von einer neuen Zärtlichkeit erfüllt gewesen, die alle anderen Möglichkeiten in den Hintergrund drängte. Noch war sie nicht bereit, diese Empfindungen aufzugeben, auch wenn Mario inzwischen nicht mehr lebte. Was sie für ihn empfand, war auf alle Zeiten mit in ihr Wesen verwoben.

Jetzt aber ging es darum, etwas gegen die Gefahr zu unternehmen, in der Martin Garvie ihrer festen Überzeugung nach schwebte. Sie hatte weder Gracie noch Charlotte gezeigt, wie sehr der Fall sie beunruhigte. Sie wusste dies und jenes über Ferdinand Garrick und empfand diesem Tugendbold gegenüber eine instinktive Abneigung, für die sie keinesfalls einen Grund hätte nennen können.

Selbstverständlich hatte sie Theloneus ins Vertrauen gezogen. Da sie seine Freundschaft und Diskretion zu schätzen wusste, nahm sie seine Hilfe bei diesem Fall, dessen Lösung ihrer festen Überzeugung nach alles andere als einfach sein würde, gern in Anspruch. Und ohnehin schuldete sie ihm zumindest eine Erklärung dafür, warum sie so überstürzt eine Opernaufführung besuchen wollte, obwohl ihr klar war, dass ihm ebenso wenig daran lag wie ihr.

Sie und er sahen Garrick im selben Augenblick.

»Wollen wir?«, fragte er leise. Es klang mehr nach einer Aufforderung als nach einer Frage.

Mit den Worten: »Wer A sagt, muss auch B sagen«, nahm sie seinen Arm und bahnte sich einen Weg durch die Menge.

Bis sie Garrick erreicht hatten, befand sich dieser in einer angeregten Unterhaltung mit einem äußerst konservativen Bischof, den Vespasia nicht ausstehen konnte. Dreimal setzte sie an, um in das Gespräch einzugreifen, doch jedes Mal erstarben ihr die Worte auf den Lippen. Nicht einmal um einer so würdigen und bedeutenden Sache willen brachte sie es über sich, die Heuchelei so auf die Spitze zu treiben. Ohne Theloneus anzusehen, spürte sie, dass er sich amüsierte.

»Es gibt zwei Pausen«, flüsterte er ihr zu, als Garrick und der Bischof gegangen waren und auch sie ihre Plätze aufsuchen mussten.

Zwar war die Oper ein barockes Meisterwerk voll Raffinement und Licht, doch fehlten Vespasia die vertrauten Melodien, die Leidenschaft und die tiefen Gefühle Verdis, den sie liebte. Sie legte sich Pläne für die erste Pause zurecht. Unter keinen Umständen konnte sie es sich leisten, bis zur zweiten Pause zu warten, denn sie musste damit rechnen, dass sie nicht sofort an Garrick herankam. Je nachdem, mit wem er sprach, konnte sie sich unmöglich einfach einmischen. Ohne ein gewisses Fingerspitzengefühl würde es nicht gehen, denn er hatte für sie ebenso wenig übrig wie sie für ihn.

Als sich der Vorhang unter begeistertem Beifall senkte, sprang sie auf, als wäre sie von der Vorstellung hingerissen.

»Ich wusste gar nicht, dass dir das so sehr gefällt«, sagte Theloneus überrascht. »Danach hat dein Gesicht überhaupt nicht ausgesehen.«

»Tut es auch nicht«, gab sie zurück. Dass er sie beobachtet hatte, statt auf die Bühne zu sehen, brachte sie ein wenig aus dem Konzept. Ihr war gar nicht mehr bewusst gewesen, wie tief seine Gefühle für sie waren. »Ich möchte zu Garrick, bevor er seine Loge verlässt und jemand anders das Gespräch an sich reißt«, erklärte sie.

»Falls der Bischof da ist, werde ich so tun, als könne er mich zu seiner Anschauung bekehren«, erbot sich Theloneus mit schalkhaftem Lächeln. Ihm war klar, dass sie wusste, welches Opfer das für ihn bedeutete.

»Niemand liebt mehr als der, der sein Leben für seine Freunde opfert«, murmelte sie leise vor sich hin und fügte etwas lauter hinzu: »Ich werde dir dafür zu tiefem Dank verpflichtet sein.«

»Das will ich hoffen«, erwiderte er mit Nachdruck.

Sein Eingreifen erwies sich als dringend erforderlich. Fast wäre Vespasia vor Garricks Loge mit dem Bischof zusammengestoßen.

»Guten Abend, Eure Exzellenz«, sagte sie mit einem eisigen Lächeln. »Wie schön zu sehen, dass Sie eine Oper gefunden haben, deren Handlung Ihren Moralvorstellungen nicht zuwiderläuft.«

Kaum hatte sie diese von Sarkasmus triefende Äußerung getan – denn in dem Stück ging es um Inzest und Mord –, tat sie ihr schon Leid, und zwar bereits bevor sie hörte, wie Theloneus seinen Lachdrang hinter einem vorgetäuschten Hustenanfall verbarg. Das Gesicht des Bischofs verfärbte sich hochrot.

»Guten Abend, Lady Vespasia«, gab er kalt zurück. »Sie sind doch Lady Vespasia Cumming-Gould, nicht wahr?« Er wusste sehr wohl, wen er vor sich hatte; diese Kränkung war seine Rache für ihre Gehässigkeit.

Sie warf ihm ein bezauberndes Lächeln von der Art zu, bei dessen Anblick in ihren jüngeren Jahren Prinzen dahingeschmolzen waren.

»Gewiss«, sagte sie. »Darf ich Ihnen Richter Quade vorstellen?« Sie machte eine leichte Handbewegung. »Der Bischof von Putney, glaube ich, jedenfalls irgendwo in der Gegend da unten. Ein weithin gerühmter Hüter christlicher Tugenden, allen voran der Reinheit des Denkens.«

»Aha«, murmelte Theloneus. »Wie geht es Ihnen?« Auf seine asketischen Züge trat der Ausdruck großen Interesses, und er sagte, wobei seine blauen Augen sanft leuchteten: »Wie gut es sich doch trifft, dass ich Sie kennen lerne. Ich wüsste zu gern, was Sie als wohlunterrichteter und zugleich aufgeklärter Geist dazu sagen, dass der Komponist für seine herrliche Musik gerade auf diese Handlung verfallen ist. Kann der Mensch aus einem solch widerlichen Verhalten etwas lernen, zum Beispiel, dass das Böse am Ende immer bestraft wird? Oder fürchten Sie eher, dass die Schönheit, mit der diese Schandtaten dargestellt werden, den Menschen verderben, sodass er nicht imstande ist, die dahinter stehende Moral mit seinem Verstand zu erfassen?«

»Nun …«, setzte der Bischof an.

Ohne sich länger bei den beiden aufzuhalten, klopfte Vespasia an die Logentür und öffnete sie, sobald sie Garricks Aufforderung gehört hatte einzutreten. Die gezwungene Unterhaltung, die ihr bevorstand, war ihr schon im Voraus widerwärtig, denn beiden war klar, dass sie keinerlei gemeinsame Interessen hatten und sie ihn auf keinen Fall aus Freundschaft aufsuchte.

In der Loge befanden sich neben Garrick seine Schwester mit ihrem im Bankwesen tätigen Mann sowie eine mit den beiden befreundete Witwe, die aus einer der umliegenden Grafschaften zu einem Besuch in die Hauptstadt gekommen war. Sie lieferte Vespasia den Vorwand, den sie brauchte.

»Lady Vespasia?«, sagte Garrick mit leicht gehobenen Brauen. Das war alles andere als ein Ausdruck des Willkommens. »Wie schön, Sie zu sehen.« Seine Worte klangen etwa so begeistert, als hätte er in seinem Nachtisch das Kerngehäuse eines Apfels gefunden.

Sie neigte den Kopf. »Sie sind zu gütig, wie immer«, gab sie in einem Ton zurück, als hätte er eine Äußerung von unentschuldbarer Vulgarität getan.

Seine Züge verfinsterten sich. Ihm blieb nichts anderes übrig, als Schwester samt Schwager und Besucherin vorzustellen, eine gewisse Mrs Arbuthnott. Drückend lastete das Bewusstsein in der Loge, dass Vespasia keinen wirklichen Grund hatte, den kleinen Kreis zu stören. Zwar fragte Garrick nicht offen heraus nach dem Anlass ihrer Anwesenheit, doch verlangte seine Körperhaltung mit dem erwartungsvoll vorgereckten Kopf unabweisbar nach einer Erklärung.

Sie lächelte Mrs Arbuthnott zu. »Eine gute Bekannte, Lady Wilmslow, hat mir gegenüber in den höchsten Tönen von Ihnen gesprochen«, log sie dreist, »und gesagt, dass ich unbedingt Ihre Bekanntschaft machen müsse.«

Mrs Arbuthnott wusste nicht, wie ihr geschah. Zwar hatte sie noch nie im Leben von einer Lady Wilmslow gehört, was kein Wunder war, da sich Vespasia diese Dame aus den Fingern gesogen hatte, doch wusste sie selbstverständlich, wer Lady Vespasia war, und fühlte sich daher unendlich geschmeichelt.

Vespasia tilgte ihre Schuld mit dem großzügigen Anerbieten: »Sollten Sie sich bis Ende des Monats in der Stadt aufhalten – ich empfange montags und mittwochs. Sofern Sie Gelegenheit zu einem Besuch haben, sind Sie mir hochwillkommen.« Sie entnahm dem silbernen Etui in ihrem Ridikül eine Karte mit ihrer Anschrift und gab sie der Dame, die sie entgegennahm, als handele es sich um ein kostbares Juwel. Das war sie nach den Maßstäben der Londoner Gesellschaft auch, und noch dazu eines, das man für Geld nicht kaufen konnte. Während sie ihren Dank stammelte, gelang es Garricks Schwester nur mit Mühe, zu verbergen, wie neidisch sie war. Dazu aber bestand nicht der geringste Anlass, denn als Gastgeberin Mrs Arbuthnotts konnte sie sie begleiten, ohne dass irgendjemand daran Anstoß nehmen würde.

Dann wandte sich Vespasia an Garrick. »Ich hoffe, es geht Ihnen gut, Ferdinand?« Auch wenn es sich um eine reine Höflichkeitsfloskel handelte, verlangten die Umgangsformen, dass er darauf einging. »Glänzend. Aber auch mit Ihrer Gesundheit scheint es erfreulicherweise zum Besten zu stehen. Allerdings habe ich Sie auch nie anders erlebt.« Um nichts in der Welt würde er sich zu einem Verstoß gegen die Etikette hinreißen lassen, schon gar nicht vor seinen Gästen.

Sie schenkte ihm ein Lächeln, als hätte er ihr ein großes Kompliment gemacht, während ihr selbstverständlich bewusst war, dass er mit seinen Worten nichts dergleichen gemeint hatte.

»Danke. Sie sagen das mit solcher Herzenswärme, dass es unmöglich wäre, Ihre Großzügigkeit als bloße Floskel abzutun.« Bei diesem Spiel empfand sie eine so spitzbübische Freude, dass sie darüber ganz vergaß, wie sehr ihr Garrick zuwider war. Er erinnerte sie an andere Tugendbolde in ihrem engeren Bekanntenkreis, die geradezu besessen darauf achteten, dass andere Menschen Regeln einhielten und Selbstzucht übten, ewige Rechthaber, die so schnell nichts verziehen und denen es schon verdächtig war, wenn jemand lachte. Möglicherweise gründete sich Vespasias Ablehnung mehr auf Vermutungen als auf Wissen, womit sie eben der Sünde schuldig gewesen wäre, die sie ihm vorwarf. Später, wenn sie wieder allein war, musste sie unbedingt versuchen, sich zu erinnern, was sie in Wahrheit über ihn wusste.

Mit betont freundlicher und interessierter Miene erkundigte sie sich: »Wie geht es Ihrem Sohn Stephen? Kann es sein, dass ich ihn kürzlich im Park vorüberreiten habe sehen? Es kam mir ganz so vor, als wäre er in Begleitung der jungen Marsh gewesen, wie heißt sie noch, die mit dem unglaublich vollen Haar?«

Garrick stand reglos wie ein Standbild da. Er ließ sich nichts anmerken, doch war sie überzeugt, dass sich seine Gedanken auf der Suche nach einer Antwort jagten.

»Nein«, sagte er schließlich. »Das muss jemand anders gewesen sein.«

Sie sah ihn weiterhin erwartungsvoll an, als verlange die Höflichkeit, dass er noch mehr sagte, und als komme es einer Zurückweisung gleich, wenn er schwieg.

Der Ausdruck von Ärger trat auf sein Gesicht, verschwand aber gleich wieder.

Vespasia überlegte, ob sie sich anmerken lassen sollte, dass ihr das nicht entgangen war, unterließ es aber, weil sie fürchtete, er werde dann das Thema wechseln.

»Bitte verzeihen Sie«, sagte sie rasch, bevor sich sein Schwager ins Zeug legen und ihn retten konnte. »Ich wollte Sie nicht in Verlegenheit bringen.«

Zornesröte stieg ihm in die Wangen, und die Muskeln seines ganzen Leibes spannten sich. »Lachhaft!«, sagte er aufbrausend und durchbohrte sie mit Blicken. »Ich habe nur überlegt, wen Sie da gesehen haben könnten. Stephen geht es in letzter Zeit nicht gut, und der kommende Winter wird ihm noch mehr zu schaffen machen.« Er holte tief Luft. »Er ist für eine Weile nach Südfrankreich gereist. Dort ist das Klima milder und trockener.«

»Eine sehr kluge Entscheidung«, sagte Vespasia, unsicher, ob sie ihm glauben sollte oder nicht. Zwar klang die Erklärung in jeder Hinsicht vernünftig, doch passte sie in keiner Weise zu dem, was Gracie vom Küchenpersonal im Haus am Torrington Square gehört hatte. »Ich hoffe, dass sich ein verlässlicher Mensch um ihn kümmert«, sagte sie mit höflichem Interesse.

»Gewiss«, gab er zur Antwort. Wieder holte er Luft. »Er hat natürlich seinen Kammerdiener mitgenommen.«

Sie konnte nichts weiter sagen, ohne eine ungehörige Neugier an den Tag zu legen, ein Verstoß gegen die Regeln der Gesellschaft, dessen sie sich noch nie schuldig gemacht hatte. Neugier war ordinär und ein Hinweis darauf, dass es dem eigenen Leben an Interessantem fehlte und man nicht wusste, womit man sich beschäftigen sollte. Eine solche Unfähigkeit hätte niemand zugegeben.

So sagte sie: »Ich denke, dass ihm das gut tun wird. Ich muss sagen, dass mir die Monate Januar und Februar hier auch nicht besonders behagen. Früher, als ich noch viel auf dem Lande lebte, war das anders. Ein Waldspaziergang macht zu jeder Jahreszeit Freude, während einem die Straßen Londons, wenn Schnee liegt, höchstens nasse Röcke bis hinauf zu den Knien bescheren. Da wirkt der Gedanke an Südfrankreich richtig verlockend.«

Er fixierte sie mit einem steinernen Blick. Sicherlich war es keine Einbildung, dass Feindseligkeit darin lag und die Gewissheit, dass sie keinesfalls aus Höflichkeit einer Frau ihre Aufwartung gemacht hatte, die sie nicht kannte.

Mit den Worten: »Sie kennen zu lernen war mir ein aufrichtiges Vergnügen, Mrs Arbuthnott«, verabschiedete sich Vespasia liebenswürdig. »Sicherlich wird Ihnen Ihr Aufenthalt in London gefallen.« Garricks Schwester und Schwager nickte sie freundlich zu. »Guten Abend, Ferdinand«, sagte sie noch, wandte sich dann um, ohne auf seine Antwort zu warten, und trat auf den Gang hinter den Logen hinaus. In Armeslänge entfernt stand Theloneus nach wie vor im Gespräch mit dem Bischof. Sein Gesicht wirkte wie erstarrt.

»... falsch verstandene Tugend ist einer der Flüche des modernen Lebens«, sagte der Bischof voll Eifer. Theloneus bedurfte unübersehbar der Errettung.

»Bischof, wollen Sie auf ein Gläschen Champagner mit uns kommen?«, fragte Vespasia mit berückendem Lächeln. »Oder würden Sie sagen, dass wir ohnehin zu viel davon trinken? Bestimmt haben Sie Recht, und selbstverständlich erwartet man von Ihnen, dass Sie uns allen mit leuchtendem Beispiel vorangehen. Es war erfrischend, Sie hier zu sehen. Weiterhin viel Vergnügen.« Mit diesen Worten bot sie Theloneus den Arm, den er sogleich nahm, erkennbar bemüht, nicht vor Lachen herauszuplatzen.

Ein Besuch bei Saville Ryerson ließ sich weit schwieriger bewerkstelligen. Obwohl sie trotz Garricks Behauptung, sein Sohn befinde sich mit Martin Garvie in Südfrankreich, fürchtete, Tildas Bruder könne etwas zugestoßen sein, ging ihre Sorge um Ryerson noch tiefer. Bestenfalls würde er von der Frau enttäuscht sein, die er rückhaltlos geliebt hatte, so unklug das gewesen sein mochte. Von einem anderen Menschen hintergangen zu werden, zu sehen, wie jede Hoffnung zuschanden wird, alle Träume zerplatzen, war eine der härtesten Prüfungen der menschlichen Seele. Im schlimmsten Fall musste er damit rechnen, sich auf der Anklagebank neben seiner Geliebten wiederzufinden und möglicherweise wie sie am Galgen zu enden.

Die einfachen Möglichkeiten, zu Ryerson zu gelangen, probierte Vespasia gar nicht erst aus. Sie konnte es sich nicht leisten, mit Fehlschlägen Zeit zu verlieren, und schon gar nicht wollte sie dadurch, dass sie von Menschen einen Gefallen einforderte, den diese ihr schuldeten, einen Hinweis darauf liefern, wie wichtig es ihr war, mit ihm in Verbindung zu treten.

So entschloss sie sich, gleich den höchsten Beamten im Polizeipräsidium aufzusuchen, dessen Abteilung für den Fall zuständig war. Er hatte ihr vor langer Zeit, als beide deutlich jünger waren, den Hof gemacht. Später, längst verheiratet, hatten sie gemeinsam ein langes Wochenende als Gäste auf einem der Landsitze irgendeines Herzogs verbracht. Ganz besonders vor Augen stand ihr ein bestimmter Nachmittag in einer Eibenlaube. Sie erinnerte andere nur ungern an Derartiges, denn stilvoll war das nicht – aber bisweilen äußerst nützlich. Angesichts der Situation, in der sich Ryerson befand, konnte sie auf solche Feinheiten keine Rücksicht nehmen.

Sie brauchte nicht zu warten. Als sie in Arthurs Büro geführt wurde, begrüßte er sie, in der Mitte des Raumes stehend. Die Zeit war gnädig mit ihm verfahren, wenn auch nicht ganz so gnädig wie mit ihr. Er wirkte schmaler als damals, und seine Haare waren vollständig ergraut.

»Meine Liebe …«, begann er und schien dann nicht recht zu wissen, wie er sie anreden sollte. Ihre Vertrautheit lag viele Jahre zurück.

Um ihm über die Peinlichkeit hinwegzuhelfen, sagte sie schnell: »Wie großzügig von dir, mich so rasch zu empfangen, wo dir sicherlich klar ist, dass ich einen Gefallen von dir erwarte – sonst wäre ich nicht in so unvornehmer Eile gekommen.« Wie immer trug sie ihre Lieblingsfarben Taubengrau und Elfenbein, und die Perlenkette um ihren Hals warf einen sanften Schimmer auf ihre Züge. Die Jahre hatten sie gelehrt, dass es Materialien und Farben gibt, die nicht einmal der schönsten und jüngsten Frau schmeicheln, und sie wusste, was ihr am besten stand.

»Dich zu sehen, ganz gleich, aus welchem Anlass, ist immer ein Vergnügen«, sagte er. Auch wenn er das wahrscheinlich nur tat, weil es sich so gehörte, lag in seinen Worten eine Aufrichtigkeit, der man unwillkürlich Glauben schenken musste. »Bitte …« Er wies auf den Besuchersessel neben seinem Schreibtisch und wartete, bis sie Platz genommen und mit einer einzigen Handbewegung ihre Röcke so geordnet hatte, dass sie faltenfrei fielen. »Was kann ich für dich tun?«, erkundigte er sich.

Sie hatte eine Weile hin und her überlegt, ob sie sich dem Thema auf Umwegen nähern oder den Stier bei den Hörnern packen sollte. Soweit sie sich erinnerte, war Arthur nicht unbedingt ein Kirchenlicht gewesen, aber vielleicht hatte sich das im Lauf der Jahre geändert. Auf jeden Fall war er nicht mehr in sie verliebt, und das allein schon dürfte sein Urteilsvermögen schärfen. So beschloss sie, ohne Umschweife auf ihr Ziel loszugehen. Sie hielt den Versuch, ihn in die Irre zu führen, für kränkend. Aber ebenso kränkend wäre es wohl, wenn sie einfach mit der Tür ins Haus fiele, ohne zumindest ein Lippenbekenntnis zu dem abzulegen, was in der Vergangenheit geschehen war.

»Ich habe seit unserer letzten Begegnung einige außergewöhnliche Verwandte hinzugewonnen«, sagte sie, als gebe es auf der Welt kein natürlicheres Thema. »Natürlich angeheiratet. Ich nehme an, du erinnerst dich noch an meinen Großneffen George Ashworth, der leider nicht mehr lebt?«

Sogleich legte sich eine Betrübnis auf Arthurs Züge, die durchaus echt wirkte. »Das tut mir sehr Leid! Eine wahre Tragödie.«

Seine Worte ersparten ihr langatmige Erklärungen.

»Tragisch war es in der Tat«, sagte sie mit dem Anflug eines trübseligen Lächelns. »Aber seine Eheschließung hat mir eine Großnichte eingetragen, deren Schwester mit einem Kriminalbeamten verheiratet ist – ein bemerkenswert fähiger Mann.« Er sah sie verblüfft an. »Von Zeit zu Zeit war ich in bestimmte Fälle mit einbezogen und habe gelernt, manche Ursachen für ein Verbrechen zu verstehen, was früher nicht der Fall war. Ich nehme an, dir ist es ähnlich ergangen …« Sie beendete den Satz nicht.

»Ja, Polizeiarbeit ist …« Er hob die Schultern. Wieder fiel ihr auf, dass er deutlich schmaler geworden war. Es stand ihm aber durchaus gut.

»Eben!«, stimmte sie mit Nachdruck zu. »Deshalb habe ich dich auch aufgesucht. Du bist in der einzigartigen Lage, mir einen kleinen Dienst erweisen zu können.« Bevor er fragen konnte, worum es dabei ging, fuhr sie rasch fort: »Bestimmt setzt dir diese elende Geschichte von Eden Lodge ebenso zu wie mir. Ich kenne Saville Ryerson seit vielen Jahren …«

Arthur schüttelte den Kopf. »Ich kann dir nichts sagen, Vespasia, und zwar einfach deshalb, weil ich nichts weiß.«

»Verständlich«, sagte sie mit einem Lächeln. »Ich will auch keineswegs Informationen, mein Lieber. So etwas von dir zu erwarten wäre ungehörig. Ich möchte einfach ein Gespräch mit Ryerson, unter vier Augen, und möglichst bald.« Sie hoffte, keine Erklärung für ihren Wunsch abgeben zu müssen, hatte sich aber vorsichtshalber eine zurechtgelegt.

»Das wäre aber äußerst unangenehm für dich«, sagte er unbehaglich. »Außerdem kannst du mit Sicherheit nichts für ihn tun. Er hat alles, was er braucht, und man gewährt ihm jede statthafte Erleichterung. Immerhin lautet die Anklage auf Mittäterschaft in einem Mordfall. Das ist immer ein schwerwiegender Vorwurf, und für einen Mann in seiner Position, einen Menschen, der in der Öffentlichkeit so großes Vertrauen genießt, ist er vernichtend.«

»All das ist mir bewusst, Arthur. Seit der arme George tot ist, habe ich, wie gesagt, dadurch, dass ich meinem angeheirateten Großneffen hin und wieder mit seinen Fällen behilflich war, sehr viel über die weniger angenehmen Seiten der Menschennatur erfahren. Sofern ich dich mit meiner Bitte in eine schwierige Lage bringe und du sie abschlagen musst, tu mir aus alter Freundschaft den Gefallen, das offen zu sagen.«

»Nein, so ist das nicht«, sagte er rasch. »Ich – ich dachte nur, dass es dir unangenehm und schmerzlich sein könnte zu sehen, dass sich Ryerson stark … verändert hat. Möglicherweise wirst du den Eindruck gewinnen, dass er unter Umständen doch schuldig ist. Ich …«

»Um Gottes willen, Arthur!«, sagte sie ungeduldig. »Hast du mich etwa in den angenehmen Sommern unserer Vergangenheit mit einer anderen verwechselt? Ich habe achtundvierzig auf den Barrikaden von Rom gekämpft. Mir sind unangenehme Dinge keineswegs unbekannt! Ich habe Elend, Verrat und Tod in mancherlei Form miterlebt – zum Teil in den höchsten Kreisen! Lässt du mich zu Saville Ryerson – oder nicht?«

»Aber natürlich, meine Liebe. Ich werde gleich heute Nachmittag die nötigen Anordnungen treffen. Vielleicht erweist du mir die Ehre, mit mir zu Mittag zu essen? Dabei können wir uns über die Gesellschaften unterhalten, an denen wir teilgenommen haben, als die Sommer länger waren – und, wie es scheint, wärmer als jetzt.«

Sie lächelte ihm mit ungeheuchelter Herzlichkeit zu, wobei sie an die Eibenlaube und eine bestimmte Rabatte dachte, in der blau der Rittersporn geleuchtet hatte. »Danke, Arthur. Das wäre mir ein ausgesprochenes Vergnügen.«

Ein Beamter führte sie in den Raum, in dem sie mit Ryerson zusammentreffen sollte, und zog sich dann zurück. Sie war allein. Es war kurz vor sechs Uhr, und die Gaslampen brannten bereits, denn das einzige Fenster war klein und lag ziemlich hoch.

Sie musste nicht lange warten, bis sich die Tür erneut öffnete und Ryerson eintrat. Obwohl er müde und blass aussah und ohne das übliche makellose Hemd mit Krawatte recht ungepflegt wirkte, war er nach wie vor eindrucksvoll und hielt sich aufrecht. Die Angst, die sie in seinen Augen erkannte, als sich die Tür schloss und er auf sie zutrat, hatte ihn offenkundig nicht gebeugt.

»Guten Abend, Saville«, sagte sie mit beherrschter Stimme. »Nehmen Sie doch Platz. Ich möchte mir nicht den Hals ausrenken müssen, um Ihr Gesicht sehen zu können.«

»Warum sind Sie gekommen?«, fragte er mit trauriger Miene, als er mit leicht gesenkten Schultern ihrer Aufforderung nachkam. »Das hier ist kein Aufenthaltsort für Sie, und Sie schulden mir diesen Besuch auch nicht. Bestimmt gehört es nicht zu Ihren Kreuzzügen im Interesse sozialer Gerechtigkeit, dass Sie die Schuldigen aufsuchen.« Er mied ihren Blick nicht. »Und schuldig bin ich, Vespasia. Es war meine Absicht, gemeinsam mit Ayesha den Toten in den Park zu bringen und dort abzuladen. Ich hatte ihn ja schon auf die Schubkarre gelegt … auch die Waffe habe ich vom Boden aufgehoben. Ich weiß Ihre Güte zu schätzen, aber ich fürchte, Sie deuten die Fakten falsch.«

»Großer Gott, Saville!«, verwies sie ihn. »Ich bin kein Dummkopf! Mir ist klar, dass Sie die Leiche dieses Burschen aufgehoben haben und so weiter! Thomas Pitt ist mein Großneffe – natürlich durch Heirat. Möglicherweise weiß ich mehr über den Fall als Sie selbst!« Befriedigt sah sie, dass er aufrichtig verblüfft wirkte.

»Und wessen Heirat war das, um alles in der Welt?«, fragte er.

»Dumme Frage – seine natürlich!«, gab sie zurück. »Meine wird es ja wohl kaum gewesen sein!«

Ein Lächeln löste seine Züge, und sogar die Anspannung seiner Schultern ließ ein wenig nach. »Auch wenn Sie mir nicht helfen können, Vespasia, so bringen Sie doch Licht in meine Finsternis, und dafür danke ich Ihnen.« Er machte eine Handbewegung, als wolle er sie über den zwischen ihnen stehenden Tisch hinweg berühren, überlegte es sich dann aber anders und zog die Hand zurück.

»Das freut mich, ist aber nebensächlich. Ich würde liebend gern etwas weit Nützlicheres tun, was eine dauerhaftere Wirkung hätte. Thomas ist nach Alexandria gereist, um zu sehen, was er dort über Ayesha Sachari und Edwin Lovat in Erfahrung bringen kann – sofern es da etwas zu erfahren gibt.« Sie sah, wie er sich erneut anspannte. »Haben Sie etwa Angst vor der Wahrheit?«

»Ganz und gar nicht!«, sagte er ohne zu zögern, fast bevor sie ihren Satz beendet hatte.

»Gut!«, fuhr sie fort. »Dann sollten wir die Dinge beim Namen nennen und auch unangenehmen Tatsachen nicht ausweichen. Wo haben Sie Miss Sachari kennen gelernt?«

»Wie?«, fragte er verblüfft.

»Saville!«, sagte sie ungeduldig. »Sie sind ein Mann von Mitte fünfzig, der dem englischen Kabinett angehört; die Frau ist Ägypterin und – wie alt, fünfunddreißig? Die Kreise, in denen Sie beide verkehren, berühren sich nicht, geschweige denn, dass sie sich überschneiden würden. Sie vertreten im Unterhaus den Wahlkreis Manchester, wo Baumwolle verarbeitet wird, während die Frau aus einem Teil Ägyptens kommt, in dem man Baumwolle anbaut. Stellen Sie sich nicht unwissend!«

Seufzend fuhr er sich mit der Hand durch das dichte Haar. »Natürlich ist sie ursprünglich wegen der Baumwolle auf mich verfallen«, sagte er matt. »Und natürlich sollte ich dafür sorgen, dass die Industrie in Manchester vermindert wird und wir in ihrer Heimat investieren, damit die Leute dort ihre Baumwolle selbst spinnen und weben können. Würden Sie von einer ägyptischen Patriotin etwas anderes erwarten?« Er sah sie herausfordernd mit Augen an, die so dunkel brannten, als wären es die der Ägypterin.

Sie lächelte. »Ich habe weder etwas gegen Patrioten, Saville, noch gegen ihre Forderung, dem eigenen Volk Gerechtigkeit widerfahren zu lassen. Wäre ich an der Stelle dieser Frau, würde ich hoffentlich ihren Mut und die Leidenschaft aufbringen, das Gleiche zu tun. Doch wie gerecht eine Sache auch immer sein mag, so manches, was in ihrem Namen unternommen wird, lässt sich nicht rechtfertigen.«

»Sie hat Lovat nicht umgebracht«, stellte er sachlich fest.

»Vermuten Sie das, oder wissen Sie es?«, fragte sie.

Eine Weile hielt er dem stetigen Blick ihrer silbergrauen Augen stand, dann sah er beiseite. »Ich bin fest davon überzeugt, Vespasia. Sie hat mir geschworen, dass es sich so verhält. Wenn ich ihr nicht traue, bedeutet das, dass ich an allem zweifle, was ich liebe und schätze und was mir das Leben kostbar macht.«

Sie setzte zum Sprechen an, merkte dann aber, dass sie nichts hätte sagen können, was ihm helfen oder nützen konnte. Er war ein impulsiver Mensch, der seine Natur lange verleugnet hatte und jetzt, da der Damm gebrochen war, voll Leidenschaft liebte. »Wer war es dann?«, fragte sie stattdessen. »Und was ist der Grund?«

»Ich habe keine Ahnung«, gab er ruhig zurück. »Aber bevor Sie mit der Vermutung kommen, jemand habe die Sache eingefädelt, damit ich mit Schande bedeckt zurücktreten muss, sollten Sie bedenken, dass das der Baumwollindustrie Ägyptens kaum nützen würde. Jeder, der mir im Amt folgt, dürfte weniger bereit sein, diesen Leuten zu helfen, als ich es war. Kein einzelner Mensch hat die Macht, eine ganze Industrie umzukrempeln, ganz gleich, wie dringend er das möchte. Mittlerweile hat Ayesha das wohl auch eingesehen, auch wenn sie anfangs gemeint hat, sie könne mich überreden, eine solche Reform in die Wege zu leiten.«

»Warum war sie dann nach wie vor hier in London?« Sofern Vespasia mit ihrem Besuch nicht nur Trost spenden, der ohnehin nicht länger vorhalten würde, als sie sich in diesem Raum befand, sondern etwas erreichen wollte, musste sie rücksichtslos sein.

»Es war mein Wunsch«, gab er zur Antwort. Dann fuhr er zögernd fort, als fürchte er mehr oder weniger, sie werde ihm nicht glauben: »Und ich bin überzeugt, dass sie mich ebenso aufrichtig liebt wie ich sie.«

Zu ihrer Überraschung zweifelte sie nicht an der Wahrheit seiner Worte, jedenfalls, was seine Gefühle betraf. In Bezug auf Miss Sachari war sie nicht so sicher, doch wie sie Ryerson ansah, wirkte er überzeugend, unerschütterlich und auf eine Weise sicher, dass sie sich gut vorstellen konnte, wie sich eine junge Frau angesichts eines so intensiven Gefühls über die Schranken von Alter, Kultur und gegebenenfalls sogar der Religion hinwegsetzte. Auch glaubte sie, dass Ryerson eher die Verhandlung vor dem Schwurgericht bis hin zu einer Verurteilung auf sich nehmen, als einen Vertrauensbruch an seiner Geliebten begehen würde. Er war schon immer ein Mann des Absoluten gewesen, seit sie ihn kannte, und dies Wesensmerkmal hatte sich im Laufe der Zeit nicht etwa abgeschwächt, sondern war eher noch mehr hervorgetreten. Zwar war er weiser geworden, weniger aufbrausend und reifer als in jungen Jahren, hatte gelernt, abgewogene Urteile zu fällen, doch wenn es darauf ankam, würde sein Herz stets über seinen Kopf bestimmen. Aus diesem Holz waren Märtyrer geschnitzt, Menschen, die sich für eine Sache aufopferten.

Was Pitt wohl in Alexandria finden mochte? Vermutlich nicht viel. Er kannte dort niemanden – verstand die Sprache nicht, wusste nichts von den Überzeugungen der Menschen, den verworrenen Beziehungen von Schuld und Hass zwischen ihnen, den Verbindungen, die Geld und Glaube stiften. Sofern Lovat oder die Frau nicht außergewöhnlich sorglos gewesen waren, dürfte es für einen ausländischen Polizeibeamten, der nicht einmal wusste, wonach er suchte, nicht viel zu finden geben.

Diese Überlegung veranlasste sie zu der Frage, warum Narraway ihn dorthin geschickt haben mochte. Welchen Zweck verfolgte er damit, dass sich Pitt in Alexandria aufhielt – oder ging es eher darum, dass er ihn nicht in London haben wollte?

Sie blieb eine weitere Viertelstunde bei Ryerson, erfuhr aber weiter nichts, was ihr hätte nützen können. Statt ihm mit heuchlerischen Worten Trost zu spenden, fragte sie lediglich, ob sie ihm etwas schicken könne, um ihm das Leben dort etwas erträglicher zu machen.

»Nein, danke«, sagte er sofort. »Ich habe alles, was ich brauche. Aber … aber es wäre mir äußerst lieb, wenn Sie dafür sorgen könnten, dass Ayesha etwas bekommt, was ihre Lage erleichtert. Zumindest saubere Wäsche, Toilettenartikel … Ich – eine andere Frau hätte …«

»Selbstverständlich«, fiel sie ihm ins Wort. »Ich nehme zwar nicht an, dass man mich zu ihr lässt, werde ihr aber diese Dinge schicken lassen. Da ich mir gut vorstellen kann, was ich in einer solchen Situation gern hätte, werde ich dafür sorgen, dass sie es bekommt.«

Erleichterung zeigte sich auf seinen Zügen. »Danke …« Seine Stimme versagte vor Rührung. »Ich bin Ihnen zutiefst …«

»Ach was!«, tat sie seinen Dank ab. »Das ist doch nicht der Rede wert.« Sie war bereits aufgestanden. »Ich höre, dass man kommt, um mich zu holen.« Sie sahen einander in die Augen. Sie wollte noch etwas sagen, aber die Worte erstarben ihr im Mund. Mit einem Lächeln wandte sie sich zum Gehen.

Es kostete sie einen ganzen Tag, ein wenig Schmeichelei und einen Großteil ihres betörenden Charmes, bis sie nach aufwändigen Nachforschungen – in deren Verlauf sie wieder die eine oder andere alte Dankesschuld eintreiben musste – wusste, wo sie Victor Narraway finden und wie sie es so einrichten konnte, dass sie bei einem Empfang mit ihm zusammentraf. Ursprünglich hatte sie die

Absicht gehabt, nicht hinzugehen, und es war ihr unangenehm, dass sie einen Vorwand erfinden musste, um ihre Absage der Einladung rückgängig zu machen.

Wegen dieser unbehaglichen Situation war sie der Ansicht, sie müsse sich entweder sehr unauffällig und konservativ oder so gewagt und schockierend wie möglich kleiden. Mochte man sich ruhig das Maul über ihren Sinneswandel zerreißen … Vermutlich würde ihr Gespräch mit Narraway weniger Aufmerksamkeit erregen und man sie weniger unterbrechen, wenn sie sich für zurückhaltende, gedämpfte Farben entschied, doch auffallen würde sie auf jeden Fall, ganz gleich, was sie trug. So entschied sie sich für die andere Möglichkeit und ließ sich von ihrer Zofe ein indigofarbenes Seidenkleid herauslegen, das sie für eine ganz besondere Gelegenheit gekauft hatte. Der Stoff war so fein, dass er in der Luft zu schweben schien, und der tiefe Ausschnitt war wie die Taille in einem mittelalterlichen Vorbildern nachempfundenen, üppigen Muster mit Silberfaden und Perlen bestickt. Als einzigen Schmuck würde sie Perlenohrringe dazu tragen.

Während sie sich vor dem Spiegel betrachtete, war sie selbst von dem Eindruck überrascht, den sie machte. Gewöhnlich entschied sie sich für aristokratische Zurückhaltung: Satin und Spitze in neutralen Tönen, die zu ihrem silbernen Haar und ihren hellen Augen passten. Doch das hier war großartig, wirkte mit seiner einfachen Linie atemberaubend, und die dunkle Farbe war wie ein Flüstern der Nacht, elementar und geheimnisvoll.

Sie traf unbeabsichtigt ziemlich spät ein, und ihr Eintreten erregte beträchtliches Aufsehen. So auffällig in Erscheinung zu treten entsprach nicht ihrer Gewohnheit. Sie hatte die Zeit für die Fahrt zu großzügig kalkuliert und, da sie auf keinen Fall zu früh kommen wollte, ihren Kutscher angewiesen, einmal um den Hyde Park zu fahren. Wegen eines Verkehrsunfalls – vermutlich hatte eine Kutsche ein Rad verloren oder dergleichen – war die Straße versperrt, und so war sie später eingetroffen als geplant.

Während sie allein in den Raum trat, erstarben alle Gespräche mit einem Schlag. Manche der Gäste, vor allem Männer, starrten sie ungeniert an. Einen Augenblick lang überlegte sie, ob es ein Fehler gewesen war, sich für das Kleid zu entscheiden. War sie für einen solch üppigen Farbton vielleicht zu blass?

Sie sah, wie der Prinz von Wales die Augen aufriss – erst vor Verblüffung, dann aber voll Billigung. Ein jüngerer Mann an seiner Seite, den sie nicht kannte, räusperte sich, ohne den Blick von ihr zu nehmen.

Die Gastgeberin begrüßte sie und stellte sie nach wenigen Minuten dem Prinzen vor. Offensichtlich hatte er den Wunsch geäußert, mit ihr zu sprechen. Zwar kannten sie einander schon seit vielen Jahren, doch liefen solche Begegnungen nach wie vor nach allen Regeln des Hofzeremoniells ab. Man konnte nicht einfach auf einen Kronprinzen zugehen, das ziemte sich nicht.

Es dauerte über eine Stunde, bis sie eine Möglichkeit fand, ohne Zeugen mit Victor Narraway zu sprechen.

Mit den Worten: »Guten Abend, Victor«, trat sie auf ihn zu und legte mit dieser Begrüßung die Bedingungen fest, unter denen das Gespräch ablaufen würde. Auch wenn sie ihn nicht besonders gut kannte, war ihr durchaus klar, wer er war und was man in den höchsten politischen Kreisen von seinen Vorzügen und Nachteilen hielt. Doch über den Privatmann wusste sie kaum etwas, zumal er zu den Menschen gehörte, die sich nahezu vollständig aus der Öffentlichkeit heraushielten. Wichtig war er ihr wegen Ryerson und, wie sie sich jetzt eingestand, mehr noch, weil Thomas Pitts Zukunft in seinen Händen lag.

»Guten Abend, Lady Vespasia«, gab er zurück. Auch wenn sein Blick leicht belustigt wirkte, erkannte sie darin waches Misstrauen. Er war nicht von so schlichtem Gemüt, dass er angenommen hätte, ihre Begegnung sei ein bloßer Zufall.

Es gab keine Zeit zu verlieren. Jeden Augenblick musste sie damit rechnen, dass andere Gäste zu ihnen traten. »Ich war gestern bei Saville Ryerson«, begann sie. Sein Gesichtsausdruck veränderte sich nicht im Geringsten. »Er wird Ihnen nichts sagen, und zwar vermutlich zum Teil einfach deshalb, weil er nichts weiß. Die Annahme, die Frau könnte versucht haben, ihn in der Hoffnung zugrunde zu richten, dass ein anderer seine Stelle einnehmen würde, der den Interessen Ägyptens wohlwollender gegenübersteht, ergibt keinen Sinn. Ein solcher Mensch existiert nicht, und das muss ihr ebenso klar gewesen sein wie uns.«

»Gewiss«, gab er ihr Recht. Sofern er den Wunsch verspürte zu erfahren, was sie von ihm wollte, würde er nie und nimmer zulassen, dass sie das merkte. Er blieb höflich interessiert, wie sich das gegenüber einer älteren Dame gehört, die einen hohen gesellschaftlichen Rang einnimmt, aber davon abgesehen nicht weiter bedeutend ist.

Das ärgerte sie. »Behandeln Sie mich nicht wie einen Trottel!«, sagte sie leise, aber mit schneidender Schärfe in der Stimme. »Ich weiß, dass Sie Thomas nach Alexandria geschickt haben. Was zum Kuckuck versprechen Sie sich davon? Da liegt doch die Vermutung nahe, dass er Ihnen hier in London im Wege war.« Befriedigt sah sie, dass sich sein Körper kaum wahrnehmbar anspannte.

»Lovat und die Sachari kannten einander aus Alexandria«, sagte er. Die Worte klangen harmlos, doch sein Blick drang tief in ihre Augen. Unübersehbar wollte er erkunden, welchen Zweck sie verfolgte. »Diesem Punkt nicht nachzugehen wäre ein unentschuldbares Versäumnis.«

»Und was soll er da ermitteln?«, fragte sie mit leicht gehobenen Brauen. »Dass die beiden eine Affäre hatten? Das nimmt doch ohnehin alle Welt an. Ryerson liebt sie, und ich vermute, dass er keinen Wert darauf legt, etwas über ihre früheren Bewunderer zu erfahren. Andererseits ist er nicht so naiv zu glauben, es hätte keine gegeben.«

Sie verstummte, als eine zierliche Dame in einem pfirsichfarbenen Seidenkleid an der Seite eines Herrn mit Stirnglatze an ihnen vorüberkam.

Narraway lächelte in sich hinein, bewahrte aber nach außen hin vollkommene Haltung.

Vespasia wünschte, dass sie ihn besser gekannt hätte. Seine Unzugänglichkeit war herausfordernd. Sie überlegte, dass sie ihn in jüngeren Jahren wohl recht anziehend gefunden hätte. Diese Vorstellung belustigte sie. Hinter seiner kalten Intelligenz verbargen sich Gefühle, doch wusste sie nicht, welcher Art sie waren. Gehörte er zu den Menschen, die den Mut haben, zu ihren Ansichten zu stehen? Wegen der Macht, die er über Pitt hatte, war ihr die Antwort auf diese Frage wichtig.

»Wenn Sie vermuten, es könnte einen Skandal gegeben haben, der Lovat in den Stand gesetzt hat, sie zu erpressen«, fuhr sie fort, als sie wieder allein waren, »hätten Sie eine briefliche Anfrage an die britischen Behörden in Alexandria schicken können. Sicherlich sind diese Leute imstande, das für Sie zu ermitteln und Ihnen die entsprechende Mitteilung zu machen. Sie kennen nicht nur die Sprache des Landes, sondern auch die Stadt und ihre Bewohner, außerdem haben sie Kontakte zu der Art von Menschen, die solche Informationen liefern können.«

Narraway holte Luft, als wolle er ihr widersprechen, sah sie dann aber aufmerksam an und sagte lediglich: »Das kann schon sein. Aber diese Leute würden ausschließlich Fragen beantworten, die ich ihnen ausdrücklich stelle. Pitt hingegen findet unter Umständen Antworten auf Fragen, die mir nicht eingefallen sind.«

»Ah …« Sie glaubte ihm, zumindest in Bezug auf das, was er ausgesprochen hatte. Ihr war klar, dass er manches nicht sagte, aber wenn sie imstande gewesen wäre, ihm etwas darüber zu entlocken, hieße das, dass er seiner Aufgabe nicht gewachsen war. Dies Bewusstsein würde in ihr eine tiefe und dauerhafte Angst hervorrufen.

Allmählich trat ein Lächeln auf seine Züge. Es wirkte so bezaubernd, dass sie sich wunderte und insgeheim überlegte, ob er je so viel Liebe für eine Frau empfunden hatte, dass diese eine Möglichkeit hatte, durch die dicke Schicht des Selbstschutzes zu der dahinter liegenden Persönlichkeit vorzudringen, und falls ja, was für eine Frau das gewesen sein mochte.

»Und hier in London ziehen Sie natürlich Ihre Erkundigungen über Ryerson und Lovats andere Kontakte ein oder lassen das einen anderen machen«, sagte sie. »Man fragt sich, ob er für diese Aufgabe geeigneter ist als Thomas – oder ob er sie weniger gut durchführt als er seine in Alexandria.« Sie sagte das nicht im Frageton, weil ihr klar war, dass er ihr darauf keine Antwort geben würde.

Sein Lächeln veränderte sich nicht, aber seine Anspannung nahm wieder ein wenig zu. Vielleicht kam ihr das wegen seiner völligen Reglosigkeit auch nur so vor. »Das ist eine delikate Angelegenheit«, sagte er so leise, dass sie es kaum hörte. »Bezüglich dessen, dass es keinerlei Sinn ergibt, wenn wir nur von dem ausgehen, was wir bisher wissen, stimme ich völlig mit Ihnen überein. Lovat war ein Niemand. Der Versuch, Miss Sachari zu erpressen, könnte sich unter Umständen gelohnt haben, aber ich bezweifle sehr, dass sich Ryerson in seinen Empfindungen für sie hätte beeinflussen lassen, ganz gleich, was ihm ein Mann wie Lovat gesagt hätte. Damit hätte Lovat eher erreicht, dass man ihm den Prozess gemacht oder ihn einfach aus dem diplomatischen Dienst entlassen hätte. In einem solchen Fall wäre er nirgendwo wieder untergekommen, und wahrscheinlich hätten ihn sogar seine Klubs ausgeschlossen. Er hatte sich ohnehin schon mehr als genug Feinde gemacht. Auch lässt sich Miss Sacharis Vaterlandsliebe zwar leicht verstehen, doch setzt die Annahme, sie könne die britische Ägyptenpolitik beeinflussen, ein Ausmaß an Einfalt voraus, wie man es bei einer klugen Frau, die sich längere Zeit hier in London aufgehalten hat, nicht erwarten darf.«

»Genauso ist es«, stimmte Vespasia zu und ließ sich nicht die kleinste Regung in seinem Gesicht entgehen.

»Daher muss ich überlegen«, sagte er finster und in einem Flüstern, das kaum mehr war als ein Seufzer, »welche Sache, die wir noch nicht in Erwägung gezogen haben, es wert ist, dafür zu morden und den Galgen zu riskieren.«

Vespasia gab ihm keine Antwort darauf. Sie hatte diesem Gedanken auszuweichen versucht, doch jetzt zeichnete er sich in ihrem Kopf ebenso finster und unausweichlich ab wie in dem Victor Narraways.

KAPITEL 8

Allmählich bekam Pitt ein immer deutlicheres Bild der Ägypterin wie auch von den Menschen und den politischen Zusammenhängen, die sie beeinflusst hatten. Während er aus dem Fenster seines Hotelzimmers in Richtung auf das Meer in die Nacht hinaussah, fiel ihm mit einem Mal ein, dass er überhaupt nicht wusste, wie sie aussah. Nicht einmal ein Bild von ihr hatte er gesehen, ging ihm überrascht auf. Er stellte sie sich als dunkelhäutig vor, und sicherlich war sie schön, denn diese Art von Kapital war seiner Ansicht nach für ihre Art zu leben unerlässlich. Während er dastand, den Blick zum sich weithin wölbenden Himmel mit den bleichen Sternen gerichtet, und wahrnahm, wie die an der Hauswand emporrankenden Kletterpflanzen sacht in der leisen Brise schwankten, die den Geruch von Gewürzen und vom Meer den nach Salz herübertrug, überlegte er, dass er sie inzwischen gänzlich anders einschätzte als am Anfang. Er sah sie als willensstarken, intelligenten Menschen, eine Frau, die für Überzeugungen kämpfte, die er gut nachvollziehen konnte. Was würde er empfinden, wenn beispielsweise England von einem anderen Volk besetzt, ja, geradezu beherrscht würde, dessen Angehörige nicht nur anders sprachen und aussahen, sondern auch einen anderen Glauben und eine andere kulturelle Überlieferung hatten, ein vergleichsweise unreifes Volk, dessen Menschen noch Barbaren waren zu einer Zeit, da das eigene Volk bereits zivilisiert war, bedeutende Bauten errichtet, Dichter hervorgebracht und gewaltige Pläne verwirklicht hatte?

Der Wind trug Gelächter herüber. Erst erkannte er die Stimme eines Mannes, dann die einer Frau und schließlich die Melodie eines Saiteninstruments voll sonderbarer Halbtöne. Er legte das Jackett ab, das er zum Abendessen getragen hatte, um der Form zu genügen. Selbst um diese Zeit war es noch so warm, dass das Baumwollhemd vollauf genügte.

Er ließ den Blick schweifen, versuchte sich möglichst viel einzuprägen, um Charlotte davon berichten zu können: die Geräusche, die so völlig anders waren als in England, die Luft, die man fast auf der Haut spüren konnte, die schweren Gerüche, auch nach Schweiß, sodass es einem mitunter fast den Atem benahm, und natürlich die allgegenwärtigen Fliegen. Der Wind war ohne jede Schärfe. Er wirkte träge wie alles um ihn herum, doch war ihm klar, dass überall Gefahren lauerten, Ressentiment hinter lächelnden Mienen verborgen lag.

Unwillkürlich kamen ihm die Völker in den Sinn, die im Laufe der Jahrhunderte hierher gekommen waren, Welle auf Welle – Soldaten, religiöse Eroberer, Forscher, Kaufleute oder Siedler. Sie alle hatte die Stadt in sich aufgenommen, und alle hatten deren Gesicht damit verändert, dass sie geblieben waren.

Jetzt also war die Zeit seines eigenen Volkes gekommen, die Zeit der Engländer, die hier mit ihrer bleichen Haut, ihrer angelsächsischen Stimme, ihrer übertrieben aufrechten Haltung und ihren unerschütterlichen Vorstellungen von Recht und Unrecht immer fremdländisch wirken würden. Dass sie dennoch blieben, war zugleich bewundernswert und widersinnig, vor allem aber unfassbar ungehörig. Alexandria war eine ägyptische Stadt, und uneingeladen hatten sie kein Recht, sich dort aufzuhalten.

Er dachte an Trenchard und dessen unübersehbare Liebe zu diesem Land und seinen Menschen. Nach ihrem gemeinsamen Einkauf im Basar hatte er Pitt ein wenig über sein Leben im Lande berichtet. Wie es aussah, besaß er in England keine nahen Angehörigen mehr, und die Frau, die er geliebt, wenn auch nicht geheiratet hatte, war Ägypterin. Er hatte nur kurz über sie gesprochen. Sie war vor nicht einmal einem Jahr bei einem Unfall ums Leben gekommen, über den er nicht reden mochte. Selbstverständlich war Pitt nicht weiter in ihn gedrungen.

Jetzt stand Pitt in einem Aufruhr der Gefühle da. Es hatte keinen Sinn, zu Bett zu gehen, denn er wusste, dass ihn der Schlaf fliehen würde. Er konnte Miss Sachari gut verstehen – hier ihre Vaterlandsliebe, ihre Empörung über die Art, wie man ihr Volk ausraubte, über die Armut und die unnötige Unwissenheit, und dort in London der Widerstreit der Gefühle wegen ihrer Beziehung zu Ryerson.

Aber ob das zum Mord geführt hatte? Noch hatte er sich nicht von dem Gedanken gelöst, dass sie die Tat begangen hatte. Wenn nicht sie es gewesen war – wer dann?

Gleich am nächsten Vormittag würde er sich daran machen, möglichst viel über Edwin Lovat in Erfahrung zu bringen. Es musste noch Menschen geben, die sich an ihn erinnerten, die genauere, lebendigere und möglicherweise auch ehrlichere Erinnerungen an ihn hatten als bloße Archivunterlagen.

Er wandte sich vom Fenster ab und machte sich zum Schlafengehen bereit.

Es dauerte nicht lange, bis er wusste, wo Lovat den größten Teil seiner Zeit verbracht hatte. Auf dem Weg dorthin kam er durch den Teppichbasar, dessen vielleicht zehn bis zwölf Meter breiten festgetretenen Lehmboden in einer Höhe von etwa drei Stockwerken ein riesiges Balkendach überspannte. Da dessen Zwischenräume mit Latten ausgefüllt waren, unterbrachen immer wieder helle Lichtflecken den Schatten, der auf den Boden fiel. Zusätzlich befanden sich über allen Eingängen und Fenstern Markisen; bisweilen war auch einfach ein Stück Stoff zwischen auf dem Boden verankerten Pfosten aufgespannt.

Man sah nahezu ausschließlich Männer. Sie saßen zu Dutzenden inmitten ihrer Stoffballen, Messingartikel oder aufgerollten Teppiche und sogen bedächtig an prächtig verzierten Wasserpfeifen. Es gab eine Unzahl von Rottönen – Scharlach, Karmesin, Zinnober, Purpur –, außerdem Beigetöne, warme bräunliche Erdfarben und Schwarz. Pitt fühlte sich von allen Seiten bedrängt – von der Hitze, vom Lärm und sogar von den Farben.

Er bahnte sich seinen Weg, bemüht, den Eindruck zu erwecken, dass er auf keinen Fall dort war, um etwas zu kaufen. Er war auf dem Weg zum östlichen Stadtrand in das Dorf, an dessen Rand sich Lovats Militärlager befunden hatte, in Richtung auf den nächstgelegenen Arm des Nildeltas und den Mahmudije-Kanal. Weiter im Osten ging es nach Kairo, und ganz in der Ferne, mitten in der Sandwüste, zum Suezkanal. Mit einem Mal entstand vor ihm ein Menschenauflauf, und zeternde Stimme wurden laut.

Anfangs vermutete er, ein Händler sei sich beim Feilschen mit einem Kunden in die Haare geraten, merkte dann aber, dass mindestens ein halbes Dutzend Männer an der hitzigen Auseinandersetzung beteiligt waren. Die Worte, die hin und her flogen, klangen sehr viel bedrohlicher als die Kommentare von Neugierigen, die sich an einem Streit erfreuen.

Er blieb stehen. Auf keinen Fall wollte er in eine Auseinandersetzung zwischen Einheimischen hineingezogen werden. Er konnte es sich nicht leisten, und sofern die Sache außer Kontrolle geriet, war es nicht seine Aufgabe, sondern die der örtlichen Polizei, sich darum zu kümmern. Also machte er kehrt, um diesen Teil der Straße zu umgehen. Das würde zwar länger dauern, war aber angesichts der Situation die bessere Lösung. Er beschleunigte den Schritt, doch wurde der Lärm hinter ihm immer lauter. Er wandte sich um. Zwei Männer in langen Gewändern stritten mit weit ausholenden Armbewegungen. Allem Anschein nach ging es um den Preis eines rot-schwarzen Teppichs, der vor einem der beiden lag.

Hinter ihm drängte sich eine Gruppe von Männern näher, die sehen wollten, was es gab.

Wieder wandte sich Pitt um, doch inzwischen war ihm der Weg versperrt. Er musste beiseite treten, um nicht in die Menge hineingezogen zu werden. Ein weiterer Teppich wurde ausgerollt, und damit war ihm der Rückzug endgültig abgeschnitten. Jemand rief etwas, das wie ein mahnender Ruf zur Vorsicht klang. Überall um ihn herum ertönten Stimmen. Er verstand kein Wort.

Trotz des gefleckten Schattens, den das Balkendach über ihm warf, war die Hitze kaum erträglich, denn es wehte nicht der leiseste Windhauch. Der Staub schien unter den Füßen zu brennen, und der Geruch nach Wolle, Gewürzen, Weihrauch und Schweiß lag schwer in der reglosen Luft. Er spürte einen Mückenstich und schlug mechanisch nach dem Insekt.

Ein junger Mann kam im Laufschritt vorüber und rief etwas. Dann fiel ein Pistolenschuss, und mit einem Mal schwiegen alle still. Doch gleich darauf ertönte wieder wütendes Geschrei. Am anderen Ende der Straße tauchten vier oder fünf Polizeibeamte auf, dann, nur zwei Schritt von ihm entfernt, ein weiterer. Es waren Europäer, vermutlich Engländer.

Aus der Menge wurde ein metallenes Gefäß geschleudert, das einen der Beamten seitlich am Kopf traf, sodass er ins Straucheln geriet.

Rufe ertönten, die unverkennbar Billigung und Bestärkung ausdrückten. Um das zu verstehen, brauchte man weder die Sprache zu kennen noch den Hass in den bärtigen Gesichtern zu sehen.

Im Versuch, sich von der immer unangenehmer werdenden Szene zu entfernen, stieß Pitt gegen einen Teppichstapel, der ins Wanken geriet. Rasch drehte er sich um, um ihn am Fallen zu hindern, doch obwohl er die Finger beider Hände mit aller Kraft in die feste Wolle grub, gelang es ihm nicht. Er spürte, wie es ihn nach vorn riss und er das Gleichgewicht verlor. Im nächsten Augenblick fiel er mit den Teppichen und rollte in den Straßenstaub.

Mit wehenden Gewändern kamen Männer herbeigeeilt. Fast alle waren dunkelhäutig und trugen Turbane, wirkten eher afrikanisch als mediterran. Weitere Rufe ertönten. Man hörte Stahl auf Stahl schlagen, wieder fielen Schüsse. Pitt versuchte auf die Füße zu kommen und stolperte über ein Tongefäß. Es fiel um, rollte ein Stück weit und stieß mit Schwung einem andern Mann gegen die Beine, der das Gleichgewicht verlor und zu Boden stürzte, wobei er wild fluchte – auf Englisch.

Pitt kam auf die Füße und lief auf den Mann zu, der allem Anschein nach benommen am Boden lag. Als er ihm die Arme entgegenstreckte, um ihm aufzuhelfen, bekam er von hinten einen kräftigen Schlag auf den Kopf. Er versank in tiefe Bewusstlosigkeit.

Er erwachte, auf dem Rücken liegend, mit pochenden Kopfschmerzen. Er nahm an, es seien nur wenige Augenblicke vergangen und er befinde sich nach wie vor auf dem Teppichbasar. Als er aber die Augen öffnete, sah er über sich eine schmutzig weiße Zimmerdecke und erkannte bei einer leichten Kopfdrehung Wände. Statt der vielen kräftigen Rottöne der Teppiche sah er einen Haufen aus gestreiftem Ocker, Schwarz und ungebleichtem Leinen.

Vorsichtig setzte er sich auf. In seinem Kopf verschwamm alles. Reglos und erstickend stand die Hitze im Raum. Überall waren Fliegen, so viele, dass jeder Versuch, nach ihnen zu schlagen, sinnlos war. Nach einer Weile merkte er, dass in dem Kleiderhaufen ein bärtiger Mann steckte. Ein weiterer Mann saß an die gegenüberliegende Wand gelehnt und noch einer unter dem hohen vergitterten Fenster, hinter dem ein leuchtend blauer quadratischer Ausschnitt des Himmels zu sehen war.

Er musterte die Männer genauer. Der Bärtige trug einen Turban und hatte eine blutunterlaufene Schwellung um das linke Auge, die wahrscheinlich sehr schmerzhaft war. Der zweite war bis auf einen breiten schwarzen Schnurrbart glatt rasiert – vermutlich Grieche oder Armenier. Der dritte lächelte Pitt kopfschüttelnd zu und schürzte die Lippen. Dabei hielt er ihm einladend eine lederne Wasserflasche hin.

»Lachejm«, sagte er dazu. »Schön, dass Sie wieder da sind.«

»Danke.« Pitts Mund war ausgedörrt, und seine Kehle brannte. Ein Araber oder Türke, ein Grieche oder Armenier, ein Jude und er, ein Engländer. Wie war er in diesen Raum gekommen, allem Anschein nach eine Arrestzelle? Er wandte sich langsam um und suchte mit den Augen nach der Tür. Sie hatte keine Klinke.

»Wo sind wir?«, fragte er und nahm noch einen Schluck Wasser. Er sollte nicht so viel trinken – möglicherweise war das alles, was die Männer hatten. Er gab die Flasche zurück.

»Engländer«, sagte der Jude mit einer Belustigung, in die sich Staunen mischte. »Wieso helfen Sie den Ägyptern gegen die englische Polizei? Sie sind doch keiner von uns!«

Alle sahen ihn neugierig an.

Langsam ging ihm auf, dass man ihm seinen ungeschickten Sturz, mit dem er den anderen zu Fall gebracht hatte, als absichtlichen Angriff ausgelegt hatte, und so war er wohl als Beteiligter bei einer gewalttätigen Demonstration gegen die britische Herrschaft in Ägypten festgenommen worden. Schon in den allerersten Tagen seines Aufenthalts hatte er gespürt, dass Aufbegehren in der Luft lag, Wut ständig unter der Oberfläche glomm. Jetzt begriff er, wie weit verbreitet der gegen die Eindringlinge gerichtete Widerstand war und wie dünn der Firnis, der ihn im Alltagsleben vor den Blicken von Menschen verbarg, die nicht hinzuschauen verstanden. Wer weiß, vielleicht war es ein Glücksumstand, der ihn hierher gebracht hatte. Er musste ihn nur richtig nutzen und sich die richtige Antwort einfallen lassen.

»Ich bin mit der anderen Seite der Geschichte in Berührung gekommen«, gab er zur Antwort. »Ich kenne eine Ägypterin in London.« Er musste sorgfältig darauf achten, keinen Fehler zu machen. Falls man ihn bei einer Unwahrheit ertappte, konnte ihn das sehr teuer zu stehen kommen. »Von ihr habe ich gehört, wie es hier im Lande um die Baumwollindustrie steht …« Er sah, wie sich das Gesicht des Arabers verdüsterte. »Sie hat mit guten Gründen die Forderung vertreten, die Fabriken in Ägypten zu errichten statt in England«, fuhr er fort. Dabei überlief ihn eine Gänsehaut. Er spürte den Geruch von Schweiß und Angst in der Luft. Seine Hände waren feucht.

»Wie heißt Ihr?«, fragte ihn der Araber unvermittelt.

»Thomas Pitt. Und Ihr?«

»Musa, das genügt für Euch«, bekam er zur Antwort.

Pitt wandte sich dem Juden zu. »Avram«, sagte dieser mit einem Lächeln.

»Kyril.« Auch der Grieche nannte nur seinen Vornamen.

»Was wird man mit uns tun?«, fragte Pitt. Würde er die Möglichkeit haben, Trenchard eine Mitteilung zukommen zu lassen? Und wäre dieser, falls das möglich war, bereit, ihm zu helfen?

Avram schüttelte den Kopf. »Entweder lässt man Euch laufen, weil Ihr Engländer seid«, sagte er, »oder man macht Euch den Prozess, weil Ihr Euer eigenes Volk verraten habt. Warum nur habt Ihr den Polizisten angegriffen? Auf diese Weise gründet man hier keine Baumwollfabriken!« Das Lächeln verschwand nicht von seinen Zügen, doch in seinen Augen glomm Misstrauen.

Die beiden anderen sahen aufmerksam zu. Pitt hatte das Gefühl, dass auch sie ihm nicht trauten.

Er erwiderte das Lächeln. »Habe ich gar nicht«, entgegnete er. »Ich bin über einen Teppich gestolpert.«

Einen Augenblick lang herrschte völliges Schweigen, dann brüllte Avram vor Lachen, und im nächsten Augenblick stimmten die beiden anderen mit ein.

Doch nach wie vor schienen sie nicht sicher, wie sie ihn einzuschätzen hatten. Sicherlich gab es hier etwas zu erfahren, das war Pitt klar. Möglicherweise meinten die Männer, man habe ihn eingeschleust, um sie auszuhorchen und die Rädelsführer aufzuspüren. Gewiss gab es auch in Alexandria so etwas wie den Sicherheitsdienst. Auf keinen Fall durfte er Fragen stellen, höchstens nach Ayesha Sachari und vielleicht nach Lovat, obwohl sich dieser schon seit mehr als zwölf Jahren nicht mehr im Lande aufhielt. Es wurde immer wichtiger für ihn, dass er nicht nur erfuhr, wie sich die Dinge verhielten, sondern es auch verstand. Dabei hätte er Narraway den Grund für dies Bedürfnis nicht einmal nennen können, sofern ihn dieser danach gefragt hätte.

Die drei Männer warteten auf seine Erklärung. Sie musste unbedingt harmlos sein.

»So, so, über einen Teppich gestolpert«, wiederholte Avram mit bedächtigem Nicken, das Lachen noch in seinen Augen. »Möglicherweise glaubt man Euch das. Stammt Ihr aus einer bedeutenden Familie?«

»Ganz im Gegenteil«, sagte Pitt. »Mein Vater war Dienstbote auf dem Besitz eines reichen Mannes, und auch meine Mutter gehörte zum Personal. Beide leben nicht mehr.«

»Und der Reiche?«

Pitt zuckte die Achseln, doch trat ihm die Erinnerung deutlich vor Augen.

»Auch er lebt nicht mehr. Aber er war gut zu mir. Er hat mich zusammen mit seinem eigenen Sohn ausbilden lassen – um ihn anzuspornen.« Er fügte das hinzu, um seine gebildete Sprechweise zu erklären. Vermutlich konnten sie gut genug Englisch, um zu wissen, wie die Angehörigen der Unterschicht sprachen und wie die anderen.

Alle sahen zu ihm her: Kyril zweifelnd, Musa mit deutlicher Ablehnung. Draußen begann ein Hund zu kläffen. Die Hitze in dem Raum schien noch zuzunehmen. Pitt spürte, wie ihm am ganzen Leibe der Schweiß herablief.

»Und was wollt Ihr hier in Alexandria?«, fragte Musa mit rauer Stimme. »Ihr seid doch bestimmt nicht einfach gekommen, um zu sehen, ob wir Baumwollfabriken wollen. Da muss etwas anderes dahinter stecken!« Das war nicht nur eine Aufforderung, seine Anwesenheit zu erklären, sondern vielleicht auch eine Warnung.

Pitt beschloss, die Wahrheit ein wenig zu verbrämen. »Natürlich nicht«, sagte er. »Ein britischer Diplomat ist getötet worden, ein früherer Soldat, der vor zwölf Jahren hier stationiert war. In London ist man der Ansicht, eine Ägypterin habe die Tat begangen, und meine Aufgabe ist es zu beweisen, dass sie es nicht war.«

»Aha, Polizist!«, knurrte Musa und machte eine Bewegung, als wolle er aufstehen.

»Die Polizei hat die Aufgabe nachzuweisen, ob jemand eine Tat begangen hat, nicht aber, ob er schuldlos ist«, fuhr ihn Pitt an. »Jedenfalls ist das bei uns in England so! Nein, ich bin kein Polizist. Meint Ihr nicht auch, dass ich ansonsten längst nicht mehr hier wäre?«

»Ihr wart bewusstlos, als man Euch hereingebracht hat«, gab Avram zu bedenken. »Wem hättet Ihr das sagen sollen?«

»Gibt es da draußen keinen Wächter?« Pitt wies mit dem Kopf zur Tür.

Avram zuckte die Achseln. »Wahrscheinlich schon. Allerdings glaubt wohl keiner, dass wir ausbrechen werden – leider.«

Pitt hob den Blick zum Fenster.

Kyril stand auf, ging hinüber und ruckte am mittleren Gitterstab. Dann wandte er sich mit spöttischem Lächeln zu Pitt um.

»Wer hier raus will, braucht Köpfchen. Mit Gewalt geht das nicht«, sagte Musa. »Oder Geld?« Er hob fragend eine Augenbraue.

Pitt angelte in seinem Schuh. Ob es sich lohnte, was er noch hatte – wenn er es noch hatte –, auszugeben, um sich Verbündete zu schaffen? Vermutlich wussten sie nichts über die Ägypterin oder Lovat, aber vielleicht konnten sie ihm helfen, etwas in Erfahrung zu bringen – sofern es überhaupt etwas gab, was sich zu erfahren lohnte. Allmählich bezweifelte er das.

Die Augen aller ruhten bewegungslos auf ihm.

Er holte etwa zweihundert Piaster hervor – genug, um acht Tage im Hotel zu bestreiten.

»Das reicht«, sagte Avram sofort. Bevor Pitt überlegen konnte, war das Geld aus seinen Händen verschwunden, und Avram hämmerte mit beiden Fäusten gegen die Tür.

Musa nickte. Seine Schultern entspannten sich. »Gut«, sagte er befriedigt. »Ja – gut.«

»Das sind zweihundert Piaster!«, entfuhr es Pitt spontan, bevor er hatte nachdenken können. »Dafür möchte ich eine Gegenleistung.«

Musa hob die Brauen. »Ach ja? Und was?«

Pitt überlegte fieberhaft. »Jemand soll mir helfen, etwas über Leutnant Lovat in Erfahrung zu bringen, der vor zwölf Jahren hier im britischen Heer gedient hat. Ich spreche kein Arabisch.«

»Ihr wollt also für fünfzig Piaster von meiner Zeit?«, fragte Musa. »Wenn ich im Gefängnis bin, geht das nicht, oder?«

»Ich möchte für hundertfünfzig Piaster von jemandes Zeit«, gab Pitt zur Antwort. »Oder wir alle bleiben hier.«

Avram sah belustigt drein. »Heißt das, Ihr handelt?«, fragte er neugierig.

»Ich weiß nicht«, gab Pitt zurück. »Tue ich das?«

Avrams Blick wanderte zwischen dem Fenster und der Tür hin und her. Er sah die anderen fragend mit gehobenen Brauen an und sagte etwas auf Arabisch. Nach kurzer Beratung sagte er schließlich zu Pitt: »Ja.«

Pitt wartete.

»Ich bringe Euch in das Dorf, wo die britischen Soldaten ihre Freizeit verbracht haben. Ich spreche für Euch mit den Ägyptern.« Er hielt ihm die Hand hin. »Jetzt aber raus hier, bevor sie kommen und es richtig unangenehm wird.«

* * *

Pitt verstand nichts von dem, was die Männer dem Wächter sagten, sah aber, wie sein Geld den Besitzer wechselte. Eine halbe Stunde später folgte er Avram durch ein Gässchen am Rande der Stadt. Erneut ging es in Richtung Osten. Fliegen und Stechmücken waren die üblichen Wegbegleiter. Er hatte es sich angewöhnt, mechanisch nach ihnen zu schlagen. Sein Kopf schmerzte noch von dem Schlag, den er im Basar bekommen hatte.

Angenehme Düfte mischten sich mit den üblen Gerüchen der Straße, als sie an einer Garküche vorüberkamen. Der Koch saß am Boden, eine Schulter an eine Mauer gelehnt. Er trug ein unförmiges Gewand aus bräunlichem Leinen und flache Leinenschuhe. Einem großen tönernen Topf, der auf einer Feuerstelle aus lose aufgeschichteten Ziegelsteinen stand und in dem er rührte, entstieg der Geruch, der die Vorüberkommenden anlockte. Neben sich hatte er einen großen, flachen Korb mit Datteln, Zwiebeln und etwas, das wie eine Mohrrübe und ein Granatapfel aussah. Hinter ihm stand ein hohes Tongefäß, aus dessen Rand ein Stück herausgebrochen war. Die Haut des Mannes war so dunkel wie die Datteln, sein Bart kurz gestutzt und sein Kopf kahl rasiert. Das Ebenmaß und die Sanftheit seiner Züge ließen ihn beinahe schön erscheinen.

Er achtete weder auf Pitt noch auf Avram, als wären sie ebenso uninteressant wie die Esel, die über die staubige Straße zogen, oder das Kamel, das geduldig an der Einmündung des Platzes stand.

Avram war einige Schritte voraus, und Pitt beeilte sich, ihn einzuholen. Ihn hier aus den Augen zu verlieren würde nicht nur bedeuten, dass er Zeit verlor, es könnte auch gefährlich werden. Seit dem Zwischenfall auf dem Teppichbasar war er empfänglicher für die Stimmung der Männer, die miteinander zu feilschen oder sich müßig zu unterhalten schienen. Hinter dem gleichmütigen Ausdruck ihrer Gesichter, das begriff er jetzt, verbarg sich eine tief sitzende Wut, die sie nicht offen zu zeigen wagten. Das war ihr Land, und er war ein Fremdling, Angehöriger eines Volkes, das sich angeeignet hatte, was ihnen gehörte. Dabei spielte es keine Rolle, dass die Briten weit produktiver und sinnvoller mit allem umgingen als sie selbst.

Avram wandte den Kopf, um sich zu vergewissern, dass Pitt noch da war, und bedeutete ihm, sich zu beeilen, damit er nicht den Anschluss verlor. Schweigend gingen sie weiter über die unbefestigte Straße, so schnell sie konnten. Es war schon später Nachmittag. Da die Nacht, wie er wusste, um diese Zeit des Jahres schnell hereinbrach, mussten sie das Dorf in der Nähe der Militäranlage unbedingt erreichen, bevor es dunkel wurde. Es sah aber ganz danach aus, dass es bis dorthin noch ziemlich weit war.

Während sich Pitt bemühte, mit seinem Begleiter Schritt zu halten, ging ihm durch den Kopf, dass sich ein fliegender Händler, der auf dem Markt ein todsicheres Mittel gegen Stechmücken anbieten konnte, vermutlich binnen einer Woche mit Gold aufwiegen lassen könnte.

Sie kamen an einer alten Frau vorüber, die allein unterwegs zu sein schien, danach an mehreren Männern, die Kamele am Halfter führten, und einem Jungen mit einem Esel. Eine Gruppe von Männern schien von einer Festlichkeit zurückzukommen, denn sie sangen fröhlich und schwangen munter die Arme.

Als die Sonne unterging und den Himmel mit einem sanften goldenen Glanz erfüllte, erreichten sie das Ufer einer breiten Wasserstraße. Drei, vier Watvögel mit langen Schnäbeln standen nah am Uferschilf im Wasser, und zwanzig Schritt weiter waren es doppelt so viele. Bald darauf waren sie am Rande des Dorfs. Einige Häuser waren aus Feldsteinen errichtet. Ihre Mauern schimmerten bronzefarben, und die in ihrer Nähe aufragenden Palmen wirkten wie sonderbare Kopfbedeckungen auf Stelzen, ragten wie Federschmuck in die reglose Luft. Das einzige Geräusch, das man hörte, kam von dem halben Dutzend Ochsen, die mit gesenktem Kopf knietief im Wasser standen und tranken. Ihre langen Hörner sahen im schwindenden Licht der Sonne aus wie poliertes Gold. Nach und nach verfärbten sich die Schatten purpurn, dann maulbeerfarben.

»Hier bleiben wir«, sagte Avram. »Wir werden essen, danach können wir damit anfangen, Eure Fragen zu stellen.«

Pitt stimmte zu. Er hätte ohnehin keine Wahl gehabt. Noch hatte er nichts erfahren, was Miss Sachari nützen konnte, geschweige denn Ryerson. Falls der Mord an Lovat mit irgendetwas zusammenhing, was hier in Ägypten geschehen war, ahnte Pitt nicht, worum es sich dabei handeln konnte, und lediglich Avram oder jemand wie er konnte die Menschen, die hier lebten, danach fragen.

Sie betraten ein kleines, aus luftgetrockneten Lehmziegeln errichtetes Gebäude. Ein etwa fünfundzwanzigjähriger Mann mit einer braun-rot gestreiften Dschellaba und einem Turban, dessen Farbe im düsteren Licht der Kerzen und des niedergebrannten Feuers nicht zu erkennen war, begrüßte Avram. Sie wechselten einige Worte miteinander. Offensichtlich sagte Avram, wer Pitt war, und erklärte wohl auch den Zweck ihres Besuchs.

Dann wandte sich Avram an Pitt: »Das ist Ishaq El Sharnoubi. Sein Vater Mohammed war ein Imam, ein Vorbeter in der Moschee. Er wusste viel über das, was früher hier geschehen ist, auch bei den britischen Soldaten. Ishaq hat gelegentlich Botengänge für sie unternommen, und er hat ein gutes Gedächtnis – wenn er will. Er versteht Englisch sehr viel besser, als er zugibt.«

Pitt lächelte. Er konnte sich die Situation recht gut ausmalen, wenn auch nicht unbedingt in Einzelheiten. Es war nicht schwer, sich vorzustellen, dass ein junger Araber für britische Soldaten mehr oder weniger unsichtbar war, etwa so wie zu Hause in England ein Dienstbote für seine Herrschaft. In Anwesenheit solcher Menschen sagte man manches, ohne sich besonders zusammenzunehmen, weil man annahm, dass es nicht weitergetragen würde.

Er verneigte sich vor Ishaq.

Dieser erwiderte den Gruß. Seine Augen waren so dunkel, dass sie im flackernden Licht schwarz erschienen. Inzwischen war alle Helligkeit geschwunden, die Röte des Sonnenuntergangs einem dunklen Goldton gewichen. Die Ochsen draußen schienen sich im Wasser zu bewegen, denn Pitt hörte es platschen.

Avram hatte ihm klar gemacht, dass er die Gastfreundschaft ohne Gegenleistung annehmen müsse. Später konnte man etwas schenken, wenn es nicht nach einer Bezahlung aussah, denn das käme einer Beleidigung gleich. Auch hatte er darauf hingewiesen, dass Pitt seine Fragen erst am Ende der Mahlzeit stellen dürfe. Es sei Brauch, zuerst in aller Ruhe zu essen. Diese Belehrung war nicht nötig, hatte Pitt doch mittlerweile gelernt, dass selbst versteckte Andeutungen über den eigentlichen Zweck eines Besuchs als unhöflich dem Gastgeber gegenüber galten.

Mit untergeschlagenen Beinen nahm Pitt am Boden Platz, als man ihn zum Sitzen aufforderte. Er hoffte, dass er nach einer Stunde noch imstande sein würde, wieder aufzustehen. Im Laufe der Mahlzeit wuchsen seine diesbezüglichen Zweifel immer mehr. Er rutschte ein oder zwei Mal unruhig hin und her und fing sogleich Avrams warnenden Blick auf. Dieser schien die Suche zu seiner eigenen Sache gemacht zu haben, als sei es für ihn ebenso wichtig wie für Pitt, die Wahrheit über Lovats Dienstzeit zu erfahren. Pitt fragte sich, ob der Grund dafür eine dem Mann wesenseigene Neugier war, eine intellektuelle Freude, mittels seiner Klugheit Lösungen zu finden, oder ob auch er zu einem späteren Zeitpunkt ein angemessenes Geschenk erwartete. Im Augenblick kam es ihm, während er tausende Kilometer von daheim und fern von allem, was ihm auch nur annähernd vertraut war, äußerst unbehaglich in der lauen Nacht dasaß, ausschließlich darauf an, seinen sonderbaren Führer weder zu kränken noch zu enttäuschen. Nur wenn er sehr umsichtig zu Werke ging, konnte er Erfolg haben.

Endlich war die letzte Dattel gegessen, und Ishaq fragte Pitt mit einem Lächeln, was ihn nach Ägypten geführt habe: das Signal, dass er bereit war, ihm seine Hilfe angedeihen zu lassen.

»Ein britischer Soldat ist in London umgebracht worden«, sagte er in beiläufigem Ton und versuchte, seine Beine unauffällig ein wenig zu strecken und zugleich den Ausdruck des Schmerzes zu unterdrücken, mit dem dieser Versuch bestraft wurde. Er tat so, als müsse er husten, um sein Aufstöhnen zu tarnen. »Der Mann selbst ist nicht wichtig, doch sein Tod könnte einen Skandal hervorrufen, weil ein bedeutender Mann der Tat verdächtigt wird«, fuhr er fort. Befriedigt sah er, dass auf Ishaqs Gesicht der Ausdruck des Verstehens an die Stelle der Verwirrung trat. Wen interessiert es schon in Alexandria, wenn in London jemand getötet wird, der eine gewisse Beziehung zu Ägypten hat? Er nickte höflich.

»Der Ermordete hat vor knapp dreizehn Jahren hier im Heer gedient«, fuhr Pitt fort. »Ich möchte wissen, welchen Ruf er hatte und ob er sich unter seinesgleichen Feinde gemacht hatte. In England lässt sich darüber nichts Genaueres erfahren.« Sicher war es klug, den Namen Ayesha Sachari erst einmal nicht ins Spiel zu bringen. Das konnte er später immer noch tun, wenn es angebracht erschien. »Er hieß Edwin Lovat.«

Ishaq wartete, den Blick unausgesetzt auf Pitts Gesicht gerichtet.

Pitt nannte ihm Lovats Regiment und Dienstgrad, dann beschrieb er kurz dessen Äußeres und bemühte sich, keine Enttäuschung zu zeigen, als er auf Ishaqs Gesicht keinerlei Reaktion erkannte.

Dann aber nickte Ishaq. »Ich erinnere mich an die Männer«, sagte er ausdruckslos.

»Die Männer?«, fragte Pitt. Er verstand nicht. Vielleicht war für Ishaq ein britischer Soldat wie der andere. Er konnte ihm das nicht verdenken. Obwohl er selbst darin ausgebildet war, Menschen genau zu beobachten und zu identifizieren, wäre es ihm unmöglich gewesen, auf seinen Eid zu nehmen, dass er auf der Straße einen bestimmten Ägypter und nicht einen anderen gesehen hatte.

»Es waren vier«, erklärte Ishaq. »Sie waren immer zusammen. Blond, blaue Augen, gingen wie …« Er gab es auf und sah Hilfe suchend Avram an. Dieser sagte etwas auf Arabisch und erklärte dann, zu Pitt gewandt: »Er meint stolzieren.«

»Kennt Ihr die Namen der anderen?«, fragte Pitt. Es wäre nicht schlimm, wenn er sie nicht wüsste, weil er sich ohne weiteres bei den Militärbehörden erkundigen konnte – das zumindest würde man ihm sagen. Mit welchen Kameraden ein Soldat in seiner Freizeit ausging, unterlag nicht der militärischen Geheimhaltung.

»Yeats«, sagte Ishaq. »Und Garrick«, fügte er hinzu. »Der Letzte fällt mir nicht ein.«

»Das ist ganz großartig. Danke«, sagte Pitt begeistert. »Waren es gute Soldaten, vor allem Lovat?« Im selben Augenblick hätte er sich ohrfeigen können. Wie konnte ein britischer Soldat in den Augen eines Ägypters auf irgendeine Weise »gut« sein?

Avram sagte etwas auf Arabisch, und Ishaq nickte. Er richtete die Antwort an Pitt, als hätte dieser ihm die Frage gestellt. »Er war mutig und hat sich an die Vorschriften gehalten, auf die es ankam.«

Mit einem Mal war Pitts Jagdinstinkt geweckt. »Und die anderen Vorschriften?«, fragte er leise.

Ishaq lächelte, sodass man im Schein des Feuers seine weißen Zähne leuchten sah. Dann sagte er mit völligem Ernst: »Bei den anderen hat er sorgfältig darauf geachtet, sie nur zu brechen, wenn es niemand merkte.«

Pitt holte Luft, um die nahe liegende Frage zu stellen, doch im selben Augenblick sagte Avram: »Er war tapfer. Das ist gut. Ein Feigling nützt niemandem. Und er war gehorsam, nicht wahr? Ein Soldat, der Befehlen nicht gehorcht, bedeutet für seine Kameraden eine Gefahr, oder nicht?« Diesmal sah er Pitt an.

»Gewiss«, stimmte Pitt zu. Er war nicht sicher, warum der Mann ihm das Wort abgeschnitten hatte. War er zu offen gewesen, oder konnte die Antwort auf diese Frage Ishaq in Verlegenheit bringen? Warum? Ging es dabei um ungesetzliche Dinge? Um unmoralische? »Haben die Soldaten ihre dienstfreie Zeit im Dorf oder in der Stadt verbracht?«, fragte er.

Ishaq spreizte die Finger. »Kommt darauf an, wie lange«, sagte er. »Hier gibt es nicht viel Interessantes, aber in Alexandria muss man für sein Vergnügen Geld haben.«

»Die Stadt ist wunderschön, und man kann einfach umherbummeln«, sagte Pitt. Es war ihm ernst. »Dabei kann man vieles über Geschichte und Kulturen anderer Länder erfahren: nicht nur die Ägyptens, sondern auch Griechenlands, Roms, der Türkei, Armeniens, Jerusalems …« Als er den Ausdruck in Ishaqs Gesicht erkannte, hielt er inne. »Ich war mit Lovat nicht bekannt«, schloss er.

»Das habe ich gemerkt«, sagte Ishaq trocken. »Wenn Soldaten keinen Dienst haben, möchten sie essen und trinken, sich mit Frauen amüsieren, vielleicht ein bisschen nach alten Schätzen suchen.«

Zwar hielt Pitt es für Zeitverschwendung, dass sich Männer auf diese Dinge beschränkten, doch war alles, was da gesagt worden war, harmlos. Die Frage nach den nicht eingehaltenen Vorschriften war damit nicht einmal am Rande angesprochen. Es sah ganz so aus, als würde es ein langer Abend werden, aber immerhin saß Pitt nicht mehr mit gekreuzten Beinen auf dem harten Boden, und an die Stechmücken hatte er sich so gewöhnt, dass er es schon gar nicht mehr merkte, wenn er nach ihnen schlug.

»Was noch?«, fragte Avram gelangweilt, als wolle er lediglich die Stille überbrücken.

Ishaq zuckte die Achseln. »Sie haben in den Sümpfen Vögel gejagt«, sagte er beiläufig, »und gelegentlich nach Krokodilen Ausschau gehalten. Ich glaube, ein oder zwei Mal sind sie flussaufwärts gefahren. Ich habe das für sie organisiert.«

»Wollten sie sich die Tempel und Ruinen anschauen?«, fragte Pitt und bemühte sich, das in ebenso gleichgültigem Ton wie Avram zu sagen.

»Ich glaube schon. Einmal sind sie bis Kairo gefahren. Sie wollten sich die Pyramiden von Giseh ansehen und so weiter.« Mit breitem Grinsen fügte er hinzu: »Dabei sind sie in einen Sandsturm gekommen, haben sie jedenfalls gesagt. Meistens aber waren sie mehr in der Nähe.«

Der Sache weiter nachzugehen lohnte sich offenbar nicht, aber sonst gab es kaum etwas zu sagen, um das Gespräch in Gang zu halten. Allmählich gab Pitt die Hoffnung auf, etwas über Lovat zu erfahren, was ihm wenigstens einen Hinweis auf seinen Charakter lieferte, wenn schon nicht auf einen Grund, warum man ihn getötet hatte. Es sah ganz so aus, als würde er aus Ägypten lediglich die Erkenntnis mitbringen, dass es sich bei Ayesha Sachari um eine hoch gebildete, leidenschaftliche Patriotin und nicht um eine Frau handelte, die sich ihrer Schönheit bedient, um sich jeden Luxus leisten zu können.

»Die vier waren also gewöhnlich zusammen?«, fragte er. Vielleicht konnte er zumindest einen oder zwei der anderen aufspüren und aus ihrer Erinnerung Einzelheiten über Lovat erfahren.

»Meistens«, sagte Ishaq. »Allein umherzustreifen ist nicht besonders sicher.« Er musterte Pitt aufmerksam, um zu sehen, ob er verstanden hatte oder man ihm erklären musste, dass ein Brite als Angehöriger der bewaffneten Besatzungsmacht in einem fremden Land nicht bei allen Menschen wohlgelitten war und unter Umständen mit heftigen Reaktionen rechnen musste.

Pitt begriff durchaus. Er hatte es gemerkt, wenn er durch die Stadt ging, in der Luft gespürt, in den heimlichen Blicken der Männer wie Frauen gesehen, die sie tauschten, wenn sie sich unbeobachtet fühlten. Schon möglich, dass sie für die mit der Anwesenheit der Fremden verbundenen finanziellen Vorteile dankbar waren, aber niemand stand gern in der Schuld anderer oder wollte von ihnen abhängig sein. Sicherlich gab es in Einzelfällen Zuneigung – er musste an Trenchards Leidenschaft für seine ägyptische Geliebte denken –, aber ebenso sicher gab es auch Hass. Im Normalfall durfte man mit einer gewissen Achtung rechnen, möglicherweise auch mit Neugier, und gelegentlich unter Umständen mit einem gewissen Verständnis. Aber immer lauerte der Volkszorn dicht unter der Oberfläche. Gewiss hatte es diese Gefühle auch damals schon gegeben; sie waren durch die Beschießung Alexandrias höchstens noch verstärkt worden und mochten sich seither deutlicher zeigen als zuvor.

Schweigend saßen die drei Männer einige Minuten da. Das gleichmäßige Geräusch, das die im Wasser umherstapfenden Ochsen machten, wirkte beruhigend, da es aus der Natur kam. Der Nachtwind trug einen Hauch von Kühle herbei, die nach dem langen, heißen Tag erfrischend wirkte.

»Und dann war da natürlich die Frau«, sagte Ishaq mit betont teilnahmsloser Stimme. Es entging Pitt nicht, dass er ihn dabei aufmerksam ansah. »Wenn ihn aber jemand deswegen hätte umbringen wollen, wäre es damals passiert. Sie war Tochter eines reichen und gebildeten Mannes. Wäre sie Muslimin gewesen, hätte das Schwierigkeiten geben können ... große Schwierigkeiten. Aber sie war Christin. Übrigens war Mr Lovat ausgesprochen fromm.« Im Dunkel der Lehmhütte ließ sich der Ausdruck auf Ishaqs Gesicht nicht deuten, aber in seiner Stimme hörte Pitt ein Dutzend verschiedene Empfindungen mitschwingen. Bei einem Engländer hätte Pitt möglicherweise jede einzelne von ihnen deuten können, aber er befand sich in einem fremden Land mit einer unendlich komplexen alten Kultur und sprach mit einem Mann, dessen Vorfahren diese außerordentliche Zivilisation tausende von Jahren vor Christi Geburt, ganz zu schweigen von der Entstehung des britischen Weltreichs, geschaffen hatten. Ja, die Pharaonen waren bereits Herrscher über ein eigenes Großreich gewesen, bevor Moses geboren oder Lot bei der Zerstörung von Sodom und Gomorrha errettet wurde.

Er spürte den harten Boden unter sich, fühlte die schwere warme Luft und hörte, wie sich die Tiere draußen hin und wieder bewegten. Obwohl all das ebenso wirklich war wie das Sirren der Stechmücken, hatte er ein Gefühl von Unwirklichkeit, als wäre seine Anwesenheit dort ein Traum. Der Gedanke, dass Saville Ryerson in London im Gefängnis saß, bedrückte ihn ebenso wie der, dass Narraway erwartete, er werde eine Möglichkeit entdecken, wie sich ein Skandal abwenden ließ.

»Er war also sehr fromm?«, fragte er neugierig.

»Ja«, nickte Ishaq. Wieder ließ sich der Ausdruck auf seinem Gesicht nicht deuten. »Er hat sich häufig beim alten Heiligtum unten am Nil aufgehalten. Diesen Ort hat er gern aufgesucht. Er ist sehr heilig – auch wir haben ihn verehrt.«

»Wie?«, fragte Pitt verwirrt. »Angehörige des Islam?«
»Ja. Bevor er …« Ishaq verstummte.
Avram warf ihm einen finsteren Blick zu.
Ishaq sah an Pitt vorbei. »Mein Vater hat sie alle beerdigt«, sagte er so leise, dass Pitt die Worte kaum hörte. »Ich weiß noch genau, wie sein Gesicht monatelang danach ausgesehen hat. Ich dachte, er würde nie darüber hinwegkommen. Vielleicht war es auch so – es hat ihn den Rest seines Lebens im Traum heimgesucht. Am schlimmsten war es, als er starb.« Er holte tief Luft und stieß sie langsam wieder aus. Sein Atem klang zittrig. »Ein treuer Diener hat sich um ihn gekümmert, hat getan, was er konnte, um es ihm zu erleichtern, aber er konnte nicht verhindern, dass die Geister immer wiederkehrten.« Sein Gesicht verzog sich schmerzlich, und seine Stimme bebte vor Mitgefühl. »Stundenlang hat er mit ihm gesprochen, ihm davon erzählt. Er musste es einfach tun. Er hatte grauenhafte Träume … das Blut und die aufgeplatzten Gliedmaßen, wie gekochtes Fleisch, Gesichter, so verkohlt, dass man kaum noch Menschen in ihnen erkennen konnte … Ich habe gehört, wie er geweint hat …« Er sprach nicht weiter.
Pitt sah zu Avram hin. Dieser schüttelte den Kopf.
Sie warteten schweigend.
»Feuer«, sagte Ishaq schließlich. »Vierunddreißig, soweit es möglich war, die Reste in der Asche zu zählen. Sie waren darin gefangen.«
»Das tut mir Leid«, sagte Pitt leise. Er hatte in England Brände miterlebt, kannte die entsetzlichen Folgen, wusste, dass er den Geruch von brennendem Fleisch nie vergessen würde.
Ishaq schüttelte den Kopf. »Mein Vater ist tot und der Diener auch.«
Avram fuhr auf. »Das wusste ich nicht.«
Ishaq biss sich auf die Lippe und schluckte. »In Alexandria – ein Unfall.«
»Das tut mir Leid«, sagte Avram kopfschüttelnd.
Ishaq öffnete den Mund, um etwas zu sagen, doch einen Augenblick lang brachte er es nicht fertig, seinen Kummer zu beherrschen.

Pitt und Avram schwiegen. Draußen war es vollständig dunkel. Durch die offenen Fenster sah man die Sterne im Samt des Himmels schimmern. Endlich wurde es kühler.

Schließlich hob Ishaq den Blick. »Ich glaube, das Feuer hat auch Leutnant Lovat zu schaffen gemacht«, sagte er. Seine Stimme klang wieder gefasst. »Bald darauf wurde er krank. Irgendein Fieber, sagte man. Es schien damals im Lager umzugehen. Er wurde nach Hause geschickt. Ich habe ihn nie wieder gesehen.«

»Sind seine Freunde hier geblieben?«, fragte Pitt.

»Nein«, sagte Ishaq leise. »Alle sind fort, aus verschiedenen Gründen. Ich weiß nicht, was aus ihnen geworden ist. Vermutlich hat man sie woanders hingeschickt. Euer Reich ist sehr groß. Vielleicht nach Indien? Man braucht ja nur noch an Suez vorbei durch den neuen Kanal, von da aus liegt die halbe Welt offen vor einem.«

»Ja«, murmelte Pitt und hoffte aufrichtig, wenigstens einen dieser Männer in London ausfindig machen zu können, um die Befragung nicht telegrafisch durch irgendeinen Beamten der Militärbürokratie durchführen lassen zu müssen. Ishaq hatte Recht: Durch das Meisterwerk aus Verhandlungskunst und Technik, das der Suezkanal bedeutete, stand Großbritannien die halbe Welt offen. Wegen seiner großen Bedeutung für die Wirtschaft und die Aufrechterhaltung von Recht und Ordnung im ganzen Reich war es undenkbar, dass man Ägypten je die vollständige Selbstbestimmung zugestehen würde. Die Baumwolle spielte bei dieser Frage nur eine untergeordnete Rolle. Wie hatte Miss Sachari je auf den Gedanken kommen können, ihr Vorhaben lasse sich verwirklichen? Als Geisel wirtschaftlicher Abhängigkeit war Ägypten viel zu kostbar, als dass man es freigeben könnte.

Er kam sich vor wie jemand, der einen komplizierten Knoten zu lösen versucht und feststellen muss, dass dieser immer fester wird, je mehr er an den einzelnen Fäden zieht. Die ganze Angelegenheit bedrückte ihn immer mehr.

»Danke für Eure Gastfreundschaft«, sagte er und verneigte sich vor Ishaq. »Die Mahlzeit wie das Gespräch waren mir sehr willkommen. Ich stehe tief in Eurer Schuld.«

Man konnte sehen, dass sich Ishaq über seine Worte freute, doch lag in seinem Ausdruck etwas Unbestimmbares. Im Licht der tiefergebrannten Kerzen konnte Pitt kaum noch Ishaqs Körperumriss ausmachen.

Nach wenigen Minuten verließen Avram und Pitt unter wiederholten Dankesbezeugungen Ishaqs Behausung.

Auf dem Rückweg konnten sie kaum erkennen, wo sie gingen. Nur noch gelegentlich brach sich das Licht eines Sterns im Wasser wie eine leichte Welle. Mit einem Mal merkte Pitt, wie müde er war. Er fühlte sich wie zerschlagen. Das lag nicht nur am langen Sitzen auf dem Boden, sondern auch an den Prellungen und Blutergüssen, die er bei dem Zwischenfall im Teppichbasar davongetragen hatte. Sein Kopf schmerzte nach wie vor von dem Schlag des Polizisten. Im Augenblick kannte er keinen sehnlicheren Wunsch, als sich auf ein weiches Lager sinken zu lassen und lange und tief zu schlafen. Dahinter trat sogar sein Bestreben zurück, eine Erklärung für Lovats Tod zu finden, die sowohl Ryerson als auch die Ägypterin von jedem Schuldvorwurf freisprach.

Während er Avram folgte, ließ er sich mindestens ebenso sehr vom Geräusch seiner Schritte auf dem ausgedörrten Boden leiten wie vom dunklen Umriss seines Körpers, den er undeutlich vor sich wahrnahm. Nach knapp zwei Kilometern stießen sie auf ein einsam stehendes Haus fern vom Wasser. Dort nahm man sie über Nacht auf. Avram bezahlte, nicht ohne sich von Pitt versprechen zu lassen, dass dieser nach seiner Rückkehr nach Alexandria seinen Anteil begleichen würde. Wenn er weiter so mit dem Geld um sich warf, würde das, was er im Hotel hatte, nicht genügen, und er würde Trenchard bitten müssen, ihm einen Vorschuss zu geben. Mochten sich das Konsulat und Narraway über die Rückerstattung einigen.

Am nächsten Morgen war es kühler als sonst. So weit außerhalb Alexandrias wirkte die Luft silbrig und durchscheinend. Die Landschaft zwischen dem Mahmudije-Kanal, der zum Meer führte, und dem großen Binnensee südlich der Stadt, auf dessen Fläche sich das Licht des frühen Morgens spiegelte, war von berückender

Schönheit. Die dunklen Umrisse von Kamelen, die lautlos mit wiegendem Schritt dahinzogen, schienen eher ein Traumbild als Wirklichkeit zu sein.

Noch am selben Tage wollte Pitt die Zuständigen in der Garnison aufsuchen, in der Lovat gedient hatte. Gleich nach dem Frühstück, das aus Datteln und anderen Früchten, Brot und starkem schwarzen Kaffee in Tässchen bestand, die kaum größer waren als ein Fingerhut, brach er auf. Avram begleitete ihn, obwohl seine Gegenwart eigentlich nicht nötig war. Pitt nahm an, er komme hauptsächlich mit, um ihm keine Gelegenheit zu geben, sich seinen Verpflichtungen zu entziehen. Zwar hätte er selbst das gewiss nicht in so kränkender Weise gesagt, aber ihm dürfte daran gelegen sein, seine finanziellen Interessen zu wahren.

Erst nachdem er nahezu eine Stunde lang argumentiert und all seine Überredungskunst aufgeboten hatte, sah sich Pitt schließlich einem schmächtigen, schlecht gelaunten Offizier mit sonnengebräunter Haut gegenüber, einem gewissen Oberst Margason. Avram musste unterdessen vor dem Tor der Kaserne warten. Während Pitt neben dem Oberst auf einer kleinen, schattigen Veranda stand, von wo aus der Blick auf den in der Sonne brütenden Exerzierplatz fiel, den sand- und erdfarbene Gebäude umstanden, fragte dieser mit offenkundigem Abscheu und ohne seine tiefe Abneigung neugierigen Zivilisten gegenüber im Geringsten zu verhehlen: »Sie sind also vom Sicherheitsdienst. Ist das irgendeine spezielle Abteilung der Polizei? Großer Gott! Wo soll das hinführen? Ich hätte nie geglaubt, dass man sich in London zu so etwas hergibt!« Er funkelte Pitt an. »Nun, was wollen Sie? Ich weiß von keinem Skandal, und falls mir so etwas zu Ohren käme, würde ich das dem Mann ins Gesicht sagen und nicht hinter seinem Rücken darüber tratschen.«

Pitt war müde, alles schmerzte ihn, und er war über und über von Mückenstichen bedeckt. Es gab kaum eine Stelle seines Körpers, die er nicht spürte.

»Wenn ich Sie recht verstehe, brauchte ich von Ihnen keinerlei Unterstützung zu erwarten, sofern ich das Pech hätte, mit dem

Auftrag hergeschickt zu werden, in den Reihen der Ihnen unterstellten Männer einen Spion zu enttarnen … Sir!«, gab Pitt gereizt zurück. Er sah, wie Margason die Zornesröte ins Gesicht stieg. »Mein Auftrag lautet, mich nach einem Mann zu erkundigen«, fuhr er fort, »der in London ermordet wurde. Auf die eine oder andere Weise scheint es da eine Verbindung zu Ägypten zu geben. Bekannt ist uns lediglich, dass er vor zwölf, dreizehn Jahren hier draußen Dienst getan hat. Es wäre wünschenswert, wenn wir bei der Verhandlung die Möglichkeit hätten, jeden Anwurf gegen ihn zu entkräften, statt einfach alles abstreiten zu müssen. So etwas wirkt meist ohnehin nicht glaubwürdig.«

Margason knurrte. Die gegenseitige Abneigung nahm erkennbar zu, doch konnte er die Berechtigung von Pitts Anliegen nicht bestreiten. Ganz gleich, was er von ihm halten mochte, er würde auf jeden Fall alles tun, um den Ehrenschild seines Regiments rein zu halten. »Wie hieß der Mann?«, fragte er.

»Edwin Lovat«, sagte Pitt und nahm vorsichtig auf einem der Stühle Platz, als wolle er damit seine Absicht untermauern, erst zu gehen, wenn er alles erfahren hatte, was er wissen wollte. Da der harte Sitz alles andere als bequem war, reizte er dieselben Stellen wie der Erdboden am Vorabend, ganz zu schweigen von dem Strohsack, auf dem er die Nacht verbracht hatte.

»Hm, Lovat«, wiederholte Margason, der stehen geblieben war, nachdenklich. »Das war vor meiner Zeit, aber ich werde sehen, was ich tun kann. Damals war Garrick hier Garnisonskommandeur. Ist nach England zurückgekehrt. Vermutlich können Sie ihn in London finden.« Er lächelte sarkastisch. »Sie hätten sich die Reise also sparen können! Sind Sie eigentlich nicht auf den Gedanken gekommen, sich vorher zu erkundigen? Gott bewahre uns vor diesem ›Sicherheitsdienst‹, wenn Sie ein typischer Vertreter davon sind.«

»Wir begnügen uns nicht mit der Ansicht von Einzelpersonen, sondern suchen nach weiterem Material«, sagte Pitt, so beherrscht er konnte. »Außerdem verlassen wir uns nicht ausschließlich auf die Angaben des Militärs. Der Mann ist unter außergewöhnlichen Umständen ums Leben gekommen, und ein Kabinettsmitglied ist in den Fall verwickelt. Wir können es uns nicht leisten, selbst noch so unbedeutende Spuren außer Acht zu lassen.«

Erneut knurrte Margason, wobei er den Blick auf den kahlen Exerzierplatz gerichtet hielt, den tausende von Stiefelsohlen festgetreten hatten. »So was les ich in der Zeitung nicht. Dafür fehlt mir die Zeit. Hab hier draußen genug zu tun.« Er warf einen Blick zur Sonne empor, die vom Himmel herunterbrannte. »Hier herrscht große Unruhe. Mehr, als die Bürohengste in London annehmen. Der kleinste Funke genügt, und das Pulverfass kann in die Luft gehen.«

»Das habe ich gesehen«, gab ihm Pitt Recht. »Gestern bei einem ziemlich üblen Zwischenfall auf dem Teppichbasar. Mit viel Glück ist ein britischer Offizier mit dem Leben davongekommen.«

Margasons Lippen wurden schmal. »Das bleibt nicht aus. Wir haben die Rechnung immer noch nicht beglichen, dass sie Gordon in Khartoum umgebracht haben. Der verdammte Mahdi ist zwar tot, aber das hat nicht viel zu bedeuten. Da im Sudan wimmelt es von Derwischen – verdammte Irre!« Seine Stimme zitterte ganz leicht. »Wenn die eine Gelegenheit dazu hätten, würden die jeden Einzelnen von uns umbringen. Und jetzt kommen Sie her, um sich nach dem Ruf eines einzelnen Soldaten zu erkundigen, der vor zwölf Jahren in Alexandria gedient hat und in London umgebracht wurde. Mann Gottes, sind Sie denn nicht fähig, einen verdammten Minister aus der Sache rauszuhalten, ohne hier herumzutapsen und meine Zeit mit Fragen zu vergeuden?«

»Ich würde weniger davon vergeuden, wenn Sie mir etwas über Lovat erzählen würden«, gab Pitt zurück. »Können Sie mir keinen Offizier nennen, von dem ich Genaueres und Ehrlicheres erfahren kann als das, was in den Unterlagen des Militärarchivs steht? Lovat hat die Frau, die unter Anklage steht, hier kennen gelernt.«

»Tatsächlich? Er hat sie sitzen lassen, und sie hat ihm das all die Jahre nachgetragen? Bemerkenswert. Geht es um Vergewaltigung?« Margason klang verächtlich, schien sich aber nicht sonderlich betroffen zu fühlen. Pitt war nicht einmal sicher, ob sein Abscheu Lovat oder dessen Opfer galt.

»Kommt es oft vor, dass Ihre Leute hier in der Gegend Frauen vergewaltigen?«, erkundigte sich Pitt mit unschuldig klingender Stimme. »Vielleicht hätten Sie weniger Schwierigkeiten, Ausbrüche von Feindseligkeit zu verhindern, wenn Sie dem einen Riegel vorschieben würden.«

»Hören Sie, Sie unverschämter …«, stieß Margason hervor und fuhr wie ein angreifendes Raubtier zu Pitt herum.

Dieser rührte sich nicht. »Ja?«, fragte er mit gehobenen Brauen.

Margason richtete sich wieder auf. »Ich war zu der Zeit, um die es geht, auch hier, damals noch im Rang eines Majors. Über Lovat ist mir lediglich bekannt, dass er ein guter Soldat war, wenn auch kein herausragender. Er hat einer Einheimischen den Hof gemacht, aber soweit ich gehört habe, gab es dabei keine Komplikationen. Eine einfache Geschichte: ein junger Mann, der sich romantische Vorstellungen von einer exotischen Frau macht. Sie hat sich nie beschwert, und er wurde als dienstuntauglich nach Hause geschickt.«

»Aus welchem Grund?«

»Was weiß ich? Irgendein Fieber. Damals hat niemand besonders darauf geachtet. Es war die Zeit kurz nach dem Zwischenfall am Heiligtum, das von Moslems wie Christen verehrt wurde, und wir mussten täglich mit einem Aufstand rechnen. Mehr als dreißig Menschen sind da bei einem Feuer umgekommen, lauter Moslems. Da können Sie sich denken, dass die Atmosphäre äußerst angespannt war. Man musste befürchten, dass es zu religiös motivierten Übergriffen kam. Oberst Garrick hat eine ganz entschiedene Linie vertreten und die Sache im Keim erstickt: Er hat dafür gesorgt, dass die Toten beerdigt wurden, ein Denkmal bekamen, und auch einen Posten dahin gestellt. Wenn er dahinterkam, dass jemand einen Moslem nicht mit der nötigen Achtung behandelte, kriegte der Betreffende Kasernenarrest.«

»Und ist es zu weiteren Zwischenfällen gekommen?«, fragte Pitt. Ihm kam in den Sinn, was Ishaq gesagt hatte.

»Nein«, gab Margason ohne Zögern zur Antwort. »Ich habe Ihnen ja schon gesagt, Garrick wusste, was er tat. Allerdings musste er sein ganzes Geschick aufbieten und für strengste Disziplin sorgen, um Ruhe zu schaffen. In einer solchen Lage denkt wohl niemand an einen Mann, der sich von einem Fieberanfall erholt.«

»Ist es üblich, Fieberkranke in die Heimat zu entlassen?«

»Bei einem periodisch wiederkehrenden Fieber wie Malaria oder dergleichen durchaus.« Der Oberst schüttelte den Kopf. »Von mir aus können Sie sich gern den Bericht des Regimentsarztes ansehen. Ich habe allerdings keine Zeit, ihn herauszusuchen. Soweit ich weiß, war Lovat ein guter Offizier, den man aus gesundheitlichen Gründen entlassen hat. Ein Verlust für die Armee, doch gibt es für Leute wie ihn auch in England reichlich Arbeit. Sprechen Sie, mit wem Sie wollen, aber setzen Sie bloß keine Gerüchte in die Welt, und vergeuden Sie unsere Zeit nicht.«

Pitt erhob sich. Es war deutlich, dass Margason ihm mehr nicht sagen würde, und da er auch seine eigene Zeit nicht vergeuden wollte, dankte er ihm.

Er verbrachte den Rest des Tages damit, andere Soldaten nach Lovat zu fragen. Während er ihnen zuhörte, gewann er einen weit umfassenderen Eindruck von dem Mann. Besonders nützlich war ihm, was ein hagerer, wettergegerbter Hauptfeldwebel zu berichten hatte, der schließlich bereit war, offen zu sprechen. Allerdings hatte es eine Weile gedauert, bis Pitt sein Vertrauen so weit gewonnen hatte. Er hatte dazu Erinnerungen an das Londoner East End heraufbeschwören müssen, wo der Mann aufgewachsen war, die er mit leicht sentimental angehauchten Beschreibungen der Hafenanlagen und der Themse auf ihrem Weg nach Greenwich angereichert hatte. Am Ende aber gab ihm der Mann die Auskünfte, die er brauchte. Im pfirsichfarbenen Schimmer der allmählich sinkenden Sonne schritten sie gemächlich an einem der vielen Arme des Deltas entlang, das die Mündung eines der größten Flüsse Afrikas bildete.

»Ich konnte den Burschen nich verknusen«, sagte der Mann mit unverhohlener Abneigung, während sein Blick einem Schwarm Vögel folgte, die sich schwarz vor dem Himmel abzeichneten. »Aber 'n schlechter Soldat war er nich.«

»Aus welchem Grund konnten Sie ihn nicht leiden?«, wollte Pitt wissen.

»Weil er ’n selbstgerechter Scheißkerl war. Ich geh immer danach, wie sich einer benimmt, wenn ’s knüppeldick kommt oder wenn er einen sitzen hat. Da sieht man gleich, ob er was taugt oder nich.« Mit einem Seitenblick zu Pitt hin vergewisserte er sich, ob ihn dieser verstand. Er schien mit dem Ergebnis seiner Beobachtung zufrieden zu sein. »Kann nix mit ’nem Mann anfangen, der sein’ christlichen Glauben vor sich herträgt. Versteh’n Se mich nich falsch – ich hab nix für diesen Mohammed und auch nix für das übrig, was er sagt; und wie die Leute hier ihre Frauen behandeln, is einfach widerlich. Aber wir sind manchmal auch nich besser. Ich sag immer: leben und leben lassen.«

»Hat denn Lovat die islamische Religion nicht geachtet?«, hakte Pitt nach. Er war nicht sicher, ob das von Bedeutung war, denn selbst wenn es sich so verhielt, dürfte man ihn kaum deswegen nach so vielen Jahren im fernen London getötet haben.

»Schlimmer«, sagte der Mann und verzog das Gesicht, dessen Haut im schwindenden Tageslicht so dunkel wirkte wie die Bronze einer Statue. »Er hat denen nix gegönnt, wenn es was war, wovon er meinte, dass es den Christen gehören müsste. Er is nie drüber weggekommen, dass die Jerusalem eingenommen ha’m. ›Heilige Stadt‹, hat er immer gesagt – und auch all die anderen Orte da.«

»Trotzdem hat er sich in eine Ägypterin verliebt«, erinnerte ihn Pitt.

»Schon. Weiß ich selber. Er war verrückt nach ihr, und ’ne Zeit lang konnte man mit ihm kein vernünftiges Wort reden. Aber das war ’ne koptische Christin, und damit war die Sache für ihn in Ordnung.« Angewidert verzog er das Gesicht. »Geheiratet hätt er se aber trotzdem nich. Die Sache mit ihr war so was, was man macht, wenn man jung und im Ausland is. Seine Leute hätt’n Kopf gestand’n, wenn er zu Hause mit ’ner Ausländerin angetanzt wär’!«

»Haben Sie sie gekannt?«, fragte Pitt.

»›Kennen‹ is nich der richtige Ausdruck, aber geseh’n hab ich sie natürlich. Sie war schön«, sagte er mit sehnsüchtig klingender

Stimme. »Bewegt hat se sich wie 'n Vogel in der Luft.« Er wies auf einen weiteren Schwarm von Wasservögeln, die vor der sinkenden Sonne dahinschwebten.

»Haben Sie Lovats Kameraden Garrick und Yeats gekannt?«, fuhr Pitt fort.

»Na klar, und auch Sandeman. Sind alle nach Hause gefahren. Sind einer wie der andere zur selben Zeit krank geworden – hatten wohl alle dasselbe Fieber.«

»Und hat man sie alle entlassen?«

Der Hauptfeldwebel zuckte die Achseln. »Weiß nich. Yeats soll tot sein, soweit ich gehört hab, armer Kerl. Is bei irgend 'nem Kommandounternehmen umgekomm'. Da muss er wohl beim Militär geblieben und woanders hingegangen sein, wo das Klima besser is. Woll'n Se über die andern auch was wiss'n? Glau'm Se etwa, einer von denen hätte 'n umgebracht?« Er schüttelte den Kopf. »Wüsste nich, warum. Aber das is Ihre Sache. Gott sei Dank hab ich nix damit zu tun. Ich muss nur darauf acht'n, dass die Jungs hier in Ägypten für Ordnung sorg'n.« Dabei wies er mit einer Hand auf die dunklen Umrisse der Kaserne.

»Denken Sie, dass das schwierig sein wird?«, fragte Pitt, mehr um etwas zu sagen, als weil er der Ansicht war, der Mann wisse etwas darüber. Doch fiel ihm auf, dass ihm die Antwort wichtig war. Die zeitlose Schönheit des Landes würde ihn begleiten, wenn er in die Hektik des modernen Lebens in London zurückkehrte. Er würde immer wünschen, er hätte genug Zeit und Geld gehabt, den Nil hinaufzufahren, das Tal der Könige zu sehen, die großartigen Tempel und Ruinen aus einer Zeit, in der die Pharaonen die damalige bekannte Welt beherrschten, lange bevor Christus geboren wurde.

Außerdem erkannte er seinen tiefen Wunsch, die Ägypterin möge schuldlos sein und er eine Möglichkeit haben, das zu beweisen. Inzwischen war er überzeugt, dass sie nach England gegangen war, weil sie versuchen wollte, etwas für die Befreiung ihres Volkes von den wirtschaftlichen Zwängen zu unternehmen, die ihm die Briten auferlegt hatten. Da sie das Machtspiel der Politik nicht durchschaute, konnte sie nicht wissen, dass man ihrem Volk die Art Gerechtigkeit, nach der sie strebte, nie gewähren würde, solange die Baumwollindustrie in der Grafschaft Lancashire eine Million Menschen ernährte. Zwar waren auch sie arm, lebten in Elend und Krankheit, dennoch waren sie ein entscheidender Faktor im Machtkalkül der Politiker in London. Noch wichtiger aber war, dass nur wenige Meilen von dort, wo sich Pitt jetzt befand, jenseits der Wüste, die älter war als die Menschheit und jetzt im Schimmer der ersten Sterne ockerfarbene Schatten warf, das moderne Wunderwerk eines Kanals lag, der vom Mittelmeer ins Rote Meer führte und den Briten den Zugang zur anderen Hälfte ihres Reiches ermöglichte.

Neben dem Hauptfeldwebel stehend, sah Pitt zu, wie die letzte dünne Linie des Tageslichts schwand. Dann dankte er ihm und suchte Avram auf, um ihm zu sagen, dass sie am folgenden Morgen nach Alexandria zurückkehren würden. Dort wollte er ihm eine angemessene Belohnung für seine Hilfe geben.

KAPITEL 9

Gracie saß Tellman in einer Ecke der Gaststube gegenüber. Er sah sie aufmerksamer an, als es für das, was sie ihm zu berichten hatte, nötig war. Mit einer Mischung aus Freude und Befangenheit begriff sie, dass er sie ebenso ansehen würde, wenn sie völligen Unsinn erzählte. Damit würde sie sich früher oder später beschäftigen müssen. Er hatte ihr gegenüber schon alle möglichen Empfindungen an den Tag gelegt: ganz zu Anfang Desinteresse, dann Ärger darüber, dass sie sich zur Dienstbotin hergab, die wirtschaftlich vollständig von ihrer Herrschaft abhängig war, und nach einer Weile, als sie Pitt bei einigen Fällen geholfen hatte, eine Art widerwilliger Hochachtung vor ihrer Intelligenz. Zum Schluss dann hatte er ihr, deutlicher, als ihm selbst klar war, gezeigt, dass er sich in sie verliebt hatte, obwohl er sich nach Kräften bemühte, es vor allen verborgen zu halten, ganz besonders vor sich selbst. Immerhin tat er inzwischen nicht mehr so, als habe er nichts für sie übrig – zumindest nicht immer.

Einmal, als er von seinen Gefühlen übermannt worden war, hatte er ihr einen Kuss gegeben. Sie konnte sich noch gut daran erinnern. Wenn sie die Augen schloss und alles andere um sich herum vergaß, spürte sie die Süße dieses Kusses noch, als läge er erst wenige Augenblicke zurück. Als ihr diese Erinnerung einmal auf einer windigen Straße gekommen war, wo sie völlig allein war, gestand sie sich mit einem Lächeln ein, dass auch sie ihn liebte.

Das aber hieß noch lange nicht, dass sie auch bereit war, ihn das merken zu lassen. Trotzdem war es gut zu wissen, was sie wollte, auch wenn sie noch nicht wusste, wann es so weit sein würde.

Jetzt berichtete sie ihm, was Lady Vespasia über die Familie Garrick in Erfahrung gebracht hatte, und teilte ihm mit, dass Stephen Garrick angeblich aus Gesundheitsgründen nach Südfrankreich gereist war.

»Aber das is schon so lange her, da hätt Martin doch längst an Tilda schrei'm könn', oder nich?«, beendete sie ihren Bericht. »Er hätt das sogar schon tun könn', bevor er gegangen is! Das is doch nich schwer, und bestimmt hätt der junge Mr Garrick nix dageg'n gehabt.«

Tellman machte ein finsteres Gesicht. Das Leben als Dienstbote im Hause anderer war ein wunder Punkt, über den sie sich schon oft in die Haare geraten waren. Er hielt nichts davon, dass Menschen zur Erledigung alltäglicher Familienangelegenheiten die Erlaubnis anderer einholen mussten.

»Dagegen dürfte er eigentlich nichts haben«, sagte er mit Nachdruck. »Aber man weiß nie.« Er sah sie so aufmerksam an, als sei keiner der anderen Menschen im Raum. »Aber nach Südfrankreich müsste er Gepäck mitgenommen haben, außerdem sind sie in dem Fall entweder mit einer Droschke oder der eigenen Kutsche gefahren, zumindest bis zum Bahnhof. Alle Kanalfähren haben eine Passagierliste. Wenn wir die Namen da finden, wissen wir mit Sicherheit, ob Martin Garvie bei ihm war oder nicht. Ich kann mir einfach nicht vorstellen, warum von ihm kein Brief gekommen sein soll.«

»Vielleicht könnten wir den alten Mr Garrick nach der Adresse fragen?«, schlug Gracie vor. »Dagegen kann er nix haben. Die Eltern wissen doch bestimmt, wohin die ihrem Sohn schreiben können.«

Tellman verzog den Mund. »Sicher«, sagte er, »aber erinnern Sie sich, dass dabei schon einmal nichts herausgekommen ist – erst hat Tilda es versucht, und dann Sie; beide Male ohne Ergebnis. Ich werde sehen, was ich feststellen kann.«

Sie sah ihn aufmerksam an. Sie kannte jeden Ausdruck seines Gesichts, hätte es mit geschlossenen Augen beschreiben können. Ihr war klar, dass er sich Sorgen machte, und auch, dass er das vor ihr nicht zeigen wollte – teils, um sie nicht zu beunruhigen, teils, weil er seiner Sache nicht sicher war.

»Sie denken, dass da was faul is, was?«, fragte sie leise. »Kein Mensch erzählt ohne Grund Lügengeschichten.«

Vorsichtig sagte er: »Ich weiß es nicht. Können Sie sich übermorgen Abend freinehmen?«

»Wenn es sein muss. Warum?«

»Ich sage Ihnen dann, was ich herausbekommen habe. Es kann aber eine Weile dauern, bis ich etwas weiß. Ich muss Zeugen finden, mich bei der Bahn- und Fährgesellschaft erkundigen und so weiter.«

»Natürlich. Mrs Pitt würde nie Nein sag'n, wenn's um 'ne Nachforschung geht. Ich komm. Sag'n Se mir einfach, wann.«

»Ginge es ziemlich früh am Abend? Wir könnten ins Varietee gehen, uns etwas Nettes ansehen.« An seinem fragenden Blick erkannte sie, dass er hoffte, sie würde annehmen, und zugleich nicht sicher war, ob es ihr recht wäre. Immerhin war das eine private Verabredung, die nichts mit dem Fall zu tun hatte. Es handelte sich um seine erste Einladung dieser Art, und das war beiden durchaus bewusst.

Sie wollte ganz beiläufig reagieren, so tun, als sei das nichts Ungewöhnliches, doch es gelang ihr nicht. Sie merkte, dass sie errötete; ihre Wangen brannten heiß.

»Ja …«, sagte sie unbehaglich und mit leicht heiserer Stimme. Bald würde sie eine schwerwiegende Entscheidung treffen müssen, für die sie noch nicht bereit war, obwohl sie schon seit längerem wusste, was sie empfand, und viel Zeit gehabt hatte, es sich zu überlegen. »Ja, ich hör gern Musik.« Was sollte sie anziehen? Es musste etwas Besonderes sein. Sie wollte ihm gefallen, fürchtete es aber zugleich. Wenn ihn nun seine Gefühle übermannten und sie nicht wusste, was sie tun sollte? Vielleicht hätte sie doch Nein sagen und die Sache auf seiner beruflichen Ebene belassen sollen.

»Gut.« Jetzt war es zu spät, es sich anders zu überlegen. Hatte er die Unentschlossenheit auf ihrem Gesicht erkannt?

»Nun …«, setzte sie an.

»Ich schlage sieben Uhr vor«, sagte er ein wenig zu rasch. »Erst essen wir etwas. Dabei sage ich Ihnen, was ich herausbekommen habe, dann können wir ins Varietee gehen.« Er stand auf, als fühle auch er sich befangen und wolle sich davonmachen, bevor er etwas tat, wobei er sich noch törichter vorkam.

Auch sie stand auf. Dabei stieß sie ungeschickt gegen den Tisch. Zum Glück stand nichts darauf, was umfallen und auslaufen konnte. Nur die Gläser klirrten ein wenig.

Am Ausgang ließ er ihr den Vortritt. Draußen auf der Straße war es schwieriger, offen miteinander zu sprechen. Schwerfällig wurde ein Fuhrwerk voller Bierfässer rückwärts um die Ecke in den Hof rangiert. Der Kutscher hielt das Leitpferd am Zaum und rief seine Befehle. Ein Stück weiter zog ein Mann ein halbes Dutzend kleiner Fässer auf einem Handwagen, der laut über die Pflastersteine polterte. Auf der Straße ertönte Hufschlag und klirrte Pferdegeschirr.

Gracie war froh über den Lärm und die Ablenkung. Bei einem raschen Blick auf Tellmans Gesicht glaubte sie zu sehen, dass es ihm ebenso ging. Ob er kalte Füße bekommen hatte und nun ewig nichts mehr sagen würde? Damit hätte sie Zeit zum Nachdenken gewonnen. Worüber? Es war klar, dass sie Ja sagen würde; sie musste sich nur noch überlegen, auf welche Weise. Veränderungen machten ihr Angst. Seit sie dreizehn war, lebte sie in Pitts Haus. Sie konnte die Familie unmöglich verlassen!

Tellman sagte über den Lärm hinweg etwas zu ihr.

»Ja«, bestätigte sie nickend. »Übermorgen um sieben hier. Sie stellen fest, was mit Martin Garvie is. Wiederseh'n.« Ohne auf eine Antwort zu warten, wandte sie sich mit einem frohen Lächeln auf dem Absatz um.

Zwei Abende später trafen sie sich am selben Tisch in der Ecke des Gasthauses. Zu einem einfachen dunklen Jackett trug Tellman ein weißes Hemd, dessen Kragen noch steifer wirkte als sonst. Gracie hatte ihr bestes blaues Kleid angezogen und als einziges Zugeständnis daran, dass es sich um eine besondere Gelegenheit handelte, das Haar nicht ganz so straff nach hinten gekämmt wie sonst, sodass es ein wenig unter ihrer Haube hervorsah. Kaum hatte sie einen Blick auf Tellmans Gesicht geworfen, als jeder Gedanke an sie selbst mit einem Schlage verschwand.

»Was is?«, fragte sie eindringlich, sobald sie sich gesetzt und ihre Bestellung, Strandschnecken mit Brot und Butter, aufgegeben hatten. »Was is, Samuel?« Sie merkte nicht einmal, dass sie seinen Vornamen benutzte.

Er beugte sich vor. »Mehrere Leute haben gesehen, wie Stephen Garrick das Haus verlassen hat, und sie haben den jungen Mann beschrieben, der bei ihm war: blond, Anfang zwanzig, angenehme Züge. Ihren Worten nach hat es sich um einen Dienstboten gehandelt, höchstwahrscheinlich um einen Kammerdiener. Sie hatten nur zwei kleine Gepäckstücke mit, weder Reisekoffer noch Schrankkoffer. Mr Garrick sei so krank gewesen, dass man ihn fast aus dem Haus habe tragen müssen. Zwei Männer mussten ihm dabei helfen, in die Kutsche zu steigen. Es war seine eigene, kein Krankenwagen, und auf dem Bock saß der Kutscher der Familie Garrick.«

»Woher wissen Sie das?«, fragte sie rasch.

»Vom Laternenanzünder«, sagte er. »Er fing gerade mit seiner Arbeit an.«

»Is sechs Uhr abends nich 'ne komische Zeit, um nach Frankreich zu fahren?«, fragte sie überrascht. »Hat das womöglich mit den Gezeiten oder so zu tun? Von wo aus is er denn gefahren – vom Londoner Hafen?«

»Es war sechs Uhr morgens«, entgegnete er. »Er hat die Laternen ausgemacht, nicht an. Das Sonderbare ist: Ich habe die Liste aller Abfahrten vom Londoner Hafen an jenem Tag durchgesehen – auf keinem der Schiffe nach Frankreich war ein Mr Garrick, weder allein noch in Begleitung.«

Das Bestellte wurde gebracht. Tellman dankte der Bedienung und erklärte Gracie, die Strandschnecken seien hier besonders gut.

Sie nahm den langen Dorn zur Hand, mit dem man das Fleisch aus dem Gehäuse hervorholte, fragte aber, bevor sie sich endgültig ihrer Mahlzeit zuwandte: »Vielleicht sind die von Dover aus gefahren? Manche Leute machen das doch, oder?«

»Schon. Aber ich habe mich am Bahnhof erkundigt, und der Gepäckträger, der an dem Tag auf dem Bahnsteig war, von wo die Züge nach Dover fahren, hat gesagt, den ganzen Tag sei niemand dagewesen, auf den die Beschreibung gepasst hätte. Bestimmt hätte er sich an jemanden erinnert, der besondere Hilfe brauchte, aber so jemand sei nicht aufgetaucht, nur Leute mit viel und schwerem Gepäck.«

Sie war verwirrt. »Wenn sie nich von London und nich von Dover gefahren sind – von wo dann?«

»Sie könnten von einem anderen Hafen in ein anderes Land auf dem Kontinent gereist sein, aber ebenso gut auch an einen beliebigen Ort in England oder Schottland«, gab er zur Antwort. »Doch wissen wir, dass Stephen Garrick nicht gesund ist und das englische Klima ihm nicht bekommt. Da wird er kaum den Winter in Schottland verbringen wollen!« Er schob das letzte Schneckenhaus beiseite und schluckte den letzten Bissen Brot herunter.

Jetzt wusste Gracie erst recht nicht, was sie von der Sache halten sollte. »Aber der alte Mr Garrick hat ganz deutlich gesagt, dass sein Sohn nach Südfrankreich is«, wandte sie ein. »Warum sollte er Lady Vespasia belüg'n? Reiche Leute verreis'n doch oft, wenn se krank sind.«

»Ich weiß nicht recht«, gab Tellman zu. »All das ergibt keinen Sinn. Aber ganz gleich, wohin sie wollten, sie sind auf keinen Fall an dem Tag auf ein Schiff gegangen und nach Frankreich gefahren.« Er machte ein sehr bedenkliches Gesicht. »Sie haben Recht, dass Sie sich Sorgen machen, Gracie. Wenn Menschen ohne erkennbaren Grund die Unwahrheit sagen, bedeutet das gewöhnlich, dass etwas Schlimmeres dahintersteckt, als man auf den ersten Blick annimmt.« Er schwieg eine Weile, das Gesicht nachdenklich verzogen.

»Was?«, bedrängte sie ihn.

Er sah sie an. »Wenn die beiden weder einen Zug noch ein Schiff erreichen wollten, warum sind sie dann in aller Herrgottsfrühe aufgebrochen? Sie müssen ja um fünf aufgestanden sein, als es noch dunkel war.«

Ein bedrückender Gedanke kam ihr. »Weil se nich wollt'n, dass man se sieht«, sagte sie. Mit einem Mal war die Frage, wer wen liebte und was man da sagen oder tun sollte, in die Ferne gerückt. Sie sah ihn an und sagte flehentlich: »Wir müss'n das unbedingt rauskrieg'n, Samuel. Wenn so einer wie der alte Mr Garrick sogar das eig'ne Personal belügt un Tilda nich weiß, wo ihr Bruder is, hat das bestimmt nix Gutes zu bedeut'n.«

Er widersprach nicht. »Der Haken ist, dass man uns kein Verbrechen gemeldet hat«, sagte er finster. »Mr Pitt ist in Ägypten, da können wir ihn nicht einmal um Hilfe bitten.«

»Dann müssen wir das eb'n selbst mach'n«, sagte sie entschlossen. »Das is mir zwar nich recht, Samuel, aber was bleibt uns übrig?«

Ganz spontan legte er seine Hand auf ihre, sodass sie völlig darunter verschwand. »Mir auch nicht, aber Sie haben Recht – uns bleibt keine Wahl. Wir würden es uns nie verzeihen, wenn wir der Sache nicht nachgingen. Aber dazu müssen wir mehr wissen. Im Augenblick haben wir keine Fährte, der wir folgen könnten. Wir werden also morgen noch einmal mit Tilda sprechen; sie soll uns alles berichten, was Martin je über die Familie Garrick gesagt hat.«

»Ich hol se, wenn se ihre Besorgung'n macht, so gegen halb zehn«, nickte Gracie. »Aber sie hat mir nie gesagt, was Martin ihr über die Garricks erzählt hat, da weiß se vielleicht gar nix. Was mach'n wir dann?«

»Noch einmal mit dem Dienstmädchen im Hause Garrick reden. Sie scheint ihn doch recht gut gekannt zu haben«, sagte Tellman. »Allerdings wäre das nicht so einfach. Wenn etwas nicht stimmt, kann sie nicht offen sprechen, solange sie dort ist, weil sie fürchten muss, ihre Stellung zu verlieren.« Er bemühte sich sehr, nicht zu zeigen, was er empfand, doch gelang ihm das nicht.

»Möchten Sie als Nachtisch ein Stück Apfelkuchen?«, fragte er unvermittelt.

»Ja … bitte.« Die Strandschnecken waren in der Tat köstlich gewesen, hatten sie aber trotz Brot und Butter nicht richtig satt gemacht. Außerdem gab es nichts Besseres als ein Stück Apfelkuchen mit so viel Sahne darauf, dass ein Löffel darin stehen kann.

Also ließ Tellman den Nachtisch kommen, zahlte zum Schluss, und sie verließen das Gasthaus. Draußen in der Abendkühle schlenderten sie etwa einen Kilometer nebeneinander über den belebten Gehweg zum Varietee-Theater. Ein Leierkastenmann spielte ein beliebtes Lied, und eine Hand voll Leute stimmte mit ein. Droschken hielten an, denen weitere Besucher entstiegen. Fliegende Händler priesen Süßigkeiten an, Getränke, heiße Pasteten, Blumen und allerlei Plunder. Dutzende Menschen wie sie drängten sich vor dem Eingang, meist Paare, Arm in Arm. Manche waren etwas auffälliger gekleidet, einige Männer gingen gekünstelt aufrecht, Frauen lachten und drehten sich dabei, dass die Röcke flogen. Weil alle darauf bedacht schienen, möglichst rasch in das Theater zu gelangen, gab es ein richtiges Gedränge.

Gracie musste sich bei Tellman einhängen, um nicht von der Menge weggerissen zu werden. Im Foyer herrschte lautes, aufgeregtes Stimmengewirr, und immer wieder stieß jemand sie an oder trat ihr auf den Fuß.

Endlich waren sie im Zuschauerraum. Tellman hatte Sitzplätze ziemlich weit vorn im Parkett besorgt, sodass sie gut hören und sehen konnten. Das war wunderbar, ganz anders als bei den wenigen Malen, die sie bisher im Varietee gewesen war. Da hatte sie ganz hinten gestanden und kaum etwas mitbekommen. Ihr war bewusst, dass sie eigentlich der armen Tilda helfen und darüber nachdenken müsste, was sie tun konnten, um festzustellen, was mit Martin Garvie geschehen war, selbst wenn es möglicherweise zu spät war, um ihm zu helfen. Aber für den Augenblick vertrieben die Lichter, die ganze Atmosphäre und das Bewusstsein, das allmählich von ihr Besitz ergriff, dass es sich hier nicht um ein Einzelereignis handelte, sondern um den Anfang von etwas Dauerhaftem, alles andere aus ihren Gedanken.

Das Orchester setzte ein. Der Conférencier machte einige herrliche Späße, die das Publikum zum Lachen brachten und ihm Äußerungen der Bewunderung entlockten. Dann hob sich der Vorhang vor der leeren Bühne. Eine junge Frau in einem mit blitzenden Pailletten besetzten Kleid trat ins grelle Scheinwerferlicht. Sie sang ziemlich gewagte beschwingte Lieder, und obwohl Gracie genau wusste, was sie bedeuteten, schloss sie sich an, als das Publikum mit einstimmte. Es waren glückliche Augenblicke, in denen sie sich von der Hochstimmung um sie herum getragen fühlte.

Auf die Sängerin folgte ein Clown in einem viel zu weiten Anzug, während sein Partner wohl der größte und dürrste Mensch war, den es auf der Welt gab. Das Publikum brüllte immer noch vor Lachen, als der Schlangenmensch auftrat, dem ein Jongleur, Akrobaten, ein Zauberkünstler und zum Schluss Tänzerinnen folgten.

Gracie fand alle gut, aber am besten von allem gefiel ihr die Musik, ganz gleich, ob es traurige oder fröhliche Lieder waren, Einzelgesänge oder Duette. Am allerschönsten war es für sie, wenn das Publikum den Refrain mitsang. Erst als sie Tellman am Hintereingang des Hauses in der Keppel Street dankte und sich von ihm verabschiedete, kam ihr die Welt außerhalb des kleinen Zauberkreises, in dem sie sich bewegt hatte, wieder zu Bewusstsein.

Eigentlich hatte sie mit einer gewissen Würde sagen wollen, es sei sehr schön gewesen, damit es ihm nicht zu Kopf stieg und er womöglich annahm, er habe sie an einen Ort mitgenommen, wo sie noch nie zuvor war. Es war nicht gut, wenn man zuließ, dass sich ein Mann einbildete, man halte ihn für etwas Besonderes oder man müsse ihm für etwas dankbar sein.

Doch vergaß sie all ihre Vorsätze und sagte voller Begeisterung: »Das war herrlich! Noch nie hab ich so fantastische …« Sie hielt erschrocken inne. Jetzt war es zu spät für die damenhafte Haltung, die sie sich vorgenommen hatte. Sie holte tief Luft. Im Licht der Straßenlaterne sah sie die Freude auf seinem Gesicht, und mit einem Mal war sie ganz und gar sicher, wie wichtig ihm das alles war. Er wirkte so verletzlich, dass sie keinen anderen Wunsch kannte, als ihn wissen zu lassen, wie glücklich sie war. Rasch beugte sie sich vor und küsste ihn auf die Wange.

»Danke, Samuel. Das war der schönste Abend, den ich je erlebt hab.«

Bevor sie einen Schritt zurück tun konnte, legte er den Arm um sie und drehte seinen Kopf ein wenig, um sie auf den Mund küssen zu können. So sanft er das tat, so deutlich war zu erkennen, dass er nicht im Traum daran dachte, sie loszulassen. Sie versuchte, sich ein wenig zurückzuziehen, einfach um zu sehen, ob das ging, und spürte mit einem Wonneschauer, dass es unmöglich war.

Als er seinen Kuss bekommen hatte, ließ er sie los, und sie rang nach Atem. Sie wollte etwas Witziges oder zumindest Lustiges sagen, aber ihr fiel nichts ein. Es war nicht der richtige Augenblick für Worte, die nichts bedeuteten.

»Gute Nacht«, sagte sie atemlos.

»Gute Nacht, Gracie.« Auch seine Stimme klang ein wenig belegt, als überrasche ihn die Situation selbst.

Sie wandte sich um, tastete nach dem Türknauf, drehte ihn und ging in die Spülküche. Während ihr Herz wie ein Hammer schlug, lächelte sie, als habe ihr soeben jemand das Lustigste und zugleich Herrlichste auf der Welt erzählt.

Am nächsten Vormittag spürte Gracie ihre Freundin Tilda bei ihren Besorgungen auf und brachte sie in die Küche in der Keppel Street, wo Tellman bereits mit Charlotte am Tisch saß, um die Sache zu bereden. So flüchtig, dass niemand es merkte, sahen sie und Tellman einander in die Augen, und sie erkannte auf seinen Lippen den Anflug eines warmen Lächelns, das aber sogleich wieder verschwand. Er wandte sich dem Thema zu, das alle beschäftigte.

»Nehmen Sie Platz, Tilda«, sagte Charlotte freundlich und wies auf einen freien Stuhl. Da bereits eine Kanne Tee auf dem Tisch stand, sodass keine Pflichten zu erfüllen waren, setzte sich Gracie dazu.

»Ha'm Se was rausgekriegt?«, erkundigte sich Tilda besorgt. »Gracie wollte mir auf der Straße nix sagen.«

»Wir wissen noch nicht, wo er sich aufhält«, sagte Charlotte. Es war sinnlos, der jungen Frau falsche Hoffnungen zu machen; die Enttäuschung wäre danach nur um so grausamer. »Aber wir haben etwas in Erfahrung gebracht. Der alte Mr Garrick hat einer Bekannten von mir im Gespräch gesagt, sein Sohn Stephen sei wegen seiner Gesundheit in den Süden Frankreichs gereist und habe seinen Kammerdiener mitgenommen, damit sich dieser um ihn kümmern kann.« Als sie sah, wie Erleichterung auf Tildas Züge trat, empfand sie sogleich Gewissensbisse. »Mr Tellman hier hat beim Versuch festzustellen, ob es sich so verhält, jemanden getroffen, der gesehen hat, dass zwei Personen, die höchstwahrscheinlich Stephen Garrick und Ihr Bruder Martin waren, das Haus am Torrington Square verlassen haben. Allerdings gibt es keine Hinweise darauf, dass sie von London oder Dover aus mit dem Schiff nach Frankreich gefahren sind. Auch lässt sich kein Zug ermitteln, den sie benutzt haben. Es sieht also ganz so aus, als wäre Ihr Bruder Martin nicht entlassen worden, doch wissen wir nicht, wo er sich aufhält oder warum er Ihnen nichts darüber mitgeteilt hat.«

Tilda sah sie fragend an. Offensichtlich kostete es sie Mühe zu verstehen, was das bedeutete. »Wenn se nich in Frankreich sind, wo sind se dann?«

»Das wissen wir nicht, werden uns aber bemühen, das festzustellen«, sagte Charlotte. »Gibt es noch etwas, was Sie uns über Ihren Bruder oder Mr Stephen berichten können?« Sie erkannte die Verwirrung auf Tildas Zügen und wünschte, sie hätte die Möglichkeit, sich deutlicher auszudrücken, doch wusste sie selbst nicht, wonach sie fragen sollte. »Versuchen Sie zu überlegen, was Ihnen Ihr Bruder über die Familie Garrick und ganz besonders über Stephen Garrick gesagt hat. Er hat doch gewiss mitunter über sein Leben dort gesprochen.«

Es sah aus, als werde Tilda jeden Augenblick in Tränen ausbrechen. Sie gab sich große Mühe, ihre Angst und das Gefühl von Einsamkeit zu unterdrücken, das sie empfand. Sie hatte keinen

Angehörigen mehr außer ihrem Bruder. Auf ihn konzentrierten sich all ihre Erinnerungen, denn die Eltern waren so früh gestorben, dass sie nichts mehr von ihnen wusste.

Gracie beugte sich vor, ohne auf die Tasse Tee zu achten, die ihr Tellman eingegossen hatte.

»Das is nich der richtige Augenblick, was für dich zu behalten«, drängte sie. »Angehörigen sagt man doch alles. Bestimmt hat er dir was über das Leben im Haus gesagt, denn er hat dir doch sicher vertraut. War das Essen gut? Hatte die Köchin schlechte Laune? War der Butler 'n Miesepeter? Wer hatte zu sagen – die Hausdame?«

Tilda entspannte sich ein wenig, und ein leises Lächeln umspielte ihre Lippen. »Nee, die nich«, sagte sie. »Un der Butler hat dem Gnädigen immer nach'm Mund geredet. Aber wehe, wenn der mal nich da war: Dann kriegten die andern aber was zu hören! Jedenfalls hat mir Martin das gesagt. Der Butler hat das Personal nach Strich und Faden kujoniert, nur Martin nich, wegen Mr Stephen. Er war doch der Einzige, der sich um ihn kümmern konnte, un die andern wollten das auch gar nich, ha'm immer nur ganz hilfsbereit getan.«

»Warum wollten sie nicht helfen?«, fragte Charlotte. »War er schwierig?«

»Wenn der seine wild'n fünf Minut'n hatte, war er unausstehlich«, sagte Tilda ganz ruhig. »Aber Martin würd mir nie verzeih'n, wenn er dahinterkäm, dass ich das gesagt hab! Man darf auf kein' Fall weitertratsch'n, was bei den Herrschaft'n passiert, sonst findet man nie wieder Arbeit. Da sitzt man ganz schnell auf 'er Straße, und kein Mensch will noch was von ei'm wiss'n. Außerdem gehört sich das nich, weil das Vertrauensbruch is.« Sie sprach mit leiser Stimme, als mache sie sich schon durch diese Äußerung schuldig.

»Was meinen Sie mit ›wilde fünf Minuten‹?«, fragte Charlotte, bemüht, so neutral zu sprechen, als gehe es um ein Kochrezept.

»So genau weiß ich das auch nich«, sagte Tilda so freimütig, dass ihr Charlotte glauben musste.

Tellman stellte seine Tasse hin. »War Ihr Bruder früher schon einmal mit Mr Stephen irgendwo in den Ferien?«

Tilda schüttelte den Kopf. »Davon weiß ich nix, sonst hätt ich's gesagt.«

»Was ist mit Freunden?«, fuhr Tellman fort. »Wo hat der junge Garrick seine Freizeit verbracht? Was hat er getan – hat er sich mit Musik oder Sport beschäftigt, mit Frauen, was auch immer?«

»Weiß nich«, sagte sie betrübt. »Dem is es ziemlich dreckig gegang'n. Martin hat gesagt, er hätt an nix Freude. Er hat schlecht geschlaf'n und entsetzlich geträumt. Der war wohl ziemlich krank.« So leise, dass man sie kaum hören konnte, fügte sie hinzu: »Martin hat gesagt, er wollte 'nen Priester für ihn suchen … einen, der sich um frühere Soldat'n kümmert.«

»Einen Priester?«, fragte Tellman überrascht. Er warf einen Blick zu Gracie und Charlotte hinüber, dann sah er Tilda erneut an. »Wissen Sie, ob Mr Garrick fromm ist?«

Tilda überlegte einen Augenblick. »Ich … glaub schon«, sagte sie bedächtig. »Sein Vater jedenfalls is fromm – hat Martin gesagt. In dem Haus geht's zu wie bei 'nem Pfarrer. Die Dienstbot'n bet'n je'n Morg'n und je'n Abend. Und vor jeder Mahlzeit. Je'nfalls die meist'n. Das is aber noch nich alles. Jeder im Haus musste ganz früh aufsteh'n un sich kalt wasch'n und immer besonders sauber sein. Martin hat gesagt, dass se sich vor 'm Frühstück alle in 'ner Reihe aufstell'n und für die Königin und das Reich bet'n musst'n, un abends noch mal, bevor se schlaf'n geh'n durft'n. Der Butler hat immer vorgebetet. Desweg'n nehm ich an, dass auch Mr Stephen fromm ist. So was bleibt doch nich aus.«

»Hätte der junge Herr da nicht mit dem Gemeindepfarrer sprechen können?«, fragte Charlotte in die Runde. An Tilda gewandt, fuhr sie fort: »Bestimmt sind die Leute doch sonntags zur Kirche gegangen?«

»Aber ja«, sagte Tilda. »Darauf achtet Mr Garrick sehr streng. Je'n Sonntag, da konnte komm', was wollte. Der ganze Haushalt. Zu Mittag gab's immer 'ne vorbereitete kalte Platte, un die Köchin hat schnell Gemüse aufgewärmt, wenn se aus der Kirche zurückgekomm' sind.«

»Und warum hat Ihr Bruder dann einen speziellen Priester für Mr Stephen suchen müssen?«, fragte Charlotte nachdenklich.

Tilda schüttelte den Kopf. »Keine Ahnung, aber er hat es mir gesagt. Jemand, den Mr Stephen von früher kannte. Er hat mit Soldat'n zu tun, denen 's schlecht geht, solche, die trinken, Opium nehm'n und so.« Ein leichter Schauer überlief sie. »Das soll bei Seven Dials sein, wo 's ziemlich wild zugeht. Die arm'n Kerle ha'm nix zu essen, frier'n, schlaf'n in irgendwelch'n Hauseingäng'n un wär'n am liebsten tot. Dass 'n Soldat uns'rer Königin so endet, gehört sich nich.«

Niemand sagte etwas. Gracie sah Charlotte an und erkannte Mitleid und Ratlosigkeit auf ihren Zügen. Als sie sich Tellman zuwandte, sah sie zu ihrer Überraschung, dass diesem eine Idee kam. »Was is?«, fragte sie.

Er fragte Tilda: »Hat Ihr Bruder diesen Mann gefunden?«

»Wie er gesagt hat, ja. Warum woll'n Se das wiss'n? Glau'm Se, der weiß, was mit Martin is?« In ihrer Stimme schwang Hoffnung mit.

»Möglich«, sagte Tellman zurückhaltend. Er wollte die junge Frau nicht unnötig enttäuschen. »Können Sie sich erinnern, ob er seinen Namen genannt hat?«

»Ja …« Tilda verzog vor Anstrengung das Gesicht. »Sand … irgendwas mit Sand …«

Tellman sah zu Gracie hin, dann wieder auf Tilda. »Etwa Sandeman?«

Tilda riss die Augen weit auf. »Genau der! Kenn' Se den etwa?«

»Ich habe von ihm gehört.« Tellman sah zu Charlotte hin.

»Sie haben Recht«, stimmte sie zu, bevor er seine Frage gestellt hatte. »Wir sollten unbedingt versuchen, ihn zu finden. Wenn ihm Martin etwas gesagt hat, könnte das wichtig sein.« Sie biss sich auf die Lippe. »Außerdem haben wir keine bessere Möglichkeit.«

»Es könnte schwierig sein, den Mann zu finden«, gab Tellman zu bedenken. »Das kann gut und gern eine gewisse Zeit in Anspruch nehmen. Es gibt nach wie vor keinen Hinweis auf ein Verbrechen, also …«

»Ich kümmere mich darum«, fiel ihm Charlotte ins Wort.

»Sie wollen in die Gegend von Seven Dials?« Tellman schüttelte den Kopf. »Sie haben keine Vorstellung, wie es da zugeht.«

»Ich gehe bei Tageslicht hin«, sagte sie rasch. »Und ich ziehe meine ältesten Kleider an – Sie dürfen mir glauben, man wird mich für eine Frau aus dem Viertel dort halten. Zwischen acht Uhr morgens und sechs Uhr abends sind dort bestimmt viele Frauen auf der Straße. Ich höre mich nach dem Priester um. Sicher tun das auch andere Frauen, deren Angehörige beim Militär waren.«

Tellman sah erst sie und dann Gracie an. Auf seinem Gesicht ließen sich die widerstreitenden Empfindungen deutlich erkennen.

Charlotte lächelte. »Ich gehe«, sagte sie entschlossen. »Wenn ich ihn finde, habe ich eine bessere Aussicht, etwas über Martin zu erfahren, als Sie, sofern er wirklich in Stephen Garricks Auftrag dort war. Ich mache mich gleich fertig.« Sie wandte sich Tilda zu. »Sie können jetzt an Ihre Aufgaben zurückkehren. Gehen Sie jetzt besser. Sie können es sich nicht leisten, von Ihrer Herrschaft entlassen zu werden, weil Sie zu lange ausgeblieben sind.« Sie sah zu Tellman hin. »Danke für alles, was Sie getan haben. Ich weiß, dass es Sie einen großen Teil Ihrer Zeit gekostet hat …« Wortlos tat er das mit einer Handbewegung ab. Er hätte ihr nicht sagen können, warum ihm die Sache wichtig war – vermutlich hätte er sich mit Worten nicht einmal selbst Rechenschaft darüber ablegen können.

Sie stand auf, und die anderen betrachteten das als Aufforderung zu gehen.

Ab Mittag zog Charlotte durch die Straßen um Seven Dials. Der sehr alte Rock, den sie trug, hatte einen Riss, dessen Reparatur ihr nicht besonders gelungen war. Statt einer Jacke trug sie über ihrer schlichten Bluse ein Umschlagtuch, weil das besser zu der Art passte, wie sich die anderen Frauen kleideten, die in diesem Teil der Stadt einkaufen gingen oder arbeiteten. Sie hatte zu wissen geglaubt, was sie erwartete, aber damit, dass so viele Menschen auf den Gehwegen saßen, sich in Hauseingängen drängten oder mit trübseligem Blick vor einem Haufen Lumpen oder alter Stiefel standen, in der Hoffnung, jemand würde kommen und ihnen etwas davon abkaufen, hatte sie nicht gerechnet. Jeder sah auf den ersten Blick, dass sie nicht dorthin gehörte.

Die Armut hatte einen ganz eigenen Geruch, der überall in der Luft lag. Wohin sie auch den Fuß setzte, überall stieß sie auf Schmutz. Das wenige saubere Wasser, das den Menschen dort zur Verfügung stand, genügte kaum zum Stillen des Durstes, ganz davon abgesehen, dass sie keine Seife hatten. Wegen des zu geringen Gefälles stand das nach Fäkalien riechende Abwasser in der offenen Rinne mitten auf der Straße und lief kaum ab. Nirgends war es trocken, nirgends warm, und es war offensichtlich, dass es nichts gab, was den Hunger der viel zu dicht aufeinander lebenden Menschen hätte lindern können.

Mit gesenktem Kopf bahnte sich Charlotte ihren Weg zwischen ihnen, einerseits, um ebenso vom Leben gebeugt auszusehen wie die anderen, aber auch, weil sie ihren Anblick nicht ertragen konnte, sie nicht anzusehen wagte, im vollen Bewusstsein, dass sie bald wieder fortgehen würde, sie hingegen immer dort leben mussten.

Zögernd fragte sie nach einem Priester, der sich um frühere Soldaten kümmerte. Es kostete sie beträchtliche Überwindung, an Leute heranzutreten und sie anzusprechen. Sofort verriet ihre Stimme sie als Außenseiterin, als Menschen, der nicht dort hingehörte. Es wäre sinnlos gewesen, die Sprechweise der anderen nachzuahmen, denn damit hätten sie sich nicht nur verspottet gefühlt, man hätte sie auch als Heuchlerin betrachtet, noch bevor sie Gelegenheit hatte, eine Frage zu stellen. Mit einer Antwort hätte sie in dem Fall erst gar nicht zu rechnen brauchen.

So gelang es ihr am ersten Tag lediglich, bestimmte Möglichkeiten auszuschließen. Erst als sie folgenden Tages noch einmal hinging, hatte sie am Nachmittag in der Dudley Street unerwartet Erfolg. Dort lagen gebrauchte Schuhe zuhauf, nicht nur auf den unebenen Steinen des Gehwegs, sondern sogar auf der Fahrbahn. Neben diesem Berg saßen Kinder, um die sich niemand kümmerte. Manche weinten, andere sahen einfach mit ausdruckslosem Blick den Vorübergehenden zu.

Ein schlanker Mann von etwa Anfang vierzig bahnte sich mühelos seinen Weg durch das Tohuwabohu; er war ganz offensichtlich daran gewöhnt. Da er barhäuptig ging, sah man, dass seine Haare dringend geschnitten werden mussten. In seinem zerfetzten Mantel wirkte er dort gänzlich unauffällig.

Er schritt kräftig und zielbewusst aus, und da sie ihn nicht behindern wollte, blieb Charlotte stehen, um ihn vorbeizulassen.

Zu ihrer Überraschung blieb er inmitten der Schuhhaufen stehen. »Ich habe gehört, dass Sie nach mir gefragt haben.« Er sprach mit einer angenehm klingenden Stimme, die Bildung verriet. »Ich heiße Morgan Sandeman und kümmere mich hier im Viertel um jeden, der mich braucht, ganz besonders aber um ehemalige Soldaten.«

»Mr Sandeman?«, fragte Charlotte, wobei sich ihre Stimme fast überschlug. Man hätte glauben können, sie sei wirklich verzweifelt auf der Suche nach ihrem verschwundenen Mann und hoffe, dass er ihn kenne.

»Ja. Womit kann ich Ihnen helfen?«

Es wäre sinnlos gewesen, ihm etwas vorzumachen, ganz davon abgesehen, dass die Zeit möglicherweise drängte. »Ich suche jemanden, der verschwunden ist. Es ist denkbar, dass er mit Ihnen gesprochen hat, kurz bevor er zum letzten Mal gesehen wurde. Könnten Sie mir ein wenig Ihrer Zeit widmen … bitte?«

»Selbstverständlich.« Er machte eine einladende Gebärde. »Wenn Sie mit mir kommen wollen, können wir in mein Arbeitszimmer gehen. Leider habe ich statt einer Kirche nur eine Art Lagerhalle zur Verfügung, die aber ihren Zweck erfüllt.«

»Gern«, sagte sie ohne das geringste Zögern.

Wortlos ging er ihr voraus, und sie folgte ihm um eine Ecke und durch eine Gasse, vorüber an den schweigsamen Menschen zu einem winzigen Platz. Den vier oder fünf Stockwerke hohen einander zugeneigten schmalen Häusern sah man auf den ersten Blick an, dass sich lange niemand um sie gekümmert hatte. Überall hing der

Geruch nach verfaulendem Holz in der Luft. Es kam ihr vor, als müsse sie ersticken. Obwohl sie kein bestimmtes Geräusch hätte benennen können, war es an dem Platz alles andere als ruhig. Ratten huschten über das Steinpflaster, Wasser tropfte, die leichte Brise trieb Abfälle hin und her, arbeitendes Gebälk knarrte und stöhnte.

»Dort drüben«, sagte Sandeman und wies auf eine von Flecken übersäte Tür, die sich fast von selbst öffnete, als er sie anstieß. Hinter einem kleinen Vorraum sah man einen langen Gang, an dessen Ende in einer Art Saal ein großes Feuer im Kamin brannte. Ein halbes Dutzend Menschen saßen am Boden davor. Sie drängten sich dicht aneinander, ohne miteinander zu sprechen. Es dauerte eine Weile, bis Charlotte begriff, dass sie entweder schliefen oder bewusstlos waren.

Mit erhobenem Finger mahnte Sandeman sie zu schweigen und ging nahezu geräuschlos über den Steinfußboden zu einem Tisch in der rechten Ecke des Raumes, an dem zwei Stühle standen.

Sie folgte ihm und setzte sich.

»Entschuldigung«, sagte er. »Ich kann Ihnen nichts anbieten und habe auch keinen besseren Raum als diesen zur Verfügung.« In dem bedauernden Lächeln, mit dem er das sagte, lag keinerlei Verlegenheit. Auf seinem abgezehrten Gesicht ließen sich deutlich die Spuren des Hungers erkennen. »Um wen geht es?«, fragte er. »Falls ich Ihnen nicht sagen kann, wo er sich befindet, kann ich ihn zumindest wissen lassen, dass Sie nach ihm gefragt haben. Vielleicht sucht er Sie dann ja auf. Sie werden gewiss verstehen, dass ich nicht weitergeben darf, was man mir vertraulich mitteilt. Es kommt vor, dass ein Mann …« Er zögerte, sah sie aufmerksam an, vielleicht, weil er versuchte, aus ihren Empfindungen auf den Mann zu schließen, nach dem sie suchte.

Sie kam sich wie eine Hochstaplerin vor und versuchte sich die verzweifelten Frauen vorzustellen, die hergekommen waren, weil sie hofften, einen geliebten Gatten, Bruder oder Sohn wiederzufinden, den sie verloren hatten durch Erlebnisse, die er nicht mit ihnen teilen konnte oder deren Last er ohne das Vergessen, das Alkohol oder Opium schenkt, nicht zu ertragen vermochte.

Sie musste ihm unbedingt reinen Wein einschenken. »Es geht nicht um jemanden, der mir nahe steht, sondern um den Bruder einer mir bekannten jungen Frau, der verschwunden ist. Ihr Kummer ist zu groß, als dass sie selbst nach ihm suchen könnte, auch hätte sie nicht die Zeit dazu. Sie könnte darüber leicht ihre Stellung verlieren und nicht ohne weiteres eine andere finden.«

Sein besorgter Ausdruck änderte sich nicht. »Und um wen geht es?«

Bevor sie antworten konnte, wurde die Eingangstür aufgerissen, krachte gegen die Wand und prallte zurück, wobei sie den Menschen traf, der gerade hereinkam. So heftig war der Stoß, dass er das Gleichgewicht verlor und zu Boden fiel, wo er wie ein Lumpenbündel liegen blieb.

Nach einem kurzen Blick auf Charlotte stand Sandeman wortlos auf und ging hinüber. Er bückte sich, schob die Hände unter den Mann und stellte ihn mit beträchtlicher Anstrengung auf die Füße. Ganz offensichtlich war der Mann betrunken. Er mochte Mitte fünfzig sein, Tränensäcke hingen unter seinen Augen, die vor sich hinstarrten, ohne etwas zu erfassen. Er war völlig verdreckt, sein Haar war verfilzt, er hatte sich mehrere Tage nicht rasiert und roch so stark, dass Charlotte das sogar von ihrem Platz aus wahrnahm.

Sandeman sah ihn verzweifelt an. »Komm rein, Herbert, und setz dich. Du bist ja bis auf die Haut nass.«

»Bin hingefallen«, brummelte der Ankömmling vor sich hin und folgte Sandeman mit schleppendem Schritt.

»In den Rinnstein, wie es aussieht«, erwiderte Sandeman trocken.

Und so riecht es auch, ging es Charlotte durch den Kopf. Sie hatte das Bedürfnis, ihren Stuhl ein Stück wegzurücken, doch schämte sie sich, als sie sah, wie achtungsvoll Sandeman mit dem Mann umging.

Dieser gab keine Antwort, ließ sich aber zu der Bank vor dem inzwischen niedergebrannten Feuer führen und sank darauf nieder, als sei er am Ende seiner Kräfte. Keiner der anderen dort nahm die geringste Notiz von ihm.

Sandeman ging zu einem Schrank an der gegenüberliegenden Wand. Er nahm einen Schlüssel vom Ring, den er am Gürtel trug, schloss die Tür auf und suchte eine Weile in dem Schrank. Schließlich holte er eine große graue Decke hervor, die zwar grob aussah, aber zweifellos wärmen würde.

Neugierig sah ihm Charlotte zu. Für ein Nachtlager, überlegte sie, dürfte das kaum genügen, doch sah es nicht so aus, als würde dem Mann eine kurze Ruhepause helfen.

Sandeman schloss den Schrank wieder und trat mit der Decke zu dem Mann.

»Zieh die nassen Sachen aus«, wies er ihn an. »Und wickel das um dich. Das wird dich wärmen.«

Der Mann sah zu Charlotte herüber.

»Sie dreht sich um«, versprach Sandeman. Er sagte es so laut, dass sie es hören konnte. Gehorsam drehte sie sich mit dem Stuhl in die entgegengesetzte Richtung. Zwar hörte sie nicht, wie der Mann aufstand, wohl aber das Rascheln von Kleidungsstücken und das leise Geräusch, mit dem sie zu Boden sanken.

»Ich geb dir heiße Suppe und Brot«, fuhr Sandeman fort. »Das beruhigt deinen Magen.« Er versuchte gar nicht, den Mann zu ermahnen, dass er mit dem Trinken aufhören sollte, weil ihn der Alkohol vergiftete. Vermutlich war all das bereits gesagt worden, ohne dass es etwas genützt hätte. »Ich wasch deine Sachen aus. Du musst hier warten, bis sie trocken sind.« Charlotte hörte, wie Sandeman näher kam. »Sie können sich wieder umdrehen«, sagte er ruhig. »Ich habe leider etwas zu tun, kann aber dabei mit Ihnen reden.«

»Vielleicht kann ich das Brot und die Suppe holen?«, bot sie an. Der Gestank, der den Kleidern entstieg, drehte ihr den Magen um, doch bemühte sie sich, das nicht zu zeigen.

»Danke«, sagte er. »Da hinten ist die Küche.« Er wies auf eine Tür links vom Kamin. »Wir können miteinander reden, während ich das hier auswasche. Dabei kann uns niemand hören.« Er nahm die Kleider wieder auf und ging damit voran in einen kleinen Raum mit Steinfußboden, in dem auf einem Herd zwei Teekessel standen sowie ein großer Topf, in dem eine Suppe vor sich hin köchelte. Außerdem standen mehrere alte Töpfe mit heißem Wasser darauf, vermutlich, damit man jederzeit Kleidungsstücke waschen konnte. Eine Zinkbadewanne auf einem niedrigen Tisch diente als Waschbecken, und auf dem Boden standen einige Eimer mit kaltem Wasser, das von der nächstgelegenen Pumpe stammen dürfte, die vermutlich eine oder zwei Straßen weiter lag.

Charlotte fand das Brot und das Messer und schnitt zwei ziemlich dicke Scheiben ab. Es ließ sich gut schneiden, weil es altbacken war. Sie sah sich nach Aufstrich um, fand aber keine Butter. Vielleicht konnte der Mann es zusammen mit der Suppe trocken essen. Alles, was den Alkohol wenigstens zum Teil aufnahm, würde ihm gut tun. Als sie den Deckel von dem großen Topf hob, sah sie eine dicke Erbsensuppe, an deren Oberfläche von Zeit zu Zeit Blasen platzten. Auf einer Bank standen Schüsseln. Sie nahm eine und füllte sie mit dem Schöpflöffel.

Den Brotteller in der einen und die Suppenschüssel samt einem Löffel in der anderen Hand, um die sie zum Schutz gegen die Hitze ein Tuch gewickelt hatte, kehrte sie in den Saal zurück. Sie trat zu dem Mann, und er hob den Blick zu ihr auf. Sein Gesicht zeigte ihr, dass er aufstehen wollte: Anerzogene Gewohnheiten hatten ein zähes Leben. Offensichtlich war er Soldat gewesen, bevor ihn welche Art von Qual oder Verzweiflung auch immer zerstört hatte. Das Bewusstsein, dass er lediglich eine Decke um den Leib gewickelt trug und nicht sicher war, ob er sie fest genug halten konnte, mochte der Grund sein, warum er es vorzog, nicht aufzustehen. Dieser fremden Frau seine seelische Blöße zu zeigen war schon schlimm genug.

»Bleiben Sie sitzen«, sagte sie rasch, als hätte er sich bereits halb erhoben. »Sie müssen die Schüssel mit beiden Händen halten, aber passen Sie auf – sie ist sehr heiß.«

»Danke, Ma'am«, murmelte er, nahm ihr die Suppenschüssel mit unsicheren Fingern aus der Hand und stellte sie gleich auf die von der Decke geschützten Knie. Offenbar war ihm klar, dass er sie mit den Händen nicht lange würde halten können.

Sie lächelte ihm zu. Zuerst glaubte sie, er habe es nicht gemerkt, dann ging ihr auf, dass ihm ihre Gegenwart möglicherweise peinlich war. Sie wandte sich ab und kehrte in die Küche zurück.

Über die Zinkbadewanne gebeugt, wusch Sandeman die Kleidungsstücke aus. Dazu benutzte er eine aus Pottasche, Lauge und Karbol hergestellte grobe Seife, die zwar nicht gut für die Haut war, aber den schlimmsten Schmutz und zweifellos auch die mit ihm vermengten Läuse, den Geruch und die Krankheitserreger beseitigen würde.

»Mr Sandeman«, setzte Charlotte an. »Ich muss wirklich mit Ihnen sprechen. Es kann sein, dass dieser junge Mann, der verschwunden ist, in Gefahr schwebt. Jemand hat uns gesagt, dass er nach Ihnen gesucht hat. Falls er hier war, hat er möglicherweise etwas gesagt, was mir einen Hinweis darauf liefern könnte, wohin er gegangen ist und warum.«

Er sah sie von der Seite her an, die mageren Arme auf den Rand der Wanne gestützt. Diese Art zu waschen war Knochenarbeit. »Wie heißt er?«, fragte er.

»Martin Garvie.«

Kaum hatte sie den Namen gesagt, als er sichtbar erstarrte. Alle Farbe wich aus seinem Gesicht und kehrte gleich darauf zurück, als wäre ihm das Blut rasch wieder in den Kopf gestiegen.

Angst umklammerte ihr Herz. Ihre Lippen waren so reglos, dass es ihr kaum gelang, Worte zu bilden. »Was ist mit ihm geschehen?«, fragte sie ängstlich.

»Ich weiß es nicht.« Ganz langsam richtete er sich auf. Ohne weiter auf die nassen Kleidungsstücke zu achten, die in die Wanne zurücksanken, sah er sie an. »Ich bedaure, aber ich kann Ihnen nichts sagen, was Ihnen weiterhilft. Wirklich nichts.« Er atmete schwer, als würde seine Brust zusammengepresst, sodass er heftig nach Luft ringen musste.

»Er schwebt unter Umständen in großer Gefahr, Mr Sandeman«, sagte sie rasch. »Er ist verschwunden! Seit drei Wochen hat ihn niemand gesehen oder etwas von ihm gehört! Seine Schwester grämt sich zu Tode. Nicht einmal sein Herr, Mr Stephen Garrick, scheint an den Ort gereist zu sein, wohin er angeblich wollte. Man hat weder bei der Bahn noch in den Passagierlisten der Kanalfähren eine Spur von ihm gefunden. Wir brauchen jeden Hinweis, der uns hilft zu erfahren, was da geschehen ist.«

Es war unübersehbar, dass Sandeman unter starkem Druck stand. Er atmete stoßweise und zitterte unwillkürlich. Doch als er schließlich seine Stimme wiederfand, lag in ihr nicht die geringste Unentschlossenheit, kein Hinweis darauf, dass er seine Haltung geändert hätte.

»Ich kann Ihnen nicht helfen«, wiederholte er. »Was mir in der Beichte gesagt wird, ist heilig.«

»Auch wenn das Leben eines Menschen auf dem Spiel steht?«, hielt sie dagegen, im vollen Bewusstsein dessen, dass sie damit nichts erreichen würde. Sie konnte es an seinen Augen ablesen, seinem bleichen Gesicht, den angespannten Kiefer- und Nackenmuskeln.

»Ich kann mein Vertrauen ausschließlich auf Gott setzen«, sagte er so leise, dass sie es kaum hörte. »Alles liegt in Seinen Händen. Was mir Martin Garvie anvertraut hat, muss ich für mich behalten. Ehrlich gesagt, bin ich nicht einmal sicher, dass es Ihnen dabei helfen würde, ihn zu finden, wenn ich Ihnen alles sagen dürfte, was ich weiß.«

»Ist … ist er noch am Leben?«

»Ich weiß es nicht.«

Sie holte Luft, um es noch einmal zu versuchen, stieß sie dann aber seufzend aus, als sie die Endgültigkeit in seinen Augen erkannte. Sie sah beiseite, wusste nicht, was sie noch sagen sollte.

»Mrs …«, setzte er an, ohne fortzufahren, denn er wusste ihren Namen nicht.

»Pitt«, sagte sie. »Charlotte Pitt.«

»Mrs Pitt, zu viele andere Menschen sind davon betroffen. Sofern es ausschließlich mein Geheimnis wäre und es etwas Gutes bewirken würde, wenn ich es Ihnen sagte, sähe das anders aus … aber genau das ist nicht der Fall. Es ist eine alte Geschichte, an der sich jetzt nichts mehr ändern lässt.«

»Hat sie mit Martin Garvie zu tun?« Sie war verwirrt. »Er hat Ihnen offenbar etwas gesagt …«

»Ich kann Ihnen nicht helfen, Mrs Pitt. Gehen Sie bitte nach Hause. Sie gehören nicht in diese Gegend, und Sie können hier nichts ausrichten. Es ist nicht auszuschließen, dass Ihnen etwas zustößt. Glauben Sie mir. Obwohl ich in diesem Viertel lebe und es so gut kenne, wie das einem Außenstehenden möglich ist, gehe auch ich nur selten nach Einbruch der Dunkelheit aus dem Haus. Kommen Sie jetzt. Ich bringe Sie zur Dudley Street, damit Sie sich nicht verlaufen …« Seine Stimme klang eindringlich, und in seinen dunklen Augen erkannte sie Besorgnis. Er trocknete sich die Hände an einem Stofffetzen ab und zog seinen Mantel wieder an. »Wissen Sie, wie Sie von der Dudley Street nach Hause kommen?«

»Ja … danke.« Ihr blieb nichts anderes übrig, als sein Angebot anzunehmen, wenn sie ihre Würde wahren wollte. Das aber wollte sie, denn sie gestand sich ein, dass ihr wichtig war, was dieser Mann von ihr dachte.

Da Pitt nicht zu Hause war, schien Charlotte die Aussicht nicht verlockend, im Wohnzimmer Feuer zu machen und sich allein dort hinzusetzen, nachdem Daniel und Jemima zu Bett gegangen waren. Stattdessen ging sie in die warme, helle Küche, in der es sich die Katzen im Flickkorb neben dem Herd gemütlich gemacht hatten, ohne auf den Regen zu achten, der an die Fensterscheiben klopfte, und berichtete Gracie über ihren Besuch bei Sandeman. Keiner von beiden fiel etwas ein, was sie noch unternehmen konnten, solange sie nicht mehr über die Sache wussten. Trotz der warmen, angenehmen Atmosphäre in der Küche hatten beide das Gefühl, eine bittere Niederlage erlitten zu haben.

Zwar hatte sich am nächsten Abend nichts geändert, aber es gab dies und jenes im Haushalt zu tun, was sie ablenkte. Alles war besser, als müßig herumzusitzen. Gracie machte Ordnung in den Schränken, und Charlotte flickte Kissenbezüge, als es kurz nach neun an der Haustür klingelte.

Da Gracie gerade mit den Armen voller Wäsche auf einem Hocker stand, öffnete Charlotte selbst.

Vor der Tür stand ein ausgesprochen elegant gekleideter Herr in einem Anzug, bei dessen Anblick Pitt die Augen weit aufgerissen hätte. In sein intelligentes schmales Gesicht waren tiefe Linien eingegraben, und seine Augen waren so dunkel, dass sie im Licht der Straßenlaterne schwarz zu sein schienen. Sein dichtes, dunkles Haar war von vielen grauen Fäden durchzogen.

»Mrs Pitt«, sagte er. Es klang wie eine Feststellung.

»Ja«, gab sie zurückhaltend zur Antwort. Auf keinen Fall würde sie einen Fremden ins Haus lassen, und es war vermutlich nicht angeraten, ihm zu sagen, dass Pitt nicht da war. »Was kann ich für Sie tun?«

In seinem kaum wahrnehmbaren Lächeln lagen Selbstironie und ein guter Schuss Selbstsicherheit. Wahrscheinlich war ihm nicht bewusst, wie charmant er wirkte.

»Guten Abend. Ich heiße Victor Narraway. Da sich Ihr Mann in Alexandria befindet, wohin ich ihn bedauerlicherweise schicken musste, wollte ich Ihnen einen Besuch abstatten, um mich zu vergewissern, dass es Ihnen gut geht – und dass das auch so bleibt.«

»Haben Sie Zweifel daran, Mr Narraway?« Sie war verblüfft angesichts der Erkenntnis, wer der Besucher war, und in ihr regte sich eine leise Furcht, dass er etwas Schlimmes über Pitt wissen mochte, was ihr unbekannt war. Bisher hatte sie noch nichts von ihm gehört, aber dazu war es auch viel zu früh, denn ein Brief würde viele Tage brauchen. Sie bemühte sich um Haltung. »Warum sind Sie gekommen, Mr Narraway? Seien Sie bitte ehrlich.«

»Ich habe es Ihnen gesagt, Mrs Pitt«, erwiderte er. »Darf ich hereinkommen?«

Stumm trat sie einen Schritt zurück, er kam herein und warf dabei einen flüchtigen Blick auf den Stuck an der Decke der Diele. Nachdem sie die Haustür hinter ihm geschlossen hatte, machte sie eine einladende Handbewegung zum Wohnzimmer.

Sie folgte ihm hinein und drehte die Gaslampen hoch. Da sie kein Feuer gemacht hatte, hoffte sie, er werde nicht lange bleiben. Mit pochendem Herzen sah sie ihn beinahe herausfordernd an. »Haben Sie etwas über meinen Mann gehört?«

»Nein, Mrs Pitt«, sagte er sofort. »Ich bitte um Entschuldigung, falls ich Ihnen diesen Eindruck vermittelt habe. Soweit ich weiß, ist er gesund, und es fehlt ihm nichts. Andernfalls hätte man mich vom Gegenteil informiert. Ich bin ausschließlich hier, weil mir Ihre Sicherheit am Herzen liegt.«

Bei aller Höflichkeit schien ihr in der Art, wie er das sagte, eine gewisse Überheblichkeit mitzuschwingen. Hatte es damit zu tun, dass er ein Herr war, Pitt hingegen der Sohn eines Wildhüters, woran auch seine einwandfreie Sprechweise nichts änderte? Eine Selbstsicherheit, die jemand nicht erworben, sondern die man ihm in die Wiege gelegt hatte, ließ sich jederzeit an Haltung und Auftreten eines Menschen erkennen.

Auch wenn Charlotte nicht wie Vespasia dem Hochadel angehörte, stammte sie doch aus einer guten Familie. So sah sie ihn mit einer kühlen Herablassung an, für die sich nicht einmal Vespasia hätte zu schämen brauchen. Dass sie ein altes Kleid mit geflickten Manschetten trug, war dabei unerheblich.

»Tatsächlich? Das ist sehr freundlich von Ihnen, Mr Narraway, aber durchaus unnötig. Mein Mann hat vor seiner Abreise alle erforderlichen Vorkehrungen getroffen, sodass es mir an nichts fehlt.« Sie meinte damit die finanziellen Angelegenheiten, doch wäre es stillos gewesen, das zu sagen.

Narraway lächelte kaum wahrnehmbar. Eigentlich war es nur ein leichtes Nachlassen der Spannung seiner Lippen. »Das hatte ich nicht anders erwartet«, sagte er. »Aber vielleicht haben Sie ihm nichts von Ihrer Absicht mitgeteilt, dem augenscheinlichen Verschwinden eines der Dienstboten Ferdinand Garricks nachzuspüren.«

Sie wusste nicht, was sie dazu sagen sollte, und suchte nach einer Antwort, die ihn auf Abstand hielt und daran hinderte, in ihre Gedanken einzudringen.

»Augenscheinlich?«, fragte sie und sah ihn verwundert an. »Das klingt ja, als wüssten Sie etwas darüber. Heißt das, dass Sie dem Fall ebenfalls auf der Spur sind? Das freut mich, ja, es begeistert mich geradezu. Dafür sind nämlich mehr Hilfsmittel erforderlich, als mir zur Verfügung stehen.«

Jetzt war er an der Reihe, verblüfft dreinzublicken, doch überspielte er das so geschickt, dass sie es kaum merkte.

»Ich glaube nicht, dass Sie verstehen, welche Gefahr Ihnen drohen kann, wenn Sie die Sache weiterverfolgen«, gab er zu bedenken, den Blick seiner dunklen Augen unausgesetzt auf sie gerichtet, als wolle er sich vergewissern, dass sie die Ernsthaftigkeit seiner Worte begriff.

Spontan bedachte sie ihn mit einem berückenden Lächeln. »Dann wäre es wohl an der Zeit, mich aufzuklären, Mr Narraway. Worin besteht diese Gefahr? Wer könnte mir schaden, und auf welche Weise? Offensichtlich wissen Sie das alles, sonst hätten Sie nicht Ihren eigenen Fall ruhen lassen und wären hergekommen, um mir das zu sagen … zu dieser Tageszeit.«

Er war aus dem Konzept gebracht. Auch wenn er es nur einen winzigen Augenblick zeigte, merkte sie es doch tief befriedigt. Er war überzeugt gewesen, sie durch sein Auftreten einschüchtern zu können, doch hatte sie seine eigene Drohung gegen ihn gekehrt.

Er wich der Herausforderung aus, die in ihren Worten lag. »Sie befürchten also, dass Martin Garvie etwas zugestoßen sein könnte?«, fragte er.

Sie war nicht bereit, klein beizugeben. »Ja«, sagte sie offen heraus. »Mr Ferdinand Garrick sagt, sein Sohn und Garvie seien nach Südfrankreich gereist, doch warum hat der junge Mann drei Wochen lang seiner Schwester nichts davon geschrieben, falls es sich so verhält?« Keinesfalls wollte sie Narraway einen Hinweis darauf liefern, dass sich Tellman vergeblich bemüht hatte, etwas über die Abreise der beiden zu erfahren oder einen Zeugen zu finden, der sie den Zug hatte besteigen sehen. Unter keinen Umständen durfte Tellmans neuer Vorgesetzter etwas erfahren, was nicht ganz einwandfrei war, und sie hielt es nicht für ausgeschlossen, dass

Narraway sein Wissen auf jede Weise nutzen würde, die seinen jeweiligen Zielen dienlich war.

»Befürchten Sie etwa, dass er einem Unfall zum Opfer gefallen sein könnte?«, wollte er wissen.

Sie erkannte, dass er mit ihr spielte. »Welche Art Unfall sollte das sein?«, fragte sie mit gehobenen Brauen. »Ich kann mir keinen denken, bei dem ich auf die von Ihnen angedeutete Weise gefährdet sein könnte.«

Er gab nach und sagte lächelnd: »*Touché.* Ich will ganz offen sein, Mrs Pitt. Mir ist bekannt, dass Sie sich nach dem Verbleib dieses augenscheinlich verschwundenen jungen Mannes erkundigt haben, der Mr Stephen Garricks Kammerdiener ist oder war. Die Garricks sind in der Gesellschaft wie in der Regierung nicht ohne Einfluss. Ferdinand Garrick war ein geachteter Berufsoffizier, der seine Laufbahn als Generalleutnant beendet hat. Ein Gott, der Königin und dem Land bis zum letzten Blutstropfen ergebener prinzipientreuer Mann.«

Charlotte wusste nicht, was sie denken sollte. Sie stand in der Mitte des Zimmers und sah Narraway an, der sich mit jedem Augenblick mehr entspannte. Falls Garrick so aufrecht und ehrenwert war, wie er ihr da geschildert wurde, ganz der Musterchrist, von dem Vespasia gesprochen hatte, gab es nicht den geringsten Grund anzunehmen, dass er einen Dienstboten auf die Weise behandelte, wie das Gracie und sie befürchteten.

Narraway merkte, dass sie unsicher wurde. »Aber er kennt keine Gnade, wenn er sich angegriffen fühlt«, fuhr er fort. »Er würde nicht dulden, dass wer auch immer seine Handlungsweise infrage stellt. Er hat seinen Stolz und ist, wie das bei solchen Leuten häufig der Fall ist, sehr darauf bedacht, seine Privatangelegenheiten aus der Öffentlichkeit herauszuhalten.«

Charlotte hob das Kinn ein wenig. »Und was könnte er mir antun, Mr Narraway? Meinen Ruf in der Gesellschaft zugrunde richten? Ich habe keinen. Mein Mann ist Beamter im Sicherheitsdienst. Zwar bedienen sich die Behörden seiner, tun aber zugleich so, als existiere er nicht. Als er die Polizeiwache in der Bow Street leitete, hätte ich vielleicht gesellschaftlichen Ehrgeiz entwickeln können – jetzt ja wohl kaum.«

Er errötete ein wenig. »All das ist mir bekannt, Mrs Pitt. Viele Menschen tun Bedeutendes, ohne in der Öffentlichkeit Anerkennung zu finden, ja, möglicherweise nicht einmal Dank. In einem solchen Fall liegt der einzige Trost darin, dass zumindest nicht für sein Versagen getadelt werden kann, wer für seine Erfolge nicht gelobt wird.« Ein Schatten legte sich auf seine Züge. Er war sichtlich bemüht, seine Gefühle zu beherrschen. »Irgendwann versagt jeder von uns einmal.«

Trotz aller Sorgfalt, nicht durchblicken zu lassen, woran er dabei dachte, schwang in seinen Worten eine so tiefe Bedeutung mit, dass sie begriff: Er sprach von sich selbst und von etwas, was er auf schmerzliche Weise gelernt und nicht etwa bei anderen beobachtet hatte. Hinter seinen Worten stand keine Vermutung, sondern Wissen.

»Ich mache mir aufrichtig Sorgen um Sie, Mrs Pitt«, fuhr er fort. »Natürlich hat der Mann keinen Einfluss auf das, was Ihre Freunde von Ihnen halten, wohl aber kann er grausam in das Geschick Ihrer Familie eingreifen, wenn ihm danach zumute ist oder er sich verletzlich vorkommt.« Er sah sie aufmerksam an. Sie hatte das Empfinden, als lasse sein Blick sie nicht los – fast so, als halte er sie körperlich fest.

»Glauben Sie, dass Martin Garvie ein Leid geschehen ist?«, fragte sie. »Bitte sagen Sie offen, ob ich etwas tun kann, um zu helfen. Eine Lüge, wie tröstlich sie auch klingen mag, wird an meinem Verhalten nichts ändern, das sage ich Ihnen gleich.«

In seine Augen trat neben alle anderen Empfindungen ein Funke von Humor. »Ich habe keine Ahnung. Ich kann mir auch keinen Grund dafür denken. Wie viel wissen Sie über ihn?«

»Sehr wenig. Aber seine Schwester Matilda kennt ihn von klein auf, und sie hat Angst«, sagte sie.

»Könnte es sein, dass sie gekränkt ist?«, fragte er mit minimal gehobenen Brauen. »Dass sie sich einander entfremdet haben und sie nicht damit zurechtkommt? Möglicherweise fühlt sie sich einsam und stärker an ihn gebunden als er sich an sie? Kann es sein, dass sie bereit ist, sich alles Mögliche einzubilden, bis hin zu Gefahren, vor denen sie ihn bewahren muss, weil all das für sie einfacher wäre als das Bewusstsein, dass er sie in Wahrheit nicht braucht?«

Wieder nahm sie Trauer in seiner Stimme wahr, sah, wie das Licht der Gaslampe die Spur eines alten Schmerzes nachzeichnete, von dem davor nichts zu sehen war. Ganz offenkundig hatte er sich auch über Tilda informiert.

»Möglich ist all das selbstverständlich«, räumte sie bereitwillig ein. »Aber das ändert nichts daran, dass man sich nach seinem Ergehen erkundigen muss.« Fast hätte sie hinzugefügt, dass ihm das ebenso klar sein müsse wie ihr, doch da sie erkannte, dass er sie verstand, ließ sie es ungesagt.

Eine Weile standen sie einander schweigend gegenüber. Dann richtete er sich zu voller Größe auf. »Trotzdem muss ich Sie ersuchen, Mrs Pitt, im Interesse Ihrer eigenen Sicherheit keine weiteren Nachforschungen in Bezug auf Mr Garrick anzustellen. Es gibt keinen vernünftigen Grund anzunehmen, dass er einem Dienstboten etwas angetan haben könnte, von einer Rufschädigung abgesehen, und daran könnten Sie ohnehin nichts ändern.«

»Ich würde Ihren Rat gern befolgen, Mr Narraway«, sagte sie gleichmütig, »doch sofern ich eine Möglichkeit sehe, Tilda Garvie zu helfen, werde ich das auf jeden Fall tun. Ich kann mir nicht denken, auf welche Weise das Mr Garrick schaden könnte, es sei denn, er hätte sich eine Ungerechtigkeit zuschulden kommen lassen. In dem Fall aber müsste er wie jeder andere Rechenschaft dafür ablegen.«

Ärger trat auf Narraways Züge. »Aber doch nicht Ihnen, Mrs Pitt! Haben Sie denn nicht …« Er hielt inne.

Sie lächelte ihn bezaubernd an. »Nein«, sagte sie. »Habe ich nicht. Darf ich Ihnen eine Tasse Tee anbieten? Zwar nur in der Küche, aber dennoch von Herzen.«

Er stand reglos da, als wenn von seiner Entscheidung große Dinge abhingen. Man hätte glauben können, er sei imstande, vom Wohnzimmer aus die Wärme, die vertraute Behaglichkeit gescheuerten Holzes, reiner Wäsche, glänzenden Porzellans auf der Anrichte und den angenehmen Geruch von Essen in der Küche wahrzunehmen.

»Nein, danke«, sagte er schließlich. »Ich muss nach Hause.« In seiner Stimme lag ein Bedauern, das er nicht in Worte fasste. »Gute Nacht.«

»Gute Nacht, Mr Narraway.« Sie brachte ihn zur Tür und sah der schmalen, sehr aufrechten Gestalt nach, die mit beinahe militärischer Eleganz über den regennassen Gartenpfad der Straße entgegenstrebte.

KAPITEL 10

Pitt dankte Trenchard für seine Hilfe und verließ Alexandria mit einem so großen Bedauern, dass es ihn selbst überraschte. Die samtenen Nächte mit den bleichen Sternen am Himmel würden ihm fehlen, wie auch der Wind, der vom Mittelmeer herüberwehte und den Geruch nach allerlei Gewürzen und dem Schmutz der heißen Straßen überlagerte wie auch die Mischung von Musik und Stimmen, die er nicht verstand, die bunten Farben und die Fülle der Waren in den Basaren. Dafür gab es in London weniger Stechmücken und keine Skorpione. Er durfte sich darauf verlassen, dass ihm im bevorstehenden Winter keine beklemmende Hitze den Schweiß über den Körper laufen ließ oder ihn das Licht der Sonne so blendete, dass er beständig die Augen zusammenkneifen musste.

Außerdem würde er nicht mehr fortwährend das Gefühl haben, Störenfried in einem Lande zu sein, dem die Angehörigen seines Volkes fremd und unwillkommen waren, und auch nicht mehr die Last des schlechten Gewissens spüren, einer von denen zu sein, die zu der dort herrschenden entsetzlichen Armut beigetragen hatten. Selbstverständlich existierte auch in England Armut, auch dort verhungerten Menschen, erfroren oder erlagen tückischen Krankheiten. Doch das war sein eigenes Volk, er war einer von ihnen – vor allem aber trug er keine Schuld daran.

Während er an Deck des Schiffes stand und zusah, wie das Wasser um den Rumpf herum aufgewirbelt wurde und Alexandria allmählich am Horizont versank, kam ihm zu Bewusstsein, dass er mit seinem Auftrag gescheitert war, denn er kam mit leeren Händen zurück. Was konnte er Narraway berichten? Gewiss, er hatte manches über Ayesha Sachari erfahren und wusste sehr viel mehr über sie als zuvor, vor allem, dass sie alles andere als dumm war. Da sich manches nicht mit seinen ursprünglichen Vermutungen deckte, würde er die Frage nach dem Grund für den Mord an Lovat vollständig neu überdenken müssen. Die Tat erschien sinnlos.

Vor allem aber wollte er wieder bei Charlotte und den Kindern daheim sein, in der Behaglichkeit seines Hauses, sich in den vertrauten Straßen der Stadt bewegen, in der er nicht nur jede Ecke kannte, sondern auch die Sprache verstand.

Drei Tage später legte das Schiff in Southampton an. Jetzt stand ihm nur noch die Bahnfahrt nach London bevor. Obwohl sie in Wahrheit nicht einmal zwei Stunden dauerte, schien sie sich endlos hinzuziehen.

Um sieben Uhr abends stand er auf der Schwelle von Narraways Büro. Einerseits war er entschlossen, eine Nachricht zu hinterlassen, falls er nicht dort war, andererseits hatte er zugleich den dringenden Wunsch, ihm alles, was er zu sagen hatte, sofort mitzuteilen. Danach wollte er nach Hause gehen, um nach Lust und Laune auszuschlafen, ohne sich den Kopf darüber zerbrechen zu müssen, was er am nächsten Morgen sagen oder tun sollte.

Narraway war tatsächlich da, und so konnte er sogleich Bericht erstatten. Als Pitt die Tür hinter sich geschlossen hatte, lehnte sich Narraway abwartend in seinem Sessel zurück und sah ihn durchdringend an. Man hätte glauben können, dass er sich bereit hielt, Fragen abzuwehren, die ihm Pitt womöglich stellen wollte.

Körperlich wie seelisch war Pitt so mitgenommen, dass er auf jede Förmlichkeit verzichtete und sich unaufgefordert seinem Vorgesetzten gegenüber setzte. Er streckte die Beine aus. Seine Füße schmerzten, und er fröstelte. Das lag nicht nur an der plötzlichen Kühle des englischen Oktobers, sondern hatte auch mit seiner Erschöpfung zu tun.

Wortlos wartete Narraway darauf, dass er zu sprechen begann.

»Ayesha Sachari ist eine hochintelligente, gebildete Frau aus einer christlichen Familie«, begann Pitt, »zugleich aber eine ägyptische Patriotin, der das Schicksal der Armen ihres Landes am Herzen liegt und die sich über die Ungerechtigkeit der Fremdherrschaft empört.«

Narraway, dessen Ellbogen auf den Sessellehnen ruhten, schürzte die Lippen und legte die Fingerspitzen aneinander. »Nach dem, was Sie sagen, hatte sie politische Gründe, ins Land zu kommen. Mithin dürfen wir den Verdacht ausschließen, dass sie hier nur ihr Glück versuchen wollte«, sagte er mit einer Stimme, in der keinerlei Überraschung lag. Sein Gesichtsausdruck änderte sich nicht im Geringsten. »Hat sie etwa geglaubt, sie könnte über Ryerson Einfluss auf die Baumwollindustrie nehmen?«

»So sieht es aus«, sagte Pitt.

Narraway seufzte. Auf seinen Zügen lag jetzt Trauer. »Wie naiv«, murmelte er.

Pitt hatte das unabweisbare Gefühl, er meine damit weit mehr als die bloße Unwissenheit der Ägypterin in Bezug auf die Mechanismen der Politik. Zwar saß er bequem in seinen Sessel zurückgelehnt, schien aber innerlich bis zum Zerreißen gespannt. »Sie haben gesagt, die Frau sei gebildet. Auf welchen Gebieten?«, wollte er wissen.

»Geschichte, Sprachen, arabische Kultur«, gab Pitt zur Antwort. »Ihr Vater war ein Gelehrter, und sie war das einzige Kind. Allem Anschein nach hat er ihre Gesellschaft äußerst anregend gefunden und daher einen großen Teil seines Wissens an sie weitergegeben.«

Narraways Gesichtsmuskeln spannten sich an. Er schien Pitts Worten weit mehr zu entnehmen als die einfachen Tatsachen, die er berichtete. Dachte er daran, dass ihr die Gesellschaft eines älteren Mannes angenehm war, weil ein solcher sie aufgezogen hatte und sie daher sowohl an die Vorzüge wie auch die Nachteile einer solchen Beziehung gewöhnt war? Pitt fragte sich, ob diese Art des Aufwachsens für die junge Frau gleichsam eine Vorübung gewesen war, die sie in den Stand gesetzt hatte, Ryerson zu umgarnen, ohne dass er sie für zu jung, zu unkultiviert oder zu ungeduldig hielt.

Oder hatte sie bewirkt, dass ihr junge Männer oberflächlich und nicht feinfühlig genug erschienen und sie sich in ihrer Gegenwart nicht wohlfühlte? War es möglich, dass sie Ryerson tatsächlich so sehr liebte, wie er vermutete?

Warum aber um alles in der Welt hätte sie dann Lovat erschießen sollen? War ihm in Alexandria doch etwas Wesentliches entgangen?

Narraway, der ihn aufmerksam beobachtete, fragte: »Was gibt es, Pitt?« Er beugte sich vor. Seine Hand zitterte kaum wahrnehmbar.

Pitt spürte deutlich, dass in seinem Gegenüber Empfindungen lebendig waren, die allein mit den ihm bekannten Fakten nicht zu erklären waren. Es war ihm zuwider, mit einem Vorgesetzten arbeiten zu müssen, der ihm offenkundig so wenig vertraute, ganz gleich, was der Grund dafür sein mochte. Stand dahinter die Sorge um seine eigene Sicherheit oder die eines anderen Menschen? Oder wollte Narraway etwas in sich selbst schützen, wovon sich Pitt kein Bild zu machen vermochte?

»Nichts, was auch nur das Geringste mit Lovat oder Ryerson zu tun hätte«, gab er zur Antwort. »Sie war eine geradezu schwärmerisch begeisterte Anhängerin eines der am Orabi-Aufstand Beteiligten. Dieser ältere Mann, in den sie sich verliebt hatte, ist zum Verräter an ihr wie auch an der gemeinsamen Sache geworden. Das hat ihr schwer zu schaffen gemacht.«

Narraway holte tief Luft und stieß sie leise wieder aus. »Aha.« Dann schwieg er.

Pitt wartete eine Weile, überzeugt, er werde weitersprechen. In Narraways Kopf schienen fertige Sätze, ja, ganze Absätze bereit zu liegen, an die er nicht herankam.

Doch als Narraway schließlich den Mund öffnete, kam er auf ein völlig anderes Thema zu sprechen. »Und was ist mit Lovat? Haben Sie jemanden gefunden, der ihn gekannt hat? Es muss doch auf jeden Fall mehr geben als die schriftlichen Unterlagen, die wir hier haben! Was haben Sie denn um Gottes willen die ganze Zeit da unten getrieben?«

Pitt schluckte seinen Zorn herunter und schilderte knapp, was er getan und auf welche Weise er Edwin Lovat und dessen Laufbahn im englischen Heer nachgespürt hatte. Wieder hörte Narraway mit irritierendem Schweigen zu.

»Ich bin nicht auf den geringsten Hinweis gestoßen, der ein Mordmotiv nahe legen würde«, endete Pitt. »Lovat scheint ein ganz gewöhnlicher Offizier gewesen zu sein, zwar durchaus fähig, aber keineswegs brillant, ein anständiger Mann, der sich niemanden wirklich zum Feind gemacht hat.«

»Und der Grund seiner Dienstunfähigkeit?«, fragte Narraway.

»Fieber«, erwiderte Pitt. »Malaria, wie man mir gesagt hat, nichts Besonderes, und er hat sie sich dort nicht als Einziger eingehandelt. Man hat ihn nach Hause entlassen, und zwar ehrenhaft. Seine Laufbahn weist nicht den kleinsten Knick auf, und auf seinem Namen liegt nicht der geringste Makel.«

»Das weiß ich bereits«, sagte Narraway matt. »Seine Schwierigkeiten scheinen nach seiner Rückkehr angefangen zu haben.«

»Was für Schwierigkeiten?«, wollte Pitt wissen.

Narraway sah ihn tadelnd an. »Ich dachte, Sie hätten sich nach dem Mann erkundigt …«

»Natürlich«, gab Pitt bissig zurück. »Das habe ich Ihnen doch gesagt, falls Sie sich erinnern wollen.« Er merkte, wie müde er war. Seine Augen brannten von der Anstrengung, sie offen zu halten, und sein Körper schmerzte, weil er so lange im Zug gesessen hatte. Er fror trotz des Kaminfeuers, das in Narraways Büro brannte. Vielleicht trugen Hunger und Erschöpfung dazu bei. So stark war sein Wunsch, Charlotte wiederzusehen und in den Armen zu halten, dass es ihn große Mühe kostete, Narraway gegenüber die Form zu wahren. »Er hat hier vielen Männern und Frauen Anlass gegeben, ihn zu hassen«, fuhr er schroff fort. »Aber wir haben nichts in der Hand, was darauf hinweist, dass einer dieser Männer sich in der Nacht, als er ums Leben kam, in Eden Lodge aufgehalten hat. Oder haben Sie in der Zwischenzeit etwas entdeckt?«

Narraway verzog das Gesicht. Verblüfft sah Pitt, welche Kraft in diesem Mann verborgen lag. Was er empfand und dachte, beherrschte den Raum und hätte es sogar dann getan, wenn er voller Menschen gewesen wäre. Zum ersten Mal ging Pitt auf, wie wenig ihm über diesen Menschen bekannt war, in dessen Händen seine Zukunft und mitunter möglicherweise sogar sein Leben lag. Weder wusste er etwas über dessen Familienverhältnisse, noch hatte er eine Vorstellung davon, woher er kam. Allerdings war das auch unerheblich, denn derlei war ihm auch über seine früheren Vorgesetzten Micah Drummond und John Cornwallis nicht bekannt gewesen. Er hatte es auch gar nicht wissen wollen – er hatte ihre Überzeugungen gekannt, gewusst, was ihnen wichtig war, und sie verstanden, bisweilen wohl besser als sie sich selbst. Allerdings besaß er auch mehr Erfahrung mit der Menschennatur als diese Männer, die jeweils nur den kleinen Ausschnitt kannten, mit dem sie im Laufe ihres Lebens in Berührung gekommen waren.

Narraway war weltoffener, erfahrener, ein geschickter Taktierer. Nie gab er absichtlich etwas von sich selbst preis. Geheimhaltung und Täuschung bildeten die Grundsätze, nach denen er seinen Beruf ausübte, die Fähigkeit, in den Besitz von Informationen zu gelangen, ohne selbst welche preiszugeben. Es war für Pitt eine völlig neue Erfahrung, dass er sich genötigt sah zu vertrauen, ohne sehen zu können, in welche Richtung es ging, und sie behagte ihm nicht.

»Und, haben Sie etwas entdeckt?«, wiederholte er. Diesmal klang es herausfordernd.

Einen Augenblick lang sahen sie einander schweigend an. Pitt war nicht sicher, ob er sich eine Auseinandersetzung leisten konnte, aber er war zu müde, um vorsichtig zu sein.

Mit entschlossener Stimme, als habe er sich soeben entschieden, die Zügel des Gesprächs in die Hand zu nehmen, sagte Narraway: »Leider nicht. Aber unser Auftrag lautet, Ryerson nach Möglichkeit zu decken.«

»Auch um den Preis, dass eine Unschuldige gehängt wird?«, fragte Pitt verbittert.

»Aha!« Narraways Züge entspannten sich, als habe er etwas Aufschlussreiches erfahren. »Sind Sie mittlerweile zu der Ansicht gelangt, dass die Frau schuldlos ist? Dann müssten Sie in Ägypten etwas entdeckt haben, was Sie mir vorenthalten haben. Ich glaube, jetzt wäre ein günstiger Zeitpunkt, diese Enthüllung nachzuholen. Die Verhandlung beginnt morgen.«

Pitt fühlte sich, als hätte man ihn geohrfeigt. Am nächsten Tag! Damit blieb keine Zeit mehr, etwas zu unternehmen. Die Worte entquollen seinem Mund, als wäre es ihm unmöglich, sie daran zu hindern.

»Bei meiner Abreise nach Ägypten habe ich sie mir als schöne Frau mit lockerer Moral vorgestellt, die bereit war, sich mittels ihrer weiblichen Reize ein ihr normalerweise nicht zugängliches behagliches Leben in Wohlstand zu verschaffen.« Er merkte, dass ihn Narraway nicht aus den Augen ließ. Ein feines Lächeln umspielte seine Lippen. »Zurückgekommen bin ich mit der Erkenntnis, dass sie aus einer erstklassigen Familie stammt und vermutlich weit gebildeter ist als neun Zehntel aller Herren der Londoner Gesellschaft, von den Damen ganz zu schweigen. Sie setzt sich voll Leidenschaft für das Wohlergehen und die wirtschaftliche Unabhängigkeit ihres Landes ein. Einmal hat man sie aufs Schändlichste hintergangen, und möglicherweise fällt es ihr schwer, je wieder einem Mann zu vertrauen, wie sehr auch immer er beteuern mag, es ernst zu meinen. Dennoch hat sie im Gefängnis nichts gesagt, was Ryerson in den Fall verwickeln könnte.«

»Und was beweist das Ihrer Ansicht nach?«, fragte Narraway.

»Dass es etwas Wichtiges gibt, was wir nicht wissen«, erwiderte Pitt und schob seinen Sessel zurück. »Wir haben keine besonders gute Arbeit geleistet.« Er stand auf. »Sie nicht, und ich nicht.«

Narraway sah ihn an, wobei er den Kopf leicht in den Nacken legen musste. »Ich weiß, dass Edwin Lovat manchen Menschen das Leben zur Hölle gemacht hat«, sagte er gelassen. »Und dass keiner von uns beiden den Grund dafür ermittelt hat. Möglicherweise hat das nichts mit diesem Mordfall zu tun – aber es passt ebenso sehr dazu wie alles andere, was wir bisher in Erfahrung gebracht haben.«

»Nun, ich habe keine Ahnung, was dahintersteckt«, erwiderte Pitt. »Nach Aussage seiner Vorgesetzten in Alexandria war er ein religiöser Mensch, den alle gut leiden konnten. Er hat seine Aufgaben tadelfrei erledigt und war in Miss Sachari verliebt, wenn auch nicht besonders ernsthaft. Das Verhältnis ging zu Ende, bevor er Ägypten verließ. Ganz offensichtlich hat es ihm das Herz nicht gebrochen – ihr übrigens auch nicht.«

»Niemand spricht von dieser Art Leidenschaft«, sagte Narraway mit Schärfe in der Stimme. »Sie war schön, und er lebte fern der Heimat. Seit seiner Rückkehr aus Ägypten hat er eine Frau nach der anderen unglücklich gemacht, aber bestimmt nicht aus Liebe zu ihr. Sie war nur eine von vielen.«

»Sind Sie sich da sicher?«

»Ja. Ich habe mit einigen Leuten aus dem Kreis gesprochen, in dem er verkehrte. Er ist ihr in London mehrere Male begegnet, bevor er angefangen hat, sich erneut um sie zu bemühen. Er hatte sich mit einer Frau mehr eingelassen als vorgesehen und wollte sich von ihr lösen. Am ehesten ließ sich das dadurch bewerkstelligen, dass er Miss Sachari unübersehbar den Hof machte. Zwar wollte er Jäger sein, sich aber nicht mit der Beute belasten.«

Pitt zögerte an der Tür. Um klar zu denken, war er zu müde. »Was war nur mit ihm los? Was ist zwischen seiner Abreise aus Ägypten und seiner Ankunft in England passiert?«

»Das weiß ich noch nicht«, sagte Narraway. »Aber ich will die Möglichkeit nicht ausschließen, dass das mit seinem Tod zu tun haben könnte.«

»Und Miss Sachari?«

»Wie gesagt: Es gibt manches, was wir nicht wissen. Dahinter kann mehr stecken als ein einfacher Mord, der auf den ersten Blick sinnlos erscheint.«

Pitt öffnete die Tür und ließ die Hand auf dem Knauf liegen. »Gute Nacht.«

Nicht unfreundlich sagte Narraway: »Gute Nacht, Pitt.«

Als Pitt die Keppel Street erreichte, war es dunkel. Über dem Gehweg glommen die Straßenlaternen wie eine Kette unendlich gespiegelter Monde, deren Schein im Dunst immer schwächer wurde, bis er die letzte nur noch als Andeutung sah, als gestaltlosen Schimmer.

Er schloss die Tür auf und blieb kurz in der Diele stehen. Er kostete den Augenblick aus, atmete tief die vertrauten Gerüche nach Bienenwachs und Lavendel, frischer Wäsche und den erdigen Duft der Chrysanthemen ein, die auf einem Tischchen standen. Im Wohnzimmer brannte kein Licht. Die Kinder waren wohl schon oben, und vermutlich saß Charlotte mit Gracie in der Küche. Er zog die Schuhe aus und genoss die Kühle des Linoleums, die durch die Strümpfe drang. Dann ging er zur Küche und öffnete die Tür.

Anfangs merkte Charlotte nichts von seinem Eintreten. Sie saß allein im Raum, konzentriert über eine Näharbeit gebeugt. Dabei war ihr die eine oder andere Strähne aus den Haarnadeln geglitten und schimmerte im Licht der Gaslampe. Es gab für ihn nichts Schöneres als diesen Anblick. Er war schöner als alles andere, ob das nun ein Sonnenuntergang über dem Nil sein mochte oder der Himmel voller heller Sterne, der sich über der Wüste wölbt.

»Hallo«, sagte er leise.

Sie fuhr herum, sah ihn einen Augenblick lang ungläubig an, ließ ihre Arbeit zu Boden gleiten und warf sich ihm in die Arme. Erst Minuten später, als sie Gracies Absätze in der Diele hörten, lösten sie sich voneinander. Rasch trat Charlotte mit gerötetem Gesicht an den Herd, um den Wasserkessel aufzusetzen.

»Sie sind wieder da!«, stieß Gracie überwältigt hervor. Dann dachte sie an die Würde, die sie sich schuldig war, und fuhr mit deutlich vermindertem Überschwang fort: »Ich freu mich zu seh'n, dass Se heile wieder da sind. Sicher ha'm Se Hunger?« Das wäre ein gutes Zeichen – hungrig sein war gleichbedeutend mit Normalität. Als er nicht sogleich antwortete, sah sie ihn besorgt an.

»Doch, ja«, sagte er mit einem Lächeln und setzte sich auf seinen Platz. »Aber etwas Brot mit kaltem Aufschnitt genügt. Ist hier alles, wie es sein soll?«

»Aber natürlich«, antwortete Gracie mit fester Stimme.

Charlotte, die inzwischen den Kessel aufgesetzt hatte, wandte sich vom Herd ab. Ihre Augen leuchteten. »Unbedingt«, bekräftigte sie, ohne Gracie anzusehen.

Er merkte, dass zwischen den beiden ein Einverständnis bestand, als hätten sie ihre Antwort abgesprochen, bevor er eingetreten war.

»Was habt ihr denn so getrieben?«, fragte er leichthin.

Nach einem Zögern, so kurz, dass es ihm entgangen wäre, wenn er sie nicht so aufmerksam angesehen hätte, sah sie ihn an. Es kam ihm ganz so vor, als hätte sie sich zuerst an Gracie wenden wollen und es sich dann anders überlegt.

»Was habt ihr denn so getrieben?«, wiederholte er, bevor ihr eine Ausrede einfiel, bei der sie nicht fürchten musste, sie später nicht zurücknehmen zu können.

Sie holte tief Luft. »Gracie hat eine gute Bekannte, deren Bruder allem Anschein nach verschwunden ist. Wir haben festzustellen versucht, was mit ihm passiert sein könnte.«

Er deutete ihren Gesichtsausdruck richtig. »Aber ohne Erfolg«, sagte er.

»Vor allem wissen wir nicht, wie wir weitermachen sollen. Ich sage dir alles … morgen.«

»Warum nicht gleich?« Diese Frage entsprang der Besorgnis, der Grund für ihre Verzögerungstaktik könne darin liegen, dass ihm etwas an der Sache missfiel oder ihn störte.

Sie lächelte. »Weil du müde bist und Hunger hast und es weit bessere Themen gibt, über die wir uns unterhalten können. Wir haben es versucht und nicht besonders viel erreicht.«

Als sei sie jetzt erlöst und müsse nicht mehr auf jedes Wort warten, eilte Gracie in die Speisekammer, um kaltes Fleisch aufzuschneiden, und Charlotte ging nach oben, um die Kinder zu wecken.

Daniel und Jemima kamen die Treppen herabgerannt und begrüßten den Vater so stürmisch, dass er fast mitsamt seinem Stuhl umgefallen wäre. Sie umarmten ihn und bedrängten ihn mit zahlreichen Fragen nach Ägypten, Alexandria, der Wüste, dem

Schiff. Während er antwortete, fielen sie ihm mitten im Satz ins Wort, um weitere Fragen zu stellen. Schließlich öffnete er seinen Koffer und gab jedem das für ihn bestimmte Geschenk, worüber sie sich von Herzen freuten.

Am folgenden Morgen aber, als Gracie beim Einkaufen und die Kinder in der Schule waren, kam er auf die Angelegenheit zu sprechen, die Charlotte am Vorabend erwähnt hatte. Er hatte lange geschlafen, und als er nach unten kam, war sie beim Brotbacken.

»Wer ist dieser verschwundene Bruder?«, fragte er, während sie ihm Tee und Toast hinstellte und er im Marmeladentopf herumstocherte, um zu sehen, ob noch genug für ihn da war. Der kräftige Geruch der Orangenmarmelade gehörte zu seinen Lieblingsdüften, und es schien Monate zurückzuliegen, dass er zum letzten Mal krossen Toast gegessen hatte. Nachdem er festgestellt hatte, dass der Inhalt des Topfes reichen dürfte, hob er den Blick zu ihr. »Nun?«

Auf ihrem Gesicht lagen Schatten. Sie knetete mechanisch weiter. »Er ist Kammerdiener bei Stephen Garrick am Torrington Square. Eine ausgesprochen achtbare Familie, wenn auch Tante Vespasia den Vater – Ferdinand Garrick – nicht leiden kann. Sie sagt, er sei ein …« Sie sprach nicht zu Ende, weil sie den verwunderten Ausdruck auf seinem Gesicht sah.

»Ferdinand Garrick?«, fragte er.

»Ja, kennst du ihn etwa?«

»Er war Garnisonskommandeur in Alexandria, als Lovat krankheitshalber entlassen wurde«, sagte er.

Sie hörte auf, den Teig zu kneten, und hob den Blick zu ihm. »Das ist doch sicher nur ein Zufall … oder hat das etwas zu bedeuten?«, fragte sie. Noch während sie die Sache einzuordnen versuchte, kamen ihr andere Gedanken, Zweifel, Erinnerungen an dies und jenes, was Sandeman gesagt hatte.

»Was hast du?«, fragte Pitt.

Sie wischte sich die Hände an der Schürze ab. »Ich fürchte wirklich, Martin Garvie könnte etwas zugestoßen sein«, sagte sie mit

Nachdruck. »Und vielleicht auch Stephen Garrick. Ich habe in der Gegend um Seven Dials den Priester aufgespürt, bei dem Martin unmittelbar vor seinem Verschwinden war. Er kümmert sich vor allem um ehemalige Soldaten, denen es schlecht geht.« Sie sah die Besorgnis auf seinen Zügen und sprach rasch weiter, bevor er sie äußern konnte. »Ich bin am hellen Tag hingegangen, da war es völlig ungefährlich! Wirklich, Thomas, der Mann war entsetzlich nervös.« Noch während sie daran dachte, lief ihr ein Schauer über den Rücken. Er hatte nichts mit dem Schmutz und der Verzweiflung zu tun, deren sie Zeuge geworden war, sondern ging auf die unverhüllte Qual zurück, die sie auf Sandemans Gesicht erkannt hatte.

Pitt dachte nicht mehr an seinen Tee, der allmählich kalt wurde, und fragte erstaunt: »Ein Priester? Wozu? Hat er dir etwas sagen können?«

»Nein … nicht mit Worten.«

»Was soll das heißen? Wie denn, wenn nicht mit Worten? Nun sag schon!«

»Mit der Art, wie er reagiert hat«, gab sie zur Antwort. Sie setzte sich ihm gegenüber, ohne das Brot fortzuräumen. Das konnte ohne weiteres eine Weile stehen bleiben. »Als ich Martins Namen genannt habe, hat er die Fassung so vollständig verloren, dass er eine ganze Weile kein Wort herausgebracht hat.« Ihr war klar, dass sich ihrer Stimme die Empfindungen anhören ließen, die mit einem Mal wieder in ihr aufgestiegen waren. »Ich nehme an, dass er etwas ganz Entsetzliches weiß«, sagte sie leise. »Er darf es aber nicht weitersagen, weil man es ihm in der Beichte anvertraut hat. Nichts konnte ihn zu einer Sinnesänderung bewegen, nicht einmal mein Hinweis, dass Martins Leben in Gefahr sein könnte.« Wartend sah sie ihn aufmerksam an, voll Sehnsucht, er möge diese Bürde von ihrer Seele nehmen, ihr irgendeine Möglichkeit aufzeigen, wie man helfen konnte, auf die sie bisher nicht verfallen war.

»Wer bedroht sein Leben?«, fragte er.

»Das weiß ich nicht«, räumte sie ein. In knappen Worten teilte sie ihm das wenige mit, das sie in Erfahrung gebracht hatte, wie auch ihre daraus gezogenen Schlüsse. »Aber ganz gleich, was ihm Martin gesagt hat, Mr Sandeman war nicht …« Sie hielt inne. Pitt hatte die Augen weit geöffnet, sein Gesicht war bleich und sein Körper mit einem Mal so starr, als hätte er ein Gespenst gesehen.

»Thomas – was ist mit dir?«

»Hast du ›Sandeman‹ gesagt?«, fragte er mit belegter Stimme.

»Ja – warum? Weißt du etwas über ihn?« Sie spürte seine Unruhe. »Wer ist der Mann?« Sie hoffte, er werde nichts Widerwärtiges über ihn sagen, da sie den Eindruck gewonnen hatte, dass er seine Mitmenschen mit ungeheucheltem Mitgefühl behandelte. Trotzdem wollte sie die Wahrheit wissen, denn es würde nichts nützen, die Augen vor ihr zu verschließen. »Weißt du etwas über ihn?«, wiederholte sie.

»Das kann ich noch nicht sagen«, gab er vorsichtig zur Antwort. »Aber Lovat hatte beim Militär drei gute Kameraden, mit denen er den größten Teil seiner dienstfreien Zeit verbrachte. Sie hießen Garrick, Sandeman und Yeats. Du hast gesagt, dass sowohl der junge Garrick als auch Sandeman in Gefahr oder in Schwierigkeiten sein könnten. Das dürfte schwerlich ein Zufall sein.«

»Was ist mit Yeats?«

»Soweit ich gehört habe, ist er tot, aber ich muss mich noch vergewissern.«

»Dann hatte also Lovats Tod etwas mit Ägypten zu tun und nicht unbedingt mit Ryerson?«, fragte sie. Sie wunderte sich, dass in diesen Worten keinerlei Hoffnung mitschwang. Noch eine Stunde früher hätte sie so reagiert.

»Denkbar«, gab er zurück. »Trotzdem ergibt all das keinen Sinn. Warum jetzt, so viele Jahre nachdem er Alexandria verlassen hat? Und was hat Miss Sachari mit der Sache zu tun? Lovat hatte nicht die Absicht, sie zu heiraten, er war einfach in sie verschossen. Nach allem, was ich erfahren habe, hat auch sie ihn nicht geliebt.«

»Wirklich?«, fragte Charlotte zweifelnd.

Er lächelte. »Ja. In Wahrheit hat sie einen anderen Mann geliebt, völlig anders als Lovat. Er gehörte ihrem Volk an, war älter als die beiden und war ein Patriot. Er hatte nur den Charakterfehler, dass er nicht nur sie verraten hat, sondern zugleich alles, woran sie und angeblich auch er glaubte.«

»Wie schade«, sagte sie leise. Es war ihr ernst damit. Sie kannte die Ägypterin nicht und wusste kaum etwas über sie, dennoch versuchte sie sich die Bitterkeit der Enttäuschung und das Ausmaß ihrer Qual vorzustellen. »Aber es kann doch wohl kein Zufall sein, dass man Lovat im Garten ihres Hauses erschossen hat?« Sie sah ihn fragend an, erkannte Mitgefühl und Zögern auf seinen Zügen. Es kam ihr vor, als stehe er der Tragödie völlig anders gegenüber als zuvor. Über den Tisch hinweg legte sie ihre Hand auf seine. Er drehte seine Hand um und umschloss mit seinen Fingern sanft die ihren.

»Vermutlich nicht«, erwiderte er. »Auf jeden Fall muss ich genau wissen, was mit Yeats ist. Falls er tatsächlich nicht mehr leben sollte, muss ich die genauen Gründe und Umstände seines Todes feststellen.«

»Die Verhandlung gegen Ryerson beginnt heute«, sagte sie und sah ihn aufmerksam an.

»Ich weiß. Ich werde versuchen, das vorher zu ermitteln.« Nach kurzem Zögern ließ er ihre Hand los, schob den Stuhl zurück und stand auf.

Zurück auf der Treppe des großen Gebäudes, zwinkerte Pitt heftig mit den Augen. Der Grund dafür war weniger das milde Licht der Herbstsonne, als das, was er soeben in Erfahrung gebracht hatte.

Arnold Yeats lebte nicht mehr. Knapp vier Jahre nach seiner Rückkehr aus Ägypten war er nach Indien abkommandiert worden. Das konnte nur heißen, dass seine Gesundheit vollständig wiederhergestellt war. Er wurde als bemerkenswert tapferer Offizier geschildert, ein Mann, der vor nichts Angst hatte und in dem seine Männer einen Helden sahen, dem sie bedenkenlos überallhin folgten.

»Er war so verwegen, dass man es schon als tollkühn bezeichnen muss«, hatte der Zuständige im Militärarchiv gesagt und Pitt betrübt angesehen. »Einer von denen, die des Teufels Großmutter aus der Hölle holen. Ein einziges Mal hat er zu viel riskiert. Er hat nach dem Tod eine Auszeichnung dafür bekommen. Wirklich schade … wir können es uns nicht leisten, solche Männer zu verlieren.«

»Sie sagen also, dass er tollkühn war?«, hatte Pitt gefragt.

»Das ist nicht ganz das richtige Wort«, hatte der Mann abweisend gesagt. Als Pitt merkte, dass er nichts mehr aus ihm herausbringen würde, hatte er ihm gedankt und war gegangen.

Von den vier Männern, die gemeinsam in Alexandria gedient hatten, waren also zwei tot. Einer war auf dem Schlachtfeld gefallen, einer ermordet, einer, wie es aussah, verschwunden, und der vierte, der als Priester in der Gegend von Seven Dials wirkte, war bei der Erwähnung des Namens Garrick vor Entsetzen erstarrt.

Pitt machte auf dem Absatz kehrt, überquerte den Gehweg und trat auf die Fahrbahn, um die nächste vorüberkommende Droschke anzuhalten.

Im Vorraum des Kriminalgerichts Old Bailey herrschten ein Heidenlärm und ein entsetzliches Gedränge. Eine große Zahl von Neugierigen versuchte den Eingang des Schwurgerichtssaals zu erreichen, in dem die Verhandlung stattfinden sollte. Mit Mühe arbeitete sich Pitt durch die Menge vor, doch als er die hohe Doppeltür erreicht hatte, vertrat ihm ein Polizeibeamter den Weg.

»Tut mir Leid, Sir, Sie können da nicht rein. Da hätten Sie früher kommen müssen. Wer zuerst kommt, mahlt zuerst, so ist das nun mal.«

Pitt holte Luft, um aufzubegehren, doch er wusste, dass es sinnlos sein würde. Er hatte keinerlei Vollmacht, die er dem Beamten zeigen konnte, um doch noch eingelassen zu werden. In dessen Augen war er nichts als ein weiterer Gaffer, der gekommen war, um mit anzusehen, wie ein Mächtiger stürzte, und um einen Blick auf eine exotische Frau zu erhaschen, die man des Mordes beschuldigte. Von diesen Menschen waren mehr als genug da. Sie drängten von hinten, traten ihm auf die Füße und stießen ihm ihre Ellbogen in den Rücken. Das Gesicht des Beamten war hochrot und glänzte vor Schweiß. Unübersehbar kostete es ihn große Mühe, sich zu beherrschen.

»Dann warte ich hier«, sagte Pitt.

»Das hat keinen Sinn, Sir. Heute wird da drin kein Platz mehr frei.« Kopfschüttelnd wies er auf die Türflügel.

»Ich muss aber unbedingt mit jemandem im Saal sprechen«, teilte ihm Pitt mit.

Der Mann sah ihn zweifelnd an, sagte aber nichts.

Pitt ging beiseite und wartete ungeduldig im Gang vor der nächsten Tür.

Nach einer Stunde war Pitt schon so weit, sich zu fragen, ob er nicht seine Zeit vergeudete, indem er auf Narraway wartete. Womöglich war er gar nicht dort. Doch er folgte seinem Impuls zu warten, bis die Sitzung vertagt wurde. Als sich schließlich die Türen öffneten, trat Pitt auf einen kleinen, schmalen Mann mit braunem Haar zu, der herausgekommen war und sich vor der Tür nach links und rechts umsah. »Entschuldigung, Sie waren doch bei der Verhandlung gegen Ryerson und die Ägypterin?«

»Ja«, bestätigte der Mann. »Aber da drin is es gesteckt voll, da komm'n Se nich rein.«

»Wie ist die Sache denn bis jetzt abgelaufen?«

Der Mann zuckte die Achseln. »Das Übliche – 'n Haufen Polizisten sagt aus, was se mitgekriegt ha'm. Is doch völlig klar, dass die Alte den abgemurkst hat. Is mir schleierhaft, wie die glauben konnte, dass se damit durchkommt.«

Pitt ließ den Blick über die Menge der Menschen schweifen, die hoffnungsvoll warteten, als gebe es für sie doch noch eine Möglichkeit, Zuschauer des Dramas zu werden, das sich im Schwurgerichtssaal abspielte.

»Wenn das der Regierung mal nich den Hals bricht«, sagte der Mann, als beantworte er damit eine Frage, die Pitt nur gedacht hatte. »Ha'm nur 'ne winzige Mehrheit im Unterhaus – dann so 'n Weib als Liebchen von 'nem wichtigen Minister. Das gibt in Manchester jede Menge Ärger.« Er verzog den Mund zu einem Grinsen. »Die Verteidigung macht garantiert keinen Stich, denn die steht mit leeren Händen da. Ich hatte gedacht, das würde spannender. Mal seh'n, vielleicht komm ich morgen wieder.« Mit diesen Worten schob er sich durch das Gedränge davon.

Pitt trat wieder näher an die Tür, weil er hoffte, von dort aus Narraway besser sehen zu können, sofern er dort war.

Fast hätte er ihn verpasst und holte ihn erst kurz vor der Treppe nach draußen ein, wo er ihn von hinten anstieß, um sich bemerkbar zu machen. Verärgert sah sich Narraway um, weil er wohl glaubte, ein Fremder habe ihn angerempelt, dann erkannte er Pitt. »Nun?«, fragte er gespannt.

»Wie ist es da drin gegangen?«, wollte Pitt wissen.

Narraway blieb stehen und sah ihn mit großen Augen an. »Sind Sie etwa hergekommen, um mich das zu fragen?« In seiner Stimme lag eine gefährliche Drohung. Pitt sah die scharf eingegrabenen Falten im Gesicht seines Vorgesetzten, ein Hinweis auf die große Anspannung, unter der Narraway stand. Er beherrschte sich nur mit Mühe. Er hatte keine Möglichkeit gefunden, Ryerson zu helfen, und wieder einmal merkte Pitt, dass die Sache für Narraway von großer Bedeutung war – aus welchem Grund auch immer.

Narraway wartete.

»Nein, sondern um Ihnen zu sagen, dass Arnold Yeats, der vierte Mann aus der Gruppe, nicht mehr am Leben ist«, gab Pitt zurück. »Lovat wurde ermordet, Garrick ist verschwunden, und Sandeman lebt als sonderbarer Heiliger in den Gassen um Seven Dials.«

Narroway stand wie erstarrt. »Ach nein. Und woher haben Sie diese Weisheit?«

»Ich habe mich im Kriegsministerium erkundigt!« Das war die nahe liegende Antwort. Dann begriff er, dass Narraway mit seiner Frage nicht Yeats, sondern Garrick und Sandeman gemeint hatte.

»Halten Sie Ihre Frau aus der Sache heraus, Pitt!«, sagte Narraway leise, aber mit Schärfe in der Stimme. Ohne auf Pitts aufflammenden Zorn zu achten, fuhr er mit verkniffenem Gesicht fort: »Bisher ist sie meines Wissens als Einzige dahintergekommen, dass eine Beziehung zwischen Lovat, Garrick und Sandeman besteht –

und ich habe nach wie vor keine Ahnung, was hinter dem Ganzen steckt.« Mit so festem Griff, dass es schmerzte, fasste er ihn am Ellbogen und zog ihn aus dem Gedränge zu einem Seiteneingang.

»Steht es so schlimm?«, fragte Pitt. Er konnte sich die Antwort denken.

Narraway lehnte sich an den steinernen Torbogen. Er wirkte verkrampft und unruhig. »Die Anklage versucht gar nicht erst, Beweise für Schuld oder Schuldlosigkeit zu finden«, sagte er bitter. »Sie setzt die Schuld als gegeben voraus. Ich habe den Eindruck, dass das auch für die Geschworenen gilt. Jetzt geht es nur noch darum, ob die Regierung den Skandal überleben kann. Hier ist derselbe Instinkt am Werk, der die Menschen dazu bringt, dass sie Treibjagden veranstalten oder wilde Tiere jagen – sie genießen es, zuzusehen, wie ein Wesen in den Schmutz gezerrt wird, das edler und kraftvoller ist als sie selbst. Ihnen geht jede Fähigkeit ab, etwas zu erschaffen, sie können nichts als zerstören und finden darin ihre Befriedigung.«

Beim Anblick des Ausdrucks von hilfloser Wut auf Narraways Zügen erfasste Pitt eine Welle des Mitgefühls. »Wollen Sie damit sagen, dass die Sache, ob zufällig oder absichtlich, auf jeden Fall auf der politischen Ebene ausgetragen wird?«, fragte er.

Zorn trat in Narraways Augen und verschwand gleich wieder. »Ich weiß es nicht!«, sagte er. In seiner Stimme schwang ein Unterton von Verzweiflung mit.

»Ich kann mir nicht vorstellen, dass Ayesha Sachari so dumm gewesen sein sollte, einen Mann zu ermorden, mit dem sie nichts mehr zu tun hatte und aus dem sie sich schon längst nichts mehr machte«, sagte Pitt. Ihm war elend.

»Und wenn sie nun darauf aus war, Ryerson zu stürzen, sofern sie eine Möglichkeit dazu hatte?«, fragte Narraway, dessen Augen vor unterdrückter Wut fast schwarz glänzten.

»Sie ist als Idealistin ins Land gekommen, überzeugt, etwas für die wirtschaftliche Unabhängigkeit ihres Volkes tun zu können«, sagte Pitt im Brustton der Überzeugung. »Diese Vorstellung ist nicht unbedingt unrealistisch.«

»Ich kenne die ägyptische Wirtschaftsgeschichte ebenso gut wie Sie!«, fuhr ihn Narraway an. »Der Niedergang der dortigen Baumwollfabrikanten hängt mit der Expansion unter Said Pascha zusammen, hat mit dem Khediven Ismail und damit zu tun, dass die Amerikaner nach dem Ende ihres Bürgerkriegs auch wieder Baumwolle auf den Markt gebracht haben. Das hat dazu beigetragen, dass Ismail im Jahre neunundsiebzig abdanken musste, was uns eine Gelegenheit gab, die Dinge in die Hand zu nehmen. Falls Miss Sachari tatsächlich so gebildet ist, wie Sie sagen, muss sie das besser wissen als wir.«

Darauf hatte Pitt keine Antwort. Sie saßen unübersehbar in einem Morast von Einzelfakten fest, aus denen sich keinerlei zusammenhängende Geschichte ergab. Nach allem aber, was er inzwischen wusste, war Pitt nicht mehr bereit, Impulsivität oder Dummheit als Tathintergründe anzunehmen.

»Gehen Sie der Sache noch einmal gründlich nach«, sagte Narraway leise. Er hatte sich schon halb abgewandt, als wolle er nicht, dass Pitt eine Spur von Hoffnung in seinem Gesicht sah. Mit den Worten: »Melden Sie sich übermorgen um sieben bei mir«, ging er davon.

Pitt trug über Arnold Yeats zusammen, was er konnte, doch ergab sich auch aus diesem Material weder ein neuer Hinweis auf das, was in Ägypten mit Lovat geschehen war, noch eine Spur, die dazu beigetragen hätte, das Geheimnis um seinen Tod zu lüften, noch eine Verbindung zu Ayesha Sachari. Was Morgan Sandeman betraf, so lieferte weder dessen Militärakte noch sein Entschluss, die Uniform an den Nagel zu hängen und Priester zu werden, den geringsten Hinweis auf etwas, das für ihren Fall bedeutsam hätte sein können. Ihm fiel lediglich auf, dass die enge Kameradschaft, die in Alexandria zwischen den vier Männern bestanden hatte, mit ihrer Rückkehr nach England vollständig aufgehört zu haben schien. Allerdings war es möglich, dass sie einander geschrieben hatten, ohne dass Pitt etwas davon wusste.

Als er zwei Tage später am frühen Morgen aufbrach, um sich bei Narraway zu melden, verließ auch Charlotte das Haus. Allerdings schlug sie die entgegengesetzte Richtung ein. Sie sagte Gracie nicht, wohin sie ging, weil sie vermeiden wollte, dass das Mädchen die Unwahrheit sagen musste, falls Pitt früher als sie selbst zurückkehrte.

Sie nahm den Pferdeomnibus zur Oxford Street und ging von dort zu Fuß weiter. An der Dudley Street zögerte sie kurz. Sie versuchte sich zu erinnern, durch welche Straßen Sandeman sie geführt hatte. Ihr Ziel, das wusste sie, lag in Richtung des kreisrunden Platzes von Seven Dials. Auf gut Glück versuchte sie es mit der Great White Lion Street, von der sie nach links in eine Gasse bog. Im Licht des Vormittags sah alles anders aus als bei ihrem vorigen Besuch, war trostlos und bleich, wie von einer Staubschicht bedeckt. Auch kam ihr alles kleiner vor.

Wie viele Schritte waren es gewesen? Sie ahnte es nicht. War sie zu weit gegangen oder nicht weit genug?

Ein missgestalteter Mann kam auf sie zu. Zwar lag auf seinem Gesicht keine Bosheit, aber irgendetwas in seinem unsicheren Gang ängstigte sie. Sie lief davon und eilte in den nächsten Hauseingang.

Mit einem Mal befand sie sich in einer Art Laden. Neben Haufen von übel riechenden Kleidungsstücken, die am Boden lagen, waren Kartons zu wackeligen Stapeln aufeinander getürmt.

»Entschuldigung«, sagte sie rasch und ging rückwärts hinaus. Als sie sich umdrehte, hätte sie fast eine dicke Frau mit kalkweißem Gesicht umgerannt, die kaum Augenbrauen hatte, was sie sonderbar kahl wirken ließ. »Entschuldigung«, wiederholte sie und schob sich an ihr vorbei nach draußen.

Inzwischen hatte sie jede Orientierung verloren. Langsam ging sie in die Gegenrichtung, wollte es dort an einer anderen Tür probieren. Obwohl es nicht kalt war, zitterte sie. Schon hatte sie die Hand zum Klopfen erhoben, als sie sich entschied, die Tür einfach zu öffnen. Sie merkte, dass die Frau mit dem weißen Gesicht sie beobachtete. So nahe stand sie hinter ihr, dass Charlotte gegen sie gestoßen wäre, wenn sie auch nur einige Schritte nach hinten getan hätte. Sie fühlte sich bedrängt und drückte gegen die Tür. Als sie sich öffnete, sah sie erleichtert den ihr bekannten Vorraum und dahinter den langen Gang. Mochte der Himmel geben, dass Sandeman da war. Wie sollte sie sonst der Frau hinter ihr entkommen! Sie sagte sich, dass ihre Angst lachhaft war. Wahrscheinlich suchte die andere ebenfalls jemanden, genau wie sie.

Fast im Laufschritt eilte sie über den Steinfußboden zur nächsten Tür. Als sie diese Tür hinter sich geschlossen hatte und auf den großen Kamin zuging, kam Sandeman gerade mit warmherzigem und zugleich neugierigem Gesichtsausdruck aus der Küche. Er trocknete sich die Hände an einem groben Tuch. Die Haut sah rot aus, als hätte die Seife sie entzündet.

Er erkannte sie gleich. »Was kann ich für Sie tun, Mrs Pitt?« In seiner Stimme lag Ablehnung, und sein Gesicht war mit einem Mal verschlossen.

Obwohl sie damit gerechnet und versucht hatte, sich darauf einzustellen, sank ihr der Mut. Ihr Lächeln erstarb, bevor es ihre Lippen erreichte. »Guten Morgen, Mr Sandeman«, sagte sie leise. »Ich bin noch einmal gekommen, weil sich seit unserem vorigen Gespräch neue Gesichtspunkte ergeben haben.« Sie hielt inne. Ihr war klar, dass er ihr nicht glaubte. Um Tildas willen war sie bereit, ihm mehr zu sagen als bei ihrem vorigen Besuch, notfalls sogar mit einem gewissen Nachdruck, für den ihr seinerzeit der Mut gefehlt hatte.

»Bei mir nicht«, sagte er und hielt ihrem Blick stand. Wieder war sie verblüfft von der seelischen Kraft dieses Mannes. Er erweckte den Eindruck, als gebe es in seinem Inneren eine Insel des absoluten Wissens, an der weder das vom Zufall bestimmte Kommen und Gehen der anderen noch ihre Leidenschaften etwas ändern konnten. »Tut mir Leid«, fügte er hinzu, um die Zurückweisung abzuschwächen.

Sie sprach nur weiter, weil es ihr grotesk erschienen wäre, den ganzen Weg auf sich genommen zu haben und gleich wieder zu gehen, ohne wenigstens den Versuch zu unternehmen, ihr Ziel zu erreichen. »Ich habe das nicht anders erwartet, Mr Sandeman. Aber seit meinem vorigen Besuch ist mein Mann aus Alexandria zurückgekehrt und hat mir berichtet ...« Sie hielt inne. Alle Farbe war aus seinem Gesicht gewichen. Seine Finger umkrallten das Tuch so fest, dass es ihn schmerzen musste.

Sie setzte nach. »Er hat mir berichtet, was er dort im Zusammenhang mit Mr Lovats Militärdienst in Ägypten ermittelt hat, und auch manches andere ...« Mit voller Absicht hielt sie ihre Aussage allgemein, damit er nicht merkte, wie wenig sie in Wahrheit wusste. »Mr Sandeman, ich fürchte, Martin Garvies Leben ist in Gefahr. Ein sehr hoher Beamter des Sicherheitsdienstes hat mich unter Hinweis darauf, dass ich mich hier in äußerst gefahrvolle Angelegenheiten einmische, aufgefordert, der Sache nicht weiter nachzugehen. Das aber kann ich nicht, solange ich annehmen darf, dass ich die Möglichkeit habe, jemanden zu retten. Ich fürchte, man wird zulassen, dass Martin Garvie umgebracht wird, weil er für diese Leute nicht mehr von Bedeutung ist.«

Sandemans Augen waren unnatürlich geweitet, als wenn er den Blick auf etwas gerichtet hätte, das ihn bannte. Seine Lippen wirkten wie ausgedörrt. »Was hat der Sicherheitsdienst mit Martin Garvie zu tun?«

»Ihnen dürfte bekannt sein, dass Edwin Lovat ermordet worden ist. Nicht nur das hat in allen Zeitungen gestanden«, gab sie zur Antwort, »sondern auch, dass man eine Ägypterin als angebliche Täterin vor Gericht gestellt hat. Bestimmt redet man sogar hier in der Gegend von Seven Dials über den Prozess in Old Bailey. Der Fall hat großes Aufsehen erregt, weil ein bedeutender Politiker in ihn verwickelt ist. Man muss sogar damit rechnen, dass die Regierung darüber zu Fall kommt.«

»Ja«, sagte Sandeman ruhig. »Natürlich habe ich davon gehört. Aber das ist eine völlig andere Welt als die, in der wir hier leben. Für uns ist das eine Geschichte – nichts weiter.« Es klang, als versuche er die Sache von sich zu schieben, damit ihm niemand eine Verantwortung aufbürden konnte.

Charlotte spürte, wie ihr der Vorteil entglitt. Ein Anflug von Panik meldete sich. Wie konnte sie die Sache wieder zu ihren Gunsten wenden? Sie musste einen neuen Vorstoß wagen, denn wenn sich

Sandeman wieder vollständig verweigerte, wäre alles nutzlos gewesen. Ihr fiel etwas ein, was Pitt über den vierten Mann gesagt hatte. »Mr Yeats ist auch tot, müssen Sie wissen«, sagte sie unvermittelt.

Er sah aus, als hätte sie ihn geohrfeigt. Er öffnete den Mund und schnappte nach Luft. Offensichtlich hatte er nichts davon gewusst, und sie begriff, dass es ihn im tiefsten Wesen traf. Jetzt war der Augenblick gekommen, die Gunst der Stunde zu nutzen und ihm zu entlocken, was ihm Martin Garvie anvertraut hatte. Um Gewissensbisse deswegen zu empfinden, war später noch genug Zeit. Gerade als sie den Mund auftun wollte, mahnte etwas an seinem Gesichtsausdruck sie, nichts zu sagen.

»Wie … wie ist er gestorben?«, fragte er mit schleppender Stimme. Jetzt wollte er etwas von ihr erfahren, und sie merkte, dass ihm die paradoxe Umkehrung der Situation durchaus bewusst war.

»Im Krieg«, sagte sie. »Irgendwo in Indien. Er war wohl sehr tapfer, geradezu verwegen.« Sie verstummte, als sie sah, wie der letzte Tropfen Blut aus seinem Gesicht wich.

»Im Krieg?« Er klammerte sich an das Wort, als verbinde er damit eine verzweifelte Hoffnung. »Sie meinen, bei einem Kampfeinsatz?«

»Ja.«

Er sah beiseite.

»Bitte, Mr Sandeman«, sagte sie eindringlich. »Mein Mann ist ein guter Ermittler, und er ist entschlossen, der Sache auf den Grund zu gehen. Bestimmt bekommt er heraus, was Sie wissen, nur ist es dann vielleicht zu spät, um Martin Garvie zu helfen – oder Mr Garrick, falls die beiden zusammen sind.« Sie war nicht sicher, ob es klug war, das zu sagen, oder ob sie zu weit gegangen war und verraten hatte, dass sie in Wahrheit nichts wusste. Sie erkannte die Unentschlossenheit auf seinen Zügen, und ihr Herz schlug wild, während sie wartete.

Mit flackerndem Blick sah er beiseite, auf seine Hände. »Ich glaube nicht, dass Sie viel helfen könnten«, sagte er mit entsetzlich gequälter Stimme. »Selbst wenn ich Ihnen alles sagen würde, was mir Martin anvertraut hat, wäre es vermutlich zu spät.«

Mit einem Mal wurde ihr die Kälte bewusst, die in dem Raum herrschte, und sie begann zu zittern. Ihr Körper war völlig verkrampft. »Glauben Sie, dass auch Martin nicht mehr lebt? Wer ist in dem Fall als Nächster an der Reihe – Sie?«, drang sie in ihn. »Wollen Sie einfach dasitzen und warten, dass man kommt und Sie umbringt?« Ihre Stimme zitterte vor Wut und Angst. Sie machte eine hilflose Bewegung mit ihrem Arm. »Sind Ihnen diese Menschen hier denn nicht so wichtig, dass Sie versuchen wollen, sich zu retten? Wer würde sich um die Leute kümmern, wenn nicht Sie?«

Er sah sie an. Sie hatte eine empfindliche Stelle getroffen.

»Das ist Ihre Aufgabe!«, hielt sie ihm vor. Ihr war klar, dass sie ihm damit vermutlich nicht gerecht wurde. Weder wusste sie etwas über ihn, noch hatte sie das Recht, dergleichen zu sagen. Sie hätte volles Verständnis gehabt, wenn er sie jetzt wütend angefahren hätte.

»Martin hatte von mir gehört«, sagte er. Er sprach sehr leise, als wäre er tief in Gedanken versunken, aber mit fester Stimme. »Ich kannte viele ehemalige Soldaten, denen es schlecht ging. Sie tranken zu viel, weil sie nicht vergessen, mit ihren Gedanken und Erinnerungen nicht leben konnten, vielleicht aber auch, weil sie nicht mehr wussten, wie sie in ihr früheres Leben zurückkehren sollten, das Leben, das sie geführt hatten, bevor sie in den Krieg zogen.« Er holte tief Luft. »In den Augen derer, die zu Hause geblieben sind, waren das vermutlich nur ein paar Jahre. An ihrem Leben hat sich nichts geändert, es war tagein, tagaus dasselbe. Für solche Menschen ändert sich die Welt nie, ihre Träume reichen nicht weit.«

Sie unterbrach ihn nicht. Zwar gehörte das nicht zur Sache, doch sie spürte, dass er im Begriff stand, sich langsam zu etwas voranzutasten.

»Mit dem Militär verhält sich das anders. Auch bei denen, die nur eine kurze Zeit als Soldat verbringen, kann das ganze Leben dadurch umgekrempelt werden«, fuhr er fort.

Bezog er sich damit auf seine Zeit in Ägypten, sprach er von sich, Stephen Garrick, Yeats und Lovat, oder meinte er all die verlorenen und hoffnungslosen Männer, um die er sich hier in den Gassen um Seven Dials kümmerte?

»Martin wollte Garrick helfen.« Er mied ihren Blick und sah zu Boden. »Aber er wusste nicht, wie er das bewerkstelligen konnte. Stephens Alpträume wurden immer schlimmer und kamen immer häufiger. Er hat getrunken, um sich abzustumpfen, doch das hat immer seltener genützt. Er hat dann angefangen, Opium zu nehmen. Das hat nicht nur seine Gesundheit immer mehr untergraben, sondern auch dafür gesorgt, dass er im Laufe der Zeit die Herrschaft über sich verloren hat.« Sandemans Stimme wurde immer leiser. Charlotte musste sich vorbeugen, um zu verstehen, was er sagte.

»Er konnte in seiner Verzweiflung niemandem mehr trauen, außer Martin«, fuhr er fort. »Vielleicht hat Martin angenommen, ich könnte Garrick helfen, wenn er ihn zu mir brächte … oder wenn ich zu ihm ginge.«

»Und warum haben Sie ihn nicht aufgesucht?«, fragte sie mit einer Schärfe in der Stimme, die sie nicht beabsichtigt hatte. Er schien sich davon nicht getroffen zu fühlen. Dazu war er wohl zu tief in seinen Gedanken versunken.

»Wenn jemand nicht in einem Hauseingang von Seven Dials lebt, sondern am Torrington Square, heißt das noch lange nicht, dass er Ihre Hilfe nicht braucht«, sagte sie anklagend. »Allem Anschein nach hat er sich in seiner eigenen Art von Hölle befunden.«

Er hob den Blick zu ihr. Seine Augen lagen tief in ihren Höhlen. »Als ob ich das nicht wüsste!«, gab er zurück. »Aber ich kann ihm nicht helfen. Das Einzige, was ich sagen kann, will er nicht hören!«

Sie verstand ihn nicht. »Wenn Sie nichts gegen Alpträume zu tun vermögen, wer dann? Helfen Sie nicht genau damit diesen Männern hier? Warum dann nicht Stephen Garrick?«

Er sagte nichts.

»Worauf beziehen sich seine Alpträume?«, stieß sie nach. Ihr war klar, dass ihn das schmerzen musste, aber sie konnte sich nicht mehr zurückhalten. »Hat Martin Ihnen das gesagt? Warum können Sie ihm nicht helfen, damit fertig zu werden?«

»So wie Sie das sagen, könnte man glauben, das wäre ein Kinderspiel. Sie wissen ja nicht, wovon Sie reden.« Ein Anflug von Zorn wurde in seiner Stimme hörbar. Nach wie vor stand er in unnatürlicher Starre da.

»Dann sagen Sie es mir! Nach Ihren Worten muss ich annehmen, dass er im Begriff steht, wahnsinnig zu werden. Was für ein Priester sind Sie nur, dass Sie ihm weder die Hand reichen noch mir helfen wollen, wenn ich das tun möchte?«

Diesmal lag auf seinem Gesicht der Ausdruck von Ohnmacht und blanker Wut.

»Was könnten Sie denn gegen den Wahnsinn unternehmen, Mrs Pitt? Sind Sie fähig, den Träumen von Blut und Feuer Einhalt zu gebieten, die in der Nacht kommen, die Schreie verstummen zu lassen, die den Verstand in Stücke reißen und den Menschen auch noch tagsüber quälen, wenn er wach ist?« Er zitterte am ganzen Leibe. »Mit welchem Mittel können Sie die Gluthitze lindern, die einem die Haut zu versengen scheint, und wenn man dann die Augen öffnet, merkt man, dass man in kalten Schweiß gebadet ist und vom Fieber geschüttelt wird. All das spielt sich im Inneren ab, Mrs Pitt! Da kann niemand helfen. Martin Garvie, der es versucht hat, ist mit in diesen Teufelskreis hineingezogen worden. Als er zu mir kam, sorgte er sich um Garrick, aber er hätte auch Angst um sich selbst haben sollen. Der Wahnsinn frisst nicht nur die Menschen auf, die er befällt, sondern auch jene, die mit ihnen in Berührung kommen.«

»Soll das heißen, dass Stephen Garrick geisteskrank ist?«, fragte sie. »Warum lassen ihn seine Angehörigen dann nicht behandeln? Schämen sie sich so sehr, dass sie nicht bereit sind, einzugestehen, was ihm fehlt?« Endlich schien die Sache einen Sinn zu ergeben. Geisteskrankheit wurde häufig verschwiegen, als handelte es sich dabei um eine Sünde. »Hat man ihn in eine Anstalt gebracht?« Sie hatte die Stimme nicht heben wollen, konnte sich aber nicht mehr beherrschen. »Ist es das? Wen das der Fall sein sollte – warum dann auch Martin? Und warum konnte er nicht zumindest seiner Schwester schreiben und ihr sagen, wo er sich befindet?«

Das Mitgefühl auf Sandemans Zügen war so peinigend, dass es ihn zu verwunden schien. Es kam ihr vor, als werde er noch lange darunter leiden müssen, nachdem er ihr klar zu machen versucht hatte, worum es ging. »Aus Bedlam?«, fragte er.

Bei dem Wort Bedlam lief ihr ein Schauer über den Rücken. Jedermann wusste, was es mit diesem Irrenhaus auf sich hatte, in dem es zuging wie in der Hölle. Der bloße Name, eine im Volksmund entstandene Kurzform von ›Bethlehem‹, war eine Lästerung, war doch dieser Ort die heiligste Stätte der Christenheit, der Hort der Träume. In dies Alptraum-Gefängnis sperrte man von ihren eigenen Heimsuchungen gefolterte Menschen, die laut schreiend dem Unsichtbaren zu entfliehen versuchten.

Es kostete sie Mühe, ihre Stimme wiederzufinden. »Und das haben Sie zugelassen?«, flüsterte sie. Sie meinte das nicht als Anklage, zumindest nicht ausschließlich. Sie hatte Sandeman bewundert, in ihm ein so tiefes Mitgefühl erkannt, dass sie sich jetzt nicht vorzustellen vermochte, wie er so etwas hinnehmen konnte. Die achtungsvolle Art, mit der er den Betrunkenen bei ihrem ersten Besuch behandelt hatte, war nicht vorgetäuscht, sondern Wirklichkeit gewesen.

Er sah sie an, gleichermaßen von ihrer Einschätzung wie von der Herausforderung verletzt, mit der sie gesprochen hatte. »Wie hätte ich das verhindern sollen? Jeder muss seinen eigenen Weg zum Heil finden, Mrs Pitt. Schon vor Jahren habe ich Garrick gesagt, was er tun sollte, doch es ist mir nicht gelungen, Einfluss auf sein Verhalten zu nehmen.«

Sie wollte schon richtigstellen, dass sie an Martin Garvie gedacht hatte, dann aber begriff sie, was er meinte. »Soll das heißen, dass Stephen Garrick an seinem Wahnsinn selbst schuld ist?«, fragte sie fassungslos.

»Nein …« Er sah beiseite. Ihr war klar, dass er log.

»Mr Sandeman!« Sie wusste nicht, was sie hätte sagen können, um ihm zu helfen.

Er hob den Kopf und sah sie an. »Mrs Pitt, ich habe Ihnen mehr gesagt, als ich wollte, damit Sie Martin Garvie helfen können, sofern es dazu eine Möglichkeit gibt. Er ist ein guter Mensch und bemüht sich, jemandem beizustehen, dessen Qualen weitaus schlimmer sind, als er je verstehen kann. Es ist nicht auszuschließen, dass er selbst entsetzlich dafür leiden muss.« In seiner Stimme lag ein Flehen. »Sofern Sie bewirken können, dass ihn jemand da herausholt, bevor es zu spät ist … vorausgesetzt … vorausgesetzt, er befindet sich dort …«

»Ich werde dafür sorgen!«, sagte sie mit mehr Leidenschaft als Überzeugung. »Immerhin weiß ich jetzt etwas, sodass ich irgendwo ansetzen kann. Danke, Mr Sandeman.« Sie zögerte. »Über … über Mr Lovats Tod wissen Sie wohl nichts?«

Ein schwaches Lächeln legte sich auf seine Züge. »Nein. Wenn mich jemand aufforderte, eine Vermutung zu äußern, würde ich sagen, dass es sich genauso verhält, wie es aussieht – die Ägypterin hat ihn aus Gründen getötet, die nur ihr bekannt sind. Möglicherweise hat das mit einem Vorfall zu tun, zu dem es in Alexandria gekommen ist. Zwar hatte ich damals angenommen, dass er ihr keine Kränkung zugefügt hatte, aber ich kann mich natürlich irren.«

»Ich verstehe, vielen Dank.«

Diesmal bot er ihr nicht an, sie zur Dudley Street zu begleiten, und so ging sie allein, entschlossen, ihrem Mann so bald wie möglich mitzuteilen, wo sich Martin Garvie befand, damit er alles unternahm, was in seinen Kräften stand, um dem jungen Mann seine Freiheit zu verschaffen.

Den ganzen Nachmittag hindurch fing sie im Haushalt alles Mögliche an und ließ es halb fertig liegen. Immer, wenn sie Schritte hörte, unterbrach sie ihre Arbeit in der Hoffnung, Pitt sei zurückgekehrt. Sie brannte darauf, ihm zu sagen, was sie herausbekommen hatte.

Als er endlich kam, ging er wie gewohnt auf Strümpfen durch die Diele in die Küche, sodass sie ihn erst hörte, als er sie ansprach. Das kam so unerwartet, dass ihr die Kartoffel, die sie gerade schälte, aus den Händen fiel, während sie, das Messer in der Hand, zu ihm herumfuhr.

»Ich weiß, was mit Martin Garvie ist und mit Stephen Garrick«, stieß sie atemlos hervor. »Jedenfalls glaube ich, dass ich es weiß. Wir müssen etwas tun! Sofort!«

Sein Gesicht verfinsterte sich. »Woher weißt du das? Wo warst du? Etwa wieder bei Sandeman?«

Sie reckte das Kinn ein wenig vor. Sofern es darüber zu einer Auseinandersetzung oder Schlimmerem kommen sollte, musste das warten. »Natürlich. Er ist der Einzige, der etwas über die Sache weiß.«

»Charlotte …«, begann er.

»Sie sind in Bedlam!«, brach es aus ihr heraus.

Das hatte den beabsichtigten Erfolg. Seine Augen weiteten sich, und die Farbe wich aus seinem Gesicht. »Bist du sicher?«, fragte er leise.

»Nein«, gab sie zu. »Aber es passt zu allem, was wir wissen. Stephen Garrick hatte unbeherrschbare Tobsuchtsanfälle und Weinkrämpfe. Er hat unter entsetzlichen Alpträumen gelitten, weit schlimmer als die anderer Menschen. Sie haben ihn sogar gepeinigt, wenn er wach war, haben ihm Blut, Feuer und Schreie vorgegaukelt.« Ihre Worte überschlugen sich förmlich. »Er hat getrunken und Opium genommen, um zu vergessen, was ihn quälte. All das wusste Martin Garvie, weil er der einzige Mensch war, der wirklich an ihn herankam. Sogar ihm ist die Situation allmählich über den Kopf gewachsen, und so hat er Sandeman aufgesucht, um sich bei ihm Rat zu holen. Doch auch er konnte nichts tun. Einige Tage darauf ist Stephen Garrick mit Martin am frühen Morgen mit wenig Gepäck vom Torrington Square aufgebrochen. Soweit wir feststellen konnten, haben sie London nicht verlassen. Da die Kutsche nach wenigen Stunden zurückgekehrt ist, hatten sie entweder keinen weiten Weg oder sind mit öffentlichen Verkehrsmitteln weitergereist.«

Er stand bewegungslos da und grübelte mit gefurchter Stirn über ihre Worte nach. Sofern er die Absicht hatte, ihr wegen ihres erneuten Besuchs in der Gegend von Seven Dials Vorhaltungen zu machen, würde er damit sicherlich bis lange nach Abschluss dieses Falles warten.

»Können wir ihn da herausholen?«, fragte sie leise. »Zumindest Martin gehört nicht dorthin. Wir dürfen zwar annehmen, dass er Garrick helfen wollte, aber wenn er freiwillig mitgegangen wäre, hätte er das bestimmt vorher seiner Schwester mitgeteilt. Das aber hat er nicht getan, und das beweist, dass etwas ganz und gar nicht in Ordnung ist.«

»Du hast Recht«, sagte er, nach wie vor tief in Gedanken versunken. »Aber wir müssen vorsichtig sein. Augenscheinlich hatte jemand die Macht, den jungen Garrick dorthin zu bringen. Das kann nur sein Vater gewesen sein.«

»Das gibt ihm aber doch kein Recht, Martin ebenfalls dorthin zu schicken«, begehrte sie auf. »Selbst wenn das bei einem Dienstboten juristisch unbedenklich sein sollte, lässt sich das moralisch ...«

»Ich weiß«, fiel er ihr ins Wort. »Trotzdem müssen wir vorsichtig sein.«

»Sag Mr Narraway, dass er das in die Wege leiten soll«, drängte sie. »Zumindest soll er Stephen Garrick aufsuchen. Ihr braucht ihn doch, weil er mit Lovat in Alexandria war. Jetzt, da auch Yeats tot ist ...« Sie verstummte. Ein entsetzlicher Verdacht war ihr gekommen, und sie sah seinem Gesicht an, dass er etwas Ähnliches dachte. »Glaubst du, dass ihn sein Vater deshalb da untergebracht hat?«, flüsterte sie. »Um ihn zu schützen? Ist jemand aus Ägypten hinter all diesen Männern her? Ist entsetzliche Angst der eigentliche Grund für seine Alpträume?«

»Ich weiß es nicht«, sagte er mit unglücklich klingender Stimme. »Aber man kann das nicht ausschließen.«

»Du glaubst doch bestimmt nicht, dass sie es getan hat?«, fragte sie.

»Nein ... nein – auch wenn alle Anzeichen immer mehr in diese Richtung deuten. Ich habe gehört, wie die Verhandlung heute abgelaufen ist.« Auf sein Gesicht legte sich ein Ausdruck von Abscheu. »Ich weiß nicht, ob das Ryersons Wünschen entspricht, aber seine Verteidigung tut alles, was in ihren Kräften steht, um Lovat in einem denkbar ungünstigen Licht erscheinen zu lassen.

Vermutlich will man damit den Eindruck erwecken, dass es gute Gründe für eine mögliche Täterschaft Dritter gibt. Ich kann mir nicht vorstellen, dass viel Gutes dabei herauskommt. Miss Sachari war in Eden Lodge. Wenn jemand die Absicht hatte, Lovat aus persönlicher Rache zu töten, würde er ihm wohl kaum um drei Uhr nachts in den Garten fremder Menschen folgen.«

Charlotte begriff, dass er mit diesen Worten gewissermaßen eine Niederlage eingestand. Seiner Ansicht nach war weder Ryerson noch die Frau schuldig. Er hatte jede theoretische Möglichkeit erwogen, die zu einer anderen Lösung führen konnte, aber schließlich einsehen müssen, dass es sinnlos war, sich weiterhin etwas vorzumachen.

»Das tut mir Leid«, sagte sie leise und legte sacht ihre Hand auf die seine. »Aber zumindest sollten wir Martin Garvie retten, nicht wahr?«

»Ja, natürlich. Ich gehe sofort zu Narraway. Ich danke dir für das, was du erreicht hast.« Mit einem trübseligen Lächeln nahm er ihre Hand und hielt sie zärtlich. »Über deinen Besuch in der Gegend von Seven Dials sprechen wir später.« Er küsste sie zärtlich, bevor er sich zum Gehen wandte.

KAPITEL 11

Als Pitt das Haus verließ, überschlugen sich die Gedanken in seinem Kopf. In Bedlam! Sofern Ferdinand Garrick seinen Sohn Stephen tatsächlich in diese Irrenanstalt hatte einweisen lassen, deren bloßer Name bei jedem, der ihn hörte, Schrecken hervorrief, musste er dafür einen sehr triftigen Grund gehabt haben. War der junge Garrick etwa geisteskrank? In seiner Personalakte beim Militär hatte sich kein Hinweis darauf gefunden. Ganz im Gegenteil waren ihm darin neben Mut und körperlicher Tüchtigkeit auch Initiative und geistige Beweglichkeit bescheinigt worden. Er war von den vier jungen Offizieren möglicherweise der vielversprechendste gewesen.

Mit großen Schritten strebte Pitt der Tottenham Court Road entgegen. Dort winkte er einer Droschke, stieg ein und nannte dem Kutscher Narraways Anschrift.

Sofern Garrick geistesgestört war, musste man sich fragen, was der Grund dafür sein konnte. Etwa der Alkohol- und Opiummissbrauch? Warum aber hatte er angefangen, im Übermaß zu trinken und eine Substanz zu rauchen, die Empfindungen und Wahrnehmungen verzerrte?

Oder hatten die jungen Männer in Ägypten etwas erlebt, was schicksalhaft in ihr weiteres Leben eingegriffen hatte? Yeats war durch seine tollkühne Verwegenheit ums Leben gekommen, Sandeman hatte sich bei Seven Dials in eine Art Exil zurückgezogen, und Lovat war einem Mord zum Opfer gefallen. Hatte Ferdinand

Garrick seinen einzigen Sohn nach Bedlam geschickt, um ihn zu schützen? Aber wer trachtete ihm nach dem Leben? Etwa die Ägypterin? Sofern das der Fall war – warum nur, um alles in der Welt?

Auch wenn ihm dieser Gedanke in keiner Weise behagte, konnte er ihn nicht länger von sich weisen. Man musste sich den Fakten stellen, wie sie waren.

An seinem Ziel angekommen, stieg er aus, entlohnte den Kutscher und eilte durch den leichten Nebel, der in Fetzen umherwirbelte, über den nassen Gehweg. Seine Schritte riefen kein Echo hervor, alles klang gedämpft. An der Tür betätigte er den als Löwenkopf gestalteten Klopfer.

Ein grauhaariger Diener öffnete und trat, nachdem er ihn begrüßt hatte, beiseite, um ihn einzulassen. Weder brauchte er zu fragen, was Pitt wollte, noch, ob es dringend sei, denn die Antwort auf beide Fragen stand ihm ins Gesicht geschrieben. Der Diener ging voraus durch das Vestibül, klopfte kurz an die Tür des Arbeitszimmers und öffnete.

»Mr Pitt, Sir«, kündigte er den Besucher an.

Narraway saß in einem Lehnsessel und hatte seine in Hausschuhen steckenden Füße auf einen Hocker gelegt. Auf einem Tischchen neben ihm stand ein Teller mit belegten Broten und ein Kristallglas mit Rotwein.

»Ich hoffe in Ihrem ureigenen Interesse, dass Sie nicht mit leeren Händen kommen!«, sagte er mit vollem Mund.

Der Diener zog sich zurück und schloss die Tür.

Pitt rückte sich den anderen Sessel zurecht und nahm Narraway gegenüber Platz.

Mit leisem Seufzen wies dieser auf eine Flasche Bordeaux, die auf der Anrichte stand. »Bedienen Sie sich. Gläser stehen im Schrank.«

Pitt stand auf, und während er den dunklen Wein eingoss, sah er zu, wie sich das Licht auf dessen Oberfläche und auf dem Glas spiegelte.

»Meine Frau hat herausbekommen, wo sich Martin Garvie und Stephen Garrick aufhalten«, sagte er.

Narraway bekam einen Hustenanfall. Offenbar hatte er sich verschluckt. Er beugte sich vor und griff nach dem Weinglas.

Zufrieden lächelte Pitt vor sich hin. Genau so hatte er sich das vorgestellt.

Mit einem Räuspern lehnte sich Narraway wieder zurück. »Tatsächlich?«, fragte er mit etwas weniger bissiger Stimme, als wenn er das Brot nicht in den falschen Hals bekommen hätte. »Es kommt mir ganz so vor, als wären Sie nicht Manns genug, Ihre Frau zu zügeln! Werden Sie mir sagen, wo die beiden sind, oder muss ich das erraten?«

Mit einem Glas in der Hand kehrte Pitt an seinen Platz zurück. Erst als er wieder saß, gab er Narraway Antwort. Ohne auf den Vorwurf einzugehen, den er erhoben hatte, sagte er: »Sie war noch einmal bei Sandeman.« Er schlug die Beine bequem übereinander und nippte an dem Wein. Er war ausgezeichnet, allerdings hatte er von Narraway auch nichts anderes erwartet. »Sie hat ihn dazu gebracht, ihr zumindest einen Teil der Wahrheit mitzuteilen. Garvie hat ihm anvertraut, dass es Garrick ausgesprochen schlecht geht. Er deliriert und leidet unter entsetzlichen Alpträumen. Sandeman ist so gut wie sicher, dass man ihn und seinen Kammerdiener nach Bedlam gebracht hat.« Ohne auf das Entsetzen in Narraways Gesicht zu achten, fuhr er fort: »Da Garvie ganz offensichtlich keine Möglichkeit hatte, seine Angehörigen zu benachrichtigen, muss man annehmen, dass er sich unter Umständen unfreiwillig dort aufhält. Das passt zu allen uns bekannten Tatsachen. Die Frage ist nur, ob Garricks Alpträume auf seinen Opiummissbrauch zurückgehen, auf eine Geisteskrankheit oder, was sehr viel schwerer wiegen würde, auf etwas, was während seiner Dienstzeit in Ägypten vorgefallen ist. Und –«

»Schon gut, Pitt!«, sagte Narraway scharf. »Sie können sich die Einzelheiten sparen.« Er erhob sich mit einer einzigen geschmeidigen Bewegung, das angebissene Brot noch in der Hand. »Yeats ist tot, Lovat ermordet, Sandeman in der Gegend von Seven Dials untergetaucht, und jetzt sieht es ganz so aus, als ob Garrick im Irrenhaus wäre, von Alpträumen gemartert, die ihn um den Verstand gebracht haben.« Er nahm sein Glas und leerte es. »Wir sollten hingehen und feststellen, ob wir etwas Vernünftiges aus ihm herausbringen können.« Er sah auf das Glas in Pitts Hand.

Dieser war nicht bereit, einen so guten Tropfen stehen zu lassen. Zwar war es schade, den Bordeaux nicht zu genießen, aber dazu blieb jetzt keine Zeit mehr. Also leerte er das Glas und stellte es auf den Tisch.

An der Haustür schluckte Narraway das letzte Stück Brot herunter und nahm seinen Mantel vom Haken.

Mit großen Schritten eilten sie zum Ende der Straße und hielten dort eine Droschke an. Narraway warf dem Kutscher nur ein Wort zu: Bedlam.

Die Droschke fuhr an. Keiner der beiden Männer sagte etwas. An Ort und Stelle würde sich die Antwort auf die Frage, auf welche Weise sie Garrick aus der Anstalt herausholen wollten, von selbst ergeben.

Die Fahrt war ziemlich lang. Erst als sie über die Brücke von Westminster fuhren, von der aus man sehen konnte, wie der Schein der Straßenlaternen entlang der Uferstraße den Nebelschleier durchbrach und sich im Wasser der Themse spiegelte, brach Narraway das Schweigen.

»Befolgen Sie alles, was ich sage, und halten Sie sich bereit, notfalls rasch zu handeln«, wies er Pitt an. »Weichen Sie mir nicht von der Seite. Wir müssen unbedingt darauf achten, dass man uns nicht trennt. Unternehmen Sie auf keinen Fall spontan etwas, ganz gleich, was geschieht. Und lassen Sie sich nicht von Ihren Empfindungen beeinflussen, wie menschlich oder lobenswert auch immer sie sein mögen.«

»Ich war schon früher einmal in Bedlam«, gab Pitt knapp zurück. Bewusst unterdrückte er jede Erinnerung daran.

Als sie das jenseitige Ende der Brücke erreichten und die Droschke am Südufer der Themse die kleine Anhöhe emporfuhr, vorüber an der Eisenbahnlinie, die zum Waterloo-Bahnhof führte, warf Narraway einen Blick auf Pitt. An der Christuskirche bogen sie nach rechts ab in die Kennington Road, wo sich der gewaltige

Komplex der Bethlehem-Irrenanstalten vor dem Nachthimmel abzeichnete.

Die Droschke hielt. Narraway forderte den Kutscher auf zu warten. Mit den Worten: »Sie bekommen den gleichen Betrag noch einmal, wenn Sie hier sind, sobald ich Sie brauche«, gab er ihm einen Sovereign, eine Goldmünze im Wert von einem Pfund. Finster fügte er hinzu: »Sollten Sie nicht hier sein, sorge ich dafür, dass Sie Ihre Lizenz verlieren. Warten Sie so lange, wie es nötig ist. Es kann rasch gehen, es kann aber auch mehrere Stunden dauern. Falls ich bis Mitternacht nicht zurück bin, gehen Sie mit dieser Karte zur nächsten Polizeiwache und holen ein halbes Dutzend uniformierte Beamte.« Er gab dem Mann, der jetzt mit großen Augen und erkennbar beunruhigt dasaß, seine Karte.

Dann überquerte er den Gehweg und schritt, von Pitt dicht gefolgt, die Stufen zum Haupteingang empor. Sogleich stellte sich ihnen ein Wachmann höflich, aber entschlossen in den Weg. Narraway teilte ihm mit, er handele im Auftrag der Regierung. Es gehe um die Sicherheit des Landes und er sei im Besitz einer Vollmacht der Königin, seine Aufgabe an jedem beliebigen Ort zu erfüllen. Einer der Insassen der Anstalt verfüge über dringend benötigte Informationen und er müsse unverzüglich mit ihm sprechen.

Pitt wurde bei der Vorstellung schwindlig, wie groß das Risiko war, das sie da auf sich nahmen. Er hatte als selbstverständlich vorausgesetzt, dass Charlotte Recht hatte und Garrick sich hier befand. Sofern sie sich irrte und er in einer anderen Anstalt untergebracht war – beispielsweise in Spitalfields oder einer privaten Einrichtung –, würde ihm Narraway das nie verzeihen. Verblüfft ging ihm auf, dass er ihm geradezu blind vertraut hatte, und noch mehr wunderte ihn das, als ihm klar wurde, dass er letzten Endes auf Charlottes Angaben hin handelte.

»Ja, Sir. Und um wen handelt es sich?«, fragte der Mann.

»Um einen jungen Herrn, der in der ersten Septemberwoche am frühen Morgen mit seinem Kammerdiener hier eingetroffen ist. Möglicherweise leidet er unter Delirien, Alpträumen und den

Nachwirkungen von Opium. Sie können zu diesem Zeitpunkt keinesfalls mehr als einen solchen Fall aufgenommen haben.«

»Kennen Sie seinen Namen denn nicht, Sir?«, erkundigte sich der Mann mit finsterer Miene.

»Selbstverständlich kenne ich den«, blaffte ihn Narraway an. »Aber woher soll ich wissen, unter welchem Namen man ihn hergebracht hat? Stellen Sie sich nicht dümmer, als Sie sind, Mann! Ich habe Ihnen bereits mitgeteilt, dass ich im Auftrag Ihrer Majestät in vertraulichen Staatsangelegenheiten hier bin. Muss ich noch deutlicher werden?«

»Nein, nein, Sir. Ich …«, stammelte der Wärter. Er wandte sich rasch um, schlurfte durch den Vorraum und bog dann in den ersten breiten Gang zur Rechten ein. Narraway und Pitt folgten ihm auf dem Fuße.

Pitts Mund war wie ausgedörrt, und er musste immer wieder schlucken, während sie durch leere Gänge mit fensterlosen Wänden schritten. Zu beiden Seiten waren alle Türen verschlossen. Er hörte unterdrücktes Stöhnen und lautes Gelächter, das sich immer mehr steigerte, bis es in einem irren Kreischen endete. Er wollte diese Eindrücke aus seinem Kopf vertreiben, brachte es aber nicht fertig.

Schließlich erreichten sie das Ende des Gebäudeflügels. Während der Mann nach den Schlüsseln an seinem Gürtel tastete, schien er zu zögern und blickte sich nervös nach Narraway um.

Dieser sah ihn eisig an, worauf der Mann mit dem Schlüssel ungeschickt an der Tür hantierte. Pitt spürte Narraways Ungeduld fast körperlich. Er wäre nicht im Geringsten erstaunt gewesen, wenn er dem Wärter den Schlüssel entrissen hätte.

Endlich gelang es diesem, die Tür aufzuschließen. Pitt hatte mehr oder weniger damit gerechnet, Schreie zu hören, und sich innerlich darauf eingestellt, dass ein Irrer an ihm vorbei das Freie zu gewinnen versuchte. Doch als sich die Tür öffnete, sah er lediglich zwei Strohsäcke am Boden. Auf dem einen hockte eine Gestalt, deren Gesicht in einer grauen Wolldecke verborgen war, aus der die Haare wirr hervorstanden.

Auf dem anderen Strohsack setzte sich ein Mann langsam auf und sah sie mit Augen an, in denen Angst und eine Art Verzweiflung lag, als erhoffe er sich vom Leben nichts mehr außer Qualen. Er wirkte durchaus wie jemand, der sich im Vollbesitz seiner Verstandeskräfte befindet.

»Wie heißen Sie?«, fragte Narraway und trat halb vor den Wärter, um ihn daran zu hindern, dass er weiter auf das Strohlager zuging. Seine Stimme klang fest, aber nicht schroff. Es war lediglich eine Aufforderung, ihm zu antworten.

»Martin Garvie«, sagte der Mann mit belegter Stimme. Seine Augen flehten, man möge ihm glauben, und die Angst, die darin lag, schnitt Pitt wie ein Messer in die Seele.

Mit maskenhaft starrer Miene holte Narraway tief Luft. Als er erneut sprach, zitterte seine Stimme leicht. »Und vermutlich ist das Ihr Herr, Stephen Garrick?« Damit wies er auf das elende Geschöpf, das nach wie vor auf dem anderen Strohsack kauerte.

Garvie nickte und sagte sogleich in bittendem Ton: »Tun Sie ihm nichts, Sir. Er meint es nicht böse. Er kann nicht anders. Er ist krank! Bitte …«

»Ich habe nicht die Absicht, ihm etwas anzutun«, sagte Narraway und schluckte, als bekomme er nicht genug Luft. »Ich bin gekommen, um Sie beide an einen besseren Ort zu bringen … wo Sie in größerer Sicherheit sind.«

»Das geht nicht, Sir!«, begehrte der Wärter auf. »Ich riskiere meine Stelle, wenn ich –«

Narraway fuhr herum. »Wenn Sie sich mir in den Weg stellen, riskieren Sie Ihren Hals!«, fuhr er ihn an. »Falls Sie darauf bestehen, kann ich gern warten, bis die Polizei hier ist, aber ich verspreche Ihnen, dass es Ihnen Leid tun wird, wenn Sie mich dazu zwingen. Stehen Sie nicht herum wie ein Holzklotz, sonst sperrt man Sie hier auch noch ein!«

Möglicherweise unter dem Eindruck der letzten Drohung begann der Mann vor Angst zu beben. »Nein, Sir! Ich schwöre, ich bin ein gesetzestreuer Bürger! Ich –«

»Schon gut«, schnitt ihm Narraway das Wort ab. Dann wandte er sich an Pitt. »Heben Sie ihn auf und helfen Sie ihm hinaus.« Er wies auf Garrick, der sich nicht geregt hatte, als sei die ganze Szene nicht bis in sein Bewusstsein gedrungen.

Pitt erinnerte sich an Narraways Aufforderung, ihm in allem zu gehorchen, und trat an das Lager. »Lassen Sie mich Ihnen aufhelfen, Sir«, sagte er freundlich und bemühte sich, wie ein Dienstbote zu sprechen, eine vertraute Gestalt, von der keinerlei Gefahr ausgeht. »Sie müssen aufstehen«, drängte er, schob dem Mann die Hände unter die Achseln und versuchte die völlig leblose und entsprechend schwere Gestalt emporzuheben. »Kommen Sie, Sir«, wiederholte er und zog mit aller Kraft.

Der Mann stöhnte, als leide er entsetzliche Qualen, und Pitt hielt inne.

Im nächsten Augenblick war Garvie neben ihm und beugte sich über seinen Herrn. »Er will Ihnen helfen, Sir«, sagte er eindringlich. »Er bringt uns an einen besseren Ort. Kommen Sie, rasch! Sie müssen aufstehen! Wir sind dann in Sicherheit!«

Garrick stieß einen erstickten Schrei aus, krümmte sich, riss die Arme hoch und bedeckte sein Gesicht mit den Händen, als wolle er sich vor etwas schützen. Das kam für Pitt so überraschend, dass er nach hinten taumelte und gegen Garvie stieß. Er spürte Narraways Ungeduld nahezu körperlich.

»Bitte, Mr Stephen!«, sagte Garvie. »Wir müssen hier fort! Rasch, Sir!«

Das schien die gewünschte Wirkung zu haben. Wimmernd vor Angst stand Garrick unsicher auf, schwankte heftig, stolperte dann aber, von Garvie und Pitt gestützt, durch die Tür an Narraway und dem Wärter vorüber und machte sich auf den Weg durch den langen Gang.

Pitt wandte sich einmal um, um sich zu vergewissern, dass Narraway ihnen folgte. Dabei sah er, wie dieser etwas auf eine Karte schrieb und sie dem Wärter gab. Gleich darauf hörte er seine raschen Schritte hinter sich.

Pitt und Garvie strebten dem Ausgang entgegen, wobei sie den nahezu willenlosen Garrick halb trugen und halb zerrten. Mehr als einmal blieb Pitt stehen, weil er nicht wusste, ob es nach links oder rechts weiterging, bis ihm Narraway die Richtung wies. Angespannt lauschte er auf jedes Geräusch. Als er eine Tür zufallen hörte, fuhr er so heftig herum, dass Garrick fast zu Boden gestürzt wäre.

Knurrend beschleunigte Narraway den Schritt. Pitt fasste erneut nach Garrick, und sie umrundeten die letzte Ecke. In der Vorhalle standen zwei Wärter, bei deren Anblick Pitt instinktiv den Schritt verhielt, doch Garrick, der sie wohl nicht wahrgenommen hatte, schlurfte einfach geradeaus, sodass Garvie nichts anderes übrig blieb, als weiterzugehen, wollte er ihn nicht fallen lassen.

Rasch fasste Pitt wieder Tritt.

Die Wärter nahmen drohend Aufstellung. »He, Sie da! Wohin wollen Sie?«, rief einer von ihnen.

»Weiter!«, zischte Narraway hinter Pitts Rücken und wandte sich dann den Männern zu.

Pitt fasste Garrick fester und schob ihn mit beschleunigtem Schritt zur Tür hinaus, die Treppe hinab und geradewegs auf die wartende Droschke zu. Er hoffte inständig, dass Narraway mit den beiden Wärtern drinnen fertig wurde und bald herauskam, denn er wusste nicht, wohin Garrick und Garvie gebracht werden sollten.

Vor der Droschke blieb Garrick unvermittelt stehen. Er zitterte am ganzen Leib und stieß die Hände vor, als wolle er einen Angriff abwehren. Garvie legte ihm sanft, aber mit unwiderstehlicher Kraft die Arme um den Leib und hob ihn mit Pitts Hilfe in den Wagen. Ohne auf das Geschehen zu achten, blickte der Kutscher starr vor sich hin, als hinge sein Leben davon ab, dass er nichts sah und nichts hörte.

Pitt hielt Ausschau nach Narraway. Er sah keine Spur von ihm.

Jetzt begann Garrick um sich zu schlagen, vor Angst zu wimmern und zu schluchzen.

Pitt sprang in die Droschke, um zu verhindern, dass er davonlief oder Garvie in seinem Delirium verletzte. »Es ist alles in Ordnung,

Sir«, sagte er eindringlich. »Hier sind Sie in Sicherheit! Niemand wird Ihnen etwas tun!« Die Worte blieben so wirkungslos, als hätte er sie in einer fremden Sprache gesagt.

Garvie vermochte seinen Herrn nicht länger zu bändigen. Im Schein der Straßenlaternen wirkte sein Gesicht bleich. In seinen Augen standen Panik und Hilflosigkeit. Wenn Narraway nicht bald kam, mussten sie ohne ihn abfahren.

Die Sekunden vergingen.

»Fahren Sie los, einmal um die Anstalt herum und wieder hierher zurück!«, rief Pitt dem Kutscher zu. »Vorwärts!«

Die Droschke ruckte so kräftig an, dass alle drei Fahrgäste gegen die Rücklehne geschleudert wurden. Einen Augenblick lang konnte Garrick vor Benommenheit nicht reagieren. Pitts Gedanken jagten einander, während er überlegte, wohin er ihn bringen könnte. Hoffentlich war Narraway da, wenn sie den Eingang wieder erreichten! Der einzige Ort, an dem er auf Hilfe und Geheimhaltung hoffen konnte, war sein Haus in der Keppel Street. Was aber konnten er und Charlotte mit einem Irren tun, der im Delirium tobte? Und wie mochte es um Garvie stehen?

Wohl hatte Narraway dem Kutscher gegenüber die örtliche Polizeiwache genannt, doch hielt Pitt das für einen Bluff. Ganz davon abgesehen, besaß er keinerlei Vollmacht, die er hätte vorweisen können, sodass damit zu rechnen war, dass man sie alle drei nach Bedlam zurückbrachte. Zwar käme Narraway dadurch frei, doch wäre die Situation damit schlimmer als zuvor, denn dann wäre die Verwaltung der Anstalt gewarnt.

Vermutlich blieb ihm tatsächlich nichts anderes übrig, als nach Hause zu fahren und Narraway vorerst seinem Schicksal zu überlassen.

Inzwischen hatten sie den Anstaltskomplex einmal umrundet und befanden sich wieder vor dem Eingang. Niemand war auf dem Gehweg zu sehen. Pitts Herz sank, ein kalter Schauer überlief ihn, und er spürte, wie sich sein Magen zusammenzog.

»Zur Keppel Street!«, rief er dem Kutscher zu. »Ganz sacht und langsam.« Er spürte, wie der Wagen in der Kurve schwankte, als sie erst in die Brook Street und bald darauf in die Kennington Road einbogen, von wo es zurück zur Brücke von Westminster ging.

Die Fahrt erschien Pitt wie ein Alptraum. Mittlerweile war der Nebel so dicht geworden, dass die Pferde nur noch im Schritt gehen konnten. Allerdings hielt der Kutscher damit niemanden auf, denn es herrschte keinerlei Verkehr. Stephen Garrick ließ sich nach vorn sinken, weinte und stöhnte abwechselnd, als läge er im Sterben und litte unter Höllenpein. Hin und wieder versuchte ihn Garvie zu trösten, was ihm aber nicht gelang, und die Mutlosigkeit in seiner Stimme zeigte an, dass ihm die Vergeblichkeit seines Tuns bewusst war.

Verzweifelt überlegte Pitt, was er tun könnte, falls Narraway nicht bald auftauchte. Er malte sich immer entsetzlichere Bilder von dessen Geschick aus. Hatte man ihn wegen Entführung eines Insassen festgenommen oder ihn dort behalten, weil man ihn für verrückt hielt, und ihn in eine der Zellen mit den gepolsterten Wänden gesperrt? Oder hatte man ihm ein starkes Beruhigungsmittel gegeben, damit er endlich aufhörte zu behaupten, er sei bei klarem Verstand?

Jetzt lag die Themse hinter ihnen, und die Fahrt ging nordostwärts weiter. Einerseits wollte Pitt, dass sie möglichst schnell ihr Ziel erreichten, damit er bald in der Wärme und der Helligkeit seiner vertrauten Umgebung eintraf und zumindest Charlotte ihm helfen konnte. Auf der anderen Seite konnte es ihm nicht langsam genug gehen, damit Narraway eine Gelegenheit hatte, sie einzuholen und die Dinge wieder in die Hand zu nehmen.

Inzwischen befanden sie sich auf einer verkehrsreichen Straße. Gedämpft drangen das Klirren von Pferdegeschirr und der trübe Schimmer von Kutschenlaternen durch den Nebel, und undeutlich spiegelten sich Bewegungen in blank geputztem Messing.

Mit einem Mal richtete sich Garrick auf und schrie, als müsse er um sein Leben fürchten. Pitt erstarrte, dann ergriff er den Arm des Mannes und drückte ihn auf den Sitz zurück. Dabei wankte der Aufbau der Droschke so sehr, dass die eisenbeschlagenen Räder auf den glatten Pflastersteinen ins Rutschen gerieten und die Pferde, von Panik getrieben, im Galopp voranstürmten. Doch bald hatte der Kutscher die Gewalt über die Tiere zurückerlangt, und schon nach hundert Metern zockelte die Kutsche so gemächlich dahin wie zuvor.

Pitt versuchte, sein hämmerndes Herz zu beruhigen. Er hielt Garrick fest, der inzwischen unzusammenhängende Wortfetzen vor sich hin brabbelte, ohne im Geringsten auf Garvies Beruhigungsversuche zu reagieren.

Schließlich hielt der Kutscher an und teilte ihnen mit lauter und vor Angst zitternder Stimme mit, sie seien in der Keppel Street angekommen und sollten sein Fahrzeug so rasch wie möglich verlassen.

Weil Pitt so lange mit angespannten Muskeln gesessen hatte, war er völlig steif, sodass er beim Aussteigen fast zu Boden gestürzt wäre. Anschließend war er Garrick behilflich. Dieser ließ sich, scheinbar willenlos, auf das Pflaster sinken, sprang dann aber unvermutet auf die Füße und begann erstaunlich flink davonzulaufen. Sprachlos und starr sah Garvie das mit an, offenbar unfähig, sich zu rühren.

Pitt setzte dem Flüchtigen nach, doch war dieser schon ein ganzes Stück voraus. Gerade als Garrick die Straße überqueren wollte, ruderte er auf einmal haltlos mit den Armen in der Luft und stürzte dann mit dem Gesicht nach vorn auf das Pflaster. Es war so dunkel und neblig, dass Pitt den Grund dafür nicht erkennen konnte.

Kaum hatte er ihn erreicht, als er sich auf ihn warf. Garrick winselte wie ein verwundetes Tier, hatte aber entweder nicht die Kraft oder nicht den Willen zu kämpfen. Als Pitt ihn ziemlich unsanft vom Boden aufhob, sah er im Schlagschatten vor sich einen Mann stehen. Er setzte zu einer Erklärung der Situation an, da erkannte er zu seiner großen Erleichterung Narraway. Einen Augenblick lang versagte ihm die Stimme, und er stand einfach am ganzen Leibe zitternd da, ohne allerdings Garrick loszulassen.

»Nun denn«, sagte Narraway knapp. »Wenn wir hier schon vor Ihrer Haustür sind, dürfte es das Beste sein, hineinzugehen und miteinander zu reden. Mrs Pitt würde uns doch sicher eine Tasse

Tee machen? Zumindest Garvie sieht aus wie jemand, der eine Stärkung brauchen kann.«

Wortlos folgte Pitt der eleganten Gestalt zur Haustür, schloss auf und trat vor Narraway ein.

Anfangs waren Charlotte und Gracie sprachlos vor Überraschung, dann aber verdrängte Mitgefühl das Entsetzen.

»Sie sind ja fast erfror'n!«, sagte Gracie aufgebracht. »Was is denn passiert?« Sie ließ den Blick von Garrick zu Martin Garvie und zurück schweifen. »Ich hol schnell 'n paar Decken. Setz'n Se sich schon mal!« Eilends verschwand sie durch die Tür.

Während Pitt Garrick auf einen der Stühle drückte, ließ sich Garvie auf einen anderen fallen, als könnten ihn seine Beine mit einem Mal nicht mehr tragen.

Charlotte schob den Kessel in die Mitte des Herdes und bat Pitt, das Feuer wieder in Gang zu bringen. Narraway beachtete niemand.

Gracie kehrte mit Wolldecken auf den Armen zurück. Nach kurzem Zögern legte sie Garrick eine davon um den zitternden Leib, dann wandte sie sich mit einer weiteren an Garvie. »Ich werd Tilda sag'n, dass Ihn'n nix fehlt«, sagte sie mit zweifelndem Ton in der Stimme. »Verletzt sind Se jed'nfalls nich, wie ich seh.«

Unvermittelt traten Garvie Tränen in die Augen. Er setzte zum Sprechen an, brachte aber kein Wort heraus.

»Is schon in Ordnung«, sagte Gracie rasch. »Ich sag's ihr. Was die sich freu'n wird, dass wir Se gefund'n ha'm!« Sie schloss sich mit ein, obwohl sie vermutete, dass Narraway nichts von ihrer Beteiligung an der Sache wusste. Das störte sie nicht weiter; ihr genügte das Bewusstsein, dass sie Tellman dazu gebracht hatte, der Sache nachzugehen. Unauffällig sah sie zu Narraway hinüber. Ihr Blick war so misstrauisch, als wäre er ein unbekanntes Insekt, von dem man nicht wissen konnte, ob es giftig war – zwar ganz interessant, aber man hielt sich besser fern, so gut es ging, solange man nichts Näheres wusste.

Charlotte, die den Tee machte, erkannte an Narraways Augen, dass ihn Gracies Verhalten zu belustigen schien. Sie hätte ihm nicht zugetraut, dass er die Wesensart der jungen Frau achtete. Dann merkte sie, dass er sie seinerseits unauffällig musterte, und spürte in seinem Blick sonderbarerweise etwas, was sie verlegen machte. Rasch wandte sie sich wieder ihrer Aufgabe zu, goss dampfenden Tee in sechs Becher und rührte Zucker hinein. Einen füllte sie nur zur Hälfte, gab kalte Milch hinzu, damit das Getränk nicht zu heiß war, und brachte ihn Garrick, der stumpf vor sich hin starrte.

Sie hob den Becher an seine Lippen und neigte ihn ein wenig, damit er trinken konnte. Geduldig wartete sie, bis er erst einen Schluck und dann einen weiteren nahm.

Nachdem ihr Gracie eine Weile dabei zugesehen hatte, folgte sie ihrem Beispiel und half Garvie, doch fiel es diesem sehr viel leichter als seinem Herrn, selbstständig zu trinken.

So vergingen mehrere Minuten, in denen niemand sprach. Schließlich brach Narraway das Schweigen. Er rechnete damit, dass es unter Umständen die ganze Nacht dauern konnte, bis er von Garrick etwas Verwertbares erfuhr. Garvie hingegen brannte förmlich darauf zu sagen, was er wusste.

»Wie sind Sie in die Irrenanstalt von Bethlehem gekommen, Mr Garvie?«, fragte er unvermittelt. »Wer hat Sie dort hingebracht?«

Es kostete Garvie Mühe zu sprechen. Dunkle Ringe unter den Augen in seinem kalkweißen Gesicht zeigten, dass er übermüdet war. »Mr Garrick ist krank, Sir. Ich bin mitgegangen, damit er jemand hatte, der sich um ihn kümmerte. Ich konnte ihn unmöglich allein lassen, Sir.«

Narraways Gesichtsausdruck änderte sich nicht im Geringsten. »Und warum haben Sie nicht wenigstens Ihrer Schwester mitgeteilt, wohin Sie gegangen sind? Sie war krank vor Angst um Sie.«

Schweiß trat auf Garvies Stirn, und er drehte sich halb beiseite, als wolle er zu Garrick hinsehen, dann aber wandte er sich erneut Narraway zu. Mit kläglicher Stimme sagte er: »Damals habe ich nicht gewusst, wohin man uns bringen würde.« Er sprach so leise, dass man ihn kaum hörte. »Ich hatte angenommen, dass wir aufs Land fahren würden und ich ihr dann schreiben könnte. Nie im Leben wäre ich auf den Gedanken gekommen, dass unser Ziel …

Bedlam sein könnte.« Er sagte den Namen der Anstalt, als sei er ein Fluch, den man in der Hölle hören und gegen ihn kehren könnte.

Endlich setzte sich auch Narraway hin. Pitt blieb schweigend stehen.

»War Mr Garrick geistesgestört, als Sie angefangen haben, für ihn zu arbeiten?«, fragte er.

Garvie zuckte zusammen. Vielleicht fürchtete er, sein Herr könnte sie hören.

»Nein, Sir«, sagte er empört.

Narraway lächelte geduldig, und Garvie errötete, ließ sich aber zu keiner weiteren Erklärung herbei.

»Was ist mit ihm geschehen? Ich muss das wissen. Möglicherweise schwebt er in Lebensgefahr.«

Es entging keinem von ihnen, dass Garvie nicht gegen diese Äußerung aufbegehrte. Charlotte sah den Ausdruck von Unsicherheit und Zweifel auf Narraways Zügen. Ein Blick auf Pitt zeigte ihr, dass auch er verstand.

Garvie zögerte.

Pitt trat vor. »Ich bringe Mr Garrick in einen Raum, wo er sich eine Weile hinlegen und ausruhen kann.«

»Bleiben Sie bei ihm«, sagte Narraway mit Nachdruck.

Pitt gab keine Antwort. Es gelang ihm, Garrick mit beträchtlicher Mühe auf die Füße zu bringen, dann führte er ihn mit Gracies Hilfe aus der Küche.

»Was ist mit ihm geschehen, Mr Garvie?«, wiederholte Narraway seine Frage.

Der Kammerdiener schüttelte den Kopf. »Das weiß ich nicht, Sir. Er hat immer ziemlich viel getrunken. Alles ist im Laufe der Zeit schlimmer geworden, als wenn in ihm etwas übergekocht wäre.«

»In welcher Hinsicht wurde es schlimmer?«

»Er hatte grauenhafte Träume.« Garvie erschauderte. »Viele feine Herren, die trinken, träumen schlecht, aber nicht so wie er. Er hat mit weit aufgerissenen Augen im Bett gelegen und laut geschrien. Es ging um Blut … und Feuer … das an seiner Kehle brannte, sodass er keine Luft kriegte.« Garvie zitterte. »Ich musste ihn dann schütteln und laut rufen, damit er zu sich kam. Danach hat er geweint wie ein kleines Kind. So was hab ich noch nie erlebt.« Sein Blick flehte Narraway an, ihn nicht weiter zu bedrängen.

Charlotte war die Szene zuwider, doch wusste sie, dass es unerlässlich war, die Befragung fortzuführen.

Zögernd sah Narraway sie an. Entschlossen erwiderte sie den Blick. Sie würde den Raum auf keinen Fall verlassen.

Er nahm es hin und wandte sich erneut an Martin Garvie.

»Ist Ihnen bekannt, welches Ereignis diese Träume ausgelöst haben könnte?«

»Nein, Sir.«

Narraway entging die leichte Unsicherheit nicht, mit der Garvie das sagte. »Aber Sie wissen, dass da etwas war?«

Garvies Stimme war nahezu unhörbar. »Ich glaube, Sir.«

»War Ihnen Leutnant Lovat bekannt, der in Eden Lodge umgebracht wurde? Oder Miss Sachari?«

»Die Dame kenne ich nicht, Sir, aber ich weiß, dass mein Herr und Mr Lovat miteinander bekannt waren. Als die Nachricht von dem Mord bekannt wurde, hat ihm das mehr zugesetzt als alles, was ich bis dahin bei ihm erlebt hatte. Ich … ich glaube, darüber hat er den Verstand verloren.« Es fiel ihm schwer, das zu sagen, und es war ihm erkennbar unangenehm. Zwar war es allen bekannt, trotzdem sah er darin einen Vertrauensbruch gegenüber seiner Herrschaft.

Mitgefühl blitzte in Narraways Augen auf, ehe er scheinbar ungerührt fortfuhr: »Dann dürfte es wohl an der Zeit sein, dass wir mit Mr Garrick sprechen und genau feststellen, was ihn so quält.«

»Nein, Sir!« Martin war aufgesprungen. »Bitte … er ist doch …«

Narraway brachte ihn mit einem Blick zum Schweigen.

Charlotte nahm sacht seinen Arm. »Wir müssen es wissen«, sagte sie. »Das Leben eines Menschen hängt davon ab. Sie können uns helfen –«

»Vielen Dank, Mrs Pitt«, schnitt ihr Narraway das Wort ab. »Die Sache wird äußerst schmerzlich sein. Es ist nicht nötig, dass wir Sie damit belasten.«

Mit der Andeutung eines höflichen Lächelns sah Charlotte zu ihm hin. »Ihre Rücksicht auf meine Gefühle ehrt Sie.« Der Sarkasmus in ihrer Stimme war kaum spürbar. »Aber da ich die Geschichte bereits gehört habe, ist sie für mich weniger überraschend als für Sie. Ich bleibe.«

Erstaunlicherweise ließ er es dabei bewenden. Gemeinsam mit Garvie suchten sie das Wohnzimmer auf, wo Pitt und Gracie ein Auge auf den halb bewusstlos auf dem Sofa liegenden Stephen Garrick hatten.

Es kostete sie die ganze Nacht, diesem Wrack von einem Menschen die entsetzliche Wahrheit zu entlocken. Mitunter ließ er sich aufsetzen und sprach nahezu zusammenhängend, brachte vollständige Sätze heraus. Dann wieder lag er zitternd und schweigend da, zusammengekrümmt wie ein Kind im Mutterleib. Wenn er sich auf diese Weise in sich selbst zurückzog, hatte nicht einmal Garvie Zugang zu ihm.

Charlotte nahm ihn in die Arme, wenn er weinte, und wiegte ihn, während das Schluchzen seinen Körper erschütterte.

Voll Stolz sah ihr Pitt zu. Unwillkürlich musste er an die wohlbehütete junge Dame denken, die sie gewesen war, als er sich in sie verliebt hatte. Das Mitgefühl, das sie hier zeigte, ließ sie noch schöner erscheinen, als er sie sich je erträumt hatte.

Aus Garricks Worten ergab sich, dass die vier jungen Offiziere beinahe gleich zu Anfang ihrer Stationierung in Ägypten Freundschaft miteinander geschlossen hatten. Da sie aus einem ähnlichen familiären Hintergrund kamen und ähnliche Interessen hatten, war es kein Wunder, dass sie den größten Teil ihrer dienstfreien Zeit miteinander verbrachten.

Zur Tragödie war es gekommen, als sie erfuhren, dass ein von den Christen verehrter Schrein am Ufer des Nils auch den Moslems heilig war.

Da diese Menschen ihrer Ansicht nach Christus leugneten, hatten sie eines Abends unter dem Einfluss des Alkohols beschlossen, den Schrein in den Augen der Moslems zu entweihen, damit ihn keiner von ihnen je wieder betrat. So hatten sie voll religiösem Eifer ein Schwein entwendet und inmitten des Heiligtums abgestochen, wobei sie das Blut des Tieres überallhin verspritzten. Da den Moslems Schweine als unrein gelten, durften sie sicher sein, diese auf alle Zeiten von dort vertrieben zu haben, denn sie würden fortan Ekel vor dieser Stätte empfinden.

An dieser Stelle seines Berichts bekam Garrick einen solchen Tobsuchtsanfall, dass es nicht einmal Narraway mit seiner Engelsgeduld gelang, noch etwas Sinnvolles aus ihm herauszubringen. Anschließend sank er in sich zusammen und lehnte sich leicht an Charlotte, die neben ihm auf dem Sofa saß. Nur seine weit geöffneten Augen, mit denen er auf irgendein entsetzliches Bild in seinem Gehirn blicken mochte, zeigten, dass noch Leben in ihm war.

Die gellenden Schreie, die er ausgestoßen hatte, würde sie lange nicht vergessen.

Sie lächelte Narraway ein wenig befangen zu. »Wahrscheinlich ist es für Sie wichtig, genauer zu wissen, was vorgefallen ist?«

Seine Augen weiteten sich kaum wahrnehmbar. »Sandeman?«

»Sie müssen wohl, nicht wahr?«

»Ja. Tut mir Leid.« Ihr war klar, dass er das aufrichtig meinte.

Einen Augenblick lang sah es so aus, als wolle er noch etwas sagen, doch dann schien er es sich anders zu überlegen. Sie wandte ihre Aufmerksamkeit Garrick zu, sprach ihn aber nicht an, da er ganz offensichtlich nichts von dem mitbekam, was gesagt wurde. Stattdessen legte sie ihm einfach eine Hand auf die Schulter und strich ihm mit der anderen über das Haar. Was auch immer er getan hatte, es quälte ihn mehr, als er zu ertragen vermochte. Sie sah keinen Grund, ihn zu verurteilen, und nichts, was sie oder sonst jemand tun konnte, wäre für ihn eine entsetzlichere Strafe als die, unter der er bereits litt.

Narraway wandte sich an Pitt. Es war fast vier Uhr morgens. »Hier können wir nichts mehr für ihn tun. Ich kenne ein Haus, wo er in Sicherheit ist, bis wir etwas finden, wo er auf Dauer bleiben kann.«

»Wird man ihm dort helfen?«, fragte Charlotte, während sie ihnen die Haustür aufhielt und Garvie den Männern half, Garrick hinauszubringen, wobei er ununterbrochen sanft auf ihn einredete. Es war unübersehbar, dass Garrick das Haus nicht verlassen wollte. Weder Narraways Versicherungen, man werde ihn auf keinen Fall nach Bedlam zurückbringen, noch Garvies Versprechen, bei ihm zu bleiben, vermochten ihn zu beruhigen. Erst als sie auf dem Gehweg standen und Garrick sich noch einmal verzweifelt umsah, begriff Narraway, dass er nicht das Haus meinte, sondern Charlotte. Der Anflug eines tiefen Mitgefühls trat auf seine Züge, verschwand aber sogleich wieder.

Charlotte wandte sich um und schloss die Tür. Dann lehnte sie sich dagegen und rang nach Luft. Sie kam sich wie eine Verräterin an Garrick vor, weil sie zugelassen hatte, dass man ihn fortbrachte. Alle Vernunftgründe, die ihr sagten, dass es keine andere sinnvolle Lösung gab, vermochten die Erinnerung an die Angst in seinen Augen nicht zu tilgen, an die Verzweiflung, die ihn erfasst hatte, als er begriff, dass sie ihn nicht begleiten würde.

»Geh'n Se noch mal zu dem Priester?«, fragte Gracie ganz ruhig, als sie in die Küche zurückgekehrt waren. »Se müss'n doch die Wahrheit rauskrieg'n.«

»Ja«, sagte Charlotte zögernd. »Sicher steckt noch sehr viel mehr dahinter. Das kann gar nicht anders sein.« Sie fuhr sich mit der Hand über die müden Augen. »Jedenfalls kannst du deiner Freundin Tilda sagen, dass ihr Bruder in Sicherheit ist.«

Um halb zehn kehrten Pitt und Narraway müde und ausgelaugt in die Keppel Street zurück. Sie frühstückten rasch, dann führte Charlotte sie in die Gegend von Seven Dials, zeigte ihnen den Weg durch die Gasse und in den Hof. Diesmal fand sie die richtige Tür ohne die geringsten Schwierigkeiten, und schon bald standen sie vor dem niedergebrannten Kaminfeuer. Sandeman stierte mit bleichem Gesicht an ihnen vorbei in die Ferne. In seinen Augen lagen Qual und Elend.

Obwohl ihm vermutlich klar gewesen war, nachdem er ihr von Garricks Alpträumen berichtet hatte, dass sie zumindest in Begleitung ihres Mannes zurückkommen würde, hatte Charlotte unwillkürlich das Gefühl, auch ihn hintergangen zu haben. Sie sah zu Pitt hinüber und erkannte Mitgefühl auf seinen Zügen. Als sich ihre Blicke trafen, lag in seinen Augen nicht der geringste Vorwurf. Er begriff den Kummer, den sie empfand, wie auch den Grund dafür.

Tränen stiegen ihr in die Augen, und sie wandte sich ab. Dies war nicht der richtige Zeitpunkt, sich ihren Gefühlen hinzugeben; sie waren hier belanglos.

»Ich muss unbedingt wissen, was geschehen ist, Mr Sandeman«, sagte Narraway ohne die geringste Nachgiebigkeit in der Stimme. »Ganz gleich, was ich empfinde oder wünsche – hier kommt es auf nichts anderes als die Wahrheit an.«

»Das ist mir bekannt«, sagte Sandeman. »Eigentlich musste man damit rechnen, dass die Sache eines Tages ans Licht kommen würde. Die Toten kann man begraben, nicht aber die Schuld.«

Narraway nickte. »Über das Schweineopfer und die Entweihung des Heiligtums sind wir im Bilde. Was ist danach geschehen?«

Sandeman sprach, als sei der Schmerz nach wie vor sein ständiger Begleiter und fresse an seinen Eingeweiden. »Eine einheimische Frau, die von der Pflege eines Kranken zurückkehrte, hat den Schein unserer Fackeln bemerkt und ist gekommen, um nachzusehen. Sie hat aufgekreischt, als sie sah, was geschehen war.« Unwillkürlich hob er die Hände, als wolle er seine Ohren bedecken, um das Schreien nicht hören zu müssen. »Lovat hat sie gepackt. Sie hat sich gewehrt.« Seine Stimme war kaum hörbar. »Sie hat immer weiter geschrien. Es war grauenvoll … man konnte hören, dass sie Angst hatte. Er hat ihr das Genick gebrochen. Ich glaube allerdings nicht, dass es mit Absicht geschah.«

Niemand unterbrach ihn.

»Aber man hatte sie gehört«, flüsterte er. »Andere sind gekommen – alle möglichen Leute … Sie haben die Tote da liegen sehen … und Lovat …«

Mit einem Mal schien Eiseskälte durch den Raum zu wehen.

»Sie sind auf uns zugekommen«, fuhr Sandeman fort. »Ich weiß nicht, was sie wollten, aber wir sind in Panik geraten. Wir … wir haben sie erschossen.« Seine Stimme brach. Er versuchte noch etwas zu sagen, aber die Szene in seinem Kopf erstickte wohl alles andere.

Es kam Charlotte vor, als bekomme sie keine Luft.

»Man hat diese Menschen aber nicht gefunden«, sagte Narraway.

»Nein. Wir haben Feuer an das Gebäude gelegt, und sie sind alle darin verbrannt … wie Abfall.« Sandemans Stimme klang rau. »Das war nicht schwer … wir hatten ja unsere Fackeln. Später hat man die Sache als Unfall hingestellt.«

Narraway zögerte nur einen kurzen Augenblick.

»Wie viele waren es?«, fragte er.

Sandeman erschauerte, als er sagte: »Etwa fünfunddreißig. Gezählt hat sie niemand, außer vielleicht der Imam, der sie beerdigt hat.«

Im Raum hing eine entsetzliche Stille. Narraways Gesicht war ebenso fahl wie das Sandemans. »Der Imam?«, wiederholte er mit belegter Stimme.

Sandeman sah ihn an. »Ja. Sie haben ein würdiges Begräbnis nach islamischem Ritus bekommen.«

»Großer Gott!« Narraway stieß den Atem heftig aus.

Charlotte spürte, wie Angst an ihr zu nagen begann. Sie wusste nicht einmal, warum, aber irgendetwas stimmte nicht, etwas Ungeheuerliches. Sie konnte es auf Narraways Gesicht sehen, erkannte es an der starren Haltung seiner Glieder in dem eleganten Anzug.

»Durch wen?«, fragte Narraway mit zitternder Stimme. »Wer hat dafür gesorgt? Wer hat den Imam beauftragt?«

»Der Garnisonskommandeur«, antwortete Sandeman. »General Garrick. Zwar hatte das Feuer gewütet wie in der Hölle, aber irgendwelche Reste waren wohl übrig geblieben.« Er schluckte. Sein Gesicht glänzte vor Schweiß. »Wer sie sich näher ansah, musste erkennen, dass diese Menschen durch Kugeln umgekommen waren und es unmöglich ein Unfall sein konnte.«

»Wer hat noch davon gewusst?«, fragte Narraway mit bebender Stimme.

»Niemand«, gab Sandeman zurück. »Garrick hat die Sache vertuscht, und der Imam hat die Toten beisetzen lassen. Sie wurden in Tücher gewickelt, wie es bei den Moslems Brauch ist, dann hat er die üblichen Gebete gesprochen.«

»Und was hat Ihrer Ansicht nach Stephen Garrick in den Wahnsinn getrieben?«, fragte Narraway. »Sein Schuldbewusstsein oder die Angst, dass eines Tages jemand kommen und die Tat rächen würde?«

»Sein Schuldbewusstsein«, sagte Sandeman ohne zu zögern. »In seinen Alpträumen hat er den Vorfall immer wieder durchlebt. Die von uns getöteten Männer und Frauen haben ihn verfolgt.«

Narraway sah ihn aufmerksam an. »Und werden Sie von ihnen ebenfalls verfolgt?«

»Nein«, sagte Sandeman und sah ihn mit seinen tief in den Höhlen liegenden Augen ruhig an. »Ich habe mich ihnen gestellt und meine Schuld eingestanden. Ich kann zwar die Tat nie ungeschehen machen, werde aber den Rest meines Lebens dazu nutzen, anderen etwas zurückzugeben. Sollte, wer auch immer Lovat getötet hat, mir gleichfalls nach dem Leben trachten, wird er mich hier finden. Wenn er mich tötet, lässt sich daran nichts ändern. Ich werde auch keinen Widerstand leisten, wenn Sie mich jetzt verhaften wollen. Zwar denke ich, dass ich hier nützlicher sein kann als am Ende eines Stricks, aber ich werde mich nicht sperren.«

Charlotte spürte einen solchen Schmerz in ihrer Brust, dass sie kaum noch atmen konnte.

»Gott ist Ihr Richter, nicht ich«, sagte Narraway schlicht. »Für den Fall aber, dass ich Sie noch einmal brauche, wäre es klug von Ihnen, hier zu sein.«

»Das werde ich«, erwiderte Sandeman.

»Und sagen Sie niemandem auch nur ein Wort von dem, was Sie uns berichtet haben«, fügte Narraway hinzu. Mit einem Mal klang seine Stimme schroff, und es schwang sogar eine Drohung darin mit. »Es empfiehlt sich nicht, mich zum Feind zu haben, Mr

Sandeman. Wenn Sie auch nur zu einem Menschen über diese Geschichte sprechen, spüre ich Sie auf. Im Vergleich mit dem, was Ihnen dann blüht, dürfte es Ihnen ausgesprochen verlockend erscheinen, am Ende eines Stricks zu hängen.«

Mit geweiteten Augen sagte Sandeman: »Der Herr bewahre mich! Glauben Sie wirklich, dass ich davon aus freien Stücken noch einmal berichten würde?«

»Ich hatte schon mit Leuten zu tun, die ihre Verbrechen immer wieder erzählen, weil sie wollen, dass man sie ihnen vergibt«, entgegnete Narraway. »Sofern diese Geschichte bekannt wird, könnte das tausend Mal mehr Menschenleben kosten, als Sie und Ihre Kameraden auf dem Gewissen haben. Denken Sie daran, wenn Sie das Bedürfnis empfinden sollten, sich mit einer Beichte Erleichterung zu verschaffen.«

Ein Ausdruck von bitterer Ironie, der wie ein Messer ins Herz schnitt, legte sich auf Sandemans Züge. »Ich glaube Ihnen«, sagte er. »Vermutlich ist das der Grund, warum Sie mich nicht festnehmen.«

Narraways Gesicht wurde eine Spur weicher, Doch nur für einen Augenblick. »Nun ja … und auch Gnade«, sagte er. »Oder vielleicht Gerechtigkeit? Was könnte Ihnen jemand antun, was Sie mehr trifft als die Aufrichtigkeit, mit der Sie sich selbst bestrafen?«

Er wandte sich um und ging langsam zum Ausgang. Pitt nahm Charlottes Arm und folgte ihm. Sie löste sich kurz und warf Sandeman zum Abschied einen Blick und ein Lächeln zu. Als sie sicher sein durfte, dass er beides gesehen und verstanden hatte, ließ sie sich hinausführen.

Keiner von ihnen sprach, bis sie die Säule mit den sieben Sonnenuhren erreichten, denen Seven Dials seinen Namen verdankte. Von dort aus bogen sie in die Little Earl Street ein, die zur Shaftesbury Avenue führte.

Schließlich fragte Charlotte in das Schweigen hinein: »Zwischen dem Mord an Lovat und dieser Geschichte besteht doch sicher ein Zusammenhang?« Sie sah die beiden Männer an.

Mit ausdruckslosem Gesicht erklärte Narraway: »Obwohl jede andere Lösung unglaubhaft wäre, ist mit dem, was wir jetzt wissen, noch nicht eine unserer Schwierigkeiten aus dem Wege geräumt. Im Gegenteil gewinnt die Sache dadurch eine so unvorstellbare Dimension, dass es besser wäre, man ließe zu, dass Ryerson gehängt wird …« Er hielt inne, weil ihn Pitt am Arm gefasst und so scharf herumgedreht hatte, dass Charlotte beinahe mit den beiden zusammengestoßen wäre.

Narraway löste Pitts Hand mit einer Kraft, die diesen verblüffte und vor Schmerz zusammenzucken ließ.

»Die Alternative«, stieß Narraway zwischen den Zähnen hervor, »besteht darin, die Wahrheit ans Licht zu lassen und mit anzusehen, wie sich in ganz Ägypten die Volksmassen erheben. Das wäre nach dem Orabi-Aufstand, der Beschießung Alexandrias, der Sache mit Khartoum und dem Mahdi wie ein Funke, der in ein Pulverfass fällt. Wir würden den Suezkanal verlieren und mit ihm nicht nur den Ägyptenhandel, sondern auch den mit der ganzen Osthälfte unseres Reiches. Aller Verkehr müsste wieder um die Südspitze Afrikas herumgehen. Das würde nicht nur für die Erzeugnisse der Kolonien wie Tee, Gewürze, Bauholz und Seide gelten, sondern auch für unsere sämtlichen Ausfuhren. Alles würde wieder um die Hälfte teurer. Vom militärischen und sonstigen Personenschiffsverkehr mit unseren Kolonien ganz zu schweigen.«

Charlotte sah die Furcht auf seinem Gesicht und wandte sich Pitt zu. Auch er schien das ungeheure Ausmaß der Bedrohung begriffen zu haben.

»Vier betrunkene britische Soldaten schlachten drei Dutzend friedliche Moslems in ihrem eigenen Heiligtum ab!«, sagte Narraway mit kaum hörbarer Stimme. Manche der Worte mussten ihm Charlotte und Pitt förmlich von den Lippen ablesen. »Können Sie sich vorstellen, welchen Aufruhr das in Ägypten, im Sudan und sogar in Indien auslösen würde, wenn es bekannt würde?«

»Und Sie meinen, Miss Sachari hat Lovat getötet, um ihr Volk zu rächen?«, fragte Pitt. Sein Gesicht zeigte, wie tief ihn dieser Gedanke schmerzte.

Charlotte hätte ihn liebend gern getröstet, doch fiel ihr nichts ein. Wer könnte die Ägypterin dafür tadeln? Zweifellos würde das Gesetz, das bei der Bestrafung der für das Massaker Verantwortlichen versagt hatte, dafür sorgen, dass sie gehängt wurde – und vermutlich Ryerson mit ihr. Ob sie das möglicherweise nicht berührte?

»Hat Ryerson mit der Angelegenheit zu tun?«, fragte sie. »Oder hat er einfach Pech gehabt und sich zur falschen Zeit in die falsche Frau verliebt?«

Staunend sah sie unverhüllten Schmerz auf Narraways Gesicht aufzucken. Die Sache schien ihm persönlich sehr nahe zu gehen. Gleich darauf trug er seinen üblichen Gleichmut wieder betont zur Schau, als sei ihm bewusst, dass sie es bemerkt hatte. »Wahrscheinlich«, sagte er und setzte sich wieder in Bewegung.

Sie erreichten die Shaftesbury Avenue. Charlotte wusste nicht, wohin sie wollten, und sie hatte das Gefühl, dass es Pitt und Narraway ebenso ging. Die schreckliche Angst in ihren Köpfen verdrängte alles andere. Zwar nahm sie den Verkehrslärm um sich herum wahr, sah aber nichts als ein Gewirr bedeutungsloser Bewegungen. Wenn auch Alexandria eine andere Welt war, die sie nur von Bildern und aus Pitts Erzählungen kannte, bestand eine so enge Verbindung zwischen der Wirklichkeit dort und allem, was sie hier sah, als befände sich die Stadt gleich hinter der nächsten Grenze. Sofern es in Ägypten zu einem Aufstand kam, würde man britische Soldaten in Marsch setzen, von denen manche sterben würden – ganz wie im Sudan. Sie konnte sich noch an die Zeitungsberichte darüber erinnern. Eine gute Bekannte hatte auf diese Weise ihren einzigen Sohn vor Khartoum verloren.

Und sollte Suez fallen, würde sich das auf eine Unzahl von Dingen im Leben Englands auswirken.

Trotzdem war es Unrecht, einen schuldlosen Menschen zum Tod durch den Strang zu verurteilen. Aber traf Ryerson wirklich keine Schuld an dem Mord? Zwar hätte Tante Vespasia das gern gesehen, doch das genügte nicht. Auch sie konnte sich irren. Verliebte Menschen taten zuweilen Dinge, die anderen nicht nachvollziehbar waren.

Mit einem Mal blieb Narraway stehen und sah Pitt an. »Zumindest für die allernächste Zukunft ist Garrick in Sicherheit. Was Sandeman angeht, habe ich da meine Bedenken, vermute aber, dass er Stillschweigen bewahrt, wenn er die Gefahren richtig einschätzt. Hätte er sein Gewissen dadurch beschwichtigen wollen, dass er sich selbst anklagt, hätte er das längst getan. Seine Aufgabe hier um Seven Dials ist ihm wichtig. Es ist seine Art, Rechenschaft für seine Seele abzulegen. Ich nehme an, er würde eher sterben wollen, als diese Arbeit aufzugeben. Yeats und Lovat leben nicht mehr.«

»Ist das Ayesha Sacharis Werk?«, fragte Pitt beinahe zögernd. »Aus Rache?«

»Wahrscheinlich«, gab Narraway zur Antwort. »Und Gott ist mein Zeuge, ich kann es ihr nicht verdenken – außer, dass sie Ryerson mit da hineingezogen hat. Vielleicht gab es für sie keine Möglichkeit, das zu verhindern. Es kann ohne weiteres Zufall sein, dass er in jener Nacht gerade in dem Augenblick bei ihr eintraf, als sie die Leiche wegschaffen wollte. Sie konnte unmöglich sicher sein, ob er ihr helfen oder die Polizei rufen würde. Mit einem Funken Selbsterhaltungstrieb hätte er Letzteres getan.«

»Aber warum hat sie all die Jahre gewartet?«, mischte sich Charlotte ein. »Wenn jemand meine Angehörigen auf diese Weise umbringen würde, wäre ich nicht so geduldig.«

Narraway sah sie mit einer Mischung aus Neugier und Interesse an. »Ich auch nicht«, sagte er im Brustton der Überzeugung. »Irgendetwas muss sie wohl daran gehindert haben, es früher zu tun. Vielleicht wusste sie ursprünglich nichts davon? Oder sie hatte niemanden, der ihr half. Hatte keine Macht oder kein Geld. Kann sein, sie war nicht vollständig überzeugt oder brauchte Unterstützung.« Er sah abwechselnd Pitt und Charlotte an, als erwarte er von ihnen eine Antwort. »Was könnte Sie in einem solchen Fall zum Warten veranlassen, Mrs Pitt?«

Sie bedachte sich nur kurz. Ein mit sechs grauen Kaltblütern bespanntes Brauereifuhrwerk rumpelte vorüber. Schwer schlugen die

Hufe der langmähnigen Tiere auf die Pflastersteine, ihr blank geputztes Geschirr klirrte leise. »Wenn ich nicht wüsste«, sagte sie dann, »dass es meine Angehörigen getroffen hat oder wer die Täter waren und wo ich sie finden kann. Oder ich müsste mich in einer Situation befinden, aus der ich nicht herauskönnte …«

»Zum Beispiel?«, unterbrach Narraway sie.

»Krankheit. Nehmen wir an, ich müsste ein Kind oder einen Verwandten pflegen oder jemanden schützen, der es auszubaden hätte, wenn ich handelte. Vielleicht jemand, der in die Sache verwickelt ist. Eine Art Geisel oder so etwas.«

Bedächtig nickend sah Narraway Pitt mit gehobenen Brauen an.

»Ausschließlich Unwissenheit wäre für mich ein Grund, nicht tätig zu werden«, sagte dieser. Im selben Augenblick zuckte in seiner Erinnerung etwas auf. »Die Geschichte mit dem Feuer kannte ich, aber die Menschen, mit denen ich gesprochen habe, haben gesagt, es sei ein Unfall gewesen. Woher mag Miss Sachari gewusst haben, dass es sich anders verhält?«

Narraways Züge verhärteten sich. »Eine berechtigte Frage, auf die ich gern die Antwort wüsste. Bedauerlicherweise habe ich keine Ahnung, wo ich mit der Suche danach anfangen soll. Es gibt noch vieles, was ich gern über diesen Fall wüsste – beispielsweise, ob Ayesha Sachari die eigentliche treibende Kraft hinter der Geschichte ist oder im Auftrag eines Dritten oder mit ihm zusammen handelt. Wer weiß etwas über das Massaker, und warum hat man es in Ägypten nicht an die Öffentlichkeit gebracht? Aus welchem Grund haben die Leute erst so lange gewartet und schlagen jetzt hier in London zu?« Bei dieser Frage klang seine Stimme hart und scharf, als treibe ihn eine Gefühlsaufwallung an, die er kaum beherrschen konnte. »Vor allem aber wüsste ich gern: Geht es ihnen ausschließlich um persönliche Rache, oder ist das erst der Anfang?«

Weder Pitt noch Charlotte gaben ihm eine Antwort. Die Frage war zu schwierig und die möglichen Antworten zu entsetzlich.

Beinahe mechanisch legte Pitt Charlotte einen Arm um die Schulter und zog sie näher an sich. Zu sagen gab es nichts.

KAPITEL 12

Vespasia war im Damenzimmer damit beschäftigt, weiße Chrysanthemen und kupferfarbenes Buchenlaub in einer flachen Lalique-Schale zu arrangieren, als sie im Vestibül eine laute und offenbar unbeherrschte Männerstimme hörte. Überrascht wandte sie sich um, als die Tür aufflog und Ferdinand Garrick an ihrem Dienstmädchen vorüber mit vor Zorn hochrotem Gesicht hereinplatzte. Unmittelbar vor dem Aubusson-Teppich blieb er stehen. Auf seinen Zügen lag ein Ausdruck, der an Verzweiflung zu grenzen schien.

»Guten Morgen, Ferdinand«, sagte Vespasia kühl und bedeutete der Bediensteten mit einem leichten Nicken, dass sie gehen könne. Hätte sie nicht bemerkt, dass Garricks Gefühle echt waren, hätte sie das so eisig gesagt, dass sogar der Prinz von Wales die Zurückweisung begriffen hätte. »Ich nehme an, dass etwas Fürchterliches geschehen ist und Sie der Ansicht sind, ich könnte Ihnen helfen.« In einer solchen Situation war Vespasia mitunter bereit, Verstöße gegen die Form zu übersehen, und für einen Augenblick vergaß sie sogar ihre tiefe Abneigung gegenüber der selbstgerechten Religiosität ihres Besuchers.

Garrick war verblüfft. Inzwischen war ihm zu Bewusstsein gekommen, dass er sich unverzeihlich ruppig benommen hatte und er eigentlich damit rechnen musste, statt Verständnis würdevoll vorgetragene Empörung zu erfahren. Das brachte seine Selbstsicherheit ins Wanken. Er stand stocksteif da und atmete schwer.

Sogar aus der Entfernung konnte sie sehen, wie sich seine Brust hob und senkte.

Sie brach die beiden letzten Stängel ab, legte die Blüten in einen Kranz von Buchenblättern und stellte die Schale auf ein niedriges Tischchen. Das Arrangement war exquisit und ebenso schön wie im Sommer, wenn sie statt der Chrysanthemen blutrote Päonienblüten nahm.

»Sagen Sie mir, was vorgefallen ist«, gebot sie. »Falls Sie Tee möchten, lasse ich welchen kommen. Aber vielleicht wäre Ihnen das im Augenblick nur lästig?«

Mit einer schroffen Handbewegung tat er das Angebot ab. »Mein Sohn schwebt in größter Gefahr. Die Leute, die den jungen Lovat umgebracht haben, sind hinter ihm her, und jetzt hat ihn Ihr verrückter Polizist von dem einzigen Ort entführt, an dem er sicher war!«, stieß er mit brennenden Augen anklagend hervor. Mit zitternder Stimme und schwer atmend fuhr er fort: »Sagen Sie den Leuten um Gottes willen, dass sie die Finger davon lassen sollen! Sie ahnen nicht, in was sie sich da einmischen! Die Katastrophe wird …« Offensichtlich überstieg es seine Möglichkeiten, ihr deren Ausmaß zu beschreiben, und so sah er sie mit dem Ausdruck hilfloser Wut an.

Sie merkte, dass es wenig Zweck hatte, in besonnener Weise mit ihm reden zu wollen. Offenkundig trieb ihn eine panische Angst, die ihn daran hindern würde, sich Vernunftargumente anzuhören.

»Sofern tatsächlich Pitt Ihren Sohn von dort fortgeschafft hat, dürfte es das Beste sein, dass Sie ihn von der Gefahr in Kenntnis setzen«, sagte sie gelassen. »Zwar bezweifle ich, dass er sich vormittags zu Hause befindet, aber vielleicht kann ich ihn doch aufspüren. Sollte mir das gelingen, werde ich ihm allerdings genau sagen müssen, um welche Gefahr es sich handelt, damit er Stephen davor schützen kann.«

»Der Mann ist verrückt!«, stieß Garrick mit sich beinahe überschlagender Stimme hervor. »Ohne auch nur zu ahnen, was er tut, hat er eine Sache aufgerührt, die einen ganzen Kontinent in Brand setzen könnte!«

Vespasia war verblüfft. Zwar verstand sie nicht, was Garrick mit seinen unbeherrschten Worten meinte, aber obwohl sie den Mann nicht ausstehen konnte, wusste sie, dass er ein glänzender Soldat gewesen war. Er hatte mit Sicherheit nicht genug Vorstellungskraft, um sich so etwas auszudenken.

»Bitte beruhigen Sie sich wenigstens so weit, dass Sie mir sagen können, was ich ihm mitteilen muss«, sagte sie entschlossen. »Ich kann ihm keine Befehle erteilen, sondern ihn höchstens überzeugen. Wo war Ihr Sohn Stephen, und wann haben Sie erfahren, dass ihn Pitt von dort weggeholt hat?«

Garrick unternahm eine übermenschliche Anstrengung, seine Panik zu beherrschen, doch gehorchte ihm seine Stimme nach wie vor nicht.

»Die Leute, die Lovat umgebracht haben, würden vor nichts zurückschrecken, um auch Stephen zu töten und Sandeman, sofern sie ihn aufspüren können. Stephen hat das gewusst!« Sein Gesicht war hochrot, seine Verlegenheit unübersehbar, dennoch fuhr er mit etwas mehr Fassung fort: »Es ging ihm … nicht gut …«

Vespasia ging schweigend über die Beschönigung hinweg. Sie wusste, welche äußere Gestalt die Krankheit angenommen hatte, doch da es jetzt um deren Ursache ging, unterbrach sie ihn nicht.

»Er hatte Anfälle von Delirium«, fuhr Garrick etwas ruhiger fort. »Ich musste ihn in eine Anstalt geben …« Er holte tief Luft und zitterte dabei. »In die Irrenanstalt von Bethlehem.«

Vespasia war deren Ruf durchaus bekannt, und so waren keine Worte nötig, um ihr das Elend und Entsetzen auszumalen, die dort herrschten. Dass der Mann seinen eigenen Sohn in eine solche von Menschen geschaffene Hölle schickte, sagte ihr mehr über seine Angst, als Worte vermocht hätten.

»Und Pitt hat ihn dort also gefunden und herausgeholt?«, fragte sie. »Glauben Sie nicht, dass er in Wahrheit Stephens Kammerdiener Martin Garvie suchte? Sie haben ihn doch mit hingeschickt, nicht wahr?«

Fassungslose Überraschung malte sich auf seinem Gesicht. »Sie scheinen mehr über die Sache zu wissen, als ich angenommen hatte. Ja, ich vermute, Garvie könnte eher zu seinem Kreis von …« Er hielt inne, weil ihm plötzlich zu Bewusstsein kam, dass er sich Vespasia mit solchen Äußerungen zur Feindin machen könnte, was er sich jetzt keinesfalls leisten konnte. »Finden Sie ihn!«, stieß er verzweifelt hervor. »Bitte.«

Sie sah in sein von Angst verzerrtes Gesicht. »Und was soll ich Pitt, oder wer auch immer damit zu tun hat, sagen?«, erkundigte sie sich. »Wie sieht die Gefahr aus, vor der Sie solche Angst haben, Ferdinand?«

Sie ging zum Sofa hinüber und bedeutete ihm mit einer Handbewegung, Platz zu nehmen, doch er blieb stehen.

»Bringen Sie meinen Jungen zurück, und ich kümmere mich darum!«, stieß er zwischen den Zähnen hervor.

Sie setzte sich mit einem leichten Lächeln hin, das kaum mehr war als eine Entspannung ihrer Züge. »Ich vermute, wenn ihnen so wenig an ihm liegt, dass sie ihn mir einfach übergeben, sobald ich darum bitte, hätten sie sich wahrscheinlich gar nicht erst die Mühe gemacht, ihn dort herauszuholen«, sagte sie in ruhigem Ton. »Wäre es nicht an der Zeit, der Wirklichkeit ins Auge zu sehen?«

Er begann zu sprechen und verstummte gleich wieder.

Sie wartete. Sie würde nicht noch einmal fragen. Er wusste, worum es ging, schließlich war Stephen sein Sohn.

Er senkte den Blick. »Es gibt Leute, die ihn töten würden, wenn sie nur auf diese Weise bestimmte Dinge erfahren könnten, die er weiß«, sagte er.

Ihr war bewusst, dass er ihr mit dieser Antwort auswich. Sicher war das nicht die ganze Wahrheit, doch genügte es für ihre Zwecke. Keinesfalls würde er mehr sagen, wenn man ihn nicht dazu zwang. Das aber wollte sie Victor Narraway überlassen, denn sie war bereits entschlossen, ihn in dieser Sache aufzusuchen.

»Ich werde den Leuten das sagen«, versprach sie.

Er entspannte sich angesichts des so nahe bevorstehenden Sieges ein wenig, trat aber ungeduldig von einem Fuß auf den anderen und wartete, dass sie fortfuhr.

Sie sah ihn kalt an. »Ich habe nicht die Absicht, mich von Ihnen begleiten zu lassen, Ferdinand. Sie haben mir alles gesagt, was ich wissen muss, und Sie haben mir deutlich gemacht, dass die Zeit drängt. Guten Morgen.«

»Danke«, sagte er steif. Auf seinen Zügen mischten sich Erleichterung, Dankbarkeit und so etwas wie Enttäuschung darüber, dass er selbst in dieser Sache nicht tätig werden konnte. Ihm war jede Art von Abhängigkeit zuwider, am meisten aber hasste er es, von Frauen abhängig zu sein. »Ja … ich bin Ihnen zu großem Dank verpflichtet. Auch Ihnen einen guten Tag. Ich –«

»Ich werde Sie von dem Ergebnis in Kenntnis setzen«, versprach sie hoheitsvoll. »Sollten Sie nicht zu Hause sein, werde ich Ihrem Butler eine Mitteilung übergeben.«

»Ich werde zu Hause sein.«

Sie neigte den Kopf kaum wahrnehmbar.

Er errötete, sagte aber nichts weiter. Sie stand auf, sodass er die Form wahren und sich verabschieden konnte, ohne unhöflich zu erscheinen.

Wieder bediente sich Vespasia ihres Telefons. Die Nützlichkeit dieses Instrumentes hatte sie früh erkannt und verstand nicht, warum Menschen etwas dagegen hatten. Immerhin konnte man damit rasch und bequem andere erreichen. Um die Mittagszeit wusste sie, dass Victor Narraway der Verhandlung gegen Ryerson und die Ägypterin beiwohnte und das Gericht sich um ein Uhr zur Mittagspause vertagen würde. Das gab ihr eine Stunde Zeit, um ihn aufzusuchen und ihm mitzuteilen, dass sie ihn dringend sprechen müsse.

Zufällig ergab es sich, dass sie einander auf der Treppe begegneten, gerade als sie im Gerichtsgebäude eintraf. Er kam mit seiner üblichen Eleganz und in scheinbar lässiger Haltung auf sie zu, doch noch bevor sie den Mund auftun konnte, sah sie an den Schatten auf seinem Gesicht und seiner Anspannung, dass er sich zutiefst Sorge machte und vielleicht sogar Angst hatte.

»Guten Tag, Lady Vespasia«, sagte er.

»Guten Tag, Victor. Es tut mir Leid, Sie von Ihren Aufgaben hier am Gericht abzurufen, aber Ferdinand Garrick war heute

Morgen bei mir.« Sie achtete nicht auf seine Überraschung. Für Erklärungen und Förmlichkeiten war jetzt keine Zeit. »Er war in tiefer Sorge. Ihm ist bekannt, dass Pitt seinen Sohn in Bedlam aufgespürt und von dort fortgebracht hat. Ich nehme an, dass er das ohne Ihre Billigung und möglicherweise Ihre Unterstützung nicht getan hätte.«

Er bot ihr den Arm, und sie nahm ihn. Offensichtlich wollte er nicht im Vorraum des Kriminalgerichts Old Bailey mit ihr sprechen, wo möglicherweise jemand mithören konnte.

»Eigentlich ging es uns ursprünglich mehr um seinen Kammerdiener Martin Garvie«, entgegnete er.

»Mir brauchen Sie das nicht auseinander zu setzen – Charlottes Sorge um den jungen Mann ist mir bekannt.«

Der Anflug eines Lächelns umspielte seine Lippen und verschwand gleich wieder. »Mrs Pitt hatte in Erfahrung gebracht, wo er sich aufhielt«, sagte er knapp. »Von einem Priester in der Gegend von Seven Dials.« Ein leichter Wind wehte, als sie nebeneinander vom Gerichtsgebäude den Ludgate Hill hinab und dann ostwärts auf den riesigen Schatten zugingen, den die Sankt-Pauls-Kathedrale warf, deren Kuppel sich dunkel vor dem hellen Himmel abzeichnete.

»Das sieht Charlotte ähnlich«, sagte sie.

Er holte Luft, als wolle er etwas sagen, doch dieser Gedanke wurde von einem weit düstereren verdrängt.

»Vor zwölf Jahren ist es in Ägypten zu einem üblen Übergriff gekommen«, sagte er so rasch, dass sie ihn kaum hören konnte, »an dem Lovat, Garrick, Sandeman und Yeats beteiligt waren. Damals hat Ferdinand Garrick in seiner Eigenschaft als Garnisonskommandeur die Sache vertuscht. Falls jetzt jemand davon erfährt, gleich wer, besteht die Möglichkeit, dass es in Ägypten zum Aufruhr kommt, und zwar in einem solchen Ausmaß, dass es uns Suez kosten könnte. Es gibt Männer, die entschlossen sind zu töten, damit weiterhin Stillschweigen über die Sache bewahrt wird.«

»Ich verstehe.« Sie atmete tief ein. Der Gedanke, den er da vorgetragen hatte, überraschte sie nicht. Es ging um Geld, Macht und tiefe Bindungen. »Heißt das, man hat Lovat aus Rache dafür getötet?«

»So sieht es aus. Bei allem, was uns heilig ist … Wer würde das nicht tun? Aber ich werde Stephen Garrick schützen, solange es nötig ist. Das dürfen Sie seinem Vater gern sagen. Mein Interesse daran, ihn vor seinen Feinden in Sicherheit zu bringen, ist ebenso groß wie seines. Sagen Sie bitte nicht mehr. Ich weiß noch nicht, wer seine Finger in diesem Spiel hat, und schon gar nicht, auf welcher Seite. Gern würde ich auch Ryerson retten, wenn mir das möglich wäre, aber das steht nicht in meiner Macht.«

Sie zögerte kurz. »Kann ich ihn besuchen, ihm einen Freundschaftsdienst leisten?«, fragte sie.

»Ich werde das für heute Abend arrangieren«, versprach er. »Bei der Gelegenheit sollten Sie ihm alles mitteilen, was Sie sagen wollen. Sobald die Geschworenen mit der Sache befasst sind, kann ich … unter Umständen nichts mehr erreichen.«

Sie merkte, dass ihre Stimme zitterte, als sie sagte: »Ich verstehe. Danke.«

»Lady Vespasia.« Er wagte nicht, ihren Namen ohne das Adelsprädikat zu benutzen, weil sie darin möglicherweise eine Unverschämtheit sehen würde.

»Ja?« Sie hatte sich wieder gefasst.

»Es tut mir von Herzen Leid.« Der Schmerz in seinem Gesicht war unverhüllt. Sie wusste nicht, warum ihn eine Verurteilung Ryersons so tief treffen sollte, ja, nicht einmal, ob er ihm mehr zur Last legte als Torheit, aber sie war völlig sicher, dass sie Zeugin einer tiefen persönlichen Empfindung war, die nicht das Geringste mit dem Beruf des Mannes zu tun hatte.

Sie blieb im Schatten der Sankt-Pauls-Kathedrale auf dem stillen Gehweg stehen und sah ihn an. »Auf manche Dinge hat man einfach keinen Einfluss«, sagte sie leise. »Ganz gleich, wie sehr wir uns das wünschen.«

Er war verlegen. So hatte sie ihn noch nie zuvor erlebt.

»Seien Sie um acht Uhr am Eingang von Newgate«, sagte er, dann wandte er sich um und kehrte zum Gericht zurück.

Selbst Narraway konnte für Vespasia nur die Erlaubnis zu einem äußerst kurzen Besuch erreichen. Obwohl sie darauf eingestellt war, bei Ryerson Anzeichen auf den enormen Druck zu erkennen, dem er vermutlich ausgesetzt war, entsetzte sie sein Anblick. Früher hatte er durch seine bloße körperliche Erscheinung auf alle Anwesenden einen unauslöschlichen Eindruck gemacht, sie war immer das Bemerkenswerteste an ihm gewesen, weit eindrucksvoller noch als sein Charakterkopf, seine Intelligenz oder sein Charme.

Als er sich jetzt bei ihrem Eintritt in seine Zelle erhob, wirkte er völlig erschöpft. Seine Haut war bleich und sah sonderbar trocken aus, fast wie Papier. Er trug dieselbe Kleidung wie bei ihrem vorigen Besuch, doch schien sie jetzt lose an ihm herunterzuhängen.

»Vespasia … wie freundlich von Ihnen zu kommen«, sagte er mit rauer Stimme. Er hielt ihr eine Hand zur Begrüßung hin, zog sie dann aber zurück, als befürchte er mit einem Mal, es könne ihr unangenehm sein, sie zu berühren.

Schmerzlich kam ihr der Gedanke, der Grund für die an ihm wahrnehmbare Veränderung sei, dass er nicht mehr von der Schuldlosigkeit seiner Geliebten überzeugt war. Er sah weniger wie ein Märtyrer aus und eher wie jemand, dessen Träume man zerstört hat.

Sie zwang sich zu einem leichten Lächeln, das sich auf ihren Zügen ausbreitete.

»Mein lieber Saville«, sagte sie. »Für dies Privileg werde ich künftig einer ganzen Reihe von Menschen einen Gefallen schulden.« Das entsprach nicht unbedingt der Wahrheit, aber ihr war bewusst, dass ihn das wenigstens einen Augenblick lang freuen würde. »Auch habe ich nur wenige Minuten, bis irgendein pflichtbesessener Schließer kommt und mich abholt«, fuhr sie fort. »Ich habe mir überlegt, dass es vielleicht einen Dienst gibt, um den Sie sonst niemanden bitten konnten und den ich Ihnen möglicherweise leisten kann. Wenn dem so ist, sollten Sie das besser jetzt gleich sagen, für den Fall, dass wir keine weitere Möglichkeit haben, unter vier Augen miteinander zu sprechen.« Gewiss, es war herzlos, die Situation auf diese Weise unverhüllt zu beschreiben, doch hatte sie nicht genug Zeit, um die Dinge herumzureden. Es gab nur diesen Augenblick, keinen anderen.

In bewundernswerter Weise beherrscht und gefasst, teilte er ihr seine Wünsche mit. Bestimmte Vermächtnisse an Angestellte, die ihm treu gedient hatten, waren bereits geregelt, aber es gab noch den einen oder anderen Menschen, dem er Dank schuldete, oder diesen oder jenen, bei dem er sich entschuldigen musste. Vor allem Letzteres machte ihm zu schaffen, und er war dankbar, dass sie versprach, in seinem Sinne zu handeln, sollte das nötig werden. Er durfte sich darauf verlassen, dass sie das in angemessener Weise und mit der dafür angebrachten Mischung aus Offenheit und Zurückhaltung tun würde.

Der Wärter kehrte zurück. Eisig forderte sie ihn auf zu warten. Das tat er, blieb aber dabei an der Tür stehen.

»Brauchen Sie noch etwas?«, fragte sie Ryerson. »Irgendeinen persönlichen Gegenstand, den ich Ihnen bringen könnte?«

Ein schwaches Lächeln trat auf seine Züge und verschwand wieder. »Nein, vielen Dank. Das hat mein Kammerdiener jeden Tag getan. Ich bin so –«

Mit erhobener Hand gebot sie ihm zu schweigen. »Ich weiß«, sagte sie rasch. Sie sah zu dem Wärter hin und ließ sich von ihm die Tür aufhalten. »Gott befohlen, Saville, jedenfalls für den Augenblick.« Sie ging, ohne sich noch einmal umzuwenden. Sie hörte, wie Stahl auf Stahl schlug, als sich die Tür schloss und die schweren Bolzen einrasteten.

Kurz vor dem Ausgang kam ihr ein bescheiden gekleideter Ägypter mit einer Stofftasche entgegen, der mit abgewandten Augen nahezu lautlos an ihr vorüberging. Ob das der Diener der Ägypterin war, der ihr frische Wäsche und andere Dinge brachte, die sie benötigte? Er bewegte sich so unauffällig, dass man glauben konnte, er beherrsche die Kunst, sich unsichtbar zu machen. Wäre er anders gekleidet, sie würde ihn nicht wiedererkennen, wenn sie ihm an einem anderen Ort begegnete. Sie musste daran denken, dass er einem völlig anderen Kulturkreis angehörte. Dann kam ihr der Gedanke, dass sie sich nicht erinnern konnte, Miss Sachari je gesehen zu haben, die Frau im Zentrum des Sturms, der im Begriff stand, Ryerson und möglicherweise auch Stephen Garrick zu zerstören. Sofern sie ihr begegnet war, würde sie sich doch gewiss daran erinnern?

Sie trat auf die Straße, wo ihre Kutsche auf sie wartete. Tief in Gedanken versunken, ließ sie ausnahmsweise zu, dass ihr der Lakai hineinhalf.

An diesem nassen und windigen Abend war Gracie allein im Haus. Das Ehepaar Pitt unternahm einen schon seit längerer Zeit fälligen Besuch bei Charlottes Mutter. Es war bereits ziemlich spät, als es plötzlich an der Hintertür klopfte.

Sie wartete. Das Klopfen wiederholte sich, lauter und eindringlicher.

Sie nahm das Nudelholz zur Hand, entschied sich dann aber für das Tranchiermesser. Sie verbarg es in den Falten ihres Rocks, schlich an die Hintertür und riss sie auf.

Tellman stand davor. Er hatte die Hand erhoben, um erneut zu klopfen. Er machte ein bedrücktes Gesicht und schien zu frieren.

»Sie hätten fragen müssen, wer da ist, bevor Sie aufmachen!«, sagte er sofort.

Sein Tadel ärgerte sie. »Hör'n Se auf, mir zu sagen, was ich zu tun hab, Samuel Tellman!«, gab sie zurück. »Dazu ha'm Se kein Recht. Das is mein Haus, nich Ihrs!« Kaum hatte sie das gesagt, als sie merkte, dass ihr Herz vor unterdrückter Angst schlug. Er hatte Recht. Es wäre ganz einfach gewesen zu fragen, wer an der Tür war, und sie hatte nicht daran gedacht, weil sie mit ihren Gedanken bei Martin Garvie und anderen Menschen gewesen war, die man gegen ihren Willen in Bedlam eingesperrt hatte. Auch beschäftigte es sie, dass sie im Fall des Mannes, der im Garten dieser Ägypterin erschossen worden war, der Lösung noch keinen Schritt näher gekommen waren. Was mochte der da gewollt haben? Man schlich doch nicht mitten in der Nacht im Gebüsch herum!

Tellman trat ein. Er war bleich und wirkte angespannt.

»Jemand muss Ihnen sagen, was Sie tun sollen!«, sagte er und schloss die Tür mit Nachdruck. »Sie sind doch sonst immer so neunmalklug. Was haben Sie da?«

Sie legte das Messer auf den Küchentisch. »'n Tranchiermesser. Wonach sieht es Ihrer Ansicht nach denn aus?«, fuhr sie ihn an.

»Wie etwas, das Ihnen ein Einbrecher abnehmen und an die Kehle setzen würde«, sagte er. »Falls Sie Glück haben!«

»Sind Se gekomm', um mir das zu sagen?«, gab sie zurück. »So blöd bin ich nich.«

»Natürlich bin ich nicht deshalb gekommen!« Er stand neben dem Tisch, offenbar zu angespannt, als dass er sich hätte setzen können. »Aber Sie sollten vernünftiger handeln.«

Hätte ein anderer das gesagt, sie hätte es leichthin abgetan, aber aus seinem Mund war ihr das sonderbar unerträglich. Er war ihr zugleich zu fern und zu nah. Ihr gefiel nicht, dass ihr das so nahe ging, weil es sie unsicher machte und in ihr Gefühle weckte, über die sie keine Herrschaft hatte. Daran war sie nicht gewöhnt.

»Kommandier'n Se mich nich rum, wie wenn ich Ihn' gehör'n würde«, stieß sie hervor, bemüht, das starke Gefühl zu unterdrücken, das sie zu überfluten drohte. Es kam ihr beinahe wie eine Art Einsamkeit vor.

Einen Augenblick lang sah er sie verblüfft an, dann runzelte er leicht die Brauen. »Wollen Sie denn zu niemandem gehören, Gracie?«, fragte er.

Sie war wie vor den Kopf geschlagen. Dass er so etwas sagen würde, hätte sie als Letztes erwartet, und sie hatte keine Antwort darauf. Nein, das stimmte nicht – eine Antwort hatte sie schon, noch aber war sie nicht bereit, ihm das einzugestehen. Sie brauchte mehr Zeit, um sich an den Gedanken zu gewöhnen. Sie schluckte, öffnete den Mund, um das zu bestätigen, merkte dann aber hilflos, dass ihr das nicht möglich war. Es wäre eine Lüge. Wenn er ihr das glaubte, würde er sie womöglich nicht wieder fragen, vielleicht sogar fortgehen.

»Nun …«, stotterte sie. »Nun … ich … ich glaub doch.« Sie hatte es gesagt!

Auch er holte tief Luft. Er empfand keine Unentschlossenheit, wohl aber befürchtete er, abgewiesen zu werden. »Dann wäre es das Beste, Sie würden mir gehören«, sagte er, »denn niemand möchte Sie mehr als ich.«

Sie sah ihn mit aufgerissenen Augen an. Der Augenblick der Entscheidung war da – jetzt oder nie! Ein wohliges Gefühl stieg in ihr auf, und es kam ihr vor, als glitte sie in herrlich warmes Wasser und schwebte schwerelos darin. Sie merkte nicht, dass sie stumm blieb.

»Sie sind zwar dickköpfig und eigensinnig und davon, wo Menschen hingehören, haben Sie die verrücktesten Vorstellungen, die ich je gehört habe«, fuhr er in der entstandenen Stille fort, »aber so wahr mir Gott helfe, es gibt keine andere, die ich wirklich möchte … Wenn Sie mich also nehmen wollen …« Er hielt inne. »Erwarten Sie etwa, dass ich jetzt sage, ich liebe Sie? Schon möglich, dass Sie blöd sind, aber so blöd, dass Sie das nicht wissen, sind Sie nicht!«

»Se ha'm ja Recht«, sagte sie rasch. »Un … un …«

Das Mindeste, was er erwarten durfte, war, dass sie ihm eine ehrliche Antwort gab, wie schwer ihr das auch fallen mochte. »Ich liebe Sie auch, Samuel. Aber das is kein Grund, sich Freiheiten rauszunehmen, und es gibt Ihnen auch kein Recht, mir zu sagen, was ich tun soll un was nich.«

Auf sein hageres Gesicht legte sich ein breites Lächeln. »Sie werden tun, was ich Ihnen sage! Aber da ich in meinem Hause meine Ruhe haben möchte, werde ich Ihnen wohl nichts sagen, was Sie zu sehr aufbringen würde.«

»Gut.« Sie schluckte. »Dann is ja alles in Ordnung, wenn … wenn es so weit is.« Sie schluckte erneut. »'ne Tasse Tee? Sie schein' mir ja mächtig durchgefror'n zu sein.«

»Ja«, nahm er an, zog sich einen Stuhl herbei und setzte sich. »Ja, gern, bitte.« Ihm war bewusst, dass es unklug wäre, sie jetzt nach dem richtigen Zeitpunkt zu fragen. Sie hatte Ja gesagt, das genügte.

Sie ging an ihm vorüber zum Herd. Sie fühlte sich ungeheuer erleichtert. Sie war so weit gegangen, wie sie im Augenblick konnte. »Bis du deshalb gekomm'?«, fragte sie.

»Nein. Das hatte ich schon … schon eine Weile vor. Ich wollte Mr Pitt sagen, dass die Polizei im Fall Eden Lodge einen neuen Zeugen hat und dass es ziemlich schlimm aussieht.«

Sie schob den Kessel über die Feuerstelle und drehte sich zu ihm um. »Was für 'n Zeuge is das?«

»Er sagt, er weiß, dass die Ägypterin Mr Lovat eine Mitteilung geschickt hat, in der es hieß, er solle zu ihr kommen«, sagte er mit finsterer Miene. »Natürlich muss er das vor Gericht bestätigen.«

»Was könn'n wir tun?«, erkundigte sie sich besorgt.

»Nichts«, gab er zur Antwort. »Aber es ist besser, wenn man es weiß.«

Sie nahm das stumm zur Kenntnis, machte sich aber um Pitts willen große Sorgen. Nicht einmal das Gefühl der Wärme in ihr und der kleine Triumph, den sie empfand, weil sie sich der Entscheidung gestellt und sie akzeptiert hatte – und mit ihr all die bedeutenden Veränderungen, die eines Tages daraus erwachsen würden –, verdrängten ihre Sorge um Pitt und den Fall, den sie jetzt wohl nicht mehr für sich würden entscheiden können.

Bald darauf kehrte Pitt zurück. Er dankte Tellman für seinen Bericht, zog den Mantel an und verließ sofort wieder das Haus. Diese Neuigkeit konnte nicht bis zum nächsten Tag warten; Narraway musste sie unverzüglich erfahren. Es war Freitagabend, und so waren ihnen bis zur Fortsetzung des Verfahrens zwei Tage geschenkt. In dieser kurzen Zeit ließ sich wohl schwerlich etwas Entscheidendes bewirken. Einen so vollständigen Fehlschlag wie diesen hier hatte Pitt noch nie erlitten. Dies Bewusstsein verursachte ihm eine innere Leere und ein Gefühl der Bitterkeit, von dem er nicht glaubte, dass er es je würde abschütteln können.

Natürlich war es auch früher vorgekommen, dass er einzelne Fälle nicht zu lösen vermochte. Bei anderen war er sicher gewesen, dass er die Lösung wusste, ohne dass er sie beweisen konnte – doch waren sie nicht von so weit tragender Bedeutung gewesen.

Als Narraway hörte, wie die Tür zu seinem Arbeitszimmer geöffnet und geschlossen wurde, hob er die Augen und sah Pitt vor sich stehen. Ein Blick auf sein Gesicht genügte. »Nun?«, fragte er und beugte sich vor, als wolle er sich erheben.

»Die Polizei hat einen Zeugen, der aussagt, Miss Sachari habe Lovat schriftlich aufgefordert, zu ihr zu kommen«, sagte er einfach. Die Sache als weniger entsetzlich hinstellen zu wollen, als sie war, wäre sinnlos gewesen. Schon bevor Narraway den Mund auftat, war ihm das vollständige Ausmaß der Katastrophe bewusst.

»Sie hat ihn also absichtlich in ihren Garten gelockt«, stieß Narraway bitter hervor. »Entweder hat er die Mitteilung selbst vernichtet, oder sie hat sie wieder an sich gebracht, bevor die Polizei gekommen ist. Wir haben es also nicht mit einer spontanen Handlungsweise zu tun, sondern mit einem geplanten Mord.« Nachdenklich legte er das Gesicht in Falten. »Aber hat es zu ihrem Plan gehört, Ryerson mit in die Sache hineinzuziehen, oder war das ein unglücklicher Zufall?«

»Falls sie es geplant hätte«, sagte Pitt und setzte sich unaufgefordert, »muss sie seiner außergewöhnlich sicher gewesen sein. Woher wollte sie wissen, dass er dort sein würde, bevor die Polizei kam, und dass er bereit sein würde, ihr beim Fortschaffen des Leichnams zu helfen? Hatte sie einen anderen Plan gehabt für den Fall, dass er Alarm geschlagen hätte, statt zu tun, was sie von ihm erwartete?«

Narraway verzog den Mund. Es sah aus wie eine Grimasse. »Ich würde mich nicht wundern, wenn sie selbst die Polizei gerufen oder ihren Diener damit beauftragt hätte. Sofern es sich um einen Racheakt wegen des Massakers handelt, war der Mann sicher an der Sache beteiligt.«

Mit finsterer Miene starrte er vor sich hin, als sähe er vor seinem inneren Auge ein Schreckensbild. »Vermutlich wird man diesen Zeugen am Montag vernehmen?«, fragte er, ohne Pitt anzublicken.

»Das nehme ich an«, sagte dieser. »Immerhin würde das den Beweis für einen vorbedachten Mord liefern.«

»Danach wird sie dann verhört und legt aller Welt ihre Gründe dar«, fuhr Narraway mit leiser, harter Stimme fort. »Die Zeitungen haben bestimmt nichts Besseres zu tun, als alles möglichst schnell zu drucken. Dann wird es nach wenigen Stunden im ganzen Land und schon bald darauf in der ganzen Welt bekannt sein.« Sein Gesicht sah aus, als hätte man ihn geschlagen. »In Ägypten wird es einen Aufstand geben, neben dem die Erhebung des Mahdi und das Blutbad im Sudan wie eine Teegesellschaft in einem Pfarrgarten aussehen wird. Sogar die Sache mit Gordon in Khartoum wird im Vergleich damit als zivilisierte Auseinandersetzung zwischen zwei Völkern erscheinen. In dem Fall kann es gar nicht ausbleiben, dass wir Suez verlieren.« Mit angespannten Schultern ballte er die Fäuste. »Gott im Himmel! Was für ein entsetzliches Fiasko. All unsere Bemühungen waren von Anfang an zum Scheitern verurteilt«, stieß er verzweifelt hervor.

»Ich verstehe das nicht«, sagte Pitt langsam, als ertaste er bedächtig seinen Weg in einer undurchdringlichen Finsternis. »Warum gerade jetzt? Sofern sie mit der Absicht nach London gekommen ist, das Massaker an die Öffentlichkeit zu bringen – warum dann der ganze Umstand mit Ryerson und dem Versuch, die Herstellung von Baumwolltextilien wieder nach Ägypten zu verlagern, und schließlich der Mord an Lovat?« Er sah Narraway verständnislos an. »Warum hat sie die Sache nicht einfach in Ägypten bekannt gemacht? Das Beweismaterial ist im Lande. Man hätte die Leichen exhumieren können. Auch wenn sie verbrannt worden sind – bei über dreißig Erschossenen hätte man sicher noch von den Kugeln durchschlagene oder abgesplitterte Knochen gefunden, als Beweis dafür, dass das Feuer nicht etwa zufällig entstanden war. Warum diese ganze Mordgeschichte und die Verhandlung? Warum sollte sie überhaupt ihr Leben aufs Spiel setzen? Wenn den Leuten die Hintergründe des Massakers bekannt sind, müsste denen angesichts der Möglichkeit, das Ganze öffentlich zu machen, die Ermordung eines der dafür verantwortlichen Soldaten geradezu unerheblich erscheinen. Wie die Dinge jetzt liegen, muss man doch sagen, dass die Leute das Ganze mit geradezu lächerlich anmutender Unfähigkeit gehandhabt haben.«

Narraway sah ihn mit weit offenen Augen an. »Was wollen Sie genau damit sagen, Pitt? Dass jemand die Frau benutzt hat und jetzt für entbehrlich hält?«

»Ich vermute … ja«, stimmte Pitt zu. »Wer hätte einen Vorteil davon, Ryerson in die Sache zu verwickeln?«

»Nun, es würde ein großes Echo in der Öffentlichkeit hervorrufen«, sagte Narraway sogleich. »Die Ermordung eines untergeordneten Diplomaten ist nicht weiter erheblich. Wenn Journalisten in ganz Europa über den Fall berichten, dann ausschließlich, weil Ryerson in ihn verwickelt ist. Wir hätten nicht die geringste Aussicht, Stillschweigen darüber zu bewahren. Damit würde aber nicht nur das gewalttätige Ereignis mit allen entsetzlichen Einzelheiten an die Öffentlichkeit kommen, sondern auch alle törichten und widerlichen Schritte, die man seither unternommen hat, um zu verhindern, dass es bekannt wurde.«

»Sie ist also in der Überzeugung ins Land gekommen, etwas für die ägyptische Baumwollindustrie tun zu können, während ihre Auftraggeber von Anfang an die Absicht hatten, diesen Fall publik zu machen?« Für Pitt ergab das fraglos einen Sinn, denn jetzt passte alles ins Bild, was er in Alexandria über Ayesha Sachari erfahren hatte. Wieder einmal hatte jemand sie verraten, aber diesmal würde es sie das Leben kosten. Eine einzige Frage blieb zu beantworten. »Was hat man ihr gesagt, um sie dazu zu bringen, dass sie Lovat tötete?«, fragte er. »Oder hat sie es gar nicht getan?«

Narraway sah ihn erst verblüfft an, dann nachdenklich. »Ich weiß nicht«, sagte er schließlich. »Nehmen wir an, sie hat die Tat nicht begangen – wer war es dann?«

Pitt stand auf. »Ich weiß es nicht.« Eine tiefe Wut quoll in ihm hoch, weil jemand offenkundig sie ebenso wie Ryerson benutzt hatte, mit dem Ziel, demnächst in Ägypten eine Unzahl von Menschen in eine Katastrophe zu treiben. Nicht nur die Schönheit und Wärme Alexandrias würden ihr zum Opfer fallen, sondern auch die Männer und Frauen, deren Gesichter er dort gesehen hatte, ohne ihre Namen zu kennen. Es war ihm in tiefster Seele zuwider, dass er nicht wusste, was da gespielt wurde, und dass er in dieser Geschichte hierhin und dorthin gerissen wurde, ohne zu wissen, was er wirklich glauben sollte.

»Verschaffen Sie mir eine Besuchserlaubnis bei ihr.« Das war eine Forderung, keine Bitte.

»Die kann ich erst morgen früh bekommen«, sagte Narraway. »Sie brauchen sie schriftlich«, fügte er hinzu, als Pitt zögerte. »Da sie noch nicht schuldig gesprochen ist, hat sie nach wie vor bestimmte Rechte. Noch hält die ägyptische Botschaft ihre schützende Hand über sie. Bis morgen Nachmittag haben Sie Ihre Erlaubnis.«

Pitt gab sich damit zufrieden, weil er keine Wahl hatte.

Am folgenden Tag suchte er Narraway um die Mittagszeit auf. Die wenigen Stunden, in denen er Schlaf gefunden hatte, waren mit Träumen von Gewalt und nahezu unerträglicher Spannung angefüllt gewesen. Fast zwei Stunden musste er allein im Empfangszimmer warten, bis Narraway mit einem Blatt Papier in einem Umschlag zurückkehrte und es ihm ohne nähere Erklärung übergab.

»Danke.« Pitt nahm es. Er sah auf die wenigen Zeilen und war beeindruckt, dachte aber nicht im Traum daran, Narraway das merken zu lassen. »Ich gehe sofort zu ihr.«

»Tun Sie das, bevor es sich die Leute anders überlegen.« Dann fügte er hinzu: »Noch etwas, Pitt – seien Sie vorsichtig! Der Einsatz, um den hier gespielt wird, ist sehr hoch und heißt vielleicht sogar Krieg. Mit Sicherheit haben die Leute, die dahinter stecken, keine Bedenken, einen Polizisten mehr oder weniger aus dem Weg zu räumen.«

Obwohl ihm die Situation klar war, blieben diese Worte nicht ohne Eindruck auf ihn. Schroff sagte er: »Das weiß ich selbst«, wandte sich um und ging. Er warf Narraway einen kurzen Abschiedsgruß über die Schulter zu, damit dieser nichts vom Sturm der Gefühle merkte, die in ihm tobten. Gefahren waren ihm vertraut. Wer wie er Streifendienst in Londons finstersten Gässchen gemacht hatte, hatte zwangsläufig solche Erfahrungen gemacht. Diese Sache aber war von einer anderen Größenordnung, die Verschwörung, um die es dabei ging, war von einem Ausmaß, mit dem er noch nie zu tun gehabt hatte. Hier handelte es sich nicht um die Pläne eines einzelnen Menschen, sondern es ging um das Schicksal eines ganzen Landes, die Möglichkeit sinnloser Zerstörung und tausendfachen Todes.

Er nahm die erste Droschke, die vorüberkam, und forderte den Kutscher auf, ihn so rasch wie möglich nach Newgate zu bringen. Dort suchte er sofort den zuständigen Wärter auf und zeigte ihm die Vollmacht, die ihm Narraway gegeben hatte. Der Mann las sie zweimal bedächtig durch und beriet sich dann mit einem Vorgesetzten. Endlich, als Pitt schon im Begriff stand zu explodieren, führte er ihn zur Zelle der Ägypterin und schloss auf.

Pitt trat ein und hörte, wie die Stahltür hinter ihm ins Schloss fiel. Der Anblick der Frau, der er sich gegenübersah, machte ihn sprachlos. Er hatte sich aus seinen Vorstellungen und aus dem, was er in Alexandria gesehen hatte, ein Bild von Ayesha Sachari gemacht. Vielleicht hatten alte Berichte über die griechisch beeinflusste Stadt seine Vorstellungen von ihr geprägt, ohne dass ihm das zu Bewusstsein gekommen war. So hatte er vor seinem inneren Auge eine Frau von höchstens durchschnittlicher Größe mit weich gerundetem Leib, olivfarbener Haut und glänzend schwarzem Haar gesehen.

In Wahrheit war sie ziemlich groß, nur eine knappe Handbreit kleiner als er, feingliedrig und schlank. Sie trug ein helles Seidengewand, ähnlich denen, die er an Frauen in Alexandria gesehen hatte, doch war es anmutiger geschnitten. Das Ungewöhnlichste aber waren ihre nahezu schwarze Haut und das Haar, das ihr glatt um den vollkommen geformten Kopf lag. Ihre Züge waren mehr als schön, sie wirkte herrlich wie ein Kunstwerk, doch ließ die Ausstrahlung, die von ihr ausging, keinen Zweifel daran, dass es sich um eine lebende, atmende Frau handelte. Sie war ganz offensichtlich keine der mediterranen Ägypterinnen, sondern stammte, weit tiefer in die Vergangenheit reichend, aus dem alten koptischen Afrika.

»Wer sind Sie?« Ihre leise, ein wenig belegte Stimme holte ihn unvermittelt in die Gegenwart zurück. Er hörte kaum einen Akzent. Ihm fiel lediglich auf, dass sie die Worte ein wenig deutlicher aussprach als die meisten Engländerinnen – etwa so wie Großtante Vespasia.

»Entschuldigung, Miss Sachari«, sagte er automatisch. »Ich heiße Thomas Pitt und muss unbedingt mit Ihnen sprechen, bevor das Gericht am Montag wieder zusammentritt. Bestimmte Dinge, von denen Sie möglicherweise nichts wissen, sind ans Licht gekommen.«

»Sie können mir sagen, was Sie wollen«, entgegnete sie ihm gleichmütig. »Außer dem, was ich bereits ausgesagt habe, habe ich Ihnen nichts zu sagen. Da ich es nicht beweisen kann, ist es wohl wenig sinnvoll, es zu wiederholen. Sie vergeuden Ihre Zeit, Mr Pitt – und auch die meine, die möglicherweise sehr bemessen ist.« Sie sagte das ohne den geringsten Anflug von Selbstmitleid, doch konnte er an ihrem Gesicht erkennen, dass hinter ihrem Mut unendlicher Kummer lag.

Er blieb stehen, weil es außer ihrer Pritsche keine Sitzgelegenheit gab.

»Ich war vor etwa drei Wochen in Alexandria«, begann er. Er sah, wie sie vor Überraschung erstarrte, ohne aber etwas zu sagen. »Ich wollte mehr über Sie in Erfahrung bringen«, fuhr er fort. »Und ich muss gestehen, dass mich in Erstaunen versetzt hat, was ich erfahren habe.«

Ein leichtes Lächeln legte sich auf ihr Gesicht und verschwand gleich wieder. Sie strahlte eine Ruhe aus, die nichts damit zu tun hatte, dass sie sich nicht bewegte – es war eine innere Beherrschung, eine Gelassenheit des Geistes.

»Ich glaube, Sie sind nach England gekommen, weil Sie Ryerson dazu bewegen wollten, dass er Einfluss auf die Baumwollindustrie nimmt, damit mehr ägyptische Baumwolle dort verarbeitet wird, wo man sie anbaut, und die Fabriken wieder in Gang gesetzt werden können, wie zu Mohammed Alis Zeiten.«

Wieder war sie sprachlos. Ihre Verwunderung äußerte sich in einem kaum wahrnehmbaren Anhalten des Atems, das er mehr spürte als sah.

»Dahinter stand die Absicht zu erreichen, dass Ihr Volk durch seiner Hände Arbeit Wohlstand erlangen kann«, fügte er hinzu.

»Das war eine naive Annahme. Wäre Ihnen klar gewesen, wie viel Geld in dieser Industrie steckt, wie viele mächtige Menschen dahinter stehen, hätten Sie wahrscheinlich bald erkannt, dass kein Einwohner Einfluss darauf nehmen kann, nicht einmal jemand in Ryersons Position.«

Sie holte Luft, als wolle sie etwas dagegen sagen, stieß dann aber den Atem lautlos wieder aus und wandte sich halb von ihm ab. Das Licht spielte auf ihrem Gesicht wie auf glänzender Seide. Ihre Haut war untadelig, die Backenknochen hoch, ihre Nase lang und gerade, und die Augen standen leicht schräg. Es war ein Gesicht, auf dem sich Leidenschaft und unendliche Würde mischten. Die feinen Linien, die er nur sehen konnte, weil er ganz in ihrer Nähe stand, rührten vom Lachen, waren zu seiner Überraschung ein Hinweis darauf, dass sie nicht nur intelligent, sondern auch zur Ironie fähig war.

»Vermutlich war dem Mann, der Sie hergeschickt hat, klar, dass Ihr Vorhaben keinesfalls gelingen konnte«, fuhr er fort. Er war nicht sicher, ob sich ein Schatten bewegt hatte oder ob bei diesen Worten ihr Körper unter der Seide ihres Kleides erstarrt war. »Ich nehme an, dass er einen anderen Zweck verfolgt hat«, sprach er weiter, »und die Baumwolle nur ein Vorwand war, den er Ihnen nannte, weil das eine Aufgabe war, der Sie mit aller Kraft dienen konnten, ganz gleich, was es Sie selbst kosten würde.«

»Sie irren sich«, sagte sie, ohne ihn anzusehen. »Sofern ich naiv war, habe ich einen hohen Preis dafür bezahlt, aber Leutnant Lovat habe ich nicht getötet.«

»Und trotzdem sind Sie bereit, sich dafür hängen zu lassen?«, fragte er überrascht. »Und nehmen auch in Kauf, dass man Mr Ryerson hängt?«

Sie zuckte leicht zusammen, als hätte er sie geschlagen, änderte ihre Position aber nicht im Geringsten und gab keinen Laut von sich.

»Glauben Sie etwa, man würde ihn laufen lassen, weil er Kabinettsmitglied ist?«, fragte Pitt.

Endlich wandte sie sich ihm zu. Ihre weit offenen Augen waren nahezu schwarz.

»Ist Ihnen noch nicht aufgegangen, dass er Feinde hat?«, fragte er lauter, als es seiner Art entsprach. Wenn er sie mit Samthandschuhen anfasste, würde sie ihm vielleicht ausweichen, und er würde wieder nicht die Wahrheit erfahren. »Wer auch immer Sie hergeschickt hat, hat weit mehr im Sinn als Baumwolle, ob in Ägypten oder Manchester.«

»Das stimmt nicht.« Sie sagte es wie eine Tatsache. In ihren Augen lag der Ausdruck von Gewissheit. Doch schon sah er, dass sie schwankend wurde.

»Wenn Sie Lovat nicht getötet haben, wer war es dann?«, fragte er, wieder mit leiser Stimme. Noch hatte er sich nicht entschieden, ob er auf das Massaker zu sprechen kommen oder es nur andeuten wollte. Er beobachtete sie, versuchte in ihrem Gesichtsausdruck zu lesen, einen Hinweis zu finden, und sei er noch so flüchtig, der den Hass verriet, der hinter einem Mord aus Rache stehen konnte. Bisher hatte er nicht einmal eine Andeutung davon gesehen.

»Ich weiß nicht«, erwiderte sie. »Aber Sie haben gesagt, dass die Sache nichts mit Baumwolle zu tun hat. Womit hat sie dann zu tun?«

Es war so gut wie undenkbar, dass sie die Antwort kannte. Würden die Liebe zu ihrer Heimat und zur Gerechtigkeit, sofern er es ihr sagte, sie dazu veranlassen zu sprechen, und sei es nur, um zu zeigen, dass ihr Verbrechen gerechtfertigt war? Würde ein Richter angesichts einer so ungeheuerlichen Provokation auf mildernde Umstände erkennen? Wenn er Richter wäre, würde er das gewiss tun! »Mit anderen politischen Gründen«, sagte er ausweichend. »Altes Unrecht sollte angeprangert werden, mit dem Ziel, zu Gewalttaten aufzurufen, wenn nicht gar zum Aufstand.«

»Wie die Derwische im Sudan?«, fragte sie matt.

»Warum nicht? Wenn Sie über die Sache im Licht dessen nachdenken, was Sie jetzt wissen, glauben Sie dann wirklich, dass je die Aussicht bestanden hat, in der Baumwollindustrie eine Änderung herbeizuführen, bevor sich die politischen und wirtschaftlichen Verhältnisse geändert haben, ganz gleich, wie Mr Ryersons Überzeugungen oder Wünsche aussehen mochten?«

Sie dachte einen Augenblick nach, bevor sie kaum hörbar einräumte: »Nein.«

»Dann ist doch sicher denkbar, dass das auch Ihrem Auftraggeber bekannt war und er in Wahrheit einen anderen Plan verfolgte?«, setzte er nach.

Sie gab keine Antwort, doch er merkte, dass sie begriffen hatte.

»Außerdem lässt es ihn völlig kalt, wenn Sie für einen Mord gehängt werden, den Sie nicht begangen haben«, fuhr er fort, »und Ryerson dasselbe Schicksal erwartet.«

Das schmerzte sie. Er sah, wie sie erstarrte und ihr das Blut aus den Wangen wich.

»Könnte es sein, dass er Lovat getötet hat?«, fragte er.

Ihr Kopf neigte sich ganz langsam und kaum merkbar, aber es war eine Zustimmung.

»Auf welche Weise?«, fragte er.

»Er … er spielt die Rolle meines Dieners.«

Natürlich! Tariq El Abd, lautlos und nahezu unsichtbar. Dieser Mann hätte ohne die geringsten Schwierigkeiten ihre Waffe nehmen, Lovat erschießen und anschließend die Polizei anrufen können, damit sie Ryerson am Tatort fand. Er hätte das Ganze ohne weiteres einfädeln können, denn selbstverständlich hatte sie ihm ihre für Lovat bestimmten Briefe gegeben, damit er sie ihm überbrachte. Es war eine vollkommene Tarnung, denn ehe jemand einen Verdacht gegen ihn schöpfte, würde man alle möglichen anderen verdächtigen.

»Danke«, sagte er und meinte es aufrichtig. Immerhin war auf diese Weise das Geheimnis enthüllt, wenn auch das Problem damit noch nicht gelöst war. Erneut ging ihm auf, wie sehr er gehofft hatte, dass nicht sie die Täterin war. Es war beinahe, als sei ihm ein Gewicht von den Schultern genommen worden.

»Was werden Sie tun, Mr Pitt?«, fragte sie mit einer Stimme, in der jetzt doch Angst schwang.

»Ich werde nachweisen, dass man Sie benutzt hat, Miss Sachari.« Ihm war klar, dass seine Worte sie zwangsläufig an jene andere, Jahre zurückliegende Gelegenheit erinnerten, bei der man sie benutzt und verraten hatte. »Und dass weder Sie noch Mr Ryerson des Mordes schuldig sind. Und ich werde mich bemühen, das zu tun, ohne dass es in Ägypten zu einem Blutbad kommt. Ich fürchte, das zweite Ziel hat Vorrang vor dem ersten.«

Ohne etwas zu sagen, stand sie da, reglos wie eine Ebenholzstatue, während er sich mit einem leichten Lächeln verabschiedete und an die Zellentür klopfte, um den Wärter zu rufen.

Er überlegte nur kurz, ob er allein gehen oder vorher Narraway aufsuchen und ihn ins Bild setzen sollte. Wenn Tariq El Abd die treibende Kraft hinter dem Plan war, das Massaker an die Öffentlichkeit zu bringen und in Ägpyten die Fackel des Aufruhrs zu entzünden, würde er sich bestimmt nicht tatenlos von Pitt oder sonst jemandem festnehmen lassen. Wenn er allein nach Eden Lodge ging, würde er den Mann möglicherweise nur warnen und unter Umständen die befürchtete Katastrophe damit noch beschleunigen.

Er hielt eine Droschke am Straßenrand an und nannte Narraways Büroadresse. Hoffentlich war er da.

»Was bringen Sie Neues?«, fragte Narraway, als er Pitts Gesicht sah.

»Der Unbekannte, der hinter Ayesha Sachari steckt, ist ihr Diener Tariq El Abd«, sagte er. Narraways Ausdruck zeigte ihm, dass keine weitere Erklärung nötig war.

»Wir waren mit Blindheit geschlagen!«, brach es aus Narraway heraus. Er war wütend auf sich, dass er nicht von selbst auf diese nahe liegende Lösung gekommen war. Dann sprang er auf. »Ein Dienstbote, und noch dazu ein fremdländischer, sodass wir ihn nicht einmal in unsere Erwägungen einbeziehen! Verdammt! Das hätte mir nicht passieren dürfen!« Er riss eine Schublade auf, der er eine Pistole entnahm. Dann schob er sie mit Schwung wieder zu und ging Pitt mit großen Schritten voraus. »Ich hoffe, Sie waren so klug, die Droschke warten zu lassen«, sagte er spitz.

»Selbstverständlich«, gab Pitt zurück und folgte ihm aus der Haustür, die Treppe hinunter und auf die Straße hinaus, wo die Droschke stand. Unruhig tänzelte das Pferd. Vielleicht spürte es die Anspannung des Kutschers.

»Eden Lodge!«, sagte Narraway knapp, stieg vor Pitt ein und gebot dem Kutscher mit einer Handbewegung anzufahren, während Pitt noch den Fuß auf dem Trittbrett hatte.

Auf der ganzen Fahrt durch die belebten Straßen, um Plätze herum, unter Bäumen hindurch, deren Laub sich langsam verfärbte, sprach keiner der beiden ein Wort.

Als die Droschke vor Eden Lodge anhielt, stieß Narraway hervor: »Hinten herum!«, und sprang gelenkig heraus.

Das Haus stand verlassen. Der Herd in der Küche war kalt, die Asche grau, die Lebensmittel in der Vorratskammer fast schon verdorben.

Narraway stieß einen wilden Fluch aus, doch war ihm klar, dass weder er noch sonst jemand etwas tun konnte.

KAPITEL 13

Weder der Polizei noch einem der anderen Männer, die Narraway auf die Fährte von Ayesha Sacharis Diener setzte, gelang es, eine Spur von Tariq El Abd zu finden. Der Sonntag war kalt und windig, als ob auch das Wetter eine bevorstehende Katastrophe gespürt hätte, so wie Pitt. Er saß den ganzen Tag im Hause herum, weil es für ihn nichts Nützliches zu tun gab. Die Verhandlung sollte am nächsten Vormittag weitergehen, und vermutlich würde dann der Diener wieder auftauchen, um vor der Öffentlichkeit die Wahrheit über das Massaker mit all seinen gewalttätigen und entsetzlichen Einzelheiten auszubreiten. Damit wären alle Aussichten dahin, in Ägypten je Frieden zu schaffen. Es würde mit Sicherheit das Ende der englischen Herrschaft und aller Vorteile bedeuten, die das britische Weltreich aus dem Besitz des Suezkanals zog.

Pitt hatte Charlotte berichtet, was er wusste, da es ihm sinnlos erschien, ihr etwas vorzuenthalten. Den einzigen Teil der Geschichte, der mit Gefahren verbunden war, hatte sie schon vor ihm gekannt.

Das sonntägliche Mittagessen, bei dem die Familie stets gemeinsam am Tisch saß, war die förmlichste Mahlzeit der ganzen Woche. Daniel und Jemima erschien es Angst einflößend und aufregend zugleich. Es war fast, als wären sie erwachsen, was sie sich zwar wünschten, denn es gehört zum Leben – aber doch nicht unbedingt so früh!

Nach der Mahlzeit zogen sich Gracie und die Kinder den Mantel an und verließen das Haus zu einem Spaziergang. Pitt setzte sich ans Kaminfeuer und tat so, als ob er läse, blätterte aber kein einziges Mal um, während sich Charlotte ein zu säumendes Laken vornahm. Auf diese Arbeit brauchte sie sich nicht zu konzentrieren, sie konnte sie mechanisch erledigen.

»Was wird er deiner Ansicht nach tun?«, brach sie das lastende Schweigen. »Als Zeuge der Verteidigung auftreten und sagen, dass er Lovat aus Rache getötet hat, weil er bei dem Massaker sämtliche Angehörigen verloren hat, oder etwas in der Art? Und das Gemetzel dann in allen Einzelheiten beschreiben?«

Er hob den Blick zu ihr. »Ich vermute etwas in der Art«, sagte er. Er konnte die Angst in ihrem Gesicht erkennen. Gern hätte er sie mit der Versicherung getröstet, es werde anders ablaufen, vielleicht sogar in der Hoffnung, dass sie etwas dagegen unternehmen konnten, doch gab es da keine Möglichkeit. Er verspürte den Wunsch, sie vor alldem zu bewahren, doch bedeutete es ihm zugleich viel, dass sie gemeinsam an diesem Fall arbeiteten. Sie verstand. Seine Dankbarkeit dafür, dass sie nicht zu den Frauen gehörte, die man nicht mit der Wahrheit konfrontieren darf, oder gar zu denen, die nichts davon wissen wollen, überwältigte ihn. Er konnte sich nicht vorstellen, wie ein Mann die Einsamkeit ertragen sollte, die das bedeutete. Über ein Kind breitete man schützend die Hände, aber eine Frau war eine Gefährtin, mit der man Seite an Seite durchs Leben ging.

»Sicher wird Mr Narraway den Verteidiger mit den Zusammenhängen vertraut machen«, sagte sie mit fragendem Blick. »Oder … oder wird der den Mann womöglich selbst in den Zeugenstand rufen?« Die Furcht vor dieser entsetzlichen Möglichkeit ließ sich an ihren Augen ablesen. Ein solcher Gedanke passte nicht im Geringsten zur Behaglichkeit des vertrauten Raumes mit den leicht verwohnten Möbeln, wo die Katzen nahe dem warmen Kamin schliefen.

Konnte es sein, dass sie mit ihrer Annahme Recht hatte? War dem Anwalt, der Ryerson verteidigt hatte, die Rolle des Dieners etwa von Anfang an bekannt gewesen? Pitt hatte nicht die geringste Ahnung. Der Gedanke, dass es sich so verhalten konnte, jagte ihm einen eiskalten Schauer über den Rücken. Die Rücksichtslosigkeit und Brutalität, von der dieser Plan geprägt war, stand im krassen Gegensatz zu einer aus persönlichen Gründen begangenen Tat, die im Vergleich dazu beinahe verzeihlich war. Sofern diese Vermutung stimmte, hatte man es hier mit einem Abgrund von Verrat zu tun.

Kurz vor drei Uhr klingelte es an der Tür. Da Gracie mit den Kindern noch nicht zurück war, ging Pitt selbst hin. Sobald er Narraways Gesicht sah, wusste er, dass etwas Außergewöhnliches vorgefallen sein musste.

»Er ist tot«, sagte Narraway, bevor Pitt den Mund auftun konnte. Verwirrt fragte er: »Wer?«

»Der Diener!«, knurrte Narraway und trat an Pitt vorüber ins Haus. Dabei schüttelte er sich. Obwohl es im Augenblick nicht regnete, wehte ein kalter Wind, und dunkle Wolken schoben sich von Osten her über den Himmel. Angespannt sah er auf Pitt, in seinen Augen lag unübersehbar Beklemmung. »Die Wasserschutzpolizei hat die Leiche unter der London Bridge gefunden. Es sieht so aus, als hätte er Selbstmord begangen.«

Pitt war benommen. Narraways dürre Worte erschütterten ihn. War das die Lösung, oder wurde dadurch alles noch schlimmer?

»Aber warum nur?«, fragte er verständnislos. »Er hatte doch fast schon gewonnen! Morgen früh hätte er alle seine Ziele erreicht gehabt.«

»Und wäre mit dem Strang dafür belohnt worden«, sagte Narraway.

»Sie meinen, er hat die Nerven verloren?«, fragte Pitt ungläubig.

Narraways Gesicht war völlig ausdruckslos. »Das weiß Gott allein.«

»Aber es ergibt keinen Sinn«, begehrte Pitt auf. »Er hatte alles so eingefädelt, dass er nur noch als Überraschungszeuge in den Gerichtssaal zu kommen und der Weltöffentlichkeit über das Massaker zu berichten brauchte.«

Narraway runzelte die Brauen. »Sie haben gestern mit Ayesha Sachari gesprochen. Sie wusste, dass Ihnen nun klar war, wer Lovat getötet hatte ...«

»Selbst wenn sie das El Abd weitergesagt haben sollte«, fiel ihm Pitt ins Wort, »wäre das doch für ihn kein Grund gewesen, sich das Leben zu nehmen. Sie hatte nicht die geringste Möglichkeit, seine Täterschaft zu beweisen. Er brauchte nur im Zeugenstand zu sagen, dass sie bei dem Massaker Angehörige, Freunde oder einen Liebhaber verloren hatte – wen auch immer – und Lovat erschossen hat, um sich zu rächen. Sie hätte das zehn Mal bestreiten und ihm die Tat zur Last legen können, es hätte ihr nichts genützt, denn es gibt keinerlei Beweise. Mit seinem Tod aber hat er sozusagen ein Geständnis abgelegt, außerdem bleibt das Massaker der Öffentlichkeit nach wie vor unbekannt.«

Sie standen in der Diele und wandten sich um, als sie hörten, wie sich die Wohnzimmertür öffnete. Besorgt sah Charlotte zu ihnen herüber. Sie erkannte Narraway in dem Augenblick, als er sich ihr zuwandte.

»Man hat Miss Sacharis Diener tot aufgefunden«, sagte Pitt.

Fragend sah sie von ihm zu Narraway, als wolle sie feststellen, ob man ihr etwas vorenthielt.

»Alles weist auf einen Selbstmord hin«, fügte Narraway hinzu. »Nur können wir uns keinen Grund dafür denken.«

Sie trat wieder ins Zimmer, und die Männer folgten ihr in die Wärme des Raumes. Pitt schloss die Tür und schürte das Feuer, dann legte er weitere Kohlen auf. Eigentlich war es nicht besonders kalt, aber die Helligkeit der Flammen schien ihm angenehm und wünschenswert.

»In dem Fall gibt es entweder etwas, was wir nicht wissen«, sagte Charlotte und setzte sich wieder zu ihrer Näharbeit auf das Sofa, »oder es war kein Selbstmord, und jemand hat ihn umgebracht.«

Pitt sah zu Narraway hin. »Ich habe im Gespräch mit Miss Sachari das Massaker nicht erwähnt. Falls es ihr vorher nicht bekannt war, weiß sie auch jetzt nichts davon.«

»Sie entschuldigen«, sagte Narraway und setzte sich leicht fröstelnd in Pitts Sessel, der dicht am Kamin stand. »Für so unvorsichtig hätte ich Sie auch nicht gehalten.«

»Welchen Grund könnte jemand haben, den Diener dieser Frau zu töten?«, fragte Charlotte und sah von einem zum anderen. »Niemand wird das für einen Unfall halten, und vermutlich sollte es auch nicht nach einem aussehen.«

»Stimmt, Mrs Pitt«, gab ihr Narraway finster Recht. »Die Tat muss jemand begangen haben, der nicht nur ihn gekannt hat, sondern auch seine Verbindung zum Mord an Lovat sowie den ganzen Plan, in Ägypten zum Sturm zu blasen.« Er sah Pitt an. »Nicht El Abd war der Drahtzieher in den Kulissen. Hinter ihm muss ein anderer gestanden haben, und der hat ihn aus einem uns unbekannten Grund getötet.« Unwillkürlich ballte er eine Hand zur Faust. »Aber warum nur? Und warum ausgerechnet jetzt? Die Leute hatten doch den Sieg in Reichweite!«

Pitt stand dicht vor dem Feuer, als friere auch er.

»Vielleicht hat El Abd der Mut verlassen, und er war nicht mehr bereit auszusagen«, gab er zu bedenken. Noch während er das sagte, merkte er, dass er selbst nicht daran glaubte. »Aber das ergibt auch keinen Sinn. Welchen Grund hätte er dafür gehabt? Er hatte nichts zu verlieren. Es war ja nicht so, als wenn er die Schuld auf sich nehmen wollte – seine Absicht war es lediglich, die Verbindung zwischen Miss Sachari und dem Ermordeten intensiver erscheinen zu lassen, als sie war, damit der Eindruck entstand, dass sie ein einwandfreies Tatmotiv hatte.«

Charlotte sah Narraway fragend an. »Wird das Ryerson helfen? Können Sie jetzt beweisen, dass El Abd der Mörder Lovats war, ohne das Massaker und die Hintergründe erwähnen zu müssen? Er konnte doch eine beliebig große Zahl von Motiven haben, und das schon seit Lovats Zeit in Alexandria ... nicht wahr?«

»Hm«, machte Narraway nachdenklich. »Ja, jetzt müsste es uns möglich sein, Ryerson und Miss Sachari vollständig zu entlasten – vorausgesetzt, wir belassen es dabei, den Tod des Dieners als Selbstmord aufzufassen.«

Ein hässlicher und quälender Gedanke meldete sich bei Pitt, doch er wies ihn von sich.

»Und werden Sie das tun?«, fragte Charlotte.

Pitt sagte nichts.

»Im Augenblick haben wir keine andere Möglichkeit«, gab Narraway zurück.

Charlotte holte Tee. Sie blieben noch etwa eine halbe Stunde lang sitzen, wärmten sich am Feuer und unterhielten sich über die neuesten Nachrichten. Unter anderem war kürzlich Lord Tennyson gestorben, und so überlegten sie, wer wohl sein Nachfolger als Hofdichter würde. Dann stand Narraway auf und ging.

Kaum war er fort, verließ Pitt, der immer unruhiger geworden war, das Haus ebenfalls, ohne Charlotte zu sagen, wohin er ging. So quälend war seine Angst, dass er sie nicht einmal ihr gegenüber hätte in Worte fassen können. Es war, als könnte er ihren Grund vor sich selbst ein wenig länger verbergen, wenn er nicht darüber sprach.

Am Südufer der Themse fuhr er mit dem Pferdeomnibus bis zum Hauptquartier der Wasserschutzpolizei. Der Wachtmeister, der Dienst hatte, teilte ihm mit, in welches Leichenschauhaus man den Toten gebracht hatte. Eine halbe Stunde später stand er an Tariq El Abds Leiche und sah in das angeschwollene, lila verfärbte Gesicht. Der Geruch nach Karbol und Tod würgte ihn im Hals, obwohl er ihm vertraut war. Schon immer war er der Ansicht gewesen, die fleckenlosen Kacheln des Raumes stünden im schreienden Gegensatz zu dessen Verwendungszweck. Der Kopf des Toten lag in einem sonderbaren Winkel, und Pitt konnte deutlich den gekrümmten Abdruck eines Seils erkennen, der sich am Hals bis zu einem Ohr emporzog.

Auf der Suche nach weiteren Spuren bewegte er den Kopf leicht. Er fand eindeutige Hinweise darauf, dass etwas den Mann am Schädel getroffen hatte. Vor seinem Tod?

Hinter sich hörte er Schritte und fuhr rasch herum, als hätte er ein schlechtes Gewissen oder als drohe ihm Gefahr. Sein Herz hämmerte in der Brust, und er bekam nur mit Mühe Luft.

Überrascht sah ihn McDade an.

»Sie sind ja ganz schön überreizt, was? Was wollen Sie denn wissen? Irgendwann in der vergangenen Nacht ist der Tod eingetreten.

Über die Uhrzeit lässt sich schwer etwas sagen, weil das Wasser die Körpertemperatur beeinflusst hat.«

»Gezeiten?«, fragte Pitt.

»Habe ich mit einbezogen.« McDade presste die Lippen etwas fester aufeinander. »Mir ist schon seit geraumer Zeit bekannt, dass im Unterlauf der Themse das Wasser mit einfallsloser und vorhersagbarer Regelmäßigkeit steigt und fällt. Doch kann ich nicht sagen, ob ihn die Hecksee eines vorüberfahrenden Schiffs erfasst hat, ob das Wasser für einige Augenblicke höher gestiegen ist, als es im Fluss stand, oder ob er vielleicht ausgerutscht ist und nasser geworden ist, als er wollte.«

»Lässt sich mit Sicherheit sagen, dass er sich selbst erhängt hat?«, fragte Pitt. Obwohl das im Lichte dessen, was sie wussten, zu keinen weiteren Erkenntnissen geführt hätte, hoffte er inständig, McDade werde ihm sagen, dass es sich um Selbstmord handelte.

Ohne zu zögern, erklärte der Polizeiarzt: »Ganz und gar nicht. Er hat ein paar Stöße abbekommen, Blutergüsse unter der Haut, aber das kann ebenso gut unmittelbar vor dem Tod wie gleich danach gewesen sein. Das Blut hatte keine Zeit, sich irgendwo zu sammeln; man sieht kaum Spuren. Eine kleine Platzwunde in der Kopfhaut unter den Haaren, aber es lässt sich nicht sagen, ob das auf einen Schlag zurückgeht, den ihm jemand versetzt hat, oder darauf, dass er heruntergefallen ist. Es gibt ein Dutzend andere Möglichkeiten – das Wasser könnte ihn gegen die Brücke getrieben haben, oder ein vorüberfahrendes Boot, auch ein Stück Holz oder sonstiges Treibgut kann gegen ihn gestoßen sein.« Er zuckte die breiten Schultern. »Möglicherweise ist er ermordet worden, aber ich kann Ihnen nichts sagen, was als Beweis in der einen oder anderen Richtung verwertbar wäre. Tut mir Leid.«

Pitt zog das Laken zurück und betrachtete aufmerksam den Toten. Der Rumpf wies Spuren auf, die die Annahme zuließen, er sei wiederholt an raue Oberflächen gestoßen, wodurch die Haut an mehreren Stellen aufgerissen war. Pitt breitete das Laken wieder über den Toten und wandte sich ab.

»Kümmert sich jemand darum, dass er so beigesetzt wird, wie das sein Glaube verlangt?«, fragte er.

McDades Brauen hoben sich. »Gibt es niemanden, der eine nähere Beziehung zu ihm hat?«

»Nicht, soweit mir bekannt ist. Vermutlich wird das Gericht jetzt zu dem Ergebnis kommen, dass er Leutnant Lovat auf dem Gewissen hat.«

McDade schüttelte den Kopf, sodass sein massiges Kinn ins Zittern geriet. »Sie sagen das, als wären Sie nicht sicher, ob es stimmt«, stellte er fest.

»Bin ich aber«, sagte Pitt. »Nur weiß ich nicht, ob das die ganze Wahrheit ist. Danke.« Er beendete die Unterhaltung und wandte sich zum Gehen. In McDades Gegenwart fühlte er sich unbehaglich – dem Mann entging nichts. Auch wollte er noch einmal mit den Leuten von der Wasserschutzpolizei sprechen, nach der genauen Stelle fragen, an der man El Abd gefunden hatte, dem Zustand seiner Kleidung und den Tidenzeiten der vergangenen Nacht. Der Zeitpunkt des Todes war ihm wichtig – im Augenblick eigentlich wichtiger als alles andere, was ihm durch den Kopf ging.

Zwei Stunden später, um Viertel vor neun, war er im Besitz der Antworten. Er stand an der nördlichen Uferstraße und sah nachdenklich auf die schnell steigende Flut, während ihm der Wind den Mantel um die Beine schlug und ihm fast den Schal aus dem Kragen gerissen hätte. Auf der Themse wühlten Schiffe das Wasser auf – darunter Schleppkähne und ein einsamer Ausflugsdampfer, an dessen Deck lediglich ein halbes Dutzend Menschen zu sehen waren.

Bei Tariq El Abd war der Tod zwischen ein und fünf Uhr morgens eingetreten. Genauer konnte man sich bei der Wasserschutzpolizei nicht festlegen. Um diese Zeit lagen die meisten Menschen zu Hause im Bett. Pitt hätte beweisen können, dass er dort war, denn Charlotte wurde immer sofort wach, sobald er aufstand. Bei jemandem, der allein lebte, gab es solche Sicherheit nicht.

Er merkte, wie wenig er über Narraways Privatleben wusste. Offen gestanden hatte er sich auch nie Gedanken darüber gemacht. Eigentlich wusste er so gut wie nichts über die Vergangenheit des Mannes, dessen Angehörige oder Überzeugungen. Narraway war so verschlossen, dass man es fast als geheimnistuerisch ansehen konnte. Mit Sicherheit wusste Pitt nur eines: Er war seiner Arbeit und der Sache, der er diente, leidenschaftlich ergeben. Außerdem bestand eine persönliche Beziehung zwischen ihm und Ryerson, die ihm tiefen Schmerz verursachte und über die er unter keinen Umständen zu reden bereit war. Genau das quälte Pitt jetzt so sehr, dass er nicht länger darüber hinweggehen konnte. Er musste umgehend handeln. Es blieb gerade genug Zeit, bevor das Gericht wieder zusammentrat – vorausgesetzt, Narraway war zu Hause.

Im selben Augenblick, als Pitt vor dem Haus eintraf, trat Narraway in seinem üblichen tadellosen grauen Maßanzug vor die Tür. Er blieb unvermittelt stehen und fragte mit bleichem Gesicht und weit geöffneten Augen: »Was bringen Sie?« Seine Stimme klang belegt.

Noch nie zuvor hatte sich Pitt so gegen ihn gestellt, ihn kein einziges Mal derart herausgefordert. Er wusste nur allzu genau, wie sehr er von ihm abhing, nicht nur, was seine Arbeit beim Sicherheitsdienst betraf – er war auch auf Anleitung und Schutz angewiesen, während er sich allmählich in seine neue Aufgabe einarbeitete. Aber die Gefühle, die jetzt in ihm tobten, rissen alle Erwägungen dieser Art mit sich fort.

»Drinnen!«, sagte er barsch.

Narraways Züge verhärteten sich. »Ich hoffe um Ihretwillen, dass es wichtig ist, Pitt«, sagte er, wieder ganz Herr der Lage. Die stählerne Kälte war in seine Augen zurückgekehrt.

»Das ist es«, presste Pitt zwischen den Zähnen hervor. Vielleicht wäre es klüger gewesen, trotz des kalten Windes und des feinen Nieselregens alles, was er zu sagen hatte, vor der Haustür zu sagen. Das ging ihm auf, während er Narraway ins Haus folgte und hörte, wie die Tür sich hinter ihnen schloss. Im Arbeitszimmer angekommen, drehte sich Narraway um und fragte: »Nun? Sie haben zehn Minuten. Danach gehe ich, ob Sie fertig sind oder nicht. Die Verhandlung fängt um zehn Uhr an. Ich gedenke, pünktlich da zu sein.« Im Morgenlicht, das durch das große Fenster hereinfiel, wirkte sein Gesicht aschfahl. Um die Augen und den Mund herum sah man die Fältchen, die Schlafmangel und die seelische Anspannung hineingegraben hatten.

»Aber der ganz besondere neue Zeuge ist doch tot«, gab Pitt zu bedenken. »Jetzt braucht man mit Enthüllungen über Ayesha Sacharis Motiv nicht mehr zu rechnen. Der Selbstmord des Dieners ist beinahe so gut wie ein Geständnis.« Er blieb vor der Tür stehen, als wolle er Narraway den Ausgang versperren.

»Ja, beinahe«, knurrte Narraway. »Trotzdem möchte ich den Freispruch mit eigenen Ohren hören. Also schießen Sie schon los.«

»Was glauben Sie, warum sich El Abd das Leben genommen hat?«, fragte Pitt. Er wäre lieber anderswo gewesen als ausgerechnet dort, hätte lieber etwas anderes getan als das, was er jetzt tat. »Er hatte den Erfolg doch greifbar vor sich.«

»Wir wissen, dass er schuldig war«, sagte Narraway, aber in seiner Stimme lag ein winziges Zögern. Vielleicht hätte es niemand außer Pitt gehört.

Pitt sah ihn fest an. »Und mit einem Mal hatte er Angst? Wovor? Dass man ihn auf dem Weg in den Gerichtssaal festnehmen und an der Aussage hindern würde?«

Narraway atmete betont langsam ein und aus. »Worauf wollen Sie hinaus, Pitt? Wir haben keine Zeit für Spielchen.«

Wenn er es jetzt nicht sagte, wäre der Augenblick vorüber, und er müsste für alle Zeiten mit dem Zweifel leben.

»Für uns ist diese Lösung äußerst praktisch«, erwiderte er. »Vermutlich hat das Suez gerettet.« Er hielt Narraways Blick ohne die geringste Unsicherheit stand.

Narraway war sehr bleich. »Vermutlich«, stimmte er zu. Wieder lief ein Schatten über sein Gesicht.

»Warum hätte der Mann so handeln sollen?«, fragte Pitt.

»Ich weiß nicht. Es ergibt keinen Sinn«, räumte Narraway ein, der nach wie vor reglos in der Mitte des Raumes stand.

»Wenn ich ihn …«, sagte Pitt, »oder Sie …«

Der letzte Tropfen Blut verschwand aus Narraways Gesicht, sodass seine Haut aussah wie graues Papier. »Gott im Himmel! Sie glauben doch nicht etwa, dass ich El Abd umgebracht habe?«

»Und, waren Sie es?«

»Nein«, sagte Narraway rasch. Er stellte Pitt die Gegenfrage nicht. Ihm war klar, dass er seine Frage ernst gemeint hatte und es ihm äußerst schwer gefallen war, sie zu stellen. Der Zweifel, der in ihm nagte, hatte ihn zu sprechen veranlasst. »Sind Sie denn sicher, dass man ihn ermordet hat?«

»Nicht hundertprozentig. Aber ich denke schon«, gab Pitt zurück. »Die Tat ist mit, nun, mit außergewöhnlichem Geschick durchgeführt worden, sodass sich unmöglich sagen lässt, ob er die Verletzungen unmittelbar vor dem Eintritt des Todes oder gleich danach erlitten hat … Die Ursache kann ebenso gut eine Misshandlung gewesen sein wie ein zufälliges Anstoßen, als er fiel, oder der Anprall eines Bootes, dem er in die Quere kam. Es lässt sich nichts beweisen.«

Wieder legte sich der Schatten auf Narraways Züge. »Wer hätte ihn umbringen sollen, und warum?«

»Jemand, dem das Massaker bekannt ist«, sagte Pitt, »und der bereit ist, alles zu tun, damit die Wahrheit mit allen Folgen, die das mit sich bringen würde, nicht ans Licht kommt. Daher ist er nicht vor einem Mord zurückgeschreckt, und er hätte auch zugelassen, dass man Ryerson hängt.«

Narraway war aufrichtig entsetzt. »Und Sie denken, dass ich Ryerson hängen sehen möchte?«, fragte er mit ungläubiger Stimme.

»Nein«, entgegnete Pitt ehrlich. »Ich nehme an, dass Ihnen das gegen die Natur ginge. Vermutlich würde das Bewusstsein der Schuld Sie lebenslänglich foltern. Trotzdem würden Sie eher zulassen, dass man ihn hängt, als dass die Umstände des Massakers an die Öffentlichkeit gelangen und wir Ägypten verlieren.«

Narraway gab keine Antwort. Das Schweigen zwischen den beiden Männern war wie ein finsterer Abgrund.

»Brauchen Sie nicht die wenigen Minuten auf, die ich noch habe«, sagte Pitt, ohne sich von der Tür zu rühren. Er hatte nicht die Absicht, ihm mit Gewalt zu drohen, war nicht einmal sicher, dass er imstande wäre, sie anzuwenden. Narraway war zwar kleiner und leichter, aber drahtig und zäh, und möglicherweise hatte er in seiner Ausbildung Dinge gelernt, von denen sich Pitt nichts träumen ließ. Vielleicht war er sogar bewaffnet.

Dennoch war Pitt entschlossen, sich erst von der Stelle zu rühren, wenn er eine Antwort hatte. Nicht die Vernunft hielt ihn dort fest, sondern seine Gefühle. Er hatte nicht einmal überlegt, was er tun würde, falls Narraway El Abds Ermordung gestanden hätte.

Einen flüchtigen Augenblick lang brachen einige Sonnenstrahlen durch die Wolken und fielen auf den Fußboden.

»Es hat weder mit Ägypten zu tun noch mit dem Mord an Lovat oder dem Massaker«, sagte Narraway schließlich leise und mit ein wenig krächzender Stimme.

Pitt wartete.

»Verdammt noch mal! Die Sache geht Sie überhaupt nichts an, Pitt«, brach es aus Narraway heraus. »Sie liegt Jahre zurück. Ich … ich …« Wieder hielt er inne.

Pitt regte sich nicht.

»Vor gut zwanzig Jahren war ich mit der irischen Frage beschäftigt«, setzte Narraway erneut an. »Ich wusste, dass ein Aufstand geplant war – Gewalttat, Morde …«

Mit einem Mal überlief es Pitt kalt.

»Ich musste unbedingt wissen, was da gespielt wurde«, fuhr Narraway fort. In seinen Augen, die Pitts Blick standhielten, war zu sehen, dass er sich elend fühlte.

»Ich hatte eine Liebschaft mit Ryersons Frau.« Seine Stimme zitterte. »Es war meine Schuld, dass sie erschossen wurde.«

Pitt hatte mit seiner Vermutung Recht gehabt – es war Schuldbewusstsein. Nur hatte es weder mit Lovat noch mit Ayesha Sachari oder etwas anderem von dem zu tun, was in jüngster Zeit vorgefallen war. Er glaubte ihm, er brauchte gar nicht darüber nachzudenken.

Narraway wartete, beobachtete nach wie vor Pitts Gesicht. Er würde keine Frage stellen.

Ganz langsam nickte Pitt. Er verstand. Mehr noch, er begriff mit einem Mal verblüfft etwas, was nie in Worte gefasst worden war und auch nie wieder zur Sprache kommen würde: Seine Meinung war Narraway wichtig.

»Gehen wir jetzt zum Gericht?«, knurrte Narraway. Er hatte in Pitts Gesicht gesehen, dass er ihm glaubte, und das genügte. Jetzt war die Qual der Anspannung vorüber, und er wollte der Sache ein Ende bereiten. Er hatte eine Schuld zu begleichen und brannte darauf, es endlich zu tun.

»Ja«, sagte Pitt, drehte sich um und ging dem Ausgang entgegen, ohne sich umzusehen, ob ihm Narraway folgte.

Im Schwurgerichtssaal von Old Bailey gab es eine ganze Reihe freier Plätze. Für das Publikum hatte der Prozess in den letzten Tagen deutlich an Spannung verloren. Wohl hatten die Zeitungen über Tariq El Abds Tod berichtet, doch da es lediglich geheißen hatte, dass es sich um einen unbekannten Ausländer handele, der offensichtlich Selbstmord begangen hatte, hatte niemand eine Beziehung zum Fall Ryerson hergestellt. Auch wenn das Urteil erst am folgenden Tag ergehen sollte, war allen klar, wie es ausfallen würde. Dem Strafverteidiger, Sir Anthony Markham, blieb die Aufgabe, Erklärungsversuche zu unternehmen und auf begründete Zweifel hinzuweisen. Er musste unbedingt den Anschein erwecken, sein Bestes gegeben zu haben.

Narraway und Pitt traten gerade in dem Augenblick in den Saal, als er sich zu seinem Schlussplädoyer erhob.

Der Richter warf Narraway wegen der Störung einen missbilligenden Blick zu. Er ahnte nicht, wer der Mann war, der da zu spät kam. Für ihn war es einfach jemand, der nicht wusste, was sich gehört.

Pitt zögerte. Zwar waren Markham und Narraway miteinander bekannt, doch wies keinerlei Regung auf dem Gesicht des Verteidigers darauf hin – eher war das Gegenteil der Fall. Markham schüttelte kaum wahrnehmbar den Kopf und wandte sich wieder dem Richter zu.

Narraway blieb stehen. Wusste der Verteidiger von der Sache mit El Abd? Falls nicht, würde er begierig nach jedem Strohhalm greifen, der es ihm erlaubte, seinen Mandanten herauszuhauen. Dann fiel Narraway zu seinem Ärger ein, dass er nicht sicher war, ob El Abd als Zeuge der Anklage vorgesehen war, der das perfekte Motiv liefern sollte, oder als Zeuge der Verteidigung, dem die Aufgabe zugefallen wäre, der Angeklagten mildernde Umstände zu verschaffen.

Und wenn der Überraschungszeuge gar nicht El Abd war, sondern jemand anders? Es lief auf dieselbe Frage hinaus, auf die ihnen nach wie vor jede Antwort fehlte: Wer zog hinter den Kulissen die Fäden, wer war für Lovats Tod verantwortlich? Wer war der Mann, der Suez und die östliche Hälfte des Reiches in den Abgrund stürzen wollte? Stand womöglich einer der beiden Anwälte in seinem Sold? Wer hatte El Abd getötet, und warum?

Im Saal hörte man keinen Laut. Pitt sah sich um. Die Zuschauergalerie war zu etwa drei Vierteln gefüllt. Er entdeckte Vespasia. Sie trug einen sehr kleinen, dezenten Hut, möglicherweise aus Rücksicht auf jene, denen sie sonst die Sicht versperrt hätte. Das Sonnenlicht fiel auf ihr blasses Gesicht und blitzte in ihrem silbernen Haar auf. In der Reihe hinter ihr saß Ferdinand Garrick. Er hielt den Blick starr vor sich gerichtet, als warte er gebannt auf das, was sich gleich unten im Gerichtssaal abspielen würde.

Mit trübseliger Miene und erkennbar ohne jedes Interesse saßen die Geschworenen wartend da. Sie hörten nur noch zu, weil es von ihnen erwartet wurde.

Narraway ging auf Markham zu und blieb neben ihm stehen. Pitt folgte ihm mit einem Schritt Abstand.

»Der Tote unter der Themsebrücke war Tariq El Abd, der Diener Ihrer Mandantin«, sagte Narraway so leise, dass Pitt nur jedes zweite Wort mitbekam. »Er hat Leutnant Lovat getötet. Nicht nur hat sie das selbst bestätigt, es deckt sich auch glänzend mit den Ergebnissen unserer Nachforschungen.«

Markham stand regungslos da. »Wie günstig für Miss Sachari … und natürlich auch für Mr Ryerson«, sagte er mit einer Spur Sarkasmus in der Stimme. »Und warum hat er ihn getötet? Wissen Sie das etwa ebenfalls?«

»Nein. Es spielt aber auch keine Rolle.« Narraways Stimme war kalt wie Stahl. »Da gibt es viele Möglichkeiten – vielleicht ist der Mann seiner Tochter zu nahe getreten, seiner Schwester oder sogar seiner Frau! Beeilen Sie sich, Mann! Fragen Sie bei der Wasserschutzpolizei nach. Mein Mitarbeiter Thomas Pitt wird den Toten gern für Sie identifizieren.«

Markham warf einen Blick auf Pitt. Dieser nickte.

Markhams Gesicht verfinsterte sich. Er hasste es, gesagt zu bekommen, was er zu tun hatte, ganz gleich, von wem.

»Nun, Sir Anthony, gedenken Sie fortzufahren?«, fragte der Richter leicht verärgert.

Markham sah zu ihm auf, als schiebe er alles beiseite, was Narraway gesagt hatte. »Gewiss, Mylord. Mir sind soeben einige äußerst bemerkenswerte Vorfälle mitgeteilt geworden, die Leutnant Lovats Tod in einem völlig neuen Licht erscheinen lassen. Mit Ihrer Erlaubnis würde ich gern Thomas Pitt in den Zeugenstand rufen.«

»Ich hoffe nur, dass das zur Sache gehört«, mahnte der Richter matt. »Ich dulde in meinem Gericht kein Theater.«

»Die Aussage wird zwar dramatisch sein, Mylord«, erwiderte Markham kalt, »aber bestimmt kein Theater.«

»Fangen Sie schon an«, beschied ihn der Richter.

»Ich rufe Thomas Pitt in den Zeugenstand«, sagte Markham mit lauter Stimme.

Narraway warf Pitt einen kurzen Blick zu, machte auf dem Absatz kehrt und ging die zwei Schritte bis zu einem freien Platz. Pitt durchquerte den Raum und erstieg die Stufen zum Zeugenstand.

Er nannte seinen Namen und seine Anschrift und wartete, dass ihn Markham nach El Abd fragte. Zum ersten Mal wurde er nicht als Polizeibeamter vernommen. Jetzt war er ein Niemand, dem keinerlei Dienstgrad oder berufliche Stellung zusätzliche Glaubwürdigkeit verlieh. Trotzdem war er die Ruhe selbst, da er seiner Antworten sicher war.

»Kannten Sie Tariq El Abd, Mr Pitt?«, fragte Markham.

»Ja.«

»In welcher Eigenschaft?«

»Als Diener Miss Sacharis in Eden Lodge«, gab Pitt zur Antwort. »Es war keine private Bekanntschaft.«

»Aber Sie haben längere Zeit mit ihm gesprochen?«, fasste Markham nach.

»Ja, insgesamt vielleicht eine Stunde.«

»Sie würden ihn also wiedererkennen, wenn Sie ihn sähen?«

»Ja.«

»Haben Sie ihn seither gesehen?«

Die Geschworenen rutschten auf ihrer Bank hin und her.

Der Ankläger sprang auf. »Mylord, die Auffassung meines gelehrten Freundes von Dramatik unterscheidet sich grundlegend von der meinen. Noch nie im Leben habe ich etwas so unsagbar Ödes gehört. Welche Bedeutung kann es haben, ob dieser … Herr … mit Miss Sacharis Diener die Zeit verplaudert hat oder nicht?«

»Ich habe mit meinen Fragen lediglich festgestellt, dass Mr Pitt imstande ist, Tariq El Abd zu identifizieren, Mylord«, sagte Markham mit dem Ausdruck gekränkter Unschuld. Dann wandte er sich, ohne auf die Entscheidung des Richters zu warten, wieder an Pitt. »Wo haben Sie ihn gesehen, Mr Pitt, und wann?«

»Im Leichenschauhaus«, erwiderte Pitt. »Gestern.«

Man hörte förmlich, wie viele der Anwesenden den Atem anhielten.

Der Richter beugte sich vor und fragte verärgert und mit finsterer Miene: »Wollen Sie damit sagen, dass er tot ist, Mr Pitt?«

»Ja, Mylord.«

»Und was ist die Ursache seines Todes?«

Der Ankläger erhob sich. »Mylord, Mr Pitt hat keinerlei Nachweis medizinischer Kenntnisse geliefert. Er ist nicht befähigt, eine Aussage über die Todesursache zu machen.«

Der Richter wies den Einspruch zurück, doch war ihm klar, dass er das Argument nicht widerlegen konnte. Nach einem wütenden Blick auf den Vertreter der Anklage wandte er sich wieder Pitt zu. »Wo hat man den Mann gefunden?«

»Nach Auskunft der Wasserschutzpolizei unter der London Bridge. Erhängt«, gab Pitt zur Antwort.

»Selbstmord?«, bellte der Richter.

»Ich bin nicht befähigt, darüber eine Aussage zu machen«, erwiderte Pitt.

Einen Augenblick lang herrschte völliges Schweigen, dann erhob sich ein nervöses Kichern.

Mit eisiger Miene sah der Richter zu Markham hin. »Sofern der Tod des Mannes etwas mit Ihrem Fall zu tun hat, sollten Sie fortfahren«, sagte er mit kaum verhülltem Groll. Sein Gesicht war gerötet. Er würde es Pitt nie vergessen, dass er die Anwesenden auf seine Kosten zum Lachen gebracht hatte.

»Gewiss, Mylord«, sagte Markham voller Energie. »Ich kann zwar nicht beweisen, dass es sich bei Tariq El Abds Tod um Selbstmord handelt, mir aber auch keine Möglichkeit denken, wie jemand zufällig mit einem Strick um den Hals unter einem der Bogen der London Bridge hängen könnte. Ich bin überzeugt, dass jedes beliebige aus zwölf ehrbaren Männern zusammengesetzte Schwurgericht im Lichte der möglichen Verantwortung dieses Mannes für den Tod von Leutnant Edwin Lovat mehr als einen begründeten Zweifel an der Täterschaft meiner Mandanten hegen wird. El Abd hatte jederzeit Zugang zu der Waffe, mit der Leutnant Lovat getötet wurde. Es war seine Aufgabe, sie zu reinigen! Und er hatte auf jeden Fall Gelegenheit, sie zum fraglichen Zeitpunkt und am fraglichen Ort zu benutzen. Die Gerechtigkeit, ja sogar die Vernunft, gebietet, dass Sie ihn für schuldig befinden! Sein Tod, der nahezu mit Sicherheit durch seine eigene Hand erfolgt ist, würde jede andere Möglichkeit als widersinnig erscheinen lassen.«

Schon war der Ankläger auf den Beinen und rief mit empörter Stimme: »Nicht der Diener der Angeklagten wollte die Leiche beiseite schaffen! Sollte sie Lovat nicht getötet haben – warum hat man sie dann im Garten bei der auf einer Schubkarre liegenden Leiche gefunden? So handelt keine Frau, die schuldlos ist.«

»So handelt eine Frau, die Angst hat«, hielt Markham sogleich dagegen. »Falls Sie einen Ermordeten sähen, neben dem Ihre eigene Waffe liegt, würden Sie da nicht auch versuchen, beide zu verstecken?«

»Ich würde die Polizei rufen!«, gab der Ankläger zurück.

»In einem fremden Land?«, höhnte Markham. »Wollen Sie sagen, dass Sie als Angehöriger einer anderen Rasse mit einer anderen Kultur, als jemand, der eine andere Sprache spricht, so großes Vertrauen in die dortige Justiz hätten?« Er sprach nicht weiter. Die Gesichter der Geschworenen zeigten ihm, dass sie ihn verstanden hatten.

Mit weit ausgebreiteten Armen wandte sich der Ankläger dem Richter zu. »Aber warum, Mylord? Welchen Grund könnte ein ägyptischer Diener haben, mitten in London einen englischen Diplomaten zu ermorden?«

Auf der Galerie entstand Unruhe. Ein elegant gekleideter schlanker Mann mit scharf geschnittenen Zügen hatte sich erhoben. Pitt war wie vom Donner gerührt. Trenchard! Vermutlich hatte er Heimaturlaub.

»Mylord«, sagte der Mann mit Hochachtung in der Stimme. »Ich heiße Alan Trenchard und bin im britischen Konsulat in Alexandria tätig. Ich glaube, dass ich die Fragen des Gerichts zu diesem Punkt beantworten kann, denn ich lebe und arbeite seit über fünfundzwanzig Jahren in Ägypten. Gewisse Dinge allerdings habe ich erst erfahren, nachdem Mr Pitt Alexandria verlassen hat, sodass ich sie ihm nicht sagen konnte, als er dort seine Nachforschungen betrieb.«

Der Richter runzelte die Stirn. »Falls Sir Anthony Sie als Zeugen aufzurufen wünscht, sind wir bereit, Sie im Interesse der Gerechtigkeit anzuhören.«

Markham hatte keine Wahl. Er erklärte Pitts Befragung für beendet, und Trenchard nahm dessen Platz im Zeugenstand ein.

Pitt setzte sich neben Narraway. Eine sonderbare Anspannung überkam ihn, als Trenchard seine Angaben gemacht und beschworen hatte.

Markham hingegen wirkte völlig gelöst. Seine Mandanten, die noch am Vortag mit einer sicheren Verurteilung hatten rechnen müssen, durften auf einmal auf einen Freispruch hoffen. Zwar hatte er selbst nichts dazu beigetragen – es waren einfach Umstände eingetreten, die sich seinem Einfluss entzogen –, doch wollte er das als seine Leistung herausstreichen. Es sollte ein bemerkenswerter Sieg für ihn werden.

»Mr Trenchard«, begann er. »Waren Sie mit Leutnant Lovat bekannt, als er in Ägypten gedient hat?«

»Nicht persönlich«, gab Trenchard zur Antwort. »Ich stehe im diplomatischen Dienst, er hingegen war beim Militär. Möglicherweise sind wir einander begegnet, ohne bewusst Kenntnis voneinander zu nehmen.«

Der Richter runzelte die Brauen.

Die Geschworenen sahen sich gelangweilt im Saal um. Noch waren sie sichtlich nicht gefesselt.

Pitt merkte, dass er die Hände zu Fäusten geballt hatte und die Nägel sich in die Handflächen gruben.

Markham hielt die Augen auf den Zeugenstand gerichtet. »Kannten Sie den Toten, Tariq El Abd?«

»Ich habe viel über ihn gehört – von seinem letzten Arbeitgeber, einem mir gut bekannten Imam vor den Toren Alexandrias«, sagte Trenchard. Er stand sehr aufrecht da und umklammerte die Brüstung so fest, dass seine Fingerknöchel weiß hervortraten.

Pitt spürte, wie ihn eine Welle der Angst überflutete, für die er keinen vernünftigen Grund hätte nennen können. Er sah zur Anklagebank hinüber. Zwar wirkte Ryerson aufmerksam, doch zeigte er keine Gefühle. Noch wagte er nicht zu hoffen. Ayesha Sachari hingegen beugte sich weit vor und sah Trenchard mit vor Verblüffung aufgerissenen Augen an. Entsetzt begriff Pitt, dass sie ihn kannte, und zwar nicht nur dem Namen nach, wie er gesagt hatte, sondern von Angesicht zu Angesicht.

Allmählich begannen auch die Geschworenen der Sache Aufmerksamkeit zu schenken und bemühten sich, jedes Wort mitzubekommen und möglichst auch etwas zu sehen.

Trotz der Wärme im Saal wurde Pitt im tiefsten Inneren von Eiseskälte erfasst. Ihm fiel ein, dass Trenchard gesagt hatte, er habe eine Ägypterin geliebt, die vor kurzer Zeit bei einem Unfall ums Leben gekommen sei. Gerade als säße er wieder mit schmerzenden Gliedern auf dem Erdboden und hörte das sanfte Plätschern des Nils in der Dunkelheit draußen, hörte er in seinen Gedanken die Stimme Ishaqs, der von seinem Vater, dem Imam, und dessen Alpträumen von Gemetzel und verbrannten Menschenleibern erzählte, von dem Diener, der ihn gepflegt, jedes seiner Worte in sich aufgenommen, all seinen Kummer und die Schuld mitbekommen hatte und der ebenfalls kürzlich gestorben war.

Mit einem Mal blitzte in seinem Bewusstsein ein entsetzlicher Verdacht auf. So musste es sein! Alles passte genau zusammen. Wenn Ayesha Sachari und Trenchards Geliebte ein und dieselbe Frau waren und auch Tariq El Abd und der Diener des Imam ein und derselbe Mann, war alles klar. Trenchard mit seiner schwärmerischen Liebe zu Ägypten wusste, was sie für ihre Heimat empfanden, wusste von dem Massaker und hatte sich die fehlenden Bestandteile der Geschichte nach und nach zusammengestückelt: die vier englischen Soldaten, die Ferdinand Garrick nicht nur deshalb aus Alexandria abkommandiert hatte, weil er sie schützen wollte, sondern auch, weil er – als seinem Land bis zur letzten Faser seines Wesens treu ergebener hoher Offizier – Großbritanniens Besitzungen in Afrika und im Osten bewahren wollte.

Pitt drehte sich zu Narraway um und flüsterte: »Ich vermute, dass er dem Gericht gleich die näheren Umstände des Massakers darlegen wird.« Er hörte, wie seine eigene Stimme bei diesen Worten zitterte. »Vielleicht war es von vornherein seine Absicht, die Zusammenhänge selbst zu enthüllen und damit die Dinge ins Rollen zu bringen. Auf die Weise gibt es niemanden, der ihm in die Parade fahren, die Nerven verlieren oder versagen kann! Er will nicht Ayesha Sacharis Motive darlegen, sondern die ihres Dieners. El Abd war nicht mehr der Drahtzieher, sondern nur der ideale Täter und Sündenbock. Sie hatte die Aufgabe, Ryerson mit in die Sache hineinzuziehen – weil dann sicher war, dass die Öffentlichkeit aufmerksam wird –, und El Abd sollte alle Schuld aufgebürdet bekommen!«

Alles Blut wich aus Narraways Gesicht. »Großer Gott im Himmel«, entfuhr es ihm. »Sie haben Recht …«

Markham war noch immer dabei, Trenchard zu befragen.

»Was haben Sie über Tariq El Abd erfahren, was für den Tod von Leutnant Lovat von Bedeutung ist?«, fragte er mit gespanntem Unterton. Seine Augen waren geweitet; er war dem Sieg so nahe, dass er ihn bereits schmecken konnte.

»Ich kenne den Grund, aus dem er ihn getötet hat«, sagte Trenchard.

Unwillkürlich erhob sich Pitt halb. Zwar hätte er nicht sagen können, was er tun wollte, um zu verhindern, dass Trenchard weitersprach, doch konnte er das unmöglich zulassen. Bei dem auf seine Enthüllungen folgenden Blutvergießen würde nicht nur Ägypten verloren gehen, auch Britisch-Indien, Burma und die Gebiete weiter östlich würden davon mit in den Abgrund gerissen.

Trenchard sah seine Bewegung und wandte sich ihm mit einem Lächeln zu.

»Der Mann hat sämtliche Angehörige in einem grausigen –«, setzte er an.

Ein lauter Knall ertönte, dem sogleich ein zweiter folgte. Trenchard stürzte rücklings zu Boden.

Gerade, als Pitt herumfuhr, um festzustellen, woher die Schüsse gekommen waren, sah er, wie Ferdinand Garricks Kopf zu explodieren schien, während er selbst langsam zu Boden sank, den Revolver noch in der Hand. Fast im selben Augenblick brach sich das Echo des dritten Schusses im Verhandlungssaal.

Der Richter war wie gelähmt.

Markhams Beine gaben unter ihm nach, und er sank schwerfällig in sich zusammen.

Pitt trat vor, von Narraway gefolgt. Er ging zum Zeugenstand hinüber, wo Trenchard lag. Beide Kugeln hatten ihn in den Kopf getroffen und ihm das halbe Gehirn weggeschossen. Das letzte Kapitel des Massakers war abgeschlossen. Ägypten und dem Osten drohte keine Gefahr mehr.

Nach einem kurzen Blick auf die Leiche drehte sich Narraway um und sah zur Galerie empor, wo alle vor Garrick zurückwichen, der am Boden lag – nur nicht Vespasia. Ohne darauf zu achten, dass sein Blut ihr Kleid befleckte, kniete sie neben ihm und faltete seine Hände. Es war eine völlig sinnlose Geste, aber in ihr lag eine Würde, eine Hochachtung, als hätte sie mit einem Mal in diesem Mann etwas Wertvolles entdeckt; sie sprach von einem Mitgefühl, das über jedes Urteil erhaben war.

Auf der Anklagebank nahm Ryerson Miss Sacharis Hand. Es war alles, was er tun konnte, aber es genügte.

»Ich werde veranlassen, dass für Stephen Garrick gesorgt wird«, sagte Narraway leise. »Ich denke, das schulden wir seinem Vater.«

Pitt nickte, die Augen nach wie vor auf Vespasia gerichtet. »Ja«, sagte er mit tiefer Überzeugung. »Und Martin Garvie wird sich um ihn kümmern.«

Narraway hob den Blick zu Ryerson. Seine Anspannung ließ ein wenig nach, und eine Last in seinem Inneren schien ihm leichter zu werden.